現代文學 85

智 人
從人之初到世界的末日

第一卷

王 武 侃 著

博客思出版社

目錄

卷首語 1

第一章 人之初 3

  一、引言 4

  二、神話中國 4

  三、公孫軒轅祭天 6

  四、黃帝 7

  五、華山立國 8

  六、中國序曲 10

  七、方塊字 11

  八、嫘祖 13

  九、黃帝陵 14

  十、黃帝的後代 15

第二章 天人地 16

  一、天 17

  二、人 21

  三、地 27

  四、《夏禹書》 31

  五、天旨 33

  六、鯀禹之死 33

第三章 妃子淚 35

一、幸福演變　36

　　二、戰場靜悄悄──妹喜與夏桀　39

　　三、別欺人太甚──蘇妲己與商紂王　57

　　四、伊娥的微笑──褒姒與周幽王　79

第四章　春秋戰國　98

　　一、分封天下　99

　　二、商鞅　101

　　三、縱橫天下　114

　　四、和氏璧　132

　　五、范雎　139

　　六、遠交近攻　145

　　七、長平大戰　149

　　八、橫掃六合　157

　　九、龍逞威風　165

　　十、中國徽號　168

第五章　亢龍有悔　171

　　一、天山太極　172

　　二、長生不老　174

　　三、天意　181

　　四、沙丘而亡　183

　　五、天機　188

　　六、篡詔換日──水德黑龍命短　188

七、楚河漢界——沙場兒女情長　202

　　八、盛世大唐——父父子子恩斷　224

　　九、削刺殺臣——君君臣臣義絕　245

　　十、龍的歸宿　276

第六章　太 監 谷　278

　　一、弱化的男女　279

　　二、宮刑日　279

　　三、交配權　280

　　四、宮刑紀念館　285

　　五、太監谷　289

　　六、最佳生存獎：李蓮英　290

　　七、最佳成就獎：鄭和　308

　　八、最佳報復獎：魏忠賢　320

　　九、貴妃醉酒　342

　　十、歡樂靈魂　345

第七章　因 果 地 獄　347

　　一、清理東方門戶　348

　　二、但丁　348

　　三、閻羅王　353

　　四、東方地獄　356

　　五、包拯　357

　　六、陪審團　358

七、懲治亡國之君　361
八、懲治禍國之臣　398
九、包拯接班　409
十、鍾馗　411

第八章　榮美天堂　414

一、天堂　415
二、天堂裡的討論會　416
三、天庭會議　418
四、天堂神的諮詢　419
五、屈原　419
六、岳飛　429
七、鐵三角　442
八、任逍遙　454
九、關於「忠」的理論　464
十、五十六個民族　468
十一、天音　471
十二、空望天下　472

卷首語

東方詩人杜甫先生在感慨人生短暫無常，自身渺小無依時，有句名詩：「日月籠中鳥，乾坤水上萍」。意思是說日月為籠，蒼生無非是籠中小鳥；乾坤為水，萬物不過是水上浮萍。在這裡杜甫隱喻指出，有一個更偉大的本體在主宰著我們，主宰著世上萬物——有神論者說，這個本體就是上帝，無神論者說，這個本體就是自然，中國人則認為這個本體就是「天」。

第一章 人之初

一、引 言

2000 年年底,媒體報導了一組瑞典科學家對 53 個人的線粒體 DNA 所作的研究,他們認為所有現代人類都是在過去 10 萬年間來自非洲,並且來自於一個不超過 1 萬人的種群,他們的科研成果意味著——全球人類「本是同根生」。

達爾文認為人類是由低等動物進化來的,這對人類的自尊心是個巨大的打擊,但是科學結論並不考慮人類感受,最終人類不得不接受自己的祖宗缺少「尊貴」血統的事實。

同樣,科學家們得出全球人類本是同根生的結論,也不得不使我們崇尚遙遠的非洲。

根據科學家們這個結論,我們中國人源自非洲。經過很多很多年的遷徙,最先到達中國的人一定是歷經了千辛萬苦,徒步進入中國的極少數人,這就像神話一樣。

二、神話中國

公孫軒轅和他的妻子嫘祖最先踏上了東方中國的土地。

這是塊神奇的土地。一天,公孫軒轅和嫘祖剛從一個山坳裡走出來,這時一頭犛牛舉著兩個大牛角,就衝著他們衝了過來。見來不及躲避了,公孫軒轅便將妻子推開,兩眼一閉,心裡喊了一聲:「我的天啊!」就等著不祥之事發生了。過了一會,依然沒動靜,公孫軒轅慢慢睜開眼睛,那頭犛牛就停在他面前,兩隻眼睛也專注地看著他。犛牛慢慢後退了,又過了一會,那頭犛牛扭頭跑了。公孫軒轅將妻子嫘祖扶起,大大喘了一口氣。心神定下來後,他們這才發現,眼前的景象太美了,湛藍藍的天,綠盈盈的地。

不一會,一群犛牛朝這邊奔來,帶頭的就是剛才的那頭犛牛,

個頭大,角似鐮刀,身上的毛又長又黑又亮。公孫軒轅和妻子又緊張起來。那群犛牛來到他們面前,不過公孫軒轅和妻子很快就發現,這群犛牛並沒有傷害他們的意思。那頭帶頭的犛牛,衝著他們輕輕叫了兩聲,然後轉過身去,和另外一頭犛牛臥了下來,其他犛牛分列兩旁。公孫軒轅明白了,急忙將嫘祖扶到一頭犛牛背上坐好,自己騎上那個帶頭的犛牛。在犛牛群的護送下,他們向這片湛藍藍的天、綠盈盈的地的深處走去。

這個地方太美了,抬頭看天上的白雲,白雲就像花朵;低頭看地上的菜蔬,菜蔬就像剛洗過一樣,因為這裡的空氣中沒有塵埃。

公孫軒轅和妻子嫘祖非常興奮。一會兒,一群藏羚羊跑來,在公孫軒轅和妻子周圍跑來跳去。一會兒一群藏獒跑來,歡快地在前面引路開道。再一會兒,雄鷹、黑頸鶴和許多鳥兒飛到了公孫軒轅和妻子的上空,魚兒在河裡跳躍,連草兒也都伸長了脖子,要一睹公孫軒轅和嫘祖的尊容。

「啊!在這裡安家吧,這裡太美了。」公孫軒轅對妻子說,妻子也這樣認為。

興奮中的公孫軒轅和妻子突然聽到有人在說話:「你們要繼續向東走,從這裡往東,一直到海洋,我要把這宏大之地賜給你們和你們的後裔,直到永遠。」

公孫軒轅有些莫名其妙,誰在說話呢?他向四周望去,沒有其他人啊。嫘祖先是反應過來,用手指指天,說聲音是從天上傳來的。天上來的聲音一定是神的聲音,因為天上住的是神——雷神、電神、風神、雨神,天上的神太多了,但是那些神都不說話啊。第一次聽到天會說話,公孫軒轅和嫘祖感到新奇,同時也有些害怕。

這時天上又傳來聲音:「這裡將是一塊『物華天寶之地』。我

要使你們的後裔如同天上的星、海邊的沙那樣多,人若能數清天上的星、海邊的沙,才能數清你們的後裔。這是我與你們和你們的後裔立的永約。」

公孫軒轅衝著天膽怯地問了一句:「海洋在哪裡?」

天答道:「太陽升起的地方。」天又說:「我與你們所立的永約是有記號的。這裡,大地將要隆起,這裡將是地上最高的高原,聳立著地上最高的山。」天又吩咐公孫軒轅說:「你去取一隻3年的公犛牛,一隻3年的母犛牛;一隻3年的公藏羚羊,一隻3年的母藏羚羊,黑頸鶴、藏雪雞、赤麻鴨各1隻,設壇,做燔祭。」

三、公孫軒轅祭天

燔祭就是將所獻上的整隻祭牲完全燒在祭壇上,全部經火燒成灰,象徵敬拜與禱告隨著馨香上達到天上。

公孫軒轅照天的吩咐做了。

當火熊熊燃起的時候,那頭帶頭的犛牛首先跳了進去。不一會兒,它變成了紅色,接著又變成了金色,一個影子從牛身上脫離出來,發出一道閃光,直衝雲霄,那頭牛的靈魂升入了天堂。依次是一隻3年的母犛牛,一隻3年的公藏羚羊,一隻3年的母藏羚羊,黑頸鶴、藏雪雞、赤麻鴨各1只,他們的靈魂都升入了天堂。這是第一批到達天堂的東方動物靈魂。

日落天黑,公孫軒轅和妻子嫘祖睡下了。突然,一陣隆隆的聲響將他們驚醒,隆隆聲響了一夜。第二天,他們所在的大地已經隆起,形成了青藏高原、喜馬拉雅山、珠穆朗瑪峰。此時雪嶺橫空,藍湖靜謐,群群牛羊移動於草原。一片白雲尤如旗幟一般掛在珠峰頂,那片白雲經常變化,時而像洶湧的海浪,時而像嫋嫋的炊煙,剛剛似奔騰的駿馬,一會兒又仿佛仙女的面紗。高山上

流下來的雪水組成一條河，宛如一條銀色的哈達，由西向東漂浮在高原，祝福這裡的一切幸福安康。公孫軒轅看到這一切，震驚不已，感歎天的力量之偉大。

四、黃帝

按照天的吩咐，公孫軒轅和嫘祖離開青藏高原繼續往東走。

一日，他們走到一處水邊。公孫軒轅舉頭遠望，一望無際的水面上，煙波浩淼，碧波連天，萬鳥翱翔。魚群游向附近河流產卵，河口被密密麻麻的魚群鋪蓋，魚兒游動有聲，翻騰跳躍，使水面呈現黃色，異常壯觀。

公孫軒轅對妻子嫘祖說：「這就是海洋，我們走到頭了。」

嫘祖是個細心的人，她走到水邊，用手捧了點水嘗了嘗，是鹹的。她也同意公孫軒轅的看法，他們來到了海洋。

他們向「大海」邊瞭望，此時天高氣爽，景色十分綺麗。「大海」邊遼闊起伏的草原就像是鋪上一層厚厚的綠色的氈毯，那五彩繽紛的野花，把綠色的氈毯點綴得異常靚麗，數不盡的牛羊和膘肥體壯的驄馬猶如五彩斑駁的珍珠灑滿草原。

他們對天的安排很是滿意，決定在這裡安家立身。

這時天又說話了：「這是個鹹水湖，你們還要往東走。」

「哦！這麼大的湖啊！」公孫軒轅和嫘祖很驚訝。

公孫軒轅和嫘祖按照天的吩咐繼續往東走，只是不時回頭留戀地看一下這裡的湖光山色。再往東走，公孫軒轅就很難再看到綠色的草原了。

公孫軒轅走到由黃土堆積而成的黃土高原和黃土丘陵溝壑之地，這片山地上生長著茂密的森林，樹木既有松柏等針葉樹，也有多種闊葉大喬木；在溝谷中生長著的主要是闊葉樹和成片連叢

的灌木。在這樣的生態環境中，棲息著多種草食動物，有成群的野鹿、野羊，數不清的野兔，還有虎、豹、熊等大型食肉動物。有許多清清的河流，因湖泊很多，白天鵝、野鴨等飛禽在湖沼中棲息。

在天上，天看公孫軒轅在向東方行走。天想，再往東去就是平原了，那裡是將來的戰場，就把都城安在黃土高原吧。

天又發話了，對公孫軒轅說：「我是天，是全能的神，是你的神，你在我面前作義人，我與你立約。」公孫軒轅俯伏在地，嫘祖也俯伏在地。

天說：「你要做從喜馬拉雅山到東邊海洋的國之祖，這個國名叫中國，簡稱華。你的名字也不要再叫公孫軒轅，要叫黃帝，紀念你在黃土地立的國。你的妻子嫘祖是國之母。你，你的妻，你的後裔的皮膚要成為黃色，頭髮、眼睛為黑色，這是我認你們的記號。國度從你而立，你的國將是地上人口最多的國，並且地上萬國必因你的後裔得富。」

五、華山立國

黃帝在聆聽天的旨意的地方築了一座壇。壇的周圍，百獸雲集，鳥兒遮空蔽日。祭壇上，各種動物的靈魂如璀璨禮花，從大地直升天空，馨香繞著上升的靈光，飄入上天。

天和天上眾神在天庭看著這一切，心中愉悅。一位神將一塊石頭交給天，天接過來看了看，便從天上扔了下來。

夜間，一聲巨大的震動，將黃帝和嫘祖顛起又落下，他們都被摔疼了。第二天早上一看，在離昨日築壇的不遠地方，一座大山自天而降，其高五千仞，其廣十里。這是天從天庭投石為山，黃帝心裡暗暗稱頌：「天真偉大！」

因為此山為立國之山,黃帝想起天賦予的國名簡稱為華,便稱此山為華山。

黃帝和嫘祖對自天而降的立國之石華山,行了拜謁禮,然後拾級而上。

一路上奇岩危崖,峭壁峰嶺,幽谷險道,靈泉古洞,趣石秀木。更有鳥啼、鹿鳴、猴嘶、虎嘯。

登上峰頂,黃帝更是感慨華山的雄偉壯觀,巡視天下「惟有天在上,更無山與齊」。一陣涼風吹來,有感虎踞龍盤,氣象森森,身偉目炯的黃帝仰天大吼,王者之氣油然而生。

黃帝向上觀望,沒有看到天有什麼變化,但是感覺呼吸之氣與天庭相通。他相信,天此時正在天上微笑著看著他。

華山有東、西、南、北四峰,黃帝流覽眾峰,感到身在一朵蓮花中。黃帝醒悟,這是天庭之花,是天的注入印記。華、花諧音,這是天在呵護中國。

峰頂有一池,池水青綠澄澈,黃帝和嫘祖飲之,甘甜如蜜,一身的疲勞隨之解除,這是天的關愛。黃帝仰天大聲說:「天啊,我的主,黃帝永遠做您的義人。」

以後,黃帝的後裔便稱這個池為「仰天池」。

黃帝走向北峰,北峰山勢崢嶸,三面絕壁,上冠景雲,下通地脈。黃帝向北望去,遠處是他熟悉的綠綠的草原,再遠處黃沙滾滾,時有沙塵暴向草原襲來。

黃帝走向南峰,南峰南側是千丈絕壁,直立如削,下臨一斷層深壑。黃帝向南望去,各種植物覆蓋原野,生機盎然。再向南,煙雨濛濛,有瘴氣遊絲其中。

黃帝走向西峰,西峰西北絕崖千丈,似刀削鋸截,其陡峭巍峨突展陽剛挺拔之勢。黃帝向西望去,西北高原千溝萬壑,在綠色壓迫下掙脫出來黃色土壤,粗獷豪邁。再向西,崇山峻嶺步步

高，莽莽蒼蒼。

黃帝最後走向東峰，東峰峰頂生滿巨檜喬松，環境非常清幽。黃帝和嫘祖自松林間穿行，上有團團綠蔭，如傘如蓋，耳畔陣陣松濤，如吟如詠，黃帝頓覺心曠神怡，超然物外。黃帝在東峰頂向東望去，黃河如帶，平原沃野，千重翠浪盡收眼底。再向東，虎嘯蛇遊，飄來絲絲殺氣。

巡視完天下，黃帝對中國西高東低、北黃南綠的大勢了然於胸。這時黃帝也明白了天對他的安排：背靠高原，俯瞰中原，統領中國。

黃帝和嫘祖信步走到一個平臺，此時，朝日磅礡，霞光普照，山嶺、松林無不染上金黃的色彩。沐浴在陽光裡的黃帝、嫘祖的皮膚在不知不覺中慢慢地變成黃色，頭髮、眼睛慢慢變成了黑色，黃帝的後裔也都成了這個樣子。後人將這一地點稱為朝陽台，東峰亦稱為朝陽峰。

六、中國序曲

天對黃帝和中國進行了安排，後來天又將從一到七的幾位元數位作為音符揮灑向天空和大地，從此產生了音樂，凡有靈性者都陶醉在音樂之間。音樂在天上稱天籟，在人間稱音樂，在冥界稱地籟。

伴隨著華山立國，天庭舉行了一場音樂會，祝賀一個新的國家誕生，天親自出席。

天庭愛樂樂團的天籟家們，演奏了新近完成的〈中國序曲〉。

〈中國序曲〉響起，一群仙女伴隨著天籟翩翩起舞，天上諸神也都鼓掌慶賀天創造了一個偉大的國家。

甜美委婉的天籟從天庭傳出，透過雲層灑下東方大地。

一聲春雷隆隆響起，黃帝說，這是天在祝福中國。

一道閃電照亮大地，黃帝說，這是天給大地開光。

一陣春風吹過大地，黃帝說，這是天送來的溫暖。

一陣春雨灑向大地，黃帝說，這是天在滋潤萬物。

小草從地下鑽出，伸出稚嫩的小手，高興地向天空揮舞。

泉水從地下鑽出，在山澗歡悅，發出叮咚聲，和聲著中國序曲。

一隻青蛙從溪裡跳到岸邊，衝著天空叫道：「醒了！醒了！」

天微笑著看著東方大地，東方大地初顯生機。

七、方塊字

黃帝立國後，便開始馴養和管理動物。馴養和管理動物中一個重要事情就是要記錄它們的數量。因為動物們的蹄印是不一樣的，用不同的蹄印表示不同的動物，是準確無誤的。更重要的是，動物的蹄印比較容易畫，簡單的幾筆就可標明不同的動物和它們的數量。黃帝開始畫動物的蹄印，後來又開始畫動物的外形，這樣就能將動物區分得更細，更能記錄它們的生活狀態。

後來，各種動物的特徵黃帝畫得都很像了，再後來黃帝還能畫許多天地間的事物。他為了畫得更快些，所用線條也越來越簡潔。

有一天，黃帝高興地對嫘祖說：「我的畫不就是文字嗎，我們有文字了。」

黃帝從畫鳥獸的蹄印開始，創造出了圖畫文字。以後又經過多年的研究，黃帝終於發明了方塊字，也叫象形文字或表意文字。

黃帝所發明的方塊字的特點是，字就是畫，畫就是字，象形、表意、形聲。

象形，比如「山」字就是山的象形，常用的象形方塊字有日、月、龜、鳥、上、下、木、森、從、眾、火、田等。

表意，比如「休」字就是表示一個人靠在樹樁歇著，就是休息。「明」字就是日月帶來的亮光的表意。

形聲字是最多產的造字形式，如左形右聲的字：杆、材、清；右形左聲的字：故、功、戰；上形下聲的字：字、花、笠；下形上聲的字：忘、盒、架；外形內聲：固、病、園；內形外聲：聞、悶、問等。

象形的「人」字是這樣產生的。有次嫘祖側身站在不遠處，黃帝看上去，隨手拿個棍在地上創造出了「亻」字，而且只用了一撇一豎兩劃。嫘祖過來看：「嗯，像個側面站立的人。」後來黃帝又將一豎改成一捺，這樣更美觀了。

黃帝發明的方塊字寓意深刻，達到了將天、人、地統一的境界。

文字被創造出來了，黃帝很高興。一日，他在嫘祖的陪同下，在大地上書寫方塊字。當寫到國字時，突然「天雨粟，大地動」，天上傳來聲音說：「我要賦予這種文字兩種神奇的力量：一是賦予這種文字凝聚力，國家因有它而永遠不會被分裂；二是凡是入侵你們國家的人都要被這種文字同化。」

黃帝大驚。他明白，他所創造的方塊文字被天賦予神奇的力量，就變成了護國符。黃帝便立即築壇，納百獸、百鳥，獻在壇上為燔祭。此時西邊喜馬拉雅山點頭，北邊沙漠吹起沙塵暴，東邊大海捲起狂濤，南面熱浪滾滾，初顯華國疆域與國威。

夜裡，伴隨著隆隆聲，在築壇的四周形成了一座城，有城牆、城門、箭樓。這是天的賜予，是對黃帝及後裔的呵護。城內有一座塔，塔尖直指著天，這是告知人要敬畏天，後來人們在各地仿照天賜予的樣子開始建城造塔了。

一日，黃帝在他創造的方塊文字中選了一個「天」字，獻給天，感謝他對大地的關懷，並用巨大的石塊組成字體擺放在大地上。天在天上看見了，點頭應允，一陣狂風襲來，將這些巨石捲入天空。從此黃帝和黃帝後裔心裡便有了上天、蒼天、天意、天命、天下、老天爺等敬尊天為最高之上的意念。

黃帝發明的方塊字一直使用至今，成為當今世界上唯一的一種有著日漸嚴密體系的古老文字。在此以後，中國的歷史也證明，天賦予這種方塊字的神奇力量，也是中華文明綿延不斷的根本所在。

黃帝創造了東方語言，奠定了東方文化的基石。除了「國之祖」外，黃帝還被後人稱為「人文初祖」。

八、嫘祖

嫘祖陪同黃帝萬里迢迢來到東方立國安家，很是辛苦。現在，國立了，以後嫘祖考慮更多的是安家。

一日有大星從天空劃過，留下一道彩虹，嫘祖懷孕了，十月懷胎生下一個男孩。

嫘祖坐在綠盈盈的草地上，嬰兒在媽媽的懷裡，貪心地捧著媽媽的乳房吸著，那雙肥肥的小手撫摸著媽媽豐滿的乳房。母親溫柔地低頭，流露出萬分沉醉的柔情蜜意，映照著嬰兒恬適的小臉，女人造化———一個民族由此誕生。

在綠盈盈的草地上，男童在爬行，不時想站起來，但是站立不穩，又跌倒下來。不遠處，嫘祖甜蜜蜜地看著兒子在學步。當孩子再次跌倒並無力再次站起來時，嫘祖才過去將他扶起，輕聲說：「噢！孩子，慢慢來，慢慢來。」

孩子整個身體趴在母親懷裡，頭靠在母親的胸上，舒服、滿

足、安靜地感覺母親的心跳與溫軟。此時嫘祖也躺在大地上，舒服、滿足、安靜地感覺中國大地的心跳與溫馨。

嫘祖賢慧聰穎。一次嫘祖野外採食，發現一種蟲子在吐「羊毛」，並將自己包裹其中，甚是驚奇。這使嫘祖聯想到了衣裳，於是便對這種蟲子進行細心觀察。後來嫘祖又將這種蟲子拿到家裡來飼養，並稱這種蟲為「天蟲」。以後的人將「天」字與「蟲」字上下合成一個字，將這種蟲稱作「蠶」。栽桑、養蠶、繅絲、織帛就是嫘祖發明的。絲織品著色後特別鮮豔，嫘祖讓男性穿著冷色的衣服，冷色可體現男性的陽剛之氣，讓女性穿著暖色的衣服，暖色能展現女性的溫柔之美。

人口多了，嫘祖便開創了男耕女織的家庭分工，男子在外狩獵耕作，女子負責家庭成員的吃穿。為了紀念國之母的貢獻，後人敬稱嫘祖為「先蠶」。

天看嫘祖發明了栽桑、養蠶、繅絲、織帛，創造了新式衣服，很是高興，便賜福與她，讓她懷孕，於是嫘祖豐乳肥臀，生養眾多。

九、黃帝陵

黃帝老了。

一天夜裡，黃帝在夢裡聽天說：「我思念你，你到天上來吧。」

第二天，黃帝醒來，看到一條龍臥在家門口。黃帝推醒妻子嫘祖，將昨天夜裡做的夢告知了嫘祖。嫘祖明白，這是黃帝完成了天安排的工作，是天要讓黃帝休息。嫘祖說：「我們一起走吧。」黃帝自然也不願意和嫘祖分開，他們決定一起升天。

出了房門，黃帝想扶嫘祖先上龍背，但是龍身躁動，嫘祖上不

去。黃帝說：「我先上去，再拉你。」

黃帝剛上了龍背，龍就騰身而起，嫘祖匆忙間抓住了龍鬚，結果龍鬚斷了，嫘祖又跌落到地上。擔心嫘祖跌傷，黃帝在龍背上急拋下一隻靴子墊在嫘祖身下。很快，龍馱著黃帝騰雲駕霧而去。

龍鬚草便是那些龍鬚變的，這是黃帝馭龍的紀念。

黃帝的後代厚葬了那只靴子，這就是「黃帝陵」。黃帝乘龍升天的地方，被後人稱為「橋山」，是為天地之橋也。

從那以後，女人活得比男人長。

十、黃帝的後代

黃帝共有 25 個兒子，其中 14 人得到 12 個姓，它們是：姬、酉、祁、己、滕、葴、任、荀、僖、姞、儇、衣。

黃帝到老年後，制定了「禪讓制」，「天下為公，選賢任能」，在他的後代中挑選賢能來管理大地。

黃帝升天後，他的孫子顓頊即位。

顓頊逝世後，由重孫子帝嚳即位。

帝嚳有兩個兒子，一個叫摯，一個叫放勳。帝嚳逝世後，由摯接受帝位。

帝摯即位後，發現自己管理國家的能力不如弟弟放勳，就把帝位讓給了弟弟，這就是堯帝。

在堯帝的帶領下，中國開啟了新的千秋基業。

第二章 天 人 地

一、天

　　堯帝 20 歲即位。堯帝外表英俊，身高十尺，眉分八彩，為人寬厚，溫文爾雅。堯帝喜著黃色的帽子，黑色的衣服，用紅色的車並駕以白馬，遠望他如雲霞一樣燦爛。堯帝是個義人，天在天庭俯身看這個小夥子，甚是喜愛。

　　東方是一個季節豐富且氣候變化很快的地方。黃帝一族遠遷來此，複雜多變的氣候對他們的生存帶來了很大麻煩，時常因為掌握不准氣候，而使寒霜侵殺禾苗，嚴冬奪去牲畜、走獸的性命。堯帝很是頭疼。

　　一天夜晚，堯帝躺在草地上對天長歎。面對璀璨的夜空，他似乎突然感悟到了什麼：「為什麼不求助於天呢？」堯帝心想。於是堯帝站起來，衝著天空呼喊：「天啊，萬能的神啊，黃帝的神，也是我的神，請幫幫我們吧！」過了一會兒，沒有動靜，堯帝繼續衝著天空呼喊：「天啊，萬能的神啊，黃帝的神，也是我的神，請幫幫我們吧！」

　　這樣堯帝喊了三遍，天空有了回音：「我是黃帝的神，也是你堯帝的神，你們的困難我知道。」堯帝凝神靜聽，天說：「我要為你出考題，你要作答。你要夜觀天象 777 個夜晚，考題就寫在天空，答案就是解救世上萬物的生存法則。」

　　啊！天顯靈了，天下萬物要得解救了，堯帝激動地跳了起來。

　　第二天，堯帝設壇，納百獸百鳥獻在壇上為燔祭。夜晚立壇的地方流星飛馳，夜空星光閃爍。根據天的指示，堯帝開始夜觀天象。

　　堯帝夜觀天象，先是眩暈，沒過多久，就陶醉在午夜星河。

　　堯帝的思維在果殼中的宇宙裡隨著大爆炸的漣漪暢遊，趙銀河，穿黑洞，拜織女，訪牛郎，所過之處紅紫交錯，在寂寞的宇

宙裡形成了一道彩練，引得不少星球喜愛讚歎。

堯帝在太空遇到了嫦娥，嫦娥問：「堯帝到太空來做什麼？」

堯帝急忙將上天出考題之事告知，並請求說：「請嫦娥姐姐指點迷津。」

嫦娥笑說：「我送你一個『月』字吧。」

聯想到月有陰晴圓缺，堯帝明白了「月」字的含義。

堯帝在太空遇到了太陽神，太陽神問：「堯帝到太空來做什麼？」

堯帝急忙將上天出考題之事告知，並請求說：「請太陽神指點迷津。」

太陽神笑說：「我送你一個『年』字吧。」

聯想到冬去春來，夏走秋至，堯帝明白了年字的含義。

聯想起太陽的晨起夕落，堯帝又悟出了一個「日」字。

就這樣，整整過了777個夜晚，堯帝在諸天神的幫助下，從三垣四象二十八星宿的位置，星體的位移，星光的輝度中看懂了天空，破解了上天的考題——天象密碼。

堯帝以太陽的晨起夕落為一日，以月亮的月圓月缺為一月，以春夏秋冬的一個輪回為一年，一年定為360天。一年中設定了24節氣，制定出了世上萬物的生存法則——曆法。

堯帝觀察日出的情況，以晝夜平分的那天作為春分，並參考鳥星的位置來校正。在春分，南宮朱雀七宿黃昏時出現在天的正南方，這個時候春江水暖，堯帝喚醒眾生芸芸，萬物並作。此時鳥獸生兒育女，花兒鬥鮮爭豔，人們開始春耕。堯帝任命羲仲，讓羲仲住在東方海濱叫暘谷的地方，在那裡恭敬地迎接日出，並在那裡詳細佈置春季的耕作。此時太空仙女星座似醉似醒，星光嫵媚。

第二章 天人地

　　堯帝觀察太陽由北向南移動的情況，以白晝時間最長的那天為夏至，並參考火星的位置來校正。在夏至，東宮蒼龍七宿中的火星黃昏時出現在天的正南方，這個時候驕陽似火，堯帝提醒芸芸眾生，勞逸防暑。此時鳥獸稀毛減衣，樹大遮陰，人們鋤禾日當午。堯帝任命羲叔，讓羲叔住在南方叫明都的地方，在那裡詳細安排夏季的農活。此時太空天鵝星座耀明靚麗，飄逸妖嬈。

　　堯帝觀察日落的情況，以晝夜平分的那天作為秋分，並參考虛星的位置來校正。在秋分，北宮玄武七宿中的虛星黃昏時出現在天的正南方，這個時候天高氣爽，堯帝告知大眾蒼生收穫成果。此時鳥獸增肥，植物結籽，人們奮力收割。堯帝任命和仲，讓和仲住在西方叫昧谷的地方，恭敬地送太陽下山，並在那裡有步驟地指揮秋天儲藏。此時太空麒麟星座銀光閃閃，輝映玉月。

　　堯帝觀察太陽由南向北移動的情況，以白晝最短的那天作為冬至，並參考昴星的位置來校正。在冬至，西宮白虎七宿中的昴星黃昏時出現在天的正南方，這個時候天寒地凍，堯帝嚴令蒼生大眾，保暖禦寒。此時鳥獸絮窩進洞，花草舍葉保根，人們躲進屋子裡居住。堯帝任命和叔，讓和叔住在北方叫幽都的地方，在那裡認真排練越冬的娛樂活動。此時太空大熊星座昏光搖曳，天寂地靜。

　　後來堯帝又決定每三年置一閏月，用閏月調整四季，使每年的農時更正確，不出差誤。

　　有了曆法，植物霜後脫葉，進入冬眠，冬眠動物驚蟄醒來。鳥兒除了更換羽毛，還要隨秋涼春暖南北候遷，從此世上萬物按照曆法進入了有序生存。

　　曆法的制定帶來了生機盎然的農耕時代，曆法也被人們恭稱為「天時」。

　　有了曆法，堯帝還不滿足。在堯帝夜觀天象時，風、雲、雨、

雪、雷、雹等經常干擾堯帝的工作,並且影響人們的生活和萬物的生長。一開始堯帝很是不耐煩,久而久之,堯帝發現風、雲、雨、雪、雷、雹等的出現和消失也有著一定的規律。於是在完成曆法的制訂後,堯帝又開始了畫觀氣象。

沒用太久,堯帝便瞭解了大氣中的氣象變化規律。

　　日出太陽黃,午後風必狂。
　　日落黃澄澄,明日刮大風。
　　風大夜無露,陰天夜無霜。
　　久晴大霧陰,久雨大霧晴。
　　……

堯帝將這些規律告知天下。人們雨水插禾,晴日收穫;動物雷雨入洞,晴日遠行;鳥兒風前絮窩,雨後打食。從此天下萬物的生存更加有序,人們的生活品質有了更大的提高。

後人歌頌堯帝「其仁如天,其知如神,就之如日,望之如雲」。接近他如接近光輝的太陽,遠望他如雲霞一樣燦爛。

一日夜裡,天空突然出現了一顆新星,瞬間光照大地。其光芒白天與太陽同輝,夜晚與月亮並煌。人們對這種天象感到驚恐,因為這顆星比其他星亮得太多,人們稱這顆星為超新星。不久這顆星黯淡下來,但是很快人們就發現,堯帝不見了。人們明白了,那顆超新星就是堯帝,是堯帝升天之時將生命的光輝灑向了大地。為了紀念堯帝,不少地方為他建造了陵墓。直到今天,人們都說自己家鄉的陵墓是真正的堯帝陵。

堯帝奠定了中國的農耕時代。堯走後,舉國悲痛,「百姓悲哀,如喪父母。三年,四方莫舉樂,以思堯」。人們對他的懷念之情甚為深摯。

堯帝在位70年,堯年老的時候,沒有把首領之位傳給自己的兒子丹朱,而是傳位於舜。堯曰:「終不以天下之病而利一

人。」意思是說，自己的兒子丹朱少德缺能，不能把管理天下的權力交給他，應該把帝位交給德才兼備的舜。因為交給舜，天下人都可以得到好處，只有丹朱會受到損害，可是如果交給丹朱，天下人都會受到損害，只有丹朱會得到好處。堯不願損害天下人，來使自己的兒子得利，所以把管理天下的大權交給了舜。

如此無私，如此博大，後代讚頌堯帝：「大哉！堯之為君也，巍巍乎唯天為大。」

「天下為公」的精神是堯帝開創的，堯帝的「天下為公」精神，確保了曆法的實行，確保了農耕時代的繁榮昌盛。

二、人

舜出身卑微，家境清貧，歷經坎坷。舜從事過各種體力勞動，在歷山耕過地，在雷澤捕過魚，在黃河邊做過瓦器，在壽丘製作過各種家用器具。舜曾為生計顛沛流離，為養家糊口而到處奔波。

舜的德行很好，人們均受他的感召。他在歷山耕種，歷山的農人都互相讓田；在雷澤捕魚，雷澤的漁人都互相讓居處；在黃河邊做瓦器，黃河邊出產的瓦器都沒有出現過粗製濫造。他到了哪裡，人們都願意追隨他，因而一年所居成村，兩年所居成邑，三年所居成都。今觀之，舜具有極強的凝聚力，是個領袖人才。

舜 20 歲時，因孝敬而出名。舜 30 歲時，堯帝詢問有沒有可以做帝的人，四方諸侯都推薦舜。堯把兩個女兒娥皇和女英嫁給舜，來觀察舜內在的德行，還派 9 個男人和他相處，來觀察舜的外部表現。

舜的修養很深，處世嚴謹，而且有威嚴。堯的兩個女兒初嫁到舜家還自視清高，舜便給她們每人一把揪，讓她們下地幹活，並規定勞動量，幹不完不得進食。過了沒幾天，娥皇和女英就和舜

一樣成為勤勞的人了,而且和舜一樣孝順父母,尊敬弟妹。那9個男人侍奉舜,也都忠實恭敬。

堯帝在女兒回娘家時,得知舜的情況,安慰了女兒,對舜的做法給予充分的肯定,並賜給舜細布衣服,替舜建造糧倉,還賜給他一些牛羊。

舜的父親瞽叟(意為看不見的老人)糊塗懼內。舜的生母罩衣早已去世,瞽叟再娶,又生一個兒子,起名叫象。象貪圖享樂,待人很傲慢。舜的後母平時對舜就很苛刻,看舜娶了帝的女兒,有9個男人侍奉,心生嫉妒,就想殺舜。

無所不知的天看人作惡很是生氣,就派天使來保護舜。

有一天,舜一人在田裡幹活,突然眼前一亮,一個發著光輝的人影出現在田埂上,似乎這個人影的脖子上還繫有一條紅色的圍巾。舜甚是驚奇,還沒等舜開口,那個人影便對他說話了,他說:「我是天的使者。」

聽說是天使,舜急忙要行禮。天使用手勢制止住他,並繼續說:「你後母和你弟弟要加害於你,你有滅頂之災,但是你不用怕,天讓我來幫助你。」說完天使消失了。

舜聽後震驚。此時田邊的樹上,有一隻母斑鳩和一隻小斑鳩,那母斑鳩不時飛起捕捉飛蟲來餵小斑鳩。舜見後很是感動,不禁仰天長歎,長期的壓抑使他脫口而歌:「涉彼歷山兮崔嵬,有鳥翔兮高飛。日與月兮往如馳。父母遠兮吾將安歸?」意思是,登上那崔嵬的歷山,見有鳥在空中飛翔。日與月啊往來如梭,思念父母啊有家難歸!歌罷,悲從中來,放聲大哭。天上的鳥兒紛紛從天上降下,落在樹上和地上,流下同情的眼淚。特別是雌鳥,為人類中有如此的後母而感到悲哀。它們流淚哽咽,時間長了,這些雌鳥嗓子都啞了,特別是母雞,也只是在生兒育女時才能「咯咯噠」叫幾聲。

雖有風險，孝敬的舜還是回家了。

後母和象開始動手了。

一次修糧倉時，舜的後母先是讓舜爬到糧倉上去修糧倉，然後抽掉梯子，並在下面放火燒糧倉。就在舜著急時，天使出現在舜身旁。天使給了舜兩頂斗笠，舜抓住斗笠便跳下糧倉，逃離火海，倖免於難。後母見舜沒死，很是驚訝，認為這是偶然，是無意將斗笠忘在糧倉頂上了，舜才得以逃生。

又有一次，後母說，原來的井水不好喝，要舜再挖一口新井。待舜把井挖得很深後，後母和象就往井裡填土，想把舜埋在裡面。待井裡的土填滿後，象和後母以為舜死了，便要分割舜的家室財物。

娥皇、女英性情純良，更兼婀娜靈秀，很是美貌。象對兩個嫂嫂早已垂涎，見機會來了，對母親說：「最先出這個主意的是我，所以舜的妻，也就是堯的兩個女兒都是我的，牛羊糧倉分給父母。」母親同意了象的要求。

象高興地跑到舜的屋子，發現舜正和娥皇、女英在屋裡談笑風生，象大吃一驚。原來天使與舜同在，天使在井旁挖開了個洞，舜順利逃了出來。

象不好意思地對舜說：「我很想哥哥，前來看看。」

經此磨難，舜的心胸更加廣闊。事後，舜像什麼事情都沒發生一樣，仍然孝敬地侍奉父親、後母，善待弟弟，而且越來越恭敬，一點也不懈怠。後母和象大受感動，終於良心發現，同時也覺得此事蹊蹺，猜想一定有神在保護舜，從此以後就不再加害舜了。

舜的行為感動了人們，起到了表率的作用。東方人以後大多以舜為楷模，以「孝」為規範。人們認為「孝」既然能夠「通於神明」，自然應該是「天之經也，地之義也，人之行也」。

舜由此開啟了東方的道德教育,「教之所由生也」。

孝由此也成為了德之本。百善孝為先,就連以後的歷代王朝也無不標榜「以孝治天下」。

舜第一個統一了東方人的道德觀。

堯帝歸天,舜很是傷心,帶領全家為堯守孝。堯走後三年,舜守孝三年。三年完畢,舜將帝位讓給丹朱,自己躲到一個叫九嶷的地方。可是,朝拜的民眾不到丹朱的住地,反而來找舜;要打官司的人也不去找丹朱,也來找舜;歌頌政績的人也不歌頌丹朱,反而歌頌舜。人心所向,天意所歸,舜說:「這是上天的旨意啊!」

天上傳來聲音,天對舜說:「我是黃帝的神,堯帝的神,也是你的神,我眷顧你,你要繼續創立清明的德政,用美德教化東方人。」

舜帝為天築了一座壇,納百獸百鳥獻在壇上為燔祭。

舜帝一邊獻祭,一邊歌唱道:「奉行天命,施行德政,順應天時,謹微慎行。」又唱道:「股肱大臣喜盡忠啊,帝王治國要有功啊,百官事業也興盛啊!」

立壇的地方慢慢升起,這就是九嶷山,德重九嶷之意。

舜即位後,命契擔任「司徒」,教導人遵守倫理道德;命皋陶擔任「士」,也就是獄官之長,執行各種刑罰;命垂擔任「共工」,統領工匠事務;命益擔任「虞」,管理山林百獸;命伯夷擔任「秩宗」,協助自己掌管天、地、人三事的禮儀;命夔為「樂官」,用詩歌舞蹈教導人;命隆擔任「納言」,負責搜集意見,發佈命令。還規定三年考察一次政績,由考察三次的結果決定留用或罷免。通過這樣的整頓,各項工作都出現了新面貌。

在過去,有一些缺乏道德禍害民眾的家族,即帝鴻氏的不才子渾敦、少皞氏的不才子窮奇、顓頊氏的不才子檮杌、縉雲氏的不

才子饕餮。舜即位後，就把這些家族流放到邊遠之地。這樣做了以後，社會平安多了。

有一年，舜帝告別了困苦的冬天，走出室外。此時春天和煦的南風吹來，舜帝感到渾身溫暖，再看大地，春草破土，樹芽吐綠，人們陸續走向田野開始耕作。舜帝動情，親自造樂教人之感油然而生。

舜帝認為原來的琴不夠好，音律不夠，難以薰陶心靈，於是決定再製作一把琴。舜帝制作的琴由音板、弦釘、弦柱、琴弦和共鳴箱等構成。上部的音板，多使用質地軟硬適度的松、杉木製作。在距音板兩端處，一端釘有五個竹釘作為繫弦的弦釘，另一端置有五個木制小棍作為拴弦的弦柱，弦釘與弦柱之間，張以五條琴弦，弦下不設柱馬，琴弦採用麻絲撚合而成。

一天，舜帝在一棵梧桐樹下製作琴，突然一隻鳳凰落在了梧桐樹上，並衝著舜帝鳴叫三聲，然後便飛走了。

舜帝起身離開梧桐樹，看看遠去的鳳凰，轉身又端詳那棵梧桐樹。舜帝明白了，他讓人將梧桐樹伐倒，用整個樹幹製作成琴的共鳴箱，粗頭為主共鳴箱，其餘為尾共鳴箱，並用夫人娥皇、女英的長髮撚合成琴弦。頭髮本來很脆弱，但是撚合成琴弦的娥皇、女英的長髮卻很剛強。因共鳴箱設有尾部，這部琴顯得特別長。人們稱這部琴為舜帝五弦琴，也稱鳳凰梧桐琴。

舜帝五弦琴低音如春雷滾滾，高音如百鳥鳴鳳，輕撥琴弦如山泉叮咚，加持力度便如虎嘯山林。

琴製作好了，舜帝又親自做了一首歌〈南風〉。歌裡唱到：「南風之薰兮，可以解吾民之慍兮；南風之時兮，可以阜吾民之財兮。唯修此化，故其興也勃焉，德如泉流。」意思是，南方來的和煦風呀，吹散人民的愁苦啊；南風及時吹來呀，增長人民的財富啊。只有培養這種（像南風一樣和煦、及時的）風化，才能

使國家生機盎然，美德如泉流不絕。

一次，九嶷山一帶發生動亂。舜不想硬性平息，決定用禮樂去教化。舜把這個想法告訴娥皇、女英，兩位夫人想到舜年事已高，很是不放心，就要和舜一塊去。舜考慮到路途遙遠，且民心不穩，難保安全，於是只帶了少數隨從，悄悄離去。

舜帝走向九嶷山。在九嶷山山頂，舜帝席地而坐，彈起五弦琴，唱起〈南風〉歌。此時天空出現了五彩虹，當琴弦顫動時，彩虹在天上起舞，大地風吹柳擺，天、人、地緩歌曼舞凝絲竹。此時莽莽群山，綿延起伏，如千帆競發，奔騰而來，「萬里江山朝九嶷」。

人們沐浴在舜帝的琴聲裡、歌聲裡，就像和煦的南風拂面。圖謀不軌的人在琴聲裡軟化，心有惡念的人在南風裡淨化，一場風波在「南風」裡風平浪靜。

在九嶷山，琴聲和著歌聲，歌聲和著琴聲，彩虹徐徐從天空降下，圍在舜帝周圍，形成彩雲。彩雲將舜帝慢慢托起，舜帝在彩雲裡彈琴唱歌，琴聲、歌聲在天地間回蕩，在人們的心靈裡回蕩。彩雲越升越高，舜帝乘彩雲升入上天。

娥皇和女英在舜帝離家走後，決定隨後也去九嶷山。

娥皇喜歡騎馬，便跨了一匹高頭大馬前進，而女英喜歡乘車，便乘車趕路，並選由騾子駕車。在行進中，不料給女英駕車的母騾，突然要臨盆生駒，只能將車停了下來。女英生氣，斥責騾子今後不准生駒，由此傳說騾子不受孕、不生駒，都是女英定下的。娥皇和女英於是同乘一馬前行，因此前進緩慢，當她們走到湘江時，得知舜帝已乘雲升天。娥皇和女英因沒能和夫君見面，更沒能和舜帝一起升天，感到萬分悲痛。

二女在湘江邊上，遙望九嶷山痛苦流涕。她們的眼淚，揮灑在竹子上，竹子便掛上斑斑淚痕，變成了現在的「斑竹」。「斑

竹」也稱湘妃竹，有詩曰「斑竹一枝千滴淚」。

　　舜升天了，娥皇、女英痛不欲生，便跳入波濤滾滾的湘江，化為湘江女神，人稱娥皇為湘君，稱女英為湘妃或湘夫人。後人感歎：雨瀟瀟兮洞庭，煙霏霏兮黃陵，望夫君兮不來，波渺渺兮而難升。

　　曾經謀害過舜的弟弟象，在舜的德行感化下，在舜升天後真的變成了一頭象，守護著人們為舜建造的陵墓。從此，人們也都要在墓地放置一頭雕塑的石象。

　　禮樂教化是從舜帝開始的。後人盛讚舜帝，奏五弦之琴，唱〈南風〉之歌，天下大治。

　　普天下清明仁和的德政是從舜帝時代開始的，舜帝被後人稱為「民師帝範」和「人倫楷模」。

三、地

　　青藏高原隆起後，原在青藏高原湖泊的水向東傾泄，浩浩蕩蕩的洪水濁浪滔天，包圍了山崗，淹沒了田野。

　　舜帝執政時，曾設想設立一位「水工」，也就是水利大臣，專職消除水患。讓誰擔任這一要職呢？很多人都推薦一個名叫鯀的人。鯀行不行呢？舜帝要聽聽天下人的意見。

　　來自東方的人說：「鯀有德，孝敬父母。」
　　來自西方的人說：「鯀有才，精通算術。」
　　來自南方的人說：「鯀廣遊歷，通曉地理。」
　　來自北方的人說：「鯀善納言，與人和睦。」
　　舜帝接受了大家的意見，任命鯀為水工。

　　鯀上任後，勘察東西，丈量南北，查水情，畫河圖，經過數年的奔波，對於如何根治天下的水患心中逐步有了數，但也暗暗

驚歎工程之巨大,不是一代兩代人所能完成的。如何向舜帝彙報哪?鯀心裡發愁。他坐在一個小山坡上,面對滾滾洪水,不知如何是好。此時一條蛇慢慢遊近鯀,開口說話了:「鯀!」

正在沉思中的鯀嚇了一跳,急忙站起來。

那條蛇又說話了:「我是你祖先黃帝的朋友,我們都是來自遠方,你有什麼困難,我可以幫助你。」

這條蛇是來自非洲,還是本土出生,沒人說得清楚,但這條蛇成精了確實是事實,因為它有著超凡本領。現在看鯀正在為治水發愁,這條蛇決定顯現蛇威。

鯀知道自己的始祖黃帝,也聽長輩說過非洲,但是黃帝怎麼能和蛇交朋友呢?鯀在思考的時候,蛇又說話了:「我知道你在思考治水,但是靠人的能力治水太難了。」

「還有什麼好辦法嗎?」聽到說治水,鯀不自覺地和蛇攀談了起來。

「天國裡有一種土,叫息壤,就是能平息水患的土壤,拿來一點點就夠了。」蛇說。

「怎麼能拿得到啊?怎麼能上天啊?」鯀問。

「這好辦,你騎在我背上,我可以馱你去,你閉上眼睛就行了。」蛇說。

看鯀有些猶豫,蛇又說:「看在老朋友黃帝的份上,我幫你一回,以後我就不會再向你提供幫助了。」

鯀被蛇忽悠地聽從了安排,騎上了蛇背,只聽耳旁一陣風聲,他們來到天國。蛇悄悄用嘴含了一點天國之土,正準備返回下界,不料被正在天國遊玩的黃帝和嫘祖看到了。因蛇偷吃蠶,嫘祖見蛇就格外氣憤。嫘祖看到了這條蛇,趕過來,毫不猶豫地照著蛇頭一腳踩下去,蛇痛得吐出了嘴裡的土。息壤從天而降,落在大海裡,形成了大大小小的島嶼。一些息壤掉在東方大陸上,

第二章 天人地

堵塞了河道，使澇災更加嚴重。

蛇馱著鯀連滾帶爬地從天上掉落下來，鯀睜開眼睛時已經跌躺在地上。一道道閃電從天上打下來，蛇逃得無影無蹤。

被嫘祖狠狠地踩了一腳後，蛇的頭從此變成了扁三角形。

天對鯀也給予了懲罰：「你既聽從了蛇的話，你犯了偷竊罪，你必須含冤受屈，你要幫助你兒子治水，功勞要記在你兒子身上。」

鯀治水沒有成功，無奈地向舜帝彙報，並請求處分。舜帝根據問責制要懲罰鯀。鯀沒做任何辯解，就認罪了。鯀被免職，並被流放羽山。

如何治水？舜帝思索再三，決定請求天的幫助。舜帝為天築了一座壇，求告上天。

天托夢給舜帝，指示他找一個叫魚的人，並賜名為禹，讓禹領導治水。舜醒來急命眾人尋訪，果然找到叫魚的人，舜把他請來。當舜帝得知魚是鯀之子時，頓時明白了天的子承父業的用意，也明白鯀給兒子起名叫魚是為表示根治水患的決心。舜帝根據天的旨意，賜魚改名叫禹，把治水的使命賦予了他，並改判鯀流放在近處的嵩山。

禹請求見父，舜帝答應。

在嵩山，禹見父後痛哭，鯀安慰禹。鯀脫去內衣，將其鋪在地上。內衣上畫有一張河圖，圖上密密麻麻，圈圈點點，中國天南地北的水情都在此圖中，哪裡水深，哪裡水淺；哪裡好衝堤，哪裡易決口；哪裡該挖，哪裡該堵；哪裡能斷水，哪裡可排洪，都畫得一清二楚。禹看後大驚，說：「父親啊，世人說你只知築壩修堰，不知修渠疏導，所以沒成功，從河圖上看，你什麼都知道，那你為什麼不修渠疏導呢？」鯀搖頭無語。

禹見舜帝，將河圖之事向舜帝回報，並將工程巨大之情說明。

看到河圖，舜帝很高興。有了河圖，治河就有了良好的開端，舜和禹決心動員全體民眾共同治水。舜帝又免鯀之罪責，賞賜大批生活物資，讓鯀在嵩山安享晚年。

禹接受天的旨意，在舜帝的領導下，帶領民眾奮力治水。

禹帶領治水民眾，走遍各地，根據規劃，逢山開山，遇窪築堤，疏通水道，引洪水入海。

禹為了治水，費盡腦筋，不怕勞苦，從不懈怠。他與妻子塗山氏新婚不久，就離開妻子，重又踏上治水的道路。後來，他路過家門口，正當妻子生產，聽到嬰兒啼哭的聲音，都沒有進家門；第二次經過家門的時候，妻子抱著兒子迎到家門外，禹輕輕親了親兒子的臉蛋，安慰了妻子，繼續趕路；第三次禹經過家門，妻子頭戴斗笠，手上拿著治水工具鍤，正在家門口等候禹。妻子說孩子已經大了，並交給了婆婆照顧，要和禹一起上治河工地。禹深情地看了妻子一眼，接過妻子的鍤，拉起妻子的手融入到治水的隊伍中。世人把這三進家門而不入、夫妻共同治水看作典範，於是萬眾一心，協力治水。

在生活上，禹從不講究起居飲食，而把所有財力和物力都用在治水上。在陸地行進時，他坐著車；在水裡行進時，他駕著船；在泥灘上行進時，他乘著橇。在這艱辛的歲月裡，大禹的臉曬黑了，人累瘦了，手掌和腳掌結了厚厚的老繭。史書有記載：「卑宮室而盡力乎溝洫」、「身執耒鍤以為民先」。

當時人們已經發明了造酒術，有個叫儀秋的人將自己釀造的美酒獻給禹，以表敬意。禹品嘗過後感到醇香甘美，不覺感歎，說：「啊，人間居然有如此美釀！」

禹曾看到有人酒後癲狂誤事，便預言說：「後世必有以酒而亡國者。」禹宣佈戒酒，並要求同僚諸臣也不得貪杯酗酒，天下臣民心悅誠服。

雖然禹奮力領導治水，但是在治水的過程中，仍然難免出錯。有次在疏導一條河時，前面被一座大山擋住了水路。禹思索是往西繞，還是往東繞，看看地勢往東高，往西低，便決定往西開河。在施工的時候，禹觀察天上的鳥兒都往東飛，猜想這一定是氣勢的原因，而氣勢往往和地勢有關，所以禹帶領有關人員往東登高而視，發現向東不遠處有個天然的河道。如果突破向東的一時高度，下一步的工程就容易多了，於是禹又決定向東開河，後人將這交岔處起名為「錯開河」。

　　向東打開河道，猶如舉起開山巨斧，把山劈成兩半。中間形成的百丈懸崖峭壁的大豁口，就像一個大門，巨流便從這大門之間奔騰而下。據說，每年的秋天，江河中的大鯉魚，都來這裡開運動會，比賽逆流向上跳，誰躍過湍急的水流，跳入上游的河道便成功了。也有人形容這是「鯉魚跳龍門」，以後人們便將這個大豁口稱作「龍門」，將那座山稱作龍門山。

　　在禹領導治水的過程中，除了留下眾多感人的事蹟，相傳他還發明了原始測量工具準繩和規、矩。為了表達對禹的敬意，民眾稱呼禹為大禹。

　　大禹時常去看望父親鯀，除了照顧父親的生活，還時常就治水中碰到的問題請教父親。

　　舜帝在位時，已決定由禹接班。舜帝升天，三年喪禮結束，禹把帝位讓給舜的兒子商均，自己住在陽城。天下的民眾都不願意接受商均為帝，而去朝拜禹，禹說：「這是上天的旨意啊！」

　　禹登基，並繼續領導民眾治水。

四、「夏禹書」

　　一日，天撥開雲霧查看人間的治水情況，看到人們萬眾一心地在治水，非常滿意。天喚來魚神和鳥神，命令它們到人間，幫助

人們治水。二神得令。

鳥神令所有鳥兒上天銜息壤到地上築堤護壩，大多數鳥兒都比較給力，唯有燕子不時將銜來的息壤修築自己的巢窩，鳥神很生氣，就告知人們可以吃燕窩。從此，燕子費力氣築窩，人們則多了一道美食。

魚神命海裡的魚兒翻滾向上，並將魚卵產在河的上游，來年的幼魚再翻滾向下，以疏通河道。

經過幾年人神的共同努力，治水終於獲得成功。當天再次撥開雲霧查看人間時，大地上有了高山，有了丘陵，有了平原；有了長江、黃河等眾多河流；有了洞庭湖、鄱陽湖等眾多湖泊。天上所有的鳥，都往這裡飛，地上所有的獸都往這裡跑，海裡的魚順著河流，遊進湖泊。天高興，隨即又派穀神將五穀撒遍田野，派果神將百果撒遍山岡。從此「物華天寶之地」得以顯現，成了地上最富庶的地方。

一天，天上飄下一副條幅，貼在大山的石壁上，形成石壁篆文，這就是著名的「夏禹書」。「夏禹書」共有 12 個字，其中 5 個是古彝文，7 個是甲骨文，兩種文字混合使用。奇怪的是《夏禹書》至今無人能夠破譯。大家認為這是天書，是天對大禹治水功勞的表彰，大禹的功勞屬於天功，因此，有人將「夏禹書」也稱為「夏禹頌」。

也有人指出，「夏禹書」也可能是天的密碼，上天期望我們像破解「天象密碼」一樣再去破解這個「地象密碼」。這個新的密碼破解之日，也可能是東方人類又一次進步之時。當然，還有人說「夏禹書」是「警示錄」，它告知人類，要敬畏天，否則天有力量採用諸如改變地貌發洪水這樣的方法來懲罰人類。

五、天旨

天、人、地三事完成了，東方大地呈現一片祥和景象：人們忙忙碌碌地生活，不停地開荒、狩獵、織帛，生兒育女；大海挑起巨大的波濤，魚兒在波濤中跳舞；狂風嬉弄森林草原，野獸和百鳥歡歌笑語；日月星辰不斷更替，高山流水叮咚有聲。

天上傳來聲音，天說：「我是你們始祖黃帝的神，堯帝的神，舜帝的神，也是你禹帝的神，是所有黃帝後裔的神。這裡物華天寶之地是我賜予你們所有黃帝後裔的，你們要愛護這大好山河，任何人都不允許以山河作交易。」

天又說：「你們要人人平等，共同享受這物華天寶之地。」

天最後說：「我的這兩項要求是我與所有黃帝後裔立的約，黃帝所有後裔都必須世世代代遵守我的約，我一定懲罰不守約的人。」

禹帝為天築壇，壇的周圍，又是百獸雲集，鳥兒遮空蔽日；祭壇上，各種動物的靈魂如璀璨禮花，從大地直升天空，馨香繞著上升的靈光，飄入天堂。像是在回應，天空中降下流星雨，灑滿人間。

立壇的地方慢慢隆起，這就是泰山，有國泰民安之意。登泰山一覽眾山小時，賢者能夠看到，遠處的山河隱約組成了八個字：愛護山河，人人平等。人們稱這是天的旨意，於是經常禮拜。

六、鯀禹之死

治水獲得成功後，大禹便想回去看望父親。大禹曾多次想把父親接到家裡來住，但是父親不肯，說是更願意繼續在嵩山居住，站在山頂瞭望天下河流奔騰向東，他有一種發自內心的愉悅。大禹只得尊重父親的意見。

這次大禹來看望父親，父親迎到大門口。一見軀體乾枯、臉龐黝黑、一身疲憊的大禹，年近古稀的父親不禁老淚縱橫。

　　父子倆攜手進屋，席地而坐。父子倆有說不完的話，談的自然多是水利，從長江大河的源頭，到海納百川；從北國的千里冰封，到南國的潺潺溪流。他們還設想，將來有一天，還應該開一條運河，將南北貫通起來，不光南北物資可以大流動，冬天人們還可以到南方過冬。說到高興處，大禹說：「父親啊，那時冬天我可以攙您到珠江散步，夏天咱們到黃河去釣魚。」說的父親哈哈大笑。聊著聊著，不知怎的，大禹睡著了。父親見狀，輕輕地說：「他太累了。」說著父親也閉上了眼睛。

　　屋外天慢慢黑了下來，一場傾盆大雨從天而降，閃電撕開天空，雷聲在大地上滾動。有人看見，鯀和禹父子倆牽著手，走出屋門，慢慢升入天空。河裡、湖裡、海裡，魚兒翻騰跳躍，有些魚兒順著雨水跳到了他們的身邊。在魚兒的簇擁下，鯀、禹父子在空中俯瞰大地，並越升越高。

　　人們走出屋門，在雨中默默地目送著鯀和禹；動物們從洞裡出來，默默地看著天空；鳥兒也從窩裡站起來，默默地看著天空。整個大地都在默默地為鯀和禹送行。

　　天空中傳來音樂，雷聲似乎變成了鼓聲，雨聲裡裹有琴聲，風兒也隨著音樂舞動。透過閃電的光亮，人們看到有仙鶴在雲層上飛舞，這是天派仙鶴來接鯀和禹，鯀、禹乘鶴歸去。

　　嵩山曾稱「崇高」山，鯀長期居住在此，鯀被尊稱為「崇伯鯀」。後來人們為了紀念鯀和禹，也稱嵩山中的太室山為鯀山，稱少室山為禹山。

第三章 妃子淚

一、幸福演變

當年,大禹的妻子塗山氏為和大禹一起上治河工地,將他們的孩子啟交給了婆婆照看。受大人們的影響,啟從小就愛玩水,村前莊後、河裡溝裡,他都遊過泳。玩具便是治河工具鍤,為此奶奶還專門為他做了一個小鍤。小啟玩得可高興了,時常呼喚小夥伴們,學著大人的樣子挖河築堤,把家裡院子弄得亂七八糟。奶奶問小啟,長大後幹什麼?小啟總是說,長大後和爸爸媽媽一樣挖河治水。

據說小孩愛玩水的習性是從啟開始的。

啟從小就是個聰明懂事的孩子,長大後爸爸媽媽把他帶到身邊,加入了治水大軍。在爸爸媽媽的耳濡目染下,啟嚴於律己、吃苦耐勞、謙虛好學、禮貌賢達,很快便成長為一個受人愛戴的小夥子。

禹帝在位時曾徵詢過各部落首領的意見,有意挑選皋陶做他的繼承人,可惜皋陶遺憾地死在禹的前頭。禹帝又舉薦伯益當接班人。禹帝升天,三年喪禮結束,仿照堯舜傳位的慣例,伯益把帝位讓給禹的兒子啟,自己避居於陽城,啟此時亦避居於夏邑。但是天下諸侯和百姓卻不依照舊例,不到陽城去擁戴伯益,而到夏邑來擁戴啟。眾人說道:「啟是禹的兒子,我們應該奉他為帝的。」

啟與堯的兒子丹朱、舜的兒子商均不一樣,啟的德才超過了伯益,得到了眾人的認可。

有違舊例的變革,並不是所有人都認可。一次眾臣和部族長在開會,有扈部族發來一道檄文,意思是說,堯舜以來,都是傳賢,現在禹帝早舉薦伯益做接班人,而啟竟敢違背傳統,攘奪帝位,大家應該群起聲討。檄文又盛讚伯益的功德,勸眾諸侯擁戴

第三章 妃子淚

伯益。啟看過檄文，又將檄文給大家傳閱。

啟說：「本人本來是避居於夏邑，讓伯益做帝的，不過大家殷殷推戴，迫不得已，自己才坐到這個位子上來的。既然有人不同意，我就離開這個位子。」說著啟就離開了原位。

大家見狀，急忙勸住，說：「個別的反對，不足為憑。」

啟走到伯益身旁施禮，說：「請您即位。」

伯益急忙起身還禮，說：「服從多數，請您回原位。」

經再三謙讓，啟登帝位。

啟剛登帝位時過著儉樸生活，他每頓飯菜只吃一碗普通的蔬菜，睡覺只鋪一床粗糙的舊褥子；他尊敬老人，愛護小孩，重用賢能。但是隨著地位的鞏固和時間的延長，啟也慢慢發生了改變。

一次那個叫儀秋的人將自己釀造的美酒又獻給了啟，以表敬意。

啟品嘗過後感到醇香甘美，不覺感歎，說：「啊！人間居然有如此美釀，應該改善民生啊！」啟不覺多飲了幾杯，當然，此時啟的問題無傷大雅。

不久，有大臣因飲酒，開會時遲到了一會。

不久，聽說有民眾因飲酒，酒後放肆，引起了民事糾紛。

啟帝觀天下人民幸福安康，歌舞昇平，不覺中提高了對歌舞的鑒賞水準。

臣效仿啟帝，不覺中飲美酒觀歌舞。

民觀帝、臣，不覺中獻美酒、獻美女。

啟晚年時喜歡飲酒、打獵、觀歌舞。據說，他還曾親自編排過大型歌舞。在山坡曠野之上，晚間千萬支火把把夜空照得通明，千餘名婀娜少女飄舞在火光搖曳中，她們似蝶、似柳、似煙。在

美女的環繞下,啟漸漸骨酥氣短。

美女們唱道:

> 蝶飛捻花亂,
> 牽雲扯煙束腰纖,
> 風擺垂柳月明光殘,
> 靚影繞帝環。
>
> 含笑裹眸粲,
> 長髮飄絮裙擺顫,
> 五音釀酒粉墮花眠,
> 良宵杯滿盞。

歌聲嬌嗲,似喃喃自語,靡靡軟氣顫音,啟如癡如醉,兩眼迷離,不知本尊是否還在人間?

可能啟覺得自己從小缺乏父母之愛,因此對自己的孩子疼愛有加,有時觀看歌舞時,還把孩子們帶在身邊。

啟的兒子太康經常坐在父親的陰影裡,癡癡地看著那些美女。

帝王在享受著「物華天寶之地」的饋贈,社會也在幸福中演變。

一天,一輪明月掛在天空,明月將如銀月光灑向大地。銀色月光足踏山野蔥蘢綠色,反射後又投向妖嬈舞女。舞女們跳著笑著,喜盈盈的眼睛裡多了一絲銀色寒光。萬縷銀絲圍著啟帝飄忽,啟心中突然感到冰封般寒冷。

篝火在跳,舞女在笑,群臣在歡,百姓在鬧,歡樂中秋,啟靈魂出竅。

啟的日子過得太幸福了,他縱歡過度,「幸福」致死。歷史記載,啟是中國歷史上由「禪讓制」變為「世襲制」的第一人,在位九年。

啟死前，沒有再另選接班人，而是把帝位直接給了兒子太康。

臣接受——他們熟悉太康，這樣大臣們更容易保住自己的地位；民接受——做誰的民不是民，此時他們還沒有民權意識。

有些部族不接受，發檄文，起兵造反，指責太康少德、缺才、無建樹。但是太康二話沒說即刻派兵鎮壓。抵抗不住中央政權的壓力，造反者們不久便煙消雲散。

黃帝「天下為公，選賢任能」的傳統，在世襲社會裡被摒棄，在「家天下」社會形態裡，敵對、仇恨、戰爭，惡事橫行。「無制令而民從，不施賞罰而民不為非」的時代結束了，從此中國社會進入了長達數千年的君主世襲時期。

天說：「叫他們作惡吧，我給他們幾千年時間。人類是由低等動物進化來的，低等動物的原生態還沒完全泯滅，人就要作惡。惡作盡，髒東西蒸發出來，人類才能進入和諧社會。」

山美水美，最美的是人。天沒有無限制地寬待新生的王朝，終結王朝的是美女。

二、戰場靜悄悄——妹喜與夏桀

啟建立的第一個「家天下」的夏朝，傳到後代桀時，夏朝終結。

桀，夏桀，又名癸、履癸。桀（兇猛的意思，是貶義）是諡號（諡號是後來掌權者對前任的評價）。

在夏朝時，有個有施氏部落，一天，有施氏部落召開重要會議，討論如何應對中央政府派人來催貢的問題。

有施氏部落位於夏朝統治的東部邊緣地區。這些年，有施氏部落風調雨順，五穀豐登，加上管理有方，逐步強大起來。有施氏部落原本是臣服於夏王朝的，對夏王朝是「年年進貢，歲歲來

朝」。但是隨著有施氏部落的強大，其反叛之心開始增長，對夏王朝的進貢越來越少，並以次充好。中央政府也開始對有施氏部落逐漸不滿，於是向有施氏部落派出「欽差」。欽差大臣是個將軍，負責來有施氏部落催貢、驗貢。有施氏部落長不得不召開緊急會議，商量對策。

　　武將甲首先發言，說：「我們現在兵強馬壯，糧草充足，不用再向夏稱臣了。」

　　武將乙支持武將甲的意見，說：「我們地處丘陵地帶，易守難攻，不交貢，夏奈何我不得。」

　　部落長又徵求文臣們的意見。

　　文臣甲說：「我們是比以前強大了，但是現在和夏鬧翻，夏必將打過來，輸贏暫且不說，到時我們必將有大量的人員傷亡，那時我們就得不償失了。」

　　文臣乙支持文臣甲的意見，說：「干戈動不得，勞民傷財，不打為上。」

　　武將甲有些急躁，說：「臣服於別人，何時是個頭？」

　　武將乙又支持武將甲，說：「我們已有這個實力，為何不獨立？」

　　文臣甲氣定神閑，反駁說：「弊大於利，不可貿然行事。」

　　文臣乙繼續支持文臣甲，說：「是不是先聯絡其他部落，工作再做充分些。」

　　部落長看文臣武將意見不一，各說各理，也不知如何是好，只得叫停。會議到此結束，部落長還要再考量考量。

　　作為中央政府，希望納貢多些，作為進貢者，希望少交些，這是自然矛盾。作為進貢者，如果覺得自己有能力和中央政府抗衡，便少進貢、不進貢，這也是「獨立」的開始。但是鬧「獨立」可不是鬧著玩的，如果力量不夠，或者時機不成熟，到時中

第三章　妃子淚

央政府派兵討伐，弄不好就會導致整個部落的覆滅，所以有施氏部落長不得不慎重考量。

話說夏王朝的欽差大臣一行不日來到有施氏部落，帶人策馬直奔有施氏部落長官駐地。到了長官處，警衛人員將其攔住，欽差大臣舉鞭便打，傲慢吆喝著要部落長出來相見。此時早有等候的相關人員將他們請入賓舍，好飯好酒招待著。

對夏王朝是鬧「獨立」還是服從，有施氏部落長經過權衡再三，認為自己的力量還不足以與夏抗衡，且師出無名，契機不對，所以決定暫時還是服從夏，並同意近期進貢，且補齊原來所欠貢奉，接受以次充好帶來的處罰。有施氏部落長將這個決定告知欽差大臣，欽差大臣欣然同意。

按說此事此時該結束了，但是節外生枝，那個欽差大臣惹出了另外一個更大的麻煩。

部落長有個寶貝女兒叫妹喜，妹喜公主長得特別漂亮，有詩贊曰：有施妹喜，眉目清兮，妝霓彩衣，嫋娜飛兮，晶瑩雨露，人之憐兮。

男大當婚女大當嫁，妹喜長大了，婚姻大事自然要提到議事日程，但是妹喜的婚姻大事不好解決。「皇帝的女兒不愁嫁」，從文臣武將，到平民百姓，凡是適齡男子都想摘得這朵鮮花。公主就是公主，妹喜不光人長得漂亮，自然還有公主的傲氣，她提出了一個擇夫標準，即文治武功與人才品德都要在部族中第一。這個第一可難壞了老部落長，令他寢食難安。部落那麼多人，如何挑選？好在老部落長手下有能臣，有人給他出主意，舉行海選加文考武試，就是在全族先進行海選，層層淘汰，然後進行文考，而武試就是比武，將那些武功高強者選出，最後綜合評比選出前10名，交妹喜公主定奪。

欽差大臣本來工作已經完成了，他們不辱使命，將帶回去更多

的貢奉。那位欽差大臣，也是有說有笑，樂呵呵地騎馬走在隊伍中間。走到一個地方，鑼鼓喧天，人聲鼎沸，那位欽差大臣詢問是怎麼回事，陪同人員將妹喜公主招駙馬的事如實告知。欽差大臣感到好奇，決定前去看看。

來到招駙馬處，此地人山人海，熱鬧非常。欽差大臣將馬交與下人，自己擠進人群朝主席臺上觀看，此時妹喜公主正坐在主席臺上觀看下面的比賽。欽差大臣看到公主，大感驚訝，他從沒看到過如此漂亮的美女。當欽差大臣得知場上正在比武時，決定一試身手。此時比武場上正在比試射箭，蠻橫的欽差大臣擠到前面，舉箭便射，可別說，這位出身將軍的欽差大臣的箭法可真准，幾輪下來，便奪得頭名。這下其他比武的選手可不幹了。人家不知道這位將軍是幹什麼的，便一起起哄，責罵這位小子亂了秩序。當然這位傲慢的欽差大臣不吃這一套，說著便打了起來，但就算是個英雄也難敵眾手，何況這些來參加比武的也都身手不凡。不一會兒這位欽差大臣就不得不落荒而逃，那些欽差大臣的隨行人員也好漢不吃眼前虧，跟著逃之夭夭了。

顏面丟盡，那些貢品當然顧不上了。

欽差大臣一行脫離險境後，欽差大臣發話了：「今天的事回去不許說，我們說眾人抗貢、造反。」他又威脅眾人說：「夏王對我是十分信任的，這你們也知道，如果你們誰走漏風聲，別怪我不客氣，聽清楚了嗎？」下面的人唯唯諾諾。

欽差大臣逃回夏朝首都，見到夏桀有聲有色地描述說有施氏部落抗貢，已經造反獨立，有施氏部落的公主正在操練兵馬，準備抗擊夏軍。適當時機欽差又說公主妹喜是如何的美貌，說的夏桀有些心動。

欽差大臣走後，有施氏部落也炸開了鍋。以這種方式將欽差大臣驅趕出境，沒有人認為中央不會來報復。這時文臣武將和解

第三章 妃子淚

了,領導和百姓認識統一了,有施氏部落長也沒什麼好猶豫的了,就一句話,準備抗擊中央軍的進犯。有施氏部落的軍隊日夜操練,排兵佈陣,老百姓全民皆兵,村自為戰,人自為戰。山戰、林戰、水戰、火戰,能想到的都想到了,能準備的都準備停當了,就等著中央軍的進犯了。

再說夏桀,聽了欽差大臣的彙報,夏桀十分惱火。有施氏部落膽敢造反,這還得了,如果不處置有施氏部落,其他部落就會效仿。不行!不能開此先例,夏桀下定決心,要剿滅有施氏部落。夏桀調兵遣將,親自掛帥,指揮十萬大軍開始武力征伐有施氏部落。

有施氏部落以逸待勞,並佔據天時、地利、人和之便,再加上物產豐富、農業發達,有施氏部落具有一定實力。但是夏軍更勝一籌,黑壓壓的十萬人馬向有施氏部落衝來,所過之處血流成河,火光衝天。面對夏軍的攻擊,有施氏部落奮力抵抗,先是採用陣地戰,後又採用運動戰,最後採取敵進我退、敵駐我擾、敵退我追、敵疲我打的遊擊戰術,但是面對夏軍強大的攻擊,浴血抵抗了幾個月之後,有施氏部落還是堅持不下去了。

深夜,有施氏部落召開緊急會議。老部落長沉痛地說:「部落在危亡之中,我們面臨著覆滅的危險,怎麼辦?請大家商議。」

怎麼辦?還能怎麼辦,失敗的結局只有兩個,一是滅亡,二是投降,簽訂「不平等條約」。為了部落的生存,最後大家統一了意見——「投降」。但是現在夏桀及所率軍隊已經殺紅了眼,恐怕想投降也不容易。

在沉默了許久後,黑暗中一個大臣怯生生地說話了:「事情是由那位欽差大臣引起的,是不是向他行賄,請他在夏王面前說說好話,接受我們的投降。」別無良策,只有這樣。於是有施氏部落連夜安排人化妝成夏軍,攜帶金銀珠寶,潛入夏軍,見到了那

位欽差大臣。那位欽差大臣見到如此多的錢財，不禁喜上眉梢，答應幫助在夏桀面前求情，但是他又增加了一個條件：「要妹喜。」

行賄人連夜返回，將那位欽差大臣的要求告知老部落長。老部落長聽到後當即癱坐下來，如何是好？於是又舉行會議商議此事。

武將甲說：「我去見夏王，將事情的前因後果，說清楚，就是死，我們也要死個明白。」

文臣甲說：「我也願前去見夏王，唇槍舌劍，我不怕他。」

第二天，兩軍陣前，武將甲和文臣甲讓人將自己捆綁，走向敵營。

「有什麼話說吧，說完就去死。」夏王陰著臉坐在大帳中，擲地有聲。

有施氏部落的武將甲和文臣甲將這場戰爭的前因後果從頭道來，夏王聽後一愣，大聲說：「你們說的若有一句假話，我就剝了你們的皮。」

隨後，夏王傳那位欽差大臣一行到場。在這種場合，那些欽差大臣的隨員們不敢不說實話了。夏王詢問那位欽差大臣，那位自認受寵的欽差大臣此時已癱坐在地上，不得不如實招供。夏王聽後大怒，喝令刀斧手：「給我推出去，斬！」

夏桀讓人給有施氏部落的武將甲和文臣甲鬆綁，說：「我什麼都不要了，把妹喜送來吧。」

武將甲和文臣甲回去，將此行的情況向老部落長如實彙報後，大臣們鬆了一口氣，軍隊鬆了一口氣，民眾也鬆了一口氣。只有老部落長感到痛苦、無奈，但也只得顧全大局。

從小嬌生慣養的妹喜要被當作戰利品送給敵方，這對妹喜的打擊也是太大了。妹喜整天哭泣，老母親更是臥床不起，老部落長

第三章 妃子淚

唉聲歎氣,但是又有什麼辦法呢?

有施氏部落獻出了自己的公主,全族最美麗的姑娘——妹喜。

妹喜被放置在一輛白色的戰車上,戰車由四匹白色的馬拉著,戰車上飄著一面白色的旗幟,妹喜身著一襲白色衣裙。這是妹喜要求的,她認為,她是在走向死亡。

當載著她的戰車走到兩軍陣前,護送她的人停住了。當戰車走到屍橫遍野的戰場中央,駕車人從車上跳下,連滾帶爬地跑回自己的一方。妹喜往回望去,山崗上站滿了她的鄉親,但是他們無奈地拋棄了她。妹喜渾身發抖,恐懼籠罩著她的全身。妹喜轉過身來向前望去,戰旗獵獵,刀光閃閃。來此之前父親已將部落的危難情況向她做了說明,當然也說到了嫁給帝王也可能是好的結局。在妹喜聽來,「也可能是好的結局」是安慰她的話。她將赴湯蹈火,以一人的生命換取全部落的生存。妹喜擦乾眼淚,撿起韁繩,馬兒拉著戰車向前走去,趟過血水,碾過屍體。時間在一分一秒地向前走,妹喜在分分秒秒中蛻變,到達敵方陣營時,她已不再是個柔弱女子了。

戰場靜悄悄,只有烏鴉在不遠的樹杈上叫著,遠處的密林裡,狼的眼睛閃著綠光,它們著急地等待著打掃戰場。

帶著血與火的記憶,妹喜進入敵方陣營。

夏軍像退潮的海水,漸漸離去,只是海水裡裹卷著一朵白色小花。然而令這朵白色小花想不到是,可能當時誰也不會想到,不久這朵白色小花將會影響中國歷史上一個朝代的變遷。

夏桀得到妹喜後,愛不釋手。

夏桀身材魁梧,臂力過人,功夫超強,赤手空拳可以格殺虎豹。但是夏桀在妹喜面前卻是滿面堆笑,像寬厚的兄長。夏桀讓人拿來華麗的衣服,親自披在妹喜的身上。妹喜一把扯下,夏桀再次將衣服披上。妹喜又扯下衣服,並將它撕破。夏桀並不生

氣,讓人拿來更多的衣服,讓妹喜隨便扯,隨便撕。

飯食自然豐盛,妹喜借酒澆愁。夏桀見妹喜善酒,便叫人修築酒池,人能在酒池中泛舟。

夏桀怕妹喜思念家鄉,就按照有施氏部落的房屋樣式,建造一些新民舍與妹喜參觀欣賞,以消除妹喜思鄉之苦。

和繁華的夏都相比,有施氏部落只是簡樸的農村,和豪華的夏王宮相比,喜妹以前的住處只能稱之為「經濟適用房」。

豪華奢侈的生活,加上夏桀體貼入微的呵護,久而久之打動了妹喜的芳心。

一天,當夏桀再次將衣服披在妹喜身上時,妹喜沒再拒絕。夏桀將妹喜擁在懷裡,妹喜被征服。

妹喜轉過頭來,看著夏桀,眼睛裡包含著太多的期待。

五尺高的漢子也有柔情的一面,夏桀知道如何滿足妹喜的期待。

春天到了,夏桀領妹喜踏春看柳,鶯歌燕舞。
夏天到了,夏桀帶妹喜溪邊嬉水,鴛鴦芙蓉。
秋天到了,夏桀伴妹喜庭前賞月,菊展蛐情。
冬天到了,夏桀攜妹喜童趣雪仗,喜鵲枝鳴。

妹喜感覺因禍得福,她在夏桀身邊過得很愉快。

然而好景不長,不久她就不能獨享夏桀之愛了。

一天,下級報告,說有一個岷山部落抗貢造反。這種事情沒有商量的餘地,夏桀立即整裝帶兵剿殺。

追逐漂亮女人是君主的嗜好,夏桀在這次戰爭中又得到了兩個美女。

夏王討伐岷山部落,岷山部落招架不住,不得已效仿有施氏部落,趕緊獻出了兩個美女:琬與琰。琬和琰生的如兩顆馬奶子葡

第三章 妃子淚

萄，晶瑩水靈——捧在手裡都怕掉在地上碎了，另有一番風味的美麗。夏桀又是一番惜香憐玉，至於妺喜，只好在瓊宮瑤台裡獨守青燈了。

當一棵參天大樹呼風喚雨時，在不遠處的一棵小樹正在等待著這棵大樹的轟然倒下。

夏桀統治下的另一部落商發達起來了。商部落見夏桀東征西伐，窮兵黷武，便預感到了夏必滅亡，於是趁機積聚力量，準備發起滅夏的戰爭。

一天，宮女覲見妺喜，說有一位廚子，能做一手妺喜家鄉的好菜，願意為妺喜效勞。妺喜此時百無聊賴，也就隨口答應了。吃飯時，妺喜果然品嘗到了幾樣難得的家鄉菜，這幾個菜比平時吃的大魚大肉好吃多了，這多少給妺喜解了一點悶。

幾天過後，妺喜一時興起，要召見那個廚子。那個廚子來了，妺喜見其氣度非凡，便有幾分喜歡。

妺喜問，哪裡人士？廚子回答說不是妺喜家鄉人。妺喜感到奇怪，又問怎麼學的我的家鄉菜。那廚子說：「道聽塗說而來。」

廚子的回答更讓妺喜感到好奇。

廚子又說：「菜味雖說分天南地北，但是，所說家鄉菜也不過是習慣而已，菜做好了，哪裡的人都喜歡吃。」

妺喜說：「你就說說，做菜都有什麼名堂？」

廚子繼續說：「烹調美味，首先要認識原料的自然性質：『夫三群之蟲，水居者腥，肉玃者臊，草食者羶。臭惡猶美，皆有所以。』美味的烹調『凡味之本，水最為始』。」

聽到這裡，作為公主出身的妺喜已完全聽不懂了，不過她樂意聽，她也不知道為什麼。

廚子說的不完全對，因為那幾樣妺喜喜歡的家鄉菜，是這位廚子專門跑到妺喜的家鄉學的，只是這位廚子現在還不願暴露自己

的身份罷了。

從此這個廚子便經常來給妹喜講解廚藝。有一次廚子烹調了一份鵠鳥之羹（天鵝羹），更受妹喜讚賞。廚子說：「烹飪的用火要適度，不得違背用火的道理：五味三材，九沸九變，火為之紀，時疾時徐。滅腥去臊除膻，必以其勝，無失其理。」

來者何人？他的廚藝竟是如此精湛？他就是日後被中國烹飪界尊為「烹調之聖」「烹飪始祖」和「廚聖」的伊尹，他創立的「五味調和說」與「火候論」，至今仍是中國烹飪的不變之規。

不過他此次來到妹喜身邊，卻另有目的。

一天伊尹對妹喜說：「我雲遊過四海，采過百家之長，雖說我沒到過公主的家鄉，但是我根據有施氏部落的地理方位，能猜出有施部落人的口味。有施氏部落的菜，鹽重，醋輕，甜缺，油大，再多增加點大蔥大蒜而已。」伊尹的話開始拐彎了，說：「喜味重的人也特別重情感，有施氏部落的人不會忘記自己的公主。」

妹喜被打動了，想起自己年邁的父母，想起自己的鄉親，不禁熱淚盈眶。抬望眼，妹喜透過窗櫺向家鄉方向望去，但是首先映入妹喜眼簾的是巍峨的夏宮，像是一個提醒。妹喜心中不禁微微一顫。妹喜轉眼看那位廚子，那位廚子瀟灑地站在不遠處，很有禮貌地衝著妹喜微笑。妹喜感到此人非同一般，重新上下打量了一會兒這位「廚子」，輕聲問道：「你不單是個廚子吧？」

廚子並不驚慌，淡淡一笑說：「公主不該忘記自己戰利品的身份，更不該回避獨守青燈的苦楚。」

妹喜臉露怒容，厲聲問道：「你是何人？來此何事？」

廚子從容下跪，說：「我乃商部落之相伊尹，奉商部落湯王之命，特來請求公主相助，推翻現今夏王的統治。」伊尹又說：「夏王東征西討，不恤其眾，眾志不堪，上下相疾，民心積怨，

第三章 妃子淚

夏命其卒。我們的造反是順乎天而應乎人，如果公主忘記與夏的舊仇，就請公主發落我吧。」

廚子連珠炮似的回答，驚的妹喜跌坐下來。告別家鄉時戰場血淋淋的場面，和父母滄桑的面容又浮現在妹喜面前。妹喜痛苦地掩面而泣。伊尹見狀，默默地退出。

一連三天在伊尹的循循誘導下，妹喜答應與他合作。

幾天後，妹喜病了，夏桀前來探視。妹喜拖著病體接駕，柔弱的身體不由自主地倒在夏桀懷裡。夏桀將妹喜安放在自己的腿上，端詳著妹喜消瘦的臉龐不禁心生憐憫，歉意地說：「以前我來少了，以後要多來關心你。」

妹喜心生一計，說：「大王武功蓋世，就為我演習一下劍吧，這樣借大王的力量，我的身體也可能康復得快一些。」

見妹喜高興，夏桀真的拔劍演習了一番。以後妹喜又要求夏桀講些打仗的故事，夏桀也都答應了。

說者無意，聽者有心。有機會妹喜又將夏桀所講的事情，都講給了伊尹聽。

一天夏桀似乎有些察覺，問妹喜為什麼對男人的事情感興趣。妹喜說，你看我的身體不是好多了，我現在不光喜歡聽大王講，我還要練武，如果大王需要，我也可以上陣殺敵。夏桀聽了哈哈大笑。果不然，妹喜給自己做了一副盔甲，穿戴起來，英姿颯爽，另有一番美麗。她還將一些宮女武裝起來，請夏桀訓練，夏桀時常被妹喜逗得樂不可支。

伊尹給妹喜做了一年的廚子，便對夏王的軍事狀況有了較為詳實的瞭解。

伊尹一天向妹喜辭行，說還會再來看她，妹喜有些失落。

伊尹可以說是中國歷史上的第一位間諜，而妹喜則染指了情報門。在間諜伊尹千方百計利用妹喜，掌握夏軍情報好助商滅夏之

時，妹喜面對一個帝王有時也想，男人們為爭奪天下而打仗，也是可以理解的事，何況那次戰爭之後，夏桀對有施氏部落還是很優惠的。但是夏桀一打勝仗就要帶回幾個新歡，讓妹喜越來越多地獨守青燈，妹喜可接受不了。

雖然夏桀漸漸地忽略了妹喜，但是妹喜卻漸漸地愛上了這個男人，只是過去的柔情現在只剩下清冷的落寞，那個曾經對自己百般疼愛的人現在卻在別的女人面前甜言蜜語。想起這些，妹喜對夏桀又充滿怨恨。

對夏桀的愛和恨糾纏在一起，妹喜有時也不知如何是好。

女人的本能使她產生幻想：若夏桀丟掉帝王寶座後，能再回到自己身邊，與她重溫舊日柔情也好。

伊尹回到商部落，向商部落長湯王做了詳細彙報，並製作出了滅夏的戰略部署。首先商部落對夏不朝不貢，靜觀夏的反應。夏桀像過去一樣，對邊遠部落對中央政府的不朝不貢，是絕對不會容忍的，結果是夏桀「起九夷之師」攻商。

山雨欲來風滿樓，夏都傳令車馬飛奔城門，華夏大地頓時人喊馬嘶，一場大戰又將拉開大幕。

商湯王見狀，聽從了伊尹的「緩稱王」建議，並立即修書信一封，派能言之士給夏桀送去。信中說，自己近期身體欠佳，所以沒能上朝，貢品也只是想選更上等次，所以耽誤時日。造成如此大的誤會，責任在下臣，商部落願奉送兩倍的貢品，另加絕色美女送給上，請夏王息怒。伊尹另安排人員，攜帶大量金銀珠寶綾羅綢緞行賄夏桀身邊人員，請幫助講情。見商部落服軟，並有眾人講情，已墜落在美女群中、體力日漸不支的夏桀，就坡下驢，鳴鑼收兵。漫天烏雲乾打雷沒下雨，一場兵災人禍暫緩。

看到夏桀還如此強大，天下軍隊還聽夏桀的指揮，伊尹又獻計給商湯王，商湯王照準。

第三章 妃子淚

伊尹又以廚子身份來到妹喜處，此次妹喜對伊尹並不客氣。

妹喜：「你們不是認輸了嗎，你又來幹什麼？」

「回稟公主，我們尚未開始，不能算輸。」伊尹不稱妹喜為娘娘，仍稱妹喜為公主。

「你此次又來做什麼？」妹喜問。

伊尹將下一步的戰略告知妹喜，並請妹喜配合。妹喜對伊尹有點膩煩，說：「你們能行嗎？」

伊尹沒有回答，只是從懷裡掏出一封信，交給妹喜。這是妹喜年邁的老父親寫給妹喜的親筆信，是伊尹親自趕到有施氏部落，見到老部落長費了好大勁做出的成就。

妹喜看完信後淚流滿面，不能自已。伊尹見狀悄悄退出，不一會兒一碗熱湯送到妹喜面前。

夏桀有一段時間沒來了，妹喜對穿盔甲、訓宮女的遊戲也早已玩夠了。空蕩蕩的宮室，空蕩蕩的心靈，妹喜生活得很乏味。妹喜的生活需要充實，妹喜決定和伊尹合作，讓夏王回到自己身邊。幾天後，妹喜召見伊尹，告知可以合作。

第二年，商部落按時進貢，貢品又多又好，當然還有美女奉上，夏王很是滿意。

商部落在向夏進貢的同時，也做好了戰爭準備。在夏桀接到貢品的同時，商部落便開始了對夏桀的黨羽部落中的韋部落展開了瘋狂地進攻。那是一場閃電戰，商部落傾其所有兵馬，向毫無準備的韋部落猛撲。韋部落一片大亂，韋部落長一邊指揮抵抗，一邊派人向夏桀緊急求救。

此時，妹喜已按計劃將夏桀再次請入內宮，觀看妹喜新的陣法。

妹喜親自打著鼓，敲著鑼，揮動著指揮旗，指揮著宮女兵有進有退，展現出不同的陣形，看得夏桀直點頭，大聲說：「哇！我

的愛妃，真沒想到，你還有如此才能，將來你可以和我一起上戰場殺敵。」說完衝天大笑。

此時有值班軍官前來報告，說商部落突然向韋部落進攻，韋部落向中央求救。妹喜此時插了話：「兩個部落鬧點摩擦還不是常事，派人去看看，讓他們不要打就是了。」

妹喜由於運動，兩腮微紅，人面桃花，加之香汗溢出，也像雨後蜜桃，看的夏王不僅心動神搖，便隨口安排值班將軍：「火速派人前去，叫商部落立即停止進攻，否則我將親自帶兵進剿商部落。」說完便將妹喜擁入宮室，自然是巫山雲雨一番。

對中央的使者，商部落熱情招待，但前方的戰事仍然是日夜馬不停蹄。不久閃電戰成功，韋部落被商部落兼併。當中央使者回京彙報時，另一場針對夏王的另一黨羽部落顧部落的閃電戰又開始了。此時夏桀已經完全明白了當前的局勢和商部落的圖謀。但是，當夏桀將軍隊集中起來時，顧部落已被商部落收入囊中了。

夏桀起兵了。

在重鎮鳴條，夏的軍隊和商的軍隊擺開了決戰的架勢。這天，電閃雷鳴，暴雨如注，商的軍隊意欲偷襲。夏桀久經沙場，對此早有準備，雙方在雨裡、水裡、血裡、泥裡殺成一團，直至雨停，風住，陽光穿透雲層。此後雙方都筋疲力盡，戰爭成膠著狀態。

妹喜在宮裡，聽到前方的戰報，不知是喜是憂。在她坐立不安中，伊尹又出現在她面前。妹喜冷冷地看著他，說：「你說吧，還要我辦什麼事。」

伊尹說：「我這次來，是問公主有什麼要求？」

「我有什麼要求？」妹喜不理解其意。

「是這樣，」伊尹說，「戰局已定，不日夏王就要戰敗。」此時伊尹對「夏王」兩字語音提高，顯得格外尊重，而「戰敗」二

第三章 妃子淚

字又說得很輕,但很肯定。

妹喜明白了,說:「你要你的天下,我要我的男人。」

伊尹從懷裡掏出一面旗幟,雙手舉起交給妹喜,說:「第三天下午,打著這面旗幟到戰場上去。」

妹喜默默地接過旗幟。

伊尹退出,臨走扭頭看了妹喜一眼。那一眼是滿含深情,妹喜讀懂了,心中也不禁微顫,但是她立即止住了,她只屬於一個男人。

伊尹此次來,帶來了許多老弱婦殘,凡有點力氣的人都上戰場了,伊尹也只有這點戰備力量了。而夏都,除了王宮的部分守備外,凡是能打仗的也都叫夏桀帶到戰場上去了,夏都實際也是一座空城。伊尹讓那些老弱婦殘在這座城市裡遍插代表商部落的旗幟,散佈輿論:「商湯勝,夏王敗!」很快,這座城市便充滿了悲哀氣氛,而這種悲哀氣氛隨即傳到了前線,影響了夏王軍隊的士氣,勝利的天平開始向商軍傾斜。

第三天下午,戰場上空烏雲密佈,戰場中央死屍遍地,夏桀的軍隊不是被殲滅了,就是被擊潰了,只有夏桀一人持劍站在死人堆上。此時夏王渾身是血,雙眼藐視地看著包圍著他的商軍。他的英雄氣概震懾了敵人,沒人敢再往前靠近一步。就這樣,夏桀與數萬敵軍對峙著。

烏雲不動,風兒不走,戰場靜悄悄。

天邊一團火焰向戰場飄來,慢慢靠近戰場。人們看清楚了,四匹紅色的戰馬,拉著一輛紅色的戰車,戰車上飄揚著一面紅色的旗幟,駕車的戰士身著紅色的盔甲,身後飄著紅色的飄帶。戰車向戰場衝來,商軍紛紛後退,讓出了一條通道,戰車直向戰場中央衝去,到了夏桀面前,戰車停住了。紅色戰士跳下車,一邊呼喊著,一邊向夏桀撲去。夏桀反應過來,這輛紅色的戰車和這些

紅色的戰馬，是夏桀送給妹喜的，還有這紅色的盔甲也是夏桀特意給妹喜定做的。夏桀說，紅色象徵勝利。當然，那時夏桀只是哄著妹喜玩。

在戰場上，在夏桀戰鬥到只有他一人時，妹喜的出現不禁讓夏桀渾身一顫：「你來做什麼？走開！」夏桀推開妹喜，滿眼的怒火撒向敵軍——至今他仍然是不可一世，他不願意接受任何的憐憫。

「夏王！夏王！我們上戰車，我們去開闢新的戰場。」妹喜請求道。夏桀扭頭看妹喜，將信將疑。妹喜堅定地說：「我是你的戰士！我們一定會勝利。」

妹喜攙扶著夏桀走下死人堆，上了戰車。不遠處。伊尹駕著另一輛戰車停在不遠處，見夏桀上了戰車，伊尹揚鞭策馬駕車向戰場外駛去，妹喜駕車隨後也衝出戰場。

此時漫天紅霞。

戰車停在一個湖邊，湖邊停著一艘小船。夏桀和妹喜下了戰車，走向小船。不遠處伊尹默默地看著他們。

上了小船，妹喜向岸邊的伊尹投去一瞥複雜的目光，但是這瞥目光卻被夏桀察覺到了。

商滅夏之後沒有殺掉夏王，而是將其流放。

妹喜與夏桀同舟浮江，奔南巢山而去。

在南巢山頂，風和日麗，妹喜已換上一身白紗裙，坐在草地上，依偎在他的男人懷裡。「夏王！」妹喜仍然這樣稱呼他的男人。雖然那個男人已不許她再這樣稱呼他，可是妹喜說：「有一個兵，你也是王。」

妹喜輕輕地說：「我臨摹了一首詩，題目叫〈戰場靜悄悄〉，願為夏王吟誦。」

夏桀問：「詩也可以臨摹？」

第三章　妃子淚

　　妹喜溫柔地反問道：「為什麼不可以呢？」沒等夏桀再回答，妹喜便開始輕輕吟誦她自稱為臨摹的詩：
　　戰場靜悄悄，我走了，
　　正如我靜悄悄地來。
　　來時我是一朵小花，
　　帝王將我輕輕掐下，
　　連同我的純潔無暇。

　　戰場靜悄悄，我走了，
　　正如我靜悄悄地來。
　　走時我是一片紅霞，
　　我將帝王無聲笑納，
　　連同他的戰劍天下。
　　吟誦完畢，妹喜隨手拈來一棵小草，放在嘴邊擺弄，輕聲漫語：「夏王，你有什麼話就問吧。」
　　夏王桀一怔，一時雙方無語。
　　過了一會，夏桀問：「你和伊尹是何關係，如實招來。」
　　妹喜並不驚慌，又是輕聲慢語：「夏王，這是一個長篇故事，你可別急，聽我慢慢道來。」妹喜將她第一次如何與伊尹相識，到最後又是如何協商將夏桀流放到這個小島上，全部如實招供。
　　妹喜說得風和雨細，夏桀聽得五雷轟頂。
　　說完了，妹喜站起來，整理了一下衣裙，然後躺到了草地上，說：「我說完了，你可以殺我了。」
　　「你怎麼知道我要殺你。」夏桀開始暴怒了。
　　「你不是把戰劍也帶來了嗎？只需輕輕一揮——殺了那麼多人，不差我一個。」妹喜衝夏桀莞爾一笑，又說道：「死在你的戰劍下，做鬼也英雄。」

夏桀忍無可忍，大吼道：「是你毀了我的天下！」

　　夏桀跳起來，拔劍出鞘，一道寒光向妹喜刺去——劍尖停在了白色的紗裙上，妹喜沒有動，夏王僵住了。風在輕輕地吹，不遠樹上的鳥兒在輕輕地唱，綠盈盈的山坡上，夏桀和妹喜組合成了一座雕像。

　　不知過了多少時間，夏桀想：「殺一個手無寸鐵的女子，將失天下的責任推給她，不應該是大丈夫所為。」夏桀慢慢把戰劍收回。

　　夏桀還是有些不能自製，他舉劍刺向蒼天，揮劍劈向大地，狂呼大叫——不知又過了多少時間，他停住了，淡淡地說了一句：「都是我的作為！」

　　又是一段時間的凝固。

　　最後，夏桀慢慢舉起戰劍，向自己的脖子抹去。說時遲，那時快，妹喜從地上爬起，傾其全力向夏桀撲去，夏桀的戰劍被妹喜打掉。

　　夏桀呆呆地看著妹喜，妹喜怔怔地看著夏桀——突然兩人緊緊抱在了一起。

　　蒼天伸出一隻大手，將他們握住，並將他們和伊尹一起放進了歷史。

　　冷酷的歷史對妹喜、夏桀和伊尹只是淡淡地說了一句話：「昔夏桀伐有施，有施人以妹喜女焉，妹喜有寵，於是乎與伊尹比而亡夏。」

三、別欺人太甚——蘇妲己與商紂王

夏桀終結了夏朝,商湯創立了商朝。

商朝傳到後代紂時,紂結束了商朝。

商紂王也叫子辛,「紂」是後人加在他頭上的惡謚,意思是「殘又損善」。

在商紂王執政時,商紂王身邊也出現了一個美女,名叫蘇妲己。蘇妲己的出現同樣導致了一個朝代的滅亡,當然這也是蘇妲己自己無法想到的。

蘇妲己的出身有點離奇。

一天,晴空萬里,半空中一隻山鷹在盤旋,在山鷹的爪子上懸掛著一個紅色的東西非常醒目,惹得不少動物抬頭觀望。當山鷹選中一個山坡後,便徐徐降落下來。山鷹將那個紅色的東西放在地上時,那個紅色的東西裡發出了嬰兒的「呀呀」聲,原來是個襁褓,裡面是個嬰兒。這是山鷹剛打來的「食」,它有一窩嗷嗷待哺的雛鷹,只是這個食物太大,它才將它先放在山坡上,想是欲將食物撕碎後再叼進窩裡。當山鷹要向這個嬰兒下嘴擊殺時,這個嬰兒不知怎的竟衝著山鷹咯咯笑起來,山鷹不禁一愣。這一切被一個正在尋食的狐狸看到了,說時遲,那時快,在山鷹一愣的工夫,狐狸忽的一聲向山鷹撲去。它要奪取這份食物,它也有一窩嗷嗷待哺的幼狐。見狐狸突然撲來,山鷹急忙躍起,猛扇羽翅落在一旁的一棵樹上。狐狸趕走了山鷹,扭頭回到襁褓前,用嘴將襁褓的繫帶扯開。此時嬰兒突然大聲哭起來,響亮的哭聲嚇得狐狸後退幾步。這時一頭山鹿大步走來,狐狸見狀急忙躲開,因為狐狸害怕山鹿的蹄子。那頭山鹿走近襁褓,見是個嬰兒,便圍著嬰兒轉了幾圈,然後臥下來,將乳頭放在嬰兒的嘴裡。嬰兒不哭了,貪婪地吸允著鹿奶。狐狸在一旁看呆了,山鷹在樹上也

呆呆地看著。

　　過了一會兒，嬰兒吃飽了，山鹿站了起來，看了看不遠處的狐狸和樹上的山鷹，然後俯下身來，用嘴將嬰兒銜起來，離開了。走到一個山洞裡，山鹿將嬰兒放下，轉身走開了。此時那只狐狸尾隨而來，也鑽進了那個山洞。那只狐狸進了山洞，圍著嬰兒轉了幾圈，臥下來，學著山鹿的樣子，將乳頭放在嬰兒的嘴裡。過了一會兒，狐狸離開了。那只山鷹也飛進山洞裡，它給嬰兒銜來一些羽毛和乾草，蓋在嬰兒身上。

　　嬰兒在三個動物的呵護下，活了下來。

　　這個嬰兒就是後來的蘇妲己。

　　待蘇妲己慢慢長大，山鹿媽媽便馱著她，在山間林旁出沒。當然還有那只狐狸，它總是不離左右；還有那只山鷹，它也經常在它們上方盤旋。

　　山裡有獵人，一天一個獵人發現了這頭山鹿，甚是興奮，悄悄躲在樹後，拿出弓箭，搭箭上弦，欲舉箭射殺。可是當他將箭瞄準那頭山鹿時，卻發現山鹿背上坐著一個小孩，獵人驚住了，放下箭，揉揉眼睛再看，沒錯，鹿背上是坐著一個小孩。在獵人還在驚奇之時，突然一隻狐狸向他撲來，獵人急忙躲過。此時又有一隻山鷹從天而降，向獵人伸出利爪，嚇得獵人連滾帶爬急忙逃走。

　　此事不久在獵人中傳開了，有膽大的獵人跟蹤了那頭山鹿，發現了騎山鹿孩子所住的那個山洞。山裡有獵戶，山邊有村莊，不久山裡山外的人們都知道了這件奇事，也都想看看蘇妲己，但是鹿、狐、鷹甚是警覺，人們很難靠近。後來人們想了個辦法，將食物放在蘇妲己住的山洞附近或者它們經常出沒的路上，並同時給鹿、狐、鷹也準備了食物。後來鹿、狐、鷹感覺人們並無惡意，便開始接受了人們的親近，有時路過村莊，還放下蘇妲己，

讓她和村裡的孩子一起玩耍。有一蘇戶人家，經常邀請蘇妲己到他家去，久而久之便認了蘇妲己為自己的女兒，並給她起名叫蘇妲己，蘇妲己有了自己的家。鹿、狐、鷹也常到蘇家去，蘇家也給它們準備食物。鹿、狐、鷹和蘇家和睦相處，蘇妲己得以健康成長。

　　蘇家非常疼愛蘇妲己，除了生活上的百般照顧，還請來教師，教蘇妲己識文認字，唱歌跳舞。在蘇家，蘇妲己是個有教養的千金小姐，可是當蘇妲己一離開蘇家，騎在山鹿媽媽背上，帶著狐狸、山鷹騰躍在山間林裡時，她又是另外一個人。她能聽懂鳥語，能和猛獸交談。在山頭，她的一聲大叫，能喚來叢山峻嶺中各種猛獸的齊聲回應；在森林中，她的一個呼哨，也能讓百鳥齊聲鳴叫。蘇妲己像是這裡的山林之魂。

　　一天，王母娘娘乘雲巡遊，看到蘇妲己帶著一隻山鷹和一隻狐狸，乘山鹿在山間林裡嬉戲。她原以為是哪路神仙在此逍遙，但是掐指一算，原來是一位凡間女子。王母娘娘甚感驚奇，不覺按下雲頭，來到蘇妲己面前。此時蘇妲己正玩得高興，突然面前出現一個衣著華麗、神態高貴的老太太，也是一驚。

　　王母娘娘首先開口：「姑娘名何？家在何處？為何隻身在此玩耍，不害怕山林間野獸出沒？」

　　蘇妲己聽後咯咯地笑起來，心想此處誰不曉得我，問這樣的話，一定是遠路客。但轉念又一想，此人面目和善，氣度不凡，一定是個大家的老奶奶，便將自己的身世告訴了來者。王母娘娘聽後更是驚奇，也將自己的身份告訴了蘇妲己。知書達理的蘇妲己聽後，向王母娘娘道了個萬福，沒有多言。

　　王母娘娘問：「妲己姑娘，你是否願意隨我上天，到天上做個神仙？」

　　蘇妲己答曰：「謝王母娘娘厚愛，我在凡間生活得很好，不想

上天做神仙。」

王母娘娘又掐指一算，說：「你近期將有大富大貴降至，不去就算了，不過，你有一劫，實難躲過。」說著王母娘娘伸出手來，手裡出現了一炷香，說：「如遇到什麼困難，點上香，我就會幫你。」

蘇妲己接過那炷香，謝過王母娘娘，王母娘娘隨後便駕雲而去。

再來說說商紂王。

商紂王是位英俊男兒。商紂王體格健壯，據說有一次，支撐屋子的一根柱子倒了，商紂王一人就把柱子給托住，讓工匠趕快換上了新柱子。大家一看，這位神君這麼有力量，甚是佩服。傳說商紂王除了勇猛無比，能徒手與猛獸搏鬥外，還能倒拽九牛，也就是說，他能拽著九頭牛倒著走。典籍記載他「長巨姣美，天下之傑也；筋力超勁，百人之敵也」。

商紂王有兩大愛好：打仗和打獵。

打仗是為了開疆拓土，他覺得，在他執政時，應該有所建樹，只有國家強大了，他才不曠任一世帝王。

而商紂王去打獵，一則是排遣閒日，二則是換個思考的環境，重新審視自己的作戰決定。

一天商紂王帶人進山打獵，見到一頭山鹿。此山鹿全身金黃色，頭頂一簇長纓，甚是稀奇可愛。商紂王不忍心傷害此山鹿，便叫部下圍捕活捉。山鹿甚是靈巧，不一會便跳出了包圍圈，向深山跑去。商紂王不忍放棄，策馬追去。商紂王的座騎健壯靈巧，不久便將部下落下。當商紂王停下等部下時，那頭山鹿也停在不遠處，像是在故意逗引商紂王，商紂王自信不怕危險，策馬再追。幾個回合下來，商紂王不自覺隻身進入了深山老林。突然一陣山風刮來，商紂王連人帶馬被刮到山崖邊，但是，商紂王沒

第三章 妃子淚

有返回之意,而是迎風而上。

前行不遠,突然有一陣雲霧飄來,將商紂王裹在其中,商紂王迷失了方向。正在商紂王著急時,突然聽到一位女子的歌聲,歌裡唱到:

　　天藍藍,草青青,雲霧鎖山中,鹿兒歡跳雲霧中。
　　天藍藍,草青青,風戲密林動,狐兒閃爍舞山風。
　　天藍藍,草青青,彩雲飄半空,鷹兒俯瞰獵人行。
　　天藍藍,草青青,女兒懷春情,何日能待郎君請。

在這深山老林居然有女子唱歌,商紂王甚是驚奇,不覺隨聲尋去。在山澗的小溪旁,坐著一位少女,身邊放著一隻採藥背簍。少女一邊悠閒地唱著山歌,一邊在溪水裡和一隻狐狸戲耍。狐狸一會爬到少女的背上,一會又撲到少女的懷裡,而少女時不時地將狐狸放在水裡,幫它洗澡;在它們附近,還有一隻山鷹,正落座在一棵樹上,警惕地注視著商紂王;那只山鹿則在溪邊吃著青草,並不時抬起頭來,朝商紂王關切地看上幾眼。

商紂王見狀,認為自己遇到了神仙,急忙下馬,緊走幾步,來到蘇妲己面前,行禮道:「商紂見過仙姑娘娘。」

蘇妲己已經看到商紂王,但只是把他當作一位獵人。蘇妲己見過不少獵人,不過眼前的這個獵人,相貌堂堂,身軀偉岸,舉止文雅,而且獵具精良,特別是那匹馬渾身紅色,四個蹄子則是白色,聽人說過,這種馬叫雪裡紅,是馬中極品。商紂王得到了姑娘第一眼的喜愛。蘇妲己心想王母娘娘說我近期將有大富大貴降至,難道就應驗到他身上?不過看商紂王向她行禮,並稱她為仙姑娘娘,蘇妲己不自覺地咯咯笑起來,說:「我乃一平凡女子,豈敢讓你稱仙姑娘娘。」說著又咯咯笑起來。

商紂王覺得有點不好意思,這才抬起頭來細細打量蘇妲己。這一看不要緊,商紂王更是吃驚,蘇妲己太漂亮了,真是天上有,

人間無。商紂王急忙低下頭,說:「仙姑娘娘取笑本王,是本王的不是,請仙姑娘娘懲處。」

聽來人自稱「王」,蘇妲己不覺慎重起來,問道:「你是誰,怎麼自稱王。」

商紂王急忙將自己的身份如實告知,蘇妲己這才理解了王母娘娘說的大富大貴。蘇妲己急忙從溪中走出,來到岸邊,向商紂王道個萬福,說:「民女蘇妲己向我王請安。」

商紂王見狀還是有點惶恐,急問:「你,你不是仙姑娘娘?」話語有點結巴。

蘇妲己靜下神來,將自己的身世也如實告訴了商紂王。人間還有如此奇事,商紂王聽得入迷,呆呆地看著蘇妲己,脫口道:「我向蘇姑娘求婚!」作為帝王,商紂王破例下尊。

因為蘇妲己早有心理準備,倒不驚慌,說:「唯父母之命是從。」

商紂王反應很快,急忙轉身向早已圍過來的鹿、狐、鷹作揖施禮,鹿、狐、鷹點頭。

商紂王又說:「如蘇姑娘不反對,三天後我到蘇家,請蘇家父母開恩應准,迎娶姑娘入宮。」

蘇妲己答曰:「願聽我王安排。」

最後商紂王說自己迷了路,煩請蘇姑娘送自己出山,蘇妲己欣然答應。

商紂王騎上他的雪裡紅,蘇妲己背上藥簍,騎上鹿,懷裡抱著狐狸,山鷹在前面引路,一行向山外走去。

出了深山,部下見到商紂王一片歡呼,但是又看到紂王身後騎著山鹿,懷抱狐狸的蘇妲己,以及盤旋在妲己周圍的山鷹,深感驚奇。特別是蘇妲己的美貌,更是讓他們瞬間忘記了商紂王,直到商紂王大喝一聲,他們才回過神來。商紂王向他們簡單地述說

第三章 妃子淚

了剛才的過程,並命令立即班師回朝。

商紂王和蘇妲己依依惜別。

商紂王的部下有人說,那位懷抱狐狸的蘇妲己是仙姑娘娘,也有人說蘇妲己是妖狐,但是蘇妲己的美貌「桃花難寫溫柔態,芍藥堪如窈窕妍」,很快傳遍了全國。

告別商紂王,蘇妲己一行向蘇家奔去。行走不遠,突然一人騎馬攔在路中。見蘇姑娘走到近前,那人向蘇姑娘抱拳行禮,說:「我是西伯侯姬昌之長子伯邑考,商紂王喜歡征戰,如果蘇姑娘嫁給商紂王難免獨守空房,如果您能隨我到周氏部落,您將有享受不完的榮華富貴,請姑娘定奪。」

蘇妲己想,怎麼又跑出來一個,王母娘娘怎麼回事啊?蘇妲己一時有點發憎。但在此時,山鷹俯衝下來,照著伯邑考抓去,一時人慌馬驚,弄的伯邑考從馬上跌下。那頭山鹿趁機馱著懷抱狐狸的蘇妲己奔騰而去。

到了蘇家,蘇家父母聽蘇妲己述說商紂王求親之事,萬分高興。

且說三天之後商紂王如約來到蘇家求親。求親隊伍浩浩蕩蕩,彩禮堆積如山,蘇家所在的村莊,家家獲得饋贈,蘇妲己兒時的朋友,人人獲得禮物。商紂王還宣佈,附近的山林為特別保護山林,外地人不得到此伐木打獵。一時山林裡的鳥兒飛上天空,遮雲蔽日,齊聲歡唱,山林裡的猛獸小蟲,也都一起快樂吶喊,如滾滾春雷,在大地回蕩。

進得宮後,商紂王和蘇妲己如膠似漆,恩恩愛愛。在宮裡,蘇妲己過不慣飯來張口、衣來伸手的生活,仍保留著原生態的生活習慣,自己做飯,自己穿衣,有時還上樹捉蟲,下塘捕魚。蘇妲己沒有貴族的架子,因此和宮女下人也都相處甚歡。

商紂王不喜歡安逸的生活,統兵打仗是他的興趣,開疆拓土是

他的責任。和蘇妲己的蜜月過後，商紂王就又開始了他的戰爭生活。

在商紂王作戰室的牆壁上，掛著一幅巨幅地圖，清楚地標著商朝統治和影響的區域。現在商紂王的戰略進攻方向是淮河流域，他的人生目標是打到長江入海口，他稱那裡的部落為東夷。他聽人說過，那裡可是富庶之地，如若將它納入中央政府的直接統治區域，將會大大加強中央政府的實力。如若能完成這個目標，將來入土後，他對列祖列宗就有一個完美的交待。想到此，商紂王躊躇滿志。

對於淮河流域，商紂王已經討伐過幾次，大部區域已經被征服，這一次去，是要徹底打敗抵抗者，收取整個淮河流域。

商紂王傳令下去，集合十萬人馬，分左中右三軍，向淮河流域未被征服區域做最後一擊，並且自己親任中路軍總指揮。

在後宮，商紂王告別蘇妲己。

蘇妲己說：「大王，能不打仗嗎？難道我命中註定要獨守空房？」蘇妲己想起了伯邑考的話。

商紂王安慰蘇妲己：「愛妃，我會儘快回來。」又說：「作為帝王應該有所作為，我怎麼能整天守著你呢？若是那樣，我可是個昏君了。我要開疆拓土，我要國強民富，這樣老百姓才能擁護我，這樣我們的天下才能坐的穩當，你說是嗎？」

這些道理蘇妲己也懂，但是女人也難耐獨守空房，她想了想說：「你走後，我回娘家好嗎？」

商紂王知道蘇妲己說的娘家指的絕不單單是蘇家，還包括深山老林，這成何體統，自然不能答應。商紂王想了想說：「這樣吧，你多次提出改造後宮，為了節省費用，我沒同意，現在我同意了，不過還是要儘量節省費用，因為打仗更需要錢。」

蘇妲己無奈只得設宴為丈夫餞行。

第三章 妃子淚

商紂王深深愛著蘇妲己，也是難分難舍。商紂王的戰爭生涯和蘇妲己的原生態生活，造就出的性格有不少共同之處，最終使他們取得了相互理解，兩顆心貼得更緊了。另外蘇妲己還讓商紂王將山鷹帶去，說：「它可以幫你的忙，好讓戰爭快些結束，你也可以快些回到我的身邊。」

商紂王走後，蘇妲己開始改造後宮。她讓人挖出一個小湖，挖出的土堆成一個小山，然後再在山上種滿各種樹木，這樣，一個「深山老林」被蘇妲己搬進後宮。這個深山老林雖然比不上原來的深山老林，但也讓蘇妲己和她的鹿、狐玩得分外高興。

感到高興的還有一人，他就是西伯侯姬昌之長子伯邑考。

蘇妲己的美貌沒有使商紂王昏昏然，卻使伯邑考失去了理智。伯邑考從小生活在部落王族之中，頤指氣使，野心勃勃。現在臣居在商紂王之下，心中很是不甘，他也多次向他的父親周部落長西伯侯提出開疆拓土，但是得到的是西伯侯的訓斥，說這樣做會招來殺身之禍。他們害怕商紂王，所以不敢有半點越過雷池的舉動。

自從上次跟著商紂王打獵見到蘇妲己後，伯邑考便神魂顛倒，夜不寐，食不香。雖然上次山鷹教訓了伯邑考，但是伯邑考的非分之想並沒有收斂。商紂王與蘇妲己大婚後，伯邑考還是沒有就此打住。就像人們常說的，越是得不到的，越是想得到的，伯邑考在這條路上越走越遠。

伯邑考利用他在商紂王身邊工作的方便，也曾多次偷偷窺視蘇妲己的芳容，久而久之，伯邑考更是不能自持。這次遠征，伯邑考編了很多理由沒有跟去。後來聽說蘇妲己在後宮建造深山老林，蘇妲己有時就露宿室外，在山坡樹林裡歇息，特別是知道那只鷹也跟商紂王走了，伯邑考就感到自己的機會來了。

伯邑考並非等閒之輩，一身武功施展開來，也令人嘆服。一天

夜裡，伯邑考身著夜行衣，展輕功越宮牆而過，飄然落地。

伯邑考知道自己這種行為，不管是成功，還是失敗，都將產生巨大的後果，但此時他什麼都顧不得了。伯邑考在心裡給自己打氣：「為得到蘇妲己，死而無憾！」

在躲過多道警衛崗哨後，伯邑考悄悄來到蘇妲己身邊。他帶來了蒙汗藥，原打算將蘇妲己熏昏後，挾持逃走。當他看到蘇妲己身著羽衣，躺在一張虎皮之上熟睡的樣子，不禁被蘇妲己的美麗吸引，「啊！這就是傳說中的睡美人吧？」伯邑考呆呆地多看了一會兒。

在伯邑考還沒走近蘇妲己之前，就有四隻眼睛已經盯住了伯邑考，那就是鹿和狐。鹿睡眼朦朧，好像並不把他當回事，而那只狐狸，此時已運足了力量，做好了戰鬥準備。在伯邑考俯身想動手的一剎那，狐狸猛撲上去，死死地咬住了伯邑考的喉嚨。

響聲驚動了警衛，「抓刺客！」後宮頓時大亂，伯邑考束手就擒。

值班軍官看是伯邑考，知道事關重大，立即書信一封，命令有關人員連夜趕往前線，告知商紂王，並將伯邑考打入死牢。

再說商紂王在前線指揮戰鬥，非常辛苦，人都瘦了一圈。戰鬥打得非常慘烈，敵人在做殊死搏鬥，力圖保住淮河流域的最後地盤。商紂王也發誓，殲滅不了這些敵人誓不甘休。

在幾次戰鬥最緊張的時候，商紂王想請山鷹參戰，但是山鷹頭一昂，理也不理。商紂王很是無奈。

這天清晨，商紂王剛剛起床，後方送信的趕到，交給商紂王一封信。商紂王打開信一看，大驚失色。山鷹好像也感到有點不對，直愣愣地看著商紂王。商紂王明白過來，將信念給了山鷹聽。山鷹聽後大叫兩聲，衝向天空。

山鷹一邊在天空中狂舞，一邊嘶聲鳴叫。不一會兒天空中從四

第三章　妃子淚

面八方飛來了很多鳥，有鷹、雁、鵲、鷺、隼、鷲等，就連蜜蜂也都「嗡嗡」飛來了。一時天空變黑，如烏雲蔽日。商紂王見狀急忙大喊：「山鷹神助陣了！我們要勝利了！」

商紂王的將士看到這種景象，無不激動，立即向敵人攻去。

山鷹撲向敵方主帥，輕輕兩下，就將敵方主帥的兩個眼睛啄瞎了，敵方陣營頓時大亂。上方有百鳥的攻擊，下面商紂王的軍隊發瘋似的殺來，敵方陣營迅速潰敗，不到兩個時辰，戰鬥就結束了。

商紂王將後續工作交給副手，自己帶領部分人馬立時奔回京城。商紂王的雪裡紅像跳躍的火焰，在大地上畫出了一道亮光，山鷹飛在商紂王的上方，警惕地護衛著這隊人馬。

關口的大門，京城的大門，王宮的大門，見到這隊人馬，立時開放，商紂王直奔後宮。見到蘇妲己，商紂王一把將她擁在懷裡，喃喃地說：「愛妃，讓你受驚了。」說著竟掉下淚來。這位在戰場上殺人如麻的帝王還是位多情的男子。

蘇妲己並不是嬌貴之人，她說：「謝謝大王的關愛，我在猛獸嘴裡死裡逃生不知多少回，這點小事不算什麼，只要大王能平安回到我身邊，比什麼都好。」

商紂王收住眼淚，仔細地打量著蘇妲己，不由得心裡又升騰出一份敬意。

商紂王走出室外，立即令人趕往周部落，著令西伯侯姬昌火速來見本王。傳令兵剛走，商紂王又命令有關人員，待姬昌一到立即將其打入死牢，說著又令人將伯邑考押來。

伯邑考被五花大綁押來。伯邑考的喉嚨已被狐狸咬壞不能說話，但是他知道自己必死，也沒服軟，這就給大怒中的商紂王火上澆油。商紂王抽出劍來，用力揮去，伯邑考的頭滾到一旁。商紂王還不解氣，舉劍又劈下去，伯邑考被腰斬。最後，商紂王又

命令士兵,將其拖出去,剁成肉泥。

晚上蘇妲己設宴,為商紂王接風,祝商紂王凱旋而歸,而出席晚宴的只有商紂王一人。

兩個人有說不完的話。商紂王說淮河流域已屬大商天下,又說山鷹媽媽神勇,勝利是托蘇妲己的福。蘇妲己則說後宮安詳,「深山老林」好玩,很多活都是她帶領後宮做的,因此也沒多花多少錢。

天上的星星眨著眼睛,從窗戶裡笑看他們水乳交融。

西伯侯姬昌被打入死牢後,商紂王下令將其處死。可是很多大臣替西伯侯求情,說西伯侯教子無方,有罪,但是罪不至死。更有大臣說,處死西伯侯姬昌恐引起周部落造反,得不償失。死罪可免,活罪難饒,商紂王將西伯侯姬昌長期囚禁在國家監獄羑裡。

周部落在中國的西部,原是夏朝貴族的後裔,對於商取代夏,心中早有不滿,這是可以理解的,這也必然是商朝不穩定的因素之一。

這些年周部落在西伯侯姬昌的帶領下,重視農桑,生產發展,民心安定,部族強盛。對於商朝的統治,西伯侯承認這是歷史造成的現實,不主張造反。他的觀點是,誰統治並不重要,只有老百姓能安居樂業,才是最重要的。因此周部落每年按時按量交貢,西伯侯是準時上朝,商紂王甚是滿意。西伯侯姬昌和朝中大臣、各部落領袖關係融洽,所以才能在「伯邑考事件」中撿條性命。

伯邑考被剁成肉泥,西伯侯姬昌被囚禁在國家監獄,此事不可避免地在周部落引起了軒然大波,並時有造反的聲浪響起。姬昌還有個兒子非常優秀,這就是二公子姬發。姬發明白事理,作為接班人他立令全部落保持鎮靜,並向商紂王修書一封,說:「大

第三章 妃子淚

哥伯邑考其罪當誅，父親負有連帶責任，受罰獲刑也在情理之中。」這樣他既穩住了本部落，也穩住了商紂王，防止了事態的進一步惡化。

姬發執政，繼續堅持其父的路線，發展生產，廣施仁德，保持了周部落經濟的持續發展和社會的安定團結。

姬發之所以這樣做，因為其父還在商紂王手裡，他現在只有忍辱負重，父親才安全，而在內心深處，姬發對商朝已有反叛之心。

如何解救父親，是姬發日思夜想的事。隨著冬去春來，姬發的思路逐步成熟，那就是將商紂王的注意力和他的軍隊都吸引到長江口去，這樣解救父親才有希望。於是姬發秘密派出說客到長江口一帶的東夷部族去，挑撥他們向商朝進攻。

這種遊說其實並不難，因為淮河流域已被商朝佔領，下一步自然會輪到長江口一帶的部族。但是他們不敢主動向商朝進攻，也沒實力和商朝抗衡。當他們聽說地處西方的周部落能和他們配合共同滅商時，他們自然是求之不得。

經過幾年的準備，長江口一帶的部族開始向商朝尋釁進攻了。邊關軍情傳到商紂王這裡，商紂王反而很高興，因為又有仗可打了。

佔領淮河流域後，經過幾年的修養生息，商朝的國力、軍力又都有了很大的提高。佔領長江口，是商紂王的既定方針，現在長江口一帶的東夷部族主動尋釁進攻，正給了商紂王「自衛反擊」的口實，所以商紂王甚是高興。

這些年，商紂王沒有窮兵黷武，而是修養生息，這和蘇妲己的「吸引力」是分不開的。

蘇妲己太美了，蘇妲己的「野性美」也太符合商紂王的口味了，兩人最愉快的時候，是商紂王陪同蘇妲己回「娘家」。

商紂王將隨從衛隊留在山外，自己和蘇妲己兩人進入深山老林，當然還有鹿、狐、鷹。

在深山老林裡，蘇妲己和商紂王毫無顧忌地追逐打鬧。有時蘇妲己還利用熟悉的地形，將商紂王絆倒，然後騎在商紂王身上一陣猛捶，讓商紂王討饒，而後，飛奔而去，又讓商紂王一陣苦找。有時兩人躺在草地上，看著天上的流雲，蘇妲己說：「當帝王多不自由，處處有人監視，還不如生活在這深山老林。」

商紂王說：「等我收服了長江口，我就放棄帝位，和你一起來這深山老林裡生活。」

蘇妲己說：「為什麼一定要收服人家呢，各過各的日子不好嗎？」

商紂王說：「有時我也這麼想，但是處在帝王的位子，我也是身不由己啊。」

有時蘇妲己也向商紂王述說自己以前的生活，告訴商紂王如何採野果充饑，如何度嚴寒過冬，白天如何看天氣，夜晚如何判方向，若生病了，又是如何採用草藥。這些對商紂王的軍旅生活非常有用，商紂王聽得津津有味。

商紂王在休假時，也沒有忘記他的朝政事宜，山鷹此時又成了他的信使。

現在長江口一帶的東夷部族主動尋釁進攻，商紂王就又回到了他的「作戰室」。

聽說商紂王又回到了他的「作戰室」，姬發立即派人帶著大量金銀珠寶開始行賄商紂王身邊的大臣。

大臣甲問：「出征前如何處置西伯侯姬昌？」

大臣乙說：「繼續羈押西伯侯姬昌，恐怕大軍東征後周部落有變。」

大臣丙說：「殺了西伯侯姬昌，大軍東征後周部落必然有

變。」

商紂王考慮再三，決定放了姬昌。

商紂王叫來姬昌，問：「反省如何？」

姬昌答曰：「伯邑考其罪當誅，父親負有連帶責任，受罰獲刑也合情合理合法，我服。」

商紂王問：「放你回去，你又當如何？」

姬昌答曰：「蒙大王開恩，我若回去，將領周部落世代忠於大王，若再有不孝子孫，我當自己將他剁成肉泥，再自裁，並請大王滅我九族。」

姬昌說的可能是真心話，但是當他回到周部落後，他就身不由己了。

西伯侯姬昌坐牢七年，兒子姬發執掌西周大舵七年。當西伯侯姬昌回歸原位時，此時的西周已非彼時的西周。

表面看來周部落一切照舊，但是在山裡的一隻軍隊已經秘密訓練出來。更讓西伯侯姬昌驚訝的是，如何和長江口的東夷部族配合滅商的整體戰略，已經詳細制定出來。姬昌知道詳情後倒抽一口冷氣，這要讓商紂王知道了，絕不是滅九族的問題，而是剿殺全部落的事。

姬昌來回踱步，姬發則帶領眾臣苦口婆心地勸其造反。

姬昌動搖了。

姬昌重新審視了姬發他們制定的整體戰略，肯定地指出，如若執行這個戰略，必敗無疑。周部落雖是諸侯中實力最強盛的，卻與煌煌大商相差甚遠，周部落的軍隊加上長江口東夷部族的軍隊，也絕不是商朝大軍的對手。怎麼辦？姬昌進退兩難。就在此時，一位能經天緯地的人物出現了，此人便是姜子牙。

一次姬昌為散胸中鬱悶，到一河邊散步，發現一老者在垂釣。令人驚奇的是，當老者起竿後，姬昌發現老者的魚鉤竟是直的。

姬昌大惑不解，向前施禮詢問，老者的回答很詭異：「願者上鉤。」

姬昌知道碰到高人了。

姜子牙確實是個高人。

姜子牙曾在崑崙山師從元始天尊學道。

在崑崙山，姜子牙仰吸天氣，俯飲地泉，鑄就了博大的胸懷。元始天尊輔導姜子牙博學勤思，使他上通天文，下通地理，中通古今。

一天姜子牙問師父：「我是獨善其身，還是兼利天下？」

師父沒有回答姜子牙，反問道：「朝代易之理在何？」

姜子牙本以為自己已修煉成果，不想師父的一句話就問倒了他，姜子牙感到羞愧。

姜子牙重返山崖打坐，再習師父教過的知識。又過了不少時日，姜子牙終於明白了，他來到師父面前答曰：「朝代易之理在女人。」

元始天尊看他明白了，說：「你命該兼利天下，去吧。」

姜子牙告別師父，走下崑崙山。

姜子牙從夏朝的滅亡和商朝的確立中，發現了女人在其中的關鍵作用，而現在商紂王身邊又出現了絕色女子，所以他確信，商朝的氣數已盡，即將滅亡，新的朝代將要建立。

商朝現在國力雄厚，商紂王勤政善治，國家還在擴疆拓土，說商朝即將滅亡，這就等於晴天說霹靂，但是姜子牙胸有成竹。

姜子牙下得山來，走遍各地，盡訪諸侯。他幾度出入周部落、殷都、岐陽、豐邑、孟津、朝歌、牧野等地，更多次回顧商湯、夏桀的成敗得失。對於如何順應歷史的潮流，改朝換代，姜子牙於心中畫出了路線圖。

第三章　妃子淚

西伯侯姬昌將姜子牙請入府中。

姬昌、姬發父子和身邊大臣向姜子牙介紹天下大勢，請教如何用兵，如何才能推翻商朝時，姜子牙捋鬚慢語，文縐縐地說：「改變天下大勢，用文為上，用武為下。周之兵少，已經夠用。」姜子牙又說：「民心易蠱惑，謠言可殺人。」

大家聽後，一時摸不著頭腦。

當聽說商紂王已帶兵出城，前往長江口前線時，姜子牙安排說：「到山裡捉一百隻狐狸，放入商朝京城朝歌。」

大家更是摸不著頭腦，但是照辦。

山裡的狐狸被放入城中，餓極了，自然吃雞，從此狐狸也就有了愛吃雞的習慣。與人搶嘴，自然招到人的反感，因此直到今天狐狸也很難成為人的寵物。

七天以後，一期謠言培訓班結束，姜子牙又將一百名能說會道的長舌婦送入城中，任務是散佈謠言。謠言說：「商紂王在深山老林中得到的美女蘇妲己是一隻狐狸精，商紂王已經鬼魂附體，難於自已。商紂王不但投蘇妲己所好，作新淫之聲、北鄙之舞、靡靡之樂，還為蘇妲己修建高大宏麗的鹿台，裡面置滿奇珍寶物。同時積糟為丘，流酒為池，懸肉為林，使人裸形相逐其間，徹夜長飲，歡嬉達旦。」

果然不久，人們開始對著王宮冷眼相看，指指點點。

此時姬昌、姬發父子和身邊大臣才明白了姜子牙的用意，並立即拜姜子牙為軍師。

第二期謠言培訓班又舉行，謠言工作者們學講一個編出來的故事：「說有一回蘇妲己與商紂王打賭，說自己能看清孕婦腹中胎兒的性別，於是商紂王命人找來十多個快臨盆的孕婦讓蘇妲己一一辨別，而後剖開每個孕婦的肚子驗證。」不久京城裡的孕婦嚇得不敢再出門。

實效明顯，培訓班再次舉行。

這次培訓的內容是：「有一年嚴冬，商紂王在城頭看到一老人背著一年輕人過河。商紂王說，應該是年輕人背著老人，怎麼會是老人背著年輕人呢？蘇妲己說，老人是他媽年輕力壯時生的，所以老人到老骨髓還充實，耐冷；年輕人是他媽年老力衰時生的，所以，年輕人先天骨髓不足，特別怕冷，所以才有老背少。商紂王為了驗證蘇妲己的話，讓人將那兩人叫來，並令兵士將他兩人的雙腳砍下來，驗證其理。」結果「故事」一傳出去，城裡的老弱再也不敢出門。

培訓班繼續舉行。

這次的內容是說：「商紂王最常用的刑罰是炮烙之刑，是蘇妲己發明的。說是要犯人懷抱空心銅柱，將兩手綁住，然後在銅柱內燃火，銅柱被逐步加熱，犯人被煎烤，疼痛難忍，撕心裂肺地喊叫，最後被活活的煎烤至死。說蘇妲己聽犯人這時的慘叫聲，笑得前仰後合。」

謠言還說：「商紂王的叔叔比干實在看不下去，就向商紂王進諫說：『不修先王之典法，而用婦言，禍至無日。』這話戳到商紂王的痛處，商紂王非常生氣，覺得他這是妖言惑眾，給他難堪。這時，蘇妲己又在一旁添油加醋，櫻桃小口一開，吐出一句血淋淋的話來：『我聽說聖人心有七竅……』為了驗證此言，比干的心便被挖了出來。」

謠言使人聽後毛骨悚然，謠言使商朝民怨四起，軍心渙散。

此時前方傳來情報，說商紂王的軍隊已與長江口部落的軍隊開始戰鬥。姜子牙馬上建議，請姬昌稱王（周文王），並將周人的首都由邊遠地帶向內地遷移，向商施加更大的影響和壓力。

周文王帶領軍隊，浩浩蕩蕩向商朝的中心地帶開來，並立令三軍不得擾民。

第三章 妃子淚

　　姜子牙的培訓班更加繁忙，一面展開對商紂王的宣傳攻勢，重點放在污蔑蘇妲己與醜化商紂王。同時歌頌周文王廣施仁德、禮賢下士、發展生產、深受群眾擁戴……周部落人民生活富足，夜不閉戶，路不拾遺等，用盡天下好詞好語。更重要的是，從天象到地勢，舉出許多「實證」，說明商朝將滅亡，周朝將取而代之。

　　大商天下，人心惶惶。

　　商紂王在前方聽到後方出現如此之事，大為惱火：「小兒姬昌，我饒他不死，他竟敢造反。」商紂王將軍事指揮大權交給副手，自己帶領少數人馬，星夜趕回京城。

　　商紂王回到京城，立即下令徵召全國適齡青年到首都集中，打開軍械庫，一支新的軍隊被武裝起來。接著商紂王又將監獄的犯人放出，要他們組成敢死隊，將功贖過。商紂王親自訓練軍隊，沒多久，一支殺氣騰騰的軍隊便開始向周部落開去。

　　周文王姬昌已年老力衰，加上七年的牢獄之災，身體有些難以支撐，現在聽說自己曾經誓死效忠的商紂王領軍殺來，心理壓力之大可想而知，不久便一命嗚呼。

　　周文王姬昌的兒子姬發隨後成為周武王。周武王毫無顧忌地和商紂王在牧野擺開了決戰的架勢。

　　周武王有兵四萬五千，面對的是商紂王十七萬大軍。周武王兵士看商家軍，金戈鐵馬，戰旗飄舞，不覺怯陣三分。此時周武王站在兵車上，大聲「牧誓」，聲討商紂王聽信寵姬讒言，不祭祀祖宗，招誘四方的罪人和逃亡的奴隸，暴虐的殘害百姓等諸多罪行，從而激發起從征將士的同仇敵愾心理與鬥志，並大聲說，如果我們戰敗，我們將要受到炮烙之刑。受到統帥的鼓舞和恐嚇，周家軍士氣倍增。

　　周武王之所以有底氣，是因為，在之前他們已做好了牧野大

戰的充分準備。根據姜子牙的建議，他們成立了一支政治部隊，均由有一定蠱惑能力的適齡青年組成，把過去幾期培訓班所講的內容，讓他們重新學習，然後讓他們加入到商紂王新組建的政府軍。

兩軍開戰，商紂王騎在他的雪裡紅上，藐視地看著周武王的部隊，心裡默默地說：「小兒，抓住你，我剝了你的皮！」

商紂王命令，兩翼出動，先對周武王形成夾擊之勢。商紂王打起仗來駕輕就熟。

周軍靜止不動，待敵軍從兩翼夾擊過來，周武王舉起了一面藍旗，周家軍於是有節奏地喊道：「廢除炮烙！廢除炮烙！」

混進政府軍的周家政治部隊，也跟著喊：「廢除炮烙！廢除炮烙！」

剛組建的政府軍因為被混入過來的周家政治部隊施加過影響，也都對炮烙之刑不寒而慄，因此不自覺地也跟著喊起：「廢除炮烙！廢除炮烙！」

商紂王的軍隊開始出現動亂，監獄的犯人見狀趁機溜號。他們才不願意為誰賣命，加之周家那些政治人員的工作和鼓動，商紂王的敢死隊還沒開戰，便逃得無影無蹤。

周武王見狀又舉起黃旗，此時周武王的軍隊開始正面向商紂王的軍隊出擊，並且每前進七步，就要停止取齊，以保持隊形；每擊刺五次，也要停止取齊，以穩住陣腳。前面的戰士倒了，後面的戰士向前補齊。這是一場心理戰，周家軍視死如歸的勁頭，使商紂王的新軍士氣受挫，開始向後退去。

周武王見狀又舉起紅旗，此時周家軍大喊：「周軍必勝！商軍必敗！」向商紂王的指揮中心衝去。那些混進商軍的政治戰士，跟著喊叫：「周軍必勝！商軍必敗！」一時商軍大亂。

兵敗如山倒，商家軍跑的跑，降的降，更有不少臨陣倒戈。不

第三章 妃子淚

多時商紂王和他從長江口帶回的剩餘人馬便被周家軍圍得水泄不通。

商紂王打了一輩子仗，從沒遇到過這種情況，他無法理解這是為什麼？但是時間不能讓他多想，要麼死，要麼降。他的忠誠將士發誓要殺出一條血路，保他出去。但是他搖搖頭，他知道，太晚了。但是他是條硬漢，他不能叫那位小兒侮辱。他讓人將一些木材堆積起來，然後爬了上去。

商紂王拔劍指向青天，大喊：「蒼天啊！我做錯了什麼，你為什麼置我於死地？」

商紂王從長江口回來後，蘇妲己將隱隱約約聽來的流言蜚語告訴過商紂王，並委屈地哭道：「我做錯什麼了，他們為什麼這樣說我？」

商紂王當然知道，這一切都是姬昌老兒所為。商紂王認為，槍桿子最能解決問題，只要抓住姬昌老兒，將他碎屍萬段，什麼問題也都解決了。但是他低估了輿論的能量，低估了謠言的殺傷力。

在後宮，山鷹突然驚叫起來。蘇妲己不解，問山鷹：「難道大王有難？」在蘇妲己看來，大王無往而不勝，但是山鷹用勁地點頭。

「那你就快去吧。」蘇妲己催促，山鷹騰空而起。

蘇妲己有些慌亂，這時她突然想起王母娘娘的話：「如遇到什麼困難，點上香，我就會幫你。」蘇妲己拿出那炷香，將它點上。

此時在戰場上，商紂王已命自己的將士在下面點火，他要自焚，但是將士們不忍心這麼做。周武王在遠處看到了，命令周家軍向裡面射火箭，不久柴垛便燃燒起來。

山鷹趕到了，它從空中俯衝向烈火，它要救起商紂王，但是猛

烈的火焰燃著了山鷹的羽毛,山鷹也變成了一團火,跌落在火堆裡。

戰場的雙方都看著這堆火,商紂王在燃燒,山鷹在燃燒。

火慢慢小了,火慢慢滅了,戰場中央只剩一堆灰燼。突然,有金光從灰裡射出,那只山鷹身披金光,抖著翅膀從火灰裡站起,接著商紂王也身披金光從火灰裡站起。商紂王騎上山鷹,山鷹嘶鳴著衝向天空,飛向遠方。

蘇妲己的後宮被周家軍圍住了,進來一位當官模樣的人,向蘇妲己宣讀周武王,即當今帝王的聖旨。

可憐的蘇妲己被勝利者重新「分配」,安排為周公的侍姬。周公是誰?此人便是伯邑考另外的一個弟弟。

花園裡,宮殿下,物是人非。蘇妲己換上來時穿的衣服,背上她的藥簍,騎上那頭鹿,懷抱狐狸,衝出宮門,衝出城門,人攔踢人,馬攔踏馬,越過原野,一騎絕塵,回到她的深山老林。跟在她身後的是一片指責和罵聲。

在山上,蘇妲己遙望她的來處,霧濛濛,灰沉沉。蘇妲己傷心地唱起了歌:

一年四季風呀雨呀霜呀雪呀,
鹿兒狐兒山上林間蹦呀跳呀。
你說宮殿上面金燦燦的瓦呀,
山澗溪水魚兒歡快游進城呀。
我看見山鷹烏雲翻騰雲中飛,
白玉池塘魚兒難咽苦澀的水。
月朦朧大地寧靜酒酣萬物睡,
人們在歡慶風兒輕撒山鷹灰。

一首〈萬物睡〉蘇妲己唱得淚水漣漣,她太委屈了。眼淚滴到石頭上,石頭就碎了,眼淚滴在土壤裡,喚醒了泉水。泉水同情

蘇妲己，便馱著蘇妲己的淚水朝著山下流去。眾溪成河，河水裏著泥石，形成泥石流，朝著蘇妲己來時的方向衝去，衝向田野，衝進城裡，衝向宮殿。那些宮女和下人明白，這是蘇妲己在喊冤，山河明白，只要蘇妲己不正名，人間的泥石流就不會停止。

蘇妲己正在傷心，突然聽到山鷹的叫聲。蘇妲己抬頭一望，遠處山鷹馱著商紂王正朝這邊飛來。來到近前，商紂王從山鷹身上下來，蘇妲己喊了一聲大王，便撲進商紂王的懷裡。商紂王感慨地說：「以後我們就生活在深山老林，與動物為伴，不再回到人間了。」

商紂王和蘇妲己逃回深山老林，世上的人們並沒有因此饒過他們。有人將那些謠言當真編成了一部書，更有甚的是有人要舉斧砍伐森林。他們說，這樣不光讓商紂王與蘇妲己無處藏身，就連鹿、狐、鷹那三個妖孽也要消滅掉。

可憐的商紂王和蘇妲己相對無言，鹿、狐、鷹也都瘦了。但是他們沒有屈服，樹被砍得越多，泥石流就越大。後來人們發現，砍樹對人們的生存環境不好，於是不得不停止砍樹，但是人們仍然將那些謠言故事用各種手段繼續傳播。

商紂王有時看著自己曾經擁有的江山，內心不平，大喊：「我是有作為的帝王，歷史不公！」

蘇妲己冷眼對天下，說：「別欺人太甚！」

四、伊娥的微笑——褒姒與周幽王

夏桀終結了夏朝。

商紂結束了商朝。

周文王又創立了周朝。周朝傳到周幽王時，周幽王將西周王朝過渡到了東周王朝。

周幽王姓姬，名宮湦。「幽」也是後人加在他頭上的惡諡，幽的含義為動祭亂常、暴民殘義、淫德滅國等。

在周幽王執政時，周幽王身邊又出現了一個絕色美女，名叫褒姒。褒姒的出現和妹喜、蘇妲己的出現一樣，同樣影響了一個朝代的滅亡。但是和妹喜、蘇妲己不同的是，對於周幽王執政的西周王朝的覆滅，褒姒事前卻是知道的。

事情還得從一個發生在西方的故事說起。

在西方有一個希臘國，希臘國的公主長得特別漂亮，而且臉上經常帶著燦爛的微笑。希臘公主的微笑有一種特殊的魅力，誰見到她的笑容，誰心頭的愁雲便會自動散去，於是人們經常聚集在宮牆下，等候著她的出現。公主也不辜負大家的期望，經常來到宮牆上展現她的微笑，大家都喜歡叫她伊娥。

天上的神也有自己的煩惱，也喜歡看伊娥的微笑，只要伊娥走上宮牆，諸神就會撥開雲彩，注視著她，久久不願離開。

大神宙斯也十分愛她，宙斯想，如果擁有伊娥，一生就沒有憂愁煩惱，多好啊！於是宙斯扮作凡人的模樣，下凡追求伊娥。宙斯說：「啊！美麗的姑娘，能夠和你在一起是多麼的幸福啊。但是任何凡人都配不上你，你應該成為神的妻子。」見伊娥無動於衷，宙斯又說：「我就是大神宙斯，我願意保護你。」

伊娥非常害怕，她逃走了。但是，宙斯濫用神力，將伊娥的周圍變得一團黑，伊娥沒能逃脫宙斯的追求。

宙斯有一個弱項，就是懼內，在妻子赫拉面前威風不起來。看到宙斯要將伊娥據為己有，嫉妒的眾神將宙斯的行為告訴了赫拉。

赫拉聽說自己的丈夫宙斯，現在醉心於對凡間女子的追求，很是生氣。一天，赫拉發現，一塊地方大白天被黑色濃霧遮蔽，很是奇怪。赫拉駕一朵祥雲飄去，命令黑色濃霧散開。宙斯正在黑

色濃霧裡向伊娥求愛，妻子的到來，讓宙斯產生了慌亂。為了讓心愛的姑娘逃脫妻子的報復，他把伊娥瞬間變成了一頭雪白的小母牛。

即使成了這副模樣，俊秀的伊娥仍然很美麗。赫拉立即識破了丈夫的詭計，假意稱讚這頭美麗的小母牛，並詢問這是誰家的小母牛？是什麼品種？宙斯在窘困中，不得不撒謊說這頭小母牛他也是剛碰到，覺得稀罕才在這兒多待了一會，誰家的？是什麼品種？他也說不清楚，於是請夫人判斷。赫拉假裝也要研究一下這頭小母牛的品種，圍著它轉了一圈，然後請求丈夫把這頭美麗的小母牛作為禮物送給自己，她好帶回去認真研究，一有結果就會告訴他，並不由分說將一條帶子繫在牛的脖子上。宙斯很是為難，如果答應她將小母牛帶走，他就失去了可愛的姑娘；假如拒絕她的要求，勢必引起她的猜疑和嫉妒，結果會使這位不幸的姑娘遭到惡毒的報復。想來想去，宙斯決定暫時放棄姑娘，把這頭可愛的小母牛讓妻子牽走。

赫拉得意揚揚地牽著這位遭劫的姑娘走了。

赫拉雖說騙得了小母牛，心裡卻仍然不放心。她知道要是找不到一塊安置她的情敵的可靠地方，她的心裡總是不得安寧。於是，她找到來耳戈斯。阿耳戈斯好像特別適合於看守的差事，他有100只眼睛，在睡眠時只需閉上一雙眼睛，其餘的都睜著，如同天上的星星一樣發著光，明亮有神。

阿耳戈斯接受了赫拉安排的任務——看守小母牛。小母牛在吃草，阿耳戈斯就在不遠處用100只眼睛死死地盯著它。阿耳戈斯知道，如果讓小母牛跑掉，赫拉對他的懲罰那是相當嚴厲的，起碼也要摳掉他幾隻眼，因此他不敢不盡心盡責。

伊娥吃著苦草和樹葉，睡在堅硬冰涼的地上，飲著污濁的池水。伊娥時常忘記自己現在已經不再是人類了，她想伸出可憐的

雙手，乞求阿耳戈斯的憐憫和同情，可是她已沒有手臂了；她想以感人的語言向他哀求，但是她一張口，只能發出哞哞的叫聲，連她自己聽了都感到驚怕。

阿耳戈斯不是總在一個固定的牧場看守她，因為赫拉吩咐他要不斷地變換伊娥的居處，使宙斯難以尋找到她。

阿耳戈斯牽著小母牛各地遊牧。一天伊娥發覺她來到了自己的故鄉，來到了她幼時常嬉游的河邊，伊娥非常興奮。但是，河水的倒影顯示伊娥現在已經不是人了，她有兩隻角，四條腿，還有渾身的毛，她現在是頭牛。她看到了她的夥伴們，姐妹們，還有他的父親也在草地上，她還是向他們跑去。

「快來看哪，一頭雪白的小母牛，多麼好看哪！」他們彼此招呼，圍攏過來。父親撫摸著這頭小母牛，又從附近的灌木上捋了一把嫩樹葉送到小母牛的嘴邊。當這小母牛感恩地舐他的手，用親吻和眼淚愛撫著他的手時，這位老人猜不出他所撫慰的是誰，也無法知道誰在向他感恩。

伊娥冥思苦想，終於想出了一個拯救自己的主意。雖然她現在變成了一頭小母牛，可是她的思維卻沒有受損，這時她開始用腳在地上畫出一行字。這個舉動引起了父親的注意，父親很快從地面上的文字中知道站在面前的這頭小母牛竟然是自己失蹤的親生女兒。

「天哪，我可憐的女兒！」老人驚叫一聲，伸出雙臂，緊緊地抱住落難女兒的脖頸，「我走遍千山萬水到處找你，想不到你成了這個樣子！我以前一心想給你挑選一個般配的夫婿，想著給你置辦新娘的火炬，準備你未來的婚事，現在，你卻變成了一頭牛⋯⋯你能告訴我這是誰做的孽嗎？我要為你報仇，我要還你原形！」

伊娥不能告訴父親，因為她知道人鬥不過神，她只能默默地掉

淚，伊娥的姐妹們也都撫摸著變成小母牛的伊娥掉淚。

粗暴的阿耳戈斯看到這個情況，急忙趕過來，強行牽走了小母牛，飄忽到了另外的牧場。

此刻，宙斯對於自己給伊娥帶來的不幸也感到內疚。他召喚他的愛子赫耳墨斯，命令他誘騙可恨的阿耳戈斯閉上他所有的眼睛，救出伊娥。

赫耳墨斯飛降到地上，手持荊樹木棍，看起來好像一個執鞭的牧童。他誘使一群野羊跟隨著他，來到伊娥在阿耳戈斯監視下的寂寞草原。赫耳墨斯從腰裡抽出一支牧笛，開始吹奏比人間的牧人所吹奏的更婉轉美妙的樂曲。

阿耳戈斯很喜歡這迷人的笛音，他從高處站起來向下喊道：「吹笛子的朋友，我不知道你是誰，不過我非常歡迎你。來吧，上來坐一坐，我們一起休息一會兒，瞧，這兒的樹蔭多舒服！」

赫耳墨斯說了聲謝謝，便爬上山坡，坐在他身邊。赫耳墨斯又吹起牧笛，笛聲有催眠作用，阿耳戈斯打了幾個哈欠，100只眼睛睡意朦朧。可是阿耳戈斯不敢鬆懈自己的職責，他讓一部分眼睛先睡，而讓另一部分眼睛睜著，緊緊盯住小母牛，提防它趁機逃走。赫耳墨斯看笛聲不能使阿耳戈斯的眼睛全閉上，就又將手中的荊樹木棍舉起，裝著要趕羊的樣子，其實那根荊樹木棍是支神杖，具有更強的催眠作用。很快阿耳戈斯的眼睛一隻只地依次閉上，最後，他的100只眼睛全閉上了，沉沉昏睡了過去，赫耳墨斯趁機放跑了小母牛。

表面看來，赫拉是在犯一般女人嫉妒的毛病，是宙斯追求伊娥，伊娥何錯之有？但是不知為什麼，做妻子的可以寬恕自己的丈夫，可是對於同是受害者的女性，卻是不依不饒，古今中外無不如此。

然而，赫拉不是一般的女人，赫拉和伊娥過不去，雖有著嫉妒

的成分,但還有更深刻的原因,那就是伊娥的微笑。赫拉認為不管是人還是神,都應該有憂愁煩惱,沒有憂愁煩惱的人生必然索然無味,平淡無奇,這是不可思議的,赫拉絕不接受這種對世界的改變,所以她要消滅伊娥的微笑。

赫拉的神眼發現下界所發生的一切,伊娥無法逃脫赫拉的魔掌。赫拉繼續尋找另外一種東西來折磨伊娥,她要伊娥永遠不能再微笑。

赫拉喚來牛虻,讓牛虻叮咬可愛的小母牛,直到小母牛忍受不住,發瘋為止,只要發瘋了那種微笑也就沒有了。

牛虻本來就是以吸食牛血為生,牛虻接受赫拉之令,向小母牛展開了瘋狂攻擊。小母牛驚恐萬分,拼命逃走。小母牛被牛虻追來趕去,逃遍了世界的無數地方,它逃到高加索,逃到斯庫提亞,逃到亞馬遜人那裡,也到了基米里人的博斯普魯斯海峽和俄羅斯的亞瑟夫海,它穿過海洋到了亞細亞。最後,經過長途奔逃,它來到了中國的邊境,雄偉的喜馬拉雅山擋住了她的去路,牛虻又從後邊追來,它感到了絕望,前腳跪下,昂著頭,向天祈禱:「天哪,救救我吧!」

此時在天上正在發生著一件事,恰好能將伊娥解脫出來。

在天上有三個天神在辯論,一個是權力之神叫牢獄斯,一個是金錢之神潦倒斯,還有一個是美女之神維納斯,他們在辯論權力、金錢、美女誰的誘惑力最大。

權力之神牢獄斯說:「是權力,有了權力,就有了金錢,就有了美女,所以權力的誘惑力最大。自古以來的打打殺殺,不就是為了得到權力嗎?有了權力就有了一切,就有了三宮六院。就連姑娘們的理想情侶也是白馬王子,白馬王子是個什麼角色?是王儲,候補帝王。」

金錢之神潦倒斯急忙打斷權力之神的話,說:「不對,姑娘們

對白馬王子的理解是英俊瀟灑。」

權力之神牢獄斯說：「只是不明說而已，嫁入皇族，何等榮耀，何等高貴，不是揮金如土，起碼也是衣食無虞，白馬王子是最大的大款。」

金錢之神潦倒斯急忙把話茬接過來：「哎，你已經說出了大款，關鍵還是金錢，權力要轉化為金錢才有價值。金錢可以買到一切，有錢可使鬼推磨嘛，所以金錢的誘惑力最大，就是沒有權力，有了金錢，還是可以過神仙般的生活，就有美女來到身邊，你看自古以來官員的腐敗，不就是為的金錢嗎？所以還是金錢的誘惑力最大。」

權力之神牢獄斯急了，大聲說：「金錢不是萬能的！」

金錢之神潦倒斯也急了，大聲說：「沒有金錢是萬萬不能的！」

權力之神牢獄斯和金錢之神潦倒斯爭得面紅耳赤，互不相讓。

美女之神維納斯打斷他們的話，說：「看到那頭雪白的小母牛了嗎？」維納斯用手指著被喜馬拉雅山擋住了去路的小母牛說：「那頭小母牛是希臘國的公主伊娥，我們請她來，讓她嫁到中國去，我要證明美女的誘惑力最大。」

權力之神牢獄斯和金錢之神潦倒斯，透過天空看到了那頭雪白的小母牛。他們神眼凝聚，也看出了那是希臘國的美女公主伊娥變的，但是他們不知道美女之神維納斯葫蘆裡到底裝的是什麼藥，他們經過商量，決定難為一下維納斯，說：「我們有兩個要求，一是要伊娥誘惑中國帝王。」他們知道，帝王身邊美女如雲，要誘惑帝王並非易事。維納斯點頭答應。他們繼續說：「二是要叫中國帝王見到伊娥的笑容。」權力之神牢獄斯和金錢之神潦倒斯相視壞笑。美女之神維納斯估計他們不懷好意，但是權力之神牢獄斯和金錢之神潦倒斯堅持他們的要求，美女之神維納斯

遲疑了一下，也答應了。

美女之神維納斯用手指了指那頭小母牛，隨之那頭小母牛蒸發了，一縷青煙飄上天空。

在天上，伊娥還在發怔。剛才她還是牛的形狀，並被牛虻叮咬得滿世界亂逃，因高山擋住去路，正處於絕望中，現在突然來到天上，現出了自己的原形，並見到幾位天神站在自己面前，自然是一陣迷惘。美女之神維納斯說話了，先是介紹了自己和其他兩位天神，伊娥向幾位天神施禮，感謝他們使自己脫離苦難。

美女之神維納斯將剛才幾位天神辯論的事情向伊娥做了介紹，最後維納斯要伊娥再返人間，嫁給一個中國帝王。維納斯說：「那位帝王是個性情中人，他將用帝位和一個朝代來換取你的愛情。」

伊娥表示願意接受安排，但是請求各位天神，將它脫離苦難和嫁給中國帝王之事儘快告知自己的父母，請他們不要再為自己擔心，美女之神維納斯答應了。

伊娥又變成了一縷青煙飄下凡去。

到了中國大地，伊娥成了一個嬰兒，躺在路邊的草叢中，重新開始了神所安排的別樣人生。

一天，一對做小買賣的夫妻趕路，聽到路邊有嬰兒的啼哭，不覺驚奇，隨聲尋去，果然在路邊草叢中發現一個嬰兒。夫妻倆將襁褓打開，看是一個健康女嬰。誰會將嬰兒丟在路邊？夫妻倆呼喚周圍無人答應，此時天色已晚，夫妻倆只得將這名棄嬰抱走。

說是巧合，這對做小買賣的夫妻還確實無後，撿到女嬰他們甚是高興，他們認為這是上天賜予他們的幸福。這名女嬰在這對夫妻百般疼愛中成長，這名棄嬰就是日後成名的褒姒。

褒姒也算是有個愉快的童年，但是不知是這對夫妻實在是太窮，褒姒營養不夠，還是褒姒身體不正常，吸收太少，褒姒到十

第三章 妃子淚

幾歲時仍然是面黃肌瘦。

　　一次戰亂，褒姒和父母一起逃兵災，但是戰馬嘶鳴，兵士如虎狼，褒姒和父母被衝散，褒姒被擄走了。可能因為褒姒的長相沒有吸引力，所以褒姒得以保持了純潔。

　　鬼使神差，褒姒被送入後宮，當了個雜役宮女。

　　剛入宮時，褒姒思念父母，經常啼哭，也逃跑過幾次，但都被抓回，打得遍體鱗傷。有次，褒姒逃跑又被抓回，自然又是挨打，褒姒實在忍不住，放聲大哭，而且越是挨打，哭得越是厲害。那時管理後宮的多是老女人，女人都有愛哭的毛病，這些老女人可能也有自身的委屈，見褒姒哭得那麼厲害，不自覺地也跟著哭起來。但是奇怪的是，在之後的挨打和啼哭中，褒姒慢慢變得好看起來，這引起了大家的關注。女大十八變，越變越好看，但是褒姒變得太好看了。大家竊竊私語，一致認為是愛哭的原因使褒姒變得如此漂亮，於是後宮女人模仿褒姒，一有機會就痛哭，一時後宮哭聲震天。

　　一天，周幽王在宮女太監的陪同下，在宮廷院裡閒遊。在遠處，周幽王看到一個宮女在打掃庭院，這個宮女揮動掃帚行進時步履輕盈，彷彿那腳步就沒有踩在地上，而是在虛空之中，形態之美讓他聯想到一個成語：「飄若遊雲。」啊，周幽王呆呆地看著。此時有認識掃地宮女的人急忙呼喚了那宮女一聲，掃地宮女「哎」的一聲答應，又讓周幽王聯想到另一個詞：「音如百靈。」待那掃地宮女走近前來，眾人見她眉清目秀，唇紅齒白，髮挽烏雲，指排削玉，有如花似月之容，流盼之際，光豔照人。有好事者急忙向周幽王彙報，後宮多哭，因她而起，周幽王更覺奇妙。

　　在天上權力之神牢獄斯、金錢之神潦倒斯、美女之神維納斯撥開雲彩看到這一切。美女之神維納斯說：「怎麼樣，一個回合就

把中國帝王拿下了，美女誘惑力最大吧。」

權力之神牢獄斯和金錢之神潦倒斯急忙說：「下結論還太早，中國帝王還沒見過這個美女的笑容，不算。」

維納斯說：「好吧，我們繼續看戲，你們早晚得認輸。」

周幽王得了褒姒，高興得不得了，周幽王再也離不開褒姒，下朝回來，就往褒姒那裡跑，這樣時間長了皇后娘娘就坐不住了。皇后姓申，是申諸侯的女兒。一日皇后來到褒姒的住處，想展示一下自己母儀天下的威風，但是褒姒並不認識皇后，自然禮儀不周，皇后心裡不滿。

事後周幽王向皇后解釋，說待褒姒有了名分後，自然會去拜訪皇后。

原本，這件事可以就此化解，但是皇后自恃是諸侯之女，心高氣傲，沒有將此事打住，加之平時無事，閒談中便將此事告訴了自己的兒子，當時的太子宜臼。兒子得護著母親的面子，宜臼立即向母親保證，必要叫那小妖精好看。第二天，宜臼在得知父親上朝後，便帶領一群人跑到褒姒的住處，象徵性地亂打了褒姒一頓，也算是給母親爭面子了。

過去常挨打，現在有了帝王的保護還要挨打，褒姒當然不幹。哭是褒姒的強項，待周幽王下朝回來，褒姒自然是聲淚俱下地哭訴。你可別說，一般人的哭相確實難看，倆眼一閉，大嘴一咧，但是褒姒哭也好看，另有一番美感，「梨花一枝春帶雨」，周幽王見後，反而樂起來，說：「都說後宮學你哭，沒想到你的哭相確實好看。」

說歸說，事情還得處理，幽王聽完褒姒的哭訴後認為，這只是太子敷衍他母親所做的蠢事，不必太在意。但他也譴責兒子不懂禮貌，讓兒子去他外公申諸侯那裡學習禮儀。

太子宜臼遵照父命，告別母后，離開京城去了外公申諸侯處。

第三章 妃子淚

　　褒姒被升為妃子，褒姒的養父母自然也得到了帝王的特別關照。

　　一般男人有個毛病，就是喜歡新鮮，說難聽點就是喜新厭舊，但是周幽王不同，也不知怎麼回事，他和褒姒在一起的時間越長，越是疼愛褒姒，除了必要的朝政，他的一顆心幾乎都放在了褒姒身上。

　　褒姒也有個毛病，就是在不哭時，也不笑。對於褒姒的冷豔，周幽王能夠接受。周幽王知道褒姒是個棄兒，又是在兵災中被擄進後宮，並在後宮受盡虐待，所以對褒姒充滿憐憫。

　　周幽王改革後宮，不許再出現打罵虐待事件，獲得後宮下人的擁護。周幽王還用和諧原則調整對內對外政策，對內安撫，對外友好，這樣就消除了刀兵之災。政策的成功，使整個國家處在歡樂狀態。周幽王將此事告訴褒姒，可是褒姒依然以冷豔相對。

　　在生活上，周幽王對褒姒給予了無微不至的關懷，三天一小宴，五天一大宴，但是褒姒並不高興。後來又經常舉行歌舞表演，調動全國精華進京彙報演出，但是仍然沒能讓褒姒高興。再後來，周幽王下令，修築天臺，在上面再建摘星亭，向褒姒表示，你要星星我也可以給你摘來。但是這一切都無用，褒姒無動於衷，還是那個冷豔面孔。

　　周幽王堅持不懈地尋找各種辦法，想叫褒姒高興。周幽王認為，人應該高興，應該快樂，高興、快樂就要在笑上表現出來，人若不笑，一定是內心痛苦。

　　周幽王孜孜不倦地追求，最終有了結果，但是這個結果卻是讓周幽王吃驚不小。一天夜裡，褒姒又從夢中驚醒，掩面而泣，周幽王關懷詢問，以前褒姒都是說夢見兵災或後宮之事，但是這一回褒姒認真地向周幽王說了實話，並要求周幽王要相信她的話。

　　褒姒說：「我不是褒姒，我是遙遠的西方一個叫希臘國的公

主,我叫伊娥。」

周幽王說:「哦,我相信你的話,天太晚了,睡吧,明天我再聽你講故事好嗎?」褒姒看周幽王睡眼朦朧,也就不再說下去了。

第二天,周幽王下朝,褒姒說:「請大王繼續聽我講故事好嗎?」

「什麼故事?」昨晚之事周幽王已忘得乾乾淨淨,他不相信那是真的。

「我要給大王講個故事,請大王相信這個故事是真的。如果大王相信這個故事是真的,我就講,如果大王不相信這個故事是真的,我就不講了。」

「相信,相信。」周幽王急忙說,只要能使褒姒高興,周幽王什麼都答應。

「那就請大王發誓。」褒姒說。發誓在希臘國是一種非常嚴肅的事,背叛誓言要招到神的嚴厲懲罰。

因為愛著褒姒,周幽王也就真的認真起來。

周幽王發完誓,褒姒說:「我不是褒姒,我是遙遠的西方一個叫希臘國的公主,我叫伊娥。」周幽王不置可否地點點頭。褒姒開始就自己如何被宙斯神追求,如何被變成了一隻雪白的小母牛,又如何被有著100只眼睛的阿耳戈斯看管,又是如何被赫拉安排的牛虻叮咬得滿世界亂逃,後來又是如何來到中國邊境,被美女之神維納斯救出,將這些一五一十地講給了周幽王聽。周幽王聽得發呆,內心卻說,我這位美女講故事的本領還真強。

褒姒繼續講,說那三位天神辯論權力、金錢和美女,誰的誘惑力最大。伊娥被美女之神維納斯解脫苦難,可是她又背負著這樣一個使命來到了中國。

「這些事你是怎麼知道的?」周幽王開始反問。

第三章　妃子淚

「沒見到大王之前，這些事情我是不知道的，我只知道我是褒姒，我只知道褒姒的經歷，但是見到大王後，我便經常在夜裡做夢，開始夢見我是伊娥，夢見伊娥痛苦的經歷。一開始我也不相信，但是權力之神牢獄斯和金錢之神潦倒斯在我夢中顯現，他們說，在我的屁股上有印記，那是希臘文字『伊娥』。每年五月四日，顯示中國文字『伊娥』，今天就是五月四日，你可以看看。」褒姒脫下衣服，周幽王果然看到中文「伊娥」字樣。以前，周幽王也見到過，但是只認為是胎記，沒太在意，現在見到，不覺腦中一片茫然。

褒姒繼續說：「印記是金錢之神潦倒斯做的，他偷偷一指，我感覺後面一癢就有了。在夢裡我問他們，我和大王的結合不是已經證明美女的誘惑力是最大的嗎，為什麼你們還要告訴我伊娥那些痛苦的事情來折磨我。他們說，伊娥的微笑最具誘惑力，我們就是不想讓中國皇帝看到你的微笑，我們不能讓美女之神維納斯贏。」聽到這裡，周幽王似乎明白了。

褒姒最後說：「白天一有高興的事，他們夜裡就用伊娥痛苦的經歷折磨我，加上我也思念年邁的父母，所以再高興的事我也笑不起來。」

周幽王恍然大悟，一切都明白了。

周幽王休朝三天，但三天三夜沒合眼，他在思索著這一切。思來想去，周幽王拿不出什麼辦法解除褒姒——也就是伊娥的痛苦。三天後，周幽王無意中踱步來到了皇后的寢宮。「啊，怎麼來到這裡？」周幽王心裡想，可能還是老夫老妻能夠相互理解吧。周幽王見到了皇后，將褒姒的情況一五一十地講給了皇后聽，皇后聽後也是大感驚訝。怎麼辦哪，兩人合計起來，一是要幫助褒姒儘快脫離苦難，二是要儘快派出使節到希臘國。派使節的事好辦，因為褒姒已恢復了對希臘文的記憶，讓她書信一封，

派人啟程即可,但是如何幫助褒姒儘快脫離苦難,卻不是易事。

兩人相對靜默無語。待了一會兒,皇后說:「我有一個建議,請大王恩准。」

「快說。」周幽王問,「什麼建議?」

「如果我將皇后的位子讓給褒姒,不知是否可以用大喜來衝走她夢中的不幸,人家也曾經是一國的公主嘛。」皇后說。

皇后的位子是女人最高的榮譽,讓皇后之位?周幽王不知是否是自己聽錯了。

皇后說:「我過去言行不慎,曾增加過她的痛苦,如果我將皇后的位子讓給她,她可能會高興,再調理些中藥,讓她夜裡睡得更好些,也許能壓住她夢中的不幸。」

這回周幽王聽清楚了,但是他不知怎麼回答。

「後宮讓她管,忙起來,不想那些煩心的事,也可能好些。只是別讓她管我,不降低我的待遇就行。」皇后笑著說。

周幽王說:「皇后啊,你可真大度!」周幽王又說:「你父親一直對我不滿,讓你當皇后的目的之一也是為了免動干戈,為了黎民百姓不招致生靈塗炭。如果這樣你父親申諸侯藉口說我無端廢皇后,起兵造反就麻煩了。」

皇后說:「自從我進宮後,看到大王仁慈寬厚,社會安定,人民幸福,國家治理得井井有條,現在大王關心褒姒,也是大王仁慈的表現,我理當替大王分憂。再說,大王待我不薄,待我父也不薄,我修書一封給父親,向他說明,他不會造反。」

周幽王又說:「我讓太子宜臼到他那裡去,也是向他示好,我想他也應該明白。」

事情就這樣定了。

皇后親自到了褒姒那裡,將她的意思告訴了褒姒,並說大王已經恩准,接著便向褒姒行了大禮。褒姒稀裡糊塗當上了皇后,但

第三章　妃子淚

是仍沒能從痛苦中擺脫出來，臉上仍難現一笑。

周幽王實在無奈，將幾位身邊大臣召集起來，將褒姒皇后的秘密告訴他們，徵求他們的意見。大臣們聽後，自然先是驚訝，然後表示此事確實難辦。皇后之位尚不能使她高興，天下還能有什麼事能使她高興呢？最後大臣們說，人鬥不過神，此事無法解決。周幽王最後發火，限令 30 天，讓他們想出辦法，一定要從苦難中救出褒姒，並說，誰要是能夠讓褒姒一笑，賞銀 5000 兩。接著周幽王派出大使，按著褒姒指示的方向趕往希臘國。

30 天後，周幽王將幾位身邊大臣再次召集起來，其中一位大臣說，他搜集了一些希臘國的資料，發現那裡的人特別崇拜「火」，稱火為「聖火」。這是因為在他們的傳說中，天上的大神宙斯拒絕給予人類火，為了完成人類文明所需要的火，一個叫普羅米修士的神想到了一個辦法，用一根長長的茴香枝，在烈焰熊熊的太陽車經過時，偷到了火種並帶給了人類，從此人間才有了火。普羅米修士盜火的事觸怒了大神宙斯，宙斯將普羅米修士鎖在高加索山的懸崖上，每天派一隻鷹去吃他的肝，又讓他的肝每天重新長上，然後再讓鷹去吃，以此來懲罰普羅米修士，後來普羅米修士被其他的神救下。人類為了感謝和紀念普羅米修士，在人間設立了一個火炬節，在這個日子裡，人們持火炬接力跑遍全國各地。如果火炬所到之處正在發生戰爭，那裡的戰爭也必須無條件地停止，因此火炬在希臘國象徵有和平、光明、團結和友誼等意義。

那位大臣又說，現在我們中國也有了火，我們能不能通過火，請天神救救褒姒皇后。

普羅米修士的故事使在場的人們沉思下來。後來大臣們經過長時間的討論，話題逐步集中在了中國式的火炬接力烽火臺上。聽說要動用烽火臺，周幽王當即否決，事關國家安危，兒戲不得，

並宣佈十天後再議。

　　十天之後，周幽王和身邊大臣再次集合，但是仍沒有新的好法子，話題又都集中在烽火臺上，大臣們說，只有如此壯觀的火炬接力，才有可能感動上天。但是周幽王又否決了，並宣佈三天後再議。

　　三天之後，周幽王將大臣們再次召集起來，但是大臣們都不說話了，因為他們已無計可施了。周幽王歎了一口氣，讓步了，說：「那就尋找個兩全的辦法吧。」

　　大臣們經過深入商議，最後達成了共識。讓傳令兵通知全國諸侯和有關方面，就說進行烽火臺演習，叫各路人馬到後即刻返回。這樣即可練兵，又達到了與神溝通的目的。

　　沒有別的辦法，這個計策表面看來還算周全，周幽王同意了，不過周幽王另做了最壞的打算。

　　烽火臺就是在國家的邊境設立高臺，一旦發現敵情，白天燃煙，夜間點火，臨近的烽火臺看到後，也跟著燃煙或點火，以此傳遞敵人入侵的資訊，以便迅速調集兵馬，予以反擊。在當時的年代，烽火接力是一個關係國家安危的資訊傳遞方式，所以周幽王不得不慎重。

　　周朝建立後，和周邊的部族關係融洽，烽火接力這一方法極少使用，因此軍民敵情觀念也都很淡薄。但是眼下不同，由於連年乾旱，關外牧場草生不旺，以遊牧為生的關外犬戎族大批牛羊因饑餓死亡，現在生活很困難。他們的首領現在正在召開緊急會議，議題是如何解決部族的生存？多數人的意見是向周朝進攻，掠奪周朝的財富，以保民族的生存。犬戎族族長猶豫，無端進攻掠奪，以後周朝來犯，也是民族生存問題，再說周朝對犬戎族是年年扶貧，也說得過去。

　　正在這時，有人密報，申諸侯派密使前來求見。

第三章 妃子淚

對周幽王，對西周王朝，這是個不祥的預兆。

一個晚上，周幽王在邊境的最高點驪山下令點火。高高的驪山上聳立著高高的烽火臺，熊熊的大火騰空而起，臨近的烽火臺見狀，也燃起大火，不多時，一條火的項鍊向天空耀示。

褒姒皇后站在周幽王的身邊，一邊向美女之神維納斯祈禱，求美女之神維納斯幫助自己再次脫離苦海，還自己笑容，一邊和周幽王一起，向天空查看，向遠方查看，尋找神顯現的跡象。

剛才天空還漂浮著不少雲彩，不知什麼時候，漸漸退去，皓月當空，皎白月光從天上灑下。

突然，天空一亮，一個流星橫空而過，一條耀眼的光線指向天邊。

褒姒眼尖，很快發現在天邊出現的星星之火。「是火炬，是希臘的火炬！」褒姒喃喃地說，不，是伊娥喃喃地說。過了一會，伊娥肯定地大聲說：「是火炬，是希臘的火炬！」

周幽王也看到了，同時他也看到褒姒的臉上出現了笑容。再過一會，所有人都看到了希臘的火炬，大家在歡呼。但是伊娥的眼裡開始落淚了，她太激動了，她知道這是美女之神維納斯在天上顯靈，更知道是美女之神維納斯告知了父母，是父親派出的火炬尋找她來了。

再近些，周幽王看到在希臘火炬隊裡，他派出的使節也隨之回來了。

這一切都是美女之神維納斯的安排，她在天上見東方烽火升起，便指引希臘聖火迅速東來，與東方烽火進行了對接。普羅米修士盜火給予人間，美女之神維納斯使東方的烽火與西方的聖火走在一起，她還要東方人類也見識伊娥的微笑。

褒姒笑了，在烽火的映襯下褒姒顯得更加美麗。伊娥微笑的魅力出現在了中國，看見褒姒笑的人都忘卻了自己心頭的憂愁與煩

惱，周幽王笑了，大臣們笑了，士兵們也笑了，烽火臺上充滿了歡聲笑語。

突然護衛將軍來報，有奸細打開關門，關外犬戎族兵士已衝進關來並到處搶劫。大臣們聽後一片驚慌，嚷著要調兵來保護大王。周幽王並不慌，下令說：「讓他們去搶，搶得背不動了，他們就會自動退回去。他們後退時也不要去追，誰家的東西被搶，由國家補償。儘量不要動刀槍，儘量不要傷人。」將軍得令去了，大臣們讚賞周幽王仁慈大度。

過了一會，護衛將軍又來報，說申諸侯帶兵已包圍京城。大臣們聽後更是慌亂，周幽王問：「太子可在他們軍中？」

護衛將軍回答說：「是太子在叫開城門，但是沒大王的命令，城門沒開。」

周幽王說：「傳我的命令，打開城門，歡迎申諸侯兵馬和太子進城。」

護衛將軍得令而去。大臣們不解，周幽王說：「申諸侯早有篡逆之心，我估計他有可能和關外犬戎族勾結，利用此次烽火事情造反，讓犬戎族在動亂中殺死我們，唆使太子進城接班，然後殺死太子進而篡位奪權。現在他們得知我沒死便不敢加害太子，天下仍是周的天下，大家輔佐新王去吧。」

周幽王又說：「太子得知我沒死，一定來尋找我，告訴太子，不必尋找我了，以後國家的事情就歸他管了。」

最後周幽王笑著說：「對不起大家，賞銀 5000 兩我就無法兌現了。」

大臣們明白過來了，他們說，一朝天子一朝臣，我們回去也將告老還鄉。大臣們又關心周幽王的去處，周幽王說：「我自有安排。」

在烽火臺上，周幽王和伊娥相擁在一起，他們很孤寂。周幽王

說：「你父親派人來了，你跟他們走嗎？」

伊娥說：「是你的愛情救了我，我現在是中國人，我是褒姒，我永遠和你在一起。」

周幽王說：「我們中國人崇拜強權，我把權力丟了，我要受世世代代人的譏笑、唾罵。」

褒姒說：「你是因我丟的天下，我陪你受世人的譴責。」

烽火臺上的火光映照著他們，他們感到無比的輕鬆幸福。

後來他們不見了，有人說，他們逍遙在人間，如果見到一對恩愛無比的夫妻，那就是他們。

也有人說，如果你有憂愁煩惱，你也可以登上驪山烽火臺，你會在天空中看到伊娥的微笑，當然，那也是褒姒的微笑，那個時候任何的憂愁煩惱都會離你而去。

為了一生的快樂，你不妨去試試，這一天是農曆七月七日。

第四章 春秋戰國

一、分封天下

滅了妺喜的夏朝，商朝「接茬」；滅了蘇妲己的商朝，「接茬」的周朝建立後，辦了件驚天大事，那就是「分封」天下，將奪得的天下分封給了子弟親屬，有功之臣和相關人士——這就是史稱的「封建社會」。

周武王之弟周公旦封得東方的土地，這塊土地稱之為「魯」；臣姜子牙封的是更東方的土地，這塊土地稱之為「齊」；黃帝的後人，堯的後人，舜的後人，禹的後人等，都得到了封地。周朝還封給被滅掉的紂的兒子一處土地，並將周武王另外的三個弟弟分封在他的周圍，以示監視。

分封制是一種社會管理體制，這中間也包含有論功行賞的分贓行為。

褒姒微笑著陪同周幽王離開了王位，那位接班的周平王沒能再保住「王」的權威，封地諸侯不買中央政府的賬了，於是天下大亂，各自為王，中國分崩離析了。道理很簡單，天下分完了，中央政府遲早是多餘的。

分崩離析的僅僅是行政領導，中國人的文化觀念沒有「分裂」，生產方式沒有「分裂」，地理環境沒有「分裂」，這也決定著那時中國的「分裂」只是淺度的、暫時的——「分久必合」。

中國的下一個歷史階段——春秋戰國時代，就做了一件事，那就是「合」，將分裂的國家再合起來。

「分」是靠商議和聖旨，「合」則取決於戰爭。

在天上，天的使者倚在天庭的窗臺上，饒有興趣地觀看著下界一個光屁股的頑童，他想弄明白，是什麼事情在吸引著這個孩子。

那個頑童蹲在地上，聚精會神地看著地面，地面上一場螞蟻大戰正在進行，他想弄明白，他們誰是最後的勝利者。

一隻紅螞蟻和一隻黑螞蟻，同時發現了那個頑童有意丟下的飯團，紅螞蟻和黑螞蟻各自返回，不一會分別帶來一隊紅螞蟻和一隊黑螞蟻。為了爭奪這個飯團，兩隊螞蟻沒有進行論戰或談判，一見面就群毆。

不一會，雙方參戰的部隊越來越多，一場螞蟻大戰在頑童面前展開。

螞蟻世界的戰爭和人類的戰爭不一樣，螞蟻要比人類實在得多，無需多言，見面就打。而且也不需要什麼三十六計，更不需要現代化武器，就是赤手空拳，再加上那對大牙就夠了。螞蟻間的戰爭一旦打起來，士兵們個個英勇，戰場上絕沒有人當漢奸，也不會有人當俘虜。事情很簡單，死者為「食」，勝者「果腹」。因此，無需戰鼓，無需吶喊，所有參戰者個個勇猛堅強，爭戰猶酣。

看到興奮處，小孩子高興地跳起來，大喊大叫，似乎在給雙方加油助威。

戰場上一個螞蟻勝利了，它張開大嘴，將它的手下敗將，連胳膊帶腿的往自己嘴裡塞，吃得津津有味。

小孩子看到了，他只是喜歡看他們打架，不喜歡看他們將對方當作食物吃掉。小孩子煩了，站起來大聲吼道：「不許吃人！」

小孩子似乎忘記了，那些不是人，是螞蟻。

小孩子不喜歡這場戰爭了，他要制止這場戰爭，他站起來舉起「小雞雞」，一泡大尿向戰場澆去，交戰雙方的勇士們頓時被淹沒在「汪洋大海」之中。

因淘氣經常受父母打罵的孩子此時感到自己非常偉大，不禁仰天哈哈大笑起來。

不遠處，人間的戰爭也如火如荼地進行著，千軍萬馬呼嘯著向前賓士，馬蹄所踏之處塵土飛揚。頑童正在得意地大笑著，卻不知禍從天降，一隊騎兵朝他這個方向衝來，即刻他將被戰馬撞倒，躺臥在他所創造的「汪洋大海」之中。天使在天庭看到這一切，伸出援手，頑童立刻被一種無形的力量提升到一棵樹上。戰馬嘶鳴著從樹下穿過，孩子驚訝之中擔心地向軍隊衝去的方向望去——那裡是他居住的村莊，那裡有他的爹娘。

諸侯國間大魚吃小魚，弱肉強食的戰爭在中國大地上狼煙四起。

戰鬥的歌詞是這樣的：

　　雄壯的獅子啊，要保衛自己的領地，
　　當有入侵者來犯啊，毫不留情地將它趕出去。
　　雄壯的獅子啊，要進攻別人的領地，
　　佔領別人的領地啊，那裡的一切都是你的。
　　衝！衝！殺呀！

二、商鞅

在春秋戰國這台歷史劇中，一個諸侯國「秦」日漸崛起，並最終統一了中國。而使秦踏上統一中國之路的是一位有作為的秦國國君秦孝公和他的鐵血相國商鞅。

先介紹一下秦國。

周幽王和褒姒走向逍遙，周平王宜臼號召全國聯軍共驅犬戎，當時秦的先祖秦襄公表現積極，建功立業，事後周平王封秦為諸侯，秦國正式建國。

秦襄公之後，秦國進一步強大，至秦穆公時，獨霸西戎，稱雄一方。

秦國雖強，卻不及鄰國晉，晉文公、晉襄公、晉悼公以及權臣趙盾、欒書等一直壓制秦國，晉國長達百年的稱霸使遠在西部的秦國無法涉足中原。

秦穆公之後，秦國又歷經了十幾代國君。近兩百多年，秦國君主更換頻繁，君臣之間關係不協調，民生困難，士無鬥志，國勢日衰。幾乎同時，中原的超級大國——晉國被卿大夫韓氏、趙氏、魏氏三家所瓜分，韓、趙、魏合稱「三晉」。三晉經常進行軍事聯合，共同進退，勢力極其強盛，三晉中的魏國趁機奪去了秦國河西的土地。面對三晉咄咄逼人的氣勢，秦國更顯頹廢萎靡。

秦孝公21歲繼位，受任於秦國興衰的關鍵歷史時刻，承擔起振興秦國的重任。

秦孝公在他的就職演說中說：「秦僻在雍州，不與中國諸侯會盟，夷翟遇之。」意思是說，我們秦國地處偏僻的雍州，很難參加中原各國諸侯的盟會，加之貧困積弱，國勢多艱，天下諸侯都把我們看成是野蠻落後的少數民族。

秦孝公說：「六國卑秦，不與之盟（六國都看不起我們，不與我們秦國結盟）。」

秦孝公憤然喊道：「諸侯卑秦，醜莫大焉（諸侯都看不起秦國，還有比這更大的恥辱嗎）。」

如何振興秦國？秦孝公徵求文臣武將們的意見，但是文臣不語，武將不言，秦孝公甚是惱火，傷心之至。

秦孝公拔劍向天，大聲說：「不管前途多麼艱險，不管前面是刀山火海還是萬丈深淵，為振興秦國，我都將勇往直前！」

大殿內，鴉雀無聲，秦孝公獨自垂淚嗚咽。

秦孝公決定在全天下招攬人才。

秦孝公慷慨激昂地向天下宣佈：「賓客和群臣中有誰能獻出高

明的計策，使秦國強盛起來，我將委以高爵，『與之分土』。」

時勢造就英雄，一個名叫商鞅的人應運而生。

商鞅原在魏國的相國公孫痤的門下做中庶子（家臣），但商鞅在魏國一直沒有得到重用，後來商鞅聽說秦招募治國人才，便前去投奔。

在秦孝公對商鞅進行的第一次面試中，商鞅給秦孝公講「帝道」。

商鞅說：「黃帝到老年後，制定了天下為公，選賢任能的人事組織原則。」

商鞅開始侃侃而談：「天下為公的精神是堯帝開創的，堯帝的天下為公的精神，確保了曆法的實行，確保了農耕初期的繁榮昌盛。舜的德行很好，他到了哪裡，人們都願意追隨他，因而一年所居成村，二年所居成邑，三年所居成都。」

商鞅觀察秦孝公，秦孝公聽得漫不經心。

商鞅調整語氣，抑揚頓挫：「禮樂教化是從舜帝開始的。後人盛讚舜帝，奏五弦之琴，歌南風之詩，天下大治。普天下清明仁和的德政是從舜帝時代開始的，舜帝被後人稱為民師帝範、人倫楷模。」

商鞅再觀察秦孝公，秦孝公在打瞌睡。

商鞅開始心虛，語氣變得柔和，娓娓道來：「大禹三進家門而不入，夫妻共同治水被世人看作典範，萬眾一心，協力治水。卑宮室而盡力乎溝洫，身執耒鍤以為民先……師法造化，無為而治。」

秦孝公睡著了，商鞅躡手躡腳地退了出來。

第一次面試，商鞅失敗了。

秦孝公對商鞅的印象是，此人有點文化。

秦孝公對商鞅進行了第二次面試，商鞅給秦孝公講「王道」。

王道是孟子提出的，是一種比較高的思想境界，在當時也是一種新的時髦觀念，秦孝公聽得有點滋味。

商鞅說：「所謂王道就是仁政，讓百姓『近悅遠來』（使近處的人受到好處而高興，遠方的人聞風就會前來投奔），這就叫做王道。」

商鞅說：「王道是以理服人，得民心者得天下，得了民心天下也就容易治理了。」

商鞅說：「要使百姓有一定的產業，一定使他們上能贍養父母，下能養活妻子兒女；年成好時能豐衣足食，年成不好也不致於餓死。足以飽身養家，然後再對他們施以禮義道德的教育，這樣老百姓跟隨國君走就容易了，這就是王道仁政模式。」

秦孝王又開始瞌睡了，商鞅有點慌神。

商鞅繼續說：「行王道的人多半有極強的涵養，很多事情都會交給手下人去做，不顯山露水，卻極得人心，而且看人很准，這種做法往往事半功倍。」

秦孝王朦朧中聽出商鞅的話好像有弦外之音，心裡想，阿諛之人不可用。

到此，應該說，商鞅的面試沒通過。但是，峰迴路轉，商鞅最後幾句話又給自己帶來了生機。

商鞅繼續說：「其實打天下光靠王道是不夠的。」說到此，商鞅看了看秦孝王的臉色，輕輕地拋出了一句話：「有時還需要一點霸道。」

考場安靜下來，秦孝公又睡著了。

完了！商鞅心灰意冷，慢慢退出。

幾天過後，商鞅又得到通知，要進行第三次面試。

出乎意外！但是商鞅不會放過機會。

這次談什麼，談「霸道」？在當時「仁政」當道時，談霸道可有身敗名裂的危險啊。商鞅食不香，覺不著，反覆考慮，最後他決定豁出去了。

秦孝公本來已決定不用商鞅了，但是，朦朧中他記住了商鞅說的一個詞「霸道」，於是決定再給商鞅一次機會。

秦孝公對商鞅進行第三次面試，商鞅跟秦孝公談「霸道」。

商鞅向秦孝公跪拜，首先請秦孝公答應「言者無罪」方可開講，秦孝公應允。

商鞅說：「所說霸道就是要以力服人，靠武力征伐，吞併弱小，稱霸天下。當今天下，群雄逐鹿，要想使自己立於不敗之地，繼而能戰勝他國，唯一的辦法就是實行霸道。」

說到此，商鞅打住，觀察一下秦孝公。只見秦孝公「不自知膝之前於席也（坐在席上，不自覺地挪膝靠近了商鞅）」，於是商鞅放開膽子推心置腹，將自己在秦國變法的計畫，全盤托出，這也是商鞅真正想講的，是商鞅來秦國的目的所在。當然這也是秦孝公想聽的，秦孝公就是想聽一掃秦國陰霾的奇計，他要將秦國振興起來。

此時秦孝公22歲，商鞅29歲。兩個年輕人越談越投機，「語數日不厭」。

秦孝公決定讓商鞅在朝廷上，向王公大臣們介紹自己變法的想法。

面對滿朝文武，一個年輕人，一個外來戶，不能說不緊張，如果這一關能過去，商鞅即可能在秦國政壇上施展自己的抱負，若失敗，那就難說了。

商鞅說：「關於變法的必要性，大王已經多次講過，是要強國，是要強秦，是要讓『諸侯卑秦』永遠成為過去。」

商鞅一開講首先將大王抬出，拉大旗做虎皮，披在自己身上，去嚇唬那些大臣們。

　　然而效果適得其反，那些大臣們根本就沒把商鞅看在眼裡，大臣甘龍首先出陣，淡淡一句：「聖人不易民而教，智者不變法而治（真正有能力的領導者不管是什麼樣的民眾都可以教導，智慧的人不改變祖宗傳下來的那些法制，也可以把天下治好）。」

　　甘龍抬出聖人、智者的虎皮給予反擊，大廳內一陣哄笑，商鞅處於下風。

　　大臣杜摯毫不留情，再給一擊：「法古無過，循禮無邪（按照古人的辦法去做，無過，照著古禮去做，無邪）。」

　　商鞅穩住陣腳，也淡淡地說：「治世不一道，便國不法古（治世的法則不是死板的，使國家安適不必效法古人）。」

　　商鞅繼續說：「三代不同禮而王，五霸不同法而治（夏、商、周制度是不一樣的，但是他們都取得了成功。春秋五霸的施政方略也是不一樣的，但是他們同樣也都成了霸主）。」

　　商鞅繼續反擊，諷刺兩位大臣說：「聰明的人創造法度，而愚昧的人受法度的制裁；賢德的人因時而變，無能的人才死守成法，抱殘守缺，不知變通。」

　　說完，商鞅垂下眼，緊張地抓住自己的衣襟。話說得太狠了，他等著對方的回擊。

　　兩位大臣一陣臉紅，大廳內鴉雀無聲。

　　秦孝公雖不做聲，但是大臣們看得出來，秦孝公傾向於商鞅，否則怎麼會讓一個魏國來的家臣在此大放厥詞呢？

　　甘龍、杜摯等不再發言，商鞅辯論取得勝利。但是大廳內陰風習習，商鞅脊背流下冷汗。

　　秦孝公感到變法阻力甚大，商鞅感到生命有威脅。但是，為了秦國的強大，秦孝公決定接受商鞅的變法，並向商鞅許諾說：

「300 年來，變法功臣皆死於非命，此乃國君之罪也。你我君臣相知，終我一世，絕不負君！」

商鞅得知遇之恩，萬分感動，說：「論至德者不合於俗，成大功者不謀於眾（有高尚品德的人，有自己的原則，不會隨波逐流，能成就大事業的人是不會屈從於多數人的看法）。我至死效忠大王，將變法進行到底，將秦國強大起來。」

商鞅的變法首先從立信開始。

商鞅讓人在國都城南門立下一根木柱，並下令說，誰能將它扛到北門賞 10 金。完成這事太容易了，人們有些懷疑，沒人敢去一試，商鞅見狀又把賞金提至 50 金，有一憨人完成了此事，憨人立即得到 50 賞金。

此事作為罕事立即傳遍全國，商鞅取得了社會對他的初步信任。

第一步取得成功，商鞅立即著手制定和推行新的法律。但是舊貴族繼續抵制商鞅的變法，太子駟的師傅公子虔和公孫賈教唆年幼的太子駟在公開場合辱罵「新法」，挑釁商鞅，企圖打開一個缺口，破壞整個變法事業。

商鞅毫不動搖，要依法處理此事。

說按照商鞅的法律，太子駟的行為該斬。

要斬殺太子，舉國震動。

商鞅見秦孝公說：「法之不行，自上犯之（要是上頭的人不遵法，下面的人就更不會遵守了，國家的法律就無法實行了）。」

秦孝公也內心忐忑，問：「按照法律，該如何處置？」

商鞅說：「太子年幼，不負法律責任，應由教唆者承擔一切法律後果。」

公子虔和公孫賈被帶到大庭廣眾之中，公子虔和公孫賈一個被割了鼻子，一個臉上被刺了字。可謂殺雞給猴看，從此，再也沒

有人敢公開反對變法了。

事後秦孝公讚歎商鞅「極忠無二慮,盡公不顧私」。背水一戰,商鞅沒給自己留後路。

鐵鞭馴馬,嚴刑峻法,執法如山,此後商鞅更是「膽大妄為」。

商鞅接連制定出一系列嚴酷的法律,增加肉刑,大辟、鑿頂、抽肋、鑊烹之刑。就連將垃圾倒在道路上都要獲刑,曾經一天之內,判決 700 多人,全部斬首。

變法日久,國家權威日增,人民日漸膽小,秦國道不拾遺,山無盜賊。

商鞅對內建立刀鋸一樣的刑法,壓服了國內反對變法的人,馴服了廣大的人民大眾。

商鞅決定提升國力,為此變法廢除原來的井田制,將土地私有化,允許土地的買賣,並制定出了一系列重農抑商,獎勵耕織政策。人民被牢牢地束縛在了土地上,國家糧食產量節節上升。

商鞅的變法給國家帶來了益處,得到秦孝公的認可。接著商鞅拋出了他變法的核心,那就是軍國制,讓秦國能「戰」,讓秦國成為一個能戰之國,善戰之國。春秋戰國時代的主題是戰,商鞅抓住了那個時代的主題。

為了在秦國推行軍國制,將秦國變成一個戰爭機器,商鞅首先在國內推行連坐法。也就是將國人組織起來,五家稱之為伍,十家稱之為什。即一家有罪,伍、什相連,若不揭發,則多家連坐。如一人犯了腰斬之罪,十家沒有揭發,結果是十家都要被腰斬。

在秦國,親人,鄰居,整個國家的人民,都成了國家的人質,共同承擔著對國家不利的一切後果。不用員警,在秦國每個人都是員警,所有的人都在國家的監控之下。同時商鞅在秦國又推行

郡縣制，統一了度量衡，這樣國家就成為了更為堅實的整體。

獎勵軍功，又是商鞅軍國制的核心。

商鞅建立了二十等爵位。殺敵一人獎勵五十石糧食，並授予初級爵位「功士」，殺敵兩人一百石，以此類推，並要求以人頭為證。如果家人有罪，也可用敵軍的人頭抵罪。還規定，如果投降，則連坐，妻子兒女，九族，或一伍、一什，按法該罰的罰，該殺的殺。

戰爭機器被製造出來了，商鞅要開始對外打仗了。

得到秦孝公的批准，商鞅首先率兵攻打魏國，他要奪回原來屬於秦國的河西土地。

魏國帶兵主帥是公子昂，公子昂原是商鞅在魏國時的朋友，當年也曾向魏王推薦過商鞅。魏王不用商鞅，商鞅在魏國鬱鬱不得志，又是公子昂建議商鞅投奔秦國，臨行公子昂還贈商鞅百金，並將商鞅引薦秦給孝公的貼身太監景監，景監又極力向秦孝公推薦商鞅，商鞅才得以見到秦孝公。商鞅之所以有今天，應該說是得力於公子昂的幫助。

在前線商鞅邀請公子昂和談，魏國的眾將向公子昂諫曰：「秦乃夷狄，素無信義，毋行。」建議公子昂不要相信秦國，不要去見商鞅。但是，公子昂懷著「鞅既受大恩，安肯被欺於吾」的心態，也為了兩國能息兵罷戰，到了商鞅處。

聽說公子昂到了軍營，商鞅急忙起身迎接，兩個老朋友見面格外親熱。商鞅將公子昂迎進大帳，設宴款待，並命令諸將軍，不必陪坐，各忙其事，兩位老友要拉拉家常，各位將軍得到暗令，迅速離去。

商鞅首先舉杯，說：「感謝公子當年的幫助，沒有公子的幫助，就沒有我商鞅的今天，商鞅沒齒不忘。」

公子昂謙讓，說：「祝賀商君在秦國獲得一人之下，萬人之上

的地位。」並說：「商君將秦國治理得如此之好，確實是當今天下第一人才。」

商鞅說：「當今天下魏國本應該是第一強國。」

公子昂聽出弦外音，急忙說：「來前魏王要我代表他向您致歉，魏王說當年沒有重用您是他犯過的最大錯誤，為此魏王經常扼腕歎息，後悔不已。」

事情還有一個插曲，商鞅在魏國相國公叔痤的門下做家臣時，一有大事，公孫痤總要與商鞅一起謀劃，並總是成功，公孫痤很器重他。公孫痤病重時，魏王前往探望他，問：「相國百年之後，誰可以繼任？」

公孫痤說：「商鞅！」

魏惠王聽了，說：「商鞅這樣年輕，怎麼能當相國呢。」

見魏王不同意，公孫痤說：「商鞅乃經天緯地之才，陛下如果不用此人，就殺了他，免得他到其他的國家去，到時對我國不利。」商鞅畢竟是公孫痤的家臣，他覺得建議殺商鞅，也對不起商鞅，事後他又將商鞅叫來說：「我要惠王重用你，他不聽，為了國家利益，我又建議殺你，你快逃吧。」

對於當年所發生事情的細節，公子昂不知，話說到這裡，公子昂問：「那你當時為什麼不逃呢？」

商鞅哈哈大笑說：「既然魏王不聽公孫痤的話用我，魏王為什麼要聽公孫痤的話殺我呢？」

公子昂明白過來說：「您確實是個奇才，佩服。」

商鞅又說：「如果我早逃走了，也就得不到你後來的相助了，我的成功也是天意啊。」

兩人開懷大飲，商鞅借機抒發情懷，一吐當年的惡氣。

大帳內，兩軍主帥把酒言歡，感恩敘懷，大帳外秦軍已按商鞅事前制定好的作戰方案向魏軍發起進攻。

魏軍沒有主帥，滿心想的是議和後能夠儘快回家的魏軍，對秦軍的進攻自然是毫無準備，所以一開戰便被秦軍打得落花流水。

在戰場上，秦軍個個似虎如狼，在他們眼裡，魏軍不是敵軍，而是獵物，是「狼眼中的羊，虎眼中的鹿」。一聲軍令，秦軍撲向魏軍，秦軍將士奮勇殺敵，一個敵人倒下，頭顱馬上被人砍下，不多時，秦軍將士腰間掛滿了魏軍的頭顱。

在戰場的一隅，三個魏軍士兵圍住了一個秦軍士兵，魏軍士兵命令秦軍士兵投降，繳槍不殺。秦軍士兵喊叫著說：「我若投降，你們不殺我，我的孩子就要被我們的國家殺掉，我的老婆就要被充作官奴，我沒法投降！」

那個秦軍士兵越戰越勇，一個魏軍士兵不小心被那個秦軍士兵砍倒，那個秦軍士兵馬上將那個魏軍士兵的頭砍下，利索地掛在腰間提前備好的環扣上。那兩個魏軍士兵見狀，嚇得拔腿就跑，秦軍士兵在後窮追不捨，更大喊：「再留下一個人頭，我爹犯了死罪，兩個人頭可救我爹，你們就行行好吧。」

魏軍士兵見秦軍如見到魔鬼，嚇得四處逃散。

商鞅將秦軍士兵變成了野獸，同時為了成功，商鞅也將自己變成了一個無信無義，毫無人情，只知追求成功的「小人」。

魏軍大敗，結果是魏國交還了過去奪走的秦國河西的土地。

為了躲避秦的進攻，魏國將國都東遷大樑。

秦國獲勝，秦將自己的國都東移咸陽，走近東方。

秦國河西的土地被收回，完成了兩百多年來十幾個國君心中的夙願。各國都對迅速崛起的秦國刮目相看，「諸侯卑秦，醜莫大焉」成為了過去。

秦孝公心情激動，他踐行了「與之分土」諾言，將十五座城池分封給了商鞅，商鞅號稱商君。

秦孝公在支持商鞅的變法事業達到輝煌後，英年歸西，而商鞅

的變法事業也走到了頂點。

秦孝公之後，太子駟繼位稱秦惠文王，秦惠文王不是秦孝公，商鞅當年對他不敬，羞辱他的老師公子虔和公孫賈之事，秦惠文王沒有忘記。

當年，太子駟的師傅公子虔和公孫賈在大庭廣眾之中受刑，對於他們處在如此高地位的人，可以說是奇恥大辱！受刑以後，兩人一直深居內宮，整整忍受了十年！

公子虔和公孫賈向秦惠文王齊奏，說：「左右重則身危，大臣重則國危。商鞅立法治秦，秦國雖治，但國中老少男女都只說商君之法，而不說秦國之法。如今又加封采邑十五，權位已極，勢必謀反，望君上立刻明斷，切莫養虎貽患！」接著又編出了商鞅謀反的證據。

兩人剛說完，朝堂上群臣激情回應，喊殺聲一片。

秦惠文王立即下令緝拿商鞅。

商鞅被迫出逃。

逃亡中商鞅想住旅店，店主說根據商君之法，沒有出發地的官方證明，旅館不能收留，否則會連坐受罰。

商鞅逃到鄰國魏國，當年商鞅假意與魏軍議和，將魏軍主帥公子昂騙到自己一方，然後舉兵將魏國大軍擊敗，現在商鞅有難，魏國自然不會收留。

商鞅只好逃回自己的封地，組織兵丁與秦王對抗，結果商鞅兵敗被俘。

商鞅被帶到城外空曠之地，頭和四肢被五條繩索拴住，並被扯在五匹馬上，商鞅將要被五馬分屍。

一位先哲曰：平庸者為生活而生活，聰明者為發財而生活，智者為理想而生活，睿智者為成就而獻身。

天空烏雲密佈，報復者聲嘶力竭喊叫著。

國家拋棄了他，民眾拋棄了他，秦帝國變法的總設計師走到了生命的盡頭。

五馬嘶鳴，一聲炸雷，煙霧彌漫……商鞅不見了，現場一片譁然。

煙霧慢慢上升，煙霧上面是一部書。煙霧托著那部書，慢慢升上天空，並向城裡飄去，向王宮飄去。

晚上秦惠文王睡覺，發現枕邊有部書，打開一看，赫然印著三個大字「商君書」，秦惠文王一驚，急忙翻身下床，挑燈夜讀。

《商君書》字字如血如淚，看得秦惠文王心驚肉跳。

《商君書》提出「一民」理論，就是國家只需要一種人——耕戰之人，平時為國家生產糧食，戰時為國家打仗。

《商君書》提出「勝民」理論，就是國家一定要戰勝人民，國家一定要壓服人民，要讓人民服服帖帖，國家要強，人民就要弱。

《商君書》提出「一教」理論，就是要統一人民的思想，不給人民說話的機會，毀掉一切非政府思想言論書籍。

秦惠文王看懂了！《商君書》是一部治國寶典，是帝王的教科書。激動的秦惠文王站起來，喊道：「國家要想強大，就要弱民，愚民，就要專制，國家應該是個生產的機器，是個戰爭的機器，國家應該是人民的監獄」。

秦惠文王慢慢跪了下來，將《商君書》舉過頭頂，說：「商君啊，我代表所有帝王謝謝您！」

商鞅死了，《商君書》活了。

秦惠文王以後又以商鞅謀反查無證據，以公子虔和公孫賈純屬陷害為由，除掉了二人及其黨羽，為商鞅平了反。秦惠文王下令，繼續執行商鞅之法。秦惠文王臨死時交待太子，一定要將《商君書》放在枕邊——中國幾千年的君主專制制度有了它堅實

的理論核心。

三、縱橫天下

　　秦孝公死了，商鞅死了，但是秦孝公和商鞅開創的變法成功了，秦國強大了。此時中國這台歷史劇已演出到了七雄爭霸時期，秦國的強大給其他六國很大的刺激，於是各國國君都想方設法尋找能人來幫助強大自己的國家。

　　春秋戰國時代一個顯著的特點，就是教育的空前成功，湧現出一大批學問家，如老子、孔子、荀子、莊子、墨子、鬼谷子、孫子等，這些大師們又都開門講學，在他們的門下又都培養出了一大批傑出的學生。這些學生們的水準確實也很高，僅鬼谷子的兩個學生就可以「縱橫天下」。

　　面對秦國的強大，當時中國社會流行著兩種戰略，「連橫」和「合縱」。

　　秦國一國稱雄，韓、趙、燕、魏、齊、楚為「金磚六國」。苟且偷安，依靠強國，「事一強以攻眾弱」，隨從強秦進攻其他弱國，叫「連橫」；為自保六國聯合起來，「合眾弱以攻一強」，共同對付秦國，叫「合縱」。

　　鬼谷子的一個學生叫張儀，張儀學的專業是「連橫」。

　　張儀畢業，告別老師鬼谷子，步出雲夢山，臨別老師囑託：「要先受得起挫折！」

　　張儀先是到楚國遊說，接著楚國就發生了一件大事情——「和氏璧」丟了。

　　和氏璧是塊美玉。在那個年代各國交往，往往以玉為使臣信物，而作為玉中極品的和氏璧更是楚國的國寶。楚國吞滅越國後，楚威王因為相國昭陽在消滅越國的過程中立下了赫赫戰功，

於是將和氏璧賜給了昭陽。昭陽某日請客時，應客人的請求，將和氏璧拿出讓各位賓客觀賞。華彩熠熠的和氏璧讓客人們驚歎不已，大家互相傳送觀賞。不知怎的席散時和氏璧竟然不翼而飛，雖多方查找也毫無下落。國寶的丟失震驚了朝廷內外，楚王下令在全國範圍內搜尋，但是最終也沒有結果。人們把懷疑的目光投向了張儀，昭陽請客時張儀在場，當時他剛「畢業」不久，甚是寒酸，人們認為是他偷了和氏璧。張儀被打得遍體鱗傷，但拒不承認。後來因證據不足，張儀被驅趕出了楚國。

拖著傷體的張儀回到家，妻子見狀急忙扶他上床。當妻子得知張儀為什麼挨打後，臉朝上揚，翻著白眼珠，揶揄張儀說：「那些學問真偉大，是教人如何挨打的吧？」

張儀沉默不語。

妻子繼續說：「如果不讀那些沒用的書，不四處遊說，怎會受如此大辱？」

張儀說話了：「你看我的舌頭還在嗎？」

妻子說：「那是幸虧長在嘴裡面，否則的話，也可能不全了。」

張儀說：「只要舌頭在就夠了。」

張儀回想起鬼谷子老師送別時的那句「要先受得起挫折！」的話，不禁感歎老師的先見之明。

鬼谷子給他們這些學生上的第一堂課就是「心理素質」課，說成大功者要經得起磨難，並借用孟子的一句話：「天將降大任於斯人也，必先苦其心志，勞其筋骨，餓其體膚，空乏其身……」

那個年代，雖然學派林立，百家爭鳴，但是百家也相互借鑒，兼蓄並納。

此時，秦惠文王得到《商君書》後，接受了商鞅的治國之術，並模仿秦孝公繼續在天下廣納能人奇才。

張儀的傷好後，又跑到了秦國。

有了秦孝公用商鞅的經驗，秦惠文王做得更好。當張儀到來時，秦惠文王下階而迎曰：「久仰先生高名，無由以會，今幸得光臨，大教秦國，實為萬幸。」

其實張儀此時談不上高名，秦惠文王只是故作姿態，但也反映了秦惠文王立志繼承秦孝公強國的意志和求賢若渴的姿態。

張儀也確實有水準，他在「面試」時的一席話，也讓秦惠文王感到，他剛才做的姿態值得。

張儀首先歷數秦國的過失，也就是批評秦國，批評秦惠文王。比如曾經發生過的秦楚戰爭，秦攻佔了楚國的郢城、洞庭湖、五都、江南，若再打下去，楚國就不存在了，可是秦國沒有乘勝追擊，給了楚國喘氣機會，否則，今天天下的局面就會更有利於秦國。

張儀說得句句在理，這讓秦惠文王感到震動，越發看重張儀，並很快留用了張儀，且拜張儀為客卿。

張儀第一步遊說秦惠文王獲得成功，得以在秦立足，第二步張儀將在秦國實踐他的連橫之術。

張儀對秦惠文王說：「當今天下，秦之外，齊楚最強，秦要統一天下，就要先破壞齊楚二國聯盟，而要想破壞齊楚二國聯盟，進而破壞六國的合縱，就要先連橫魏國。」

秦惠文王不解，張儀接著說：「魏國是一個弱國，但是魏國夾在秦、楚、齊三強國的中間，地處中原，若我們秦國得到魏國，就可直接威脅齊、楚的聯盟，如此魏國就是我們秦國進攻齊、楚和其他國家的跳板，因此，連橫魏國，方能制約天下。」

張儀的確能說會道，但是秦惠文王還要看看張儀的真本事。於是根據張儀的建議，秦惠文王派張儀與公子華帶兵攻打魏國。

在商鞅時代，魏國領教過秦國軍隊的厲害，所以魏軍未戰先

怯，沒用太長時間秦軍就拿下了魏國的蒲陽城。

秦軍班師回國，張儀向秦惠文王建議，把剛得來的蒲陽歸還魏國。這可是秦軍將士用血肉換來的戰績啊，怎能說還就還。但是秦惠文王已從商鞅身上看到奇才的能量，所以他也寄希望於張儀辦出奇事，就答應了張儀的建議。

秦惠文王派公子繇和張儀一起去魏國。

到了魏國，見了魏王，張儀說：「秦國對待魏國可是真心實意的好啊！現在秦惠文王派公子繇和我前來，是將蒲陽歸還貴國。」

魏王想，秦國葫蘆裡裝的是什麼藥？有了上次商鞅坑騙公子卬的教訓，魏王這次不得不防，何況兩國又剛交過戰。

張儀見魏王不做聲，又說：「秦王派遣我來歸還蒲陽，用土地換和平，是想將秦魏結成聯盟，共同對付其他國家。」

張儀說：「魏國土地縱橫不到千里，且四周地勢平坦，各國從四面八方都可以進攻魏國。如果魏國向南親附楚國而不親附齊國，那麼齊國就會來攻打它的東面；若向東親附齊國而不親附趙國，那麼趙國就會來攻打它的北面；若不和韓國合作，那麼韓國就會來攻打它的西面；若不和楚國親近，那麼楚國就會攻打它的南面。魏國危矣！」

對於這些情況魏王自己也清楚，若不是當年商鞅把他逼到了如此境地，情況就不至於如此。因此魏王更恨秦人。對於張儀此次來魏的目的，張儀雖然還沒說清楚，但是魏王的看法是「黃鼠狼給雞拜年」，不會有好心的。

魏王請公子繇和張儀到賓館休息。

張儀見魏王這個態度，便密信一封送回秦國。幾日後，秦軍大兵壓境。魏王不得不再次會見公子繇和張儀。

魏王直言：「請問秦王派你來的目的是什麼？」

張儀也直言:「秦國保護魏國。」

魏王:「代價?」

張儀:「上郡十五縣和河西重鎮少梁獻給秦國。」

魏王怒了:「敲詐!」

張儀笑了,道:「不能這樣說,秦魏結盟,合兵討伐其他諸侯國,魏國將來從別的國家取得的土地肯定會比送給秦國的土地多得多。再說秦惠文王將公子繇作為人質送到貴國,就說明秦國是有誠意的。」

在張儀軟硬兼施、打拉結合的策略下,魏王終於背棄與其他國家的合約,轉與秦國結盟。

其實張儀與公子華帶兵攻打魏國,拿下魏國的蒲陽城,後又建議秦王把蒲陽歸還魏國,並且派公子繇到魏國去做人質,這都是張儀外交活動的幌子,他的真實目的是要利用護送公子繇入魏的機會與魏王接近,遊說魏王投靠秦國。

張儀成功了,張儀使秦國獲得魏國黃河以西的大片土地,從此也使秦國在地理位置上處於退可依據黃河天險、進可威逼天下的有利戰略地位。

連橫魏國,制約天下,張儀的「連橫」獲得初步成功,秦惠文王將張儀提升為相國。不到兩年,張儀就在秦國獲得一人之下、萬人之上的地位。

不久張儀從來自楚國的情報中得知,一直被楚懷王重用的、齊楚聯盟抗秦的宣導者楚國大臣屈原,被楚懷王疏遠了。張儀立即晉見秦惠文王,說是拆散齊楚聯盟的機會來了,他向秦惠文王陳述獻策,並立馬到楚國遊說。

張儀到了楚國,先以重金行賄楚王寵臣上官大夫靳尚等人。

張儀曾在楚國受辱,現以秦國相國身份到楚,楚王不敢怠慢,親自迎之於郊,並安排最好的賓舍。

楚王設宴歡迎張儀，滿朝文武皆出席。

君臣共樂，觥觥交錯，歌舞助興。

楚王借著酒勁說：「當年楚國對您不恭，實屬無知小臣所為，請您不要掛在心上。」

張儀說：「當年我剛從鬼谷子老師那裡『畢業』，就選擇來楚國『就業』，是我喜歡楚國，當年的誤會使我無法為楚國效勞，甚是遺憾。」

楚王說：「這次張儀先生來楚，楚國將盡力接待，並希望張儀先生多多指教。」

張儀說：「自從離開楚國後，我一直懷念楚國，實在是想為楚國做一些事情。也是楚王的大福，我這次來楚，是受秦王派遣，特來與楚國締結永久之好。」

在這之前，楚國的外交政策是楚齊聯合，共同對付秦國，現在張儀前來說要秦楚和好，在座的楚國君臣不自覺地相互交換眼色，表示疑慮，不知秦國是何用意。

張儀又說：「當今天下應該和平相處，你們看，我們和弱小的魏國不是相處得很好嗎？但是齊國不安分，總是給天下添亂，前不久，他們還發動戰爭，給魏國帶來了不少麻煩，要不是我們秦國的保護，齊國還不知道要鬧出什麼亂子來。」

楚國君臣聽出點味道來，原來張儀小子是來離間齊楚聯盟，大家不由會心一笑。

張儀裝著沒看見，繼續說：「秦王特地派我來跟貴國交好，要是大王下決心跟齊國斷交，秦王不但願意跟貴國永遠交好，還願意把商於一帶六百里的土地獻給貴國。」

這可是一大塊土地啊？楚國君臣怕似乎聽錯了，都面面相覷。

張儀繼續說：「若楚國能與秦國和好，秦國還建議開放秦楚邊境，讓秦楚的老百姓自由往來，娶婦嫁女，秦楚兩國永做好鄰

居,好兄弟,好親戚。」

這個條件太優惠了。「得到六百里土地,又解除了來自秦國的國防壓力,何樂而不為?」楚王一合計,心動了,大臣們也開始騷動起來。

張儀趁勢而上,說:「講真的,秦國開出的這些條件,也不完全是為楚國,如果削弱了齊國,對秦國也有更大的好處。」張儀這樣說顯得很坦誠。

對秦國有什麼好處,楚國君臣似乎不太關心,就那六百里土地已經打動了他們。寵臣靳尚首先發話,說是秦國的意見可以考慮,其他的大臣見風使舵,也紛紛表態願接納秦國的意見,更有甚者開始向楚王表示祝賀,好像那六百里土地已經到了楚國手裡。當然也有理智的大臣建議,先拿到六百里土地後,再與齊國絕交。如此大事,起碼也應該簽個協議,但是這樣做有礙情面,於是楚王便豪爽地答應了張儀的要求,這也算是賠了張儀上次的受辱之情。

但是張儀進一步落實,說:「我簽個字有什麼價值呢?請楚王派大臣和我一起去秦國,由我們秦王當面把土地交給你們不是更好嗎?」

如此,張儀與楚王達成意見一致。

楚國一面跟齊國絕交,一面派大將逢侯丑作為使者跟張儀到秦國去接受六百里土地。一路上張儀和逢侯丑有說有笑,當快到秦都時,張儀多喝了些酒,佯裝從車子上摔下來,受傷了。

張儀休病假,三個月沒上朝。逢侯丑登門探訪,張儀卻閉門謝客。逢侯丑不得已寫信給秦惠文王,要求得到六百里土地。秦惠文王回信,大意說,六百里土地?你們為秦國做了什麼?待張儀傷好後,由張儀辦理吧。

這是一封誤導信,逢侯丑將秦國情況轉告楚國國內,楚王得土

心切,誤以為是秦國懷疑他的誠意,於是派出勇士,到齊國辱齊王。齊王聽說楚國與他斷交,又派人來辱罵他,羞辱難耐,馬上派使者去見秦惠文王,約他一起進攻楚國。張儀看時機成熟,接待楚國使者,耍賴說:「沒那回事,大概是你們大王聽錯了吧,秦國的土地哪能隨便送人哪?是六里,不是六百里,而且是我自己的封地。」

楚國使者回來一彙報,楚王氣得哇哇大叫,馬上發兵十萬攻打秦國。秦惠文王也發兵十萬迎戰,同時齊國也向楚國進攻,楚軍大敗。楚軍七十多員戰將被俘,士卒八萬多人喪生,還丟失了六百里土地。

這種「戲詐」大概只有無賴、流氓之類才做得出,然而張儀將它搬到國家政治舞臺上,在秦惠文王的支持和配合下,竟演繹得如此成功。

兩年後,齊楚又有和好的跡象,為了阻止齊楚再次聯盟,秦國便對楚國進行安撫拉攏,說將奪取的楚國土地還回楚國一半,以求結盟。楚王痛恨張儀,不要土地,寧要張儀,並要親自誅之。

為了破壞齊楚的再次結盟,張儀決定二次出使楚國。秦惠文王擔心張儀的安全,不想讓張儀去,張儀說:「請大王放心,我自有辦法,就是我被楚王殺掉,那也是我對秦國的忠誠。」

秦惠文王大受感動,說:「你去吧,我會想辦法保護你,楚王敢動你一根毫毛,我就滅了楚國。」

張儀再次坦然來到楚國。

楚王將張儀打入牢獄,並準備殺他,但是張儀事前又用重金賄賂了楚王的寵臣靳尚。

朝堂上,楚王大聲宣佈:「那個無賴、流氓張儀已被抓到了,如何處置?聽聽各位愛卿的意見。」張儀是自己送上門來的,楚王這裡說是抓到了,自然是炫耀。

張儀已被打入大獄,如何處死張儀,楚王要聽聽大臣們的意見,他要為自己,為大臣們,為楚國出一口被耍的惡氣。

「殺!」大臣們一片歡呼,也有大臣喊:「五馬分屍!」楚王心中歡喜。

寵臣靳尚此時走出來說:「請問大王,不知張儀現在的身份還是不是秦國相國,若不是,怎麼殺都可以,若張儀現在還是秦國相國,殺了張儀,也就給了秦國入侵我楚國的口實。」

靳尚的幾句話像一盆冷水潑下,楚王和大臣們都愣了。

楚王問靳尚:「你說怎麼辦?」

靳尚說:「還是先弄清楚張儀的身份再說吧。」

楚王立即命一大臣趕往牢獄,詢問張儀身份。其實這都是多餘的,張儀來時,車馬隨從已說明了他的秦國相國身份。

不多時,又有探軍來報,說是秦國軍隊正在秦楚邊界集結,立時滿朝騷動。

不得已,楚王釋放了張儀,並按接待國賓相國身份,將張儀請入朝堂。

張儀走進大殿,望著楚王嘲笑說:「貴國的國賓館怎麼像個監獄,太破了,要不要秦國撥點經費,重新給貴國蓋所新賓館。」

楚王滿肚子窩火,還想發作,說:「秦相國上次⋯⋯」

張儀知道楚王想說什麼,急忙打斷楚王的話說:「再說上次還有意思嗎?」

楚王被問得張口結舌。

張儀此來的目的不是要得到楚王的諒解,而是繼續完成他的連橫大業。他對楚王說,以現在的秦國之強,就是秦周圍的四國加起來也不是對手,如果秦驅使楚國的鄰國韓國和魏國攻擊楚國,楚國就危險了。所以楚國要想安寧,只能與齊國斷交,與秦國結

盟。

楚王無奈，只得重新與秦修好。

為防止出於義憤的楚國人傷害張儀，在靳尚的建議下，楚王還不得不派兵護送張儀安全返回。

張儀又到了韓國，說是要想不讓秦國欺負韓國，韓國必須與楚國為敵，無奈韓國只得答應。隨後張儀又到了齊國，說齊國雖然不怕秦國，但是秦國驅使齊國的鄰國韓國、趙國、魏國攻擊齊國，齊國恐怕就吃不消了，不得已齊國也只得與秦國修好。後來張儀又唬住了趙國、燕國。

「一怒而諸侯懼，安居而天下熄」，張儀長袖善舞，六國難得安寧。

張儀將軍事威懾和外交手段交叉使用，使得秦國「東拔三川之地，西並巴、蜀，北收上郡，南取漢中」，成為更為強大的霸主諸侯，這為秦將來的一統中國起了促進作用。

秦惠文王死後，因為即位的秦武王在當太子的時候就不喜歡張儀，張儀接受商鞅的教訓，使用了「金蟬脫殼」之計。

張儀對秦武王說：「秦國要想進一步發展，就要誘使其他國家彼此打鬥，讓他們的力量內耗，到他們兩敗俱傷時，我們秦國就可以坐收漁利了。」

秦武王問：「如何才能讓他們彼此打鬥呢？」

張儀說：「由於我離間了齊楚的關係，楚國已被我國制伏，但是齊國很是恨我，若讓我出使魏國，齊國肯定要攻打魏國，待他們兩敗俱傷時，秦國就可收利了。」

秦武王聽張儀說得有道理，就派張儀到了魏國。兩年後，張儀善終在魏國，結束了他傳奇的一生。

鬼谷子的另一學生叫蘇秦，蘇秦是鬼谷子調教出的、繼張儀之後的另一位傑出的社會活動家，他學的「專業」是「合縱」。

蘇秦畢業，告別老師鬼谷子，步出雲夢山。他臨別時老師說道：「大事業大起大落，大人物大喜大悲。」

蘇秦畢業後回到家鄉。當時，蘇秦家中有一老母，兩位弟弟，兄長已先亡，寡嫂在家，蘇秦回來，家人自然歡喜。蘇秦回家，一則探望，二則籌集經費，他要出遊各國，從事他所學的「專業」。但是他的想法一說出口，便招到家人的一致反對，一則家裡並不富裕，二則希望他能像常人一樣，務農經商，負起養家糊口的責任。特別是對他所學的專業，他們認為那是耍嘴皮子，不是正經人幹的事情，勤勞吃苦才是正經人的生存標準。後來兩個弟弟折中，對他提個建議說：「哥哥如擅長遊說之術，可以去遊說周顯王，能在本鄉本土出名，何必遠去他鄉呢？」

受到全家人阻擋，蘇秦無奈，只好求見近在洛陽的周顯王，向周顯王宣講強國之術。周顯王還算客氣，留他住下，可是周顯王的臣屬都知蘇秦出身寒門，且是農賈之家，很是瞧不起他。蘇秦住了一年多，見進取無望，不得不離開回家。

蘇秦回家後，不聽家人勸阻，變賣了家產，籌集資金做了美衣，備了車馬，去邀遊列國，考察世情，以求出人頭地。

蘇秦首先來到了秦國，見到了秦王。

蘇秦見到秦王，先是對秦國讚揚一番，說：「（秦國）田肥，民富，戰車萬乘，強軍百萬，且地大物博，已有能力兼併諸侯，統一天下。」

秦王打斷蘇秦的話：「秦不過小康而已，豈敢稱霸。」此時秦王認為自己羽翼未滿，還不願暴露一統天下的野心。

蘇秦的第一次公關沒成功，以後數年也沒有起色，壯志未酬，但是錢卻花完了，不得已只好賣掉車馬，當掉美衣，辭掉僕人，挑個破擔子重回故里。

蘇秦的第一次闖蕩江湖以失敗告終。

「敗家子」回家,當蘇秦敲開家門,母親一看他的狼狽樣,沒說什麼就走開了;妻子正在織布,看到他,連織布機都不肯下,懶得理他。蘇秦放下行李,他肚餓難忍,只好求嫂嫂給自己做飯,嫂嫂不熱不冷地說家中沒柴燒,也不肯給他做飯。蘇秦不覺歎息說:「貧賤如此,全家人都不認我,全是我的過錯呀!」

蘇秦沒有死心,回家後他取出師父臨下山時贈送給他的姜子牙的秘笈《太公陰符》,晝夜攻讀起來。有句成語「懸樑刺股」,其中「刺股」說的就是蘇秦這時學習的情景。蘇秦把自己的頭髮用繩紮起來,懸在梁上,自己一打盹,頭髮就把自己揪醒;夜深太困了,蘇秦拿錐子刺自己的腿以求清醒。憑著這股精神,蘇秦學業大進。原來聽老師講課,似乎明白了,今日反思,有了更深刻的理解。他這樣邊讀書邊揣摩列國形勢,一年後,對天下大勢便了然於胸。他給兩個弟弟做工作,給他們講解了天下形勢和自己再圖外出遊說的打算,兩個弟弟被打動,就合出資金,幫蘇秦再次遨遊列國。

機會來了,此時北方的燕國向天下招賢納士,蘇秦北上燕國。

與秦、齊、楚相比,燕國本來是北方的一個弱國。燕國前國王姬噲想效仿堯禪讓給舜的事蹟,將他的王位禪讓給他的國相「子之」,但是姬噲看錯了人,子之實則是個陰謀家。子之上臺後,為保王位,就要殺掉原來的太子姬平,於是引起燕國的「子之禍亂」。鄰國齊國見有機可乘,以幫助燕國平息內亂為名出兵燕國,在殺死了子之之後,齊兵又在燕國進行掠奪,並佔領了燕國十座城池。

在亂世中太子姬平即位,稱燕昭王。為強燕,燕昭王向天下招賢納士。

會見中,蘇秦雙眼直視燕昭王,單刀直入地說:「如果大王能用我,我的主要任務就是對付齊國,收復失地。」

齊強燕弱，燕昭王不能公開講對付齊國，收復失地，何況是齊國殺死子之，幫他上了台。但是保護國家是君主的職責，蘇秦也說出了燕昭王的心裡話。聽蘇秦的話語後，燕昭王不露聲色，但是蘇秦被燕昭王留用了。

　　一段時間過後，燕昭王單獨召見蘇秦。燕昭王十分客氣地對蘇秦說：「請先生指教，願聽其詳。」

　　蘇秦說：「請大王派我到齊國去，我願將十座城池要回。」

　　沒有過多的道白，蘇秦語氣堅定。燕昭王看了看蘇秦，感到其人不凡。不到一炷香的工夫，蘇秦從燕昭王處退出，除燕昭王，沒人注意蘇秦。

　　到了齊國，燕國使節蘇秦見到齊王也是短短幾句道白。

　　蘇秦：「祝賀齊國得到燕國十座城池。」

　　齊王：「那是我幫忙所得。」

　　蘇秦：「有所得就不算幫忙，是生意，因此燕國不欠齊國人情。」

　　齊王無語。

　　蘇秦：「燕國因失去十座城池，燕人感到齊國有趁人之危之嫌。」

　　齊國強大，齊王語氣傲慢：「那又怎麼樣？」

　　蘇秦：「燕國歷來與齊國友好，也與秦國友好，但是燕國與秦國有親戚關係，而齊國與秦國歷來不合，若齊國因十座城池而將燕國推向秦國，對齊國就不合算了，請齊王三思？」

　　齊王默默無語。

　　外交家未必是口若懸河，蘇秦簡明扼要的談吐，創立了蘇氏外交風格。

　　蘇秦從齊國回來，同時帶回了十座城池。燕國人知道了蘇秦，

燕昭王開始倚重蘇秦，蘇秦在燕國站住了腳。

又一次，蘇秦對燕昭王說：「大王您有伐齊的打算吧？」

言語又不多，燕昭王聽後心中一驚，雖然蘇秦要回十座城池，但是齊國還是要比燕國強大得多，因此燕昭王出口謹慎：「我們是小國，豈敢對強國無禮。」

蘇秦說：「臣進取之臣也，不事無為之主。」字字落地有聲，而且有落子將軍之意。

燕昭王有些被動，說：「你的意思？」

蘇秦說：「齊國現在雖然強大，但是如果讓它經常與它西面的宋國搏擊，與它南面的楚國戰爭，那麼，齊國不久就可能衰敗下來，到時燕可坐收漁翁之利。」

燕昭王有強燕之心，有推倒強齊之心，苦於無良策，又不敢公開議論。現在蘇秦的一席話讓燕昭王內心驚喜，最後燕昭王和蘇秦二人達成共識，並秘密制定出弱齊強燕的戰略。

不久，蘇秦被任命為上卿，並以友好大使身份再次被派往齊國。

此時齊國有一個勢大力沉的人物孟嘗君，他的聯盟趙國的主張，影響著齊國君王，蘇秦難有作為，五年後，蘇秦悻悻地離開齊國返回燕國。

後來齊國國內發生變動，孟嘗君被齊王罷免，歷史又給蘇秦提供了一個機會，蘇秦再次來到齊國。此時齊王正有一事犯愁，是秦國國君邀齊國國君一起稱「帝王」。若齊國同意秦國的意見，便得罪天下，若不同意，便得罪秦國，齊王兩難。恰好蘇秦到來，齊王便求教於蘇秦，蘇秦說：「此事不難，同意秦王的意見，先不得罪秦，待秦王稱帝王，看天下大勢，若天下反對強烈，就順應天下不稱帝王，若天下接受秦王稱帝王，齊王再稱帝王不遲。」

蘇秦的主張深得齊王歡心，齊王順便又求教蘇秦，齊國現在應該如何處理和其他國家的關係？蘇秦毫不猶豫地說：「攻打宋國！」

　　齊王說：「為什麼？」

　　蘇秦說：「宋王暴政，他不光殺有罪的人，為了讓他們國家的人怕他，沒有罪的人他也殺，就連他的相國也無端被他殺了。如果齊王您攻打宋國，這是除暴安良，宋國人民肯定歡迎您，您發動的是解救宋國人的正義之戰，其他各國也說不出什麼。」當然，這不是真話，蘇秦真正的目的是將齊國拖入戰爭的泥潭。

　　齊王聽了很高興，這也是他心中所想的。在蘇秦的鼓動下，後來燕國也派來兩萬軍隊支援，於是齊國的軍隊向宋國進攻了。但是秦國不幹了，秦國要保護宋國。齊王又和蘇秦商量，蘇秦說：「英雄難敵眾人，猛虎也怕群狼，如果將燕國、趙國、魏國、韓國和齊國五國聯合起來對付秦國，就能打敗秦國。」蘇秦說得很有底氣。

　　齊王心想，若是打敗秦國，齊國便可稱霸天下了。

　　齊王對蘇秦說「是個好主意，就請蘇秦先生到各國聯絡吧。」齊王還想，即使扳不倒秦，我還可以借機佔領宋。

　　蘇秦所學的「合縱」，就此拉開序幕。

　　蘇秦先到燕國，向燕昭王彙報，當然得到燕昭王大力支持，因為這符合他和蘇秦的合謀戰略。能打敗秦國，齊國也就是強弩之末，那時燕國就可坐收更大的漁利。

　　蘇秦到了魏國，此時在魏國當相國的是孟嘗君。孟嘗君在當齊國相國之前，也曾當過秦國的相國，後來在秦失寵逃跑，跑到邊關天還不亮，城門不開，是手下的人學雞叫，騙得邊關將士提前打開城門，孟嘗君一行才得以逃命。雖然孟嘗君和齊王也有過節，但是孟嘗君更恨秦王，所以說服孟嘗君，並通過孟嘗君鼓動

魏國君王參加五國合縱，對蘇秦來說並非難事。

待魏國同意攻秦後，蘇秦下一個目標是趙國，此時在趙國當相國的是李兌。李兌過去和蘇秦關係不好，為此蘇秦先派人去見李兌，並對李兌說，現在蘇秦在燕國主政，如果您和蘇秦不和就意味著趙、燕不和，趙、燕都是小國，小國之間需要互相說明，以和為貴。李兌是一國之相，他明白其間的要害關係，隨即邀請蘇秦訪趙。經過蘇秦的一番說辭，趙國也加入了五國合縱。

韓國比較弱小，見魏國、趙國加入了五國合縱，韓國也就隨大流加入了五國合縱。

然而事情並非一帆風順，蘇秦分析，五國之中，最不鐵桿的是趙國，為使趙國鐵血抗秦，蘇秦與齊王密謀，誘使秦國擠壓趙國，以激起趙國的反秦情緒。

然而保密工作沒做好，此事讓趙國知道了。

一次蘇秦到趙國，趙王下令緝拿蘇秦，蘇秦鋃鐺入獄。趙國以損害國家罪起訴蘇秦，依法當斬。蘇秦在鐵證面前，有口難辯，眼看性命嗚呼。只是此時蘇秦已是名人，蘇秦在趙國入獄的消息迅速傳到燕昭王和齊王那裡，兩個國君考慮，合縱大計還離不開蘇秦，於是由兩個國君擔保，蘇秦才逃過此劫。

「福無雙至，禍不單行。」不久蘇秦的性命又掛在刀尖上。事情是這樣，齊王吞併宋國心切，但是又怕支持宋國的秦國反對，蘇秦就又給齊王出了個主意，說是齊應該和秦國做交易，讓秦國打魏國，齊國不干預；而齊國打宋國，讓秦國也不干預，這樣，既能得到宋國，又能激起魏國合縱抗秦的決心，一舉兩得，何樂而不為呢？齊王接受了蘇秦的意見。然而沒想到的是，魏國的情報系統也極其有效，齊王、蘇秦的保密工作又沒做好，這個事情還沒啟動，蘇秦在魏國就被捕入獄。而此時，齊王也在魏國的指責之中，齊王很難再為蘇秦說話，燕國比魏國要弱，也不敢惹

禍,蘇秦性命危矣。

合縱之事還沒辦完,也是蘇秦命不該死,蘇秦的弟弟蘇厲來救蘇秦了。

當年蘇秦在兩個弟弟的資助下,再次離家出走,當蘇秦在燕國站住腳跟後,便將兩個弟弟帶出來,現在兩個弟弟也都成了縱橫捭闔的關鍵人物。

弟弟蘇厲聽說哥哥有難,日夜兼馳,趕來面見魏王。

蘇厲見到魏王第一句話就說:「魏國危矣!」

魏王一聽就火,說:「你不要玩詐,你不就是來救你哥哥嗎?有話就直說。」

蘇厲說:「你所知道的那些關於我哥哥損害魏國的罪,不是真的,你的情報有誤;就算是真的,那也可能是為合縱而設的計中計,應該從更長遠的目標看問題,只要合縱成功,就對魏國有好處。」

魏王淡淡地說:「我情報無誤,你也無需繞圈子,還有什麼話,說吧。」

蘇厲說:「就算是齊王和我哥哥要損害魏國,讓秦國打魏國,可是秦國並沒有真的打魏國,為什麼,因為秦國相信那是傳說,是假的。現在有齊國做後盾,秦國不敢對魏國動武。如果魏國將蘇秦殺掉,秦國就確信無疑齊國和魏國不和了,魏國處在秦國和齊國之間,因為齊、魏和好,早有計劃進攻魏國的秦國才不敢輕舉妄動,一旦齊、魏破裂,魏國難道不就危矣嗎?」

蘇厲雙眼不溫不火地看著魏王。

魏王心情沉重起來。

不久,蘇秦獲釋,並又成為座上賓。

有評論家說「眼神」也是蘇式外交的特色。

經過蘇秦反復的工作,齊、燕、魏、趙、韓五國,在合縱的前提下又走到了一起,後來楚國也加入了合縱國。

一日,在趙國洹水之上,六國國君雲集。方圓幾十里,錦旗招展,車水馬龍。蘇秦先是向站在高臺上的六位國君,行君臣大禮,然後,六位國君宣佈封蘇秦為「合縱長」,佩六國相印,總轄六國臣民。而後,六國國君歃血為盟,宣誓共同抗秦,並祭祀天地。

蘇秦得勢後曾路過家鄉,諸侯都派使節送他,儀仗旌旗,前遮後擁達二十里長,威風超過君王。蘇秦曾經效忠過的周顯王聽說蘇秦路過,專門派人清掃了道路,設供帳迎於郊外。蘇秦的嫂子恭恭敬敬伏在地上迎候,不敢仰視。

蘇秦在車上問嫂子:「嫂子以前不為我做飯,現在為什麼這樣謙恭呢?」

嫂子回答說:「您現在是地位高、金子多。」敬畏之情溢於言表。

整整十五年,在合縱勢力的抵抗下,秦國對各諸候國不得不有所收斂。

在秦國受到遏制的情況下,齊國終於有機會吞併了宋國。

兔死狐悲,相對弱小的韓、趙、魏、燕見齊國滅掉了宋國,不約而同地把敵對的矛頭又對準了齊國,而這一切都是蘇秦和燕昭王多年前所謀劃的戰略。

蘇秦的合縱之所以能成功,首先是針對秦國,因為秦國對其他六國的威脅最大,但是,「合眾弱以攻一強」的思想一旦確立,任何一個諸侯國一旦威脅到其他國家,也都有可能成為各國的共同敵人。

合縱也是一種平衡制約戰略,平衡一旦被打破,制約戰端必起。

燕昭王調動全國之師，兵甲數十萬、車七百乘、騎六千匹，命樂毅為大將攻齊，趙、韓、魏三國軍隊，先後與燕國大軍匯合，並公推燕國大將樂毅統帥全軍。多國聯軍以燕軍為主力，其他國軍為羽翼，軍威盛大，號稱百萬。

秦國見狀也派兵參加攻齊。

南方的楚國原本未參加合縱攻齊，但此時見齊國必亡之勢已成，遂詐稱援齊，遣軍至莒城劫殺齊王，收復原本是楚國的淮北之地。

富貴終有時。在燕國夥同其他國家向齊國進攻時，沒有人通知蘇秦及時撤退，這也可能是為了保證進攻的突然性，然而蘇秦合縱的真實目的弱齊強燕，便在齊王君臣面前暴露無疑，蘇秦被齊王下令車裂而死。

蘇秦躺在地上，仰望蒼天，他的使命完成了，他也該走了，鬼谷子的那句話，成了蘇秦一生的寫照：「大事業大起大落，大人物大喜大悲。」

四、和氏璧

前面說到，有條不知來歷的蛇曾馱著鯀到天上偷息壤，被嫘祖狠狠踩了一腳，並受到閃電的打擊後逃跑了。但是那條蛇不思悔改，現在它又來到東方，看到東方的人類鬥得正熱鬧，於是決定再顯現蛇威，湊湊這裡的熱鬧。

一個叫卞和的採玉人在楚國荊山採玉，可能很久沒有採到玉了，顯得無精打採，蛇決定拿他開玩笑。

卞和實在是走累了，便坐在一塊石頭上休息。過了一會兒，他解開包袱，從中拿出一炷香點上，然後十分虔誠地跪下，默默祈禱。這種事過去他也辦過，只是這次祈禱和往常不一樣，他心裡

發狠說:「老天要可憐我,就從天上掉下來一塊玉給我吧。」

卞和心裡的話剛說完,突然天空出現一片烏雲,立時電閃雷鳴,狂風肆虐,大雨如注,一團天火從天而降,直朝卞和砸來。卞和見狀,嚇得拔腿就跑,天火砸在卞和身後,卞和摔倒昏了過去。不知過了多少時候,卞和醒來,此時已是雲走風停,一切如初,只是卞和發現身邊放著一塊璞玉,璞玉發出耀眼的光芒。卞和驚喜,伸出手去想拿起那塊璞玉,突然發現璞玉上面盤著一條蛇,急忙將手縮回。此時那條蛇說話了:「我就是你想要的從天上掉下來的玉,而且是一塊絕世玉璧,你就把我獻給楚厲王吧。」

說完蛇就慢慢縮進璞玉裡,璞玉也慢慢消失了光芒,一切歸於平靜。這塊璞玉就是後人所說的荊山之玉、靈蛇之珠。

卞和伸出手指,輕觸璞玉,璞玉無反應,卞和又用手掌撫摸璞玉,璞玉也無反應。卞和膽大起來,將璞玉拿起,仔細看了看,然後輕輕地將璞玉放入包袱中,包好包袱,背在背上。突然卞和感到渾身一震,著魔了,他站起來,口裡嘟囔著:「絕世玉璧,獻給楚厲王;絕世玉璧,獻給楚厲王……」癡癡地朝國都走去,朝王宮走去。

楚厲王上朝,有人報告,說是有一個叫卞和的採玉人要向大王獻寶,說是塊絕世玉璧,要獻給大王。楚厲王將卞和招上朝來,並找來相玉家進行鑒定。璞玉原本是一種天然玉料,如果不經鋸割,外表看來和普通的石塊沒什麼區別。相玉家左看看,右看看,沒能辨識出來,認為它是一塊普通的石頭。沒有什麼價值。於是楚厲王大怒,認為卞和在戲弄自己,命人砍掉了卞和的左足。

楚厲王死後,楚武王繼位,那條蛇又說話了,讓卞和再去獻寶。楚武王和楚厲王一樣,找來新的相玉家進行鑒定,新的相玉

家同樣左看看，右看看，翻來覆去，還是沒能辨識出來，認為它就是一塊普通的石頭，楚武王又以欺君之罪砍掉了卞和的右足。

又過了些年，楚武王之子楚文王繼位。這時那條蛇又命令卞和去獻寶，此時卞和已是風燭殘年，又被砍掉了雙腳，行動很不方便。卞和懷抱璞玉在楚山下痛哭三天三夜不止，眼淚都流盡了，眼睛直往外滴血。楚文王聽說了這件事，派人接來卞和詢問，卞和癡癡地看著楚文王，口裡反復重複著一句話：「絕世玉璧，獻給楚厲王，絕世玉璧，獻給楚厲王……。」

楚文王聽後，讓玉工進行打磨，果然得到一塊寶玉，玉工山呼萬歲，恭喜大王得絕世玉璧。

楚文王接過玉璧一看，正而視之色白，側而視之色碧，在表面上沿一定方向看，有時可見到藍綠、紫紅、金黃等色彩。

楚文王又將玉璧讓大臣們傳看，大臣們捧在手中都感到玉璧溫潤而澤，光彩照人，確實令人驚奇。

因為玉璧是卞和所獻，楚文王便給這塊玉取名「和氏璧」，並厚待卞和，卞和從此也不再「玉癡」了。

楚文王得此美玉，十分愛惜，就奉為寶物珍藏起來。又過了很多年，到了楚威王時代，楚威王為表彰有功之臣，特將和氏璧賜予相國昭陽。

前面說到張儀被懷疑偷盜和氏璧，因此被打得遍體鱗傷，並被驅除出楚國。這是那條蛇和張儀開的玩笑，因為楚王將如此寶玉賞賜下臣，引起蛇的不滿，是蛇自己離開了那位臣子。張儀寒酸，被懷疑挨打就是自然的了。

和氏璧就這樣銷聲匿跡了五十年後，有一天突然在趙國出現，一個名叫繆賢的宦官在集市上用五百金，從一名外人手中購買到這塊玉。令人始料未及的是，經名家鑒定，此玉就是失蹤多年的和氏璧。繆賢聰明，知道這是大王才配擁有的寶物，於是將和氏

璧進獻給了趙惠文王。

趙惠文王聽說過關於和氏璧的傳說，今日得手，倍感驚奇。晚上，趙惠文王一人在月光下欣賞和氏璧。借著月光，趙惠文王彷彿看到一個美女在玉璧裡跳舞，美女的腰身之軟如蛇。趙惠文王心想，這大概就是所謂的美女蛇吧。美女蛇扭動的舞姿所產生的性感是後宮女子們無法比擬的，趙惠文王看得發呆。

趙國得到和氏璧的消息很快傳遍各國，也傳到了秦國秦昭王的耳中。秦昭王對這件稀世之寶產生了覬覦之心，於是派人送信給趙惠文王，希望用十五座城池換取和氏璧。

趙惠文王每天夜觀和氏璧，白天便神情恍惚。一天上朝，趙惠文王神情恍惚地聽大臣們彙報工作，大臣們說的什麼，他完全沒聽進去，可是當有一大臣說當今的秦昭王要用十五座城池來換取和氏璧時，他一下清醒過來，馬上說：「這就叫巧取豪奪，如果把和氏璧送給秦國，恐怕秦國不會真用十五座城池來交換，我們將會受到欺騙，但如果不給，秦強趙弱，秦國必然以此為藉口出兵攻打趙國。」

大臣們發言，都認為趙惠文王分析的完全對，但是如何應對，大家又拿不出好主意。

散朝後，趙惠文王悶悶不樂地回到後宮。在後宮趙惠文王見到宦官頭目繆賢，趙惠文王便將此事告訴他，問他有什麼主意。繆賢思索一會，說這是左右為難之事，確實不好辦，不過繆賢又建議，說他有個家臣叫藺相如，此人智勇雙全，是不是叫他過來，看看他是否有什麼好辦法。滿朝文武都無良策，一個家臣能有什麼本事，趙惠文王不以為然。不過趙惠文王看在繆賢獻寶有功的份上，還是讓繆賢介紹了他的那位家臣。

繆賢說：「我想大王可能還記得，我以前曾經冒犯過大王，後來我赤裸上身，伏在腰斬人的斧子上，向大王您認罪，請大王處

罰，大王您寬厚仁慈，寬恕了我。我之所以這樣做，就是藺相如出的主意。」

趙惠文王微露驚訝之色。

繆賢繼續說：「冒犯了大王後，害怕大王的處置，我原打算逃到燕國，藺相如知道後問我：『你怎麼知道燕王會收留你呢？』我說，我隨大王出訪時見過燕王，燕王握住我的手表示願意和我交朋友，所以我想投奔燕王。藺相如聽後說：『趙強燕弱，那時趙惠文王喜歡你，所以燕王才對你客氣。現在你得罪了趙惠文王，是趙惠文王的罪犯，燕王害怕趙國，絕不敢收留你，為了兩國關係還有可能把你捆綁起來送回趙國。』我問藺相如該如何辦，藺相如給我出了向您認罪的主意，所以我想，如何對付秦國，藺相如也許有辦法。」

趙惠文王聽後馬上傳旨讓藺相如進宮。

藺相如進宮時，繆賢已將有關情況向藺相如介紹清楚，見到趙惠文王后，藺相如直接說：「大王您分析得對，如果不將和氏璧送給秦國，秦國必然以此為藉口出兵攻打趙國，如果將和氏璧送給秦國，秦國不會真用十五座城池來交換。但是我建議還是將和氏璧送往秦國為上，這樣可以先免去趙國的刀兵之災。另外選一大臣護送和氏璧，如若秦國不給十五座城池，就設法再將和氏璧帶回，到時秦國無話可說。另外，在將和氏璧送走前先向大臣們展示，讓趙國人認識自己的國寶，如若被強秦掠去或秦軍來犯，可激起全國憤慨，共同禦敵。」

趙惠文王聽藺相如說得有理，第二天就將和氏璧當朝展示。

和氏璧名震列侯，大臣們也都聽說過，今日一見，果然名不虛傳。那天好像和氏璧也特別給力，徐徐發光，輝映大廳，大臣們都說，是個寶物，國之祥瑞啊！

大臣們都看後，趙惠文王又作了一番愛國演講，然後問大臣，

誰願護送國寶赴秦,並提出要求,若秦國不給十五座城池,要將國寶帶回。

大臣你看看我,我看看你,無人敢應。此時藺相如走進殿堂,說:「我願意出使秦國,假如秦國真的把十五座城池交給趙國,我就把和氏璧留在秦國;如果秦國不交城池,我一定完璧歸趙,璧在人在,璧亡人亡。」

趙惠文王當場任命藺相如為特使,護送和氏璧赴秦。

秦昭王在王宮接見藺相如。

秦王宮巍峨氣派,金碧輝煌,侍衛錦衣亮甲。聽說趙國來獻和氏璧,秦昭王的妃嬪、文武大臣和侍從們一早就在大殿等候,要一睹天下奇珍。

藺相如雙手捧璧,步入大殿,司儀官高喊:「趙國趙惠文王特使藺相如向秦國大王獻寶!」

藺相如聽了,心中一震,心想秦國果然是在詐騙。還沒等藺相如看清秦昭王的模樣,早有人接過藺相如手中捧的和氏璧,獻在秦昭王面前的案臺上。秦昭王擺擺手,要妃嬪、文武大臣和侍從們先看,一則顯得大度,二則也是先給藺相如點「冷遇」。眾人看後都嘖嘖稱奇,歡呼萬歲,向秦昭王表示祝賀。

秦昭王不是好玩昏庸之輩,以城換和氏璧,也不過想試試趙國的膽量,看看趙國大臣的能量,並非真的要以城換璧。不過聽說和氏璧是一罕見之物,既然送來了,秦昭王也想開開眼界。最後秦昭王接過和氏璧,展開錦袱觀看,果然見和氏璧晶瑩純潔,流光溢彩,真不愧是稀世之寶。秦昭王不自覺中又將和氏璧舉到眼前,他想細細觀賞,突然他看到和氏璧裡面有條蛇向他點頭。秦昭王一驚,待他細細看時,蛇的畫面又轉換成幾個字——「魏國范雎」,秦昭王不僅發怔。

藺相如知道秦王絕對不會以城換璧,在秦昭王發怔之時,藺

相如心生一計，對秦昭王說：「這塊寶玉好是好，就是有點小瑕疵，讓我指給大王看。」

秦昭王聽後，不自覺地就把和氏璧還給了藺相如。

藺相如接過璧，迅速後退到一個柱子前，大聲對秦昭王問道：「大王，十五座城池在哪裡？我看你毫無誠意。」

在場的秦國大臣和所有的秦國人大驚，藺相如大膽，竟敢如此對秦王說話，不想活了，衛士拔劍直逼藺相如。

藺相如舉起和氏璧朝向身邊的柱子，說：「大王把這麼貴重的寶玉，隨便遞給宮女侍從們觀看，分明是在戲弄趙國。大王態度傲慢，根本沒有用城換璧的誠意，我現在把和氏璧要了回來，如果大王一定要逼迫我，我情願把自己的腦袋和這塊寶玉一起在柱子上撞個粉碎。」說罷，舉起和氏璧，作出向柱子砸去之勢，雙眼死死盯住秦昭王。

秦昭王急忙站起，舉手指向藺相如，做制止狀，藺相如沒動，衛士們沒敢動，大殿無聲，空氣一時凝固，秦昭王眼睛直盯著和氏璧。此時一位大臣走向前去，在秦昭王耳邊悄悄說了一句，退了下來。好一會秦昭王才揮揮手，衛士退下，藺相如懷抱和氏璧也退出大殿。

回到了住處，藺相如想到秦昭王在端詳和氏璧時臉色突變，以後的表現也讓藺相如琢磨不透。藺相如安排警衛，閉上屋門，又將和氏璧拿出，仔細觀看，除了是一塊罕見的玉外，沒有看出其他特別之處。那位秦國大臣在秦昭王耳邊嘀咕幾句，估計是將趙國為防秦國進攻而作了軍事部署一事，向秦昭王作了緊急彙報，但那是在秦昭王臉色改變之後，秦昭王為什麼會在端詳了和氏璧時，臉色突變呢，藺相如百思不得其解。但是完璧歸趙為上，於是藺相如選了一名精幹的隨從，讓他穿上粗布衣服，打扮成普通老百姓，揣著和氏璧，悄悄地從小路連夜趕回趙國去了。

與此同時，一哨人馬根據秦昭王的密旨，日夜兼程從秦國向魏國馳去，去尋找一位叫范雎的人。

五、范雎

范雎何許人也？范雎，魏國人也，出身窮苦，因家貧無法得見魏王，投在魏國中大夫須賈門下，是須賈的一位家臣。

一次須賈出使齊國，范雎作為須賈的隨從見到了齊王。齊強魏弱，在交談中，齊襄王盛凌氣人，須賈則唯唯諾諾，范雎見狀，關鍵時候插言幾句，一則軟中含硬地阻擊齊王的咄咄逼人，維護魏國的尊嚴；二則也是給主人個下臺的臺階。齊襄王感到須賈平庸，而須賈的家臣范雎卻思維敏捷，吐談不俗，認定范雎是位人才，當晚便派人勸說范雎留在齊國，以客卿相處，但是范雎謝絕了。范雎說：「我與使者同出，而不與同入，不信無義，何以為人？」

齊襄王聞知，心中更為敬重，特賜予范雎黃金十斤以及牛肉、酒諸物，但是范雎又辭謝了。

須賈身為正使，遭遇冷落，而隨從卻備受優惠，須賈心中很不是滋味。須賈懷疑范雎私通齊國，出賣了魏國的利益。

回國後，須賈把自己受到冷遇，沒有很好地完成外交使命的責任推到范雎身上，並把齊襄王厚待范雎和自己的懷疑，告訴了魏國的相國魏齊，魏齊派人把范雎抓了起來。無論范雎如何為自己辯解，魏齊和須賈都認定范雎有罪，並嚴刑逼供，把范雎打得皮開肉綻，骨折齒落，慘不忍睹。范雎不堪忍受，便裝死。魏齊以為范雎死了，就叫人將范雎用席子捲起來，扔進廁所，並讓所有進廁所的人都向范雎身上撒尿，以示羞辱。

此時秦國那一哨人馬趕到，瞭解到了范雎的處境後，秘密賄賂監守人員。監守人員便稟告魏齊，請求把范雎搬出廁所，扔到荒

野。剛好魏齊酒後有醉,就答應了,秦國人員在荒野救下范雎。

那些救他的人幫他擦洗,療傷,並無微不至地照顧他的生活,范雎感謝他們。但是,他們說救他的不是他們,別的他們也不多說。

經過一段時間的調養恢復,秦國那一哨人馬看他能上路了,就說要帶他走,范雎問去哪裡?他們說去見救他的人,保護范雎又秘密返回秦國。

到了秦國,范雎被安排住在一個豪華住處,有專門人員照顧范雎的起居,范雎似乎明白了點什麼。一天照顧他的人告訴他,救他的人要來看望他。不多時,范雎的住處崗哨林立,所有在場的人都嚴肅起來。不一會兒,一個氣宇軒昂的人走進來,所有人都低下頭,誠惶誠恐,那位人擺擺手,所有人都退了出去。那人走近范雎,跪下來說:「讓先生受驚了,我是嬴稷,請先生賜教寡人。」

范雎雖然有些「明白」,感到是位貴人救了自己,但是他怎麼也想不到,秦王此時此刻能在他面前出現,當知道眼前給自己下跪的人竟是秦昭王時,范雎大吃一驚。范雎急忙要給秦昭王行君臣大禮,秦昭王制止住,說:「寡人自覺昏昧愚鈍,治國無方,還請先生多多開導,如何治國,還請先生賜教寡人。」

事情如此突然,范雎有點發懵。

秦昭王再次給范雎下跪,范雎也急忙跪下,秦昭王說:「當今天下諸侯紛爭,寡人如何生存?秦國如何生存?請先生賜教。」

范雎又「呵呵」答之。

秦昭王第三次給范雎下跪,並長跪不起,說:「是先生不肯賜教寡人嗎?」

秦昭王三次給范雎下跪,看似秦昭王求賢若渴,但也讓人感到有點操之過急。其實秦昭王是在表現給和氏璧中的蛇神看。秦

昭王確信，和氏璧裡的那條蛇是蛇神，蛇神的顯靈是天意，按照天意去做絕對無錯，所以秦昭王把范雎看成是「天」派來幫助他的，所以他要誠心誠意對待。另外尊重人才也是秦國的傳統，是秦國的立國之本，秦孝公至死信任他的鐵血相國商鞅，當張儀到來時，秦惠文王下階而迎之，這些前輩的事蹟如烙印一般留在秦昭王心中，秦昭王決心比前輩做得更好，所以他一見范雎就連跪三次。

男兒膝下有黃金，帝王膝下是江山。

范雎說話了，他說：「大王是我的救命恩人，大王如此厚待一個普通人，我就是死也報答不了大王的恩情！」

秦昭王：「不是我救了你，是天意如此，也是天意請您來幫助寡人。」

范雎可不知道和氏璧之事，不可能知道自己被救的真實原因，但是那時流行國君「求賢」，范雎也知道秦國有重用人才的傳統，知道商鞅、張儀之事，所以范雎此時也多少明白了自己的「處境」。范雎迅速鎮靜下來，調整思路。范雎說：「我聽說當初周文王遇到姜子牙的時候，姜子牙在渭水北岸垂釣，姜子牙那時也只是個漁翁罷了，可以說那時周文王和姜子牙關係是生疏的。但是經過交談，周文王便邀請姜子牙與他同車一起回去，後來又任他做太師。這是因為他們交談得深刻，取得了共識。假如周文王因為跟姜子牙生疏而不跟他深談，這樣周就沒有天子的德行，文王、武王也就不能成為王了。」

范雎繼續說：「現在我只是個客處他鄉的人，與大王剛認識，而所想要面陳的，又都是糾正國君偏差錯失的事。我願意獻上一片淺陋的忠誠，卻又怕有傷大王，所以大王連問三次而我沒回答，就是這個原因，失禮之處還清大王海涵。」

范雎言辭有點不太順暢，但是在如此突然的情況下，已經是很

不錯了。秦昭王也在暗暗體察這位蛇神派來的人，初次見面，秦昭王也是滿意的。

秦昭王說：「我是在向先生求教，請先生直講無妨。」

范雎說：「當年伍子胥藏在袋子裡混出昭關，夜間趕路，白天隱蔽，到了菱水，沒東西吃，坐著走，爬著行，在吳市討飯，最後振興了吳國，吳王闔閭成為霸主。假如我進獻謀略能像伍子胥那樣，臣子死了而秦國能夠治理好，比活著更有意義。」

范雎向秦昭王表達了忠誠之心。

吳王闔閭死後，伍子胥最終被吳王闔閭之子吳王夫差賜劍自殺，秦昭王知道這段歷史，秦昭王也聽出了范雎說的忠臣難有好下場的話，急忙又跪下說：「秦國遠離中原，僻處西方，寡人又笨拙而不賢明，先生竟能光臨此地，這是上天要寡人來煩勞先生，從而使先王的宗廟得以保存啊。寡人能夠受到先生的教誨，這是上天賜恩於先王而不拋棄他的兒子啊。以後事不論大小，上到太后，下到大臣，希望先生全都教導寡人，不要懷疑寡人啊。」

事情發展到這個地步，范雎不好再說什麼了。

范雎向秦昭王拜了兩拜，秦昭王也向范雎拜了兩拜，君臣和諧了。最後范雎向秦昭王請求給他半年時間瞭解秦國情況，請求撤去現在的豪華招待，讓他過一個普通秦國人的生活，秦昭王應允。

半年後，君臣再見面。這次范雎主動請秦昭王上座，范雎向秦昭王行君臣大禮。行完大禮後，范雎說：「在這半年裡，我走訪民間，感到不少秦人只知有太后、穰侯，不知有秦王。」

范雎看了看秦昭王說：「趙國的李兌控制了趙國的大權，把趙武靈王圍困在沙丘宮裡，不給他送吃的，一百天以後趙武靈王被餓死了。」

范雎又說：「現在太后、穰侯控制秦國內外的大權，再有像高陵君、涇陽君這樣的人幫助他們，我擔心以後的秦國，也未必是您子孫後代的天下。」

說到此范雎停頓了下來，這些話觸及了秦昭王有苦難言的心病。秦王示意請范雎講下去。范雎離座下跪，對秦昭王說：「當一棵樹樹幹強於樹枝，樹勢則旺盛；當一棵樹樹枝強於樹幹，樹則危矣。攘外必先安內，為安內必須固幹削枝。」

范雎的一席話，使秦昭王下決心安內削枝。

不久秦昭王採取行動，舅舅穰侯的相印被收回，令其回封地養老。接著又把華陽君、涇陽君、高陵君驅逐到關外，宣太后被安置於深宮，不准再干預朝政。通過這些變革，秦國消除了內部隱患，使權力集中於以秦昭王為首的朝廷手中，政權更加鞏固，也為范雎更重要計策的出臺做好了鋪墊。

范雎從後臺走向前廳，被秦昭王正式拜為秦國的相國。

范雎從階下囚，走到一人之下的相位，並沒有立即施展自己的權力，而是向秦昭王申請用兩年的時間周遊列國。范雎向秦昭王說：「知己知彼，方能百戰不殆，秦國面對六國的競爭，需要深入地瞭解自己的對手，才能取得不敗的地位，此行是需要的。」秦昭王應准。

范雎用兩年時間，騎馬坐車，日行夜宿，走遍天下高山河川，肥田沃野，更對堅城戰場作了一番考察，對天下之情了然於胸。

兩年時間裡，范雎瞭解了各國的風土人情，人心向背，與各國的君王、臣相、將帥等各種人物進行了廣泛的接觸，對這些對手們的能力也做到了胸中有數。

兩年後，范雎返回秦國，秦昭王親率文武百官迎之城外。

早朝後，秦昭王將范雎請進後宮，他要聽聽范雎六國之行的收穫。范雎說：「大王洪福齊天，我給大王帶來了收取六國的鑰

匙。」

秦昭王高興，催范雎快說，范雎說事關江山社稷，建議秦昭王素食七天，然後再沐浴更衣，祭祀宗廟，方可取得蒼天賦予的收取天下的鑰匙。秦昭王感到如此慎重之事，也該隆重辦理，因此同意范雎的意見。

經過素食七天，秦昭王沐浴更衣，舉行了隆重的祭祀宗廟儀式。當儀式進行到最後，祭祀案臺上呈現出了一個精緻的盒子，秦昭王緩步向前，輕輕地打開盒子，只見盒子裡面還有盒子，而且在裡面的盒子上面覆蓋著一幅黃色錦緞，上面有四個字「秘不宜人」，秦昭王急忙將外盒蓋上。

夜晚，在後宮，秦昭王摒退左右，又輕輕打開盒蓋，將上面覆蓋有「秘不宜人」的小盒子取出，然後又將小盒子輕輕打開，突然一陣風刮來，小盒子裡面一幅白色錦緞隨風飄起，飄向院子。秦昭王急忙追上去，在院子中央那幅白色錦緞飄落在秦昭王的雙手裡，上面四個紅色的字閃閃發光——「遠交近攻」。

遠交近攻！遠交近攻！秦昭王心裡喃喃地念著，突然秦昭王明白了，是的，是收取天下的鑰匙。此時秦昭王明白了那條蛇向他顯靈，並讓他請來范雎的真正意圖。秦昭王此時不再認為是他要統一天下，也不是秦國要統一天下，而是他，是秦國要完成「蒼天的意願」。

秦昭王托舉著寫有「遠交近攻」四字的白色錦緞跪了下來，向蛇神，向蒼天說：「蛇神啊！蒼天啊！我一定完成你們的意願！」

一會他將白色錦緞拿到眼前，只見那四個字已變成了四團血，正在向白色錦緞四周浸潤。又過一會兒，紅色的血突然起火，秦昭王本能地撒手，跌坐在地上，一團火焰衝天而起，飄向天空。

六、遠交近攻

　　遠在東方的齊國是僅次於秦國的二號強國，秦國和齊國多有過節，衝突不斷。范雎周遊列國回來之前，秦國正準備派兵跨越韓、魏去進攻齊國。根據遠交近攻的原則，秦昭王立時取消了原來進攻齊國的計畫。

　　秦昭王和范雎依據遠交近攻的原則，開始制定他們的新戰略。

　　為達到兼併六國、統一天下的目標，他們制定的新戰略主要是：對齊、燕等距秦較遠的國家先行交好，穩住他們不干預秦攻打鄰近諸國之事。魏、韓兩國地處中原，有如天下之樞紐，離秦又近，應首先攻打，以除心腹之患。魏、韓臣服，則北可懾趙，南可伐楚，最後再攻燕、齊。這樣由近及遠，得一城是一城，得一地是一地，逐步向外擴張，好比蠶食桑葉一樣，依次兼併六國，統一天下。

　　范雎又向秦昭王具體建議，向齊、燕派出友好使團，向魏、韓、趙派出間諜。最後范雎笑著對秦昭王說：「如果後宮有暫閑的寶物，是不是請大王也拿出一些來。」

　　秦昭王說：「千金散盡。」

　　范雎答道：「還復來！」

　　君臣二人相視大笑。

　　秦昭王根據范雎的建議，首先發兵攻伐魏國，不久就攻克魏國的懷城。兩年後，又舉兵攻佔邢丘，魏國國內人心惶惶。

　　魏王召開御前會議，商量如何對付秦國的進攻。相國魏齊認為秦強魏弱，主張遣使求和。其他大臣也都認為魏國難是秦國對手，也都主張求和。於是，魏王派中大夫須賈赴秦議和。

　　須賈直奔秦都咸陽。

　　聽說須賈來求和，范雎對秦昭王說出如何對付須賈的想法，並

說無須再勞累兵馬，魏國已是秦國附屬。

范雎回到相府，脫去相服，換上便裝。

范雎裝做寒酸落魄之狀，來到館驛尋找須賈，須賈一見范雎大驚，須賈只知范雎早已死亡，怎麼會在秦國館驛碰到，真是大白天遇見鬼了。須賈強裝鎮定，對范雎說：「先生近來如何？我還以為先生被魏齊打死，怎麼先生到了秦國？」

范雎說：「當年我被棄屍荒郊，後來甦醒過來，為一過客所救。現在我亡命於秦國，為人打工糊口，聊以為生。」

須賈不覺動了哀憐之情，讓人拿來食物賞賜范雎。時值隆冬，范雎穿的衣服單薄破舊，寒顫不已，須賈看到范雎這個情況哀歎說：「沒想到你成這個樣子。」便叫人拿出一件繒袍披在范雎的身上。須賈又問道：「聽說當今秦國相國張祿，權勢很大，此次來秦國，我想拜見他，可是無人引見。你在秦國這麼長時間，能不能幫幫忙？」須賈也只是說說，不自覺地顯示身份，他不相信在他看來失魂落魄的范雎能幫上這種忙，更不知在秦國范雎已改名為張祿，但是范雎等待的就是須賈這句話。

范雎說：「我一貧夫，怎能認識張相國，不過我聽說我家主人與張相國關係甚好，自己也常出入相府，請我家主人出面倒是也有可能。」

須賈一聽很是高興，又問范雎能否借得大車駟馬，供其驅使，范雎答應。

在街市上，范雎親自駕車，馳往相府，兩旁的人見狀，紛紛躲開，須賈坐在車上看到這個情況，甚是驚異。到了相府，范雎對須賈說：「你在此稍等一會兒，我去通報一下。」

須賈下的車來，站在門外，久久等待，不見范雎出來，便走近守門衛士，悄聲問道：「我的故人范叔入府通報，久而不出，您能為我招呼一下嗎？」

守門衛士覺得好生奇怪,這裡哪有你的什麼范叔,說剛才進去的是我們的張相國。當須賈得知范雎即是張祿,乃當今秦之相國時,如夢中忽聞霹靂,不覺跌坐在地上。稍一定神,須賈脫去長袍,撤去上衣,寒冬中裸露上身,跪在門外,托守門衛士向張丞相報告說:「魏國罪人須賈在外領死!」

范雎回到府中,換回相服,威風凜凜,坐於堂上。在鳴鼓之中,須賈被傳喚進入。須賈跪於堂下,連叩響頭,稱其有死罪,願聽侯相國發落。

范雎說:「你有三宗罪。出使齊國,我明明是幫助了你,你卻誣陷我,向魏齊進讒言,這是第一宗罪;魏齊把我扔到廁所裡糟踐,你卻不阻止,這是第二宗罪;你們竟然忍心往我身上撒尿,這是第三宗罪。你今至此,本該斷頭瀝血,以酬前恨,然而考慮到你還念舊情,以繒袍相贈,所以今天權且饒了你。」須賈叩頭稱謝,匍匐而出。

幾天以後,范雎在相國府為魏國使節須賈餞行,大擺筵席,把所有諸侯的使節都請來,賓客濟濟一堂,獨獨讓須賈一個人坐堂下,在他面前擺放了一堆餵馬的飼料,派兩個受鯨刑(臉上刺字塗墨)的犯人夾持著他,像餵馬一樣餵他。眾賓客甚以為怪,范雎當眾向大家述說了他當年受辱的故事,各國使節聽後,都齊呼:「殺須賈!須賈該殺,魏國相國魏齊該殺!」坐在堂下的須賈嚇得魂不附體。

范雎對須賈說:「兩國交戰不斬來使,所以我今天不殺你,你回去辦兩個事,一是讓魏王交出魏齊的人頭,二是如何使秦魏永遠友好,讓魏王在十天之內做出實際承諾。」范雎說完轉身看看其他諸侯使節,問:「你們看,我的兩個要求對不對。」大家紛紛表態支持。

須賈回到魏國,連夜向魏王彙報,魏王聽後很是吃驚。相國魏

齊聽到這個消息，更是驚恐萬狀，他想到趙國的平原君趙勝禮賢下士、樂於助人，便立即棄了相印，星夜逃往趙國，私藏於平原君趙勝家中將禍水引入趙國。

秦昭王聞知，邀請平原君訪秦，無奈之下平原君出訪秦國。平原君到了秦國就被扣為人質，秦昭王聲稱，若不送魏齊人頭至秦，將不准平原君歸趙。魏齊走投無路，不得已拔劍自刎。

魏王再次召開御前會議，首先商議再立相國，魏王提議讓須賈接任相國之職，須賈嚇得急忙推遲，說：「我豈敢和范雎平起平坐，這樣做，還不是讓范雎再殺我。」

魏王再提議其他人，人人自危，沒人敢接相國一職，魏王哀歎：「魏國完矣。」

御前會議再商議范雎提出的第二個事，就是如何承諾實現秦魏的永遠友好。這是在友好名義下的敲詐，大家都明白，又都無計可施。面對如此場面，魏王也像丟了魂似的，無奈地對須賈說：「范雎也是魏國人，讓他看著辦吧。」

須賈真是不願意再出使秦國了，不敢再見范雎了，上次撿了一條命回來，至今心有餘悸。可是不去，魏王也饒不了他，不得已他再次出使秦國。

見到范雎，須賈先是再謝不殺之恩，然後說：「為了秦魏的永遠友好，魏王表示除了京城的禁衛軍和一些王宮衛士，魏國願意解散現有的軍隊，其他一切願聽相國的安排。」須賈還算聰明，他沒敢將魏王的「范雎也是魏國人，讓他看著辦吧」的態度搬出，而是自編了一套，不然怕是小命就沒了。

范雎說：「將魏國太子送入秦國做人質，秦國派人員監督魏國軍隊的解散。限七天內帶公文和人質到秦。」

須賈滿口答應。

七天後，須賈將人質和魏王簽署的公文送達。

范雎向秦昭王回報說，若此時兼併魏國，取締魏王室，必然會激起其他諸侯國的激烈對抗。魏國已是囊中之物，暫且保留魏國國號，保留魏國王室，以安撫其他諸侯國，待時機成熟再收取魏國不遲。

沒費刀槍，魏國已成秦國的俘虜，秦昭王很是高興。

該「收韓」了。

范雎對秦昭王說：「秦、韓兩國犬牙交錯，縱橫相連，韓國對秦國來說，就像是木頭裡的蛀蟲，又像人的心腹之疾病，若天下穩定，可平安相處，萬一天下的形勢有什麼變化，能給秦國帶來最大傷害的就是韓國了，現在該是收復韓國的時候了。」

秦昭王同意。

虎狼之師被從籠子裡放出，朝韓國撲去。

秦昭王四十二年，秦軍先後佔領韓國少曲、高平、陘城、南陽、野王等地，將韓國攔腰斬斷，使韓國的整個上黨地區完全孤立起來。

七、長平大戰

在天庭門口貼有一個告示，說東方人間即日將上演「長平大戰」，希望有興趣的神、魂可憑欄觀看，但是不經天允許，絕對不許干預人間社會的自然發展。

這次觀看長平大戰，那個撒尿澆螞蟻戰場的頑童也來了。那個頑童後來回到家，看到士兵們正在他家搶竊，父親已經被他們殺死，母親伏在父親身上痛哭。頑童怒不可遏，撿起一個棍子向那些士兵打去，孩子的結局像他的父親一樣，躺在血泊裡，孩子的靈魂後來被天使招入天庭。

長平大戰，將是春秋戰國乃至整個中國歷史中最大的戰爭之

一,交戰的雙方是秦國和趙國。

秦國依據遠交近攻的謀略,迫使魏國親附於己,接著又大舉攻韓,將韓國攔腰斬斷,將韓國的整個上黨地區完全孤立起來。秦國截斷上黨與韓國本土的聯繫,目的是要收取上黨。束手無策的韓國無奈獻上上黨以向秦國求和,但是上黨地區的人民並不願歸順秦國,他們願意歸順鄰邦趙國,趙國欣然接受。

上黨即將是秦國的戰利品,但是卻被趙國接受了,趙國的這一舉動,無異於虎口奪食,頓時引起秦國的怒火。趙國原本就是秦國執行遠交近攻政策後,繼魏國、韓國之後要消滅的第三個國家,因此,秦、趙之間的戰爭就是不可避免的了。

戰爭雙方綜合國力的對比如下。

秦國,長平之戰發生時,有虎賁之士百餘萬,車萬乘,戰騎幾十萬匹。秦國戰爭經濟十分雄厚,各種戰略物資的儲備非常充足。秦國是戰國七雄之最強者,可謂超級大國,

趙國,長平之戰發生時,有帶甲之士數十萬,車千乘、騎萬匹。趙軍以弩弓騎兵見長,組建騎兵部隊最早,故騎兵訓練有素,素養較高,經驗豐富。但是趙國國土面積狹小,農業發展相對滯後,戰略物資儲備也較秦國弱。

戰爭雙方國君能力的對比如下。

秦國國君秦昭王,是已執掌國家大權50年有餘的政治家,政績卓著,且立志消滅六國,統一天下。

趙國國君趙孝成王,剛繼位不久,血氣方剛,雖毫無政績,但是初生牛犢不怕虎,也有和秦一決雌雄的豪氣。

趙國宮廷,趙孝成王主持軍國會議。趙孝成王說:「秦國攻取了韓國的野王等地,把韓國的上黨與本土聯繫完全截斷了。韓王讓上黨郡守馮亭把上黨獻給秦國以求秦息兵,馮亭不聽,決定把上黨郡十七城獻給我們趙國,各位愛卿意下如何?」

趙括（將軍）搶先發言：「恭喜大王！這是蒼天賜予我趙國上黨之地，此乃天意！」

藺相如（相國）一臉凝重，說：「上黨是秦國欲得之地，我若收取上黨，要冒與秦國開戰之風險，這是與虎謀皮。我國與秦國相比，實力尚且遜色，不可貿然行事。」

平原君（皇叔）鄭重地說：「上黨軍民自願歸趙，若我不接受，此不是寒了上黨的民心，大王恩澤四方，這也是天賜良機。」前面說過，平原君因魏齊之事曾被秦國扣為人質，因此平原君極度反感秦國。

廉頗（大將軍）慷慨激昂，大聲說：「上黨乃我趙國天然屏障，不可丟失。趙秦早晚必有一戰，現在正好聯合上黨軍民，共同抗敵。我不怕秦軍，此次利益巨大，開戰值得，我願領兵前往。」

趙孝成王躊躇滿志，當即下令平原君去接收上黨。

趙孝成王高興得到上黨，大宴群臣。

既然接受上黨，藺相如建議立即派大軍前往，應對秦軍的大舉進攻。趙孝成王不予理睬，他不相信秦軍能馬上出兵，他要充分享受「勝利」給他帶來的快樂，宴會繼續舉行。

秦國君臣聽說趙國接受上黨，坐收漁利而同仇敵愾，秦昭王當即下令，派將軍王齕帶兵20萬直撲上黨。

趙孝成王仍在舉行慶祝，歌舞昇平。

秦軍誅殺原上黨守軍偏將馮偉和所部5000人馬，並將上黨團團圍住。

此時，趙孝成王還在興奮中，君臣同樂。

消息傳到趙國首都邯鄲，趙孝成王慌亂中急派廉頗領兵20萬，星夜兼程，趕赴上黨。但廉頗大軍還沒到達，秦軍便佔領了上黨。

秦軍佔領上黨後，立即向趙國殺來。廉頗看秦將勇猛兇狠，秦兵勢大氣盛，便在一個叫長平的地方佈置防禦，令趙軍修築堡壘，深挖溝壕，跟遠來的秦軍對峙，無論秦軍如何誘擾，廉頗堅守不出。

廉頗設計的防禦體系很有特色，廉頗將20萬軍隊組成七七四十九個兵營，一字長蛇陣排開，環環相扣，並設有縱深配備。當秦軍發動攻擊，整個蛇身扭動，首尾相顧。一旦秦軍攻破長蛇陣，縱深也能立刻將其團團圍住，纏繞絞殺。

廉頗還擬計持久戰，將從上黨撤下來的老百姓組織起來，軍民聯合開荒種地，既解決了難民問題，又增加了軍需。廉頗還組織民間鐵鋪鐵匠，就地製造兵器，特別是保證了防禦戰中大量箭弩的需求。

經過這樣的整頓，趙軍士氣高昂。廉頗下令：「全軍固守不戰，出戰者斬！」

秦軍攻不破趙軍防線，實在無奈，使出了下招罵陣。

「廉頗小兒，縮頭烏龜，不敢出來交戰。」

「廉頗小兒，怕死孬種，出來受死！」

污言穢語，什麼話都罵出來了，但是趙軍就是不出戰。在秦軍得意忘形的時候，一排弩箭鋪天蓋地地射來，一萬多秦軍被擊斃在陣前，其中秦軍悍將張唐也被射死，從此，秦軍也就不敢如此囂張了。

廉頗的防禦戰時間一長，秦軍就吃不消了。因為長平離秦國遠，秦國運糧草、補充兵員都比趙國困難多了，秦軍自然著急。

秦將王齕給秦昭王的信中說：「廉頗老成持重，只是堅壁高壘，深豪伏弩，不肯出兵交戰，無論逼戰還是誘戰，不為所動。我軍遠道而來，適於速戰，如今糧草不繼，請秦王指示。」

廉頗給趙孝成王的信中說：「鬆懈其將，疲塌其兵，待秦軍糧

草不濟，軍心渙散，我軍將一舉將其擊潰。」

在秦昭王的大殿裡，秦昭王和相國范雎、戰神白起，秘密商議對付趙軍的辦法。

范雎：「王齕將軍恐怕打不破廉頗的銅牆鐵壁。」

白起：「換誰去都不好辦，我軍是勞師遠征，我們耗不起。」

秦昭王：「好像我們無能為力了？」

范雎：「廉頗不好對付，若能把廉頗換下，可能還有轉機。」范雎一副神鬼莫測的樣子。

秦昭王哈哈大笑：「愛卿說笑話，好像廉頗是我們的部下。」但是秦昭王突然打住笑聲，他看了看范雎，明白了范雎的意思，他把目光移向白起。

白起也明白了范雎的意思，說：「對！想法把廉頗換下。」

秦昭王問：「如何換？」

范雎說：「反間計。」

秦昭王又問：「換誰？」

范雎、白起你看看我，我看看你，幾乎同時說：「趙括！」

秦國派出奸細，攜帶大量金銀珠寶，潛入趙國。他們先是賄賂宦官頭目繆賢。繆賢和廉頗多有不和，前不久繆賢受趙孝成王指派到前線督戰，還受到廉頗的羞辱，因此對廉頗懷恨在心。當「有人」給他出主意，讓他「倒廉」時，他感到正合他的心意，一時在宮裡宮外謠言四起。

「廉頗老矣！害怕秦軍，不敢出戰。」

「廉頗正在和秦軍談判，可能投降！」

「秦軍不怕廉頗，秦軍最怕趙括。」

繆賢將以上謠言傳到趙孝成王的耳朵裡。

在趙孝成王的大殿裡，趙孝成王和已是相國的平原君在聽趙括

講述他的用兵方略。趙括說：「長平相持已有兩年，孫子曰，不可勝，守也，可勝攻也，趙國不會不攻而勝。」

趙孝成王問：「若要你掛帥，你覺著行嗎？」

趙括：「若對手是白起，勝負各半，現在是王齕，勝算在握。」

趙孝成王當即命令趙括再率 25 萬人馬趕往長平前線。

趙軍易帥，趙括登場，廉頗下臺，秦國的離間之計獲得成功。

一日夜裡，一行人馬離開秦都咸陽向長平疾馳。該行人馬夜行晝伏，不日來到長平前線王齕的大帳。為首一人揭去頭部偽裝，一副老練陰冷的面孔出現在少數幾位戰將面前。大家急忙向他行禮：「武安君安好！」

隨行將軍宣讀君王手諭：「令武安君白起為長平大軍主帥，王齕輔之，此為絕密，洩密者斬。」

秦軍也新增派 30 萬大軍隨後趕來。

趙括上任，立馬向秦軍發動進攻，秦軍「猝不及防」，趙括首戰告捷，秦軍後撤紮營。

趙括判斷秦軍援軍尚未趕到，此時趙強秦弱，王齕「怯陣」。趙括命令趙軍再接再厲向秦軍發動進攻，秦軍再次敗退，後撤紮營。

趙軍士氣大振，趙括身先士卒帶領趙軍乘勝追擊，秦軍繼續「敗退」，後撤紮營。

此時趙軍已遠離廉頗建造的防線。

秦國戰神白起開始排兵佈陣：第一撥人馬明日與趙軍交戰，佯敗，將趙軍引至秦軍大營前；第二撥人馬繞道趙軍後面，斷其糧道；第三撥人馬從戰場兩翼殺出，將趙軍截為兩段；第四撥人馬衝擊引至秦軍大營前的趙軍，纏住他們，不叫他們安全後撤。戰神又命令王齕指揮援軍 30 萬人馬，其中 10 萬人馬阻擊趙軍後

續，20萬人馬將秦軍大營前的趙軍團團圍住，不得放走一人。

武安君戰前動員：「此次戰役，決定著秦國的統一大業，雖然兇險無比，卻是至高無上！」

白起最後宣佈：「不聽將令者斬！臨陣逃脫者斬！完不成使命者斬！」

眾將齊呼：「殺！殺！殺！效命沙場！」

第二天，烏雲密佈，空中彌漫著嗜血的氣息。

趙軍人嘶馬叫，向秦軍展開衝擊，同時秦軍也從趙軍的兩翼飛速向趙軍後方插去。

趙軍氣勢旺盛，直衝秦軍大營。秦軍大營強弩亂箭射出，遏制了前衝的趙軍，同時聽到一陣鼓聲，秦軍大營前的「王」字大旗落下，一個醒目的「白」字大旗快速升起，同時秦軍高喊：「戰神！戰神！」。

趙軍開始騷動，「白起來了？」

在他們開始交頭接耳，惴惴不安時，趙軍左右兩邊分別殺來兩隊秦軍人馬，他們高舉「白」字大旗，一邊高喊：「戰神來了！」一邊向趙軍衝擊。在趙軍稍一遲緩之際，秦軍已將趙軍截為兩截。趙軍主帥趙括聽到「戰神」的叫聲，心中一緊，但是近在咫尺的秦軍大營，唾手可得，趙括揮劍一指，趙軍又像浪潮一般向秦軍大營撲去。

但是此時秦軍大營前修築堡壘，深挖溝壕，也成銅牆鐵壁。

在趙軍向秦軍大營進攻時，秦軍30萬援軍趕到，趙括再後撤已是不可能了。

長平戰場上，鼓號隆隆，旌旗獵獵，戰馬嘶鳴，近百萬軍隊在廝殺。

那個撒尿澆螞蟻戰場的頑童在天庭看到人間的戰爭，又興奮起來，便悄悄褪下褲子，掏出小雞雞，他要在天庭尿澆人間戰場。

天使發現了,用眼光制止住了他,小頑童嘿嘿笑著,提上了褲子。

秦昭王在咸陽聽完長平戰場彙報後,激動不已,他知道,此戰若勝,這將是秦國一統天下的轉折,是千載難逢的機會。秦昭王親自趕往離長平較近的河內地區,把當地15歲以上的男丁全部編組成軍,全力增援長平戰場。這支部隊開進到長平與趙國首都邯鄲之間,進一步斷絕了趙國的援軍和後勤補給,從而確保白起徹底地殲滅被圍的趙軍。

趙孝成王在宮裡正沉醉於先期的勝利之中,突然傳來秦軍白起為帥、趙軍被圍的消息,立時跌坐在地上,不知如何是好。

趙括率領的趙軍被圍,趙括下令固守待援。多日後趙軍斷糧,內部互相殘殺以食,軍心動搖,死亡的陰影籠罩著整支部隊。

秦軍不敢大意,死死盯住這只掉在陷阱裡的獵物。

困獸猶鬥,趙軍不甘示弱,趙括組織了四支突圍部隊,輪番衝擊秦軍陣地,希望能打開一條血路突圍,但是未能奏效。絕望之中,趙括孤注一擲,親率趙軍精銳部隊強行突圍。

不幸的是,趙軍仍遭慘敗,趙括本人也喪身於秦軍的箭鏃之下。

白起下令割下趙括頭顱,挑至趙軍大營外,命令趙軍投降。

沒有主帥、斷糧多日的趙軍無心也無力再戰,40萬趙國大軍投降。

戰場上下起淅淅瀝瀝的小雨,為趙國的40萬降軍洗禮。

大帳內,白起在召開特別軍事會議,討論如何處置這40萬戰俘。

40萬人呢,一人一天一斤糧就是40萬斤,秦軍不願養活他們,放他們回去,日後又是和秦軍作戰的40萬軍隊。

如何是好,沒有兩全其美之策。

大帳外的雨越下越大，一道閃電，橫劈天下，白起下令：「坑俘。」

夜來了，黑漆漆，秦軍揮刀向 40 萬戰俘砍去，手無寸鐵、斷糧多日的戰俘，發出最後的慘叫，做著最後的掙扎。

風回避了，月躲開了，雨也停住了。

曠野裡只有殺人的聲音，一邊是揮刀的用力聲，一邊是挨刀的嘶叫聲，再後來就是死前的呻吟聲。

最後寂靜了，死一樣的寂靜。死者，靜靜地躺在地上，血泊泊地流；殺人者看著死者，靜靜地立著，面目呆癡。

勝利的秦軍凱旋了，但是他們臉上沒有勝利者的喜悅。默默的人、默默的馬，他們好像除了走路，其他的一切與他們無關。

勝者和敗者構成無聲的世界，只有霧聚霧散，雲起雲落，風來風走。

白起病了，一病不起，他時常在夜裡驚醒，他知道這是什麼原因。白起重返戰場，為趙軍主帥趙括修了一座墳。這位泰山崩於前而不眨眼、黃河湧於後而不回首的漢子跪了下來，心中默默祈禱：「兩軍交戰，必有一亡，戰敗而死，就該遁跡荒野，莫再攪人清夢。」

從此，白起對打仗殺人心生厭倦，甚至恐懼。

一將功成萬骨枯，有詩曰：荒涼鬼火夜粼粼，白骨黃沙共慘神。

八、橫掃六合

長平大戰結束了，戰場上活下來的和沒有上戰場的，在以後完成了自己的歷史使命後，也都走進了墳墓。

歷史不會因為人間的悲喜停下腳步。

秦昭王走了，但是沒多久，一個更強大的君王在秦國出現，他就是後來稱之為始皇帝的秦王嬴政。

在秦王嬴政繼位之前，秦國歷經近600年，先君有35位，秦王嬴政是第36位。

如果問，從西周王朝封地建國中，一個地處偏遠的小諸侯秦國為什麼能夠強大起來，成為了一個傲視天下的超級大國，一個答案應該是，在秦國誕生了一批傑出的君王。比如開國君王秦襄公，重用人才的秦穆公，奠定秦國法制的秦孝公，破縱立威的秦惠文王，遠交近攻的秦昭王等，他們都為秦的強大做出了傑出貢獻。君王的個人能力和進取精神應該是秦國成功的關鍵要素。

秦成功的另一要素就是重用「人才」。秦襄公100多年後，秦國政權的接力棒傳到秦穆公手裡。一天西部戎王的使臣由余到了秦國，秦穆公特意安排由余參觀巍峨壯觀的秦宮和宮中的財寶，以示炫耀。由余參觀完後冷冷地說：「這些東西要讓鬼神製造，累死鬼神，要讓人民製造，那就苦了人民。」

不俗的見地讓秦穆公對由余刮目相看。秦穆公又和他就治國之法進行了深入交談，發現由余是個經天緯地之才，秦穆公下決心留用由余。

秦穆公一方面盛情款待由余，一方面給戎王送去了16位漂亮的歌舞伎。戎王非常高興，整日沉迷於聲色之中。

過了很長時間，秦穆公才送由余回國。由余回國後，見戎王整天沉迷於女色，便多次向戎王進諫，戎王不聽，由余非常失望。秦穆公聽說到這個情況，力邀由余到秦國。由余看戎王如此這般，也便投奔了秦國。

秦穆公得知由余的到來，親自出迎，待之以賓客之禮。後來秦國用由余之計攻打戎王，開闢了千里疆土，終於在西戎之地稱霸。

在這之前，秦穆公還聽說流亡在楚國的百里奚是位能臣，便設計說百里奚是秦國逃犯，以五張羊皮將其贖回。當百里奚到秦國時，秦穆公親自為其打開囚車，給以禮賓待遇。後來百里奚又推薦蹇叔共同輔佐秦穆王，與當時強大的晉國周旋，並得到了晉國河西的土地。

秦穆公開創了秦國重用人才的先例，後來，秦孝公重用商鞅，秦惠文王重用張儀，秦昭王下跪求范雎，無不為秦國的強盛做出了重大貢獻。

秦王嬴政繼承了祖輩的優良傳統，秦王嬴政時代的秦國更是人才濟濟，客卿就有：王崎、茅焦、尉繚、王翦、李斯、王賁、李信、王離、蒙恬等。這些人先後都為秦的統一做出了巨大貢獻。

天下之事，還有個運氣成分，特別是秦孝公以來，秦國一統天下之前的七個國君無一昏庸，這似乎是冥冥之中有天意在庇護秦國。若秦這七個國君中有一個像趙孝成王那樣的弱智昏君（趙孝成王還不是六國中最差的君王），秦統一天下的歷史也將改寫。這不，蒼天又給秦國降下個殺伐果斷的秦王嬴政，秦國一統天下的大業後繼有人。

血氣方剛的秦王嬴政開始上臺執政了，秦王嬴政繼續執行遠交近攻之方略。

秦王嬴政第一個攻擊的是韓國。

韓國經過秦國幾次打擊，特別是上黨被秦國奪取之後，國防力量在秦國面前也只是象徵性的存在。秦王嬴政繼位的第三年，又奪取了韓國13城，接著又順利地攻下了韓國的要地南陽。第二年秦軍進攻韓國國都新鄭，韓軍幾乎沒有組織起像樣的抵抗，秦軍便佔領了新鄭，韓國國君被俘。

秦王嬴政下一個收取的國家是趙國。雖然趙國經過長平大戰，被秦國打得傷筋動骨，但是趙國還有一定實力，重要的是，長平

大戰之後，趙國軍民同仇敵愾，誓死抵抗。此時趙孝成王已死，趙王遷繼位。

秦、趙兩軍又一次大血戰，趙軍又一次戰敗，趙軍主將被殺，趙軍士兵損失 20 萬人。這是在長平大戰 27 年後，趙國新生代遭受到新的打擊。

秦軍乘勝進擊，矛頭直指趙國首都邯鄲。緊急中，趙王遷急忙從北方邊疆調來李牧為大將抵抗秦軍。李牧率領趙軍將秦軍擊敗，秦軍主將不敢回國交差，逃向燕國。三年後，秦軍再次組織進攻，李牧再次將秦軍擊敗。

李牧何許人也，如此神勇？李牧乃廉頗之後趙國的又一位軍事天才，李牧一生戰功顯赫，無一敗績，與白起、王翦、廉頗並稱「戰國四大名將」。

李牧時期，北方匈奴時常侵擾趙國北方邊境，李牧奉命鎮守北方。

匈奴是遊牧民族，善騎射，機動能力極強，矯健的騎兵來去一陣風。李牧鎮守北方，先是示弱，引誘匈奴軍隊來犯，然後採用大兵團包圍，在強弩戰車的壓迫下，匈奴軍隊的機動性無法發揮，最終 10 萬匈奴騎兵全軍覆沒。李牧指揮的此次會戰，使機動性較差的趙軍在圍殲戰中得以發揮自身車戰、步戰的優勢，是我國古代戰爭史中以步兵為主的聯合大兵團全殲騎兵大兵團的典型戰例。

北方安靜了，李牧又被調來迎戰秦軍。

李牧看秦軍來勢兇猛，便採取了廉頗採用過的戰術，就是築壘固守。

秦將也看出李牧採取了廉頗的防守戰術，便進攻趙國另外一個地方，引誘李牧前去救援，用圍點打援的戰術，伺機消滅趙軍。

李牧不為所動，待秦軍走遠，李牧率大軍突然撲向秦軍留守大

營。秦軍的留守大營兵力薄弱，又由於多日來趙軍採取守勢，拒不出戰，秦軍習以為常，疏於戒備。李牧突襲成功，俘獲全部留守秦軍及輜重。

李牧判斷秦軍主力必回救，便又設伏，將秦軍打得大敗。

秦軍派出大將王翦，王翦再行反間計。

秦國派出奸細潛入趙國都城邯鄲，用重金收買了趙王遷近臣郭開，一時流言蜚語傳開來，說什麼李牧暗和王翦談判，準備背叛趙國。昏聵的趙王遷相信了這些謠言，立即派人取代李牧，李牧一直信守「將在外，君命有所不受」的原則，拒絕了這道命令，趙王遷又暗中佈置圈套，捕獲並斬殺了李牧。

李牧這位縱橫沙場的名將最終死在了他所誓死保衛的國家君王手中。

三個月後，王翦起軍攻趙，趙軍大敗，趙軍主將被殺，趙王遷被俘。

有一句話，叫「將帥無能，累死三軍」，如果國君無能呢？那就是國家的災難了。

接下來秦國要滅的就是魏國。

秦國打魏國不用費太多力氣，在范雎的忽悠下，魏國已是砧板之肉。秦軍大將王賁率領秦軍攻打魏國首都大樑，王賁看大樑地勢低窪，便引卞河之水灌大樑，經過幾個月的浸泡，城牆倒了，秦軍衝進城去，魏王投降。

翻翻魏國歷史，魏國的滅亡不得不讓人感慨。商鞅是魏國人，當年，魏國相公孫痤賞識商鞅的才能，親自向魏惠王推薦商鞅，魏惠王不以為然，後來商鞅強大了秦國，這不能不說是魏國的一大敗筆。

人家說，吃一塹，長一智，而魏國這種錯誤卻是越犯越嚴重。後來魏國又出了一個人才范雎，范雎在魏國更狼狽，後來范雎被

救出，為秦國制定出遠交近攻的策略，導致了魏國的滅亡。

魏國滅亡後秦國又計畫進攻燕國。

燕人有燕人的特色，他們看到在戰場上很難戰勝秦國，於是他們想出了一個先下手為強的辦法，那就是刺殺秦王嬴政。

刺殺秦王嬴政，是燕國太子丹的主意。太子丹收買了一個叫荊軻的刺客。荊軻原來是齊國人，和燕國並不沾親帶故，他也知道此次刺殺秦王嬴政沒有生還的可能，但還是接受了太子丹的請求，這大概也是追求壯烈成就感吧。為了能接近秦王嬴政，荊軻帶了兩樣東西，一是燕國督亢地區的地圖，說是燕國要將督亢地區獻給秦國，另一個是秦國叛將樊於期的人頭。樊於期由於在攻打趙國時，打了敗仗不敢回秦國，叛逃到燕國，秦國依法將樊於期在秦國的家眷處死。當樊於期知道要用他的人頭獻給秦王，以期接近秦王行刺時，便懷著複雜的心情自殺身亡。

和荊軻一起執行行刺計畫的還有一個叫秦舞陽的人，這也是太子丹安排的，據說秦舞陽13歲就殺過人，在燕國別人都怕他，而不敢和他對視。

荊軻捧著裝著樊於期人頭的盒子，秦舞陽捧著燕國督亢地區的地圖。他們在秦禮賓的導引下，進入秦宮。秦宮富麗威嚴，秦兵五步一崗，十步一哨，刀槍錚亮，戒備森嚴。秦王宮威嚴的氣氛，給秦舞陽造成了巨大的心理壓力，秦舞陽支持不住了，癱倒在地上。荊軻看了看秦舞陽，笑著對前方上座的秦王嬴政說：「北方蠻夷之人，沒見過這種場面，害怕大王，所以怯場了，希望大王寬恕他。」

秦王嬴政看到自己的威嚴能嚇倒外國使臣，心中一時高興，說：「那你就把東西獻上來吧。」

荊軻從秦舞陽那裡接過地圖，一人走向秦王嬴政。將要獻上的燕國督亢地圖裡藏有一把匕首，當荊軻將地圖在秦王嬴政面前展

開時,「圖窮匕首見」,荊軻迅速拿起匕首刺向秦王。這不是一把普通的匕首,上面有毒藥,見血封喉,可惜荊軻沒刺中秦王。剛才還高興的秦王嬴政,此時萬分驚愕,並迅速跳開,荊軻追上前去,再次刺殺,秦王嬴政再次躲開。此時在旁的御醫舉起藥囊砸向荊軻,在荊軻本能的躲避之時,秦王嬴政已抽出佩劍,砍傷了荊軻的左腿。荊軻倒地,並奮力將匕首投向秦王,結果沒擊中。秦王嬴政舉劍再次刺向荊軻,此時衛士趕到,荊軻斃命。

荊軻沒有完成刺秦的使命。

荊軻激怒了秦王嬴政,秦王嬴政命令王翦進攻燕國。秦軍迅速擊敗燕軍,並佔領了燕國都城。燕國國君逃亡到遼東,為了向秦國示好,燕國國君殺死了自己的親生兒子太子丹,但不久,燕國國君還是被俘虜了。燕國國君不明大勢啊!秦國要的是一統天下,沒有荊軻之事,秦也要滅燕。

輪到楚國了。楚國不好打,楚國是當時七國之中除秦之外疆土最大的國家,有著800年的歷史,也有一批能征善戰的勇將。

秦王嬴政徵求大將王翦的意見,王翦說需用60萬軍隊。秦王嬴政又徵求年輕新銳李信的意見,李信說只需20萬軍隊。秦王嬴政派李信帶20萬軍隊攻楚。

李信一開始大敗楚軍,攻勢順利,於是繼續向前進攻,然而令李信沒想到的是,起初並沒怎麼抵抗的楚軍,卻悄悄地尾隨跟蹤秦軍,趁秦軍不備,楚軍突然向秦軍發動進攻。而且楚軍連續作戰,三天三夜進攻不停,邊追邊打,結果是李信帶領的秦軍大敗。

聽說李信被打敗,秦王嬴政馬上令王翦領兵60萬,再攻楚國,秦王嬴政出城相送。

楚軍見王翦領兵攻楚,立即調集大軍對抗。王翦見楚軍到來,安營紮寨,堅壁高壘,深壕伏弩。王翦讓士兵吃好睡好,洗沐休

息，無論楚軍如何挑釁，就是高掛免戰牌。這樣固守不戰一年，楚軍開始鬆懈了，放鬆了對秦軍的警惕，並開始調軍後撤，王翦見狀，立時命令秦軍大舉進攻，楚軍猝不及防，兵敗如山。楚國不久也被秦軍滅亡。

其實楚國歷史上也有稱霸的機會。楚悼王執政時期，啟用了一個叫吳起的人，吳起和商鞅一樣，是那個時期傑出的政治家，積極提倡變法，而且時間比商鞅還要早。吳起變法後，楚國迅速強大，不幸的是楚悼王是在自己的晚年支持吳起變法的，楚悼王一死，吳起就失去了支持，可憐的是，就在楚悼王的靈堂上，吳起就被亂箭射殺而亡。和秦國車裂商鞅卻繼承商鞅的變法不同，楚國在吳起死後，也就廢除了吳起的變法。

哎！蒼天不眷楚。

齊國輪到最後。齊國國土面積是僅次於楚國的另一大國，沃土千里，疆域遼闊，而且遠離秦國，受益於秦國的遠交近攻的國策，近幾十年沒發生大的戰事，養精蓄銳，應該說可與秦國一決雌雄，但是結果卻是另外一種情況，齊國不戰而降了。

秦將王賁滅掉燕國後，揮兵自北向南攻入齊國，齊王庭亂作一團。此時忽傳秦國使臣來到齊國，齊王田建心想，既然秦國派來使臣，和平就有希望，於是齊國對秦國使臣隆重接待。在這之前，齊國的對外政策是「事秦謹，與諸侯信」。現在秦國派使臣來了，看來事秦這麼多年，可能有個好的結果。

秦使臣當眾大聲宣讀秦國的勸降書：只要齊王願意投降，秦國可拿出五百里讓田建做一個封君。秦使臣宣讀完秦國的勸降書後，大廳裡立即有反對聲，但是大多數人都在等待齊王的定奪。

當年齊湣王濫用武力攻伐宋國，招致五國聯合攻齊，以後的齊王田建接受以前的教訓，杜絕武力，和平外交。所以當秦國使臣宣讀勸降書時，大家才看齊王田建的臉色。齊王田建想，現在五

國相繼滅亡，五國國君非死即囚，我繼位已44年，一把年紀了，落個平安結局也可以了，於是同意了秦國的勸降。

齊王建一到秦國，秦王嬴政就把他安置在一片樹林裡，並斷絕一切飲食，可憐的齊國君王最後被活活地餓死了。齊王建躺在地上，看著天上的流雲，後悔地向天訴說：「秦國從繆公以來20餘位君主，沒有一位是信守誓約的，我怎麼就相信了嬴政呢？」此時一隻螞蟻爬到齊王建的臉上，齊王建將其輕輕拿下，並對它說：「等我死了，你再吃我吧。」齊王建釋放了那只螞蟻，微弱地吐出了最後的聲音：「秦遠離中原文明中心，遠離儒家文化，秦乃夷狄，這是野蠻戰勝文明啊！」可憐的齊國君王這時明白了六國失敗和自己如此下場的根本原因，但是太晚了。

「春秋無義戰」，「最無義」使秦取得了這場「無義之戰」的最後勝利。

秦統一了中國，先秦那種百家爭鳴的學術氛圍也隨之結束，《道德經》、《論語》那樣的思想大作以後也就不出現了，牛頓、愛因斯坦那樣的科學家沒出現在中國也絕非偶然，更重要的是「秦統一」換成「加強領導」的思想至今影響著中國。

九、龍逞威風

秦王嬴政統一了天下。

秦王嬴政端坐在大殿裡，給大臣們提出一個問題，以前周王稱王，後來各諸侯國的國君也都稱王，現在天下一統，如果我再稱王，如何又區別於以前的王。

秦王嬴政贏了，但是嬴政沒有認識到那只是他順應了歷史發展的潮流，是應了歷史的大勢，他認為這一切都是他的蓋世之功。

秦王發話了，大臣們開始議論。後來大臣們說，古有三皇五

帝,現在大王德兼三皇,功蓋五帝,是不是請大王考慮「皇帝」二字,秦王嬴政覺得可以,又在前面加一個「始」字,合起來為「始皇帝」,意思是第一個皇帝,後人簡稱為秦始皇。

秦王嬴政被稱作「皇帝」,但是他還是覺得不過癮,他想通過一個形象把自己和全體臣民區分開來,高大自己,神化自己,他要讓天下知道四海之內唯其獨尊,他要威懾天下。

秦始皇日思夜想,他要解決這個問題。一天他突然想起一件事情,他的父親秦莊襄王在去世前,曾親口對他交代,要他無論如何也要找到和氏璧。秦始皇當時問父親,和氏璧就那麼重要嗎?秦莊襄王說這是他的父親秦孝文王臨終前對他的交代。

想到此,秦始皇渾身為之一振,「和氏璧!」秦始皇急下令,尋找和氏璧。

藺相如完璧歸趙,但是秦滅趙,和氏璧最終又落入秦國。

秦始皇得到和氏璧後,仔細地把玩一番,覺得除了是一塊罕見的寶玉外,其他也未見異常,秦始皇感到納悶。

晚上,秦始皇不由自主地又將和氏璧取來,托在手中觀看。和氏璧被月光潑灑在上面,熠熠生輝,在月光下不斷地變幻色彩,水波粼粼。不一會兒和氏璧從秦始皇的手中飄浮起來,慢慢膨脹變成一團煙霧,煙霧散開,一條蛇懸空出現在秦始皇面前,秦始皇甚是驚訝。蛇扭動著身軀,越來越高大,並且逐漸變化,先是身上披上了鱗片,頭上長出了鹿角,逐步變成了頭似駝,角似鹿,眼似兔,耳似牛,項似蛇,腹似蜃,鱗似鯉,腿似蜥,爪似鷹,其背有八十一鱗,口旁有鬚髯,頷下有明珠,喉下有逆鱗,變成了一個比蛇更可怕的怪物。

只見那怪物在空中伸出利爪,向大地抓來,一聲巨雷炸響滾過大地,那怪物眼光掃向天空,一片寒光照的夜空通明。那怪物在空中上下翻騰,向大地展現威猛,突然,那怪物張開血盆大口向

秦始皇吞來，秦始皇兩眼一閉，心裡喊道：「我的天啊！」

過了一會兒，沒有動靜，秦始皇慢慢睜開眼睛，那個怪物不見了，空中一個「龍」字閃著金色的光芒。待了一會，「龍」字又變成了那條蛇，蛇扭動著又變回了一團煙霧，煙霧收縮，又變成和氏璧，慢慢落回到秦始皇的手中。

秦始皇手捧著和氏璧發怔很久，突然明白過來了，龍正是他需要的威震天下的形象——皇帝的形象。

秦始皇衝天下跪，大喊：「蒼天佑我，感謝蒼天！」

秦始皇立即命人將他看到的龍的形象畫在他的衣服上，雕刻在秦宮大殿的柱子上。一條兇神惡煞的動物，代表皇帝，也代表那條蛇震懾群臣和恐嚇天下百姓。

秦始皇先是對和氏璧行了三叩九拜大禮，算是對蛇神先敬為上，然後命令丞相李斯在和氏璧上面書刻「受命於天，既壽永昌」八字，他要使和氏璧成為傳國玉璽，永固他的大秦江山。

當李斯打開和氏璧的錦繡包裹，看到的已是一尊熠熠生輝的玉璽，八個大字已經刻在上面。李斯將這一情況告訴秦始皇時，始皇帝又大呼：「蒼天佑我！蒼天佑我大秦！」

秦始皇對已成為傳國玉璽的「和氏璧」進行了大型的祭祀活動，他要感謝那條蛇，他要感謝蒼天，並且借此向天下人宣稱，他是龍的化身，他是天子。

從此，「龍」成了中國皇帝的徽號和標誌，並成為強權的象徵。

秦始皇並不知道，天上是有條龍，那是天的坐騎，天曾經派龍下凡，馱黃帝升天。蛇扮成龍相給秦始皇看，嫁禍於「龍」的險惡用心，昭然若揭。

十、中國徽號

在蛇的誘導下，秦始皇將「龍」作為了皇帝的徽號，後來也成為了中國的代表徽號。其實在這之前，中國已經有了自己的代表徽號，那就是「太極」圖案。

說起太極，那還是很久以前的事情。一天，從天上飄落下一個飛碟，急速的向中國飛來，當凌頂中國上空時，飛碟變成了一隻鳥。鳥兒越變越大，鳥羽絢麗，鳥聲清脆，突然，鳥兒在中華大地的上空炫舞起來，一時金光四射，大地上所有的動物都不得不閉上眼睛。此時人們耳邊響著鳥聲，腳下大地在顫動。不知過了多少時間，當鳥不叫，地不動，光不再刺眼時，人們慢慢睜開眼睛，此時鳥兒不見了，中華大地呈現出了一副神秘的地貌，每一個局部都由一副兩條相擁的魚形圖案組成，像是為了提醒人們，在青藏高原的中部，還隆起了一個巨大的魚形山脈。

後來人們才知道，那只調整中國地貌的鳥兒叫太極鳥，是上天的鳥兒，它是來給中華大地賦予文化內涵的。此時中國的地貌西高東低，呈現出動態，北黃南綠，呈現出對映，後來人們稱這個相似兩條相擁魚組成的圖案為太極圖。

有智慧的人開始研究上天賦予的太極圖。很快有人就發現，太極圖中相擁的陰陽魚對應的是男人和女人。人們又從男女生殖器的差別上得到啟示，用一橫「代表男性」，用兩個短橫「代表女性」。同時人們驚奇地又發現，宇宙萬物萬象均有「兩性」組成。如，天地、晝夜、晴陰、生死、白黑等，於是人們稱男性為陽，女性為陰，稱天、晝、晴、生、白等為陽，稱地、夜、陰、死、黑等為陰。「━━━」符號代表陽，「━━ ━━」符號代表陰，一陰一陽，這就是太極生兩儀。

後來人們根據一年有四季，一天有早晚，有中午、有午夜等現象，又將兩儀生為四象。並用陰陽符號，採用不同組合的兩重疊

構成。

　再後來人們又根據中國的地理物候，將四象生為八卦：天（北）、地（南）、西（水）、東（火）、西北（山）、東南（澤）、 西南（風）、東北（雷），並用陰陽符號的三重疊，組成了八個不同的符號來表示。

　人們將八個符號均勻地佈置在太極圖周圍。天、地、水、火、雷、風、山、澤這八個符號後又被含義更為廣泛的乾、坤、坎、離、震、巽、艮、兌代替，並稱之為八卦。

　八卦符號均勻地佈置在太極圖周圍的圖案，有著更讓人思索的空間：中間太極的旋轉，會讓人感到陽極則陰，陰極則陽，陽中有陰，陰中有陽，它寓意著對立統一的宇宙規律；圍在太極周圍的乾、坤、坎、離、震、巽、艮、兌八卦的卦象，變化萬千，更讓人感到這是一個小宇宙。它昭示著一個巨大國家的生生不息。

　太極徽號體現的是上天賦予東方人類的思維方式。

　這種太極八卦圖案可謂無字天書，這種圖案也逐步成了中華文化的代表符號和國家的代表徽號。

　那條蛇來到東方，干預了東方的歷史進程，更有甚者是假扮成龍的形象，給中國增加了新的徽號，這就惹惱了太極鳥。

　心雄萬夫、睥睨天下的秦始皇為顯威風，巡遊天下，來到洞庭湖。太極鳥當空旋舞，一時烏雲密佈，電閃雷鳴，狂風大作，巨浪翻騰。秦始皇仰望天空，看到了煜煜閃光的太極鳥，隨著太極鳥翅膀的煽動，大浪一浪高過一浪朝秦始皇的坐船打來，看那勁頭，勢必一定要將秦始皇的坐船打翻。秦始皇知道這是太極鳥在降罪，秦始皇想不起什麼地方得罪了那只神鳥，風浪越來越大，秦始皇走到船頭甲板上給太極鳥跪下，以求那只神鳥息怒，但是毫無用處，眼看船就要被風浪打翻了，秦始皇突然想起了和氏璧，想起了那條蛇，鳥蛇是天敵，必是太極鳥不容那條蛇。秦始

皇急將和氏璧拿出，嘴裡念叨著：「請諒解，請諒解！」有點戀戀不捨地將和氏璧拋入湖中。

洞庭湖不敢收留和氏璧，湖水上湧將和氏璧托出，一條閃電朝和氏璧打去，蛇現出原形。太極鳥雙目怒睜，仰天長嘯，一團火焰從天而降，砸向那條蛇。蛇驚悚成一團，急忙化成一縷青煙，奪命而逃。看到秦始皇身著的龍袍，太極鳥怒氣不消，又要發作，此時自天空傳來聲音：「中國皇權消除之日，龍當自滅。」太極鳥只得作罷。

蛇失魂落魄地逃跑了，剛才的一幕嚇得它很長時間沒回過神來。但是它也沒有白來一趟，它留下了它的得意之作，那個龍的徽號。

第五章 亢龍有悔

一、天山太極

太極鳥將那條蛇驅趕出了東方，但是那個穿龍袍的人仍讓太極鳥無法釋懷。太極鳥又是一陣炫舞，一座大山拔地而起，聳立在了中國的西部，那就是天山。

在天山之巔，太極鳥俯瞰天下，他要知道那個穿龍袍人的下場。

天山中有一個湖，稱之為天池。天池四面環山，山上積雪，天池裡的水是冰雪融化的水，湖水晶瑩透徹，冰寒徹骨。經過天池裡水的洗禮，不管是動物還是植物，都會產生奇異的效力。

太極鳥從天山下採集了 50 根蓍草，蓍草是一種神草，它可以測算出人的命運。太極鳥將蓍草拋入天池，天池浪起水湧，洗去蓍草上的凡塵，一個巨浪騰起，將蓍草托舉到太極鳥面前。

太極鳥將經過天池洗過的蓍草分成兩份，分放在天山南面的塔克拉瑪幹沙漠和北面的古爾班通古特沙漠，此時塔克拉瑪幹沙漠和古爾班通古特沙漠傳來沙塵暴的隆隆聲，昏天暗地之後，沙塵暴漸漸停息，塔克拉瑪幹沙漠和古爾班通古特沙漠放射出金色的光芒，蓍草變成金黃色。

蓍草在天池裡稱為天洗，在沙漠裡稱為地洗。

太極鳥將經過天、地洗過的蓍草，拿出一根，放在天山峰頂，象徵太極。天山峰頂以後被人稱之為托木爾峰，也稱太極峰。此時在托木爾峰周圍形成 800 多條冰川拱衛著太極，旁邊還有臥虎峰，人稱這只虎為太極虎。

太極鳥又拿出一根蓍草，放在天山天池邊，象徵人們依水而居。此時天山天池四周長出雲杉、白樺、楊柳和成片的灌叢，鬱鬱蔥蔥，平靜清澈的湖水倒映著青山雪峰，風光旖旎，宛若仙境。

第五章　亢龍有悔

太極鳥將餘下的蓍草分成兩份，分列天山的南麓和北麓，象徵兩儀。

太極鳥輕吹一口氣，分在兩儀的蓍草中的一部分又飄向了天山的東西兩端，這叫兩儀生四象。

太極鳥衝天長鳴，化作一高大人形，化作人形的太極鳥揮動雙手，剛才分放在各處的蓍草騰空而起，在天地之間飛舞，一時漫天大雪，狂風大作，風卷雪花，雪乘風勢，天空時白時黑，日月輪轉。不時風停雪落，天空中閃現出由星星組成的一列數字——755955，太極鳥知道這就是那個穿龍袍人的命運密碼。

6個數加在一起為36。這6個數都是單數，都為陽爻，此為「乾」卦。

太極鳥掐指一算，天數（陽數）1+3+5+7+9=25，地數（陰數）2+4+6+8+10=30，天地之和為55；用天地之和55減去命運密碼之和36，差為19。

太極鳥仰面朝天，高舉雙手，晴空一聲炸雷，一部書從天而降，封面上《易經》兩個字放著金色的光芒。

太極鳥輕輕打開書中乾卦一章：

卦名：乾（剛健中正）。

卦辭：元亨利貞（元始，亨通，和諧，貞正。大吉大利，吉祥）。

爻辭：初九潛龍勿用（龍尚在時機不成熟之中，不可輕舉妄動）。

九二見龍在田，利見大人（龍出現在大地上，有利於會見貴族王公）。

九三君子終日乾乾，夕惕若厲，無咎（君子整天勤勉努力，晚上也不敢有絲毫的懈怠，這樣即使遇到危險也會逢凶化吉）。

九四或躍在淵，無咎（龍也許會跌進深潭，沒有災難）。

九五飛龍在天，利見大人（龍飛上了天空，利於見位高權重的大人物）。

上九亢龍有悔（升騰到極限的龍會有災禍之困）。

太極鳥從最下面「初九」開始，「一、二、三、四——」往上數，數到最上面的「上九」後，又從上面往下數，數到「初九」再翻上去，一直數到第十九，太極鳥得到「上九」這一爻。太極鳥核對爻辭，看到的是「亢龍有悔」。

太極鳥知道了那個穿龍袍人的命運，不禁衝天大笑，太極鳥的笑聲由天山向東傳來，如春雷滾動，漫捲中華。

在笑聲中，太極鳥將蓍草撒向天山，這些蓍草落下後變成了一種奇異之花，人們稱它為天山雪蓮。它們生長在懸崖陡壁之上、冰漬岩縫之中，給終年積雪不化的天山賦予了一種特有的靈氣。也有人說，雪蓮花是天花，它蘊含著那些「謀」天下人的命運。

太極鳥返還原形，巨翅一扇，直衝雲霄，返還天庭。

那位穿龍袍的人亢龍有悔，命不久矣。

二、長生不老

秦始皇統一了中國後，終止了周王朝開創的封建社會，廢除了封建制，實行了郡縣制，中央政權得到了鞏固。

秦始皇不稱王，稱謂皇帝，那條兇神惡煞的龍的形象做為他的徽號，震懾和恐嚇住了群臣和天下百姓，「四海之內，唯我獨尊」，秦始皇的統治地位得到了空前的提高。秦始皇該滿足了吧？不，一次在朝庭上，秦始皇說：「以前的君王仙逝後（他創造了「仙逝」二字，代替「死」字），即位的新君和大臣要給先君一個謚號，這是子議父，臣議君，是以下犯上。」秦始皇雖然確信自己功高蓋世，不至於得到像商紂那樣的謚號，但是他還是

第五章 亢龍有悔

擔心自己死後名譽受損，因此下令廢除諡號傳承。秦始皇生前登峰造極，死後也要名節全保。

這總可以了吧？但是秦始皇還是不滿足。

秦始皇面對著廣闊無垠的大好河山，享受著花樣翻新的錦衣玉食，體味著至高無上的權威，還需要什麼呢？秦始皇自己也朦朦朧朧。這一切都是他的，他不願別人與他分享，這他能做到，但是他死後呢？這一切他都帶不走，他死後這一切還是別人的。秦始皇早已下令修建巨大的陵墓，並要求在陵墓裡也要有樓臺亭閣，也要有山川瀑布，甚至也要有千軍萬馬，但是，那還是不能和現實世界相比，他想永遠享受他的天下。

如何才能永遠享受天下呢？就是要長生不老。秦始皇也知道，人生自古誰無死，哪有長生不老的道理，但是現實世界太誘惑了。秦始皇想起了和氏璧，想起了那條蛇，大概那條蛇可以幫助他實現這個願望，但是在洞庭湖他拋棄了和氏璧，拋棄了那條蛇，想起來他有些惋惜。

當時，太極鳥的發怒讓他心驚膽戰。始皇帝拋棄和氏璧還有另外原因，就是在那次出來巡遊前，占星官上報說，連陰天突然放晴，晴朗的夜空連續七天展現「螢火守心」的天象。這是個極不吉利的天象，預示著皇帝寶座不穩與皇帝的死亡。占卜得出，他必須外出巡遊，才能避此兇險。但是在洞庭湖還是碰到了這種事情，他能不心驚膽戰嗎？拋棄和氏璧確實是不得已啊，他相信那條蛇能理解。

始皇帝要想長生不老，指望那條蛇是不行了，那還能指望什麼呢？此時秦始皇想起了到泰山封禪。

泰山是天與禹帝及所有黃帝後裔立約的地方，是禹帝為天築壇後隆起的一座山，象徵著國泰民安。始皇帝想到泰山封禪，一是感謝上蒼將天下交付於他，二是也想讓蒼天理解他，原諒他，因

為洞庭湖的一幕使他感到，天對他不滿，通過泰山封禪，也算是對天的賠禮，以期得到天的寬恕。另外秦始皇也想借此機會向天訴說自己內心的秘密，那就是希望天允許自己長生不老。

　　秦始皇將泰山封禪搞得極其隆重，金戈鐵馬，旌旗戰鼓，一路浩浩蕩蕩。在泰山腳下，秦始皇沐浴更衣，平氣靜心。六千三百六十六級臺階，秦始皇是三步一停，五步一叩，隨行大臣，也亦步亦趨，不敢有半點馬虎。當秦始皇行禮時，鼓樂齊鳴，漫山遍野的將官兵士高呼萬歲。秦始皇登泰山極頂，俯瞰大地，莽莽蒼蒼，他感到自己無比偉大，蒼莽大地無不拜服在他的腳下；秦始皇仰望天穹，明日高懸，普照大地，不覺又感到自己無比渺小。對天他無可奈何，他只能接受天的日明月暗和風吹雨打。

　　懷著複雜的心情，在泰山極頂，秦始皇向天空、向大地行三拜九叩大禮。中國的傳統禮儀的特點是讓祭祀者始終在「動」，不給祭祀者靜下來祈禱的時間，這就讓秦始皇心裡的許多話無法向蒼天訴說，也更沒時間接受蒼天傳來的資訊。另一個特點是，場面上也多為司儀的大聲喊叫和鼓樂的長鳴，沒給人創造出與蒼天對話的氛圍。

　　泰山封禪結束，秦始皇回到山腳下的行宮。當他晚上一人躺在床上靜下來的時候，又感到有說不出的滋味，他披衣下床，出屋到院裡。夜空中拔起於平原和丘陵之上、立於東海之濱的泰山立地頂天，巍峨莊嚴，秦始皇突然感到天通過泰山在和自己對峙，秦始皇感到一種壓抑，這是他過去沒有過的。他看看衣服上繡的龍的圖案，另有感觸。自從龍的圖案成了他的徽號後，確實對群臣、對百姓有很大的震懾作用，當他們看不到他時，他們就對龍的徽號下拜，他們認為對龍的虔誠就是對自己的虔誠，但是，面對雄偉的泰山，龍也顯得無精打采。

第五章 九龍有悔

面對泰山，秦始皇再次虔誠地跪下來，他向蒼天祈禱：「感謝蒼天將天下交付於我，我有不到不敬之處還請上天見諒。」過了一會兒，秦始皇叩了一個頭，心中又說：「讓我長生不老吧，我保證一切順從天意。」又過了一會兒，秦始皇觀察天，天沒變，觀察地，地亦沒變，月光灑滿庭院，風兒來了又走，一切照舊，秦始皇有一種不祥之感。

第二天有大臣上報，說有一方士徐福求見，秦始皇心中閃過一絲驚喜。何謂方士，就是懂得神仙方術、知道如何長生不老的人。另一個重要原因是，徐福是大名鼎鼎的鬼谷子先生的關門弟子，張儀、蘇秦對社會影響如此巨大，秦始皇不能不對鬼谷子的學生另眼相看。

九年之前，秦始皇見到過徐福，當時徐福說：「在東海裡有三座仙山，一曰蓬萊，二曰方丈，三曰瀛洲，山上住著神仙，生長著長生不老的仙藥。山上的宮殿都是黃金白銀建造的，這些仙山都在深海裡，偶爾在岸邊能看到，但是，若船隻靠向前，仙山很快就會消失，或者一陣大風將靠近的船隻刮走。」

秦始皇相信了徐福，給了他資助，可是徐福一走杳無音信，這次徐福來了，看他怎麼交代。

秦始皇很快接見了徐福。

秦始皇看著徐福微笑著問道：「請問方士可知欺君之罪？」

徐福並不慌張，答道：「此次東海之行，雖說沒有得到長生不老的仙藥，但是托始皇帝的福，我見到保衛仙山的海神了。」徐福看了看秦始皇，秦始皇並不答話，只是用神秘莫測的目光看著他。

徐福接著說：「見到海神後，我向海神通報了我的身份，說我是西土皇帝的使者，想向神仙為我皇帝求得長生不老的仙藥。我將禮物獻上，海神看了我的禮物，哈哈大笑，說一個統治大陸的

皇帝，竟然拿這麼點東西，還想得到長生不老的仙藥。我問，要想得到長生不老的仙藥需要什麼樣的禮物。海神說，需要獻上良家兒童三千童男童女，各種技藝的百工和各種植物的種子。」說到這裡徐福又偷偷看了看秦始皇，秦始皇還是原來那個表情。

徐福又說：「海神雖然不給長生不老的仙藥，但是海神還是讓我參觀了仙山。海神領我到了蓬萊仙島，那上面都是用靈芝修建的宮殿，神仙們或下棋，或散步，也有看書的，一派逍遙的景象。我還看到了仙鶴，只有這種鳥兒可以來往於人間和仙界之間。」

徐福說完了，秦始皇還是不答話。這樣僵持了一會兒，徐福憋不住了，開口道：「徐福沒完成任務，請始皇帝處罰。」

秦始皇開口了：「徐方士，你辛苦了！」

徐福急忙介面：「請皇帝降罪！」

秦始皇說：「你說了這麼多，可是怎麼能證明呢？」

徐福急忙說：「始皇帝以氣吞萬里之勢，橫掃六合，一統天下，現在，地是您的地，天是您的天，大海自然也是您的，如若您能親臨大海巡視，那也是大海的榮幸，屆時海中神仙也有可能出來迎接您，因為神仙也是借用您的寶海。」

徐福很會說話，一席話使來自大西北的漢子們，那些坐在下方的大臣們、將軍們產生了興趣，因為他們也沒見過大海，他們也想湊這個機會開開眼界，大臣將軍們便隨口順應：「始皇帝應該巡視大海！」

秦始皇不糊塗，他聽出徐福的話中有阿諛奉承的成分，他心裡想：「地是我的地，天可不是我的天，大海呢，可能是我的，也可能不是我的。若大海是神仙的，我若想長生不老，只能央求神仙，所以現在還是低調點好。」

秦始皇一掃多日心頭的陰霾，下令全部人馬，一直向東，不是

巡視，他要朝觀大海。

秦始皇走到了陸地的盡頭——一個叫成山頭的地方。成山頭直插入海，臨海山體壁如削，秦始皇看到了波濤洶湧的大海。近處大海巨浪拍岸，氣勢恢宏，遠處大海連天，海天一色，廣闊無垠，此時一輪紅日磅薄而出，盡情揮灑金光染盡天空大海。秦始皇眼前一亮，心胸為之一闊，不自覺的「啊！」了一聲。

成山頭，這個陸地東方的盡頭還有一個名字叫「天盡頭」，秦始皇聽後總感到有點不太吉利，他命令丞相李斯寫下「天盡頭秦東門」，並立碑於成山頭頂峰。他在告訴大海，這裡是統一後的大秦陸地的東大門，我秦始皇是這裡的主人。秦東門的另外一層意思是，大門以裡歸我管，大門以外的大海，海中的魚蝦鱉龜都受海中神仙的統帥。

秦始皇問徐福什麼時候可以見到仙山，徐福答曰「無定日」。秦始皇下令所有人面向大海，一有仙山出現便立即報告。

既然來朝觀大海，就要舉行祭祀活動，怎麼個祭祀法？他讓有關大臣負責按排舉行禮儀活動，大臣們說，既然大海像天一樣遼闊，而且住在海裡仙山上的神仙又可以讓始皇帝長生不老，那就按照泰山封禪的規格，祭祀大海吧。

封禪泰山要登臺階，祭祀大海該如何呢？秦始皇命令向海中修一個棧橋，他要在海裡祈求神仙。

在修建棧橋的時間裡，秦始皇游海灘，觀大海，有時還親自箭射海中的大鮫魚，除此之外就是聽徐福講解「五行」學說。對於五行學說，秦始皇也知道一些，不過秦國君王歷來有尊重人才的傳統，鋪墊長生不老之路的徐福自然算是人才。雖然秦始皇對徐福還保持著懷疑，但是更不願意放棄長生不老的機會，秦始皇對徐福還是保持著應有的尊重，所以秦始皇裝著一點不懂的樣子聽徐福講解五行學說。

徐福說：「五行學說在中國起源很早，基本觀點是世界萬物是由金、木、水、火、土五種元素組成，五種元素之間相生相剋。齊國的鄒衍將五行學說運用到政治中，提出了『五德終始』說，並認為五德支配著歷史的變化。黃帝在五行中屬土德，夏朝屬木德，商朝屬金德，周朝屬火德，現在秦朝取代周朝屬水德，崇尚黑色。」

說到這裡，徐福打住，微笑說：「下等人只是提出了一個觀點，肯定有不足或錯誤，還請大智慧的始皇帝指正。」

秦始皇當然聽出了其中的道道。按照這個學說，秦朝統一天下是順應歷史潮流取代了周朝，但是秦朝早晚也不得不被下一個王朝取而代之。

秦始皇笑了笑，說：「先生不必避諱，請講無妨。」

徐福接著說：「魯國出了個孔聖人。為什麼聖人出在魯國？因為魯國原是周公的封地，周公是個思想家、文學家，作了《易經》中的爻辭，奠定了魯國的文化底蘊。孔子作了《易傳》，後來成為聖人。魯國的文化底蘊比較厚實，後來齊魯並國，齊國的文化也相應提高。因此有關五行學說，在齊國流傳的也較早。鄒衍是齊國人，受此薰陶，提出了『五德終始』說。」

徐福在這裡繞了個圈子，接著他說：「按照五行理論，齊國所在的東方是主生的，所以到海中祈求神仙，尋得仙藥，以求始皇帝長生不老，萬世康健還是有可能的。若始皇帝長生不老，萬世康健也就不需要什麼『五德終始』說了。

秦始皇聽後心中大悅。秦始皇對長生不老已到了癡迷的程度，他也認為，只要他能長生不老，一切歷史問題、政治問題，特別是那個什麼五德終始問題，也就不是問題了。

棧橋建好了，一個長長的棧橋伸向大海。秦始皇步入棧橋向海中走去。突然一片烏雲飄來，海面起風，一陣狂風刮向棧橋，

刮得棧橋左右搖擺,咯吱作響,秦始皇沒有停步,鎮定地向前走去;突然一個巨大的海浪騰空而起,撲向秦始皇,秦始皇抓緊欄杆,待海浪退去,經過洗禮的秦始皇繼續向海中走去;好像是在威脅秦始皇,一群大鮫魚圍攏過來,張開血盆大口,露出尖牙利齒,隨行武士射出一排利箭,鮫魚不敢再向前靠近。走到棧橋盡頭,風停了,浪靜了,秦始皇向大海行三拜九叩大禮,文臣武將隨皇帝起起伏伏,行禮有序,岸邊鼓樂號鳴,萬歲聲浪隨海風飄向遠方。說來可能是碰巧,在大海的深處,一陣煙霧飄來,大家果然看到在煙霧後面隱隱約約有仙山,仙山上似乎還有樓臺亭閣,小橋流水,渺渺炊煙。大家不覺又歡呼起來,但是隨著一陣風起,仙山又不見了。

這是海市蜃樓,是空中光線折射的結果,但是在當時海市蜃樓變幻莫測,在人們的眼裡充滿神秘色彩,讓人們產生無限遐想,人們難免把海市蜃樓看成神仙居住的地方,更是聯想到世外桃源和長生不老。

秦始皇更是無比激動,看來大海接受了他的虔誠。

秦始皇接受了徐福的說法,下令建造大船,優選三千童男童女、百名技工和各種植物種子,並每船配備弓箭手和強弓硬弩,以對付海中的大鮫魚。

秦始皇相信,蒼天將天下交給了他,神仙也能幫他長生不老。

這一切當然需要時日,秦始皇決定繼續巡視全國。

三、天意

在星光閃閃的天國裡,莊嚴的聖殿熠熠生輝,齒輪座星系旋轉著飄浮在天國的空中,昭示著宇宙萬物存在著的基本規律——運動;天秤星座立在離聖殿的不遠處,以示辦事公允是社會和諧平安的基礎,這些都是天的安排。

天端坐在寶座上，又有虹圍著寶座，他的身旁站立著各位主管天神，一群仙女簇擁著太陽神駕馭著的天車從聖殿門口飛過。

有主管天神向天報告，述說天遣往東方人類的演化情況，並說有個叫嬴政的人統一了東方，現在他在大海邊祈求長生不老。

天直了直身子，剎那間天庭霞光大顯，眾神被天的霞光刺得睜不開眼，有幾位小神驚慌失措地躲到了一邊。

動物進化的一個基本特點就是在死亡面前人人平等，否則整個宇宙就僵化了，現在秦始皇要想打破這一宇宙的基本規律，奢想長生不老，天當然不予理會。

又有其他天神報告說，嬴政在統一天下之後，志滿意驕，兇暴殘忍，酷法嚴刑，無休無止地徵調賦稅和夫役，建宮殿、築陵寢、開邊戍守，使剛剛脫離戰亂之苦的廣大人民，又陷入疲於奔命的勞役之中。為了興建阿房宮和他的墳墓，就從全國各地共徵發了 70 多萬民工，耗費了無數的錢財物資，廣大的黃帝後裔已苦不堪言，難以忍受。

天的坐騎，那條龍搖搖尾巴，撓撓頭，慢慢遊走到天的前面流淚，委屈地向天告狀，說嬴政在人間盜用他的形象恐嚇東方人民，罪不可赦。

天想了想，嬴政統一中國，中國將要進入全面專制時期，君主專制社會正式形成，朝代周而復始，社會生產力不再有質的進步，這也將是中國歷史上的黑暗時期。

天不會過於放縱皇帝，天決定對皇帝們給予一定的打擊。

天算了算，夏朝在世時間為 458 年，商朝在世時間為 644 年，周朝在世時間 866 年。天說：「皇帝的朝代不得超過 7 個 70 年。」

這裡天用了兩個「7」，一個明示朝代生存的極限年限為 490 年，一個暗示人活七十古來稀。

天說:「穿龍袍的,或者父子反目,或者兄弟相殘,穿龍袍的,他的後代難得善終。」

皇帝社會時期,皇帝要萬歲,人民喊萬歲,天生氣,說:「喊萬歲的平均壽命為 57 歲,被喊萬歲的平均壽命要再低 17 歲。」

天又說:「黃帝,堯、舜、禹已升入天堂,穿龍袍的死後就入土為安吧。」

四、沙丘而亡

秦始皇懷揣著長生不老,盡享萬世至尊的美夢,離開大海繼續巡視。

一天行在路中,有來自東郡地方的官員密報,說天上降落一隕石在東郡,上刻有「始皇帝死而地分」。秦始皇大怒,下令焚毀了這塊刻字的隕石,並把墜落隕石附近的老百姓全都殺了。

隔日又有地方官員來報,說在原魯國一帶謠傳「後世一男子,自稱秦始皇。上我堂,躍我床,顛倒我衣裳,行至沙丘而亡」。秦始皇知道,是他的焚書坑儒,得罪了孔老夫子,

又是一個月明天朗的夜晚,秦始皇決定和孔老夫子對話。秦始皇獨自一人來到院裡,面對原來魯國的方向屈尊做了個揖,心中默默說:「孔老夫子啊,天下剛剛統一,你的學生說三道四,影響安定團結啊。今天亂紛紛的天下,不就是西周王朝的封建制度造成的嗎,我要廢除封建制,實行郡縣制,加強中央集權,實現天下一統,這是符合歷史潮流的。我沒將天下分給我的兒子們,是我對天下負責啊,可是你的那個叫淳于越的學生當眾和政府唱反調,鼓吹封建制。孔老夫子啊,你也該反思反思,儒家是有些保守啊,你的學生要克己復禮,要恢復周禮,要恢復封建制,你們是倒退啊!你們為什麼不能支持我建立秦禮呢?我把民間的一些書是燒了,那是因為國家需要輿論統一啊,那些雜音影響政令

的頒佈啊，國家的統一也包括輿論的統一。人民只要讀我的書，聽我的話就行了啊。」

停了一會兒秦始皇又說：「說我坑儒，那是冤枉我，我坑的是韓終、侯生、石生一類的江湖術士，他們說幫我尋求長生不老的藥，那麼多年花了那麼多的錢他們也沒找到，還在背後說我是一個剛愎自用之人，一個自以為功高天下的人，一個只信任獄吏的人，一個以刑殺統治天下的人，一個貪戀權力的人，一個為求仙藥而隨意濫殺的人。他們誹謗朝政，欺詐錢財，難道他們不該殺？孔老夫子啊，說我焚書坑儒不對，應該說是燔詩書，殺術士。孔老夫子啊，你的學說也有點迂腐，對中國的統一沒起到什麼好作用。」這簡直是在訓斥，秦始皇也感到語氣不對，想了想，最後說：「如果說我有什麼對不住你的地方，咱們也是各有千秋，您就安息吧。」這當然不是秦始皇心裡話，也算是他的讓步吧，秦始皇說完，坦然地回屋睡覺去了。

第二天，秦始皇下令，避開原來的魯國，向北繞行。

行進中，前面一群玩耍的兒童擋住去路，秦始皇令手下詢問這群孩子在玩什麼，孩子們回答說他們在玩堆沙丘遊戲。秦始皇一聽，心裡「咯噔」一聲，想到「行至沙丘而亡」的話，心想到底還是沒躲過孔子的報復，一陣心悸，便開始頭暈、胃部不適，繼爾突然意識喪失，隔肌痙攣，面色青紫，然後全身肌肉抽動、口吐白沫，御醫緊忙趕過來緊急搶救。

朦朧中秦始皇感到有很多影子在眼前飄過，仔細一看，他看清楚了，那是老子、孔子、荀子、莊子、墨子、鬼谷子等，此時秦始皇朦朦朧朧聽到他們說話的聲音：「後世甄別。」後世甄別！後世甄別什麼？噢——秦始皇明白了，焚書坑儒甄別為燔詩書，殺術士是後代的事。

對焚書坑儒，歷史已有記載，儒家的代表作四書五經，原來是

第五章　九龍有悔

四書六經，其中《樂經》就是在焚書坑儒後失傳的，還有後來又找到的《尚書》，已多殘缺，還有其他，應該說焚書坑儒對我國文化的打擊還是不小的。

還有比是焚書坑儒還是燔詩書、殺術士問題更重要的，那就是秦始皇禁止了私學，消除了百家爭鳴，徹底貫徹了商鞅的「一教」思想，在思想領域實行了專制，秦始皇徹底壟斷了「真理權」。對此，老子、孔子、荀子、莊子、墨子、鬼谷子等，絕不接受，他們在抗議秦始皇。另外，這些知識份子周遊列國，宣傳他們的學說，從意識形態上為國家的統一注入了黏合劑，現在秦始皇貪天功為己有，他們自然也不滿。

死於一群文人，劍敗於筆，秦始皇心不甘啊。

「難道我真的要死麼，可是大海已顯靈，我能夠長生不老啊？」此時秦始皇想起了他的長子扶蘇，扶蘇的容貌浮現在了他的眼前：英俊幹練，機智聰穎，就是有點悲天憫人的表情。

扶蘇的母親是鄭國人，喜歡吟唱當地流行的情歌〈山有扶蘇〉，始皇帝便給兒子起名「扶蘇」。「扶蘇」是古人對樹木枝葉茂盛的形容，出於《詩經》，香草佳木之意。秦始皇想也可能是名字緣故，使扶蘇沾染了書生之氣。

扶蘇在政見上，經常與暴虐的秦始皇多有不和。

當秦王改名始皇帝時，滿朝文武歌功頌德，扶蘇沒說話，當秦始皇要焚書坑儒時，扶蘇說話了：「如今天下初定，遠方的人民未必心服，這些儒生都是學習孔子的，這麼嚴厲地懲罰他們，我怕天下百姓因此而恐懼不安。」

當時秦始皇聽後大怒，立即將扶蘇發配往北方，到蒙恬軍團中任監軍。當然始皇帝這樣做，也是為了歷練扶蘇，希望扶蘇增加點血氣，任何一個成功的父親，都希望兒子成為自己的翻版。

已是病危之中的始皇帝此時又感到，天下統一了，也可能應該

實行兒子的那一套了。

　　天下，對帝王來說是成就，是名垂青史，可是老百姓的幸福觀不是天下，他們需要的是安寧的生活。始皇帝此時似乎感到扶蘇接位後大概天下是另外一個樣子，另外一種孔子所說的樣子，一種克己復禮尊崇周公時代的樣子，就讓他們去吧。也是無奈，始皇帝決定向兒子讓步。

　　但是始皇帝的讓步是多麼的不情願啊，他在內心呼喚：「徐福，長生不老藥找到了麼？」

　　矛盾中，始皇帝迷迷糊糊令人拿過筆墨，立下遺囑給公子扶蘇：「以兵屬蒙恬，與喪，會咸陽而葬。」意思是，要公子扶蘇將兵權交給蒙恬，自己趕往咸陽主持喪葬。書信封好，但是書信還沒發出秦始皇就駕崩了。

　　秦始皇想讓扶蘇接班，沒直說，他對生存還有一絲僥倖。始皇帝希望自己只是大病一場，不久就能康復，他不願將天下交出，他不願死，他對長生不老還有期望。

　　始皇帝懷揣著長生不老的夢想，走向了另一個不老的世界。

　　時至酷夏，烈日當頭，西南風舞弄秦始皇豪華坐車的篷蓋，很快秦始皇的屍體腐朽了。不久難聞的屍臭傳來，為了掩蓋秦始皇的死，隨行人員在車上放上魚，用魚的腥臭掩蓋秦始皇的屍臭。不幾日，屍蛆爬出，與始皇帝相依為伴。

　　荊軻沒有完成刺秦的使命，現在屍蛆爬上秦始皇的身體，代替荊軻來攻擊這位現在已無法逃跑又無還手之力的始皇帝。還有那位被餓死的齊國國君，還有很多很多，屍蛆爬滿了始皇帝的全身，代表著他們羞辱著始皇帝。

　　不可一世之人，此時無可奈何。

　　在首都咸陽城外，靜臥著一群山嶺，山上蒼松翠柏，鬱鬱蔥蔥，山前一條河流似銀蛇橫臥。在這群山峻嶺之中，有一座是始

皇帝的陵寢。要想在這群山峻嶺中分辨出哪一座是秦陵，確非易事，如果你是有心人，在烈日當頭，晴空萬里時，你會發現一座山峰之上，有一片雲彩，不棄不離地為這座山峰遮蔭。如若是在似霧似雨的天氣，你還會發現，在雲彩裡隱隱約約有仙山，仙山上似乎還有樓臺亭閣，小橋流水，渺渺炊煙。有人說，這是始皇帝生前的虔誠感動了東海神仙，所以神仙們時常會駕雲前來探視始皇帝，走時就留下一片雲彩替始皇帝遮蔭。

秦始皇是優生優育出來的，特別是還有個超級美女的媽媽趙姬，所以秦始皇長相應該英俊，而作為西北漢子，身體也應魁梧。但是歷史書上將他描寫為「峰准，長目，摯鳥膺，豺聲」，就是鼻樑長得高，眼睛細又長，胸膛像禽獸，聲音如豺狼。描寫的這樣醜陋，若是文人報復他的焚書坑儒也是可以理解的。

還有人說，秦始皇的母親是帶孕嫁夫，所以秦始皇非皇族血統，所以醜陋。傳說秦始皇的母親趙姬，原是一個叫呂不韋的成功商人的小妾，呂不韋將趙姬獻給了秦國押在趙國的人質，秦國太子安國君的兒子異人。後來太子安國君成為秦王，異人成了太子。安國君命運不濟，當了三天秦王就死了，異人順理成章地當上秦王。然而異人的命運也不太好，在秦王的寶座上待了三年也死了，異人的兒子接帝位，這就是日後的秦始皇。

有人說，秦始皇是呂不韋的兒子，也有人說秦始皇是異人的兒子，這個事情不好判斷。一個女人，今天跟這個男人睡覺，明天又跟那個男人睡覺，所生下來的兒子是誰的？恐怕當事人也不好判斷。看來，這個問題也只能留待以後讓科學家們去 DNA 了。但是有一點是肯定的，那就是腐朽的屍體肯定醜陋。可以想像，秦始皇腐朽的屍體是怎樣從巡遊的車子裡抬出來的，在豪華的地宮裡，躺著的又是一具怎樣的屍體———一堆腐肉啊！

在秦始皇的地下皇宮裡，山是金子堆起來的，河裡流淌的是水

銀,文陶武俑,金戈鐵馬,那裡又是一副天下。可以想像,到了那裡,難耐寂寞的秦始皇一定會抖掉身上的屍蛆,重新站起,舉劍在手,號令武將文臣,在那個天下繼續叱吒風雲。

五、天機

天將天使叫來,告知他:「你現在的使命是安撫東方冥界,讓亡靈有個安寧,不可讓他們再返人間。」

天伸出手來,說:「要有天機。」在天手中就有了天機。

天將天機交給天使,天說:「東方人的過去、現在,直到世界末日,都燒錄在天機裡,看了天機,你就是先知,天機裡的事可以向冥界透漏。」

使接過天機,領受天的旨意急忙飛赴東方冥界。

六、篡詔換日——水德黑龍命短

華界大地此時正山崩地裂,地震形成的衝擊波此起彼伏,一束束烈焰衝天而起,火山岩漿四處流淌。天使來到冥界一看,便明白了天派他來的原因,在冥界,秦始皇的靈魂正在咆哮著指揮著他的兵馬俑向地殼衝擊。冥界黑雲翻騰,地面山呼海嘯,秦始皇呼喊著:「重返大地,統治天下!」

秦始皇在冥界仍是威風凜凜。

突然閃過一道亮光,秦始皇面前出現了一個人影,似乎脖子上還繫著一條紅色的圍巾,呼嘯的場面慢慢平息,翻騰的黑雲漸漸退去。

秦始皇一驚,此時天使身上閃現出強大的光芒,刺眼的光芒迫使秦始皇後退。秦始皇意識裡,立時產生了「天使」的概念。秦始皇明白了,急忙俯伏在地,大聲說:「天使啊,我統一了中

第五章　亢龍有悔

國，我使中國書同文、度同制、車同軌、行同倫，我應該重返大地啊！」

天使沒答話，伸出手來，手掌裡現出了天機。天使將天機拋向秦始皇，又是一道亮光，秦始皇面前出現了一個巨大的螢幕，螢幕裡也出現了一個秦始皇，立體的圖像，逼真的聲音，和眼前的秦始皇一模一樣，秦始皇和他的靈魂部隊驚愕地連退數步。

天使首先向冥界的秦始皇播放了他臨死前的情況——

秦始皇令人拿過筆墨，立下遺詔「以兵屬蒙恬，與喪，會咸陽而葬」。並把書信封好，但是書信還沒發出秦始皇就閉上了眼睛。公子胡亥哭泣，但是遭到了內臣趙高的勸阻。

在彌留之際，秦始皇確實聽到了胡亥的哭泣，因此他確信眼前天機裡播放的一切是真的。

秦始皇死時，只有隨行的兒子胡亥、丞相李斯和皇帝內臣、公子胡亥的老師趙高，以及幾名貼身的宦官在身邊。

兒子胡亥是秦始皇第十八子，公子扶蘇的弟弟。胡亥平日深受父皇的喜愛，所以這次秦始皇才帶他出來巡遊。

丞相李斯是繼商鞅、張儀、范雎等之後秦國的又一位傑出政治家，秦始皇的許多大政方針均出自他的手。

胡亥的老師趙高深受秦始皇的信任，被任命為中車府令，負責皇帝的車馬儀仗，可以出入皇宮。趙高還兼行符璽之事，「符」是調兵的憑證，「璽」相當於現在的公章，趙高可謂實權在握。

秦始皇死了，公子胡亥哭泣，趙高悄悄拉拉胡亥的衣襟，暗示勸阻，因為趙高看到李斯若有所思。

趙高向李斯走過去，說：「李大人，你看該是如何？」

李斯將趙高拉到一旁，悄悄地說：「天下剛一統，原六國人心不穩，如果現在宣佈始皇帝駕崩，難說原六國不會死灰復燃，趁此機會起兵造反。另外公子扶蘇受命監軍，遠在西北邊疆，若始

皇帝駕崩的消息傳到京城，難說京城裡秦始皇的二十幾個兒子不會搶班奪權，到時天下大亂，後果不堪設想。」

趙高問道：「那麼如何是好呢？」

李斯說：「我的意思是秘不發喪。」

趙高稍一思索，說：「我同意。」

趙高將胡亥請來，三人一商量，決定了秘不發喪，巡視大軍按原計劃前行，直至首都咸陽再向天下宣佈始皇帝的駕崩。

巡視大軍浩浩蕩蕩繼續前行，秦始皇的豪華坐車每日照常有人送水送飯，公文遞進遞出，「戲」演得十分逼真，始皇帝的死訊得到了嚴密封鎖。

夜晚，大軍宿營，一片雲彩悄然出現在大軍的中央車隊上空。

晴朗的夜空，這片雲彩上方微露紅光，使該雲看上去鑲有淡淡的紅邊。

此時一條蛇從雲裡探出頭來，靜靜地朝下看了一會，又將頭縮回去。這就是那條被太極鳥趕出東方的蛇，看太極鳥走了，它又悄悄溜回東方。

一會那塊已變成玉璽的和氏璧從雲裡伸展出來，詔示著皇權的「受命於天，既壽永昌」八字熠熠生輝，很快熠熠的光輝變成一條光束，朝下打來，就像一縷月光穿透雲層。

在冥界，秦始皇剛才看到那條蛇出現時就一驚，現在看到這裡，秦始皇更是驚訝地瞪大了眼睛。那條蛇與秦始皇太有淵源了，他不知此時那條蛇的出現是福還是禍。

光束的光影下，趙高摒退左右，撲通一聲給胡亥跪下，輕聲喊道：「吾皇萬歲！萬萬歲！」

胡亥大驚，急忙將趙高攙起，說：「父皇已經駕崩了！老師是否傷心過度？」

趙高起來，從懷裡掏出錦書，交給胡亥，說：「這是遺詔。」

趙高將還沒發出的、秦始皇給扶蘇的、上面書寫有「以兵屬蒙恬，與喪，會咸陽而葬」的書信，交給胡亥看。

胡亥看過遺詔，沒有驚訝的表情。胡亥說：「哥哥扶蘇將成為秦二世皇帝，我已看出父皇生前有這個意思。」

趙高說：「你在始皇帝面前最受寵，扶蘇登基後能對你放心嗎？」

胡亥說：「扶蘇兄長一向寬宏大量，兄長登基，我有何懼怕？」

趙高說：「扶蘇反對分封制，主張郡縣制，郡縣制天下就是他一人的，到時他怕你們弟兄分羹，他能放心你們嗎？再說始皇帝的遺詔就你我二人知道，我們不說，誰人知曉。始皇帝最寵愛您，誰人不知誰人不曉，再說始皇帝的遺詔中也沒直說讓扶蘇接任皇帝啊，現在秦朝江山就在您的面前，這是天意啊！」

胡亥心動了，但是心中不太踏實，胡亥說：「不知丞相李斯的意見如何？」

秦始皇死了，此時丞相李斯就是國家的定海神針，沒有李斯的同意，此事很難成功，胡亥想到了這一點。趙高對胡亥說：「我去給丞相說說。」

趙高見到李斯，摒退左右，將遺詔給李斯看。李斯看後，也很平靜，說：「始皇帝生前已跟我提過此事。」

趙高說：「遺詔中並沒有直說讓扶蘇接任皇帝，當今天下誰是秦二世，你我說了算。」

李斯大驚，說：「這難道是臣子該說的話嗎？」

趙高說：「李大人，你與扶蘇的關係能和蒙恬將軍與扶蘇的關係相比嗎？扶蘇登基，勢必立蒙恬為相，到時你的下場該是如何呢？你應該比我明白。」

李斯沒有想到秦始皇會突然駕崩，職務在身，他想的也都是國家之事，對於自己下一步該如何，他還真的沒來得及仔細思量，趙高的幾句話讓他聽後不僅渾身一顫。

趙高乘機說：「現在英明之主在此，我們共同保舉胡亥公子登基，於天下幸焉，於你我二人幸焉，何樂而不為呢？」

看李斯還在猶豫，趙高接著又說：「胡亥深受先帝寵愛，人人皆知，胡亥登基天下歸心，大勢所趨，為蒼天社稷，胡亥已決意肩負天下大任。」

聽到胡亥已決定接權，李斯又是一驚。

趙高停頓了一下，看了看李斯的臉色，又湊近李斯耳邊，故意壓低聲音說：「若李大人反對，恐怕也難以阻擋，胡亥一旦登基，到時李大人的下場可能更可悲，我是為李大人著想，請李大人當機立斷。」

在趙高勸誘恐嚇之下，李斯轉變了態度。在趙高的引導下，李斯來到胡亥面前，跪了下來。

詔示著皇權的「受命於天，既壽永昌」的光束收斂了，中央車隊上空的那片雲漸漸地消失，那條蛇也不見了。

胡亥、李斯、趙高密謀了一陣，製造出了一份假詔書，並派一隊快馬向扶蘇、蒙恬所在的方向飛奔而去。

到了西北軍營，皇帝使者宣讀聖旨：「現在扶蘇和將軍蒙恬帶領幾十萬軍隊駐守邊疆，已經十幾年了，不能向前進軍，而士兵傷亡很多，沒有立下半點功勞，反而多次上書直言誹謗朕的所做所為。因不能解職回京當太子，日夜怨恨不滿。扶蘇作為人子而不孝，賜劍自殺！將軍蒙恬和扶蘇一同在外，不糾正他的錯誤，也應知道他的謀劃。作為人臣而不盡忠，一同賜劍自殺，把軍隊交給副將王離。」

聖旨念畢，扶蘇就哭起來，進入內室想自殺。蒙恬阻止他道：

第五章　亢龍有悔

「皇上派我帶領三十萬大軍守衛邊疆，公子擔任監軍，這是天大的重任啊。現在只有一個使者來，您就立刻自殺，怎能知道其中沒有虛假呢？希望您再請示一下，有了回答之後再死也不晚。」

扶蘇歎道：「陛下當年令我監軍，已無立我為太子之心。今胡亥必被定為太子，胡亥年幼，陛下恐諸公子不服，尤其是我。你我領三十萬大軍，守邊禦賊，其勢足以謀反，雖陛下神威天降，卻也不得不防。陛下賜我以死，正是為此，我一日不死，陛下一日不得心安。」

於是扶蘇面向咸陽而跪，淚下如雨，道：「臣今日領命而死，所以報陛下也。」言畢把劍自盡。

在冥界，秦始皇看到這裡，激動不已，大喊一聲：「我兒！」撲向前去，他要救扶蘇。天機好像是一堵牆，秦始皇被撞了回來，摔倒在地，秦始皇的靈魂衛隊急忙將秦始皇扶起。

失去理智的秦始皇嘶喊一聲：「逆賊！」拔劍向天機裡的三人劈去，當然，秦始皇再次被撞回來。

天機裡，胡亥穿上龍袍，接受著百官的朝賀。張著血盆大口的龍，盤旋在大殿的柱子上，注視著下面的一切。

胡亥做皇帝是個意外收穫，所以他心裡很不踏實，如何鞏固皇位是他晝思夜想之事。

趙高又出主意了：殺皇子除公主以解後顧之憂。

胡亥痛下決心。

先殺刺頭。

公子將閭等三人被押進宮內，秦二世胡亥派使者對他們說，你們不遵守臣道，理應被斬，因為你們是公子，罪減一等，賜你們自盡。公子三人抗爭，說我們哪裡不遵守臣道，請說明。使臣說，本人不能參與論罪，這是奉命行事。

公子將閭等三人禁閉禁食，最後三人無奈自殺了。

另一公子高，知道皇子們都難免一死，本想逃走，又怕連累家人，於是上書胡亥，說先帝在世時自己備受恩寵，現在自己願意隨先帝而去。

胡亥接到上書，高興得下令賜十萬錢予以厚葬。

天機裡，劊子手在殺人，殺人現場哭聲、罵聲一片。秦始皇定睛一看，都是自己的兒女們，秦始皇大驚失色。只聽一個兒子高聲叫道：「我們是一母同胞，胡亥你也太毒了。」

一個女兒叫道：「我們女兒家又不跟你爭皇位，為什麼殺我們？」

還有一個聲音，雖不大，但是秦始皇聽得真真切切：「爹從來就沒疼愛過我們，他把皇位交給胡亥，為保胡亥皇位，也可能是他讓胡亥殺的我們。」

秦始皇聽後，如五雷轟頂。

秦始皇的兒女們一個頭被砍下來，另一個人又被押上去。一顆顆頭顱被砍下，順著山坡滾到山溝裡，一具具無頭屍體也被拋向山下，山下是成群的野狗，它們時而為爭食而打架。

秦始皇心痛不已，昏了過去。

胡亥殺盡了兄弟姐妹，他認為沒有人和他爭天下了，便可以「高枕無憂」了。

胡亥總結他父親的一生：勤勤懇懇勞累一生，積累了滿眼的財富，最後卻暴病而亡。胡亥認為秦始皇活得太辛苦了，不值！

他認為：「人生天地之間，若白駒過隙，忽然而已。」所以胡亥立志在世時要享受所能享受的一切。

胡亥一心享受，也沒心思再殺人了。

但是趙高不會就此甘休。

趙高被秦二世提拔為中丞相，國事無論大小，均聽命於趙高。

第五章　亢龍有悔

但是趙高心裡明白，他從一個內臣轉眼之間權傾朝野，原來的大臣們肯定不服，所以趙高要借胡亥之手，剷除異己。

趙高唆使胡亥殺盡了胡亥的兄弟姐妹，下一步趙高的屠刀瞄準的是蒙恬、蒙毅兄弟。

趙高曾經犯過法，審理者是蒙毅，按秦律，趙高應被判死刑。後來由於秦始皇的干預，趙高躲過了這一劫，心懷坦蕩的蒙毅卻不知他從此就成為了趙高的仇人。

始皇帝病重時，曾安排隨行的重臣蒙毅去名山大川為自己祈禱，始皇帝死後蒙毅才返回。趙高在胡亥耳邊扇風，說，蒙毅曾在先帝面前反對立你為太子，這是不忠，再則蒙毅去名山大川祈禱心不誠，對於先帝之死，蒙毅有責。就這樣，蒙毅被秦二世無端賜死。

蒙恬將軍沒有隨扶蘇一起死，後被胡亥赦免。蒙毅死後，蒙恬被下到獄中。蒙恬說，別看我在獄中，我現在要起兵造反也能成功，但是我蒙家三代忠臣，我不能改祖上初衷。請轉告皇帝，我蒙氏家族如此下場，一定有奸佞之臣。使者說，我是奉旨辦事，不敢把這些話傳給皇帝，無奈的蒙恬服毒自殺。

蒙恬、蒙毅兄弟，到死都不知自己死於何人之手。

此時趙高將目標對準李斯。

一天，趙高碰到李斯，趙高說：「李大人，現在天下出現了賊寇，可是皇帝還在忙著修建阿房宮，你看如何是好？」

李斯說：「我也想給皇帝提個醒，可是見不到皇帝。」

趙高說：「我想辦法。」

過幾日，秦二世正摟著嬪妃玩得高興，趙高看機會來了，急忙通知李斯，讓李斯去見皇帝，待李斯見到皇帝，皇帝一臉的不高興。第二次，同樣趁皇帝玩得正歡的時候，通知李斯見皇帝，皇帝自然更不高興。第三次，皇帝就有些不耐煩了。趙高借機向秦

二世挑唆說：「李斯功高蓋世，也可能有點情緒啊，不過李斯的權力也不小了，萬一有變，也得有所防備啊。」趙高的幾句話讓秦二世對李斯有了成見。

秦王朝對人民大眾的強征暴斂已超過了極限，陳勝、吳廣領導了農民起義。此時，李斯的長子李由擔任一方郡守，李由無法阻擋來勢洶洶的起義大軍，於是，一個李由通敵的罪名，將連帶責任者李斯一同送進大獄。秦二世又將審判李斯的權力交給了趙高。

趙高先是對李斯酷刑拷打，此時李斯已是高齡，哪經得起這個，不得已承認謀反。按照那時的規定，如此罪犯皇帝要派人複審。但是在這之前，趙高派自己的家人冒充皇帝派來複審的人，李斯不知，徹底翻案。當李斯知道是趙高派人冒充複查人員，懊悔不及，當然多挨了頓毒打。這樣玩了幾次之後，當秦二世真的派人來複查時，李斯認為又是趙高在玩花樣，已經不敢翻案了。

論政治才幹，趙高根本不能和李斯相提並論，但論搞陰謀詭計，李斯就遠不及趙高了。

趙高到牢獄探望李斯。

趙高：「李大人，服了吧？」

李斯：「我哪裡得罪了你？」

趙高：「沒有，我們一直配合得挺好。」

李斯：「那你為什麼要置我於死地？」

趙高：「你是老丞相，只要你活著，我就不自在。」

李斯一臉疑惑地看著趙高。

趙高滿臉堆笑地看著李斯。

李斯身披枷鎖，和他的兒子們一同被押往刑場，一同被押往刑場的還有李斯的父母、兄弟、姐妹。

第五章 亢龍有悔

皇上要腰斬老丞相,這件事轟動了咸陽城,人們從四面八方湧來,將刑場圍得水泄不通。劊子手點了點頭,他的助手將一盆涼水猛地潑在李斯身上。李斯猝不及防,渾身一機靈,正當此時,劊子手的大刀在空中劃出一道優美的弧線,帶著反射的陽光,砍入李斯的腰間,其勢不衰,穿越而過,將一個完整的李斯斬成兩段。隨著李斯的倒下,刑場十多把刀此起彼落,李氏一門皆在刀下鮮血橫飛,變成一段又一段的屍體。李斯最疼愛的孫兒,只有5歲,同樣被砍下頭顱。

李斯死了,因李斯案還牽連出了幾位重犯,有右丞相馮去疾,將軍馮劫等。這些人認為,身為將相,義不受辱,沒入監獄前便自殺了。

趙高唇舌之間,便殲滅了秦始皇生前所倚重的幾位大臣。

秦二世殺盡了自己所有的兄弟姐妹,殺盡了所有的忠臣志士,也將自己孤立起來。

「蛇吞象」,趙高下一個要殺的是秦二世胡亥。

一天,秦二世在朝堂主持朝議,丞相趙高示意一位侍從牽一頭鹿上殿,趙高說:「皇帝,我新得到一匹良馬,獻給皇帝。」

秦二世一看,笑了,說:「丞相是否弄錯了,這是頭鹿啊。」

趙高轉身向大臣們,說:「這是我獻給皇帝的良馬,你們說,是馬還是鹿啊?」

大臣們明白,齊聲說:「是馬。」趙高心中高興,大臣們都唯他是從。

秦二世一時惶惑,難道我的眼睛出問題了?他揉揉眼睛,再看,不錯,是頭鹿,此時秦二世突然恍然大悟,他也明白了,他雖然還坐在這位子上,朝廷已不歸他指揮了。但是年輕氣盛的他不服氣,心想,那麼多大臣都被我殺了,你們幾個奈我何?秦二世馬上針鋒相對,對趙高說:「前些時期,你報告說,有盜賊四

起,不知丞相近來處理得如何?這樣吧,這匹良馬送給前方的將士,希望能儘早消滅盜賊。」

剛才還洋洋得意的趙高,此時心中一顫,他也明白了,不能小覷皇帝,他有絕對的生殺大權,他完全可以製造任何一個罪名殺我,比如,鎮壓盜賊不力等,到那時現在這些聽我話的大臣們就會迅速倒向皇帝。

趙高回到家裡就稱病不上朝了,他也不敢上朝了。在這之前,秦二世一直被趙高玩弄於股掌之間,但是他也看出秦二世也有專政暴戾、殺人不眨眼的一面。現在趙高已明白,他在朝堂之上指鹿為馬,炫耀了自己,也暴露了自己,秦二世隨時可以將自己置於死地。

怎麼辦?趙高將他的女婿咸陽令閻樂和弟弟趙成找來,對他們說:「皇帝不聽大臣們的進諫,招致天下盜賊四起,現在皇帝想把責任推在我身上,要置我於死地,你們看怎麼辦?」

經商議,他們決定發動宮廷政變,誅殺秦二世。

狠毒的趙高為防閻樂叛變,又將閻樂的母親劫為人質,使閻樂無後退之路。

閻樂帶兵直闖皇宮,抓住皇宮侍衛長,責問為什麼不抓住闖入皇宮的盜賊,侍衛長說,皇宮森嚴,哪來的盜賊。閻樂殺掉侍衛長,和內應郎中令一起以捉賊名義直闖後宮。後宮的侍衛、宦官被殺的殺,逃的逃。秦二世見狀大怒,也明白趙高造反了,他問一位還沒逃走的宦官,為什麼不將趙高造反之事早些報告。宦官說,皇帝如此相信趙高,若我早說,我也早被皇帝殺了,秦二世無言以對。

秦二世與叛軍談判。

秦二世:「我想見見丞相趙高。」

叛軍:「不行!」

秦二世：「我不做皇帝了，我可否做一個郡王？」

叛軍：「不行！」

秦二世：「我可否做一個萬戶侯？」

叛軍：「不行！」

秦二世淒涼地哀求：「我和我的妻兒可否做普通百姓？」

叛軍：「不行！」

秦二世只好拔劍自殺了。

秦始皇生有幾十個孩子，最後落得個「絕後」。

趙高除掉了秦二世，他從秦二世身上摘下玉璽，捧在手裡走向皇位。當秦二世坐在龍椅上的時候，趙高是多麼嚮往那個位子，可是當他走向那個位子時，他又感到那個位子放著令他眩暈的光芒。此時，趙高感到天在搖晃，地在抖動，他努力走向龍椅，試著坐在上面，但他感到龍椅發熱，屁股被灼得火辣辣的疼。趙高明白了，這是天不護佑，神鬼不佐，龍椅不接待他，那不是他待的地方。

留之不住，棄之可惜，但也不得不棄。誰來當這個皇帝呢？秦二世的兄弟們被殺光了。趙高又想到一個人，他就是始皇帝的弟弟子嬰。在趙高看來，子嬰是個沒有政治野心的人，是個老實人，是個比秦二世更好駕馭的人。於是趙高通知子嬰，要他齋戒五日，再到祖廟中舉行典禮，接受玉璽，繼承皇位。

子嬰對於趙高的情況知道得很清楚，知道趙高自己當不上皇帝才讓他來當這個皇帝，而且要他當傀儡皇帝。

子嬰答應了趙高對他的安排，並在趙高面前表現得很謙卑。五天後，子嬰本應該離開齋戒的宮殿，到祖廟中去了。但是，子嬰就是不出門，趙高派了幾撥人來催，都沒催動，不得已趙高親自來「請」。當趙高剛踏進子嬰的房門，埋伏在門後的刀手，手起刀落，趙高還沒明白過來怎麼回事，就身首異處了。

在冥界，已經甦醒過來的秦始皇看到這裡時，輕輕出了一口氣。但是，還沒等秦始皇緩過神來，天機裡下面的鏡頭使秦始皇的心再次被提起來。

陳勝、吳廣揭竿而起，帶領起義軍攻郡縣，殺秦官，各地紛紛響應，在全國形成燎原之勢，數千人一股的武裝力量數不勝數，可以說，全國的老百姓都動員起來了。這些起義軍並非占山為王，而是聯合起來，向西進軍，直搗秦帝國首都咸陽。

秦已兼併六國，但是六國的後裔尚在，趁起義軍隊的到來，六國王公貴族趁機復辟。秦國官吏和秦國軍隊迅速被埋葬在反秦的汪洋大海之中。

在眾多起義軍中一個叫劉邦的率軍隊打到咸陽，劉邦派人招降子嬰，條件是讓子嬰出任他的丞相。子嬰殺了趙高，為忠臣良將報了仇，但是看天下，大秦帝國風雨飄搖，眼下劉邦大軍四面圍城，反抗只有死路一條。大廈將傾，獨木難支，無奈，子嬰決定投降劉邦。

咸陽城，城門大開，子嬰白馬素車，身著喪服，捧著皇帝的玉璽、符節和龍袍走出城外。劉邦迎向前去，子嬰向劉邦下跪，高喊道：「我主萬歲，萬萬歲！」

劉邦攙扶子嬰說：「丞相快快請起。」

經過三十六代國君，六百多年的打拼建立起來的大秦帝國，轟然倒塌了。

天許諾皇朝四百九十年的生存期，始皇帝創建的秦帝國，僅生存十五年。

水德黑龍命短！

秦國滅亡了，但作為秦國的名相李斯，這位協助始皇帝統一天下之人，有必要再說他幾句。

李斯年輕時上廁所，見到廁所的老鼠是又瘦又小，爭蛆吃，見

到人來後就倉皇逃跑；李斯後到官府糧倉，見到官府糧倉的老鼠是又肥又大，一個個細嚼慢嚥著糧食，根本不理會人。李斯不由感慨萬分，立志要做「倉中鼠」。

後來李斯投奔荀子門下，學的是帝王之術。

畢業了，老師問他有何感想，李斯說：「人生在世，卑賤是最大的恥辱，窮困是莫大的悲哀。一個人總處於卑賤窮困的地位，那是會令人譏笑的。不愛名利，無所作為，並不是讀書人的想法。」

荀子靜靜地看了李斯良久，說：「我送你四字『物忌太盛』。」

李斯後來到了秦國，投奔在如日中天的丞相呂不韋的門下，受到呂不韋的器重，並有機會見到秦始皇。他對秦始皇分析了秦國的歷史和現在的天下大勢，說：「眼下是完成帝業、統一天下的最好時機，千萬不要錯過。」李斯的大局觀給秦始皇留下了印象，被提拔為「長史」。

一日，李斯又對秦始皇提了一個建議，他說：「統一六國要用兩種手段，一是軍事，二是金錢。要不惜金錢收買、賄賂、離間六國的君臣關係。」秦始皇採納了李斯的建議，而且很奏效，李斯又被提拔為「客卿」。

秦國是個開放的國家，很多人才喜歡投奔秦國，但是很多國家趁此機會也向秦國派出了不少間諜。間諜損害了秦國，人才也奪取了原來秦國部分貴族的「飯碗」，在秦國貴族的鼓動下，秦始皇「一時」發怒，下達了逐客令，將非秦國人士統統驅趕出鏡，實行「閉關鎖國」。

李斯是楚國人，自然在驅逐之列。

為自保，也為秦國，李斯給秦始皇呈上了〈諫逐客書〉。書中說，穆公朝的百里奚、蹇叔、由余，孝公朝的商鞅，惠文王朝的

張儀，秦昭王的范雎，都是「外國人」，由於他們的傑出貢獻，秦朝才有今天。如果逐客，就意味著，人才將要流向敵國，此消彼長，秦國危矣！

秦始皇看到〈諫逐客書〉後，立即放下「君無戲言」的架子，收回逐客令，並提拔李斯為廷尉。

李斯幫助秦始皇使秦國一步步走向成功，自己也實現了做「倉中鼠」的理想。後來李斯被任命為右丞相（第一丞相）。

李斯成功了，李斯說：「我是個平民百姓，今天卻做了丞相，可以說是富貴到了極點。」

李斯是秦始皇的兒女親家，李斯的兒子都娶了秦始皇的女兒為妻，李斯的女兒則個個都嫁給了秦始皇的兒子。

可以說李斯「太盛」了。但是他忘記老師臨行前的「物忌太盛」的教導，以致身敗名裂。如果胡亥上臺時，李斯見好就收，也可能落個善終，但是，面對滿倉的糧食，倉中鼠難禁誘惑，到頭來倉中鼠吃了多少，又吐出來了多少。

李斯有悔啊！

七、楚河漢界——沙場兒女情長

在陰森的大漢冥界裡傳來淒慘的一男一女的嘶叫，聽了令鬼都毛骨悚然。那是漢劉邦的靈魂抱著被砍去手腳、挖去雙眼、不能說話的戚姬的靈魂，在一團黑雲的簇擁下向地殼衝擊。劉邦呼喊著：「我要復出，殺呂雉！」戚姬「啊！啊！」的叫著。雖然在地面沒有形成大的地動山搖，但是在原發處所形成的地震也達到了芮氏八級，一些火山開始萌動。

天使出現，劉邦看到天使，面對刺眼的光芒，只是發了一下怔，隨後抱著戚姬呼喊著繼續向地面衝去。但是這時劉邦的兩腿

第五章　亢龍有悔

已不聽使喚，跳不起來了。劉邦的意識裡知道了「天使」，無奈的劉邦向天使跪下，哀求道：「一定是呂雉幹的，我要復出，殺呂雉。」

劉邦為何如此痛恨呂雉，呂雉又是何許人也？事情得從劉邦立太子之事說起。

劉邦的嫡長子叫劉盈，按照那時嫡長子接班的習俗，劉盈理所當然地被立為太子。但是劉盈生性軟弱，劉邦擔心他扛不起大漢江山，所以心中對他不滿意。後來劉邦寵愛年輕的戚姬——戚懿，戚姬生的兒子如意可愛聰慧，頗為懂事，很像劉邦，因此劉邦就有了廢掉劉盈，改立如意為太子的想法。

劉盈的母親是劉邦的原配夫人呂皇后——呂雉。呂后曾和劉邦患難與共，渡過很多艱險，現在剛剛苦盡甘來，劉邦就要換太子，這對呂后來說是個巨大的打擊。她知道，若換太子，劉邦一死，她現在的地位就很難得到保障，這是呂后無論如何都不能接受的。

如何是好？呂后派自己的哥哥呂澤登門請教劉邦的首席謀士張良。事關太子，張良也不願意多說，因為這裡埋伏著兇險，一旦參謀錯了，將來就有殺身之禍。但是呂澤打著呂后的牌子死磨硬纏，要張良出主意想辦法。

張良本來也不願意劉邦換太子，將來平和的太子劉盈主政，張良心裡更踏實一些，所以後來張良還是給呂澤出了一個主意。

劉邦在位時，有四位年長者在社會上頗有名氣，被稱為「商山四皓」，劉邦派人請他們出山輔佐自己，但是他們都謝絕了。張良讓呂澤轉告呂后，若能請得商山四皓出山輔佐太子，太子地位可保。

呂后採納了張良的主意，立即命人拿著太子的親筆信，並帶一份厚禮去請商山四皓。

大漢都城，長樂宮上空，那片鑲有淡淡紅邊的雲飄然而至。那條蛇又從雲裡探出頭來，朝下靜靜地看了一會，又將頭縮回去。玉璽伸出，「受命於天，既壽永昌」的光束朝下打去，將長樂宮套在光影裡。

長樂宮內，劉邦在舉行一次宴會。

宴會上劉邦發現在太子身後的賓客席上坐著四位老者，鶴髮童顏，儀態非凡。劉邦問他們是誰，四位秉報了他們的名字：東園公、角里先生、綺里季、夏黃公。

劉邦聽到是商山四皓，心中一驚，問道：「我派人請四位，四位不肯出山，今天怎麼會成為太子的賓客？」

四位老人回答，皇上一向不喜歡讀書人，經常謾罵不已，我等不願受辱，所以躲了起來。現在聽說太子仁厚，恭敬天下讀書人，所以我們願意出來輔佐太子。

此時坐在近處的呂后「不小心」將酒杯碰掉到地上，酒杯落地的聲音讓劉邦不自覺地轉過身子，此時他看到了呂后射來的冰冷目光，劉邦立時明白。劉邦轉過身去，對商山四皓恭敬地說：「那就請四位長者替我照顧好太子。」

四位老人起身答應，並向劉邦敬完酒後先行離去。

那條蛇悄悄收斂光束，那片雲消失了。

劉邦看著離去的商山四皓，悄悄對戚姬說：「我本想換太子，但是現在商山四皓出面輔佐太子，太子羽翼已豐，很難更改了。」

戚姬聽後也只能是哭哭啼啼。

劉邦對戚姬說，你來跳舞，我來唱歌。劉邦放開喉嚨唱到：「鴻鵠高飛，一舉千里，羽翼已就，橫絕四海。橫絕四海，當可奈何！雖有矰繳（弓箭），尚安所施（無奈高空的鴻鵠）。」

後來戚姬生的兒子如意被封為趙王。

更換太子沒有成功，劉邦很是無奈。

劉邦沒有強換太子，還有一個內裡原因，就是劉邦懼內，這是一般外人不易覺察到的。

說來話長，劉邦和呂雉結婚時，劉邦年齡已有 41 歲，在那個提倡早婚早育的年代，劉邦完全是個「剩男」，而呂雉的芳齡不過 20 歲，可以說他們是老少配。

劉邦和呂后的婚姻有點蹊蹺。呂后的父親呂公與劉邦家鄉的縣太爺是至交好友，縣太爺招待呂公，有錢人獻上賀禮，入招待席喝酒。賀錢一千以下者坐下座，一千以上者坐上座。劉邦一文沒獻，自報「賀錢萬」，被尊為上賓。

呂公這個人特別相信面相，他看劉邦這個人「隆准而龍顏，美鬚髯」，確信劉邦「富貴」，後來又得知劉邦此來是無錢蹭飯，更感到此人膽量大，是成大事之人，便喜歡上了劉邦，後又將女兒許配給了劉邦。劉邦蹭了一頓飯，還得到一個老婆，喜不自禁。

呂雉那時是個乖乖女，遵從父母之命，下嫁給了劉邦。進了劉邦家門後，呂雉孝敬公婆，除了自帶兒女外，還下田從事農作，這對富家出身的呂雉來說確實不易。劉邦對自己的媳婦更是無可挑剔，沒有理由訓斥壓迫呂雉，呂雉也自然而然的在劉邦面前獲得了受尊重的地位。後來劉邦起事反秦，呂雉卻為此事被下了大獄；楚漢相爭，呂雉和劉邦的父親又被劉邦的對手項羽扣下當了兩年多的人質，為此呂雉毫無怨言，極盡恪守婦道。劉邦對呂雉不得不敬重有加。那時大凡做到以上這些的女性都是極具自尊、極具理性的女性，而凡是極具自尊、極具理性的女性又都放不下身段來「討好」男性，男性在她們的自尊和理性面前也沒法顯示出男尊女卑的優越性，男性對這種女性往往是「敬愛」，難有「情愛」。

後來呂雉又幫助劉邦殺了「反叛」的大將韓信、彭越等,這使劉邦更看到了呂雉令人恐怖的「兇殘」一面。呂雉多陰冷,少嫵媚,這使他們的情愛成分降至更低。應該說呂雉是劉邦的政治盟友,而不是劉邦的摯愛。

在劉邦與商山四皓對話時,劉邦瞥見了呂雉射過來的冰冷目光,劉邦心中一顫,他知道,為保衛太子,呂雉已嚴陣以待,此時他們已成為敵人。在這場較量中,不經意間劉邦後退了。

太子沒換成功,夜深人靜,宮闈床幃之中,劉邦安撫戚姬:「以後你還是聽呂后的吧。」

劉邦死後進入冥界,一天上面突然掉下來一個奇異的東西,砸在劉邦的頭上。劉邦一看是個沒有四肢、沒有眼睛的醜陋靈魂,感到噁心,便不自覺地說了聲:「醜東西!」抬腳將那靈魂踢向一邊,不想那靈魂叫了起來,聲音雖嘶啞,但是又有點熟悉,劉邦不自覺的又多看了幾眼,後來劉邦大吃一驚:「這不是戚姬嗎?怎麼會是這樣。」劉邦很快就判斷出這是呂雉所為,於是就有了我們剛才看到的劉邦衝擊地殼的一幕。

劉邦向天使哀求,要復出殺呂雉。天使沒有答話,將天機拿出拋向劉邦。

劉邦面前出現了一個巨大的螢幕,螢幕裡面劉盈身著龍袍和庶長子劉肥正喝著酒。劉肥是劉邦結婚前與不知名的女子生的兒子,後被封為齊王。

宴席上劉肥坐在上位,皇帝劉盈坐在下位,酒宴中劉盈一口一個兄長地敬劉肥酒。

劉邦看到真人一般的畫面,先是大吃一驚,連退數步,接著轉身想逃,但是不知怎的,他的身子又被轉了回來。

螢幕裡又走入一個劉邦再熟悉不過的女人,那是呂后——呂雉。

第五章　亢龍有悔

　　劉盈、劉肥急忙起身向呂后施禮。
　　呂后看著這個場面，有些不高興，說：「皇上，你們這個酒席是不是不合禮數？」
　　劉盈回答：「自家兄弟，是我請劉肥兄長上坐的。」
　　劉肥急忙說：「是我只知恭敬不如從命，亂了禮數，孩兒有罪。」
　　呂后說：「好久不見了，我也和你們坐一會。」
　　呂后讓人端來兩杯酒，放在劉肥面前，並命劉肥向自己敬酒。劉肥端起一杯站起，劉盈不知其中緣故，也端起另一杯，陪同劉肥一起敬呂后。呂后見狀，急忙打翻了劉盈端的那杯酒，劉盈一驚，馬上覺得不對勁，向劉肥使了個眼色。劉肥不敢再喝，假裝喝醉，離開酒席。
　　劉肥回到住處，劉盈派人告訴他：「酒中有毒，兄長在咸陽一定要小心。」
　　劉肥嚇得當夜離開咸陽，跑回封地。
　　（畫外音：受到驚嚇，四年之後劉肥鬱鬱而終）。
　　螢幕前，劉邦直愣愣地盯住螢幕。
　　螢幕裡，劉邦寵愛的戚姬出現了。戚姬身穿囚衣，在舂米。劉邦不敢相信自己的眼睛，揉揉眼睛再看，那位身穿囚衣在舂米的人確實是戚姬——他的小戚懿。
　　劉邦死後，劉盈即位，即漢惠帝，呂后做了太后。呂后當了太后做的第一件事，就是逼戚姬穿上囚衣，囚禁起來舂米，呂后要慢慢折磨這位情敵。
　　戚姬萬分悲痛，一邊舂米一邊唱道：「子為王，母為虜，終日舂薄暮（從早舂到晚），常與死為伍！相去三千里，當誰使告汝（汝——指戚姬的兒子如意）！」

呂后知道了，冷笑一聲，說：「那我就先殺了你的兒子，然後收拾你。」

呂后派人把戚姬的兒子——趙王如意從封地召回咸陽。

螢幕裡出現了一個男人，劉邦認得，這人叫周昌。只見周昌在房間裡來回踱步，房間裡還有幾個人，一個領頭模樣的人說：「周宰相，請趙王如意儘快啟程入京，這是呂后懿旨，還是請您儘快安排。」

周昌在房間裡又踱了會步，然後坐在桌前，奮筆疾書：「高皇帝（劉邦）在世時，令臣輔佐趙王，如今趙王年紀尚幼，需要保護。臣聽說太后痛恨戚夫人，因此想召回趙王誅之，臣不敢讓他回去，以免受害，況且趙王身體不適，難以奉召。」寫完後，他將書信交給那幾位，說：「你們可以回去覆命去了。」

鏡頭裡，呂后氣急敗壞地將周昌的書信撕碎，下令讓周昌速回京城。

鏡頭裡周昌跪在漢惠帝劉盈面前，聲淚俱下地向漢惠帝說：「太后下旨讓我回京，臣不敢不遵命，可是趙王如意的命危矣！趙王一旦有閃失，我怎對得起先帝！」

漢惠帝劉盈將周昌扶起，說：「我知道母后想殺害趙王如意，我將盡力護之。」

不幾日，趙王如意奉旨進京，在京城城門外，漢惠帝劉盈迎接前來的趙王如意。

鏡頭裡10歲的如意和18歲的哥哥惠帝手牽著手，興奮地跳著跑著，如意邊跑邊問惠帝：「皇兄，我什麼時候可以見到媽媽，我很想媽媽。」

惠王同情地看著這位弟弟，說：「很快就能見到，不過你得聽皇兄的話，要一刻不離地跟著皇兄，聽見了嗎？」

如意說：「聽見了，聽人家說，皇帝可以隨意殺人，你會殺我

嗎?」

惠帝說:「我不會殺你,但是如果你不跟著我,可能會有人殺你。」

如意問:「我們的父親是先帝,先帝的兒子也會被殺嗎?」

聽到這裡,天機外的劉邦掉下了眼淚,眼淚掉落在戚姬身上。戚姬沒聽覺,沒視覺,但是她有感覺,她知道她在誰懷裡,她也感覺到了劉邦掉下的眼淚,戚姬感到了心靈上的溫暖。

天機裡,如意隨惠王劉盈進了皇宮,從此二人不管是吃飯睡覺,都在一塊,形影不離。雖然惠帝對這位10歲的弟弟百般呵護,但是如意還是被奪去了性命。

惠帝劉盈有晨習刀劍的習慣。一天早上劉盈像往常一樣,想叫醒如意一起去習刀劍,但是看如意還在夢中喊媽媽,心中充滿同情的他默默地看了一會如意,實在不忍心叫醒他,不想打擾他們母子的夢中相見,心想自己一會就回來,想必不會出事。

那天如意是在夢中見到了媽媽,他在媽媽懷裡撒嬌,像他見過的許多普通家的孩子那樣。他特別羨慕那些孩子,心想,我若是個普通人家的孩子多好,那樣整天都可以和媽媽在一起。

如意的美夢沒做完,感到媽媽突然離開了自己,自己被人拽到寒風之中。如意醒了,他看到自己的被子被撤下,惠帝不在,床周圍站著幾位兇神惡煞的人,其中一人端著一碗湯藥。毒藥被灌下,如意像是被割斷脖子的雞,在床上撲騰一會便不動了。

天機外,劉邦再也忍不住了,他撲向螢幕,大喊:「我的兒啊!」

劉邦被彈回跌倒在地。

螢幕裡繼續播放著大漢王朝的故事。

趙王如意死了,那位已被罰為囚徒的如意的媽媽戚夫人也走到了死亡的邊沿。

呂后沒有像殺死如意那樣立即處死戚姬,她要享受折磨人的滋味。

螢幕裡呂后令人將戚夫人押來。

呂后對戚姬說,你的歌唱的好,你就為我唱首歌吧。

戚姬一愣,但很快就鎮靜下來。戚姬向呂后施禮,心裡想著愛她的劉邦,嘴裡說:「獻給皇上!」

呂后臉一沉,糾正說:「獻給皇太后!」

戚姬沒再說話,她唱起了〈出塞〉,唱完了,她又唱了〈望歸〉。

〈出塞〉、〈望歸〉是合唱歌曲,以往合唱隊由數百名宮女組成,戚姬擔當領唱,當時相當風光。

戚姬唱完了,呂后又說,你的舞也跳得很好,你就再跳支舞吧。

戚姬善為翹袖折腰之舞。翹袖就是跳長袖舞,折腰就是說戚姬跳起舞來,細腰如風擺楊柳。現在,在呂后面前,戚姬就當作自己在劉邦皇帝面前,展示著自己的舞姿。

戚姬還善鼓瑟、擊築。呂后又讓人拿來這些樂器,戚姬又都熟練地表演了一番。

呂后欣賞完了身著囚服的戚姬才藝,說道:「高祖在世時酷愛楚歌,還會作詞,自己也會演唱,高祖還會跳楚舞,高祖的〈大風歌〉將會流芳百世;你也是唱啊,跳啊,演奏啊,樣樣精通,你和高祖在情感生活方面可以說是情投意合,論這些我不如你,你又年輕美貌,高祖在世時我不和你爭寵。但是高祖一介布衣,騎馬打得天下,我呢,在高祖家種過田,坐過牢,還殺了大將韓信、彭越,幫高祖打天下,坐天下,這你就不懂了,所以你不該跟我爭天下。」

呂后停頓了一會,歎了一口氣,說:「叫你舂幾天米,你就覺

得委屈，你就不是坐天下的料。高祖走了，你那些才藝也就用不著了，可惜啊。」

呂后說：「我為你憋屈了這麼多年，今天我也伸伸腰。不過我不喜歡什麼唱啊跳啊，那是男人喜歡的玩意，我喜歡的是另外一種享受。」

呂后擺擺手，一群劊子手圍上來，他們先是拔光戚姬的頭髮，然後砍下了戚姬的左臂。戚姬疼痛得嘶叫，呂后坐在一旁，慢慢地品著茶，欣賞著眼前的一切。慢慢地戚姬疼昏過去了，呂后命令御醫，給戚姬治傷，不許她死。

一段時間後，上面的場面又重複一遍，不過這次被砍下的是戚姬的右臂。

不久，戚姬的下肢又都被砍下。

呂后對戚姬說：「你不是楚舞跳得好嗎？跳吧！跳吧！到陰間跳給高祖看吧。」呂后哈哈大笑。

然後呂后又說：「你的楚歌唱得也不壞，不過我聽膩了，以後你就不要唱了吧。還有你不是要換太子嗎？告訴你，你的兒子如意已經被我殺了。」

聽到此話，戚姬驚恐地看著呂后，呂后大聲命令道：「挖去她的雙眼，熏聾她的雙耳，給她灌啞藥。」還嫌不過癮，她又命人將戚夫人裝進一口缸裡，扔進廁所。

看了歷史實況，劉邦知道了懷中抱著的戚夫人受害的過程，劉邦怒不可遏，高喊：「殺呂雉！」拔劍直衝地面，天使一時疏忽，劉邦劍破地殼，地面又是一陣地動山搖，天使見狀急忙將劉邦收回。

劉邦生前對劉盈不滿意，嫌他軟弱，其實呂后對劉盈也不滿意，也是嫌他軟弱，只是為了帝位她才不得不拼命保護劉盈，關鍵那也是保護她自己。

現在如意死了，戚姬也將死去，但是呂雉認為她還沒解氣，她還要告訴小皇帝劉盈，他袒護如意是錯的，當帝王就得像她這樣，心狠手辣。

螢幕裡一位元宦官來到漢惠帝劉盈面前，說：「皇上，太后請您去欣賞『人彘』。」

惠帝從沒聽說過這種東西，不禁好奇，在宦官的引導下來到一個廁所，當宦官指給他看「人彘」時，劉盈立刻被嚇得大驚失色，他問宦官：「這是人嗎？是誰？為何變成這副摸樣？」

當劉盈得知「人彘」就是戚夫人時，不禁大驚失色，放聲大哭，最後昏了過去。

劉盈醒來後神志不清，只能整日躺在床上，稍微好些後，劉盈派人傳話給呂后，說：「如此殘忍的行為絕不是人幹的，我身為太后的兒子，實在不配治理天下，還是請母后自己處理吧。」

從此，惠帝不再上朝，整日在酒色中打發日子，沒幾年惠帝便病逝了，死時他才 24 歲。

呂雉用另外一種方式結束了自己兒子劉盈的性命，這當然是她沒想到的。

呂雉唯一的兒子劉盈死了，可是呂雉沒有悲傷，沒掉一滴眼淚。

張良的兒子張劈發現了這一情況，張劈對丞相王陵說：「呂后要立新帝，又怕大臣反對，擔心自己江山不穩，不如建議呂后啟用呂氏家族人士為將。」

王陵一聽，感到張劈言之有理，便向呂后提出以上建議。

呂后任命自己的侄子呂祿掌握北軍，另一個侄子呂產掌握南軍，呂后啟用娘家人控制了朝廷。呂后解決了心中大事，開始為失子一事悲痛起來。

趙王如意被毒死後，劉邦的另一個兒子劉友受封為趙王。

呂后賜呂氏家族之女為劉友之妻。劉友另有寵妾,不愛呂姓女,該女便向呂后誣告劉友曾說過:「姓呂的怎麼能稱王?太后百年之後,我一定要滅了這些姓呂的。」

呂后召劉友入京。劉友一到咸陽便被軟禁,並斷絕飲食,隨同進京的劉友的隨從,偷偷送給劉友一些食品,呂后將送食品的人統統抓起來處死。

劉友最後被餓死在獄中。

劉友死後,劉邦的另一個兒子劉恢被封為趙王。

呂后又賜呂氏家族之女為劉恢之妻,當此女知道劉恢原有一個愛妃,立即派人將那位劉恢的愛妃毒死。

劉恢無奈,因此悶悶不樂,後來殉情自殺。

呂后認為劉恢為一個女人而死,實在不值,於是下令廢掉劉恢兒子的王位繼承權。

劉邦的第八子燕王劉建沒等呂后動手就病死了,呂后派人將劉建之子殺了,並封呂氏族人呂通為燕王。

漢惠帝劉盈生前的皇后,是呂后安排的劉盈姐姐魯元公主的女兒,也是劉盈的外甥女張嫣。這種亂倫的安排有利於呂后的掌權,但是漢惠帝和張嫣毫無情感,更無子女。漢惠帝和後宮宮女們有六個兒子,老大叫劉疆。

漢惠帝劉盈死後,劉盈三歲的兒子劉疆被改名劉恭,立為帝。為了控制劉恭,劉恭的母親被呂后處死,對外說劉恭是張嫣的兒子。

劉恭稍大後,得知張嫣不是自己的生母,自己的生母已被呂太后所殺,不懂事的少年竟然公開聲稱:「太后殺了我母親,以後我一定會報仇。」

呂后聞言無比震怒,她將劉恭監禁起來,對外宣稱,皇上病了,不久劉恭便被殺死。

呂雉將漢惠帝劉盈的另一個兒子劉義改名為劉弘，再被立為皇帝，賜呂姓女為皇后。

　　當劉邦的兒子被殺得差不多，劉邦的孫子又開始遭到厄運時，呂雉的生命也走到了盡頭。

　　天使將先機收回，劉邦抱著戚夫人還呆呆地愣在那裡。

　　突然，劉邦面前掉下來一團東西，劉邦一看是呂雉的靈魂掉入冥界，不禁大怒，大吼一聲：「還我兒來！」舉劍向呂雉刺去。

　　呂雉急忙躲開，當他看清是劉邦時，劉邦的第二劍又直朝她的命門刺來。呂雉見狀拔腿就跑，劉邦在後面緊追。不久呂雉停了下來，也舉劍面向劉邦，並大聲說：「來吧，劉邦，看誰是真的英雄！」也曾掌控過天下的呂雉突然豪氣十足。

　　在後面懷抱戚姬的劉邦不禁一怔，停下了腳步。

　　呂雉繼續說：「我是殺了你的兒子，難道你沒要過他們的命？」

　　此時，劉邦感到在旁邊又出現了兩個靈魂，劉邦定睛一看，是自己的兒子劉盈和劉盈的姐姐魯元公主，劉邦握劍的手不禁軟了下來。

　　楚漢戰爭中，劉盈的爺爺劉太公和母親呂雉被楚霸王項羽抓走，劉盈和姐姐在逃亡中與父親劉邦相遇。當時劉邦在項羽的追趕下，乘一輛車在逃跑，在逃跑的路上，碰到了劉盈和魯元公主。同車的大將夏侯嬰跳下車，將劉盈姐弟倆抱上車。由於車輛加重，逃跑中的車自然跑得就慢了，劉邦見狀狠心將劉盈姐弟倆推下車去，姐弟倆驚恐的邊追趕車子邊呼喊父親救命，夏侯嬰見狀，又從車上跳下，將姐弟倆抱上車子。看到後面的追兵近了，劉邦毫不猶豫地又將姐弟倆拋下車去，魯元公主又呼喊父親救命，劉盈大聲說：「他不是我們的父親，讓他自己逃命去吧！」

　　劉邦聽後心裡咯噔一下，夏侯嬰再次跳下車將姐弟倆救上來，

劉邦也沒再驅趕他們，這樣劉盈姐弟才算是撿到了性命。但是劉邦與劉盈父子之間已心存隔閡，後來劉邦想換太子，這也是個難以說出口的原因。

呂雉重提舊事，劉盈姐弟倆又在一旁，劉邦羞愧地低下了頭。

不遠處有兩條黑煙朝這個方向滾滾而來，那是楚王韓信兵馬和梁王彭越的兵馬。

韓信是位極為出色的軍事家，劉邦的丞相蕭何曾對劉邦說：「你要奪取天下，就必須拜韓信為大將。」

韓信自幼無父無母，一直依靠一個親戚生活。韓信喜歡研究兵法，但對親戚家的生活毫無貢獻，後來被親戚驅逐出家門。一次好幾天沒有吃上飯的韓信餓倒在路邊，受到一洗衣婦的接濟而度過危機，韓信十分感激，說：「我必報答您。」洗衣婦聽了非常生氣，答曰：「你且不能自食，我豈望你報答！」韓信聽後，深感慚愧。

不能被人理解，自古英雄多孤獨。胸懷大志而孤高清傲，難以融入本地社會的韓信還難免被人欺負。有次一個無賴戲弄韓信：「看你韓信腰挎寶劍，像個將軍，要麼你殺了我，要麼你從我胯下鑽過。」韓信無奈接受了胯下之辱。

後來劉邦聽從了蕭何的建議，拜韓信為大將。韓信自拜大將之後，率兵平魏，破趙，脅燕，定齊，在很短的時間內為劉邦打下了半壁江山，韓信還打敗了項羽派去援齊的二十萬楚軍，並殺了大將龍且，自此徹底改變了楚漢戰爭的力量對比，形成了對項羽集團戰略包圍的態勢。

劉邦對韓信的軍事才能由衷的佩服，劉邦和韓信還有過一段著名的對話。

劉邦問韓信：「你說我能指揮多少士兵？」

韓信回答：「不會超過十萬。」

劉邦再問韓信：「你能指揮多少士兵？」
韓信回答：「多多益善。」
劉邦三問韓信：「既然你比我強，為什麼你又受制於我？」
韓信回答：「我是帶兵的人，你是帶將的人。」
後來呂后就把這個能帶兵且「多多益善」的將軍給殺了。

呂后以大宴群臣的名義，將韓信騙至長樂宮內。長樂宮大鐘室內，呂后與韓信對話。

韓信：「為什麼抓我？」
呂后：「天無二日。」
韓信：「我沒謀反。」
呂后：「狡兔死，走狗烹；飛鳥盡，良弓藏。」
韓信：「你倒是直言不諱。」
呂后：「讓你死個明白。」
韓信冷笑道：「你可知皇帝曾允諾，說見天不殺韓信，見地不殺韓信，見鐵器不殺韓信。」
呂后：「知道，我在長樂鐘下給你準備了一張床，讓你震死在長樂鐘下，上不見天，下不著地，啊，這口鐘叫長樂鐘，你對大漢有功，給你留個吉利，願你能永遠快樂。」

鐘聲響起，鐘聲喊出的只是一個字：「將！將！將！……」
太平本是將軍定，將軍難得見太平。

劉邦聽到韓信被呂后殺後的心情是「且喜且哀之」，自己不忍心殺戮的奇才功臣，而自己的妻子卻剛毅果敢地處置了。

說起韓信，很多人說是大丈夫應該像韓信一樣能伸能屈。其實韓信「不能自食」、「胯下之辱」，只是他當時醉心於兵法，對其他事情近似麻木，「無力」，也「無心」日常瑣事。

彭越與韓信並稱為漢初兩大名將。

第五章 亢龍有悔

彭越，強盜出身。亂世中，很多人都擁戴他「揭竿而起」，他說，擁戴我就必須聽我的，大家一致同意。他讓大家明天太陽出來時集合，遲到的人殺頭。第二天太陽出來的時候，遲到的有十多人，最後一個人直到中午才來。彭越命令將最後一個來的人殺頭，大家都笑著說，何必這樣呢，今後不敢再遲到就是了。彭越堅持將那人殺了，並設置土壇，用那人的頭祭奠，號令所屬眾人。眾人都大為震驚，害怕彭越，沒有誰敢再抬頭看他。

彭越後來成為一個殺伐果斷的軍事統領。

韓信被殺不到三個月，有人告發彭越謀反，彭越被下了監獄。後因查不到真憑實據，就被罰做平民，遣送到蜀中。彭越在去蜀中的路上，遇見呂后，哭訴自己沒罪，哀求呂后在劉邦面前講情。呂后一口答應，並把彭越帶回都城。呂后對劉邦說：「彭越是個壯士，把他送到蜀中，不是放虎歸山嗎？」呂后讓彭越的門客再次告他陰謀造反，劉邦聽了呂后的話，把彭越殺了。

韓信、彭越在冥界繼續施展著他們的軍事才華，兩條黑煙旋轉著朝呂雉撲來，呂雉見狀，狠狠瞪了劉邦一眼，大聲說：「還不都是為了你！」說完拔腿就跑。

劉邦抱著戚姬還在發呆，不遠處，一對邊歌邊舞的靈魂飄然而至，這是項羽與虞姬。

項羽是劉邦爭奪天下的主要對手，最終項羽輸了，戰死沙場，劉邦贏了，穿上了龍袍。

劉邦和項羽在亂世之時，幾乎同時起兵反秦。項羽出兵北路，在一個叫巨鹿的地方與秦軍會戰。面對四十多萬精銳的秦朝正規軍，項羽率三萬軍隊渡過兩軍之隔的漳河，並命令軍士鑿沉渡江用的船隻（此為「破釜沉舟」成語的由來），打破吃飯用的鐵鍋，身上只帶三天乾糧，向秦軍展開衝擊。背水一戰的軍士們個個以命相抵，士氣旺盛，最後大破秦軍。

當時,參與向秦軍進攻的有十幾路人馬。可是他們害怕秦軍強大,都紮下營寨,不敢與秦軍交鋒。當他們聽到項羽率領的楚軍震天動地的喊殺聲,擠在壁壘上觀看(此為「作壁上觀」成語的由來)。他們瞧見楚軍橫衝直撞殺進秦營的情景,嚇得伸著舌頭,屏住了氣,待項羽的楚軍大破秦軍時,他們才紛紛衝出營壘助戰。

巨鹿之戰勝利之後,項羽請各路反秦大軍將領到他的軍營來相見的時候,各路反秦大軍將領們「無不膝行而前,莫敢仰視」。

大家頌揚項羽說:「上將軍的神威真了不起,自古到今沒有第二個,我們願意聽從您的指揮。」

自此,項羽成了各路反秦軍的首領。

巨鹿之戰後,項羽統帥四十萬人馬向秦都咸陽開去。在這之前由於沒有受到秦軍大的抵抗,劉邦已率部由南路進擊,並佔領了咸陽。劉邦率先進入關中之後,派兵把守各關口,阻止項羽和其他諸侯入關,準備上任「關中王」。劉邦和項羽曾有個約定:誰先進入關中,誰就做關中王。

項羽聽說劉邦先他佔領了秦都咸陽,大怒,下令第二天就向劉邦開戰。當時劉邦僅有十萬軍隊,與項羽率領的氣勢旺盛的四十萬大軍相比,劉邦明顯處於下風。劉邦見風使舵,急忙向項羽示好。

劉邦通過項羽的堂叔,此時正任項羽左相的項伯向項羽傳話,說:「我入關以來,秋毫無犯,登記戶口,封存倉庫,等待項羽將軍的到來;派兵把守各關口,是為了防止盜賊的出入和應付非常事件,我日夜盼望項羽將軍的到來,怎麼敢造反呢?」隨後劉邦帶領一百多名隨從,到鴻門項羽的大營中,當面向項羽解釋,並表示臣服。

天空一片雲,隨著劉邦和那一百多人飄到項羽大帳上空,詔示

著皇權的「受命於天，既壽永昌」八字光輝形成一條光束，朝下打來，將項羽大帳罩住。

項羽設宴款待劉邦，宴會上殺機四伏。

被項羽尊稱為「亞父」的范增，召項羽的堂兄弟項莊舞劍助興，意在刺殺劉邦。

項伯見狀，也拔劍起舞，護著劉邦。

項羽坐在主席位子上，看著下面劍來劍往，心理矛盾。在這之前范增曾告訴他：「劉邦居山東時，貪於財貨，好美姬；今入關，財物無所取，婦女無所幸，此其志不在小。吾令人望其氣，皆為龍虎，成五采，此天子氣也。將來必是你項羽主天下的對手，應該儘早殺掉。」

可是項羽心有顧慮：「我與劉邦有言在先，先入關者為關中王，人家不為王，而且已表臣服，我若此時殺掉他，天下信譽何在？」

不知怎麼了，項羽此時成為了一介儒生。

項羽曾經坑殺過降卒二十萬。那是棘原之戰時，秦將章邯率軍與項羽軍在棘原對峙，此時秦廷趙高專權，猜忌將相，欲殺章邯派往秦廷告急求援的部將司馬欣。司馬欣逃回本營棘原，勸章邯早圖良謀。章邯面對勝敗都要被趙高所殺的局面，不得不率其部眾二十萬投降項羽。

項羽面對訓練有素的秦朝降兵，擔心降兵生變，像當年白起坑殺四十萬降兵一樣，項羽將二十萬降兵全部坑殺。

項羽並非手軟之人。

現在，不知為什麼，項羽好像有些心不在焉，坐在下面項羽的部下，見主帥如此，大家面面相覷，也不知如何是好。

宴席上繼續著鏗鏘的劍擊聲。

面對殺機四伏的鴻門宴，劉邦借如廁之名迅速逃走。

那條蛇悄悄收斂光束，也消失了。

鴻門宴之後，項羽分封各路將軍為王，劉邦被封為漢王，領地是巴、蜀和漢中。

劉邦離開秦都咸陽去做漢王了。項羽帶領四十萬大軍西進咸陽，進城之後，項羽當即殺了已經投降的秦王子嬰，放縱士兵燒殺搶掠，還放火燒了秦朝富麗堂皇的阿房宮，這場大火「三月而不息」。在搜刮了城中所有金銀財寶及婦女後，東歸彭城。

在這之前，有個名為韓生的人對項羽說：「關中地區依山傍水，周圍四面皆有險可守，而且土地肥沃，是定都稱霸的好地方。」

項羽說：「一個人富貴了如果不歸故鄉，就如同穿錦繡衣裳在黑夜裡行走，有誰知道呢！」項羽沒有接受韓生的意見。

項羽難捨故鄉，江東父老兒女情長。

韓生退下來對別人說：「怪不得人家說楚人沐猴而冠，項羽果然是個『鄉巴佬』！」

楚人把獼猴叫做「沐猴」，「沐猴而冠」是指獼猴戴上人的帽子假充人樣。項羽聽到這句諷刺他的話，一怒之下就把韓生烹了。

後來原北方齊國發生叛亂，項羽率領他的楚軍主力前去鎮壓。劉邦趁楚都彭城空虛，即在洛陽聚集各路諸侯聯軍五十六萬，向彭城由西向東壓來。項羽將大部隊留在原齊國繼續鎮壓叛亂，自己率領三萬西楚鐵騎千里奔襲，繞道彭城後方，切斷了劉邦的回路。當劉邦奪取彭城，還在慶祝勝利之中時，項羽以迅雷不及掩耳之勢殺進彭城，直搗劉邦的指揮部。項羽的襲擊打得劉邦暈頭轉向，只用半天時間，項羽的三萬鐵騎就把劉邦的五十六萬大軍擊潰。劉邦在潰退中被項羽消滅了十幾萬人，等到了睢水，劉邦又喪失了十幾萬人馬，眾多的屍體堵塞了睢水河。

第五章 亢龍有悔

劉邦兵敗如山倒，自己乘戰車逃跑，前面已提到，劉邦在路上碰到兒女都不顧了。

項羽雖然在戰役上取得節節勝利，但是未能在戰略上取得主動。項羽與劉邦後來戰成膠著狀態，劉邦與項羽議和，於鴻溝為界，西歸劉邦，東歸項羽——楚河漢界。

項羽誠信，撤兵東歸，士兵們也高呼：「不打仗了，回家了！」

在項羽撤兵之際，劉邦撕毀協議，舉兵向項羽撲去。在垓下，項羽十萬疲兵被劉邦的近七十萬聯軍合圍。劉邦任命韓信為聯軍統帥，韓信指揮大軍對項羽軍隊十面埋伏，並使計讓漢軍唱起楚歌。

夜裡，項羽聽見四面圍困他的軍隊都唱起楚地的民歌，不禁非常吃驚地說：「漢軍已經占了楚地嗎？楚軍都投降漢軍了嗎？」項羽以為楚地已盡為漢軍所得，他原來的楚軍也大多投降了劉邦。

項羽滿懷愁緒之下，起身在帳中飲酒。酒過三巡，項羽感慨良多，自吟自唱：「力拔山兮氣蓋世，時不利兮騅不逝（烏騅馬不再飛馳）。騅不逝兮可奈何（烏騅馬不再飛馳啊！怎麼辦）？虞兮虞兮奈若何（虞姬啊虞姬啊，如何是好）？」

虞姬明白了，天有日落，人有盡頭。虞姬拔出項羽的劍，邊舞邊歌：「漢兵已略地，四面楚歌聲，大王意氣盡（大王不行了），賤妾何聊生（我活著也無意義了）！」歌畢淒然自刎。這就叫著「霸王別姬」。

楚漢相爭四年，窮途末路的項羽逃到烏江河邊，河邊恰有一條小船停泊，船夫對項羽說：「江東雖然小，方圓也有千里，百姓數十萬，也足以稱王，願大王趕快渡江。」

項羽抬頭望望江東大地，回頭望望身後相隨的寥寥數兵，淒然

淚下，說：「蒼天要亡我，我為什麼要渡江呢？當年我與江東子弟八千人渡江向西，今無一人生還，縱然江東父老可憐我而尊我為王，難道我就不覺得愧疚嗎？」

項羽將自己的坐騎牽到船夫前，說：「這匹烏騅馬我騎了五年了，曾日行千里，我不忍殺它，現在送給您吧。」

項羽帶領他的殘兵撲向包圍上來的漢兵。

項羽一邊殺敵，一邊大喊：「劉邦小兒，過來單殺獨鬥，我要把你剁成肉泥！」

項羽殺性大起，劍指處血噴肉飛，後來劉邦得到報告，光項羽一人就殺了幾百漢將、漢兵。

殘陽如血，項羽最後漂浮在血河裡。

在冥界，項羽的靈魂很快找到了虞姬的靈魂，兩個靈魂相擁在一起，訴說分別之苦，相見之情。

虞姬高興地唱到：「淡淡煙霧地，四面靜無聲，夢鄉凡氣盡，卿卿我我生。」

項羽扭動他的笨重身軀，跳著楚舞，不過他的舞姿並不優美，引得虞姬咯咯笑個不停。

行進中項羽、虞姬和劉邦、戚姬不期而遇，項羽和虞姬看了看劉邦懷裡抱著的殘疾的戚姬，不免露出同情的眼光。但是分手時，項羽仍然扔下一句刺人的話：「陽間我輸了，你贏了，陰間你輸了，我贏了！」不過癮，他又加了一句：「陽間我敗在一個情字上，如果我不回家鄉，在長安立都，也就沒你後面的事了。」

項羽擁著虞姬飄然而去，他們旅遊去了。據說他們在彭城雲龍湖水下修了一所宮殿，旅遊歸來居住於此，因為項羽熱愛故鄉，將宮殿建於此，以慰己心。

項羽與虞姬的靈魂剛飄走，一團烏雲滾滾而來，烏雲中有一

面旗幟很是醒目，上面一個斗大的「秦」字，這是當年項羽坑殺二十萬秦朝的降兵的靈魂，這是降兵的靈魂來向項羽討命來了。看來，到了冥界，項羽和虞姬也還是要繼續上演他們的「霸王別姬」。

那團烏雲剛走，那個叫韓生的靈魂又來了，韓生邊走邊嘟囔：「楚人沐猴而冠，楚人沐猴而冠啊！」

項羽更有崇拜者，未來一清秀女子李清照寫道：「生當作人傑，死亦為鬼雄。至今思項羽，不肯過江東。」惋惜思念和敬佩之情從未來飄入冥界中。

千秋功罪，誰人說的清？早知冥界好，何必有人生！

此時劉邦的兒孫們的靈魂慢慢圍攏到劉邦的身邊。被毒死的孩子，到冥界他們仍是捂著肚子。劉肥、劉盈因為是受到驚嚇，到了冥界，也讓人感到他們腦子仍有問題。

此時一個老實的農民出現了，這是劉邦的哥哥，他一臉忠厚地對劉邦說：「弟弟，回家吧，父親在家等著你們哪。」

劉邦看看懷裡抱著的殘疾的戚姬，和後邊跟著的殘疾的孩子們，搖搖頭，說：「我無顏見父親。」

此時冥界突現光明，天使出現了，天使同情地看了看戚姬和劉邦的兒孫們一眼，戚姬的靈魂瞬間健全了。好像作了一場夢，戚姬打了一個哈哈，伸伸懶腰，儀態萬千地立在了劉邦的面前。劉邦的兒孫們也都瞬間恢復了健康，劉邦又是一個目瞪口呆。稍停片刻，劉邦和戚姬明白了，急忙率領兒孫們俯伏在地，向天使千恩萬謝。

劉邦回家了，見到父親，想起他們曾經的對話，心裡很不是滋味。

劉邦年少時不喜歡從事農活，父親常常斥責他說：「你這個無賴，不事家產，比你哥差遠了。」

後來劉邦奪得了天下，問父親：「你以前總說我是個不幹活的無賴，過日子比不上哥哥。如今我做了皇帝，您看是哥哥的家業大，還是我的家業大。」弄得父親有些難看。現在劉邦已另有感悟，見到父親格外孝順。

　　父親問劉邦，若人生再來一次，你是否還願意當皇帝時，劉邦的回答是：「英雄氣短，兒女情長。」

八、盛世大唐——父父子子恩斷

　　在冥界，唐代開國皇帝，已是老朽的唐高祖李淵顫顫巍巍持劍衝擊地殼，一劍刺去，地殼紋絲沒動，李淵卻是跌倒在地。李淵從地上爬起，再次持劍衝擊地殼，結果是李淵再次跌倒在地上。李淵將劍扔在一邊，起身用頭撞擊地殼，結果地殼仍是紋絲沒動，李淵的愛妻竇氏過來，兩個靈魂擁在一起，起跳撞擊地殼，結果兩人都被撞回。當他們正準備再次起跳時，天使出現在他們面前。竇氏反應快，急忙對李淵說：「天使到。」見李淵沒明白過來，竇氏急忙又說：「我們不是在夢裡見到過嗎？是天使來了。」李淵和竇氏急忙俯伏在地向天使行禮。

　　李淵抬頭，指著不遠處翻卷著的烏雲，向天使說：「在人間沒打夠，他們又打到陰間來了，在這裡我們一天也待不下去了，天使啊，你就行行好，放我們回去吧，我們實在是受夠了。回到人間做個狗，做個貓，我們也認了，我們不能再看著自己的親生骨肉相互殘殺了。」

　　不遠處，李淵的二兒子李世民的靈魂和長子李建成的靈魂、三子李元吉的靈魂，各率領三股黑煙廝殺正酣。李建成舉劍直刺李世民咽喉，他要報一箭之仇。李元吉趁機劍指李世民丹田，想讓李世民上下難顧。李世民輕身旋轉，躲過李建成那一劍，李元吉的那一劍，也不知怎的被李世民身後的黑雲化解了。李建成和李

元吉身後的黑雲見狀，呼聲騰起，兩股凝成一股，向李世民身後的黑雲撲去。劍碰劍，如閃電，星光火花四濺，雲纏雲，如二蟒相繞，成麻花狀翻轉滾騰。

瞧這一家子，兄弟如此水火不容，父親如此無奈，要想知道為什麼，這還得從李淵當年太原起兵時說起。

隋朝末年，隋煬帝楊廣驕奢淫逸，實行暴政，引起天下大亂，隋朝搖搖欲墜。此時李淵任太原留守，手握重兵。亂世出英雄，不少人勸他立地為王，但是李淵都謝絕了。

一隻雄鷹翱翔在中國上空，它俯瞰大亂的天下：隋朝氣數盡了，各地反隋旗幟飄揚，但是瘦死的駱駝比馬大，大隋的軍隊還有一定實力，而且造反者大多是草莽英雄。為爭利益，草莽英雄們和隋軍，或者他們內部彼此之間也打得如火如荼。

隋煬帝楊廣離開首都，像個斷線的風箏，看來他不光失去人心，還失去了地利。此時誰若能奪取關中，拿下首都長安，即可號令全國，尋機實現改朝換代。再看近處，太原的北方，勢力強大的東突厥對著太原虎視眈眈，太原的南面一個叫歷山飛的率領十萬農民起義軍氣勢正旺，攻城掠寨，所向披靡。

在這個弱肉強食的時代，必須得有所行動。這只雄鷹按下雲頭，返回太原，李淵開始了他改天換地的征程。

李淵首先繼續高舉隋軍的大旗，這樣一來穩住了自己的部隊，二來又避免了和其他隋軍的衝突，更重要的是李淵可以以平叛起義軍和鞏固邊防的名義招兵買馬，避免了隋朝中央政府的懷疑，李淵在短期內快速擴充了自己的部隊。

為圖天下，必須先解決身邊的問題，李淵率領五千兵馬與歷山飛的十萬農民起義大軍展開大戰。

李淵將隊伍分成數陣，中間是大陣，都是老弱兵，李淵讓他們多樹旗幟，並且在隊伍後面擺滿輜重。

歷山飛以為李淵在中間大陣中，親率主力進攻，後來看到輜重，便一窩蜂的上前爭搶。趁歷山飛軍隊混亂之機，李淵的精銳騎兵從兩旁殺出，一舉擊垮了敵軍，打敗了歷山飛的軍隊。通過收編，李淵的軍隊得到進一步壯大。

第二步，李淵要使現有的軍隊變成自己的軍隊。

一天，李淵和副手王威、高君雅等人在開會，一軍官進來，說有密狀要呈上，李淵命宣讀，來者說是告副手王威、高君雅的，李淵裝著一愣，打開密狀，裡面是告王威、高君雅私通突厥的密信，李淵當即令人將其捉拿。恰巧第二天突厥軍隊來犯，李淵順勢以通敵罪殺了王威、高君雅，將這只隋朝軍隊成功轉換成李家軍。

南面的威脅解除了，北面的威脅又來了，戰鬥力極強的突厥大軍進逼太原。

李淵命令將城門打開，城上不張旗幟，守城之人不許一人外看，不許出聲。

突厥軍隊自北城門進，又從東城門出，未敢進內城。夜間，李淵派兵出城，早晨又改道進城，使突厥誤認為李淵有援軍進城，更是不敢輕舉妄動。這種不戰不和，虛張聲勢的空城計，使突厥軍隊感到難以對付，從而主動撤兵，太原之圍不戰而解。

李淵有三個驍勇善戰的兒子，大兒子李建成，勇中帶穩健，多協助父親戰略指揮；二兒子李世民文武雙全；三兒子李元吉作戰勇猛。更重要的是，三個兒子是一母同胞，從小玩耍在一起，受著父母同樣的疼愛，因此兄弟三人很是團結。

一天李淵將三個兒子叫到身邊，說：「我們下一個目標是西河郡，這是通往首都所在關中地區的必經之路，此戰意義重大，但是我想將這次戰鬥交給你們兄弟三人指揮，一則歷練，二則也是你們建功立業的機會。」

第五章 亢龍有悔

　　以前兄弟三人多次參加作戰，都是在父親的直接指揮下，現在三隻小鷹要單獨馳騁藍天，兄弟三人都非常高興，並保證此戰必勝。

　　西河城外，西風獵獵，三位小將迎風而立，英氣豪邁。西河守軍見狀，堅守不戰，一時倒也弄得小將們無可奈何。有人建議請示大將軍李淵，三小將共同搖頭。李建成將三兄弟和有關部將召集在一起，經過一番商議終於想出了辦法。

　　半夜時分，李家軍突然火攻東門，帶火的箭頭鋪天蓋地地向城內射去，城內守軍一片混亂。趁敵軍將注意力集中在東門時，李家三兄弟身先士卒，帶領精兵從西門趁黑爬上城牆，經過一陣殊死的廝殺，李家軍奪取了西門，猶如決堤的河水，李家軍迅速佔領全城。

　　第二天，除守軍首犯當斬，其餘一切秋毫無犯。

　　李淵得到捷報，高興地說：「小鷹們的翅膀硬了，我沒有什麼可慮的了。」

　　李淵發佈檄文，一邊指責隋煬帝已遭天怨人怒，應該廢昏立明，一邊提出尊隋煬帝為太上皇，擁立隋煬帝孫、代王楊侑為帝，同時率領大軍向長安撲去。

　　在長安，以代王楊侑為首的隋朝官員，聽說李淵的大軍朝長安撲來，有些慌了，急派號稱虎牙郎將的宋老生，帶兵進駐李家軍進攻長安的必經之路霍邑，以阻止李淵的大軍。

　　李淵進軍霍邑時，路過險要之地賈胡堡，李淵心想宋老生必將在此設重兵堅守，可是宋老生並沒注意這個軍事要地，李淵揮軍直逼霍邑城。

　　李淵在霍邑城外假裝安營紮寨，準備攻城，宋老生趁李淵「立足不穩」，率兵出城進攻，李淵佯敗，向後退去，宋老生「乘勝追擊」。此時李淵已派三個兒子率領精兵趁勢攻取了東門和南

門，截斷了宋老生的後路，並散佈宋老生已死的謠言，動搖了隋軍的軍心。待宋老生發現上當，撤軍返回時，李淵又領兵殺回，李家軍順利地佔領了霍邑。

宋老生戰死，李淵以本官之禮進行安葬，並收編了願降的隋軍。

掃除了通往長安的最後一個堡壘，李淵命令三個兒子，兵分三路，合圍長安。

兵臨長安城下，李淵令部隊對長安圍而不攻。三個兒子不解，李淵說：「奪取長安並不難，管理長安卻不易，攻心應為上，這樣才能進的來，站的住。」李淵又告訴他的兒子們：「長安為首都，長安的民心影響全國，在長安站的住，才能在全國站的住。」兒子們心悅誠服地服從父親的領導。

李淵命令對長安展開政治攻勢，將他的檄文廣為散發。六天之後，李淵命令攻城，李建成的部屬首先攻入皇城的東門景風門，李家軍入城，隋軍隨即土崩瓦解。

李淵從太原起兵，一路軍紀嚴明，秋毫無犯。進城後同樣「封府庫，收圖籍，禁擄掠」。並兵移城外駐紮，得到了首都和漢中百姓的擁護，得到了隋朝前官員的認可，代王楊侑無奈接受了傀儡皇帝的地位。

恰巧在此時，隋煬帝的將軍宇文化及在江都發動兵變，縊死了隋煬帝。

在長安的代王楊侑再次無奈地以李淵「功德日懋，天曆有歸」，行禪讓之禮，李淵穿上了龍袍，即皇帝位，改國號為「唐」。

李淵審時度勢，因勢借力、先取關中、後圖天下，最終實現了改朝換代。

新的時代建立起來了，擺在新朝廷面前的是兩大難題，一是中

央政府實際統治區域有限。隋煬帝死後，在江都，在洛陽，隋煬帝的後代被一些軍閥扶持為新皇帝，與唐對抗。另外在全國，有點能力的「諸侯」，也都立地為王，全國處於一片散沙狀態。二是打破一個舊體制不容易，但是如何建立一個新體制卻更難。

李淵在長安安定之後，用長達十年的戰爭，統一了中國，解決了第一個難題，在這方面次子李世民南征北戰建功卓著。

李淵佔領長安後，與百姓約法十二條，除了殺人、盜竊、叛逆處死外，其餘一切法律全部廢除。後來又逐步恢復和建立了一些行之有效的制度，實行了均田制，府兵制，下詔鑄造和流通「開元通寶」貨幣，為大唐的繁榮昌盛奠定了基礎。在這方面，此時已被立為太子的李建成協助父親做了大量工作。

父子同心，兄弟協力，大唐王朝的光彩剛剛拉開序幕，一場為爭奪皇位的內亂又開始了。

長安城上空，玄武門外，那片鑲有淡淡紅邊的雲悄悄出現。那條蛇又從雲裡探出頭來，靜靜地朝下看了一會，又將頭縮回去。詔示著皇權的「受命於天，既壽永昌」八字光輝形成的光束打下來，將玄武門罩在光影裡。

玄武門外，太子李建成和弟弟李元吉策馬進入光束的照耀下，本來兩人有說有笑，突然李建成似乎感覺到了什麼，急忙勒住馬，稍一停頓，李建成朝李元吉大喊一聲：「不好！」勒轉馬頭就跑。

此時，李世民出現在光束照耀下的另一方，李世民高喊：「大哥留步！」

李元吉明白過來了，搭箭拉弓，三隻箭朝李世民飛去，可能李元吉太慌張了，三支箭全射空了。

李世民表現得要從容的多，搭箭拉弓，一隻箭朝李建成飛去。李建成在這同時扭過頭來，李建成、李世民兄弟二人四目相對，

立時兩人都驚訝地張開了嘴。李世民從李建成的目光中看到了大哥，那位曾教習他搭箭拉弓的大哥——李世民意欲伸手抓住那支脫弦的箭，但是為時已晚。李建成也看到了那支箭，他驚愕地不知躲避，那是他弟弟射過來的，是曾呼喊過他千萬次大哥的弟弟射過來的——他看著那只箭來近了，突然他的喉嚨一緊，那只箭沒有停住，而是穿了過去，李建成墜落馬下。

李世民驚住了，他哥倆曾肩並肩上陣殺敵，可是現在——李世民呆呆地忘記了控制坐騎，被戰馬帶到一片小樹林，馬被樹枝絆住，李世民自己也被困住。李元吉見狀立刻殺奔而來，他取下李世民的弓箭，李世民沒有反抗，李元吉準備用弓弦勒死李世民。千鈞一髮之際，李世民的部將尉遲敬德一邊大喊，一邊飛馬趕到。李元吉見狀，撥馬回撤，尉遲敬德立即從他的背後開弓放箭，李元吉應聲落馬。

天空中玉璽將光束收回，那條蛇又不知去向。

玄武門之變發生時，李淵正在湖中泛舟。當尉遲敬德一身鎧甲立於岸邊向他報告說：「太子李建成和齊王李元吉謀反，秦王李世民已將他們處死，為防不測，特派我來護駕。」李淵驚訝地說不出話來。

作為父親，李淵想讓他們和平相處。為防止李建成、李世民和李元吉他們兄弟三人發生衝突，李淵曾設想自己帶建成、元吉在西安，讓功勞最大的李世民到洛陽稱帝，也就是「分天下」。這個設想一透漏，立即受到大臣們的竭力反對，大臣們說，若是那樣，將會發生大規模的戰爭，將有更多的生靈塗炭。

作為一位傑出的軍事家、政治家，李淵順應歷史潮流再次統一了中國，建立了大唐帝國，為後來成為中國歷史上少有的盛世「貞觀之治」做了鋪墊。但是如何處理家務，他和秦始皇、劉邦一樣，又是那麼的無奈。

第五章 亢龍有悔

　　面對這樣的局面，宰相蕭瑀等人機敏地說：「建成、元吉本來沒有什麼功勞，兩人妒忌秦王，施用奸計。現在秦王既然已經把他們消滅，這也是好事。陛下把國事交給秦王，也就沒事了。」到了這步田地，唐太祖李淵反對也沒用，只好聽左右大臣的話，宣佈建成、元吉「罪狀」，命令各府將士一律歸秦王指揮。

　　一不做，二不休，斬草除根，李建成和李元吉的十個兒子隨後也被殺，爺爺李淵心疼的渾身顫慄。

　　三天後，唐太祖李淵立李世民為皇太子，詔令一切軍國大事委太子處決。

　　過了兩個月，唐太祖將皇位讓給李世民，自己做了太上皇。

　　那件上面有著龍的圖案的衣服，穿在了李世民的身上，李世民被稱為唐太宗。唐太宗李世民登基做皇帝了，李世民知道，自己這個皇位是他殺兄逼父得來的，他知道他要受到天下人的指責，但是，李世民虛心納諫，政績卓著，繼而成就了赫赫有名的「貞觀之治」。

　　李世民登基做皇帝了，父親李淵從他原來的辦公地點太極宮搬到大安宮，從此沒有大臣再朝見他，他也難得再和外人往來。

　　李淵以前喜歡打獵，現在他「年事高了」，不能「擅自」離開大安宮。

　　天熱了，李世民要去九成宮避暑，大臣們上疏說，太上皇尚在，皇帝應當「朝夕視膳而晨昏起居」，意思是說，陛下應該每天去探視太上皇的飲食起居，不易遠去。而且皇帝外出避暑，而留太上皇在京，也不符合「溫情之禮」。所謂溫情之禮就是兒子應該關心父親的「冬暖夏涼」，但是，李世民並沒改變自己的決定。

　　在冥界，黯然淚傷的李淵，指著不遠處翻騰的烏雲，懇求天使小王子說：「能讓他們不打嗎？」

天使從脖子上取下紅圍巾，朝翻騰的烏雲方向輕輕揮了揮，烏雲散去，李建成、李世民、李元吉跌跌撞撞的來到天使跟前，摔倒在地上。

李淵大聲喝道：「天使在此，快快行禮！」

三人看天使，天使身上發出耀眼的光芒，三人感到恐懼，急忙向天使俯伏在地。

天使取出天機，立於他們前面。三人抬頭看到裡面出現的玄武門之變的真情實況，驚訝地張大了嘴，他們的所作所為在天機裡重現，天機裡播放的以後的事情更讓他們驚訝不已。

天機裡，歷史在時間的軌道上向前滑行，在李世民當政時，幾乎又出現一次更為嚴重的「玄武門之變」。

唐太宗李世民的長子太子李承乾在和同黨密謀，商議如何除掉四殿下李泰，李泰受李世民恩寵，大有奪取太子之位之勢。

昏暗的太子府，幾個人頭齊聚在搖曳的燭光下。

太子李承乾說：「為了大唐社稷，我不得不大義滅親，殺掉李泰，諸位有什麼好主意儘管說。」

一死黨說：「以太子的力量，殺掉李泰，易於反掌，但是皇帝到時追究起來如何解釋？若解釋不好，太子地位還是難保。」

所有人都沉默了。

過了很久，另一個死黨說：「辦法有一個，只是無法說出。」

太子李承乾說：「但說無妨，今天說什麼都無罪。」

「為了大唐社稷，請唐太宗皇帝先上路，然後嫁禍於李泰，再除掉李泰。」那位死黨說。

李承乾聽後大吃一驚，所有人都沒說話。

過了很久，死黨們逐個表了態，說：「這是唯一的辦法。」

太子李承乾過了很久，說：「有玄武門之變前事，殺李泰說的

過去，可是殺父皇？我難下決心。」

死黨們沉默無語。

天機螢幕裡，四殿下李泰宮室。又是昏暗的燭光下，一個人被帶進李泰面前，其餘幾個李泰的死黨圍攏過來。

李泰問：「怎麼樣，那邊有什麼動靜？」

那個人說：「那邊正準備發動政變，決定先把太宗皇帝殺掉，再殺四殿下。」

幾個死黨聽後，急忙說：「趕快向皇上報告太子謀反，這樣太子之位自然就是四殿下的了。」

一陣竊喜聲。

「不！」李泰說：「現在有大臣推薦九殿下李治為太子，就是皇帝治了李承乾的罪，太子之位也未必就是我的。」

所有人不解，有人帶頭問：「四殿下您的意思？」

李泰說：「螳螂撲蟬，黃雀在後。」

所有人都明白了，這是在太子殺掉唐太宗後，立即撲殺太子，又是一陣竊喜聲。

天機螢幕裡，唐太宗李世民的大殿，此時李世民正和有關大臣議事，東宮太子手下的兩個人慌慌張張地跑來報告說，太子殿下得了急症，生命垂危，李世民聽了大吃一驚，急忙令人備車，他要親赴東宮看望太子。

在李世民趕往太子府的路上，大臣長孫無忌領人策馬趕來。長孫無忌來到李世民面前，悄悄耳語一陣，李世民又是一驚，說：「怎麼，他要殺他爹？」

長孫無忌說：「皇上還是防備一點好。」

最後決定由長孫無忌代表李世民前去探望。事後真相大白，太子李承乾被貶為庶人，發配四川，四殿下李泰也被驅趕外地，所

有參與人員均被殺掉。

看到這裡老皇帝李淵說話了：「我教子無方，導致了玄武門之變，但是，世民這次是差點讓自己的兒子要了自己的命啊。」

李世民低頭不語。

最終，九殿下李治撿了個便宜，當上了皇帝，後來被稱為唐高宗。

天機裡，李治在感業寺和武媚娘偷情。

李淵不解，問李世民：「感業寺應該是受過寵幸的女人，在我們去世後待的地方，你的兒子李治和這裡的女人偷情不是亂倫嗎？」

李世民也認出那個女人是自己曾經寵幸過的武才人，李世民還給她取名武媚娘。李世民氣的大喊一聲：「賤貨！」舉劍向螢幕裡的武才人刺去，天機螢幕將李世民反彈回來，李世民跌倒在地上。

李建成指指上面，譏笑著說：「他們還在人間哪。」

李元吉嘲笑李世民，問道：「二哥，這位二嫂該給你生孫子了吧？」

李世民一陣臉紅。此時天機裡正播放武媚娘被李治重新任命為才人，李世民再也忍不住，揮劍又向地面衝去，並大喊：「那是我的老婆！」

地面一陣地動山搖，天使急忙將李世民彈回。

唐高宗李治病逝了，靈魂進入冥界。李世民提劍在手，早已等得不耐煩，見李治出現，便撲過去，並大喊：「你小子淫亂後宮，罪不容赦！」舉劍劈殺過去。

李治心中有虛，見狀也不多說，一溜煙跑了。

李元吉對李建成說：「二哥好啊，兩個兒子要殺老子，一個兒

第五章 亢龍有悔

子又要了他老婆,現在是老子要殺兒子。」

李建成冷冷地說:「別殺了,老子和兒子公妻多好啊。」

李元吉聽後哈哈大笑。

武媚娘還真有能耐,不久爬上了皇后的位子。高宗李治生前,她和高宗配合默契,高宗在前臺點卯,她在後臺決斷,把朝中的事治理得也算是井井有條。高宗死後,武媚娘大權獨攬,後來武媚娘認為時機成熟,將國號唐改為「周」,自己尊號「聖神皇帝」。

在冥界,天機前的李淵父子們坐不住了,紛紛拔劍在手,這時他們團結起來了,他們要衝回人間保衛他們浴血奮戰得來的李氏唐朝。還是李淵穩重,說:「武媚娘畢竟是李家的媳婦(他沒說是兒媳還是孫媳),她的年紀也到了,再等等看。」

武媚娘年老了,病重臥床,宰相張柬之等人發動兵變,逼迫武媚娘讓位,唐高宗李治與武媚娘的三兒子李顯即位,重建唐朝。

冥界中李淵父子們鬆了口氣,將劍插回劍鞘。

武媚娘死了,但是武媚娘開創女性掌權的慣性還在繼續。

唐中宗李顯的皇后韋氏想做武媚娘一樣的掌權者,李顯不同意;李顯女兒安樂公主想做開天闢地的女太子,有朝一日也像男人一樣龍袍加身,李顯也沒同意。男人的天下不能讓女人染指,李顯從另一個角度接受了母親武媚娘的教訓。於是皇后韋氏和女兒安樂公主為了共同的理想走到了一起。

一日,母女合謀做了一個有毒的餡餅。

冥界中李世民的靈魂突然大喊一聲:「看天上!」

李淵,李建成和李元吉抬頭看螢幕中的天上。

天上飄來一朵雲,一條蛇從雲裡探出頭來,靜靜地朝下看了一會,又將頭縮回去,一條光束從天空射下來。

光影中，唐中宗李顯在自己最愛的妻女的脈脈溫情中吃下了那塊有毒的餡餅。

那朵雲不見了，那條蛇消失了。

李建成，李世民和李元吉的靈魂驚訝地你看看我，我看看你。他們在心裡相互問：「當時在玄武門上空是否也有那片雲，也有那條蛇？」

剛才天機播放玄武門之變時，他們只是太關注自己，而沒注意那條光束，那條蛇。

在人間是看不到這種皇權光束現象的，到冥界看到了，一切也晚了。

唐高宗李治與武媚娘有四個兒子，大兒子李弘因病去世，二兒子李賢因無法忍受武媚娘參政，密謀反叛，事敗後被貶為庶人，被毒死的李顯是老三，老四叫李旦，李旦的三兒子叫李隆基。

李隆基英明神武，李顯被毒死後，李隆基發動御林軍攻入皇宮，誅殺了韋皇后和安樂公主，使中國沒有再次出現女皇社會。

李隆基擁護父親李旦登基做皇帝，李旦看透血腥的皇權，不願接受帝位，後來在李隆基的一再勸說下才勉強登上帝位。一段時間後，李旦將一切政務都交與太子李隆基，後來李旦又禪位於太子李隆基，自己做太上皇，唐朝進入唐玄宗李隆基時代。

李隆基目睹了宮廷的爭鬥和腐敗，自己登基後勵志革弊興利，使國家又出現了蒸蒸向上的景象，人民安居樂業，國力空前強盛，社會各方面都達到了太平盛世狀況，史稱「開元盛世」。但是李隆基在一片讚歎謳歌中漸漸滋長了驕奢淫逸的思想，國家也隨之走向衰落。

唐玄宗李隆基曾經寵愛武惠妃。

武惠妃生了兩個兒子和一個女兒，卻都夭折了，後來惠妃又生了一個兒子，即壽王李瑁，因為害怕孩子夭折，李隆基將李瑁送

第五章 九龍有悔

與其兄寧王李憲抱養,並由寧王妃元氏親自哺乳。

李瑁活下來了,並長成了一個帥小夥,但是他的命運不好。

唐玄宗李隆基在寵幸武惠妃之前,曾經寵幸趙麗妃,趙麗妃的兒子李瑛被立為太子。後來趙麗妃失寵,李瑛便開始擔心自己的太子之位不保。再後來,受寵的皇甫德儀與劉才人也相繼失寵,她們的兒子鄂王李瑤、光王李琚,由於和太子同病相憐,便多有來往。酒席間李瑤說:「武惠妃什麼東西,就是個狐狸精,把父皇勾引得神魂顛倒。」

李琚起身給太子斟酒,邊斟酒邊說:「真是這樣也到好了,不過是個神魂顛倒,我看武惠妃像她姑祖母武則天,一樣的陰狠,又有著極強的權力欲,說不定哪一天父皇被她架空,大唐又要改為『周』了,到時太子是姓李還是姓武可就難說了。」

李瑤說:「是啊,到時我們還是做我們的王,太子到時可能就有麻煩了。」

太子李瑛沉默了一會,喝了口酒,慢慢地說:「是得想法子對付武惠妃,不過武惠妃不是最麻煩的。」

鄂王李瑤、光王李琚不解,忙問:「最麻煩的是誰?」

停了一會,李瑛接著說:「聽說老頭子近來在勾引他的兒媳,李瑁的媳婦楊玉環,看樣子老頭子要胡來了。」

酒席間眾人一陣沉默。

俗話說隔牆有耳,武惠妃得寵後,特別是兒子李瑁長大後,武惠妃便開始考慮如何扳倒太子李瑛,讓自己的兒子取而代之,所以早在太子身邊安下了耳目。太子李瑛的酒席還沒散,話已到武惠妃的耳朵裡,聰明的武惠妃急忙向唐玄宗彙報,玄宗聽罷,龍顏大怒,立即派人將幾個兒子抓來審問。酒後還沒有完全清醒來的幾個兒子沒能掩飾住真相,唐玄宗確信他們有不軌之心。

第二天,唐玄宗立即召集大臣商量,打算把太子李瑛和鄂王

李瑤、光王李琚廢掉，大臣們急忙以「太子天下本」為由堅決反對，並說酒後一時糊塗，寬大處置為好，此事一時被擱置。

過了一段時間，武惠妃分別緊急通知太子李瑛和鄂王李瑤、光王李琚，說是宮中有賊，讓他們緊急進宮幫助捉拿。幾位年輕人，上次酒聚惹出的禍讓他們還心有餘悸，這次得到通知後，不敢怠慢，立即披甲進宮，當然還帶了不少隨從。

唐玄宗此時正在惠妃處，突然接到宮人報告，說是太子跟另外兩個王爺穿鎧甲帶武器進宮了，惠妃裝作驚恐的樣子，大聲說：「他們反了！他們反了！」

唐玄宗立即下令御林軍捉拿反賊。不日，唐玄宗下詔，太子李瑛和鄂王李瑤、光王李琚被貶為庶人。

此時那片雲在天空又出現了，接著「受命於天，既壽永昌」的光束從天空射向唐玄宗李隆基。

李隆基怒氣不消，坐臥不安，大叫道：「小子！要謀反老子，說我勾引兒媳，天下都是我的，都是我的！」

李隆基大喊：「來人，下旨，賜死！賜死！」

唐玄宗李隆基一日殺掉三子。

那條蛇消失了。

夜幕降臨，風兒吹著樹枝搖搖擺擺，樹枝悄悄地將自己的影子貼在武惠妃的宮窗上。從裡面看窗影，像樹，像人，更像呲牙咧嘴的鬼魂。值守夜班的宮女是武惠妃最信任的宮女，武惠妃所做的一切她都清清楚楚。然而武惠妃不清楚的是，這些宮女愛著這些瀟灑英俊的王子們。

哪個少女不懷春，這些生活在深宮裡的宮女們，難得見到男人，皇帝他們不敢奢望，那些王子們就成為她們夢中的情人。現在那個宮女看看床上那位熟睡的女人，再看看宮窗上的倒影，她巴不得那些王子的靈魂快來報仇。似夢似醒中，宮女不小心碰到

了杌凳,聲音雖然不大,仍然驚醒了武惠妃。

自從殺了三位王子,武惠妃就睡不好覺,夜裡經常做惡夢,現在又從惡夢中驚醒,武惠妃衝著那位宮女吼叫:「怎麼回事?」

宮女嚇壞了,不自覺地指指窗外,說:「看到三個男鬼。」

恰巧此時一陣風起,一片黑影橫掃宮窗,武惠妃自然聯想到三位太子,武惠妃嚇得大叫一聲昏了過去。後來那位宮女被殺了,但是武惠妃因此害怕成疾,大病不起。請巫師在夜裡作法,為王子們改葬,甚至用處死的人來為王子們陪葬,都沒有用,最後惠妃驚恐而死。

武惠妃死了,李瑁失去了親娘。雖然武惠妃為李瑁將來做太子鋪平了道路,但是子以母貴,武惠妃死了,李瑁要做太子也就難了。但是更讓李瑁傷心的是,他將失去他的愛妻楊玉環。

事情是這樣,李瑁娶了個媳婦非常漂亮,就是後來被譽為中國四大美女之一的楊玉環。楊玉環姿容出眾,「不僅體態豐腴,肌膚細膩,青絲萬縷,且面似桃花帶露」。

當年武媚娘一身侍二君,現在楊玉環又要舊戲重演。不過不同的是楊玉環是先嫁給了兒子壽王,後又被迫委身於公公唐玄宗。此時楊氏22歲,李隆基56歲。

一個女子能嫁給瀟灑的皇子,自然也是滿意十分。從外形上看,李瑁和楊玉環兩個人男俊女美,很是般配,從性格來看,李瑁比較文靜,而楊玉環則活潑好動,喜歡唱歌跳舞,也是不錯的互補。小倆口恩恩愛愛地生活了五年,不料美貌的楊玉環被李瑁的爸爸唐玄宗看中了。

武惠妃死了,武惠妃陪伴了唐玄宗二十多年,輔佐了唐玄宗,成就了開元盛世的偉業,唐玄宗寵愛武惠妃。但是楊玉環的出現,更使唐玄宗眼前一亮,對比武惠妃,楊玉環更是美豔無比。武惠妃死的正是時候,唐玄宗感謝她的離去,唐玄宗頒下了一道

詔書，讓武惠妃以「貞順皇后」的名份和尊榮入葬陵寢。

後宮佳麗三千，李隆基卻看中自己的兒媳，確實不可思議，但是這是真的。皇帝要得到，怎麼能得不到呢，所以這便成為兒子李瑁更痛苦的開始。

一天，一個太監來到壽王府，向李瑁和她的王妃楊玉環宣讀聖旨：「梨園草創經年，樂師匱乏，欣聞壽王之妃，知音諳律，尤善琵琶，望王妃屈尊降節，執教梨園。」王妃楊玉環無奈只得接旨，而公爹唐玄宗李隆基，則化名「三郎」在梨園接近和勾引楊玉環。

一天，李隆基的妹妹玉真公主款款來到皇宮。

「皇兄，這可不是長久之計吧？」玉真公主微笑著問唐玄宗。

「請皇妹指點迷津。」唐玄宗放下皇帝架子，親自給玉真公主斟茶。

「怎麼皇兄聰明一世，糊塗一時。」玉真公主說。

唐玄宗不解，說：「請皇妹明示。」

玉真公主說：「你看我也糊塗，從輩分上說我們該稱武媚娘——武則天什麼來著？」

一句暗語，唐玄宗恍然大悟。

唐玄宗李隆基根據妹妹玉真公主的點示，派太監來到壽王府，向李瑁和他的王妃楊玉環宣讀聖旨：「婆母仙逝，玉環永懷追福，以茲求度，雅志難違。用敦宏道之風，特遂由衷之請，宜度為女道士。」說是楊玉環素來崇道，又非常有孝心，因為要給婆婆武惠妃追福，所以自願放棄王妃身份，去當一個女道士。

當年，唐高宗李治要娶武媚娘，不就是從尼姑庵裡接出來的嗎，現在道教流行，那就讓楊玉環到道觀裡過度一下，上行下效，天下人能接受武媚娘，自然就可以接受楊貴妃。

面對如此情景，李瑁義憤填膺，宰相李林甫趕來勸解。

第五章　亢龍有悔

宰相李林甫說：「給壽王道喜！」

壽王李瑁一肚子窩火，說：「宰相看我笑話！」

宰相李林甫急忙說：「豈敢，確實是道喜！」

壽王李瑁大聲喊道：「我老婆被搶了，何喜之有？」

李林甫說：「小聲點，慢慢說。」

李瑁更大聲喊道：「讓他來殺我吧，這樣就不用在道觀兜圈子了，直接抬到宮裡不就省事了嗎！」

李林甫說：「請壽王忍一時之憤，求長遠之喜。」

李瑁惱怒地說：「丟了老婆還有長遠之喜？」

宰相李林甫說：「皇上將您的名字由李清改為李瑁，那是有意將太子之位傳給您，您就是儲君啊，這不是喜嗎。」

壽王李瑁說：「你是說要我用老婆換太子？」

宰相李林甫說：「不是換，太子您可以不要，但是皇上想要的您不可能不給，壽王應該明白。」

壽王李瑁說：「有一點你可能不明白，儲君之位，在本王看來，視若鴻毛。我不做這樣的交易，我不做讓人恥笑的君王。」

話說到這份上李林甫歎氣搖頭，他是不明白，多少人為這個目標拋頭顱、灑熱血，李瑁為什麼如此看輕？壽王的母親武惠妃曾經的良苦用心算是白費了。臨走李林甫遺憾地丟下一句「孺子不可教也」收場了。

冷落的壽王府，李瑁懷念著自己的妻子曾經給壽王府帶來的歡笑。

現在楊玉環被搶走了，不再回來了。李瑁有時大喊：「你不是爹，你是禽獸！」有時李瑁又跪下來，喃喃地祈求：「父皇，把玉環還給我吧，我們畢竟是生活了五年的夫妻啊。」

李瑁瘋了。

在唐玄宗李隆基醉心於美女時，國家日漸腐敗，一個叫安祿山的開始反叛了。

安祿山，胡人，唐東北邊防將軍，驍勇善戰，屢立戰功，甚受唐玄宗喜愛。後來是身兼三鎮節度使，擁兵自重，權傾一方，這也為他後來的反叛提供了基礎。

安祿山的另一個特點是極善於阿諛奉承，安祿山長得特別肥胖，矮個子，凸肚子，一次唐玄宗指著他的肚子開玩笑說：「這麼大的肚子，裡面裝的是什麼呀？」

安祿山不假思索地回答道：「沒有別的，只有一顆赤誠的心。」

中國歷朝歷代大多以西北、東北的防務為重，唐朝也不例外。安祿山作為一位邊防大臣，居然就能把東北局勢穩定下來，這讓唐玄宗相當滿意。在他看來，只要有安祿山，東北防務就可以放心，朝廷也才能騰出精力去開拓西北，所以唐玄宗對安祿山多以恩惠獎賞。

唐玄宗命楊貴妃和她的兩個姐姐楊銛、楊錡與安祿山以兄妹相稱，而安祿山見楊貴妃寵冠六宮，盡全力討好楊貴妃。當時安祿山已經45歲了，楊貴妃剛剛29歲，安祿山提出要做楊貴妃的乾兒子。安祿山和楊貴妃兄妹相稱，現在又成了楊貴妃的乾兒子，唐玄宗笑呵呵地答應了。從此安祿山侍奉楊貴妃如母，因而得以隨意出入宮中。

那時有「洗三」習俗，就是在嬰兒出生後的第三日，舉行沐浴儀式，召集親友為嬰兒祝吉，也稱「三朝洗兒」，意在「洗汙免難、祈祥圖吉」。

楊玉環賜安祿山在華清池洗浴，浴罷用錦緞結成一個小兒搖籃，令安祿山裝作嬰孩兒模樣，臥在搖籃中。正好唐玄宗路過，見一群宮女嘻嘻哈哈抬著這麼一個大搖籃，問是怎麼回事，左右

第五章 亢龍有悔

回答說，貴妃在給祿兒洗三呢。玄宗一聽，哈哈大笑，說：貴妃這個當媽的辛苦了，趕緊放賞。這個被稱為祿兒的就是滿臉鬍茬子的安祿山。

在和大唐嘻嘻哈哈的打交道中，大唐的腐朽已被安祿山看得清清楚楚，唐玄宗春秋漸高，嬖幸豔妃，驕情荒政，李林甫獨專大權，綱紀已亂，後來換上個楊國忠更是個無能之輩。亡國徵兆已出，天下將易主。與其讓天下落在別人手裡，不如我安祿山拿走，於是安祿山表面上對唐玄宗忠誠無二，暗中卻做著謀反的準備。

安祿山看時機成熟，便舉兵叛亂。兵精馬壯的叛軍，以摧枯拉朽之勢，很快便佔領了洛陽、長安，唐玄宗李隆基被趕到成都，安祿山在洛陽自稱大燕皇帝。

那片雲又出現了。那條蛇在天空看東方大地熱鬧非凡，於是將「受命於天，既壽永昌」的光束，朝大地頻頻打來。

第二年叛軍內訌，得意忘形的安祿山原來已經立兒子安慶緒為太子，但是，一直也不怎麼滿意。他的愛妾段氏，又給他生了一個兒子叫安慶恩，安祿山想改變最初的決定，立安慶恩為太子。安慶緒知道後整日坐立不安，害怕不知哪一天會被父親廢掉殺死，所以決定先下手為強。

在安慶緒的安排下，刺客在安祿山熟睡時舉起手中的大刀，向安祿山的腹部用力砍了下去，安祿山的肥腸一下子湧了出來，「赤誠」流完，安祿山死去。

安慶緒繼位為大燕皇帝。

安祿山原部下，叛軍大將史思明藉口安慶緒殺死了自己的父親，篡奪皇位，天理不容，以替安祿山報仇名義設計殺了安慶緒。史思明自稱為大燕皇帝，改年號為順天，立妻子辛氏為皇后，兒子史朝義為太子。

史思明也犯了安祿山一樣的錯誤,此時史思明偏愛上了小兒子史朝清。時間長了,史朝義和史思明父子之間就產生了嚴重的矛盾。

史思明又想改變最初的決定,立史朝清為太子。史朝義又是先下手為強,勒死了其父史思明,史朝義繼承帝位,改年號為顯聖。後來史朝義在和唐軍的交戰中兵敗,走投無路,就在樹林中上吊自殺了。唐軍割取了他的頭顱,獻給了朝廷。

天機前的李淵看到此,歎道:「都是為了當皇帝啊!」

歷經安史之亂,唐王朝元氣大傷,走向衰落。

天使收起天機。

不遠處,畫聖吳道子、詩仙李白和書聖王羲之的靈魂在觥籌交錯中嘻樂,到了冥界,他們仍改不了生前饞酒的習慣。

吳道子仍喜歡醉酒揮毫,他喜歡畫巴山蜀水,怪石崩灘。吳道子畫畫時速度很快,揮筆如暴風驟雨,嘉陵山水,縱橫三百里,一氣呵成;李白仍是鬥酒詩百篇:「朝辭白帝彩雲間,千里江陵一日還。兩岸猿聲啼不住,輕舟已過萬重山。」配合吳道子的畫和音;王羲之放下酒樽,提筆一個「永」字,光照千秋,讓吳、李二人叫絕。

自幼喜愛文學藝術的李世民似有所悟,起身向父親告辭,向他們三人走去。李世民隨身帶有王羲之的〈蘭亭序〉真跡,他想他們三人應該接納他。

玄奘和尚在冥界講經,聽眾很多,李淵悄悄地坐在了後排。在玄奘和尚的身後,貼有一副對聯,上聯曰:暮鼓晨鐘驚醒世間名利客;下聯曰:經聲佛號喚回苦海夢迷人。

遠處飄來十個靈魂,那是李建成和李元吉的兒子們,他們來到李建成和李元吉面前,大家相見,淒然無語。他們簇擁著李建成和李元吉,就像一片無語的雲,飄向遠方。

一會兒又過來一個瘋瘋癲癲的靈魂,邊走邊嚎叫:「父皇,還

我玉環！」那是壽王李瑁。

九、削刺殺臣——君君臣臣義絕

在今安徽鳳陽有一座寺廟，叫皇覺寺。不知這裡是先有了皇覺寺，因而產生了皇帝，還是誰人算准了皇帝要在這裡誕生，因而在這裡修建了皇覺寺。

一天狂風暴雨，電閃雷鳴，殘破的皇覺寺在狂風暴雨中飄搖，暴雨將皇覺寺衝洗得乾乾淨淨。主持佛性大師在持珠誦經中突然停住，一句「阿彌陀佛！」後，立即起身命令身邊的和尚：「趕快開門，皇上駕到。」

身邊的和尚們你看看我，我看看你，好像說，今天長老怎麼了，看樣子長老真的是老了，在說胡話。

佛性大師看和尚們沒動，急忙又催促，有個和尚才極不情願地走向大門。

大門打開了，門簷下站著一個精瘦的大男孩，一道閃電將大地照得通亮，大家看清楚了，他們認識此人，是不遠村莊的窮小子朱重八，和尚們於是一哄而散。

來者確實是窮小子朱重八，也就是後來的明太祖朱元璋。

朱元璋的父親叫朱五四，是個佃戶，佃戶就是住地主家的房，男人為地主種地，女人為地主幹雜活，孩子為地主放牛放羊。可以說，朱元璋是「無產階級」出身。

朱五四的祖籍是江蘇沛縣，那是漢高祖劉邦的家鄉。不知朱五四的哪一代先人，後來由沛縣遷到江蘇句容，再後來又逃荒到現在的安徽鳳陽。

在鳳陽的日子也不好過。朱元璋有兩個姐姐、三個哥哥。大姐在朱元璋出生時已經出嫁，婚後不久染病去世。二姐嫁給了一個漁民。大哥成了家，二哥、三哥因為家窮，娶不起媳婦，只好出贅給人家做養老女婿。

朱元璋的父親朱五四是個老實人,一生勤勤懇懇,任勞任怨。

朱元璋的外祖父曾經在宋朝大將張世傑手下當過兵,後來兵敗,也逃到鳳陽,是個見過世面的人。朱元璋懂事後,母親經常給他講這些故事,對朱元璋的影響很大。

朱元璋從小給地主家放牛,他還有幾個放牛的小夥伴,他們是周德興、湯和、徐達等,這都是後來的明朝開國功臣。

朱元璋16歲時,家鄉碰上了災年。先是旱災,入春以來,接連幾個月乾旱無雨,坑塘河溝全都乾枯了,田地裡的莊稼也都蔫了。接著是蝗災,鋪天蓋地的蝗蟲過後,莊稼也就剩下光桿了。老百姓困苦到了極點,餓急了,饑不擇食,樹皮、草根,什麼都吃。蝗災過後,又遭瘟疫,饑困病毒,裡外夾攻,不久後就是「戶戶有新喪,家家起新墳」,一番淒涼景象。

朱五四一家也沒能躲過這場災難,農田幾乎顆粒無收,朱家落到家徒四壁、一貧如洗的地步。瘟疫來了,朱五四最先死去,沒過三天,大兒子又死去,十二天後,母親又抱病身亡。

朱家上無片瓦下無立錐之地,如何安葬死者?朱家兄弟求東家施捨,遭到東家的拒絕。後來得到鄰居幫助,才算有了安身之地。以草席代替棺材,朱元璋送走了父母和兄長。

走的走了,留下的呢?大男孩朱元璋獨自望著空空的家。

又是好心的鄰居告訴朱元璋:朱元璋的父親朱五四曾經許願,讓朱元璋到皇覺寺去當和尚。原因是朱元璋剛生下來時,不知什麼原因就是不吃奶,差點夭折,後來朱五四求告菩薩,許下了讓兒子去做和尚的願,朱元璋才吃奶了。留在家裡等死,不如現在還願,出家去皇覺寺。這樣就有了一開始皇覺寺主持佛性大師命令開門迎接皇帝的一幕。

皇覺寺主持佛性大師將朱元璋讓進屋裡,仔細打量著朱元璋。怎麼也看不出他的皇帝相來,但是佛性大師堅信,這位站在自己面前的大男孩就是將來的皇帝。因為在朱元璋敲門時,在閃電的

照射下，他看到了佛祖坐像下清晰地閃現出一條龍，這個秘密只有佛性大師自己知道。

佛性大師沒再說什麼，只是安排朱元璋每天要到他那裡學佛經。

雖然佛性大師尊重朱元璋，但是其他的和尚並沒把朱元璋當成一回事，朱元璋年齡也最小，所以經常被人吆來喝去。

災情太嚴重了，平時主要靠收租和接受佈施過活的寺院也維持不下去了，大部分和尚被打發出去化緣了。

一日佛性大師將朱元璋叫到屋裡，對他說：「你的劫數還沒完，另外你還需要雲遊天下，增長見識，去吧，三年後我等你，阿彌陀佛！」

朱元璋離開皇覺寺，一個人開始了為期三年的化緣生活。

朱元璋邊走邊打聽，去受災較輕的地方化緣，首先保證不餓死，另外他還記住了佛性大師的那句「雲遊天下，增長見識」的囑咐。

朱元璋背著一個小包袱，裡面幾件破衣服，敲著木魚，沿街挨戶地向人乞討，受盡人們的白眼和看家狗的狂吠。

經過三年乞丐生活，朱元璋慢慢成熟了，能經受得起任何打擊，也會在任何情況下保持頭腦清醒，真是天將降大任於斯人，必先勞其筋骨，餓其體膚……

三年的化緣生活，也讓朱元璋大開眼界，熟悉和瞭解了不少地理物候和風土人情，這都是後來打天下所必備的。

三年後，朱元璋又回到了皇覺寺。

佛性大師又將朱元璋讓進屋內，桌上放著佛經。

此時天下已開始大亂，元朝統治搖搖欲墜。

當時，蒙古人統一了中國後，把國人分為四等：蒙古人、色目人、漢人、南人，其中最尊貴的是蒙古人，凡政治、軍事上的高官大吏，幾乎都由他們擔任，色目人次之，南人最低賤。最高等

級的蒙古人殺掉最低等級的南人,唯一的懲罰是賠償一頭驢。這樣長此以往,一有「災情」,起義就不可避免的要爆發。

天下大亂,皇覺寺的僧人們也很難再「清靜無為,置之度外」,只有參加起義去了,若不參加起義,元軍來了也要把他們當作起義軍殺掉,以充數戰績。

朱元璋犯難了。

此時幼年一起放牛的夥伴,已在起義軍做了千夫長的湯和給他來了一封信,勸他參加起義軍。朱元璋看後把信燒掉了,對從軍一事,朱元璋還是難下決心。

朱元璋與起義軍有信件來往的事被人知道了,有人要告發朱元璋。朱元璋又找來兒時放牛夥伴周德興,周德興幫朱元璋算了一卦,結果是「卜逃卜守則不吉,將就凶而不妨」,意思是,逃跑和守在皇覺寺都不吉利,參加起義雖然有風險,但是也可能平安無事。這一卦,開啟了朱元璋通向帝位的大門。

在眾多起義軍中,有一支起義軍的領袖叫郭子敬,他所在的濠州已被元軍包圍,此時手下軍士向他報告,抓住一奸細,要請令旗誅殺。按慣例,郭子敬丟下令旗也不會多問,可是那位軍士又多說了一句:「那人說是來投軍的,我們被元軍圍困,誰會在這時來投軍,一定是奸細。」

這一句話引起了郭子敬的注意,他要看看是誰會在他危難時投奔他。

朱元璋此時來投起義軍,明顯是一步險棋,或被那位軍士當奸細殺掉,或城池被元軍攻破,參加起義軍兵敗被殺。但機遇與風險同在,朱元璋的風險投軍受到了郭子敬的信任,他的運氣不錯,那一仗,元軍也沒有能攻破城池。

朱元璋成了郭子敬的親兵,不久又升為親兵長,成為了郭子敬的心腹。後來郭子敬又將自己的義女馬姑娘許配給朱元璋,這個馬姑娘就是以後有名的馬皇后。

有一次朱元璋得罪了郭子敬,被郭子敬關了起來,郭子敬的兒

子郭天敘不讓守兵給朱元璋飯吃，想把朱元璋餓死。

馬姑娘知道後，將剛做好的烙餅揣在懷中，給朱元璋送去，胸口都被烙餅燙傷了。

後來朱元璋被放出，夫婦二人感情愈加深厚。

朱元璋被放出來後，也感到郭子敬能力有限，他想開闢自己的事業。朱元璋向郭子敬申請帶兵，郭子敬同意了。

郭子敬命令朱元璋攻打定遠，這是元軍駐有重兵的地方。郭子敬這樣安排也是想難為朱元璋，讓朱元璋「收斂」一些。沒想到朱元璋找到了元軍的薄弱點，一舉攻克了定遠，並在元軍的援軍到來前又撤出了定遠。然後揮軍連克懷遠、安奉、含山、虹縣，連戰皆捷，銳不可當。朱元璋顯示出了自己的軍事天才，並聚集了上萬人馬。

家鄉有二十四人來投奔他。

朱元璋回到郭子敬處，此時朱元璋已經明白自己的前途所在。朱元璋向郭子敬提出「辭呈」，讓郭子敬感到更驚訝的是，朱元璋只帶走二十四人，其餘的都歸還給郭子敬。

這二十四人中包括周德興、湯和、徐達等。

從此朱元璋踏上了攻打自己天下的征程。

朱元璋又來到定遠，這是他第一次帶兵的地方，朱元璋振臂一呼，很快又集合了上千人的隊伍，不久他的隊伍又發展到四千人。

朱元璋聽說附近還有一支兩萬人的隊伍，便利用夜幕掩護，實行突襲，四千人的隊伍俘虜了兩萬人。朱元璋以少勝多，下屬不得不服。

朱元璋給俘虜訓話：你們兩萬人被我們四千人打敗，你們知道為什麼嗎？因為你們沒紀律，缺少嚴格的訓練，說得俘虜兵心服口服，表示以後願意跟隨朱元璋幹。

不久朱元璋就訓練出了一支精兵。

一個中年讀書人走進了軍營，朱元璋任命他為文書。

有一天，朱元璋在營房裡烤火，一人自言自語地說：「天天打仗，何時是個頭啊？」

那位文書說話了：「秦朝亂時，漢高祖劉邦也是平民出身，他豁達大度，知人善任，只用五年時間便成就了帝王之業。元帥祖籍也是沛縣，現在元朝氣數已盡，只要元帥能向漢高祖學習，天下就是元帥的。」

朱元璋詫異地看著這個人，慢慢地站起來，鄭重地向他行了個軍禮。

這個人就是後來的明朝開國第一功臣李善長。

為了站住腳跟，朱元璋決定攻取大城市滁州。

滁州地勢險要，古語「環滁皆山也」。朱元璋派勇將花雲率騎兵一千直衝敵方中央陣地，自己帶大軍隨即壓上，一舉攻克了滁州。

這時又有幾位人物來到了朱元璋麾下，他們是朱元璋的侄子朱文正，姐夫李貞，外甥李文忠，他們都成了創建明朝的重要角色。

朱元璋在滁州站住了腳，可是郭子敬在原來的地方被人擠兌出來了，無奈郭子敬投奔了自己的「女婿」朱元璋。

郭子敬原來還顧慮朱元璋能否收留自己，沒想到，郭子敬來到後，朱元璋將帥位讓給了郭子敬，更讓人吃驚的是，朱元璋還把三萬精兵的指揮權也交給了郭子敬。別人問朱元璋為什麼這樣做，朱元璋誠懇地說：「沒有郭子敬就沒有我朱元璋的今天，我不能忘記郭子敬的恩德。」

知恩圖報，郭子敬服了，郭子敬的兒子服了，全體將軍士兵都很佩服。

有容乃大，一個人的強大是在於這個人的內心。

這一年朱元璋二十六歲。

這一年，朱元璋將眼睛盯住了南京。

南京，王氣之地。紫金山縱橫南北，恰是巨龍潛伏，石頭山臨江陡峭，如虎盤踞。但是，要攻南京必須要有水軍，朱元璋正在發愁，突然下士來報，一個叫俞通海的率水師萬人，戰船千艘前來投奔。

朱元璋仰天長歎：「天助我也，大事可成！」

朱元璋召集軍事會議，分析即將要成為戰場的南京，南京上游有個叫「採石」的地方，突出於長江南岸，地勢險峻，扼守南京的上游地區，是南京的咽喉，南京與採石之間，還有個叫「太平」的險要之地。若取南京，要先取太平，而要取太平，必先取採石。

形勢明瞭，朱元璋開始排兵佈陣。夜間，千船竟發，天剛濛濛亮，朱元璋的大軍兵臨採石，不久採石被拿下。接著朱家軍直撲太平，沒費太長時間，太平被掃蕩，不久南京被團團圍住。

南京城五里外，殺聲、鼓聲攝人心魄，朱元璋兵分三路日夜攻城，十日後，南京城破，朱元璋走進南京。

朱元璋由鳳陽、濠州、滁州，一路走來，今日踏進南京，心情實在激動。朱元璋對眾將說：「南京枕山帶江，天造地設，今為我有，加上諸位齊心協力，天下可得！」

朱元璋得到了南京，更重要的是，朱元璋又得到了一位曠世之才。

朱元璋曾問李善長：「當年漢高祖靠什麼平定了天下？」

李善長回答：「劉邦主要靠三位傑出人才得到天下。」

朱元璋說：「你可以算是我的蕭何，徐達可以算作韓信，那麼誰是張良呢？」

誰是張良呢？

劉基（也叫劉伯溫）！

劉基，何許人也？

這麼說吧，《三國演義》裡有個諸葛亮，諸葛亮是智慧的化身，但是諸葛亮是被演義出來的，是小說中的人物。而真正可以稱得起智慧化身的中國歷史人物是劉基，也就是朱元璋需要的「張良」。

不久浙江人劉基被朱元璋請入南京。

劉基對朱元璋說：「主公，您現在的優勢已很明顯，您雖然是平民出身，從一無所有到取得如此大的勝利，做事英明果斷，且從不濫殺無辜，這是主上的優勢所在。可是擋在您面前的卻有兩個主要敵人：一個是陳友諒，一個是張士誠。陳友諒在西邊，占了大半個江南，他的部下都是些不怕死的亡命之徒，所以人們都認為陳友諒的勢力最為強大，也最有可能取得天下。但是他卻有著致命的缺點，他的軍隊軍風軍紀不整，對老百姓燒殺搶掠，必然會使百姓離心背德，如此一來，民心不得，軍心不穩，垮臺是早晚的事。」

劉基接著分析張士誠：「身處東邊的張士誠，他所佔領的都是一些沿海地區，狹長而不足守，兵力尚強時與元朝作對，戰事不利、兵力弱時則投靠元朝，因而兩面派的做法難有大的作為。更為重要的是，根據張士誠和陳友諒兩人的性格、實力及戰場佈局，若我們先進攻張士誠，陳友諒必然會前來夾擊我們，到時我們會腹背受敵，若我們先進攻陳友諒，張士誠會坐山觀虎鬥，以求自保，所以我們首先應該消滅陳友諒，且密切注意張士誠的舉動，把他作為一個長期鬥爭的目標才更為合適。」

劉基來到朱元璋身邊，使朱元璋感到萬事俱備，他要立足南京，博弈天下。

在朱元璋正準備向陳友諒進擊時，陳友諒反而主動打上門來了。

陳友諒，窮苦漁民出身。朱元璋與陳友諒兩個乃一山不容二虎，推翻元朝統治前要先來個你死我活。

陳友諒有著當時中國最強大的水軍，戰船大多是三層樓高，各

種火炮齊全。相比之下朱元璋的軍艦也就是些小漁船，陳友諒的艦隊不用開炮，只是撞，也能把朱元璋的艦隊撞垮。

陳友諒果然出手不凡，自長江上游往下游進攻，不幾日攻克了採石，接著又踏平了太平。

朱元璋召開緊急軍事會議，大部分將士主張逃跑，只有少部分主張退守紫金山。

劉基說話了：「那些說投降和逃跑的人應該被殺掉！」

劉基的開場白震攝了全場。

劉基接著說：「陳友諒看似強大，實則驕橫，驕兵必敗。只要我們誘敵深入，使用伏兵攻擊，打敗陳友諒是有辦法的。」

劉基又說：「如若我們放棄南京，就意味著我們放棄軍需的來源，我們將被陳友諒追著打，後果將不堪設想。」

劉基的態度堅定了朱元璋堅守南京的決心。

朱元璋下令：「在南京與陳友諒開戰！」

陳友諒帶領他的「無敵艦隊」一路闖過長江，夜間進入了秦淮河。秦淮河上有一座木橋，陳友諒原計劃大軍到後，即時毀掉該木橋，大軍直抵南京城下，天明即可對南京實施突然攻擊。但是朱元璋在陳友諒大軍到來之前，已將木橋改成了石橋。陳友諒的前進道路被阻，無奈只得另選登陸地點。此時手下報告，一位將軍已在一個叫龍灣的地方登陸成功，正在攻擊前進。陳友諒下令全軍跟進，通過龍灣，進攻南京。

在龍灣，朱元璋給陳友諒佈置了一個「伏擊口袋」，當陳友諒指揮他的軍隊進入口袋後，朱元璋下令已經埋伏好的大軍悄悄圍上來。天明後，陳友諒的軍隊吃驚得怔住了，朱元璋的軍隊像欣賞陷阱中的獵物般看著被圍住的敵軍，戰場一片寂靜。

朱元璋在高處，搖動了一下進攻的令旗，一時鼓號齊鳴，殺聲陣天，如山崩地裂。天上的神靈似乎也喜歡這戲劇性的一幕，雷霹電閃，狂風肆虐，大雨如注。

先是一番炮火齊鳴,接著是火槍箭弩的轟擊後,五路大軍在徐達、常遇春、馮勝等將領的帶領下對敵軍展開輪番衝擊,騎兵來往縱橫,戰馬過後血肉橫飛。

　　陳友諒的軍隊見狀急忙向船上撤退,但是此時正是退潮,船隻擱淺。陳友諒只得跳上一隻小船倉皇逃命。

　　此戰朱元璋俘獲了陳友諒的一百艘大船和數百艘小船。

　　得勝後的朱元璋揮軍向陳友諒追去。

　　在鄱陽湖,雙方又擺開了戰場。

　　朱元璋的水軍是原來的「漁船隊」,加上新俘獲的戰艦,兵力二十萬。

　　南京龍灣一戰,陳友諒所損失的艦隊,對陳友諒來說,僅僅是一小部分,陳友諒的水軍仍強大於朱元璋的水軍。更重要的是,陳友諒又研製出了更強大的戰艦。這種戰艦的三層都可以跑戰馬,整個戰艦還用鐵皮包裹,可以說是那個年代的航母。

　　朱元璋抬頭向陳友諒艦隊望去,幾百艘戰艦黑壓壓像綿延的群山,上面士兵的鎧甲和兵器閃耀出來的光芒像陽光似的刺眼,飄揚的旌旗啪啪作響,攝人心魄。

　　朱元璋掃視一下他的將領,指出敵人的船隻雖然大,但是機動性能不好,我們的雖船小,但是靈活,我們可以用「眾小」,擊敗他的「笨大」,這稱之為是「狼群戰術」。

　　誰打頭陣呢?

　　徐達站出來,說:「我做先鋒!」

　　徐達帶領他的艦隊,向黑壓壓的「群山」進擊。當他們靠近敵艦時,自己的艦隊迅速散開包圍住一艘敵艦,先是施放火槍和箭弩,當靠近敵艦後,徐達身先士卒,爬上敵艦,展開肉搏。

　　第一仗,徐達俘獲一艘敵巨艦。

　　陳友諒大軍從慌亂中反應過來,幾十艘戰艦撲過來,徐達見狀急忙領軍後撤,敵方幾十條戰艦尾隨追來,陳友諒不知這是朱元

璋一計。朱元璋的水軍戰將俞海通指揮他等候多時的艦隊立即將追來的敵艦隊包圍，立時炮火齊鳴，火槍箭弩齊放，陳友諒的前鋒艦隊全軍覆沒。

　　陳友諒見狀指揮全軍壓上，一陣驚天動地的炮聲，朱元璋的戰艦紛紛起火，徐達也不得不棄船逃走。

　　朱元璋望著陳友諒黑壓壓的「群山」艦隊一籌莫展，部將郭興在朱元璋耳邊說了兩個字：「火攻！」

　　朱元璋看了看飄揚的旌旗說：「風向不對。」

　　郭興說：「風向有變時。」

　　朱元璋點點頭，也只能如此。朱元璋下令立即準備了七條裝滿火藥和稻草的小船待令。

　　陳友諒指揮著他的艦隊，鋪天蓋地朝朱元璋壓來。朱元璋心理祈禱：「蒼天保佑，不然我就完了。」

　　天上飄來一片雲，那條蛇從雲裡探出頭來，朝下看了看，又將頭縮回去，一條光束從天上打下來，雙方的艦隊被罩在光束裡。

　　不一會風停了，緊接著風又起了，但是風向變了！

　　光束的光影下，七條裝滿火藥和稻草的小船向陳友諒黑壓壓的「群山」艦隊鑽去，立時「群山」艦隊濃煙滾滾。

　　陳友諒拔劍指蒼天，大喊：「蒼天不公！」一支冷箭飛來，直指陳友諒前胸，陳友諒倒下了。

　　火光裡，被燒死、被射殺的兵士不時傳來最後的慘叫。

　　鄱陽湖手捧滿湖的血水，接映著天上如血的殘陽。

　　那條蛇悄悄走了。

　　想起當年，秦始皇將那條蛇拋於鄱陽湖，鄱陽湖不接納它，使它受到太極鳥的懲罰，那條蛇恨鄱陽湖。現在那條蛇不但偏袒了一方，它還給鄱陽湖留下了點顏色。

　　陳友諒被淘汰出局了，朱元璋下一個對手是統治東部的張士誠。

張士誠是個鹽販子。

張士誠起兵造反，佔領了揚州，切斷了大運河的漕運，中斷了江南糧食往元廷的供給，引起元廷的恐慌。此時張士誠在江蘇高郵城稱王，國號大周，元廷便派元朝名臣脫脫率領百萬大軍前來鎮壓。高郵城被百萬大軍圍困，張士誠竟堅守了三個月，最後元軍無奈退去，從此張士誠名聲大振。

張士誠統治江浙一帶後，便將江浙一帶的賦稅免除，老百姓紛紛為他建祠堂，歌頌他的功績。

朱元璋對他的評價：「器小！」

張士誠只是想割據一方，沒有當皇帝的野心。但是他不明白，自從他造反後，要麼成功當皇帝，要麼被殺淘汰出局，沒有其他路，就是想回去再當鹽販子都不可能。

朱元璋揮兵撲向張士誠。

張士誠對付朱元璋和在高郵對付元朝兵馬一樣——烏龜戰術，將部隊縮進他的首都蘇州城裡，任你進攻也不搭理。

只要時間充足，兵馬充足，糧草充足，天下沒有攻不破的城池。

朱元璋用了八個月的時間，蘇州城被攻破了。

朱元璋在消滅了陳友諒和張士誠後，已經統治了南半個中國，朱元璋在南京宣佈登基做皇帝，定國號為「明」，建元洪武。

朱元璋披上了龍袍。

朱元璋下面的對手是元朝，是蒙古族。

作為遊牧民族的蒙古族，是個曾讓世界震驚的民族。

蒙古軍隊曾在亞歐大陸東征西討所向披靡，他們攻陷過莫斯科，進入過匈牙利。

蒙古軍隊勢如破竹般地佔領過伊朗馬贊德蘭地區，隨即進兵兩河流域，1258年蒙古軍隊攻佔巴格達，後來還曾西征過敘利亞，攻佔過大馬士革。

蒙古軍隊滅掉南宋，第一次在中國建立起統一的、非漢人統治的國家，使中國進入了歷史上的元朝時代。

統治了中國近百年後，元朝氣數盡了，代之而起的是明朝。

朱元璋代表原先中國的主體民族，現在生活在社會下層的漢族，向外來的、曾經征服過自己的蒙古族宣戰，宣戰書只用了十六個字：「驅逐胡虜，恢復中華，立綱陳紀，救濟斯民！」

出征前，朱元璋設壇祭告蒼天，又告誡諸位將領：「此次北伐乃是奉天的旨意，是為中原百姓平息禍亂的，重要的是平定中原，推翻元朝統治，解除民痛，安定民生，所以，此次出征只能打仗，不能擾民。」

大將徐達、常遇春、馮勝等奉命率領明朝大軍北伐。

很快北伐大軍攻破淮安，接著下邳、沂州被拿下，沂州守將王宣、王信負隅頑抗，城破後被殺掉。

一路北伐軍逆大運河北上，攻下東平、濟寧。徐達親率北伐軍主力攻擊益都，益都守將普顏不花中箭身亡。拿下益都後，徐達又順勢拿下臨淄、昌樂等六州縣。

第二年二月，常遇春打下了東昌，三月，整個山東被攻下。

北伐大軍劍指河南。

徐達大軍自鄆城乘船沿黃河西進，直逼汴梁東北的陳橋，元軍守將被迫投降。徐達率軍進佔河南府，不久又連克汝州、陳州、嵩州、均州等。

與此同時，馮勝帶兵向西進攻潼關，潼關元軍守將臨陣逃脫，相鄰其他各州，見狀也都紛紛逃走。

五月，朱元璋親自趕到汴梁指揮進攻元朝首都（北京）的戰鬥。

朱元璋佈置完戰鬥方案後，又語重心長地說：「中原百姓久為群雄所苦，死亡流離便於道路。前代革命之際，兵革相加，肆意屠戮，違天虐民，朕實不忍，你們要引以為戒。克城之日，不要

擄掠，不要焚蕩，不要妄殺。要做到市不易肆，民安其業，對元朝的宗室，要妥善安置，加以保護，以實現朕伐罪救民的志願，有不聽令者，斬無赦。」

七月二十七日，北伐軍攻克通州，佔領北京城指日可待。

北京，那時稱大都，城防十分堅固，而且城中駐有大量的軍隊，儲備有足夠的糧食，堅持一年以上沒問題。而且離北京不遠的太原還有十萬元軍，隨時可以出兵勤王。

但是當徐達、常遇春充分估計了困難，率領大軍將北京圍困起來後才發現，北京城裡既無重兵，也沒元皇帝的影子。

當時元朝的皇帝叫妥歡帖睦兒，史稱元惠宗。明朝的文人們見元惠宗放棄堅固的北京，選擇逃走，認為他是「順應天意」，所以來點幽默，稱他為「元順帝」。

元惠宗逃出北京，跑到上都（內蒙古境內），繼續做皇帝，但是，元作為全國性政權的時代結束了。

漢人英雄朱元璋，如一顆新星照耀著曾由漢人統治的國度。

蒼天似乎在考驗朱元璋，新朝伊始，天降大旱，這使朱元璋想起小時家鄉連年大旱，瘟疫流行的可怕情景。朱元璋設壇祭告父母的在天之靈，請他們保佑，請他在上天面前說情，說蒼天將天下交給兒子管理，兒子不敢忘本，往年二老吃草根的情形永不敢忘，今天兒子將帶領妻兒一起在半月之內吃草根野菜粗飯，與百姓共苦，以反省上天的譴責，為百姓祈福。

說到做到，他作為一個皇帝，真的半月之內吃草根野菜充饑。

蒼天接受了朱元璋的真情，不久普降大雨，這時朱元璋更加堅信，蒼天佑他，前提是他不能忘本。

他命令在皇宮空閒地，一律種植蔬菜，朱元璋空閒散步，便來到菜園，看小內監取水灌園，捉蟲除草，以此思念農民的辛勞。

文化水準不高的朱元璋特別欣賞李山甫寫的〈上元懷古〉：

　　南朝天子愛風流，盡守江山不到頭。

第五章 九龍有悔

　　總是戰爭收拾得，卻因歌舞破除休。
　　堯行道德終無敵，秦把金湯不自由。
　　試問繁華何處有？雨苔煙草石城秋。

　詩裡說，南京天子奢侈腐化歌舞風流，導致了國家忽起忽滅。朱元璋覺得這首詩很有警醒意義，就讓人書寫在自己住處的屏風上，引以為戒。

　在他的以身作則帶領下，明朝也確實出了不少廉政官員。

　有個學士叫羅複仁，有一次，朱元璋到他家裡找他，東拐西拐，好不容易在郊區兩間破瓦房前找到他。當時羅複仁提著桶在刷牆，朱元璋見此人灰頭土臉，以為是給羅複仁幹活的人，便問他：「羅複仁住在這裡嗎？」

　沒想到，那人回頭一看，急忙下跪，說：「我就是羅複仁。」

　這時朱元璋才看清，眼前的這個衣衫襤褸穿得像叫花子一般的人，就是羅複仁。朱元璋哭笑不得，半天憋出一句話：「你怎麼住這麼破爛的房子。」

　羅複仁賠笑著說：「臣家窮，只能將就了。」

　朱元璋說：「一個大學士，怎麼能住這樣的房子。」回頭便賜給他一套大宅院。

　吏部，相當現在的組織部。吏部尚書（部長）吳琳退休回家。朱元璋派使者打探他的近況。使者到了吳琳的家鄉，沒有見到豪華的尚書宅邸，便問路邊一個在稻田裡插秧的老農：「請問吳尚書府在何處？」

　老農抬起頭來說：「我就是吳琳，找我啥事？」

　使者回去將吳琳情況彙報朱元璋，朱元璋聽後很是感慨。

　朱元璋夢想創造一個真正純淨的王朝，一個官員人人清廉、百姓安居樂業的王朝，所以朱元璋對貪贓枉法的官員絕不手軟。

　朱元璋坐在龍椅上，看著下面的文臣武將，大殿裡鴉雀無聲，朱元璋說：「從前我是老百姓時，見到那些耀武揚威的官吏，心

裡就恨透他們，現在你們是官了，但是你們不能成為那樣的官吏，今後凡是貪贓枉法者，一律殺掉。」

聲音不大，但是所有官員聽後，後背都有點發涼。

今天朱元璋要懲罰一個人，這人就是自己的駙馬爺歐陽倫。

明初時，茶葉在邊境貿易中實行官控，茶葉在那時主要是用作換取邊境馬匹。可是私人的茶葉貿易屢禁不止。前不久，朱元璋的女婿，駙馬爺歐陽倫派自己的家人周保一行到邊境販賣茶葉，牟取暴利。周保一行仗勢囂張，所到之處，橫行霸道，地方官員不敢得罪，只得俯首聽命，派人派車，一路伺候。在經過一個檢查站時，周保等人更是蠻橫無理，稍有不順，就是拳打腳踢。檢查站的小吏忍無可忍，憤而上告。

朱元璋得知此事後勃然大怒，他先是將周保等人立即處死。

朱元璋坐在龍椅上，看著下面的文臣武將，擺擺手，駙馬爺歐陽倫被押赴刑場。

駙馬爺歐陽倫是安慶公主的丈夫，安慶公主是馬皇后所生，但是朱元璋執法不容私情，斬無赦。

廣東番禺縣令道同，是個清廉官員，由於執法嚴厲，得罪了地方上的土豪劣紳，這些土豪劣紳便賄賂朱亮祖，要朱亮祖挾持這個小縣令。

朱亮祖是赫赫有名的開國大將，被封為侯爵，鎮守廣州。

朱亮祖收受賄賂後，成了這些土豪劣紳的保護傘，因此和道同多有衝突。後來道同依法抓獲了惡霸羅氏兄弟，朱亮祖竟動用軍隊包圍縣衙，強行將犯人搶回，道同無奈只得上疏朱元璋。

朱亮祖得知後，編制一些罪名，也上疏朱元璋。由於朱亮祖動用軍馬快遞，朱元璋先看到了朱亮祖的上疏，於是朱元璋下令處死道同。

道同被處死時，不少老百姓都來送行。

第五章 亢龍有悔

當朱元璋後來看到了道同的上疏時，頓時明白了真相，朱元璋感到受到朱亮祖的愚弄。

一天，大理寺官員來到朱亮祖處，朱亮祖並不吃驚，他心想朱元璋不至於為了一個縣官要他的命。可是當大理寺官員問，你的兒子朱暹呢？朱亮祖愣住了，他知道朱元璋要來真的了。

朱亮祖被押到朱元璋面前，朱元璋也沒跟他多說，揮鞭就打，侍衛們見皇帝親自動手，便也來了勁，朱亮祖父子被當廷活活「鞭死」。

朱元璋還不解氣，下令將所有參事人員處死。看在朱亮祖有戰功，給他留個全屍，包括朱暹在內的其餘人員的人皮都被扒了下來，在裡面塞滿稻草，懸掛在鬧市。不久後，在不少地方的衙門裡，都有因犯罪而被扒皮塞滿稻草的官員，這是警示那些坐在堂上的官員——如敢犯法，這就是下場。

朱元璋沒有忘本。

朱元璋夜裡做了個惡夢，夢見太子朱標當上了皇帝，那些開國功臣們在大殿裡狂笑狂舞，朱標站在龍椅上衝著他們大喊大叫，可是那些開國功臣們仍是狂笑狂舞。朱元璋猛然醒了，沒睡意了，翻身下床。朱元璋明白，自己在時，那些大臣尚敢膽大妄為，若自己死後，太子朱標就更難管理好這些大臣了，朱元璋起身來到廳外。

「月落烏啼霜滿天」，江南的秋天讓他愁緒滿懷，他呆呆地抬頭望著上蒼，心裡問天：「他們九死一生，和我一起打下了這個天下，難道要我都殺了他們？」

此時那片雲又飄來，那條蛇從雲裡探出頭來，看著孤獨的朱元璋，「受命於天，既壽永昌」形成的光束，投向朱元璋。朱元璋在那條光束裡踱步，在那條光束裡思考。

突然一條樹枝砸在朱元璋頭上又落在地上，朱元璋不自覺地彎身要拾起那條樹枝，樹枝上的刺紮疼了朱元璋的手指，朱元璋不自覺地將手縮回。朱元璋站起身來，抬頭看看天，似有所悟。

蛇走了。

第二天，朱元璋把太子朱標叫來，指著地上一條長滿刺的荊條，叫朱標揀起來。朱標看著長滿刺的荊條，不知該如何下手。朱元璋拿起一把刀，將荊條上面的刺削掉，說：「荊條有刺，你不能拿，我削光了再給你，好嗎？」

朱標極其聰明，馬上明白了父親的用意。但是聯想到近日有議論，說父親實行暴政，濫殺大臣，便說到：「皇帝只要是堯、舜一樣賢德的君王，大臣才會是擁護堯、舜的臣民。」

朱元璋冷冷地看著兒子說：「你管不了那些血風腥雨走出來的人。」此時朱元璋已下決心「削刺」。

劉基之死

建國之後，劉基被封的官並不大，為誠意伯（伯爵），他的年俸為240石，而第一功臣李善長的年俸為4000石，多出劉基十幾倍。朱元璋沒有封劉基大官，因為他擔心，如果劉基位高權重，他的天下就不穩了。劉基知足，不喊冤叫屈，因為他明白，兔死狗烹。

朱元璋想把首都建在家鄉鳳陽，同時還積極備戰，準備遠征北元（元朝殘部）。劉基又給了朱元璋建議，將首都建在交通不便的鳳陽絕對是不行的；北元還有一定實力，輕易出兵不妥。不久朱元璋想明白了，劉基的意見是對的，朱元璋更明白了該如何處置劉基，朱元璋給劉基下書：「你老了，應該在家陪老婆孩子了。」劉基被解甲歸田。

劉基回到家鄉，家鄉的當地官員前來拜訪，劉基拒不見面。有一縣官微服拜訪劉基，當酒過三巡，縣官說出了自己的身份，劉基立即起身送客。劉基知道，若是朱元璋知道自己還有「實力」，是不會放過他的。

朱元璋確實還沒放過他，有人上告，說劉基在家鄉占了有王氣之地的地，朱元璋又處罰他，扣除了他的退休金。劉基也聰明，反而搬回京城居住，接受你朱元璋的日夜監督。

不久,劉基病了,朱元璋派當朝丞相胡惟庸前去探望,並派醫生隨往,醫生給劉基開了藥方,不久劉基病亡。

李善長之死

李善長,明朝開國第一功臣,被朱元璋稱之為「我自己的蕭何」,並賜有兩張免死丹書鐵券,就這樣,他還是被朱元璋殺了。

於是李善長被殺,和胡惟庸有關。

胡惟庸的兒子出遊,不慎墜馬,恰巧死於路過的馬車輪下,胡惟庸一怒之下殺了車夫。朱元璋表態:「殺人償命!」有個叫塗節的,見狀便落井下石,狀告胡惟庸毒殺劉基,並有謀逆之罪。

胡惟庸死了,事情還未結束,既是謀逆之罪,必然還有死黨。專案組工作積極,日夜審問,審問的程序先是殺威棒,暴打一頓,不由你不說,於是張三咬李四,雪球越滾越大,最後誅殺了幾萬人。謀逆造反,一般都是幾人策劃於密室,該殺的頂多也是這幾個人的幾族,哪有幾萬人謀逆的道理,明擺著,朱皇帝借機做戲。

有人告發,說胡惟庸拉李善長入夥,李善長開始不入,後來李善長歎了一口氣說:「我老了,等我死後,你們想怎麼幹就怎麼幹吧。」知情不報,罪該當誅,於是李善長被殺了,此時李善長已77歲。

宋濂之死

宋濂是太子太傅,也就是太子朱標的老師。朱元璋曾經感歎過,宋濂伺候我二十年,沒說過一句假話,也沒說過別人一句壞話,真是個賢人啊!但是因為宋濂的孫子被牽扯到了胡惟庸案,朱元璋把已退休的宋濂不遠千里抓來,要殺他。馬皇后和太子出面相保,馬皇后說,老百姓都知道尊師敬長,何況帝王之家。朱元璋沒殺宋濂,把他發配到四川。但七十幾歲的宋濂沒走到四川就老命嗚呼了。

徐達之死

徐達原被朱元璋稱之為「自己的韓信」，徐達也和韓信的命運一樣，兔死狗烹，下場同樣可悲。

徐達是朱元璋兒時的夥伴，一同放過牛，後來跟朱元璋血戰沙場，特別是明朝建立後，徐達揮師北上，打下了半壁江山。

徐達是個傑出的軍事家，作為軍事統帥，徐達慮精言簡，令出如山，諸將敬若神明；徐達作為將領，愛兵如子，問殘醫傷，與士卒同甘共苦，士卒謂之軍魂；徐達為人莊重沉穩，凡大事必和朱元璋商量，立下大功從不驕傲，朱元璋曾稱他「昭明乎日月，惟大將軍一人而已」。

明朝建國後，朱元璋封徐達為第二功臣，官拜左丞相。

徐達謹慎小心行事，但是徐達的妻子張氏桀驁不馴。有次詔命夫人宴會上，張氏頂撞了馬皇后，朱元璋知道後，第二天晚上專門安排了酒宴，招待群臣。席間，朱元璋來到徐達面前，說：「牝雞司晨，家之不祥。現在卿家可以免除赤族之禍了。朕特來向你祝賀。」徐達摸不著頭腦，不知朱元璋的話意，但是他有不祥預感，當場他還是畢恭畢敬地喝下了朱元璋的酒。

酒宴後，徐達急忙趕回家中，自己的老婆張氏已被朱元璋派來的兵士殺了。

徐達的妻子張氏不是普通婦女，而是巾幗英雄，是一員戰將。張氏常跟隨徐達出入戰場，算是血風腥雨闖蕩出來的戰友，夫妻感情甚厚。此時見自己的老婆被殺，自己還得忍氣吞聲，甚是窩囊。

徐達草草安葬了張氏，心中煩悶，鬱鬱寡歡。

從小一起長大的徐達、朱元璋彼此十分瞭解，但是徐達無奈，他只能整天在提心吊膽中生活。軍旅生活損壞了徐達的身體，鬱鬱寡歡摧毀了徐達的精神。

冬天來了，漫天大雪，雪花裏著南京城，雪花裏著徐達的心。

第五章 亢龍有悔

徐達走了，朱元璋放心了。

常遇春之死

在徐達的老婆被殺之前，一直作為徐達戰場上的副手常遇春的老婆，已被朱元璋殺了。

沙場虎將常遇春有個毛病，就是「妻管嚴」，朱元璋知道後送給常遇春兩個宮女。常遇春嬉笑說宮女手白，常遇春的老婆就把其中一個宮女的手給剁了。朱元璋知道後，派人將常遇春的老婆給肢解了，並將肉包好後送給勳臣，上面還寫著「悍婦之肉」。

常遇春受刺激落下個癲癇之症，暴病身亡。

李文忠之死

李文忠是朱元璋的外甥，李文忠12歲時母親去世，14歲時投奔朱元璋。那時朱元璋還沒孩子，朱元璋就把李文忠看做自己的孩子。朱元璋看著這苦命的孩子，還曾哽咽地說道：「外甥見舅如見娘啊！」

長大後，李文忠跟著朱元璋南征北戰，屢建戰功。20歲時李文忠就做了嚴州鎮守，統一指揮浙西防務，與張士誠的幾十萬大軍對抗，使朱元璋免去了東顧之憂，而能集中力量與陳友諒爭雄。

常遇春死後，李文忠接替常遇春，成了徐達手下的第一副統帥。在與元軍的戰爭中李文忠屢建奇功，明朝建國時是開國六公爵之一，李文忠時年31歲。

在李文忠做嚴州鎮守時，立有大功，被朱元璋破格提拔，李文忠在做嚴州鎮守時犯過該殺之罪，後來東窗事發，李文忠也死在自己的舅舅手裡。

李文忠在嚴州時是20歲的青年，風華正茂，他迷上了妓女韓氏，並把她接到宅中過夜，被人舉報。當時有軍令，不許軍人出入妓院，尋花問柳，以免影響士氣，洩露軍情。朱元璋知道後，立時派人趕到嚴州殺了韓氏，並將李文忠帶回南京問罪。在馬皇

后的勸解下，朱元璋只是訓斥了李文忠，讓他繼續回嚴州做他的統帥。但是李文忠嚇壞了，總是悶悶不樂，不知哪天再犯錯，小命就沒了。

怎麼辦？這時有人給他出主意了，投降張士誠！畢竟年輕，李文忠動搖了，便派人與張士誠接洽。此時南京派來使臣，請李文忠回南京，來者態度親密和善，李文忠來到南京，朱元璋像往常一樣喜歡他，馬皇后還讓他在家中吃飯。多慮了！後悔了！怎麼能想到投降張士誠呢？李文忠心裡罵自己。怎麼辦吧？李文忠想起了殺人滅口，他把勸他投降張士誠的那兩個人抓來殺了，並將他們屍沉長江。此事神不知鬼不覺，李文忠從此堅定地成了朱元璋的嫡系。

沒有不透風的牆，胡惟庸案件還是讓朱元璋知道了李文忠歷史上的背叛。李文忠想懺悔，但是在朱元璋看來，這不是懺悔能解決的事。李文忠驚懼病倒，朱元璋派來御醫，三天後，李文忠魂歸西天。

朱元璋不能承擔舅殺外甥的名聲，他將給李文忠看病的醫生連同家屬一百多口殺了。讓他們承擔罪名吧，是他們毒殺了李文忠。

藍玉之死

藍玉生的高大威武，濃眉怒目，是位標準的將軍。

藍玉是常遇春的小舅子，一直跟隨常遇春轉戰南北。藍玉作戰勇猛淩厲，有如雄鷹烈馬，暴雨狂風，故而得到朱元璋的賞識。當徐達、常遇春、李文忠開國三傑去世後，藍玉成為了朱元璋所倚重的將領。

為剿滅逃亡漠北的蒙元殘部，藍玉奉令率領15萬大軍挺進漠北。在貝加爾湖附近，藍玉找到了蒙元殘部，藍玉命令部隊疾馳猛撲。此時大風揚沙，遮天蔽日，敵方沒有料到藍玉大軍會在這

樣缺乏水草、風沙彌漫的惡劣環境裡出現，因而不曾設防。藍玉大軍從天而降，將敵軍重重包圍。此戰俘獲蒙元王室成員100多人，軍士萬人，馬駝牛羊15萬。接著藍玉大軍又破襲元丞相營盤，俘獲人畜6萬多。此後蒙元一蹶不振，這一戰解除了朱元璋的北顧之憂。朱元璋對藍玉大加褒獎，稱他為歷史上的衛青、李靖。

巨大的成功帶來巨大的榮耀，巨大的榮耀給藍玉帶來巨大的驕橫。

藍玉違禁販賣私鹽，牟取暴利，還公然霸佔東昌府民田，百姓上告，御史下來查問，反被藍玉綁起來打了一頓。藍玉目空一切，公開向降兵要婦女，還霸佔了元太子妃，致使元妃羞愧不已，自縊而亡。

這一切又給藍玉帶來了民憤。

對於這一切，朱元璋都視而不見。

朱元璋下詔，要藍玉火速回京。同來的幾位大將和藍玉一同面見朱元璋，朱元璋示意其他人回避，他要單獨面授藍玉機宜，可是朱元璋連說三聲，竟沒有一人離開，藍玉舉手一揮，他們便離去。

皇帝顏面全無，朱元璋忍了。

朱元璋要藍玉橫掃西北地方的蒙元殘部，藍玉領命，立即整頓兵馬開赴蒙元殘部的根據地罕東地區，一陣腥風血雨，罕東地區的蒙元殘部被一掃而淨。朱元璋要藍玉再掃平四川地區的蒙元殘部，此時朱元璋包圍藍玉的口袋也在收緊，藍玉的親家葉升因牽扯胡惟庸案已被處死。怎麼辦？造反！藍玉掂量掂量，成功的概率微乎其微。忠心一片，日月可鑒，藍玉決心忠誠到底。藍玉率軍直指四川，很快活捉了蒙元殘部首領，藍玉班師回朝。

天下一色，海內一統，馬放南山，刀槍入庫。

一天的早朝風平浪靜，看似要結束了。突然，朱元璋的錦衣衛首領參奏藍玉「謀反」，立時殿廳內的空氣緊張起來。

這一切來得如此突然，藍玉頭腦發懵。

藍玉就是藍玉，稍一停頓他馬上明白，世人所傳徐達、劉基、李文忠等均為朱元璋所殺，看來是真的，只是今天輪到了我藍玉。

藍玉鎮靜下來。

吏部尚書詹徽喝令他招出同黨，藍玉怒目而視，大呼到：「詹徽是我同黨！」

幾個武士立即上來將詹徽從審判席上拉下，抓了起來，其他審問官沒人再敢審問下去。

第三天，藍玉被處死。

涉嫌藍玉案被殺的又有幾萬人，軍隊中的中高級軍官「犧牲」得差不多了。

傅友德之死

傅友德是員戰將，在鬼泣神驚的鄱陽湖大戰中，他輕舟衝入敵陣，身中數箭，仍勇往直前，他一人殺敵就有數百。

在朱元璋與張士誠開戰時，朱元璋讓傅友德鎮守徐州，以阻止北方的元軍。當朱元璋與張士誠開戰後，元軍果然派左丞相李二率領數萬兵馬攻打徐州。一開始傅友德高築牆，堅守不出，待敵軍散漫鬆懈，並四處搶掠時，突襲敵軍大營，初戰告捷。傅友德料定李二會增調兵馬，繼續攻城，便主動將自己的兵馬埋伏在城外。並在李二準備攻城時，傅友德突然反包圍，殲滅了敵軍，並活捉了李二。當傅友德押著李二回京時，朱元璋給他舉行了盛大的歡迎儀式，並將自己的公主下嫁給傅友德的兒子。

傅友德曾奉命率領包括藍玉在內的 30 萬大軍討伐雲南，是明朝的頂樑柱將軍之一。

傅友德有兩個讓人羨慕的兒子，長子傅忠，次子傅讓，個個英武精明，朱元璋要先拿傅友德的兒子們開刀。

在一次宴會上，朱元璋指責傅友德的兒子傅讓，在執行守衛任務時沒有按規定佩戴箭囊，並說傅讓傲慢無禮，於是讓傅友德將兩個兒子叫來問罪。傅友德無奈只得戰戰兢兢離開坐席，準備回家叫二子。當傅友德走到大殿門口時，衛士又傳旨：「請傅大人帶二子首級來見聖上。」

當傅友德提著二子的人頭回到席間時，朱元璋笑著問道：「你現在是不是很恨我。」

傅友德再也控制不住自己了，衝著朱元璋大聲喊道：「你不是要我們父子的人頭嗎？我這樣做，不正隨了你的心願了嗎！」說完當場拔劍自刎而死。

兒時的夥伴死了，戰場上戰友死了，到此結束了嗎？沒有，朱元璋又將眼睛瞄準了後宮。

李淑妃之死

為防止自己死後出現呂后那樣的事情，朱元璋決定清理後宮。

朱元璋安排了一桌酒席，派人將李淑妃的兩個哥哥找來。當李淑妃來到時，朱元璋拉著她的手說：「你跟我十幾年了，這些年也吃了不少苦，你與你的兩個哥哥也很久沒見面了，現在他們來了，你去和他們見見面，也算盡骨肉之情。」

李淑妃是太子朱標的親生母親，很受朱元璋寵愛，也可能朱元璋認為李淑妃比其他女人聰明，所以朱元璋要先解決她。

李淑妃確實聰明，她一聽，就知道自己的死期到了，對朱元璋跪拜後，說道：「陛下的意思我知道，死就死吧，還叫什麼兄長，徒增傷悲。」

回到後宮，李淑妃就上吊自盡了。

朱元璋還不放心，下令留一人撫養四歲的小公主，其餘嬪妃一

律為自己殉葬。

荊條上的刺被削光了，朱元璋可以高枕無憂了。

朱元璋一生辦了兩件事，一是奪得天下，當上了皇帝；二是殺盡開國臣將，為他的後代接權鋪平了道路。朱元璋認為朱家天下從此可以千秋萬代了。

不料太子朱標提前死了，朱元璋又定朱標的兒子朱允炆為帝王接班人。

朱元璋不無得意地向自己孫子朱允炆，也是後來的建文帝說：「內部隱患解決了，外敵入侵，我安排你的幾位叔叔替你看守邊界，你就放心在家做你的皇帝吧。」

朱元璋掌權後實行了「封建制」，雖然朱元璋的封建比周朝的「封邦建國」差得遠，朱元璋的「諸侯」遠沒有周朝的諸侯們權力那麼大，但是周朝封地給兒子，還封給了有功的大臣。朱元璋將礙事的大臣們殺完了，朱元璋將江山全封給了他的兒子，朱元璋真是個「好父親」！

朱元璋一共有 26 個兒子，10 多個女兒，另外還有 20 多個養子。

朱元璋在全國各地共封了 20 多個兒子為王。從東北到西北，有 9 個為王的兒子分關把守邊界，他們分別是：遼王、寧王、燕王、谷王、代王、晉王、秦王、慶王和肅王，這些王也就是藩王，或稱諸侯王。

孫子朱允炆讀過史書，受過良好教育，他知道這些王對他意味著什麼。朱允炆抬起頭來，看著爺爺，不無憂慮地說：「外敵入侵，由叔叔們對付，如果叔叔們有異心，我該怎麼辦呢？」當朱允炆提出這個問題時，朱元璋先是一愣，接著後背上流下了冷汗，朱元璋瞬間感到了這個問題背後的嚴重性。

聰明一世的朱元璋，後悔怎麼沒有想到過這個問題，但是蒼天

已不給他解決這個問題的時間了，朱元璋帶著孫子朱允炆給他提出的問題走向冥界。

善有善報，惡有惡報，誰都難逃報應，包括皇帝。

朱元璋的靈魂來到冥界，此時在冥界的門口已聚集了那些被枉殺的文臣武將以及他們家人、兵士的亡靈，一時人喊馬叫，一場撕殺在冥界展開。

眾靈魂人多勢眾，並且早有準備，見朱元璋的靈魂到來，便一起撲殺前去。

殺人如麻的朱元璋，對於自己在人間的所作所為也心中有數，當他來到冥界，看到這麼多人在等候自己，便明白了一切，但是他沒有退路，所以他也舉劍向自己原來的部下砍去。

眾靈魂的黑煙將朱元璋團團圍住，男人喊殺，女人喊抓，雷霆萬鈞。畢竟英雄難敵眾手，時間一長朱元璋漸漸體力不支，不得不收劍逃走。

往哪逃，四下全是敵人，不得已，朱元璋舉劍向上衝去。

地殼被拱起，一時又是冥界黑煙翻騰，地面山呼海嘯。天使出現，又是一陣令人眩暈的發光後，雙方停止搏殺。眾靈魂俯伏在地，向天使控訴可惡的朱元璋。

天使不答話，拿出天機，播放了一段朱元璋死後的歷史。

朱元璋帶著孫子朱允炆給他提出的問題走向冥界，朱元璋死後，朱允炆開始解決這一問題。朱允炆也從史書上瞭解到了漢武帝時削藩的難度和晁錯之死的悲情，所以朱允炆決定快刀斬亂麻。

削周王：天機裡，皇帝大軍突然包圍了在河南的周王府，周王一家老小被押往京城（後來周王被遷至雲南。何理由？無理由！）。

削代王：天機裡，有人告狀，說代王「貪虐殘暴」，代王被遷

至蜀地看管。

削岷王：天機裡，以「不法事」，也就是「莫須有」罪名，岷王被鋪，後被遷往「安全」之地。

削湘王：天機裡，湘王有骨氣，全家自焚，「團結」而死。

削齊王：天機裡，齊王也被遷往「安全」之地。

朱元璋在天機裡，看到自己的孫子如此對待他的叔叔們，驚訝地瞪大了眼睛。

那些被枉殺的靈魂，看到朱家後代起內訌，心裡有些安慰，漸漸安息下來。

當削藩削到燕王時，情況出現了變化。

燕王也曾經橫掃北元，是個有能力的藩王，不是個甘心束手就擒的人物。

燕王決定造反。

燕王起兵（北軍）20萬，朝廷派出平叛大軍（南軍）60萬，天機裡一場大戰在即。

前面說，朱元璋是帶著孫子朱允炆給他提出的問題走進冥界，對叔侄之爭還是有些心理準備的，但是面對天機裡展現的他死後所發生的事，朱元璋還是目瞪口呆。

看到朱元璋後代將要相互攻殺，眾靈魂起立歡呼，這也算是給他們出了一口惡氣。

戰場的上空，晨起的太陽將天空染成血紅，一些烏鴉從遠方飛來，停落在一些高大樹木的樹杈上，不時呱呱叫著，催促著雙方的戰馬，馬兒打著響鼻，鼓舞著坐在上面的勇士。

三聲炮響，鼓聲震天，殺聲震地，雙方大軍如兩條奔騰相向的潮水，立時衝到一起，馬撞馬，人碰人，戰劍揮下，騰起血花朵朵，馬蹄踏下，屍首如泥沙橫滾。

第五章　亢龍有悔

　　南軍先鋒率領輕騎繞道北軍後方，大槍揮舞，橫掃一片，北軍後方亂營。
　　燕王朱棣親率北軍主力，斜刺衝向南軍側翼，箭弩齊發，南軍紛紛後退。
　　戰到中午，太陽也瞪大了眼睛，烈日當頭，雙方將士血汗俱下，戰場濁氣升騰。烏鴉開始叼屍噙血，豺狗野狼也逐步在戰場週邊形成一個圈，觀看著這些自稱高級動物的械鬥。
　　戰場上的士兵已經殺紅眼，自天明打到中午，雙方隊形已經完全混亂，夾雜在一起。他們也累極了，一位北軍士兵坐在一位南軍士兵的屍體上，氣喘噓噓，從腰裡掏出一塊乾糧，啃著；對面南軍士兵也坐在一個北方士兵的屍體上，舔咽著從口袋裡拿出的米飯。
　　雙方血紅的眼睛瞪著對方，相互點點頭，像是說，吃飽再打！
　　畢竟南軍人多，戰到下午，北軍漸漸有些不支。
　　朱元璋的眼睛被天機裡發生的事吸引著，突然朱元璋看到天機裡，戰場的上空飄來一片雲，雲的邊緣泛著紅光，一條蛇從雲裡探出頭來，朝下看了看，又將頭縮回去，一條光束立時從天上打下來。
　　隨著光束的擾動，一簇龍捲風迅速形成，剛才還晴空萬里，突然天地變色，飛沙走石，交戰雙方驚愕，不自覺停止了戰鬥，在幾十萬將士的注視下，龍捲風刮向南軍帥旗，只聽哢嚓一聲，旗杆折斷，帥旗落地。
　　那片雲消失了。
　　戰場上的南軍將士目睹這一狀況，大驚失色，頓時一片混亂，北軍將士趁機高喊：「蒼天助我！北軍必勝！南軍必敗！」士氣陡然大振。
　　此後戰局一邊倒，南軍節節敗退。

天機前的朱元璋呆呆地看著這一切，這使他回想起鄱陽湖上那股及時的風，那股推著七條裝滿火藥和稻草的小船向陳友諒黑壓壓的「群山」艦隊刮去的風。

朱元璋現在似乎明白了，明白了他的成功是「蒼天助我」，而眼下蒼天站到了朱棣一邊。

侄兒朱允炆輸了，輸掉了天下；叔叔朱棣贏了，穿上了龍袍。

朱允炆削藩惹禍，削掉了天下。

朱允炆削藩，藩王朱棣反抗削藩，藩王們站在朱棣一方。

朱棣上臺，也舉起了削藩的刀，原來站在朱棣一方的藩王們又都成了朱棣專政的物件。

朱棣將朱允炆還沒來得及削掉的藩王，比如寧王，給削下去了。朱允炆削的不乾淨的，朱棣繼續削，削去齊王爵位和官署，廢棄為庶人，削去岷王官署及護衛，削去周王官署及護衛。

朱元璋急了，衝著天機裡的朱棣大聲喊道：「你們為什麼不能共用天下？」

天機裡的朱棣沒理他，繼續削！天下是他的，朱棣不能容忍誰與他分天下。

可憐天下父母心！

天機裡朱棣將京城從南京遷到北京，這為以後北方遊牧民族再次統治中國提供了方便。但是這已不再關乎冥界那些冤屈靈魂們的事了，他們又都聚集起來，喊殺聲又起，黑煙又將翻騰，朱元璋不得已，拔劍又指向地殼。

天使小王子急忙舉起天機，重播了李淑妃被逼上吊的畫面。傅友德的靈魂最先反應過來，叫道：「他要逐一殺掉我們，李淑妃看出來，難道我們就沒有看出來嗎？我們為什麼要等他來砍我們的頭？為什麼？」

傅友德聲嘶力竭的大吼大叫，凝固了將要翻騰的黑煙，很久，

第五章 亢龍有悔

很久，黑煙慢慢散去，冥界鴉雀無聲。

朱元璋將劍收回。

天使收回天機。

那些被誅殺之人也看出了朱元璋是在削刺殺臣，可是這些在戰場上殺人不眨眼的「魔鬼」們，為什麼在朱元璋面前引頸受戮而不反抗呢？

在西方，有位叫作佛洛伊德的心理學家，他創立了一門學問，叫做「精神分析」，根據他的學說，「人不完全是自己的主人」。還有誰是自己的「主人」？「潛意識」！潛意識又是什麼？是兒時所受的已經植入人大腦的觀念，比如「忠君」。是「思想家」們先「綁束」了他們，他們必須忠君，不能弒君，而君不需要忠於他們，君濫殺無辜也是他們不諫，或諫之不當之過。

朱元璋高強度的心狠手辣，也可能和他年少時所受的苦難，特別是討飯那三年所受太多的屈辱有關。在他的潛意識裡，他需要報復，需要用行為來取得受壓抑心理的解放，他的行為近似瘋狂，他的內心可能更瘋狂。

不遠處飄來一位老和尚，朱元璋一看，是自己年少出家做和尚時皇覺寺的主持佛性大師，朱元璋急忙上前施禮，說道：「為了天下，我離開寺院，離開了師父，請師父見諒。」朱元璋又指指不遠處在慢慢散去的黑煙，說：「為了天下，我們有點誤解。」

佛性大師道：「菩提本無樹，明鏡亦非台，本來無一物，何處惹塵埃？」

朱元璋急忙答曰：「是，是，本無天下，何來誤解！」

「啊！」朱元璋為自己的回答驚住了，他也不知道自己怎麼會這樣回答，朱元璋一陣迷茫。

佛性大師不再理會朱元璋，飄然而去。

朱元璋夜敲皇覺寺的門進去，看到供臺上放著一部《大誥》。這裡記載著朱元璋親自審訊判決的一些貪官污吏的案例，書中還闡述他對貪官污吏態度、辦案方法和處置手段等內容。朱元璋下令在全國廣泛宣傳這本書；他還叫人節選抄錄貼在路邊顯眼處和涼亭內，讓官員讀後自律，讓百姓學後能用來對付貪官污吏。他曾規定，凡貪污60兩銀子以上者立斬，後來又修改為凡貪污者，全部殺掉。

朱元璋還規定，老百姓發現貪官污吏，就可以把它們綁起來，送京治罪，而且路上各檢查站必須放行。朱元璋採用了各種方法，又殺了那麼多的貪官污吏，可是反而感到，殺貪官污吏像割韭菜，割了一茬，又長出一茬，永遠殺不淨斬不絕，不知為什麼？

朱元璋將《大誥》輕輕從供台拿起放在一邊，穿上佛袍，戴上佛珠，點燃佛香，蒲地而坐。

朱元璋當政後想建立一個清廉政府，他沒能做到。朱元璋當政後想用削刺殺臣的辦法打破「五德終始」魔咒，讓朱家王朝千秋萬代，看來他也很難做到。

一切有為法，如夢幻泡影，如露亦如電，應作如是觀。這是佛教《金剛經》中的名言。

十、龍的歸宿

天使在冥界將各朝代皇帝的「冤屈」一一化解，冥界暫時安靜了下來，雖然時而還會有小地震，那是秦始皇在使著小性子，已無礙大局，天使返回天庭。

天使在天庭顯露真相，光輝退去，乃是一英俊少年，脖子上的紅圍巾使他更顯充滿活力。

天使向天報告說：「如天安排的，穿龍袍的，他們或者父子反目，或者兄弟相殘，他們的後代都沒有得到善終；喊萬歲的平均壽命為 57 歲，被喊萬歲的平均壽命比喊萬歲人的年齡低了 17 歲；皇帝死後也都入土了。」

天使向天報告說：「如天安排的，人活七十古來稀；但是對於皇帝的朝代年限只有二三百年，而沒能達到天給予的 490 年的期限，不知為什麼？」

天說：「是蛇添亂的結果。」

天的坐騎，那條老實的龍搖搖尾巴，撓撓頭，又慢慢遊走到天面前流淚，委屈地說，既然秦始皇已經死了，能否請求天撤銷龍在人間的形象。

天笑了笑說：「現在中國有兩個徽號，一個是太極，另一個是龍。我曾說過中國皇權消除之時，龍當自滅。在皇權還沒完全消除時，你就當作那是人們在崇拜你吧。」

眾神聽後一陣笑聲。

在天庭，有神咳嗽起來，不一會，咳嗽的神越來越多，天庭中逐步彌漫出一種怪怪的霧氣，讓神們感到不適。天輕手一揮，霧氣消除。天說：「他們來告狀了，是皇帝們做的孽。」

天向天使指指下界，天使明白，立即又向下界飄去。

第六章 太監谷

第六章 太監谷

一、弱化的男女

　　天使向下界飄去，越往下去霧氣越重。

　　到了東方人間，天使巡視大地，發現東方的男人不少已失去了黃帝等先人們身上所顯示的雄風，女人也沒有嫘祖生養眾多所應具備的豐乳肥臀。

　　天曾對黃帝說：「你，你的妻，你的後裔的皮膚要成為黃色，頭髮、眼睛為黑色，這是我認你們的記號。」天改變的僅僅是東方人的顏色，可是現在東方男女大多瘦弱矮小，明顯是被弱化了，而造成這種弱化的原因是什麼呢？有可能是那種怪怪的霧氣。事不宜遲，天使急忙順著冒著怪氣的地縫進入冥界。

二、宮刑日

　　進入冥界，天使立刻聽到一陣撕肝裂肺的叫聲，隨聲望去，前方是一棟建築，這座建築像是一截矮木樁，黑灰色，很是難看，這座建築沒有窗戶，一個不大的門上方有幾個字——「宮刑紀念館」。在紀念館的前面是一個不大的廣場，只見一些靈魂捂著自己的下部在廣場的地上痛苦地翻滾，嘴裡發出慘痛的叫聲。嘶啞的尖利叫聲讓人恐怖，讓人顫慄，像是那些靈魂痛苦至極。但是，若仔細觀察，不難發現，這些靈魂的臉上沒有伴隨著極其痛苦而出現的「汗珠」——這些「慘痛」不過是那些在地上翻滾的靈魂表演出來的。

　　在場地中央放置著一張圓桌，桌子中央立著一根粗大的木雕陽器，圍著這根粗大的木雕陽器，是許多小的木雕陽器，有幾個在地上翻滾的靈魂，就有幾根這樣的小木雕陽器，在這些小的木雕陽器上還寫有他們的名字。在圓桌上面還有香爐，香煙繚繞供奉著這些他們已經失去的「寶」。

這些靈魂們一邊裝著慘痛的樣子在地上翻滾，一邊圍著中央的圓桌轉。他們幾歲被宮刑，便要圍著圓桌滾幾圈。

這些靈魂們正在進行著一場莊重的儀式。

在這場莊重的儀式週邊，還有一些看熱鬧的靈魂，儀式裡的靈魂表演得越是慘痛，週邊的觀眾越是哈哈笑，他們還指指點點，評論誰表演得真切。

一道亮光，天使來到他們中間，見天使到來，這些靈魂們急忙停止表演，俯伏在地。

天使發話了：「為何如此？」

有膽大的靈魂抬起頭來，向天使訴說緣由：「天使啊，我們都是太監的靈魂，我們除了和常人靈魂一樣每年過一次『辭世日』外，我們另外還要每年過一次『宮刑日』，以紀念我們生前被宮刑的那一天。每逢過宮刑日，我們這些同一天被宮刑的靈魂便集合在這裡，以這種形式來哀悼我們生前的命運。」

其他的靈魂也都慢慢地抬起頭來，怯生生地看著天使。

有一個靈魂又向天使說道：「我們生前是最可憐的人，死後我們是最可憐的靈魂，那些靈魂仍瞧不起我們，不與我們為伍。」說著他用手指指那些看熱鬧的靈魂，那些看熱鬧的靈魂見狀悄悄地散去。

其他的太監靈魂也膽大起來，一片哀求聲：「大慈大悲的天使，可憐可憐我們吧，讓我們這些靈魂在冥界恢復正常吧。」

三、交配權

兩隻雄鹿，眼中都充滿血絲，憤怒地盯視著對方。

兩隻雄鹿的鹿角像劍戟，舉向天空。陽光從天空伸出手來，輕輕撫摸著美麗的鹿角。鹿角內地堅硬，表面光滑，陽光用手指輕

第六章　太監谷

彈鹿角，清脆有聲，是把好劍！只是很快就要損壞，可惜！陽光有些戀戀不捨地收回手來。

兩隻雄鹿分別後退，後退，停住，兩隻雄鹿又向對方拋出憤怒的一眼，見對方沒有認輸的反應，於是鹿頭低下，兩叢劍戟指向對方。啟動，兩隻雄鹿向對方衝去，只聽「哢嚓」一聲，有一方的武器被損壞。兩隻雄鹿再後退，後退，啟動，風馳電掣，又是「哢嚓」一聲。

不遠處，一群母鹿在安閒地吃著草，對這邊兩隻雄鹿的決鬥好像沒有任何反應。

又是「哢嚓」一聲，其中一隻雄鹿的「劍戟」損壞嚴重，鹿角像是被大風吹折的樹枝，那只雄鹿痛苦地轉過頭來，不情願的向遠方跑去。

勝利的雄鹿轉過頭來，朝那群母鹿高叫一聲，然後昂首挺胸向她們走去。

只有勝利者，才擁有交配權。

那只勝利的雄鹿高傲地走向母鹿群，可是不知怎的，它的影子卻留在了原地。那個影子從地上慢慢站起，當它完全站立起來後，卻變成了人的模樣。是的，那頭雄鹿曾見過一個獵人，一個英俊的太子。當那頭雄鹿的影子完全變成一個人時，它面前的山林不見了，那些吃草的母鹿們也不見了。勝利的雄鹿影子變成了人的模樣，站在一個城市中，確切地說，他站在皇宮中，他現在是太子。

冥冥之中，一個意識進入那個太子的腦海裡：「只要你能成為皇帝，這裡的母鹿，不，這裡的女人都屬於你。」

那頭鹿影現在變成的是隋朝太子楊廣。

楊廣平日接待朝臣總是禮極卑屈，從而獲得大臣們的好感。

太子府整修得異常樸素，父親隋文帝駕臨時，見樂器弓弦多

斷，上面佈滿灰塵，知道他不好聲妓，由衷地贊許他。

有一次，在觀看打獵時，遇到下雨，左右送上雨衣，他說：「大家都在挨雨淋，我怎麼能穿雨衣。」聽者無不感動。

每次進宮，楊廣都輕車簡從，每次有宮中使者到來，哪怕身份再低微，他都要奔出門外迎接，使那些受寵若驚的宮使，回去免不了誇他一番。

楊廣20歲時，統兵50萬，向南方政權發起強攻，掃蕩了江南，統一了中國，深得父親倚重。

楊廣，德才兼備。

楊廣有個哥哥楊勇，是原太子。楊勇明知道父親崇尚節儉，可他偏偏奢侈浪費，明知父母反對子女貪圖聲色，可是他還要張揚選美納妾，還冷落了父母精心為他挑選的妻子，因而楊勇的太子地位不保，被二弟楊廣取而代之。

但是，楊廣還有做人的另一面。

父親隋文帝年老有病，太子楊廣前去探視。行進中，太子遠遠望見一麗人，獨自緩步飄然而來，楊廣按捺不住，迎上前去挑逗。女子將楊廣推開，楊廣說：「你可知道我是誰？我是太子楊廣！」

該女子一愣，順口也說：「你可知我是誰？我是宣華陳夫人！」

楊廣聽到更是大吃一驚，宣華陳夫人是當今皇上最寵愛的女子。趁太子楊廣發愣之際，宣華陳夫人擦身而過。

宣華陳夫人來到隋文帝病榻前，隋文帝見宣華陳夫人神色慌張，鬢鬆髮亂，滿臉紅暈，便問：「出了什麼事了？」

宣華陳夫人搪塞，不敢實說。隋文帝道：「如此慌張，必有隱瞞之事，若不直說，當賜爾死！」

見隋文帝發怒，宣華陳夫人不得不直說。

太子竟敢調戲老子的愛妃,「資深雄鹿」聽後火冒三丈,隋文帝現在明白了,他的這個兒子是孽種。

楊廣自知犯了天罪,他不想束手待斃。

隋文帝派人火速傳召原太子楊勇入宮,他要重新立楊勇為太子,廢掉楊廣。

楊廣也火速派人將隋文帝傳召之人殺死。將皇宮包圍,並將隋文帝病榻前的人員全部撤換。

「兩隻雄鹿分別後退,後退,停住——啟動,兩隻雄鹿向對方衝去——。」

隋文帝老了,敗了,死了。

楊廣年輕,贏了。

「勝利者轉過頭來,朝那群母鹿高叫一聲,然後昂首挺胸向她們走去。」

隋文帝的宣華陳夫人又成了新皇帝隋煬帝楊廣的愛妃。

年輕的皇帝下令建造「西苑」。這西苑方圓二百里,苑內分十六院,十六院裡除珍奇稀有的鳥獸和花草樹木外,就是供其交配的大量美女。

隋煬帝楊廣曾在江都當過十年長官,江南女子細膩風韻,更是讓他「憶江南」,隋煬帝規劃開通人工運河,他要「煙花三月下揚州」。隋煬帝龍舟四層,隨行船隻幾千艘,相接兩百餘里,八萬餘人拉船,三十萬軍隊護送,除船上女子,自長安至江都置行宮四十餘座,各行宮內都有各色美女備用。

在揚州,隋煬帝建有迷樓,所謂「迷樓」,一在建築風格,二在美女如雲,煬帝詔選十五歲以下有姿色的女子數千,在迷樓供他任意享樂。

古代帝王中,好色者不勝枚舉。

秦始皇兼併六國，同時也囊括了六國的妻妾群和王女，供秦始皇一人享用的後宮美女有萬人之多。

　　漢武帝是個雄才大略的皇帝，但也是一個善淫好色之主，他說自己「能三日不食，不能一日無女人」。他興建明光宮，專門徵集十五至二十歲的少女進宮供自己享用，直到三十歲後方可出宮嫁人。又另選出體態婀娜、容貌出眾的少女兩百人，隨從他到各地視察。與他同坐一車的絕色美人就有十六人，他的後宮妻妾群達一萬八千餘人。

　　晉武帝下令從公卿以下人家挑選美女，並且規定，在他選定之前，任何人家的少女都不得成婚。由於後宮佳麗太多，到了夜裡，他竟不知該就寢何處。有一天，他突然靈機一動，坐上宮中的羊車，任羊兒在後宮中隨意遊走，羊車停在哪位美女的門口，他就留宿哪裡。嬪妃們知道了這一情況，為了獲得皇上的恩寵，紛紛想方設法。其中一個使出了一條妙計：將竹葉插在門上，將鹽水灑在地上，引誘羊兒，獲取帝幸。

　　唐玄宗時，後宮數千，唐玄宗仍覺無上眼美女，於是設立專門選美機構，每年派人到全國選美進宮，後宮妻妾群多達四萬人，但是就是這樣，他還是勾引了自己的兒媳楊玉環。

　　皇帝圈養了那麼多女人，他無法滿足那麼多女人交配的需要，有些女人一生中也難得見上皇帝一回。

　　隋煬帝有文才，他的〈春江花月夜〉一詩，「暮江平不動，春花滿正開；流波將月去，潮水帶星來」引得不少才女怦然心動。有一侯氏女子，入宮後，自恃才色雙全，又值隋煬帝好色憐才，以為自己能侍立君旁，然而進宮數年未曾謀得君王一面，不免心灰意冷，終日焚香獨坐，後來留詩一首，自縊而去。詩曰：「妝成多自惜，夢好卻成悲。不及楊花意，春來到處飛。」悽悽貞操女，以死為己悲。

悲哀是那些宮女們的事，皇帝發愁的是如何看管他的女人們。

「那頭雄鹿高高舉著它的鹿角，在那群母鹿周圍巡邏，它絕對不許其他雄鹿靠近他的母鹿。」

皇帝身穿龍袍，嚇唬著那些心懷不軌的男人。但是這還不夠，這麼多女人，他照看不過來，於是他創新了一種方法：將另外一些男人的生殖器閹掉，這種閹掉生殖器的行為也稱為宮刑，皇帝讓這些經過宮刑的「男人」，來幫助照料和看管他的女人，這樣就保證了他的女人不被玷污，保證了皇族血統的純潔以及王權更替的穩定。

這些被宮刑而失去性能力的人被稱為太監。

四、宮刑紀念館

天使在太監靈魂的哀求下，參觀了他們的宮刑紀念館。

一個口齒伶俐的太監講解員向天使宣讀前言。

> 我們是太監，也稱宦官，我們是專供皇帝及其家族役使的人。
>
> 我們太監是殘疾人，我們不能進行性生活，我們沒有後代。一個偉人說過，家庭是私有制的根源。我們不能娶妻生子，我們也就沒有實際意義上的家庭，我們最早消滅了私有制。若有人說我們中的成功者為貴，不，那是因為他們害怕我們伺候的主子。
>
> 若有人說我們中的成功者為富，不，我們只是那些財物的臨時保管者。
>
> 我們生活在上流社會，上流社會被分成忠臣和奸臣。奸臣、忠臣都鄙視我們，只要有機會，他們都會鎮壓我們，在他們眼裡，我們沒有資格與他們為伍，我們是「下人」。
>
> 我們伺候皇帝一家子，伺候得好，我們像狗一樣，被看成寵

物；伺候得不好，他們碾死我們就像碾死一隻螞蟻。

我們生不如豬狗，因為豬狗有交配權，有家庭，有愛和被愛的權利，我們一無所有。

我們死不如牛馬，因為牛馬還可以與人陪葬，而我們在冥界也是孤獨的另類。

我們是太監，我們是奴才，但是我們也是人，我們天生也有追求平等的欲望。我們渴望有一天，天發洪水，滅絕天下所有能夠生育的人，不管是皇帝、忠臣、奸臣、高官和平民，這樣才能人人平等——或者讓我們恢復原身，我們需要做人的尊嚴！

講解員宣讀完了。

天使駐足沉默良久。

第一展室是器械室。

天使進來，看到牆上掛滿了各種手術刀。大的，小的，直的，彎的，還有一些奇形怪狀的。講解員介紹說，這些形狀並不是一定具有什麼實用價值，有時是將一些願望寄寓其中，講解員指著一把元寶狀的刀子說，手術前向手術者出示這把刀子，並告訴手術者，這一刀下去，你就會脫離貧窮了，使手術者在手術前得到心靈安慰。

這些都是用過的刀具，每件刀具都吃過人肉，喝過人血。

牆上還貼著一些花花綠綠的布，這些布又分兩種：厚的和薄的。

厚的布是放在嘴裡咬的。那時沒有麻藥，被手術者疼極了，只能緊咬口中的那塊布，這樣也能減少手術者的喊叫，少影響「外科醫生」的正常工作。

薄的是蓋臉布，醫生不願看見手術者恐怖的樣子，手術者被蒙住視線，也可能減少點痛苦。

第六章 太監谷

　　牆上還掛著一些瓶瓶罐罐，都非常漂亮，上面分別寫著福、祿、壽等吉祥字眼，裡面裝的是香灰，說這是經過叩頭燒香得到的香灰，經過高溫消毒，具有止血消炎作用，手術後撒在傷口上，同時也能得到觀音菩薩的保佑。

　　第二展室是演示室。

　　天使來到演示室，這間演示室相當於現在醫院的手術室，只是這間手術室很是簡陋。展室中間放著一張特製的木板床，說床是特製的，就是床上面多增加了一些便於捆綁的木棍。

　　見天使到來，一個太監靈魂急忙躺在上面，身體擺成「大」字型，另外一些太監將其胳膊、腿綁在床上，使其全身不能動彈。一個年長者「外科醫生」走來，太監靈魂們畢恭畢敬喊他「師傅」。一個太監將打成疊的布放入手術者的口中，然後再蓋上臉布，「師傅」右手拿手術刀，左手假裝抓住了「小雞」，亮光一閃，「小雞」被割下，被手術者疼得一顫抖。亮光再一閃，兩粒睪丸被割下，一個助手急忙將一根管子插入尿道（防止尿路堵塞），另一助手急忙往上撒香灰，然後就是包紮。這時被手術者疼得在床上使勁地扭動，床咯吱咯吱地響個不停，表示疼痛難忍。手術者不動了，可能是沒勁了，也可能昏過去了。鮮血從床板縫裡滴入下面一個事先準備好的盆子裡。此時不能給手術者鬆綁，以防手腳亂動。

　　「戲」演到這裡，在場的太監靈魂無不掩面而泣，天使憂鬱的面孔多了一些慘白。

　　第三展室是靜養室。

　　這裡所說的靜養室就是蠶室。

　　蠶室是養蠶的地方，養蠶要蓄火以保持一定溫度，故蠶室很暖和。為防止感染，宮刑一般不在夏天進行，所以，溫暖的蠶室就是這些宮刑人最好的靜養所。宮刑人畏風，需要在蠶室裡靜養

一百天傷口才能恢復。

蠶室內，蠶在吃著桑葉，在作繭自縛，角落裡，宮刑人，手捂傷口，在痛苦地告別過去，盤算著以後非男非女的將來人生。

第四展室是「寶」室。

展室內懸掛著許多白色的布袋，當那些東西被割下來後，順手就被師傅丟進一個裝著石灰的布袋內，由於石灰的作用，那些東西不會腐爛，就這樣常年被封存起來。這些被封存起來的東西被這個行當稱之為「寶」。

石灰袋外寫著宮刑人的姓名，說是將來有出頭之日，宮刑人可以用重金將自己的寶贖回。

宮刑紀念館展示的是正規的閹割流程，不正規的那就是五花八門了，可以肯定的是，那些非正規的流程對人的傷害更大。

先民們很早就發現，對雄性動物進行閹割，不會影響其性命。於是皇帝們把這一手用到了人身上，他們的目的當然只是為了消除其性功能，宮刑人生理上的殘破不全，心理上的妄想就會自然消失。

宮刑人大多是孩子，將一個活蹦亂跳的孩子，又在他神志清醒的時候，把他的生殖器活生生的給割下來，孩子疼得心簡直要從嘴裡跳出來，不知道要昏死過去幾回。

宮刑對這些孩子的心理打擊更大，他們自己從不給人講這件事，一提起這件事，他們往往不自覺地低下頭，心裡仍像針紮一樣。

經過宮刑的人不生鬍鬚，且聲音尖細，宛然女子矣。面對後宮眾多如花似玉的美女，他們無動於衷。

有傳說，宮刑男子長得特別漂亮俊美，舉止斯文溫柔，受到皇帝和後宮的喜歡。

有位哲人說，愛情建立在「性」上，性功能強大的人往往會成

為「性情中人」,「不近女色」者也可能和性功能低下有關。這種說法是否正確,不得而知。但是,歷史上確實很少聽說沒有性功能的太監有過美麗的愛情傳說,更沒聽說過有哪位女子熱戀過英俊的太監,性生活,女人也需要。

五、太監谷

離開「宮刑日」之地,參觀完宮刑紀念館,天使來到一個巨大的山谷。

這個山谷裡正在舉行太監大會。在山谷的峭壁上雕刻著一個巨大的陽器,所有的太監靈魂每年這天都要到這裡「朝聖」,太監們不管生前幹過什麼,到了這裡,都是親熱無比。

這個山谷被稱之為太監谷。

見到天使到來,太監們並不驚慌,而是面對天使,行三叩九拜大禮。天使本想制止,但又考慮到太監們生前的環境,也就聽任他們「參拜」了。

來到太監谷的太監們有百萬之眾,在沒有統一指揮下,他們起立、下跪、叩頭、作揖,整齊劃一,衣服的悉嗦聲、腳步聲、呼吸聲,抑揚頓挫,場面莊嚴、肅穆,使人不自覺地聯想起人間的大閱兵。

禮畢,太監們轉身面向那個巨大的雕塑,開始了他們的大會。

今年的大會主題是選舉太監中優秀的歷史人物並舉行頒獎典禮。

德高望眾的唐朝著名太監高力士擔任大會主持人。

在高力士的主持下,首先選舉產生了大會主席團,他們都是歷史上最有影響力的太監:豎刁(春秋齊),伊戾(春秋宋),趙高(秦),石顯(西漢),黃皓(三國),董猛(西晉),王

沈（南北朝），徐龍駒（蕭齊），宗愛、劉騰（北魏），唐文扆（五代十國），向延嗣、孟漢瓊（後唐），吳懷恩、龔澄樞（南漢），童貫、梁師成（宋），樸不花（元），鄭眾、蔡倫、呂強（漢），趙整、趙思（南北朝），劉承規、秦翰（宋）等。

高力士宣佈頒獎典禮開始，全體下跪，奏樂。樂隊奏出的不是唐朝華麗的宮廷音樂，也不是雄壯的軍樂，而是二胡獨奏曲〈二泉映月〉，這是他們的「命運」曲，相當於他們的國歌。

這是首只應跪下來聽的崇高音樂，時而低沉，時而委婉，時而激昂的曲調在山谷裡迴盪，令太監們聯想起他們在世時的命運，歎人世之淒苦，獨愴然而涕下。孤獨者的心境，夜行者的傷感，不屈服的性格，對光明的希望，寫照著這些另類人的心靈——二泉映月，那輪孤寂的明月。

六、最佳生存獎：李蓮英

高力士宣佈太監最佳生存獎，並有請頒獎嘉賓。

貂蟬身著戎裝，身挎寶劍箭步走上主席臺，颯爽英姿，巾幗英雄，展現了女性別樣的美麗。貂蟬抱拳向台下致意，太監們可沒見過女人如此裝束，頓時一片狂呼、喝彩。

請「閉月」貂蟬來頒最佳生存獎是太監大會主席團討論決定的，他們認為貂蟬混跡於英雄之間，在刀光劍影中游走，確實難能可貴，因此受到了太監們的格外尊重。

貂蟬之所以被稱為「閉月」，是因為有傳說，貂蟬在後花園拜月時，忽然輕風吹來，一塊浮雲將那皎潔的明月遮住。這時正好被人瞧見，便被宣揚為貂蟬和月亮比美，月亮也比不過，趕緊躲在雲彩後面，因此，貂蟬也就被雅稱為「閉月」。

貂蟬來到高力士面前，抱拳致意，口道：「老哥吉祥！」

台下一片歡呼。高力士紳士風度十足地還禮：「有勞貂蟬姑娘！」台下又是一片歡呼。

高力士宣讀最佳生存獎頒獎詞：「他們雖然剝奪了你的生殖能力，但是他們無法奪取你的生存能力。事上以敬，皇帝稱你李諳達（老夥伴或師傅之意），事下以寬，八面玲瓏。俗話說宰相肚裡能撐船，你雖被貶為奴才，但是你的心卻包容天下！」

台下一片掌聲，一片歡呼。

貂蟬宣佈獲最佳生存獎太監名字。貂蟬利索地從箭袖裡抽出一根令箭，她將經過全體太監一致選舉出的最佳生存獎獲獎太監名子用小刀刻在了令箭上，本來太監蔡倫已經發明了紙張，但她覺得這樣更有趣。她抬頭向台下望了一眼，不自然的想要多享受一會受關注的滋味。

「最佳生存獎獲獎太監是——，」她又停頓了一下，待台下完全靜下來，她才吐出三個字「李蓮英」。

台下歡聲雷動。

李蓮英精神抖擻地走上主席臺，從貂蟬手裡接過獎盃。這個獎盃被設計成一隻鳥站在樹枝上，寓意生活在森林中，四處障目，卻能穿梭自由。

獎盃的樹枝是用產於波斯的綠松石雕刻而成，鳥兒是羊脂白玉，而鳥兒的眼睛則是來自敘利亞的兩粒夜明珠——獎盃的用料十分講究，這些珠寶都曾是皇宮裡的東西，太監們覺得李蓮英配用這個獎盃。

一位太監走上主席臺，宣讀李蓮英簡歷。

李蓮英（1848-1911），原名李英泰，字靈傑，出身貧農，祖籍直隸（河北）河間大城縣李賈莊，幼年舉家遷進北京。

因家庭窘迫，排行老二的李蓮英八歲被淨身，一年後被送進故宮，正式當上了一名太監。李蓮英入宮後的名字叫李進喜，他進

宮 14 年時由慈禧太后起名為蓮英。李蓮英 19 歲被封為二總管，21 歲晉封為大總管。李蓮英在內宮生活了 53 年，歷經咸豐、同治、光緒、宣統四朝，是慈禧最親密的寵宦，李蓮英官拜二品。

簡歷宣讀完畢，從台下又走上一位太監，他自我介紹是冥界TV《空靈》欄目記者，他要現場採訪李蓮英。這時工作人員抬來一對座椅，李蓮英和記者分別落座。

記者：「首先恭喜您獲得最佳生存獎，請您談談您的獲獎感想。」

李蓮英：「感謝同族給予我的這個獎勵，我現在想給大家說說我小時候的生活。」

記者：「看樣子有點傷感！」

李蓮英：「是這樣，我的原籍緊靠一條叫子牙河的邊上，距北京大約有 150 公里，是一個十年九澇的低窪地帶，夏天雨水一多，莊稼就澇得顆粒不收，用我們那地方的一句土話說，是『蛤蟆撒泡尿就發水』的地方。所以，那個地方很窮。後來舉家遷到北京，開了個熟皮子的作坊，收生皮子，熟好了再賣給皮貨莊，這是一個下等行業。熟皮子要經過很多道工序，最重要的是用硝來揉，硝有毒，氣味大，腐蝕手。用硝揉完了以後再放進大缸裡用水泡，刷洗，本來帶血津的皮子，再往缸裡一泡，又有芒硝味，一散開像尿池子的尿城一樣，嗆人，辣眼睛。牆上繃著羊皮、狗皮，院子七八口大缸滿是臭水，夏天，地上全是血水，蒼蠅蚊子滿處飛，冬天，整院子的髒冰，白天黑夜受臭味薰著，這就是我小時候的生活環境。」

記者：「你的家境應該是小手工業者，算貧農嗎？」

李蓮英：「我們沒有雇人，當然算。特別是我的母親，這樣又髒又累的活，她和我父親一起幹，我記事起就沒見過我母親用過化妝品。」

第六章 太監谷

記者：「那您是怎麼當了太監的？」

李蓮英：「自己慢慢長大了，就想能不能改變現狀，讓父母輕鬆一點，不再受窮，別的還有什麼想頭呢。進宮！那時候時興，父親有這個意思，我就開口了。父親只知道怎樣掙錢養家，把錢看得特別重，對孩子的感情比較淡薄，這也是生活壓力造成的。我母親對兒子感情特別重，我自動請求淨身的時候，我母親渾身顫抖，但也無奈。以後，我母親每天晚上磕頭燒香，在夜靜以後，燒上一炷香，求菩薩保佑，直跪到深更半夜；並在我臨淨身前一天晚上，在佛前起誓，要長年吃齋，保佑我平安，從此以後老人家幾十年沒沾過葷。臨離家的夜裡，老母親抽抽泣泣地一夜哭個不停，第二天我父親拉著板車，母親追著車子送我到西直門門下，最後，給我兜裡放兩個煮雞蛋。」

說到此處李蓮英黯然淚傷，台下也是一片抽泣聲。太監大多出身於窮苦人家，富家子弟誰幹這事。李蓮英的回憶自然也勾起其他太監的傷心事，臺上台下空氣凝重。

一看這情況，聰明的記者急忙提話：「看樣子老人家的祈禱管用了，進宮後，您飛黃騰達了。」

李蓮英：「不能辜負老人家的期望啊，在宮裡，我經常在夢裡模糊地看到我的老母半夜三更裡傴僂著身子跪在香爐前。」

記者再岔開話題：「聽說您給慈禧老佛爺梳頭梳得挺好，是嗎？」

李蓮英：「是啊！人往高處走，不能忘記父母還在受窮受累啊。當時京城流行新髮型，特別是妓女，她們的髮型很美，她們是吃那碗飯的嘛。我就去學，不久就掌握了給女人梳頭的技術。慈禧愛美，以前幾個太監給她梳頭，她都不滿意，後來我找到給她梳頭的機會，梳得她很滿意，以後我就開始走運了。」

記者：「啊，先從當理髮員起步，給她理髮，收入不低吧？」

李蓮英：「當然，論我的手藝，要擱現在，開個髮廳收入也不會低。」

說完，李蓮英又感到記者話裡有話，不免回想起當年他給老佛爺梳頭時的情形。

有次老佛爺誇獎李蓮英梳頭梳的好，李蓮英接話說：「老佛爺身體康健，頭髮自然也好。」

老佛爺發牢騷：「以前給我梳頭的那個太監，老是將我的頭髮梳斷，我就告訴他，再把我的頭髮弄斷，我就弄斷你的脖子。」

李蓮英聽了，脊背直出冷汗，恰在此時老佛爺有斷髮在梳子上，李蓮英急忙摘下塞進衣袖裡。李蓮英接著說到：「我們從事的是服務行業，讓顧客滿意高興，是我們的職責。」李蓮英心裡卻在罵記者：「瞧不起理髮的？要是你，腦袋可能就要搬家了。」

記者：「在人間，有人說您是禍國殃民的大太監。」記者開始發難了。

李蓮英：「國與民和我都扯不上，我只是個太監，要把晚清垮臺的責任推給一個太監，說的過去嗎？」李蓮英反問記者，進入冥界的太監們都開始有點脾氣了。

李蓮英是曾經「參與」過國政，那是李鴻章趁北洋水師訓練成軍，奏請朝廷派大臣檢閱。當時慈禧就派光緒皇帝的親生父親、總理海軍衙門的大臣醇親王前去巡閱。醇親王為減少慈禧太后對自己的猜忌，要求派李蓮英隨行，慈禧同意。

李蓮英不去不行啊。

李蓮英把二品頂戴換成了四品頂戴，因祖宗制度，太監最高品級不得過四品，所以李蓮英自免兩級，規規矩矩地隨著醇親王出發。

以前有個太監叫安德海，他奉慈禧之命，到江南採辦服飾，走

第六章　太監谷

到山東地方，被山東巡撫丁寶楨擒獲處決。後人探究原因是「過於招搖」。清宮祖訓「太監不得私自離京」，雖然是慈禧派出，慈禧也難保他的性命。所以李蓮英「隨行」醇親王閱兵也有風險。

閱兵臺上，朝廷官員正襟危坐，而李蓮英衣著樸實，替醇親王拿著一支旱煙袋，往側面一站，低眉斂目，隨時裝煙、遞煙，自認為是太后欽派來伺候醇親王的。

晚間李蓮英端著一盆洗腳水來到醇親王房間，要給醇親王洗腳，醇親王急忙說：「使不得，使不得，你是欽差大臣。」

李蓮英也忙說：「小子是奴才，能給王爺洗腳是奴才的福分。」感動得醇親王連連地拱手。醇親王、李鴻章回來後爭著向太后稱讚李蓮英。

即便如此，李蓮英還沒回到北京，責難的摺子還是遞到了宮中。其中監察御史朱一新向光緒皇帝奏了一本，批評派李蓮英隨醇親王視察海軍，還說李蓮英妄自尊大，結交地方官員，收受賄賂，理當查處。

老佛爺不得不嚴查，因為拿不出「真憑實據」，朝臣們對李蓮英的抨擊也不得不了了之。

李蓮英身在宮中，禍國談不上，也就難有機會殃民了。

記者：「在人間，人家說你腐敗受賄，貪污巨大。說你曾經一次就收受過袁世凱 20 萬兩白銀的賄賂。還有人說你在光緒末年，僅僅存放在京城各銀號中的白銀就有 1600 多萬兩，同時你還收斂了大量的地產和無數的玉器珠寶。」

記者不依不饒。

李蓮英問：「有證據嗎？」

記者無語。

李蓮英說：「我有證據證明我是清白的。慈禧死後百日，我

把歷年來老佛爺賞給我的珍寶，總共七大捧盒，當眾完全獻給了隆裕皇后。我當時說，這是皇家東西，不應該流入到民間，奴才我小心謹慎地替皇家保存了幾十年，現在年老體衰，乞求離開宮廷，所有這些寶物，奉還給主子。這件事讓隆裕太后十分感動，這是有史記載的。」

記者：「人間傳說，說你在原籍有幾百頃地，十幾個莊頭，光收稅摺子往外一擺，就幾口袋，連縣太爺也嚇得打哆嗦。」

李蓮英：「這是真的，我不光有土地，我在北京還有幾處宅子，很漂亮。但是別忘了，我是二品大員，我比一個縣官的收入大得多。後來我的父母都過上了體面的生活，我們進宮幹嗎來了，不就是圖這個嗎。」

記者：「再問你一個敏感的問題，你是怎麼死的？」

李蓮英一愣。

記者急忙解釋說：「問這問題是有些不敬，是這樣，現在在人間，人們對你的死議論紛紛，說是在「文化大革命」中，你的墓被破壞了，他們打開你的棺槨，發現你的棺槨裡只有頭顱，沒有軀幹，所以關於你的死現在是議論紛紛。有人說你是壽終正寢，太監風俗身首兩分，也有人說你是被人謀害。但是謀害方為什麼只留下頭顱，他們實在是搞不清，如果方便的話，您能多說幾句嗎？」這裡記者已將對李蓮英的稱呼由「你」開始改成為「您」。

全場太監們，瞬間鴉雀無聲，他們都很好奇。

關於李蓮英之死，現在社會輿論是沸沸揚揚，李蓮英是個出身貧苦的太監，但是他是慈禧的寵宦，而大家又認為，大清的垮臺慈禧應負主要責任，所以李蓮英的名聲也就很不好，是牛鬼蛇神行列，自然要在被打倒之中。人死了怎麼辦？那就「掘墓鞭屍」吧。

第六章　太監谷

　　初夏的一天，陽光投射到京郊一處靜謐的角落，光天化日之下幾個人在挖掘著一個墳墓。墳墓太堅硬了，幾個人挖掘了七八天，墳墓幾乎毫髮無損。「這個太監也太堅硬了，咱們什麼時候才能挖開？」一個人邊擦汗邊嘟囔。

　　這個墳墓確實不簡單，因為它是赫赫有名的大清太監李蓮英的墳墓。當年，李蓮英的陵墓占地約有二十多畝，由南向北延伸，墓地北端是一座金水橋，由橋向北是整個墓地中最有氣勢的一座漢白玉質地的牌樓。牌樓上面有匾額，寫的是「欽賜李大總管之墓」，牌坊上首寫的是「閬苑清風」，下首寫的是「仙台飄渺」，兩個柱子上還有一副對聯：通幽向明昭垂萬禩，大中至正鞏固千秋。

　　時光荏苒，李蓮英陵墓風光不再，到「文革」時，這裡被一個叫「六一」的小學「鎮壓」下去了。

　　一天，學校革命委員會主任，也是學校當局最高負責人，帶領部分教師來到學校校園的西南邊一個極為幽靜的角落，學校的人稱那裡為小花園，領導告訴這些教師們，說這是大太監李蓮英的墳墓，要把它清除掉，不能讓這個大壞蛋躲在這裡享清閒。

　　但是看似荒塚一個，沒想到這麼難纏，幾個人忙活這麼多天，幾乎毫無建樹。

　　他們不知道，這個墳墓的表面土層是用糯米湯、雞蛋清和黃土白灰，按配方比例摻合而成，其堅硬程度僅次於石頭。

　　終於有成績了，經過他們鍥而不捨的努力，墳墓被挖開一個缺口。可是缺口下面露出的卻是花崗岩，要靠人力鑿開堅硬的花崗岩，幾乎不可能，這讓這些平時靠腦力勞動為生的秀才們感到絕望。

　　這是革命任務！這些書生身心都感到有壓力。

　　雖說是初夏，驕陽也似火，不知什麼時候，天上的雲彩也都悄

悄地溜掉了，火辣辣的太陽噴著火，煎熬著幾個掘墓的教師。

不知什麼時候，一個道貌岸然的老者來到他們身邊，老者問：「幹嘛呢？」

教師們見是個衣不著潮流，身上還散發著封建味的「腐朽人士」，沒好氣的說：「挖李蓮英呢。」

老者並不見怪，說：「這是個金井玉葬之墓。」

「金井玉葬」是個專業名詞，所有的教師將目光轉向這個老者，一個教師帶有歉意的問老者：「請問老先生，什麼是金井玉葬？」

老者並不正面回答，說：「傻小子們，別這麼幹，你們挖不動那兒。」

教師們急忙請問，又該如何？

老者並不回答，他走到李蓮英的墳墓旁，左轉轉，右轉轉，又不時用腳步丈量著。過了一會兒，老者說話了：「按照你們的挖法，你們永遠打不開這個墓。」

教師們都謙虛了，又請老者指點。

老者用腳踏出一個點，說：「在這兒往下挖，這底下是地宮，後面是馬道。」神秘老者所指的挖掘地點是墳前兩塊巨大的石碑之間——這不是一般人能知道的。

按照老者的指點，教師們開始動手挖掘，又是三合土，接下來是一層碎石。在清理了近兩米深的碎石之後，一塊青色條石漸漸顯露出來，條石上面有一個圓洞，而這個圓洞就是陰陽相通的地方。

老者面對李蓮英的墳墓，雙手合十，口中說：「李大人醒醒，換個家吧，我不將墓道的秘密告訴他們，他們就會整天在您老頭上敲打，還不如儘快了之，請李大人諒解。」

在大家忙活的時候，老者悄然離去。

第六章　太監谷

接下來的發現令老師們驚喜萬分，按照老者的指點，他們繞過了墓道直接來到了墓室前廳。

墓室前廳三米見方，是用漢白玉石砌成，東西兩面牆上有雕工極為精美的圖案。南北面各有兩扇門，南面連接著墓道，北面的一扇門通向墓室。打開墓室石門，這是他們需要突破的最後一道防線。

由於他們繞過了墓道而直接進入了墓室前廳，所以他們看到了封住墓道的石門是怎樣設計的，他們猜想兩道門的結構應該是一樣的。

他們猜對了。

石門的結構是這樣：當關閉石門時，有一個石球順著一個槽，跟著石門向前滾動，當石門關閉時，石球正好落在一個洞裡，洞的深度是半個球，落在洞裡的石球的上半部就擋住了石門，人在外面就推不開石門了。

知識份子有愛動腦子的特長，他們找來一根鋼絲，照著墓道門上的球圈成一個鋼絲圈，然後他們把那個鋼絲圈從墓室門縫順進去，套住那個石球，第一次失敗了，第二次也失敗了，第三次成功了，他們慢慢把裡面的石球通過門縫往上提，接著推石門，門被打開了。

李蓮英之墓就這樣被開啟了，教師們歡呼他們的勝利！

教師們小心翼翼地來到這位大名鼎鼎的太監面前。

李蓮英的棺槨是紫紅色的，棺槨上頭描了金花，非常細膩。停放棺槨的是一張漢白玉棺床，在棺床的上面，他們發現了一個沒有打穿的圓孔，伸手進去一摸，摸出一個掛著玉墜的荷包和一些散落的銅錢，這就是「金井玉葬」的標識，金井玉葬是一種規格極高的下葬方式。

打開棺槨，人們觀察李蓮英，有頭，頭上有條辮子，身上蓋著

被子,身子周圍放著一些隨葬品。

人死了,又經過歲月的摧殘,李蓮英的面部也只能用「難看」一詞來形容。

一些隨葬品被清理出來了,有五十多件,其中朝冠上的一顆藍寶石就值白銀萬兩。還有一顆熠熠閃光的紅寶石,估計也價值不菲。這也說明,在這之前,墓室未曾遭受過盜竊。

有個膽大的教師「奉命」將李蓮英「請」出來。

應該先揭開被子,當接觸到被子時,發現被子已經腐爛。再從腳開始吧,當教師把手托在他的右腿、右腳那兒,使勁這麼一搬,鞋底子下來了,一看裡面都是腐爛的黑棉花,教師大吃一驚。鞋裡面為何要塞上棉花?難道鞋沒有被穿在腳上嗎?緊接著,那位教師摸到了一層厚厚的衣服,取出一看,是一件長袍,這件長袍竟然沒有完全腐爛,依舊能夠完整地抖開,而在衣服裡卻沒有屍體,全是黑棉花!

這是一座只有頭骨的墳墓!

神秘的氣氛一下子籠罩了小小的墓室。

在冥界,記者和李蓮英仍然面對面地坐著。

記者:「您的墳墓被毀掉,您知道嗎?」

李蓮英:「知道。」

記者:「您是如何知道的?」

李蓮英笑而不答。

記者平攤雙手,表示無奈。

李蓮英:「我還知道,墳墓的清理工作進行了很多天,他們重點是清理金銀財寶,而最應該重視的那顆頭顱,他們好像認為沒有什麼價值,被隨意棄置在一邊。也不能怪他們,因為他們不是專業考古。一些小學生就把那顆頭當成球踢,後來被踢進了廁

所。還是那位膽大的教師，在一天晚上借著上廁所，拿了一個糞勺把那顆頭撈了出來，埋到了一個山坡下。」

「這您又是如何知道的。」記者不依不饒。

李蓮英：「是那位老者告訴我的。」

「噢！」記者有些驚歎，隨即記者又追問：「他是怎麼告訴您的？」

「冥冥之中吧。」李蓮英故弄玄虛。

記者不滿意地撓了撓頭皮。

記者問：「現在社會上有一位著名學者，當她得知您的墓是一座只有頭骨的墳墓後，對您的死因進行了研究，當她再次閱讀您的墓誌銘時，發現其中一處模棱兩可的表述：您的墓誌銘用了一個隕字，隕就是死了的意思，但沒有病死的含義。此外，這位學者還發現，雖然相關史料中都提到您是因病而終，但對您的病因卻隻字未提，因此她得出了您死於非命的結論。」

李蓮英滿有興趣的問：「她具體說我是怎麼死的？」

記者問：「她沒說您具體是如何死的，不過關於你的死，現在社會上流傳這幾種說法，一是北洋軍閥重要人物江朝宗請您吃飯，您按時赴宴，席散後，您途經北京後海時遇上了土匪，被殺死。車夫和跟班的趕緊回家報告，您家也急派人到後海尋找，天亮時只找到您的頭，身子已不知去向，可能被人投到了後海裡去了。你對此有何看法？」

李蓮英：「不扔頭而扔身子，邏輯不對，是胡扯。」

記者：「二是說您出宮後，去山東探望侄女，順便游泰山。在回京途中，來到山東與河北交界處被人殺死。兩個隨從見狀嚇破了膽，沒把屍體運回，只把頭顱割下運回北京，以後再派人尋找屍體時，早已無影無蹤，因此下葬時只把頭裝進了棺材。您對這種說法有何評論？」

李蓮英：「隨從敢割下主人的頭顱？更是胡扯。」

記者問：「三是說您被後來的名太監小德張所殺——」

沒等記者說完，李蓮英就打斷說：「這更是胡扯。小德張比我小很多，他是在我出宮後，隆裕皇后當上太后時才慢慢得勢，而且小德張從入宮一直到他出宮，從來沒在慈禧太后身邊當過差，所以我們兩人之間根本沒有利害衝突，說是他殺的我更是胡扯。」

記者問：「台下百萬自己人都在關注您，陽間社會上億人也都關注著您，您老是不是將您的死因大白於天下，也給歷史一個完整的您。」

記者用近乎哀求的眼光看著李蓮英。

李蓮英看了看記者，又掃視了一下全場，苦笑了一下，說：「我的死是個秘密，本來想將這個秘密永遠保密下去，也算是個解脫，看來不曝光還是解脫不了。」

李蓮英重新坐了坐，直了直身子（看來內心有些沉重），李蓮英先是幽默了一句，說：「那個頭和那座墓都是贗品。」

記者脫口：「啊，假的！」台下有些騷動。

「也不能完全說是假的，墓是請求隆裕太后降旨建的，上面的『欽賜李大總管之墓』是真的。」李蓮英說。

記者有些激動，急忙說：「還請李大人慢慢道來。」

李蓮英說：「在一個風雨交加的日子，我在侍候老佛爺——」

李蓮英又回到往日之中。

那確實是個壞天氣，狂風暴雨施虐著紫禁城，烏雲遮擋著上空透漏過來的任何一點亮光，此時整個大清帝國也都處在風雨飄搖之中。

「點上燈吧。」老佛爺說。

「喳。」李蓮英將燈點上。

「唉！大清如日西墜，是什麼原因哪？」慈禧一臉愁容，自言自語。

「要是沒有您老佛爺，天下早就亂套了。」李蓮英勸慰道：「老佛爺您日理萬機，也盡到心了。」

慈禧轉過頭來，看了看李蓮英，心裡舒坦，順口說：「是啊，先帝走的早，我一個女人頂著這個天，若是將天下交給光緒，任那些洋玩意折騰，我們的祖制、我們的文化早就亂套了。」

「是啊，將來就是到了天上，先帝祖宗也得敬著您哪。」李蓮英看是恭維的話，倒是引起了慈禧的傷感。

「我是風燭殘年了，該走了。」慈禧說。

李蓮英知道自己說錯了，想把話挽回，慈禧擺擺手說：「沒錯，我是該走了。」慈禧想了想又說：「你跟了我一輩子，不易啊，我死後還不知道你是什麼樣的結局哪，你有什麼要求現在說吧，我還當著家呢。」

李蓮英「噗通」一聲給慈禧跪下，說：「天下就兩個人疼我，一個是我娘，一個就是您老佛爺，沒有您老佛爺的保護，蓮英十個腦袋也掉了，如果老佛爺開恩，就讓我喊您一聲『娘』吧。」說著，李蓮英就落淚了。

李蓮英說的沒錯，慈禧是保護了他，但是李蓮英把話說到這份上，也證明他是個知恩的人，慈禧不覺也動了感情，說那你就喊吧。

「娘！」李蓮英哽咽著喊出了口，慈禧也掉淚了。

慈禧順口又說到：「還有什麼要求，說吧，好孩子。」

「我想死後也伺候您老，我想葬在您老的身邊。」李蓮英說著低下頭去。

「啊！」慈禧心裡吃了一驚，那是皇家陵園，自己也只是以媳

婦身份隨葬，一個外人怎麼可能死後葬在皇家陵園，何況李蓮英又是個太監，此時慈禧有點被李蓮英忽悠的感覺。

按照當時規矩，太監死後連進祖墳的資格都沒有，在北京郊外，有個叫恩濟莊的地方，那是專門為太監死後安排的去處，對於這一點李蓮英自然清清楚楚，但是李蓮英更清楚的是，他活著的時候還有那麼多人想要他的命，他死後，他的墓必被破壞，因為他不可能將自己的墓建得像皇帝的墓那樣堅固，那時他就無能為力了。

沒等慈禧完全回過神來，李蓮英急忙又說：「我不要立碑，不要隨葬，不要起墳，我只想永遠伺候您老佛爺。」

「那，那是個無跡墳啊。」老佛爺明白過來了，李蓮英什麼名分都不要了，這是最下等人的做法，慈禧又激動起來，她將李蓮英輕輕扶起，抱在懷裡，輕輕說：「那我們娘倆就永遠相依為命吧。」

事後，慈禧親書：賜李蓮英在皇家陵園建無跡墳。

李蓮英清楚，活著保命，死後保屍，其他的都是身外之物。再說，一個太監，祖墳都不讓落腳，還有什麼名分，讓人忘卻自己就是太監最應該做的事。

記者說：「嗷！原來您葬在了皇家陵園，好風水啊，那得好好祝賀您了，這可是盤古以來沒有過的事。」

李蓮英急忙說：「別急，你再聽我說下去。」

慈禧死後，李蓮英給慈禧守了一百天的孝，然後悄悄地離開了皇宮。三年後，李蓮英隻身來到皇陵，李蓮英此去的目的是為自己選擇墓地，這只有他自己知道。

李蓮英在慈禧墓不遠處給自己的將來安排了三尺居處，然後從附近搬來幾塊石頭放在那裡，算是個記號。李蓮英掏出老佛爺的遺旨，恭恭敬敬地放在那些石頭上，點上一炷香，朝著慈禧墓行

三叩九拜大禮。突然一陣大霧襲來，眼前的慈禧墓看不見了，又一陣風刮來，慈禧的遺旨被刮到天空，李蓮英急忙起身去追，但是慈禧的遺旨越飄越遠，跟跟蹌蹌的李蓮英這才發現遺旨飄去的方向是「恩濟莊」。

李蓮英驚訝地跌坐在地上，不知過了多久，李蓮英身後有人叫他，李蓮英轉過身來，發現是一個和尚。李蓮英急忙俯身下拜，說：「請問大師這是何故？」

和尚說：「她已歸陰，人世之事無法兌現。」

李蓮英急忙請求：「請大師指點迷津。」

和尚說：「佛家救你，待你完了後事。」

一陣風刮來，和尚不見了。

「佛家救你，待你完了後事。」三個月後李蓮英明白了這句話的意思，也想出了解決的辦法。

記者急忙插嘴：「是不是恩濟莊假葬，然後脫身向佛。」

李蓮英笑了笑，說：「這回你猜對了。」

李蓮英先是給自己買了一個人頭，用棉花裝成身子，放在棺材裡。

那個年月，戰爭不斷，別說買個人頭，就是買個全屍都不困難，但是李蓮英考慮，用全屍代替自己，「疑點」多，容易被識破，只用一個頭，用棉花代替身子，這要安全得多。

李蓮英沒有親生兒子，他的弟兄們過繼給他四個兒子，這些繼子又都是朝廷品級不低的官吏。

李蓮英在暗處導演這齣戲：李蓮英安排自己「死」了。李蓮英指示他的兒子，按照他「生前」的吩咐，給朝廷寫了一道奏章，請求隆裕太后降旨，依祖宗家法，賜塋地一塊，在恩濟莊大公地內安葬，並賜以祭壇和白銀 2000 兩。

隆裕太后感謝李蓮英生前對皇室的貢獻，很快准奏下旨。

李家接旨後，李蓮英馬上暗地裡指揮發喪的各項準備，並以李家名義又奏請隆裕太后，請求按國家二品大員的級別給李蓮英發喪。並聲稱，國庫吃緊，費用由李家承擔，隆裕太后很快又批准了李家的請求。

為了使戲演得更真些，李蓮英又安排李家在京城內外廣泛散發喪報。李蓮英生前一些好友以及那些得到過李蓮英好處的人紛紛前來弔唁，或送來祭銀祭品，朝內一些文武大臣也前來弔唁。

在李蓮英的靈棚裡，一邊掛著李蓮英繼子的挽仗，一邊掛著大清帝國皇室的挽仗，順延是朝廷各部門，還有北洋水師以及袁世凱等社會名流送來的挽仗。

作為太監，李蓮英夾著尾巴做人，委屈了自己一輩子，這次李蓮英要揚眉吐氣，當然也是為了使戲演得更逼真，更轟動。

李蓮英給自己安排「舍孝」。

北京古老風俗，人死了以後，要搭靈棚，接納四方前來弔孝。舍孝就是，只要能走進靈棚，向靈位磕個頭，表示哀悼之意，就發給一頂孝帽子、一條孝帶子、一件膝蓋以上的半截孝衣、三個饅頭、一碗粉條肉。這叫大破孝，也叫舍孝，舍孝在當時是相當破費，當然也相當「落好」。

這一切符合李蓮英「生前」的作風。

和李蓮英共過事的一個老宮女回憶李蓮英時說，在宮裡七八年，不管人前人後，李蓮英總是維護我，使我十分感激。拋開個人的恩怨不說，平心靜氣而論，我對他還是十分佩服的——無論是處世，或是為人。平常日子，太監犯了錯誤，李蓮英永遠是恩威並用，暗中維護，所以太監們都服他，也願意親近他，所以平頭百姓來給李蓮英弔唁的也不少。

李蓮英喪事辦得宏大，官民兩面落好，李蓮英達到了自己的目

第六章　太監谷

的。

　　在整個清代的兩百多年裡，太監死後舉辦如此隆重的葬禮也算是空前絕後。

　　「李蓮英之死」是自保，身首兩分的障眼法，也給後人留下個「謎」。

　　李蓮英「完了後事」，在一個黑夜，悄悄離開京城，向西走去。

　　李蓮英有詩曰：嗩吶衝天響，紙錢滿街飛，哀杖低垂走，棺槨載空靈。

　　躲在暗處的李蓮英默默地看著眼前這一切，對於他如此隆重的「死」，李蓮英還是滿意的。

　　蓮英這是第二次向西行，第一次是八國聯軍打到京城，慈禧不得已帶著少數人員向西落荒而逃。那次西行中，他們路過不少寺廟，見到不少和尚。以前李蓮英也見過和尚，不入心而已，這次不同，他感到他們有著神秘的色彩，特別是面對寺廟，青磚綠瓦，蒼松翠柏，他感到那裡是縮小了的皇宮，只是裡面的生活不同，清靜無為，與世無爭，李蓮英看到了另外的一個世界。一向謹小慎微的李蓮英，面對寺院，好像有一種解脫的感覺，不免脫口而出：「這裡好啊！」

　　慈禧飄來白眼，李蓮英急忙收回心思。

　　佛祖記下了他，佛祖要幫他解脫。

　　在山西五臺山，眾多的和尚在打坐念經，一樣的袈裟，一樣的頭顱，一樣的信念，一樣的圓寂。

　　李蓮英真的沒了。

　　李蓮英講完了，會場仍鴉雀無聲，大家仍在故事裡。

　　李蓮英的墳墓在「文化大革命」中被破壞了，那是個「假」墳；慈禧的墳墓後來被軍閥孫殿英破壞了，那是她的真墳。

李蓮英該得最佳生存獎。

七、最佳成就獎：鄭和

高力士宣佈頒佈太監最佳成就獎，並有請頒獎嘉賓。

傳說中的中國四大美女之一的王昭君，身披裘衣，懷抱琵琶，邁著輕盈的步履款款走向主席臺，跟在她身後的是一群大雁。

有種說法，說北方匈奴強索漢朝公主，當時漢朝軟弱，滿朝文武無能，不得不靠一女子平邦安國，讓王昭君冒充公主嫁給匈奴。

王昭君告別了故土，登程北去。淒涼的玉門關外景象，使王昭君頓生悲切之感，王昭君懷抱琵琶，撥動琴弦，奏起悲壯的離別之曲。南飛的大雁聽到這動情的琴聲，低頭向下望去，當它們看到騎在馬上的女子出奇的美麗，竟然忘記了扇動翅膀，從空中跌落下來，後來「落雁」也就成了王昭君的雅稱了。

王昭君異樣的北國披風裝束，裹著似有似無的身體，白色羊絨的斗篷帽邊，簇擁著桃紅面龐出現在主席臺上，台下的太監們不禁瞪大了眼睛。王昭君不意間碰響了琵琶，琴聲在山谷裡迴蕩，更令太監們身酥，王昭君朝主席臺下深深一揖，立即引來台下熱烈的掌聲。

請「落雁」王昭君來頒最佳貢獻獎也是太監大會主席團討論決定的，他們認為落雁王昭君在國家的南北和睦中做出了貢獻，起到了大丈夫難起的作用。

王昭君來到高力士面前，又是無言深深的一揖，高力士急忙拱手回禮。

高力士宣讀最佳成就獎頒獎詞：「遵照真主安拉的旨意，西方的穆斯林通過沙漠來到東方，將伊斯蘭的信仰撒向中華大地，在

中華大地上凝聚出一個偉大的民族——回族；

　　一位穆斯林，遵照中國皇帝的旨意，將中華文化撒向天涯海角，通過浩瀚的大海，中華民族和伊斯蘭民族聯接了起來，完成了一個佈道『寬宏』、『和平』、『安寧』的使命，他對建立偉大的中華民族和偉大的伊斯蘭民族的友誼有著無可比擬的貢獻。」……

　　王昭君宣佈獲獎太監名字，她輕輕打開的是羊皮卷，這是北方遊牧民族宮廷用「紙」，不易折損，經久耐存，全體太監一致選舉出的最佳貢獻獎太監的名字寫在這羊皮卷上。王昭君沒敢抬頭，還有點羞澀的她急忙宣佈：「最佳成就獎獲獎太監是——鄭和。」

　　台下歡聲雷動，鄭和邁步走上主席臺，仍是大將風度。鄭和從王昭君手裡接過獎盃。

　　最佳成就獎獎盃的樣子，是在騰起的巨浪上方行駛的一艘大明寶船。獎盃下方的巨浪採用色綠如藍的翡翠做成，翡翠也叫緬甸玉。上部的船體採用的是福建壽山石中的極品，有「石中之王」之稱的田黃石做成的，在民間有「一兩田黃四兩金」之說，可見其珍貴，這是福建長樂人民的捐贈，長樂港是鄭和船隊在中國的主要集結港。

　　臺上兩人，王昭君與鄭和，一個向北，風吹草低見牛羊；一個向南，乘風破浪下西洋。台下太監們覺得有趣，不覺又鼓起掌來。

　　一位太監走上台來，宣讀鄭和簡歷。

　　鄭和（1371—1433），雲南昆陽州（今昆明市晉寧縣）寶山鄉和代村人，回族。明朝軍隊進攻雲南時，鄭和十歲，被擄入明營，宮刑成太監，之後進入朱棣的燕王府。後任內官監太監，官至四品。鄭和原名馬和，小名三保。後因在鄭村壩戰役中立有赫

赫戰功，被燕王朱棣賜姓鄭，始名為鄭和。

受中國皇帝明成祖朱棣的派遣，鄭和先後率領龐大船隊七下西洋，經東南亞、印度洋遠航亞非地區，最遠到達紅海和非洲東海岸，航海足跡遍及亞、非三十多個國家和地區。其規模之大，人數之多，組織之嚴密，航海技術之先進，航程之長，都是世界航海史上的一次空前創舉。

鄭和在印度西海岸古裡去世，賜葬南京牛首山。

在冥界，什麼稀罕的事情都可能發生。鄭和簡歷剛宣讀完畢，突然臺上如夢如幻的出現了一群亭亭玉立的阿拉伯少女，她們赤腳，露臍，頭戴帕，面遮紗，帕紗之間露出一對美麗的大眼睛，兩隻圓環掛在耳邊，兩隻手鐲在抖動的手腕上閃著銀色的光芒。這些少女們圍在鄭和周圍，歡快地跳起當地的風情舞蹈。

遠方天邊微微泛起光芒，光芒漸進，原來天上飄來一幅波斯魔毯，台下太監一陣驚呼。

魔毯悄無聲息地落在臺上，大家目不轉睛地看著從魔毯上走下一些人來。鄭和認出了，這裡面有他的母親、父親和爺爺。

鄭和與他們分別得太久了。

鄭和第二次下西洋回來，經皇帝恩准回雲南探親，那時他的父母已經去世，鄭和在父母的墓前，追思著和父母分別前的一幕一幕。

鄭和父親叫馬哈只。馬哈只有兩個兒子，長子文銘，次子鄭和，另有姐妹四人。

雲南曾是元朝的一個省，朱元璋建立明朝後，派30萬大軍開赴雲南，經過血風腥雨的戰爭，最後擊敗蒙古軍隊，使雲南歸於大明統治。

一天鄭和又在村外大樹下，翹望遠方父親的回歸。大明的軍隊如潮水般湧來，鄭和躲避不及，被一個騎兵順手提到馬上。後來

第六章 太監谷

鄭和幾次逃跑,都被抓回,打得死去活來,最後被閹,並被派往燕王府,從此鄭和成為燕王的一名太監。在燕王起事推翻前任皇帝朱允文的戰爭中,鄭和屢立戰功,受到燕王的器重。燕王朱棣靖難成功,登基做了皇帝,鄭和也就成為明成祖朱棣的重臣。

現在,在冥界,在鄭和獲得最佳成就獎的時刻,鄭和能和家人見面,也是百感交集。

時間使他們產生了陌生,他們彼此彬彬有禮地相互問候。

一陣靜靜的寂寞,鄭和的母親再也憋不住了,她高喊一聲:「我的兒啊!」撲向鄭和。鄭和也高喊一聲:「媽媽!」撲向前去。

哭聲過後,鄭和的母親對鄭和說:「你的一生受苦了啊!」

這時鄭和的父親、爺爺等人過來,分別和鄭和擁抱。

這時鄭和母親拿來一個袋子,說:「這是我們家鄉雲南的水果,都是你小時候喜歡爬樹摘的果子,吃吧。」

鄭和眼含熱淚,打開袋子,裡面是雲南著名水果菠蘿蜜果、獼猴桃、芭樂等。鄭和有點遺憾地說:「能讓我們所有來的太監弟兄們都嘗嘗多好啊。」

話音剛落,袋子飄然而起,袋口朝下,將水果撒向全場,驚奇的是,袋子裡的東西好像永遠倒不完,主席臺上臺下到處充滿了水果的香氣,台下的太監們一片歡騰。

在大家高興時,爺爺將鄭和拉到一邊,悄悄說:「孩子,今天是你受獎高興的日子,以安拉之名起誓,我也不想打你興頭,不過有個事情,我還是想問清楚。」

鄭和說:「爺爺您有什麼問題,儘管問吧。」

爺爺問:「你七次下西洋,為何到了紅海邊卻不去朝覲天方?致使這一使命有些缺憾。」

鄭和不覺落淚,說:「以全能全知的安拉之名起誓,孩兒不全

之身，難見真主，不過我也安排人，也是穆斯林，代表我前去朝覲了。」

爺爺點點頭，說：「哦！我估計也是如此，不過你不久就會全身，到時你再到那邊去，我們在那邊等你，願航海之夢能有個圓滿，真主保佑你！」

聽到全身二字，鄭和有些不明白，想再問，爺爺轉身招呼大家返程了。

鄭和和母親、父親、爺爺等親人分別擁抱告別，依依不捨，他們好像商量好似地，沒有人說讓鄭和一起走，而是說讓鄭和儘早過去，他們在天方等他。魔毯漸漸遠去，鄭和目送著他們。

這時，遠處天邊駛來一艘船。此船在冥界行駛，仍像在大海中乘風破浪，下面的太監們聽到海水是在自己的上方嘩嘩作響，自己仿佛置身於陰冷的水下。太監中不乏當年跟隨鄭和下西洋的水手，當船隻靠近時，他們發現船上的帆是黑色的，船身長度遠遠大於寬度（有利於提高船速），而且船帆上還有骷髏的標誌，馬上就有太監驚呼：「黑珍珠號海盜船！」

會場立時氣氛緊張起來。

船靠近主席臺停住，有三個人從船上走下來。他們來到鄭和面前，右手撫左胸，彎腰向鄭和施禮。通過他們的自我介紹。鄭和明白了站在自己面前的是發現新大陸的哥倫布；繞過好望角，將歐洲帶進印度洋的達·伽馬；第一次實現環球航行的麥哲倫。他們都是鄭和之後海洋的開拓者。

不知什麼時候，主席臺上出現了幾個美人魚，她們每人手捧一個大海蚌，海蚌打開，是副座椅。主客落座後，哥倫布首先說話：「我們代表西方的航海界，特來向大明奉旨西洋正使欽差總兵官——我們人類航海界的前輩鄭和先生致敬，並祝賀您獲得最佳貢獻獎殊榮。」西洋人能把中國如此複雜的官稱說出口也不簡

第六章　太監谷

單。

鄭和回話：「謝謝！大家都為東西方的溝通，為人類的團聚做出了貢獻，願真主保佑我們大家！」

剛才還在為客人搬海蚌椅的美人魚，此時驚呼著躲在鄭和身後，鄭和順著美人魚的目光望去，幾條鯊魚從海盜船後面，悄悄地向美人魚遊來。

鄭和用眼掃了一下鯊魚和海盜船，笑問道：「怎麼大家還對這樣的船感興趣？」

達·伽馬揮揮手，那些鯊魚退了回去。

哥倫布說：「坐它來，只是快捷，我們也想向前輩討教幾個問題。」

鄭和：「請講。」

達·伽馬先說話了：「我們西方開拓海洋的目的就是要謀利，為了金錢我們可以不擇手段，不知你們七下西洋的目的是什麼？」

鄭和笑了笑對達·伽馬說：「據我所知，閣下還曾經做過海盜！」

達·伽馬有點不好意思，也笑笑說：「是曾辦過殺人越貨的事。」

鄭和說：「現在西方航海家還在做海盜嗎，還殺人越貨嗎？」

達·伽馬說：「早就不做了。」

鄭和問：「為什麼？」

達·伽馬說：「那是錯事。」

鄭和說：「在中國人的意識裡，一開始就知道那是不對的，所以我們沒犯那樣的錯誤，沒把金錢看的那麼重要。」

達·伽馬說：「據我們所知，你們每次出海都帶了白銀百萬

兩，還有大量的瓷器、絲綢，可以說是到處送禮；另外大量的使者跟您到中國首都，他們帶來的禮品明朝朝廷也用高價收購，還送給他們大量的金銀、禮品等，你七下西洋費錢費糧，軍民死且萬計，我們認為你們七下西洋只是空洞虛榮的、炫耀式的巡航。你們帶著宏大浪漫的政治理想，從一個港口駛向另一個港口，宣諭、敕封、市易，將貢使接來又送去，只是滿足帝王建立在無知狂妄之上的虛榮與野心，有點像我們西方寓言《皇帝的新衣》裡講的故事。」

西方的三個航海家都想笑，但是他們又都很快忍住了，他們知道這樣做很不禮貌。

麥哲倫開始說話了：「據我們所知，你幾次到了印度，到了紅海，你為什麼不一直往前走，若是那樣，環球航行的將是你，而不是我。」

鄭和向他們宣講七下西洋的宗旨：睦鄰四海，懷柔遠人，恩澤天下。但是三個航海家笑了笑說「我們西方人是為利益闖蕩江湖，你是奉旨辦事，你們皇帝的高風亮節不是我們能夠理解的。」

哥倫布說：「我感覺我們初期的航海理念都不正確，一個追求財富，一個輸出理念，犯了兩個極端的錯誤。」

很明顯，這些西方航海家對鄭和奉命航海的目的理解不了，但是作為航海人，他們佩服鄭和的航海能力和航海成就。

他們走了，那艘船走了，走得悄無聲息。

鄭和目送著他們，心裡很是複雜。

來時帶來崇敬，走時沒能成為朋友。一方尚義，一方尚利，價值觀念的不同，在冥界也是天各一方。

在鄭和正在惆悵時，突然傳來呼喚他的聲音，此時明成祖朱棣夫婦飄然而至。

第六章　太監谷

　　明成祖朱棣和原配夫人仁孝皇后恩愛有加，到了冥界他們仍是形影相隨。

　　鄭和和朱棣一家甚是和睦，鄭和被宮刑後，是夫人選中的鄭和，將鄭和從南京領入北京燕王府家中。

　　當時，夫人見到的鄭和，恰如〈一千零一夜〉裡一首詩中所描述：

　　　一表人才出自真主之手，
　　　廣濟的美貌他得天獨厚，
　　　他將世間之俏全部囊括，
　　　英俊在他頰面寫下證詞：
　　　美少年中唯此一支獨秀。

　　俊俏的鄭和，眉宇間還露出忠貞與才氣。

　　有次，燕王朱棣的兩位公子將鞭炮放在政敵欽命北京布政使胡誠的轎子裡，怕惹出事端，鄭和出面頂罪。朱棣說是頑童嬉戲，鄭和受了懲罰才幫助朱棣過了這一關。鄭和的忠誠、能力受到朱棣一家的認可，同時也為鄭和才華的施展提供了機會，鄭和七下西洋的成功，也是君臣配合默契的表現。

　　見明成祖朱棣和皇后駕到，鄭和急忙要施君臣大禮，朱棣急忙上前攙起，口中說：「要不得，要不得，在冥界，應該是平起平坐。」

　　夫人也過來，噓寒問暖。後來成為皇后的原燕王朱棣夫人，是明朝開國大將徐達的女兒。徐達的死，官場上的血風腥雨，使徐夫人多了一些同情心，徐夫人的疼愛也多少給了鄭和些許母愛。

　　朱棣說：「聽說你獲獎了，我們特來祝賀！另外我還給你帶來一份禮物。」說著從懷裡掏出一本書，交給鄭和，鄭和一看是《馬可‧波羅遊記》，這本書鄭和看過，但是朱棣今天作為禮物送給鄭和，鄭和不解其意。

朱棣問：「是不是那幾位西方的航海家來過？」

鄭和說：「他們剛走，不過我們談的不甚愉快，我說他們是海盜，他們說我們虛榮，我給他們講睦鄰四海，懷柔遠人，恩澤天下，他們說我們是《皇帝的新衣》心態。」

朱棣哈哈大笑，說：「對海盜談睦鄰，談懷柔，談恩澤，這不就是對牛彈琴嗎？」

鄭和說：「我們談理想，他們談利益，是格格不入。」

朱棣說：「不對，我們也不是光有理想，我們追求的是更大的利益。」

鄭和用不解的目光看著朱棣，說「那些反對下西洋的人說我們賠本賺吆喝，哪來的利益？」

朱棣又是一陣哈哈大笑，說：「看樣子我不僅蒙蔽了西方，也蒙蔽了你們哪！」

鄭和更是不解，說：「請您明示。」

朱棣從一美人魚手裡接過一杯海馬茶，邊品嘗邊與夫人說：「嘗嘗，味道不錯，鄭和這裡有寶貝。」

朱棣邊與夫人打趣，邊開始切入正題。朱棣問：「馬可·波羅你可知道？」

鄭和說：「知道。」

朱棣說：「馬可·波羅在中國待了十七年，回去後出了這本書，引起了整個西方世界對中國，對東方的注意，並導致了後來的航海大發現。但是，馬可·波羅這個大活人到中國來，到東方來，無疑也向東方介紹了同樣也是神秘的西方，可是怎麼沒有引起東方人的注意？沒有引起東方對西方的航海大發現呢？」朱棣現在像是個學者，在向聽眾介紹自己的學說，不過朱棣的立題確實新穎，立時把鄭和吸引住了。

朱棣咽了口茶，繼續說：「這個問題比較複雜，不說那麼遠。

我在做燕王時,有意無意地聽說了很多元朝的故事,元大都在燕京啊,我對元朝的瞭解,比南京的那些人多,其中就聽說了關於馬可‧波羅的事,我感到新奇,就安排專門的人搜集了馬可‧波羅的材料,看完後我不覺倒抽了一口冷氣,因為我知道了在遙遠的西方有一個白色種族,他們人高馬大,比我們東方人強壯,而且社會也比較發達,當時的蒙古人和他們較量過,就像戰勝了我們的宋朝那樣,蒙古人也戰勝了他們。但是我們漢人後來把蒙古人趕跑了,又建立了我們的明朝。那麼西方的白種人,也完全有可能戰勝蒙古人,如果他們報復蒙古人,從西方向東方殺來,就像我們打到漠北,那麼白種人就有可能與我們照面,那時他們也可能成為我們的對手。」

有點天方夜譚,鄭和聽得有點摸不著頭腦。

朱棣興奮勁來了,說:「馬可‧波羅是從北方的絲綢之路來的,走時是通過海路,通過南洋,再到西洋走的,也就是說,如果西方人東來,有兩條路,一是北方,另一條則是海上。」

鄭和在琢磨朱棣的話,問:「你是說我們的下西洋的目的是衝著白種人去的?」

朱棣說:「一開始我對蒙古人是想趕盡殺絕,不是一直打到漠北嗎,但是後來我就不追了他們,與他們和為上,這些歷史書上都有記載,但是為什麼不趕盡殺絕,他們就不知道了。因為,我想讓蒙古人抵擋白種人,再說北方大沙漠也不是什麼好地方。」

鄭和問:「我們七次下西洋的主要目的是佈防,佈防西方白種人?」鄭和似乎聽出點名堂,

「是的。」朱棣又開始喝茶,他在等著鄭和的提問。

「您好像說的有點玄吧,西方那幾個航海家說您無知、狂妄、虛榮。」這些話在人間,嚇死鄭和也不敢說,現在他斗膽把這些話學出來,他想朱棣也一定會大怒。

朱棣笑了笑，對皇后說：「把那份禮物也拿出來吧。」

皇后像變魔術一樣拿出了一幅地圖，交給鄭和，鄭和接過來，見圖上方標有〈大明混一圖〉，繪製於洪武二十二年，上面還標有：〈大明混一圖〉參照底圖藍本是元代李澤民的〈聲教廣被圖〉和清濬的〈混一疆理圖〉。

鄭和看後不覺大吃一驚，因為這張圖上已經標明了非洲的好望角和非洲的西海岸以及大西洋，這是鄭和曾經努力要去而沒能達到的地方，更讓鄭和吃驚的是，〈大明混一圖〉繪製時間早於他第一次下西洋十六年，〈聲教廣被圖〉和〈混一疆理圖〉是更早的海圖版本。

鄭和一屁股坐在海蚌椅子上，呆了好一會，才對朱棣說：「原來您對這一切都早有瞭解。」

朱棣喝了口茶淡淡地說：「別忘了，我那時是皇帝。」

鄭和說：「您為什麼不早告訴我？」鄭和說完就後悔了，這話太唐突，不是原來的臣子應該問的話，好在朱棣也沒在乎。

朱棣說：「如果早透漏出去，誰會相信有白種人的威脅？那些反對下西洋的大臣們肯定說我杞人憂天，所以還不如睦鄰四海，懷柔遠人，恩澤天下來的名正言順。再說，我們對東南亞、南亞、中東說白種人的威脅，他們肯定也不相信，因為他們那時的文化、國力都比我們差多了，我們更不能說我們在拉攏他們，為的是將來在我們和白種人的衝突中，讓他們站在我們一邊。再說，那些窮鄰居有什麼油水，也沒必要在他們那裡開疆拓土。」

停了停朱棣又說：「在我們大明軍隊大軍壓境的情況下，元朝皇帝未作抵抗便棄城而逃，當時元朝的檔案就完整的保存下來了，馬可‧波羅的情況，元朝檔案有著詳細的記錄，我在查閱馬可‧波羅的檔案時，發現了〈大明混一圖〉，這促成了我要下西洋的決心。」

鄭和呆呆地坐在那裡，他可是一直把「睦鄰四海，懷柔遠人，恩澤天下」作為七下西洋的宗旨，現在朱棣把他當時真正的意圖說出來，鄭和感到有點受蒙蔽的感覺，但是忠誠執行皇帝的旨意也是做臣子的本分，又怎麼能算是蒙蔽。

鄭和正在矛盾之時，朱棣又說話了：「你佈防做得很好，另外你還帶回許多有價值的東西，比如那些兵器。」

鄭和想起來，在波斯灣的忽魯謨斯，那裡的酋長領鄭和逛商店，聽說那裡居然還可以買賣兵器，在中國這是絕對不許的，鄭和覺得稀罕，前去參觀。在一個兵器店裡，鄭和發現了一批特別大的盔甲和兵器，鄭和和店主開玩笑，說是如果與穿這麼大的盔甲、使用這樣大的兵器的軍隊作戰，想取勝可不容易。沒想到，店主居然說，穿過紅海，再跨越地中海，就到了一個叫歐羅巴的地方，那裡的人都穿這樣的盔甲，使用這樣的兵器，鄭和覺得稀奇，就把這批兵器買了下來。

回到國內，鄭和將這批兵器展示給皇帝朱棣看，沒想到朱棣的興趣比他還大，說是鄭和立了一大功。朱棣將兵器拿起，反復耍弄，後又將一些御林軍叫來，叫他們操練這些武器。看著御林軍的操練，朱棣語重心長地說了一句：「兩強相遇，必有一戰。」

當時鄭和聽到這句話，也激動了一下，過後也就不多想了。現在回憶起來，朱棣命令下西洋，是未雨綢繆，為的是將來和白種人的一戰啊！

大明寶船隊的統帥，和大明江山的皇帝還是不能比啊！鄭和用崇敬的眼光看了看眼前這位曾經放眼世界的皇帝。

「是啊，你把這些東西帶回來，也足見你也有這種眼光，當時我也想把這一切都告訴你，但是當時北方蒙元勢力抬頭，我帶30萬軍隊前去鎮壓，當然我也不想打仗，後來他們服了，也就算了，我本想處理完北方的事後，回來再告訴你，並打算讓你繼續

前行,接觸接觸那些白種人,但是,嗨!沒想到,我會死在北征回師途中。」

說完,朱棣又哈哈大笑起來,說:「我若晚死幾年,把很多後續工作做完,讓中國人都明白,我們中國最厲害的對手不是蒙古、突厥等遊牧民族,在西方有個更厲害的對手將來要出現在我們面前。若是那樣,我們中國後來的歷史也可能會改寫,可惜的是,在我之後,沒人會預料到西方的侵略。西方的航海大發現只比我們晚了不足百年啊!我不是杞人憂天吧?可惜,可惜啊!」

最後,朱棣不無感歎地說:「馬可·波羅啊,馬可·波羅,你的一本書喚醒了西方,西方人都想跑到中國來看看,你在中國待了那麼多年卻沒能喚醒中國!中國很少有人想去西方看個究竟。為什麼?」

此時,幻影一閃,主席臺中央出現了一個白須飄然的和尚,他是朱棣的軍師──道衍大師。道衍大師右手撚珠,左手擎掌,口中念道:「阿彌陀佛!萬事萬物皆有定數,這個定數就是天,這個定數就是地。它的富庶使它難有進取,它的安康使它不望四方。」道衍大師又說:「天賜良機而丟失,以後的中國必有災難,阿彌陀佛!」

1433 年,鄭和船隊返回南京,結束了七下西洋的歷史,從此中國的國門關閉了。1497 後,也就是鄭和船隊返回 64 年後,葡萄牙的達·伽瑪到達印度洋,他發現幾條從麥加返航的船隻上沒有武裝,便捕獲了它們,在搬空了那些船上的貨物,不許原來船上的船員離船的情況下,下令把那些船燒毀了。

火焰逆著鄭和七下西洋的路線,燒向東方。

八、最佳報復獎:魏忠賢

高力士笑呵呵地走到台前,說我們的頒獎大會已經連續頒佈了

兩項大獎，很是成功，在頒佈下一個獎項之前，我給大家講個故事，故事名叫「太監、奶媽和一個木匠皇帝的故事」。

故事裡說，從前在中國有一個大太監，他叫魏忠賢，魏忠賢的父母有人說是貧苦農民，有人說是玩雜耍的街頭藝人，但不管怎樣，魏忠賢是窮苦人家出身。

由於家窮，魏忠賢從小沒上過學，父母對他也沒什麼管教，他也不事農作，整天在街頭閒逛，純粹是個無業遊民。

魏忠賢雖說沒讀過書，卻伶牙俐齒，能言善辯，並且無師自通，唱歌、奏樂、下棋、踢球樣樣勝人一籌，而且還有些武功，左右手均能挽弓，箭法很准。

魏忠賢還有一個特點，就是長的高大偉岸，風度翩翩。

魏忠賢十幾歲時，家裡給他討了一房老婆，又生了一個女兒。應該說，本本份份的過日子也就是了，但是魏忠賢天生就不是本分人，整天在外面吃喝嫖賭。賭輸了，他把女兒賣了。老婆見狀拔腳離家出走，否則，魏忠賢下一個就該賣她了。

魏忠賢拋棄了家庭，成了一個流氓無產者，有錢時妓院就是他的家，京城裡大小妓院差不多都留下過他的足跡。

魏忠賢還是個賭徒，有時明明身無分文，卻裝出腰纏萬貫的樣子，昂首挺胸走進賭場。賭輸了，沒錢給，免不了挨一陣毒打，但是無怨無悔，下一次再來。

酒是個好東西啊，當你心裡空虛時，它可以使你立時徒增膽量；當你受到打擊時，它可以使你瞬間擺脫苦惱；當你迷茫時，它可以迅速幫你堅定方向。將軍們上陣時喜歡喝酒，政治家們聚會時喜歡喝酒，文人們醉酒詩百篇。但是，最喜歡喝酒的還是那些市井無賴，這些人酒一下肚就吹噓：「吃奶的孩子聽到我的名字就不敢哭，你們能行嗎？」

魏忠賢就是這樣一個市井無賴。

有次魏忠賢酒後醉醺醺地在街上搖搖晃晃地走著,被債主逮住,並被扒掉了褲子。情急之下,魏忠賢大聲叫道:「我進宮當太監還你錢還不行嗎?」

誰也沒把這句話當回事,魏忠賢照樣挨了一頓毒打。

這憨出來的話倒是把魏忠賢自己給提醒了,是呀,如果能進宮當太監,那可是個做人的捷徑,就算是一次賭博吧,本錢不過是胯下的二兩肉,如果賭贏了,衣食不愁不說,熬上幾年,也許能混出個模樣來。魏忠賢沒考慮賭輸,賭徒不怕輸。

魏忠賢像發現了一個重大秘密似的,越想越是興奮不已,越想渾身越是熱血沸騰。他想像自己騎著高頭大馬,跟在皇帝身邊;他想像自己騎馬馳騁在家鄉,不,是馳騁在縣城,縣太爺親自牽馬墜鐙,以前的哥們見了他,紛紛在馬頭前下跪。

魏忠賢越想越興奮,他從地上爬起來,扯下上衣包住下部,昂首挺胸走向前方。

回到家,魏忠賢拿起菜刀,將自己的那部分閹掉了。本來他應該請專業人員幫助,這樣可減少疼痛,但是那需要銀兩啊,魏忠賢此時沒錢,他一咬牙,自己辦了。

魏忠賢疼得在地上打滾。

魏忠賢疼得昏了過去。

魏忠賢醒來後,挺身向皇宮走去。

但是進皇宮當太監,也不是魏忠賢想的那麼簡單。因為宮裡招太監,要的都是十幾歲的孩子,魏忠賢當時已經是二十幾歲的小夥子,曾結過婚,有過孩子,不符合條件。宮裡不要,這對一時雄心萬丈的魏忠賢是個不小的打擊。魏忠賢後悔啊,怪自己一時衝動,不得已,魏忠賢只得流落街頭,或以討飯為生,或打打零工。

一天魏忠賢來到一個太監家裡打工。找個工作不容易,魏忠

第六章 太監谷

賢珍惜眼前的工作，他起早貪黑，日夜苦幹。當然魏忠賢如此賣力，也另有用意。

這個太監不是一般的太監，他是太監頭目，官稱司禮監秉筆太監，他叫孫暹。孫暹見魏忠賢工作勤奮，人且老實，第二年便保舉他進宮當了一名太監。

魏忠賢終於如願以償。

太監魏忠賢先介紹到這兒，再說說奶媽客印月。

客印月是個剛生過兒子的少婦，年方十八，長得妖豔美麗，性感十足。

一天，客印月高高興興跑回家，丈夫見她高興地樣子，問她：「撿到金元寶了，這麼高興？」

客印月說：「比撿到金元寶還高興，告訴你，皇家正在招聘奶媽，我已經報名了。」

丈夫一驚說：「那我們的兒子怎麼辦？」

客印月說：「家裡不是還有你嗎。」

丈夫生氣說：「我一個男人如何餵他奶。」

客印月說：「你也可以給他找個奶媽。」客印月又說：「告訴你，那個皇家孩子是皇孫，我以後就是皇孫的奶媽，以後你們見到我呀，就得畢恭畢敬，說不定有一天這個皇孫做了皇帝，那我就上天了。」

丈夫管不了客印月，客印月打扮得花枝招展應聘去了。

參加應聘的少婦們還真不少，但是那個皇孫見到其他報名來給他做奶媽的人就哭，到了客印月時，客印月先是朝皇孫投去一個溫柔的眼神，同時獻上一個甜蜜蜜的微笑，那個孩子就順從地趴到了她的懷裡，周圍人都笑，說他們有緣。

客印月成了那個皇孫的奶媽。

那個皇孫就是後來的木匠皇帝朱由校。

朱由校的爺爺，大明神宗萬曆皇帝朱翊鈞在位 48 年，是明朝在位時間最長的皇帝。明神宗朱翊鈞駕崩後，太子朱常洛接位登基。

朱由校的父親朱常洛命運不好，萬曆皇帝朱翊鈞在世時，不喜歡他，老想廢了他，立寵妃鄭貴妃的兒子為太子，鄭貴妃依仗皇帝的恩寵，也經常公開用言語敲打朱常洛，還找人來暗害他。

太子朱常洛整天是提心吊膽過日子，好不容易熬出頭當了皇帝。鄭貴妃見風使舵，在朱常洛登基的第二天，便恭恭敬敬地送來了八位美女。朱常洛常年受壓抑，看到一向驕橫的鄭貴妃向他低頭，一時揚眉吐氣，大樂之下，縱情聲色，不久身體便「不適」。鄭貴妃緊接著又差人送去兩粒「仙丸」予以關心，仙丸乃毒藥，在鄭貴妃溫暖的關懷下，登基才 29 天的明光宗朱常洛便一命歸西了。

朱由校當時 16 歲，在毫無徵兆的前提下，突然接班成為了大明熹宗天啟皇帝。

爺爺萬曆皇帝生前不喜歡太子，連帶對孫子也漠不關心，已經 16 歲的朱由校，還沒有得到皇太孫的封號，甚至始終未能出閣讀書。萬曆皇帝臨死前，這個不稱職的爺爺才想起「皇長孫宜及時冊立、進學」。

朱由校從小在宮裡，除了吃飯睡覺，就是到處溜達，或者鬥鬥蟋蟀，打發無聊的時間。有次他看到宮裡在修繕房屋，見那些高大的樹木在木匠的手裡，不久就變成了門窗和各種傢俱，他覺著好奇，便跟著那些木匠學起來。你可別說，朱由校很聰明，不久他就成為了一個不錯的木匠，加上那些幹活的木匠對這位皇家少年的恭維，從此朱由校就對木工著了迷。史書記載，木匠朱由校「朝夕營造」，「每營造得意，即膳飲可忘，寒暑罔覺」。

第六章　太監谷

再以後，朱由校的木工就很精通了，他用的木工工具都是自己做的，而且在做工具時，不許旁人觀看。在木工技術方面，朱由校已經有資格保守「秘密」了。

當時這位皇孫朱由校壓根就沒有當皇帝的想法，也沒有人預料到這個從小喜歡做木匠的小子會當上皇帝，所以朱由校沒有受到皇儲的訓練。這位木匠突然被抬到皇帝位置上，他不知如何做皇帝，也對政治不感興趣。

朱由校當上了皇帝，那位奶媽客印月，就像她自己說的「就上天了」。

魏忠賢進宮後先是當了個「小火者」，就是掃地打雜的奴役。年齡大了，又被分配成為皇孫朱由校的炊事管家。皇宮裡，皇兒、皇孫成群結隊，朱由校只是他們中的一個，而且是很受冷落的一個，別的太監都笑話魏忠賢命不好，但是魏忠賢沒有選擇餘地，他只能踏踏實實地工作。

大概由於年齡變大的原因，也可能魏忠賢想念自己的女兒，魏忠賢像爺爺照顧孫子一樣對小主人疼愛有加，盡心盡力地伺候。小皇孫騎馬射箭是他手把手教出來的，做木匠活的時候，魏忠賢也是最得力的下手。小皇孫要什麼玩具，魏忠賢都會千方百計淘弄來，小皇孫一高興了，就喜歡拿這個老僕搞個惡作劇，開開玩笑，比如把人當馬騎啊什麼的。當夕陽從紫禁城頭落下之後，魏忠賢經常會坐在小皇孫身邊，絮絮叨叨地講他年輕時的故事，講皇宮外面的故事和鄉下的古老傳說。

有次皇帝朱由校蕩舟取樂，不小心翻了船，魏忠賢一時心急，忘了自己不會游泳，竟不顧一切地跳進水裡救皇帝，結果幾乎搭進了自己的性命。

魏忠賢的忠誠，已經不是基於尊卑關係，而成了內心的感情需要，也正是由於這種忠誠才讓他得到了皇帝的完全信任。

朱由校母親去世很早，也極少得到父愛，所以不可避免地，朱由校對魏忠賢有著戀父情結，對奶媽客印月有著戀母情結。

朱由校當上了皇帝，也就該著魏忠賢出人頭地。

朱由校16歲當上皇帝，按照那時的規矩，朱由校也該娶妻生子了。

皇家子弟16歲大婚，是那時中國的規矩。在這之前，先期在國內海選，挑選出了一批年齡在13~16歲的女孩。官方發路費，讓她們的父母陪送到京城備選，於當年的正月集合，送達京城的女孩有5000人之多。

皇家選媳婦採用的是淘汰制。

偌大的皇宮，每次放入百人，太監們職責清楚，分工明確，依次把關審查。首先看身材，高一點的，矮一點的，胖一點的，瘦一點的，全都不要，這樣5000人中淘汰1000人。其次看五官，剩下的4000人要被挨個審查耳、眼、嘴、鼻、頭髮、皮膚。眼不光亮，牙齒不白，鼻樑過高或過矮，皮膚上有斑或有痣，均要淘汰。再讓女孩自報家門，音不圓潤甜美，也要被淘汰，這樣又淘汰2000人。最後主要是借用工具測算身體，就是測三圍，看看身材是否符合比例，另外凡是手腕粗短的，腳趾肥大的，都不能過關，這樣，又淘汰1000人。

太監的工作到此為止，餘下的1000名女孩，交由老宮女帶到密室，進行內檢，就是讓女孩脫光衣服，摁摁乳房，查看長得挺不挺；聞聞腋下，有沒有狐臭，在看看下部，有沒有異常，最後摸遍全身，這樣又淘汰700人。在這期間，舉止輕浮、說話粗魯、反應遲鈍、不懂禮節之人已被淘汰。

300名精選下來的女孩留在宮中生活一個月，以觀察其生活習性、說話態度、智力高低、人品如何，再選出了德、智、體全都優秀的女孩50名。

第六章　太監谷

由 5000 人選出了 50 人，可算是「百裡挑一」。

最後，皇太后等宮中女名流出場面試這 50 人，並要她們寫字、算數、吟詩、作畫，以測試她們的文化素質，最後精選出了張嫣、王氏及段氏三人。

史書對第一名張嫣是這樣記載：芳齡十五，厥體頎秀而豐整，面如觀音，色若朝霞映雪，又如芙蓉出水；鬢如春雲，眼如秋波，口若朱櫻，鼻如懸膽，皓齒細潔，上下三十有八，豐頤廣，倩輔宜人；領白而長，肩圓而正，背厚而平；行步如青雲之出遠岫，吐音如流水之滴幽泉——仙女也不過如此吧！

最後定下張嫣為皇后，封王氏為良妃，段氏為純妃。那 50 名女孩中剩下的，最後也都當上了朱由校的妃子。

以後事實證明，經過千挑萬選的張嫣果然非同凡響，是位母儀天下的人物。

但是嫁給皇帝的張嫣並不幸福。張嫣原來認為皇宮是「聖人，賢人，仙女們待的地方」。但是很快現實的一切就擊碎了這位少女的夢。

首先她發現她的丈夫朱由校是個比她還幼稚的男人，除了是個優秀的木工外，明朝皇帝原來竟是個文盲。張嫣有些吃驚，無法接受眼前的事實，可又不得不接受眼前的事實。

過了一段時間，張嫣還發現，整天圍著皇帝轉的太監魏忠賢和奶媽客印月原來也不是什麼好東西。

作為奶媽的客印月，本來在皇子斷奶後，就該離開皇子，但是客印月對朱由校無微不至的關心，加之朱由校母親過早的死亡，朱由校對客印月有著難捨難分的情感，客印月在宮中留了下來。

皇帝朱由校大婚，娶了張皇后，客印月就必須回避了，但是客印月還是無回避之意，而且行為更加放肆。

皇帝下朝回到後宮，推開臥室門，發現客印月在屋裡，便問

道：「皇后不在嗎？」客印月坦胸露乳，迎上前來，嬌嗲地說：「怎麼，娶了媳婦忘了娘啊？」

皇上趕快說：「哪能呀，我永遠不會忘了乳娘。」

客印月上前，將小皇帝摟在懷裡，年紀輕輕的朱由校，對於三十幾歲美貌又性感十足的客印月的誘惑，定然是無法把持，客印月將皇帝拖到床上。恰巧張皇后回到後宮，見到這個場面。

客印月見張皇后進得屋來，急忙起身，想溜開，張皇后用手勢制止住了她。

張皇后對著皇上說：「皇上應該對奶媽有禮數。」

皇上有些不好意思，不知如何回答。

張皇后轉過身來，對客印月說：「宮中規矩不能破壞，讓奶媽受苦了。」說著張皇后令人拿繩子將客印月捆起來。皇帝見狀，急忙過來求情，張皇后這才罷手。

皇帝見皇后給了他面子，沒有處罰奶媽，便高高興興地做他的木工去了。

木匠皇帝朱由校用木頭做了個玩偶，非常精巧，五官四肢，無不具備，且惟妙惟肖，而且玩偶的關節都會動，他讓太監給他表演，他看得如癡如醉。

皇后在一旁看了，心中酸楚，她在想：「不是說我嫁給皇帝了嗎，我怎麼嫁給了一個頑童木匠？」

皇后要懲罰奶媽客印月的事傳出，便有大臣上奏：「皇上已大婚，奶媽客印月在宮裡多有不便，應出宮回避。」無奈，客印月被逐出宮外。

客印月出宮不久，皇帝朱由校對大臣們說，他十分想念奶媽，自奶媽出宮後，他至今沒吃過一頓安心的飯，沒睡過一夜安穩的覺。不得已，客印月又被接回來了，還被封為奉聖夫人，並享受太后待遇。

做了皇后的張嫣感到自己掉進了冰窖裡。

作為太監的魏忠賢也想控制皇后，但是他也感到皇后知書達理，無處下手，於是決定害死張皇后，然後想法讓自己的姪女當上皇后。

魏忠賢先是指使手下散佈謠言，說皇后張嫣是一個強盜的女兒，而不是現在父親的女兒。張嫣現在的父親張國紀（地方官員）收受強盜的大量財寶，後來強盜犯死罪，死前將女兒託付給了張國紀，所以，張國紀、張嫣沒有將這段隱情據實反映，犯有欺君之罪。

木匠皇帝朱由校愛著張嫣，當皇帝聽到這種謠言後，自然不信，他告訴傳言者不要相信，然後又去做木工活了。

皇后說：「有關我和我父親的聲譽，是不是應該追查製造謠言者？」

木匠皇帝說：「我相信你就行了，你不看我正忙著嗎？」說完又忙活起他的木工活了。

木匠皇帝正在做床，那個年代，匠人所造的床極其笨重，十幾個人才能移動，用料多，樣式也極普通。木匠皇帝自己琢磨，設計圖樣，親自鋸木釘板。木匠皇帝所做的床，床板可以折疊，攜帶移動都很方便，床架上還雕鏤著各種花紋，美觀大方，為當時的工匠們所嘆服。

木匠皇帝指著他正在做的新床，不無自得地對皇后說：「你看我做的床比他們做的床好多了，晚上我們一定睡得比以前舒服。」

皇后在一旁看著，只能在心中歎氣。

太監魏忠賢一計不成，再生一計。

一天夜裡，在皇宮發現刺客，皇帝大驚，立即將被抓到的刺客送交東廠審訊。東廠是個特務機關，負責東廠的正是魏忠賢。

太監魏忠賢本想借機誣告張國紀，說張國紀想弒君，想立朱由校的弟弟朱由檢為皇帝。這一陰謀一旦得逞，張國紀、張皇后、朱由檢將無一倖免。但是魏忠賢的一個親信爪牙提醒魏忠賢說：「皇上向來重視兄弟夫妻情誼，皇帝未必相信。」魏忠賢聽後也心中暗驚，於是遂將那幾個人處死，殺人滅口，化解了此事。

皇后找到木匠皇帝，說：「行刺皇帝是大事，皇帝應追查到底。」

木匠皇帝說：「回頭我設計個翻板陷阱，叫刺客有來無回。」說完繼續忙活他的木匠活。

木匠皇帝朱由校用紫檀木做了一個不滿一尺長的屏風，上面雕刻著〈寒雀爭梅圖〉，各種花鳥魚蟲，亭臺樓閣，無不栩栩如生。後來他讓太監拿到民間市場上去賣，據說一個阿拉伯商人出萬兩白銀買下，說是要將它作為來自中國最好的禮物送給他們的國王山魯亞爾。

太監魏忠賢還是沒有放過張皇后。

後來，魏忠賢聽說皇后懷孕了，有些腰疼，魏忠賢知道機會來了，馬上和客印月商議，命令有關宮女使用「損元子」的手法，給皇后按摩。這個「損元子」手法是促使流產的一種專用按摩手法，是皇宮中擔心有假太監，致使宮女懷孕而準備使用的按摩手法。此時張嫣皇后才年方十八，哪會想到這裡有暗招，結果被害流產，並造成終生不能再生育。

太監魏忠賢和奶媽客印月依著皇帝的信任，對宮中所有懷孕和不聽話的妃子下毒手。

裕妃懷孕了，客氏知道後，和魏忠賢密謀，假傳聖旨，說皇帝夜有噩夢是裕妃伺寢造成的，於是將裕妃打入冷宮，並斷絕飲食。夜裡雷雨交加，裕妃爬到屋簷下，接食雨水，後來懷有身孕的裕妃被活活地餓死了。

一個性情剛烈的成妃，曾利用侍寢之機，在枕邊向皇帝說了對魏忠賢和客印月不敬的話。服伺皇上的太監宮女將此事傳到魏忠賢和客印月那裡，他們立即將成妃打入冷宮，幸好成妃早有預料，先在簷瓦中藏有食物，熬過了半個月，但是魏、客仍將她貶為宮女，冷落一旁。

幾年下來，皇帝沒有一個孩子。

魏忠賢和客印月又使出了更壞的辦法。

一天夜裡，客印月從皇宮中帶出八個宮女，來到京城裡一個不顯眼的院落。宮女們問，我們到這裡幹什麼？客印月說：「讓你們嘗嘗男人味。」

眾宮女不解，客印月又說：「皇宮裡只有一個男人，那就是皇帝，可是皇帝有那麼多女人，一輩子也可能輪不到你們。就是有機會讓皇帝寵幸你們一回兩回，以後嘗不到男人味，你們會更難受。現在我把你們帶出來，再給你們多找些男人，讓你們過過癮，如果你們誰懷了孕，我就把誰先送回宮中，說那是皇帝的種，皇帝那麼多女人，他是分不清的，以後你們生個龍子鳳女的，那你們就有享不完的福了。」

那八位宮女聽了都很高興，她們也不敢不高興。

後來那八位宮女都懷了孕，並被送入宮中。

魏忠賢和客印月想用這種辦法，永遠控制皇帝，控制皇宮。

天有不測風雲，人有旦夕禍福，才二十幾歲的木匠皇帝突然暴病。

躺在床上的皇帝知道自己不行了，對皇后張嫣說：「魏忠賢告訴我說後宮有人懷孕了，以後生男就立為皇帝吧。」

皇后說：「如果都不是男孩，該怎麼辦呢。」

皇帝說：「按祖宗規矩就該我弟弟朱由檢繼承皇位。」

皇后說：「如果是男孩，孩子小時就該我垂簾聽政，我的能力

與弟弟朱由檢相比遜色太多,我看為了江山社稷,為了大明朝千秋萬代,就請弟弟朱由檢接受皇位吧。」

在一旁的弟弟朱由檢急忙站起來想要推辭,皇后立即要在場大臣起草,並當場宣讀由朱由檢接受皇位的聖旨。

在床上昏昏沉沉的皇帝也就聽之任之了。

木匠皇帝死了,弟弟朱由檢當上了皇帝。

新皇帝即位,客印月就再沒有居留皇宮的理由了。客印月被迫離宮的那一天,早早起床,身著哀服,進入木匠皇帝的靈堂,取出自己長期保存下來的木匠皇帝幼時的胎髮及指甲等物焚化,痛哭而去。

新皇帝即位,太監魏忠賢也想要控制新皇帝,他向新皇帝進獻了四個美女。四個美女各帶一粒叫「迷魂香」的香丸,吃了這種香丸人就會呆癡,魏忠賢想把新皇帝變成癡呆皇帝,繼續受他控制。

但是新皇帝沒有上當。新皇帝進入皇宮後,身邊警衛森嚴,不許原來宮中人員靠近身邊,所吃的飯,喝的水,均有宮外送進,理由是,新皇帝現在還不適應宮中生活,接著就「請」魏忠賢去守皇陵。

魏忠賢走後,新皇帝啟用正直大臣輔佐朝綱,清理魏忠賢黨羽,然後下令擒拿魏忠賢和客印月治罪。

魏忠賢在去皇陵的路上,接到新皇帝要擒拿他的密報。當夜,秋風蕭瑟,小雨淅瀝,在無限惆悵中,魏忠賢獨自一人在他下榻的旅館裡喝著悶酒。魏忠賢回想自己的一生,罪受了,福也享了,皇上待自己不薄,守皇陵也符合自己的心願。現在新皇帝不要他了,要擒拿他,也就是自己的死期到了,魏忠賢什麼事沒見過,他不慌張。

此時他好像在風聲和雨聲裡聽到有歌聲傳來,仔細聽來,歌裡

第六章　太監谷

唱道：

「隨行的是寒月影，嗆喝的是馬聲嘶，似這般荒涼也，真個不如死。」

魏忠賢明白了，這是天意，是上天催他上路。他的榮華富貴到頭了，他作惡多端也到頭了，與其被新皇帝殺掉，不如自己去死，聽從天的安排吧，魏忠賢上吊自殺了。

那位奶媽客印月不久也被抓來殺了。

新皇帝對原來的皇后張嫣非常敬重，上徽號曰懿安，居慈慶宮。新皇帝每次去看望張嫣，都是衣冠整齊，畢恭畢敬，禮敬如母后。

高力士說：「故事說到這兒，下面言歸正傳，繼續進行我們的頒獎大會。」

高力士宣佈最佳復仇獎，並有請頒獎嘉賓。

西施不施粉黛，衣著浣紗裙，手托一盤，腳拖木屐走向主席臺。說也奇怪，西施走在主席臺上，就像當年在跳木屐舞。木屐舞是西施的發明，說是用數以百計的大缸，上鋪木板，西施穿木屐在上面起舞，裙繫魚兒小鈴，舞動起來，鈴聲和大缸的迴響聲，交織在一起，比現代的踢踏舞聲音好聽多啦。坊間傳聞現在的國家大劇院裡，還專門鋪有十餘米的響屐廊，以紀念西施的發明。

西施被稱為中國四大美女之首，有「沉魚」的雅稱。說是西施在河邊浣紗時，清澈的河水映照著她俊俏的身影，魚兒看見她的模樣，忘記了游水，漸漸地沉到河底。

西施患有心口疼的毛病，此時，她的病又犯了，只見她手捂胸口，雙眉皺起，流露出一種嬌媚柔弱的病態美，台下的太監們也都急忙用手捂胸口。西施歉意一笑，台下的太監們也都「嘿嘿」憨笑。

請西施做頒獎嘉賓有很大爭議，但是太監大會主席團最後還是通過了。

　　西施可以說是另類「英雄」，使「丈夫」吳王夫差在溫柔的夢幻中留下了越王勾踐的性命，而用計取吳國忠誠大臣伍子胥的性命，擾亂了吳國的朝綱。後又幫助越王勾踐反敗為勝，結束了吳王的性命，報復了吳國對自己母國越國的佔領。

　　高力士要宣讀頒獎詞，可是當他打開頒獎詞文本時，發現上面的頒獎詞與原來的不同了。原來的頒獎詞是：「善有善報，惡有惡報。皇上把我們當奴才，我們報復皇上；奸臣利用我們，我們報復奸臣；忠臣瞧不起我們，我們報復忠臣；人民大眾尊重我們嗎？不，他們也鄙視我們。除了我們的父母，還有誰瞧得起我們？沒有！我們無後，他們也該無後，天下都該無後，天下人鄙視我們，我們也鄙視天下人。」

　　高力士這位「齷齪」了一輩子的「老奴」，認為這是他要喊出的發自肺腑的話。

　　可是眼前的頒獎詞不同，但是高力士感到，眼前的頒獎詞，更像蒼天降旨，高力士不知覺地大聲朗誦了出來：

　　「天曾說過：『你們要人人平等，共同享受這物華天寶之地。』天還曾說過：『黃帝所有後裔都必須世世代代遵守我的約，我一定懲罰不守約的人。』

　　天看東方人越來越作惡，居然削掉一部分人的生殖器，剝奪這些人的交配權，來為皇帝服務，而且對於這種做法，廣大人民群眾居然接受。天說：『看吧，他們都荒唐到什麼地步了，我一定懲罰不守約的人。』

　　他是蒼天之鞭，但願他能打醒人們，打醒這個社會。」

　　高力士剛朗誦完頒獎詞，正在舉行太監大會的巨大山谷上空突然一個閃電，把山谷照得雪亮，在山谷的峭壁上雕刻著的巨大陽

器發出微微的紅光，正在參加太監大會的太監們，立時感到自己的身體好像也被照得透亮，所有人的身體都不由一震，似乎有一種暖流瞬間流遍全身。

接著就是一聲炸雷，不，確切地說更像一聲鞭響，「啪嚓」一聲震得山谷抖動。

過了好久好久，太監們才感到事情漸漸過去。

看看事情過去了，高力士強打精神，繼續主持頒獎大會，並有請頒獎嘉賓宣佈受獎太監。

西施從她托舉著的託盤裡拿出一條紗巾，高力士接過託盤，西施將紗巾打開，讀出了上面的三個字：「魏忠賢。」

台下並無動靜，一個胖老頭笑嘻嘻地走向主席臺，從西施手中接過獎盃。他就是號稱九千歲——明代傑出的壞人、流氓、惡棍、無賴魏忠賢。

最佳報復獎獎盃的底座是一方黑色花崗石，上面立著用漢白玉做的一枚酒樽。

簡單的對比，一黑一白。一枚酒樽，意味著生活。報復獎獎盃寓意日常生活之中，就可顛倒黑白，禍亂一個國家，顛覆一個朝代。

這個獎盃用料平凡，但是魏忠賢還是仔細地把玩了一番。

另一位太監走上台來，宣讀魏忠賢簡歷：

「魏忠賢（1568-1627），原名魏四，李盡忠，河北肅寧人。出身於市井無賴，後為賭債所逼自閹入宮做太監，此後又在宮中默默無聞了30餘年。

後來朱由校即位，是為熹宗，國號天啟。原李盡忠被熹宗賜名忠賢，改回原姓魏，並被封為司禮監秉筆太監，東廠提督太監，從此魏忠賢一步登天，號稱九千歲，九千九百歲，以致人們只知有忠賢，不知有皇帝。」

魏忠賢的簡歷剛宣佈完畢，台下就亂了起來。

設立最佳報復獎，怎麼就選出了這麼個東西，還讓大美女西施給他發獎，實在噁心！

「魏忠賢滾下去！」口號聲在台下響了起來。

當然，支持魏忠賢的人更多，要不怎會選出他來。

「魏公公千歲！千千歲！」在台下也有人喊了起來。

場面亂了。

主持人高力士急忙擺手，想讓大家靜下來，但是作用不大，眼看局面不可收拾，突然大家聽到空中有人發出威嚴的聲音：「嘔——嘔！」

如滾滾悶雷，向場面上壓來。不一會，一朵黑雲籠罩主席臺，黑雲散去，舞臺上出現了宋代大法官包拯和他的侍衛王朝和馬漢，一口虎頭鍘閃閃發光，放置在主席臺中央。

包拯在任職期間，秉公辦案，光明磊落，大義凜然，曾經將不法的當朝駙馬處死，受到百姓的愛戴，被天下稱之為「包青天」而名垂青史。

「為何喧鬧？」包拯發話了。大家一看是包拯，並沒害怕，這些和皇帝打交道的人，什麼世面沒見過，怎麼會害怕包拯。不過，一個宋代大法官，怎麼會跑到太監谷，大家覺得稀罕。

魏忠賢先是走向前，拱手施禮：「歡迎包大人訪問太監谷。」

包拯並沒理他，王朝、馬漢此時發出威嚴的聲音：「跪！」

他們要魏忠賢向包拯下跪。

魏忠賢敢玩皇帝於股掌之中，怎麼會怕這個場面。魏忠賢說：「包大人，你們跑到這裡來，是否也想讓我們幫助把你們那東西也給閹了？」

包拯沒答話，喊了一聲：「請起訴方。」

第六章 太監谷

　　立時，在舞臺的另一方站立起被魏忠賢打擊、壓迫和殘害死的包括大明官員在內的一大群人，他們是楊漣、左光鬥、魏大中、周朝瑞、袁化忠、顧大章、王安、魏朝等。

　　一個叫魏朝的太監走向前，大聲喝道：「魏忠賢狗兒，你奪了我的女人，還置我於死地，你小子太歹毒。」

　　事情是這樣——

　　雖說在木匠皇帝朱由校很小時，魏忠賢就來到了朱由校身邊，並和木匠皇帝的奶媽客印月共同照料朱由校，但是還有一個太監讓魏忠賢感到礙事，就是客印月的對食，也是魏忠賢上司加結拜兄弟的魏朝。

　　當時的習俗，宮中的太監和宮女可以自由結合為「對食」，就是他們在一起吃飯，相互有個照應，有個伴，也可以說是假夫妻，客印月的對食原來是魏朝。魏忠賢不時送給客印月一些小禮物，請客印月吃飯以博取歡心。時間長了魏朝發現了，非常氣憤，指責魏忠賢：「朋友妻不可欺，你小子卻勾引兄弟的老婆，你上司的老婆，你小子不是人。」

　　兩個人扭打起來，驚動了皇帝。皇帝朱由校要奶媽客印月二者取一，客印月在皇帝耳邊嘀咕一聲，皇帝立即下旨，貶魏朝前去看皇陵。魏朝走到半路，就被魏忠賢派去的人給殺了。

　　包拯問魏忠賢可有此事，魏忠賢點頭，並對魏朝說：「我不是人，我是無賴，你是無賴的敗將。」

　　包拯說道：「人命一條，記下。」

　　一個顫巍巍的老太監走向前說：「魏忠賢，你和魏朝相爭，我因魏朝不爭氣，還打了魏朝一耳光，看你對皇帝忠誠老實，偏袒了你，你為何恩將仇報，置我於死地？」

　　這位老太監叫王安，是明代少有的為士大夫所稱道的太監之一。

殺了魏朝後，魏忠賢又把比他地位更高的王安定為下一個要除掉的目標。

王安不同於魏朝，是顧命太監，皇帝已經決定提拔王安為司禮監掌印太監。按照慣例，王安自然要推辭一番，也就是上疏說自己身體不好，才疏學淺，表示一番謙虛，展示一下儒家風度。魏忠賢借機指使自己的一個黨羽彈劾王安，說他一邊說自己身體不好，一邊遊山玩水，口是心非。王安的推辭被稀裡糊塗照準，還被發配去做淨軍（太監組成的軍隊）。

王安對魏忠賢有恩，魏不便加害，便借刀殺人。淨軍的頭目叫劉朝，是魏忠賢的人，曾因貪贓受到過王安的處罰，與王安結仇。王安落入劉朝之手，劉朝先是斷其食，王安不得已挖草根充饑，劉朝實在有點不耐煩了，用裝上土的麻袋將其壓死。又把王安的頭割下來，將他的身子餵狗。

包拯問魏忠賢可有此事，魏忠賢承認，並對王安說：「我說你老人家不實在，玩虛的幹嘛，提拔你你不幹，活該讓人踩。」

包拯說道：「人命又一條，記下。」

魏忠賢急忙說：「不對，王安不是我殺的，我是借刀殺人。」

此時有兩人走向前，他們是明朝都察院的領導馮從吾和鄒元標。他們起訴魏忠賢指使閹黨分子朱童蒙上奏疏，誣陷馮從吾和鄒元標創辦的北京首善書院，說是首善書院提倡門戶之見，是拉幫結派，蒙蔽皇帝，並下令拆毀全國各地的書院。因此，東林書院、關內書院、江右書院、徽州書院等天下有名的書院，都被毀於一旦。

魏忠賢接過話來，說：「這點小事值得一說嗎？思想要統一，輿論要統一，要聽皇帝的，你們那些書院議論政治，還反對天圓地方學說，不該取締嗎？再說都察院是最高監察機關，負責監督官員的不法行為，不借機罷你們的官，安插我的人，能行嗎？不

殺你們就是便宜你們了。」

這話太直白了，兩個人你看看我，我看看你，退回去了。

魏忠賢身邊閃現出一個人，他叫魏廣微。

正派大臣趙南星是魏廣微父親的好朋友，魏廣微原想和正派大臣保持關係，曾三次登門拜訪趙南星都被拒絕，趙南星知道他和閹黨走得近，就羞辱魏廣微，說你爸爸怎麼生出你這個不孝之子。魏廣微記恨在心，由此徹底倒向魏忠賢，並發誓要搞掉趙南星。

魏忠賢身邊又閃現出一個人，他叫崔呈秀。

崔呈秀，原淮揚巡撫，有貪污的劣跡，遭到都察院左都御史高攀龍的彈劾，吏部尚書趙南星要把它發配到邊疆去，崔呈秀向魏忠賢下跪，求魏幫忙，說趙南星、高攀龍都是東林黨人，他們洩私憤打擊我。崔表示願做魏的乾兒子，請魏幫助，拉他一把。後來崔呈秀不光沒倒，還做了兵部尚書。

魏忠賢身邊的人逐漸多起來：五虎（文官），五彪（武將），十狗，十孩兒，四十孫。此時內閣，六部，地方上的巡撫，都有魏忠賢的人。

閹黨大軍登上主席臺，也是黑壓壓的一片。

「忠」「奸」雙方已經均勢力敵。

說著說著，不知怎的，木匠皇帝朱由校活靈活現地出現在舞臺中央，木匠用的鉋子、鋸子、鑿子等木工工具像寵物一樣，飄忽著跟在他的周圍。木匠皇帝來到舞臺中央，旁若無人的擺開了他的木匠攤子，其他人，包括那具虎頭鍘都退到了一旁。

包拯走向前，向木匠皇帝報告說：「啟奏皇上，本官正在這裡斷案，請皇帝做指示。」

木匠皇帝一邊擺弄他的木料，一邊發話：「愛卿好好工作，回頭我做一個木偶賞你。」

包拯謝過,並大聲宣佈道:「皇上親自駕到,一定要舉報大案要案。」

都察院另一高官楊漣昂首挺胸走向前,立時在舞臺另一方被魏忠賢打擊、壓迫和殘害死的正派大明官員一片掌聲。

楊漣滿臉大鬍子,號稱揚大刀,以耿直、敢作敢為著稱,他對魏忠賢的為非作歹實在是看不下去,羅列了魏忠賢的 24 條罪狀,要向皇帝上疏。這 24 條罪狀,包括魏忠賢結黨營私以及禍亂後宮,殺死皇子等,可以說,每一條都可置魏忠賢於死地。

楊漣先是掏出一條橫幅,舉起來向臺上台下顯示,上面寫著「漣以癡心報國,久付七尺於不問唉。」楊漣的意思,狀告魏忠賢,豁出去了。

看到楊漣的赤心忠膽,正派大臣一方又是一陣掌聲。

此時魏忠賢見楊漣冒死上奏,心裡也感到了害怕,兩手顫抖。魏忠賢說話了:「皇上,楊漣一直看不起我,說我沒文化,一定要置我於死地,以博取功名。為了朝廷的安定團結,不如讓我辭職算了。」

木匠皇帝說:「魏愛卿莫急。」然後皇上讓把奏疏遞上來,一個專門給皇上讀奏疏的太監接過來楊漣的上疏,魏忠賢看那讀奏疏的太監,那是他的死黨。就這樣,楊漣上奏的 24 條大罪,在讀奏疏的太監嘴裡縮了水,變了味。一遍奏章讀下來,皇帝相當疑惑,聽起來魏公公沒什麼大事,怎麼亂告狀哪!

皇上發話了:「魏公公,沒什麼大事,你還接著幹吧,我還要幹木工哪,就這麼著吧。」皇上轉臉又安排了魏忠賢一句:「以後要注意群眾影響,別給我添麻煩。」

魏忠賢脫險了。

新科狀元文震孟看不過去了,走過去跪倒在地,說:「皇上,魏忠賢禍亂後宮是事實啊——」

没等文震孟说下去，魏忠贤走到木匠皇帝身边，耳语道：「皇上，他说您戴绿帽子。」

木匠皇帝大怒：「后宫之事是绝密，你是如何知道的？」然后木匠皇帝大声喝到：「来人，给我杖毙。」

一群太监过来，将这位新科状元按倒在地，霹雳哗啦，一阵廷杖，文震孟完了。

另一位大臣郑鄤又向前，说：「皇上啊，魏忠贤结党营私，假传圣旨——」

魏忠贤又在木匠皇帝耳边嘀咕：「他说您无能，是傀儡。」

木匠皇帝更是大怒，大声叹道：「我是皇帝，天下是我说了算，你看不起皇帝，也该杖毙。」

又过来一群太监，将郑鄤杖毙。

内阁首辅叶向高是位元老重臣，为人正派，但是他一看这种场面拔腿就溜了。

魏忠贤见状，一挥手，他的五虎、五彪、十狗、十孩儿、四十孙等一群打手，绕过皇帝，将杨涟、左光斗、魏大中、周朝瑞、袁化忠、顾大章等拖过来当场实施重刑。

杨涟牙齿被打光，肋骨被打折，又用装满土的麻袋压在杨涟身上，铁钉贯耳，后又将一根钉棺材的钉子打入脑部，杨涟死了。

皇上在专注地欣赏他造的一座小宫殿，形式仿乾清宫，高不过三四尺，却曲折微妙，巧夺天工。

包拯气得走过来，凑到皇帝耳边说：「皇上，您亲自看看奏疏吧，有大事。」

「滚开！」皇上大怒，并抢过奏疏向包拯砸去。

魏忠贤在旁边加了一句：「皇上不识字，你们这是让皇上难堪啊？」

看到這裡，臺上台下不僅「哦」了一聲，皇帝是文盲，大家反應過來了。

皇上並沒甘休，從來沒人敢這樣藐視他的皇帝權威，他一腳踹塌他的「乾清宮」，抽出一根木條，追著包拯打，邊打邊罵：「你這個不敬不忠之臣，我打死你！我打死你！」

包拯抱頭鼠竄，王朝、馬漢不知如何是好。

一陣煙雲從眼前飄來，皇帝不見了，包拯不見了，該不見的都不見了，舞臺肅靜下來。

高力士走過來，拍拍魏忠賢，說：「獨幕話劇，演得不錯啊！」

魏忠賢感慨地說：「是啊，皇帝是國家的法人代表，怎麼能把國家責任推到我們這些當太監的人身上？」

魏忠賢停了停，像是發現什麼真理似的繼續對高力士說：「叫皇上高興，叫皇上滿意就是忠，是不是這個理？」

魏忠賢喋喋不休：「那麼多人喊我九千歲，還給我修建生祠，就算我是棵毒草，沒有那麼肥沃的土壤，我哪能成為這麼大的毒草啊，再說我是害官，可沒害民啊。」

台下的太監見他們倆絮絮叨叨，等不及了，喊叫起來，高力士這才反應過來，趕快勸魏忠賢下去。

魏忠賢拿著他的獎品，一邊下臺，一邊唱道：

「沒有天哪有地，沒有地哪有皇帝，沒有皇帝哪有太監，沒有文盲皇帝哪有無賴魏忠賢——這就是天啟，這就是天意啊！」

九、貴妃醉酒

此時天上一片彩雲搖搖晃晃地飄向主席臺，彩雲裡一個如花美女走了下來。

第六章　太監谷

　　高力士一看是楊玉環。楊玉環走向前，向高力士深深一揖，口稱：「高公公。」

　　高力士急忙還禮：「啊，貴妃娘娘！」

　　楊玉環咯咯笑，高力士也嘿嘿笑了起來。

　　這是在冥界，這裡不興人間宮裡「貴妃、公公」那套了，不過他們太熟了，見面還是喜歡開這個玩笑。

　　楊玉環是中國四大美女之一，說是她到花園賞花散心，對著盛開的花說：「花呀！是你美麗，還是我美麗？」她在用手撫摸花朵時碰到了含羞草，含羞草自然捲起葉子。這情景被一宮女看見，宮女說是楊玉環和花比美，花兒都含羞低下了頭。從此以後，「羞花」也就成了楊貴妃的雅稱了。

　　楊玉環指指台下對高力士說：「一塊說吧。」

　　高力士明白過來，面向主席臺下的太監們大聲說：「各位，我們這次頒獎大會原計劃有四個獎項，也請中國的四大美女來頒獎，但是楊玉環姑娘說她不能前來，所以本次頒獎大會頒了三大獎項，楊姑娘既然來了，具體情況就請楊姑娘自己說吧。」說完高力士做了一個請的姿勢。

　　楊玉環輕搖豐韻身段，面含醉意向台下作揖，下面一片掌聲。

　　楊玉環說：「首先感謝大家對我在宮裡的生活給予的關照。」

　　台下又是一片掌聲。

　　楊玉環說：「過去擺著主人的架子對待你們是不對的，現在向你們道歉！」

　　台下掌聲雷動。

　　楊玉環說：「大家都知道，我原來是王妃，後來又嫁給了唐明皇，成了貴妃。」楊玉環停了一下，打了一個酒嗝，歉意地向下笑了笑，下面也報以笑聲。

楊玉環繼續說：「一女不事二男，何況他們是父子，這樣做有悖道德，是不對的。現在到了冥界，他們父子還都在追我，但是不能這樣下去了。影響了今天的頒獎大會，主要是前一陣子我們在鬧離婚。求人世間不要再歌頌我和李隆基的什麼愛情了，我是被逼改嫁給了我原來的公爹，可憐可憐壽王李瑁吧。」

楊玉環停了一下，又打了一個酒嗝，提了提精神，大聲說：「我現在宣佈，我已經和唐明皇離婚了。」酒精加激動，楊玉環有些站不穩，醉眼朦朧，文人墨客稱這種狀態為醉態美。

台下一片騷動。

楊玉環再次大聲說：「我們——離——婚——了！」

台下的太監們，可能是驚訝，此時整個太監谷靜了下來，鴉雀無聲。

楊玉環搖晃著說：「我沒喝醉，真的，我解放了，我現在特別高興，現在我給你們唱首歌好不好？」說著楊玉環邊舞邊唱起來：

海島冰輪初轉騰，
見玉兔，玉兔又早東升。
王子府，桃花映窗櫺，
皓月當空，廣寒宮。
二龍戲珠，鴛鴦啼鳴。
笑看貞節牌坊，躲在無夢。
醉在君王懷，白馬更多情，
月餅兩半，難舍府宮，
棄王府，離月宮，只要酒樽，
拋金釵，去霓裳，酒醉長空。

楊玉環冥界版的〈貴妃醉酒〉歌畢，立即引來下面一片喊好聲。

楊玉環繼續說：「我也不想成為皇族的花瓶了，我對你們瞭解，我想嫁給你們中的一個。」見下面沒有反應，楊玉環再次大

聲說：「我想嫁給你們中的一個！」

起初太監們都愣住了，怕是聽錯了，整個太監谷毫無反應，一會，他們反應過來了，整個山谷氣氛像爆炸一樣歡騰起來。

十、歡樂靈魂

高力士宣佈頒獎典禮結束。

高力士走下主席臺。

所有太監好像聽到什麼命令似的，突然仰天大喊，像萬馬嘶鳴，太監谷兩面的高山將喊聲返回到中間，碰撞後的聲波形成一個音柱，向上射去。他們突然又停止了喊叫，並迅速將自己所有的衣服脫掉。

此時的太監們要解放——太監谷裡百萬名赤條條的太監要向天發洩不滿。好像有人指揮似的，他們一起吶喊——「冤！」一個音柱再次向上衝去，所不同的是，裡面裹著一種特殊的氣味。天使聞到了，馬上明白，這就是在天庭聞到的氣味，是使東方男人失去黃帝等先人們身上所顯示的雄風，女人也沒有嫘祖生養眾多所應具備豐乳肥臀的原因。

天使同時也明白了，這是太監們在告天狀，告上天對他們的不公。天使急忙伸手向太監谷峭壁上雕刻著的那個巨大的陽器指去，那個巨大的雕塑慢慢又發光了，所有太監停止了他們的活動，怔怔地看著眼前的變化。雕塑越來越亮，照的太監們睜不開眼睛，那個炮筒子也慢慢地直立起來，突然炮開火了，裡面噴射出的溫泉灑向所有的太監。

待噴射停止，太監開始竊竊私語：「嗯，有——有了。」

「長上了。」

「回來了。」

開始的竊竊私語，瞬間變成了喊叫的聲浪：「我們完全了——！」

太監谷裡激蕩著興奮的喊叫。

天使取下自己的紅圍巾，朝太監谷峭壁上那個巨大的陽器使勁揮了揮，那個巨大的雕塑開始發出響聲，像打雷，並且越來越響，突然一陣山崩地裂似的陣響，那個雕塑爆炸了，太監們都被震倒在地，待響聲過去，他們慢慢從地上爬起來，發現在原來雕塑的地方，山梁被炸開了一條縫，在縫的兩邊，山向兩邊退去，縫越來越大，越來越寬，眼尖的太監尖叫起來「宮女谷！」

確實，在山的另一邊是宮女們待的地方。

百萬太監向宮女谷湧去，宮女谷的宮女們也發現了這邊的太監們，她們也朝這邊湧來。

幾千年的禁錮被打破了。

兩個山谷合成了一個盆地，太監們和宮女們嘶叫、呻吟的聲音在盆地裡此起彼伏。

不知什麼時候，他們停了下來，整髮理服，嚴肅地面向天使。四大美女都是歌舞行家，在她們的帶領下，所有太監宮女唱起了一首歌：

　　歡樂我們，
　　萬能上天，
　　燦爛光芒照心間，
　　我們心中充滿熱情，
　　浴在你的恩澤裡，
　　你的力量已使我們恢復先天本能，
　　在你光輝照耀下四海之內皆兄弟。

這是他們的〈歡樂頌〉，悠揚的歌聲從冥界向上飄去，天一定能聽見。

第七章 因果地獄

一、清理東方門戶

在天庭裡,天和生活在天國的神、魂在欣賞從冥界傳來的〈歡樂頌〉,細品著與人間傳頌著的由席勒作詞的〈歡樂頌〉的區別,他們感到,人間的〈歡樂頌〉多為願望,而冥界的〈歡樂頌〉則表現出了洗滌心靈後的結果,並一致讚賞曲作者貝多芬的音樂天賦和對天的敬仰。

開會了,天落座,天使向天彙報太監和宮女們的安靈之事。

天問:「你依據什麼處理的此事。」

天使說:「你與所有黃帝後裔立的要人人平等的約。」

天滿意。

天掃視大殿裡的眾神,天把眼光停留在地獄神身上,地獄神明白天有話要對他說。地獄神出列,天對地獄神說:「你去東方調查,準備再造一個地獄,要清理東方門戶。」

天又說:「那邊會有人幫助你。」

地獄神遵照天令,離開天庭奔赴東方。

二、但丁

地獄神來到東方陰間,首先聽到一陣琴聲,地獄神不覺隨聲尋去,原來是但丁老先生學東方文人的風度,一邊喝酒,一邊在彈奏中國的古琴。地獄神明白,這就是天說的能幫助自己的人。

但丁是西方的義大利人,曾寫出過一部書,書名叫《神曲》,書中有他對地獄的翔實描寫。

地獄神在天庭與但丁相識,今日老友相會,自然高興。地獄神笑呵呵地伸出右手,按西方慣例,要與但丁行握手禮,而但丁卻自己兩手相抱,向地獄神行了個東方抱拳禮。地獄神不解,待但

第七章　因果地獄

丁向他解釋這是東方的禮節後,地獄神哈哈大笑,說天派他來東方調查,準備在東方再造一個地獄,清理東方門戶,現在他還不知如何完成天所交代的任務,既然但丁對東方已有如此這般的瞭解,就請但丁幫助出謀劃策,但丁爽快答應。說著但丁拿起酒葫蘆,喝了一口,坐下來又彈奏起他的中國古琴。但丁一邊彈,一邊唱起了他的《神曲》,他唱到:

這裡到處都是歎息、哭泣和淒厲地叫苦聲,
這些聲音響徹那無星的夜空,
在這裡被毒蠅和黃蜂狠狠叮螫,
他們一個個血流滿面,
而血又和淚摻合在一起,流到腳上,
被那令人厭惡的蛆蟲吮吸飽嘗。

《神曲》有著不同凡響的來歷。當一部分人由非洲向遙遠的東方遷徙時,也有一支人遷徙到了西方,也就是現在的歐洲。後來遷徙到了西方的人逐漸變壞,社會進入了黑暗的中世紀。

天生氣,便在西方建造了一所地獄,用來懲罰生前犯罪的人。天看但丁是個義人,便在夢裡向他顯現,並向他描述了地獄的樣子,讓他公佈於世,警示西方人不要再做惡,免得進地獄受懲罰。但丁醒來後,照天的吩咐寫出了震驚西方的《神曲》,西方人看了《神曲》,感受到了地獄的恐怖,減少了在現實社會中的作惡,從此西方社會進入了文藝復興時代。

但丁在《神曲》中所描寫的地獄分為九層,如漏斗狀,越往下越小,直抵地心。第一層是候判所,一些人在這裡等候天的審判,審判的結果可能是褒,也可能是貶。其餘八層都是對有罪人的靈魂按生前所犯的罪孽的不同分別進行不同的刑罰。

《神曲》中描寫的地獄之門,鐫刻著下面的話語:

從這裡進入苦難,

從這裡進入深淵,

從這裡進入萬劫不復,

這是因果之地,報復你的生前惡端。

第一層

這裡住著善良而沒有受過洗禮的人,他們都是一些響亮的名字:荷馬(詩人)、泰勒斯(哲學家)、柏拉圖(哲學家)、亞里斯多德(哲學家)、歐幾里德(科學家)、托勒密(科學家)、維吉爾(詩人)、賀拉斯(詩人)、凱撒(英雄)、西賽羅(政治家)等。

這裡的人都不信教,他們不信教不怪他們,因為他們出生時基督教尚未誕生。他們在地獄的第一層,住的是宏偉的城堡,周圍有美麗的溪流,青翠的草地,在整個陰森恐怖的地獄中,只有這一塊地方是光亮的。

他們才能超卓,卻要在地獄邊境徘徊,他們的痛苦就是永遠渴望有一種較好的命運,而他們的願望又永遠不會實現。

第二層

這裡住著耽於色欲的人,不斷地被地獄的颶風拋向岩壁,落下後被再次拋出,他們被颶風戲耍,苦不堪言。

有名的人物是帕里斯(風流美男子)、狄多(聰明公主)、克里奧派特拉(埃及豔后)、特里斯坦(多愁善感的騎士)等。

第三層

暴飲暴食的饕餮之輩躺在泥濘裡,受著寒冷且滂沱不絕的凶雨、冰雹與污水暴淋。一條長著三張嘴大肚皮的怪物,不停地啃咬著他們,他們疼得在臭氣肆虐的惡泥中痛苦地翻滾。

第四層

浪費的人和吝嗇的人相互發生著永無休止的搏鬥。他們一邊

是蓬頭垢面,一邊是毛髮皆光,他們相互對罵,一方指責你為何揮霍無度,另一方指責你為何一毛不拔。他們用前胸滾動重物決鬥,永無休止地輪流將對方壓扁。

第五層

因憤怒而犯罪的人,他們生前在世間享有顯赫名聲,現在他們在泥塘裡,渾身齷齪憤怒地用牙齒痛咬自身;而怠惰的人則被浸泡在泥水裡,泥水因為他們的喘息冒著氣泡。

第六層

在這裡異教徒的下肢受烈火灼燒的刑罰。其中有古希臘哲學家伊壁鳩魯,伊壁鳩魯因不相信靈魂不滅之說,主張靈魂隨肉體而滅,與基督教義相悖,受中世紀神學家聖奧古斯丁猛烈抨擊,故在此被打入異端。

第七層

殺人犯和擄掠者在一條沸騰的血河中受刑,一旦他們將頭伸出水面,半人半獸的怪物就用弓箭射擊他們。

自殺者(精神不正常者除外)和敗家者因生前不愛惜自己的身體或是家產,死後將化作樹,在妖鳥之林中受妖鳥的啄食之苦。

褻瀆神靈者、雞姦者在降下大片火雨而燃燒的沙漠中受刑。

第八層

放高利貸的人、勾引婦女的諂媚者、買賣聖職的人——他們的頭被倒控在一個洞中,腳和小腿露在外面,火焰撫摸一般燒著他們。教皇尼古拉三世、博尼法斯八世、克勒芒五世都將在此聚齊。盜賊、罪惡的顧問(奧德塞)、惡意中傷者,分裂宗教者,他們自己將身體撕裂開,內臟裸露在外,有人再將其切成碎片,待他們在陰暗的道路上兜轉一圈後,傷口平復,再重新開始一次受難。

第九層

背叛的人處在一個巨大的冰源裡,他們是出賣親屬者,出賣祖國者,出賣朋友者,出賣恩人者,痛苦的淚水在他們的臉上結成晶瑩的面具。著名的出賣者猶大、布魯斯、卡修斯分別被魔鬼擁在懷裡,它們用骯髒的舌頭舔咬這些人的臉皮,其他人則在排隊,等候著魔鬼的懷抱。

看了但丁在《神曲》中所描述的地獄,西方人不可能不害怕。

但丁死後升入天堂。有一次在天堂裡但丁見到了馬可·波羅,馬可·波羅雖說比但丁大 11 歲,但是升入天堂的時間比但丁晚 3 年。

因為是義大利老鄉,但丁對馬可·波羅尤為歡迎。但丁將自己所寫的《神曲》送了一本給馬可·波羅,馬可·波羅也送了一本《馬可·波羅遊記》給但丁。

但丁被《馬可·波羅遊記》所描寫的遙遠的東方世界深深地迷住了,他一口氣讀完了那部書,還不過癮,但丁纏住馬可·波羅,要馬可·波羅更為詳細地介紹東方世界。

東方太迷人了,中國太迷人了,但丁原以為自己的想像力豐富,自己的文筆精彩,但是和馬可·波羅筆下介紹的中國迷人情景相比,但丁認為中國簡直是個不可思議的地方。

但丁向天申請要到東方去,到中國去,天同意。

但丁受東方世界的吸引,來到了中國。但丁到了中國後,作為文人的他慢慢沾染上了東方文人饞酒和放浪形骸的特點,並且又迷上了中國的樂器古琴。但丁在東方美酒中感知幸福,似醉似醒的他在悠遠空靈的中國樂器中感受到了與西方極為不同的東方韻味。

但丁感到他的《神曲》與東方文化有些格格不入,越是這樣,喜愛探索的他越是迷戀上了東方文化,並且期待天再在東方建造

一座地獄，並在他的夢中再次向他顯現，但丁想再寫一部東方的《神曲》。

但丁到中國後，也有不愉快的地方，就是他和中國原來的地獄掌門人閻羅王有些合不來。

三、閻羅王

中國原來已有一座地獄，領導這個地獄的是閻羅王。

傳說很早以前，閻羅王是喜馬拉雅山南面一個叫毗沙國的國王，他生性好戰，總認為自己應該統治更大的空間。他向鄰國發動戰爭，把鄰國打敗了，後來他翻越喜馬拉雅山打到中國，中國太大了，他不敢向中國開戰。後來他發現，中國的陰間無人佔領，便帶領他的大軍浩浩蕩蕩地開進了中國的陰間，並在陰間建殿設府，稱陰曹地府，並自稱閻羅王。

閻羅王（毗沙國王）的願望實現了！他統治的空間太大了，漫無邊際。他讓他的十八個部將分別做了十八層地獄裡的獄官，而跟隨他的軍卒，也個個成了獄卒。

在閻羅王的十八層地獄裡，每一層都擺著血淋淋的刑具。

當閻羅王得知地獄神在但丁的陪同下要視察他的地獄時，閻羅王駕一縷陰風來到地獄神面前，躬身施禮。並洋洋自得地介紹他所管轄的地獄，說是比但丁《神曲》所描繪的地獄還要多九層，而且刑法更殘酷。閻羅王引領地獄神和但丁參觀了他所管轄的地獄。

第一層拔舌地獄

家長里短，說謊騙人，挑撥離間，影響家庭幸福者，死後被打入拔舌地獄。

第二層舂臼地獄

浪費糧食，糟踏五穀者，死後被打入舂臼地獄，放入臼內舂砸。

第三層剪刀地獄

偷工減料，少斤短兩者，死後被打入剪刀地獄，剪斷其十個手指。

第四層牛坑地獄

隨意殺牲畜者，死後被打入牛坑地獄，投入坑中，數隻牛襲來，牛角頂，牛蹄踩。

第五層刀山地獄

將嬰兒溺死，拋棄者，死後被打入刀山地獄，脫光衣物，令其赤身裸體爬上刀山。

第六層冰山地獄

挖墳掘墓者死後被打入冰山地獄，令其脫光衣服，裸體上冰山。

第七層自殺地獄

褻瀆神靈者死後被打入自殺地獄，褻瀆神靈者在地獄裡要反復自殺。

第八層鐵樹地獄

犯戒的和尚、道士死後被打入鐵樹地獄。樹上皆利刃，自來人後背皮下挑入，吊於鐵樹之上。

第九層血池地獄

地痞、無賴、盜賊搶劫、暴力滋事者，死後被打入血池地獄，血池中佈滿螞蟥，螞蟥用吸盤吸住罪犯的皮膚，鑽進皮肉內吸血。

第十層銅柱地獄

土匪、惡霸、禍害一方者，死後被打入銅柱地獄，讓其裸體抱住一根直徑一米，高兩米的銅柱筒，在筒內燃燒炭火。

第十一層孽鏡地獄

犯了罪，隱瞞者，在逃者，到地府報到，打入孽鏡地獄，照孽鏡而顯現原罪，然後分別打入不同的地獄層受罪。

第十二層蒸籠地獄

貪官污吏，誣告、誹謗他人者，欺壓百姓者死後被打入蒸籠地獄，投入蒸籠裡蒸。

第十三層石壓地獄

惡意縱火者死後被打入石壓地獄，一方形大石池（槽），上用繩索吊一個與之大小相同的巨石，將惡意縱火者放入池中，用斧砍斷繩索。

第十四層火山地獄

謀財害命者，死後被打入火山地獄，被趕上火山活燒而不死，讓其受罪。

第十五層油鍋地獄

謀害親夫，與人通姦者，死後被打入油鍋地獄，剝光衣服投入熱油鍋內翻炸。

第十六層石磨地獄

拐賣婦女兒童者，死後被打入石磨地獄，磨成肉醬，後重塑人身再磨。

第十七層刀鋸地獄

出賣，背叛者死後被打入刀鋸地獄。把來人衣服脫光，呈「大」字形捆綁於木樁之上，由襠部開始至頭部，用鋸折磨。

第十八層磔刑地獄

不孝敬父母者，死後將打入磔刑地獄。磔刑，也被稱作凌遲，

受刑者被凌遲，凌遲後，肉再長上，然後再凌遲。

閻羅王的辦公區設在第一層，因為這一層的罪犯被拔去舌頭，發不出聲音，所以這一層還算安靜，其他各層則充滿了痛苦的呻吟和哀嚎。

在參觀地獄時，不時有白色的錢幣從上界飄落下來，地獄神問其緣由，閻羅王顧左右而言它，陪同地獄神的但丁說話了：「老兄，地獄神可是天的使者，你要玩遊戲，可要當心受處罰。」

閻羅王不高興地瞪了但丁一眼，向地獄神坦白說：「是人間向陰間的執法人員行賄，以減輕受刑人員的刑罰。現在已形成慣例，已故親屬的家人在農曆十月初一或者清明節掃墓期間都會焚燒『紙錢』給『陰間』的親屬，說是買路錢。」

地獄神知道了，人世間的腐敗之風已影響到了地獄，善惡自有報應的原則在陰間已被損壞。還有在十八層地獄受酷刑的多為「小偷小摸」，至於「禍國殃民」的大奸巨盜卻難覓蹤影。

四、東方地獄

在瞭解了東方的情況後，地獄神返還天庭，向天做了彙報。

天說：「要有東方地獄。」東方地獄就有了。

天所創建的東方地獄有著新的特點，相對於《神曲》描繪的九層地獄和中國原先閻羅王的十八層地獄，東方地獄建了無數的獄間——相當於無數層的地獄，對不同的罪犯進行了不同的懲罰。

更重要的是，包括「紙錢」在內的，上界的任何東西都不會再飄落進東方地獄，人世間的腐敗不會再影響東方地獄「惡有惡報」的鐵打原則。

回到東方陰間，地獄神告知閻羅王，他的歷史作用仍可繼續，只是大案要案歸東方地獄處理，並要求閻羅王地獄不要再接受上

界行賄，不要再讓紙錢飄落下來，若不然，閻王要退回到喜馬拉雅山以南。閻羅王有些不高興，待地獄神轉告他，天評價他有功勞也有苦勞後，他才扭轉態度，並保證盡心盡責的工作，決不辜負天的期望。

五、包拯

天指使地獄神，讓他去尋一個叫包拯的人，由他來領導東方地獄，包拯在新崗位上的名字仍可叫「包青天」。

前章說過，包拯在太監谷出現過，包拯本想發揮自己的特長，在冥界繼續做好事，不想一個皇帝至上的原則讓他顏面全無。

在但丁的帶領下，地獄神很快找到了包拯。當地獄神將天的旨意告知他後，包拯婉言謝絕了，包拯說：「太監谷使他反省，社會好壞的根源都在皇帝，一個忠字下，藏汙納垢了眾多奸臣，忠字也使不少臣民蒙冤。」

地獄神說：「就因為你能反省，悟出了真理，所以你能勝任天所安排的工作。」地獄神又說：「愛護這大好山河，任何人都不許以山河作交易，這是天的旨意，是你執法的依據。你的虎頭鍘刀，下可鍘臣，上可鍘君。」

「可鍘君？」包拯有些忐忑。

「對！可鍘君！」地獄神又說：「君是人，不是天子。」

幾千年的忠君思想在這裡被開刀問斬了。

包拯表態，將竭盡全力將東方地獄的工作做好，並請求啟用王朝、馬漢原班人馬，地獄神應允。地獄神提出讓受萬民擁戴的六名清官作為中國歷史上清官的代表，組成陪審團，幫助包青天工作，包青天高興接受。

六、陪審團

陪審團團員介紹如下。

西門豹，春秋戰國時期魏國人。

有這樣一個故事，說西門豹到鄴縣去做官，鄴縣有個風俗，為了防止水災，每年要給「河神」娶媳婦。所以當地凡有女兒的家庭，不少嚇得都已逃離了該縣。為了給河神娶媳婦，當地豪紳和巫婆還要向老百姓收取錢財。西門豹到任後，也去參加了給河神娶媳婦的儀式。西門豹看了看「新娘子」，說，這個新娘子不漂亮，要重新再尋找一個，並要巫婆先去給河神說一聲。說完就叫士兵將巫婆扔進河裡，等了一會，不見巫婆回來，就讓士兵將第二個巫婆扔進河裡，當要扔第三個巫婆時，嚇得那些巫婆和豪紳們都逃離了，以後就沒人再敢提給河神娶媳婦的事了。

海瑞，海南瓊山縣人。

明代著名清官，後人稱其為「海青天」。

明朝嘉靖皇帝朱厚熜十分信奉道教，和秦始皇一樣，一心想長生不老。朱厚熜深居皇宮專心於成仙修道，在他在位的 45 年間，竟然有 20 多年不上朝理事。海瑞對此十分不滿，在嘉靖四十五年二月時單獨上疏，將嘉靖皇帝所犯的錯誤全部列了出來，這就是有名的〈治安疏〉。

朱厚熜看了海瑞的〈治安疏〉大怒，把書摔在地上，命令衛士：「趕快把海瑞抓起來，別讓他跑了。」一個太監對朱厚熜說：「這個人是個傻子，聽說他上疏時，自己知道犯了死罪，已買好棺材放在家裡，所以他是不會跑的。」

朱厚熜聽了，沒有說話，一會他又將〈治安疏〉拾起來，一天裡看了多遍。後來他將〈治安疏〉留在身邊數月，他曾說：「這個人可和比干相比，但朕不是商紂王。」雖然海瑞後來還是被下

了獄,但是海瑞精神被流傳了下來。

有這樣一句話:「捨得一身剮,敢把皇帝拉下馬。」這是海瑞名言,在中國歷史上敢說這話並且又敢實踐者,海瑞為第一人。

狄仁傑,唐代太原人。

狄仁傑大概是中國古代最聰明的官員,有三個小故事能說明這一點。

(1)死裡逃生。

武則天時代,狄仁傑被人誣陷謀反下獄。按照那時「坦白從寬」的規定,「一問即承認謀反者免死」。酷吏來俊臣逼迫狄仁傑承認「謀反」,狄仁傑非常痛快地立即認罪:「大周革命,萬物惟新,唐室舊臣,甘從誅戮,反是實!」來俊臣得到滿意的口供,將狄仁傑收監待判。

狄仁傑將自己的冤情寫在布上,藏在棉衣之中,請獄吏轉給家人,說是天熱了,要家人將裡面的棉花去掉。狄仁傑的兒子狄光遠得到棉衣內的冤狀,便上告。武則天知道後,將狄仁傑召來,問狄仁傑:「你不是承認『謀反』了?」狄仁傑回答:「我若不承認,就要被打死,所以不得不承認。」武則天又問:「謀反證據『謝死表』如何解釋?」狄仁傑答曰:「根本沒有此事。」武則天令人拿出謝死表,才弄清楚是偽造的,於是下令釋放狄仁傑。

落在酷吏來俊臣手裡,沒被整死,而又沒挨打獲釋放的唯狄仁傑是也。

(2)狄仁傑斷案。

狄仁傑還以斷案、刑偵名冠中國史冊。他任掌管刑法的大理丞,到任一年,便處理了前任遺留下來的17000多件案子,其中沒有一人再上訴伸冤,其處事公正可見一斑。荷蘭漢學家高羅佩更是以此為題材,於20世紀50年代編了一本《大唐狄仁傑斷案

傳奇》。

(3)再造唐室。

武則天掌權後，廢除了李氏王朝，改國號「唐」為「周」，自立為武周皇帝。

武則天晚年，武氏家族躍躍欲試，要接管天下。狄仁傑對武則天說：「立子，則千秋萬歲後配享太廟，承繼無窮；立侄，則未聞侄為天子而祔姑於廟者也。」最終武則天被狄仁傑說動，親自迎接廬陵王李顯回宮，立為皇嗣，唐朝得以維繫。

中國古話「大智若愚」，狄仁傑不屬於這種人，而是罕見的既有「小聰明」，又有大智慧的人。

徐有功，唐朝河內濟源青龍里人。

徐有功是一專職法官。老百姓稱徐有功為「徐無杖」，是因為徐有功在蒲州任期三年期間，沒有動用過一次杖刑，而是用傳統的仁義道德去教育啟迪案犯悔悟自新，他重視證據，從不盲目定案。

有一地方官員顏余慶，被嚴刑逼供，無奈承認謀反，有關部門已上報武則天，請求將顏余慶按謀反魁首處斬，武則天也准奏下敕。第二天上朝時，徐有功第一個出班向武則天奏道：顏余慶只是一個漏網的支黨而已，根據〈永昌赦令〉應免其死罪，改判流刑。一位身穿從六品朝服的小官竟敢反駁武則天下的敕令，在場的文武大臣二三百人都被嚇得臉色發青。後來在徐有功的堅持下，顏余慶撿回一條性命。

徐有功執掌大案六七百件，救人數以萬計。

徐有功三次被控死罪，三次被赦，兩次被罷官又兩次復出。

趙廣漢，西漢涿郡蠡吾縣人。

中國最早的舉報箱，是趙廣漢發明的。這種舉報箱形狀像瓶子，口小，肚子大，可將舉報信放進去，外人卻拿不出來。

趙廣漢在做京官時利用舉報箱逮住了一個大貪官，這位貪官資格老，根基深，人還沒押到牢裡，為他說情的人便紛至遝來，這其中有宮廷裡的太監，有名門豪紳，也有官員。趙廣漢在證據確鑿、事實清楚的情況下，命令獄吏將這個貪官斬首棄市。

京官不好做，趙廣漢得罪權貴，後被腰斬。長安城裡數萬名百姓以及官員聽說要腰斬趙廣漢，自發聚集在皇家宮殿前，齊齊跪下，為趙廣漢送別。

黃霸，西漢時期淮陽陽夏人。

《漢書‧巡吏傳》中曾有「自漢興，言治民吏，以霸為首」的記載。意思是說自從漢朝建立以來，要講治理百姓的官吏還是數黃霸第一。

黃霸任穎川太守期間，要求部下都要幫助貧苦百姓飼養雞鴨家畜，以解決他們的生活困難。並組織德高望重的長者到民間去講學，告誡人們要多做善事，防止奸邪。黃霸做事認真仔細，比如說，哪裡的樹木可以做棺材，哪裡的豬可以用來祭祀他都清清楚楚。以致大家都認為他神明，因此官員都認真工作，百姓都努力耕作，壞人不敢為非作歹。在黃霸的治理下穎川出現了太平安定，吏治清明，生產發展，「田者讓畔、道不拾遺」的太平景象。

七、懲治亡國之君

地獄神帶領東方監獄長包拯和陪審團來到東方地獄，但丁和閻羅王也陪同前往。

包拯將所有皇帝的亡靈先集合起來。皇帝們一看坐在主席臺上，召集他們的是包拯，又一看那些陪審團成員，免不了嘻嘻哈哈起來。地獄神舉起右手，手中出現一條鞭子，鞭梢閃爍著紫藍的螢光，像遊蛇吐信。地獄神將鞭子一揮，一道閃電，照耀的原

來陰森森的東方地獄如同白晝,裡面的那些血淋淋的刑具,更是讓這些皇帝們過目不忘,閃電裡閃現的「愛護這大好山河」幾個大字,深深地印在這些人的腦子裡。一聲炸雷,在這些皇帝們頭上隆隆而過,震攝得這些曾經的無上君王,不得不跪下來。

地獄神說話了:「根據天的旨意,你們要接受離職審查,犯罪者要被打入東方地獄。包拯是天指定的大法官和東方監獄長,陪審團是中國歷史最優秀的官吏代表,你們要接受他們的約束。」

地獄神說完,神鞭一摔,又是閃電炸雷,震得這些皇帝們心裡發顫。

按照要求,皇帝們要一個個的進行了述職。

皇帝們述職完畢,包拯和陪審團合議,按照天「愛護這大好山河」的原則,決定了哪些人該下地獄。

一、

陪審團首先起訴的是北宋的宋徽宗趙佶和宋欽宗趙桓父子二人。

宋徽宗趙佶被王朝馬漢押上審判台。

海瑞對付皇帝最有辦法,陪審團首先推舉海瑞先出場。

海瑞乾咳兩聲,清清嗓子,他要代表陪審團宣讀起訴書。

宋徽宗趙佶心裡還是不服,放不下皇帝架子,跳起來大聲嚷道:「海瑞,大膽奸臣,你膽敢起訴皇上,你造反了?」

包拯驚堂木一拍,大聲喝道:「犯罪嫌疑君,我們這是替天行道,是向社稷負責,這是天的安排,如若你膽敢不服從本法庭紀律,本庭現在就可對你施以杖刑。」

趙佶一屁股坐在地上,不說話了。

其他皇帝面面相覷,也都低下了頭。

海瑞宣讀起訴書:

第七章 因果地獄

「趙佶，1082年生，享年54歲，執政25年。趙佶在位期間，犯有敗家罪，亡國罪。

趙佶在當上皇帝之前，除了和其他皇族子弟一樣養尊處優，喜歡追逐聲色犬馬外，他還能拿出相當一部分精力，每日沉浸在筆研、丹青之中，應該說趙佶是一個多才多藝，好學上進，相當討人喜歡的皇子。

趙佶在接任皇帝時，當朝宰相章惇曾提出『端王（趙佶）輕佻，不可以君天下』，但是趙佶每天都到向太后住處請安，因此得到向太后的偏愛，從而登上皇帝寶座。但是文人的氣質，輕佻的性格，也為他日後的禍端打下了埋伏。」

起訴書宣讀到這裡，海瑞看了趙佶一眼，宋徽宗趙佶耷拉著腦袋，一聲不吭。

海瑞繼續宣讀起訴書：

「趙佶當上皇帝，繼續沉浸在筆研、丹青之中。趙佶除了喜畫花鳥魚蟲外，還特別喜歡畫牡丹。一個公子哥兒年輕皇帝自然還喜歡畫仕女，構想自己心目中的美人。

趙佶畫的牡丹與一般的寫真畫不同，趙佶是將心目中的美女畫成牡丹，或將鮮豔的牡丹變形成自己心目中的美女。那花兒就是臉龐，那風擺的綠葉就是羽衣霓裳；或者將美女的臉龐處理成花蕊，而將秀髮處理成花瓣，遠看如彩雲烘明月。

趙佶將古代著名的美女和美女故事，也採用牡丹變形來表現，即展現出了她們如花的美麗，也通過牡丹在日月風雨中不同的姿態，展現出了那些美女的羞澀、含情、純真、聰明，或者是喜怒哀樂，一顆牡丹一個人物，一幅牡丹一個故事。

趙佶曾有一畫〈牡丹園〉，近看，是豔媚的株株牡丹，遠看，個個是飄飄欲仙的美女，似仙女聚會。

趙佶畫的牡丹，大多還伴有晨霧晚霞，給人以朦朧的感覺，也

算是『猶抱琵琶半遮面』。

後人評價趙佶這種人花合一的畫是『夢幻牡丹』，趙佶也說這都是根據他夢中所見而做。

趙佶的書法也別具一格，被稱為『瘦金體』。這種瘦金體書法，瘦勁鋒利，挺拔秀麗，可謂鐵畫銀鉤，意態天成，在我國書法史上獨步天下。

趙佶稱他的字為男性，他的畫為女性。

趙佶是我國歷史上的書畫大師。遺憾的是，後來宋軍兵敗，趙佶被俘，他的很多作品都遺失了，特別是他的牡丹畫作，被金人搶掠一空，據說，金人得一趙佶的牡丹畫作，比得一宋朝美女更為珍貴。」

起訴書宣讀到這裡，海瑞又看了趙佶一眼，宋徽宗趙佶挺直了腰。

海瑞繼續宣讀起訴書：

「趙佶當上皇帝，除了和一些文人墨客遊戲在筆研、丹青之中外，就是尋花問柳，追求糜爛生活，而疏於政務。

趙佶儘管後宮粉黛三千，佳麗如雲，但是趙佶仍感到索然無味。經常乘坐小轎子，帶領數名侍從，微服游幸青樓歌館，尋花問柳，凡是京城中有名的妓女，幾乎都與他有染。後來趙佶得到京城名妓李師師，更覺得那些宮裡後妃們沒有一個比得上她美麗，因此茶前飯後，坐立臥行，都惦念著李師師。趙佶令人在李師師的院子裡大興土木，將紫雲青寓變成一座美奐美侖的華樓，樓成之日，宋徽宗親題『醉杏樓』三字為樓額。又用他獨特的畫技，畫了一幅〈牡丹朝陽圖〉掛在李師師接客的客廳中。趙佶還令人從宮中挖地道，直通宮外醉杏樓，這樣既方便偷情，又可遮人耳目。」

海瑞笑著對大家說：「我再給大家讀一首趙佶的大作。」說著

海瑞將趙佶寫給李師師的一首詞宣讀了出來:「淺酒人前共,軟玉燈邊擁,回眸入抱總含情。痛痛痛,輕把郎推,漸聞聲顫,微驚紅湧。試與更番縱,全沒些兒縫,這回風味忒顛狂,動動動,臂兒相兜,唇兒相湊,舌兒相弄。」

海瑞起訴書宣讀到這裡,趙佶站起來大聲抗議說:「這是我的隱私,你無權指責。」

下面的皇帝們也都一起哄笑起來。

海瑞繼續宣讀起訴書:

「為了尋歡作樂,趙佶還設立了專門的行幸局負責此事。行幸局的官員還幫助趙佶撒謊,如當日去李師師處而不能上朝,就說趙佶批奏章至夜深而沒能按時起早;次日未歸,就傳旨說皇帝龍體欠安。」

聽到這裡,下面的皇帝們又都大笑起來,趙佶覺得不好意思,蹲了下來。

「一流的藝術家卻是個荒唐的皇帝。

寫寫畫畫無需太大成本,也就算了,可是趙佶還有一個愛好,就是欣賞石頭。下面投其所好,安徽靈壁縣進貢一塊巨石,高、闊均二丈有餘,用大船運送到京城,拆毀了城門才運進城中。趙佶大為欣賞,親筆御書曰:『卿雲萬態奇峰。』並加金帶一條懸掛其上。

後來太湖黿山又採得一石,長四丈有餘,寬二丈,玲瓏剔透,孔竅天成。還有一棵古樹,相傳是唐代白居易所栽,故名白公檜。連石帶樹,特別造了兩艘大船,動用了千名船夫,費錢萬貫才送到了京城。

什麼事就怕形成風,這兩塊石頭往那裡一放,天下人就都知道了,當今皇帝喜歡奇花異石,於是就有人攛掇著在蘇州成立了應奉局,專門在江浙一帶為皇帝搜羅奇花異石與珍奇物品。

伴隨著奇花異石的到來，大興土木就在所必然。景靈宮、九成宮、延福宮、元符殿，共七宮三十二殿閣拔地而起。然後疊石為山，鑿池為海，宮中分佈著鶴莊、鹿砦、孔翠諸柵，豢養著無數的珍禽異獸，其中更是點綴著村居野店，酒肆雜陳，恍若人間仙境。

趙佶生活在一座『人間天上』的宮殿群中。

為了得到更多的奇花異石，設在蘇州的應奉局便常派人到各地搜刮。搜刮來的花石用船經由大運河運抵開封京城，每十船組成一綱，稱為『花石綱』。

花石綱把東南一帶弄得昏天暗地。有個漆業人家，戶主叫方臘，平時靠漆園度日生活，自從有了花石綱後，方臘家經常遭到勒索，度日艱難，其左鄰右舍也都遭到勒索，老百姓恨透了那些官府差役。

官逼民反，在方臘的帶領下，農民起義了，不到十天，起義軍就聚集了幾萬人馬。當地官員派兵鎮壓，結果被起義軍打得落花流水。後來朝廷派來大軍才將這次由於花石綱引起的民變鎮壓下去。」

海瑞繼續宣讀起訴書，大聲說：「趙佶於在位期間，大肆搜刮民財，窮奢極欲，荒淫無度，竟將父親宋神宗留下的國家 70% 的財產給花光了，陪審團一致認為宋徽宗趙佶犯有敗家罪。」

坐在下面的宋神宗趙頊聽後站了起來，用顫抖的手指點著宋徽宗趙佶說：「敗家子啊，你是個不肖子孫！」

「歷史規律，皇帝的敗家就意味著國家的不安。

宋朝時期，北方的燕雲一代一直被北方的遼國佔領，藝術家趙佶當政後，也想來個政治『大寫意』，收復北方的燕雲地區。

有人給趙佶出主意，說是現在北方金國崛起，若聯合金國對付遼國，北方燕雲地區盡可收回。於是趙佶派人經海路到金國聯

絡，經過幾個回合的談判，雙方決定聯合出兵進攻遼國。

金兵向南進攻，接連攻下遼國 4 座城池後，留下一個燕京，按事先約定，燕京應由宋軍攻打。宋軍的 15 萬大軍剛剛在南方鎮壓了方臘的農民起義，現在轉而向北攻打遼軍。宋軍本以為能馬到成功，不想遼軍雖不如金軍，但卻比宋軍強大得多。宋軍有能力鎮壓農民起義，卻沒能力將遼軍的燕京攻打下來，還損兵折將，幾乎丟掉了所有的糧草輜重。

宋軍無奈請金軍攻打燕京，金軍很快攻下了燕京，宋軍又用大量金錢將燕京贖回，但是宋軍軟弱的戰鬥力在金兵面前暴露無疑。

趙佶在收復了燕京以後，自以為建立了不世之功，宣佈大赦天下，隆重慶祝。

金兵獲勝後，倍受鼓舞，在稍事休整後，立即派兵一舉掃蕩了遼國，並又從宋軍手裡奪回燕京，接著又揮兵殺向南方的宋朝首都開封。

前線的告急文書雪片似的傳到北宋朝廷，同時金國又派出使者，到北宋朝廷，脅迫軟弱的北宋朝廷割地稱臣，滿朝文武嚇得不知該如何辦。大藝術家皇帝趙佶，此時沒有了大家風範，嚇得拉住一位大臣的手，說：『唉，沒想到金人會這樣對待我。』一口氣沒上來，昏厥過去——嚇昏了。

趙佶醒來後，要了筆墨，寫下：『傳位東宮。』自己帶著兩萬人馬逃出京都，避難去了。」

海瑞的起訴書宣讀到這裡，海瑞提高聲音說：「經過陪審團合議，一致認為，趙佶此時離職逃跑，實屬瀆職罪。」

讓一個藝術家做皇帝，是那位讓他當皇帝的老太太向太后的悲哀，是大宋王朝的悲哀，也是藝術的悲哀，更是趙佶本人的悲哀。

但是,趙佶是國家法定代表人,責任無法推卸啊,負責吧!

海瑞低頭看了趙佶一眼,趙佶又頹廢地坐在地上。

此時宋欽宗趙桓也被王朝馬漢押上了審判台。

海瑞繼續宣讀起訴書。

『龍生龍,鳳生鳳』,趙佶選拔的接班人也是個毫無血性的『乖乖兒』。

宋軍在前線接連吃敗仗,新上任的宋欽宗趙桓在軟弱的宰相白時中、李邦彥攛掇下又想逃跑,有些將軍不幹了,說,你爹讓你當皇帝,就是讓你帶領抗金,你再跑了,誰領導抗金啊?

第二天一早,主張抗金的大臣李綱,發現在皇宮門前車馬儀仗已經準備妥當,新皇帝還是想逃跑。李綱進得宮來,見了新皇帝趙桓說,你可以帶著老婆孩子逃跑,可是衛兵的家屬都還在京城,他們肯定不願離開京城,萬一半路上,他們逃散,敵兵追來,誰來保護皇上。趙桓一聽,逃跑也有危險,不得已才又留下來。

李綱出宮向全體將士們宣佈:『皇上已經決定留下來,和我們一起抗金,以後誰再提逃跑,一律斬首!』將士們聽了,激動得歡呼起來。

金兵來到京城城下,他們用幾十條火船,從河流上游順水而下,計畫火攻城門。宋軍組織敢死隊,列隊防守。金軍火船一到,他們就用撓鉤鉤住敵船,使它無法接近城門,同時宋兵用大石塊向火船投擲,把船砸沉,金兵紛紛落水,金兵攻城受挫。

金兵用雲梯攻城,宋兵弓箭手射箭,金兵紛紛中箭滾下雲梯。兵又用繩索吊到城下,燒毀金兵的雲梯,擊殺金兵,無數金兵落到護城河裡被淹死,金兵遇到了宋軍的頑強抵抗。

金軍悄悄派人和北宋朝廷議和。

金軍的議和條件很苛刻,除了割讓土地,賠償金銀,還要宋

朝的皇帝稱金朝的皇帝為伯父，還要宋的親王、宰相到金國做人質。本來就無心抗金的趙桓準備全部接受金的議和條件。

此時全國各地的援軍趕來，有20萬，金軍此時只有6萬，金軍一看情況不妙，不得不後撤。

宋軍兵強馬壯，援軍大將種師道是個經驗豐富的老將，他主張長期相持，待金軍糧草短缺時再實行戰略反擊，但是皇帝趙桓不同意，他想儘快把金人趕走，恢復他的太平日子。後來決定實行偷襲戰術，但是不幸軍機洩漏，敵軍早有準備，這一仗宋軍有些損失。

宋軍受挫的消息傳來，本來無心抗金的趙桓，聽信投降派的煽動，一面派人向金軍賠禮，一面把幾位抗金首領革職。

京城的抗金派官員不願意了，京城的老百姓不願意了，他們聚集到皇宮請願，要抗金到底，要恢復幾位被免人員的官職。

有的官員問：『你們怎麼能脅迫皇上呢？』

他們大聲回答：『我們用忠義脅迫皇上，總比奸臣脅迫皇上賣國好吧。』

禁衛軍將領一看事情鬧大了怕不好收拾，進宮勸皇帝接受請願民眾的要求。不得已，趙桓答應了請願民眾的要求，幾位抗金首領得以復職。

宋朝軍民一心抗金，宋軍陣容整齊，士氣高漲，金軍一看不能再占到便宜，而且還有被打敗的危險，便匆忙撤退了。

見敵軍匆忙撤退，種師道將軍建議，在金軍撤退渡黃河時發動進攻，把金軍消滅掉。但是，趙桓不但不聽，再次免掉了這位老將軍的職務，並把李綱貶謫到南方去了。

金軍退走了，趙桓認為和平日子又回來了，他們又可以歌舞昇平了。趙桓倒是孝順，把宋徽宗，這時是太上皇的趙佶接了回來，父子同樂。

金軍見李綱等抗金將領失勢,並且又得到另外一隻援軍的支持後,再次向宋朝首都開封殺來。

各地宋軍聽說金軍又來進攻首都,便主動帶兵前來救援,宋欽宗和投降派正忙著割地求和,竟命令各路援軍退回原地。

這時候,在黃河南岸防守的宋軍還有12萬步兵和1萬騎兵。金軍到了黃河北岸不敢強渡,到了夜裡,金軍讓兵士打了一夜鼓,虛張聲勢。南岸的宋軍聽到對岸的鼓聲,以為金軍要渡河進攻,紛紛丟了營寨逃命,13萬大軍一夜間逃得無影無蹤。金軍沒動一刀一槍,就順利渡過黃河。

敵軍壓境,宋欽宗趙桓讓他的弟弟趙構到敵營講和。

趙構走到半路,他的謀臣對他說,大軍壓境,求和有什麼用呢,趙構就在半路停了下來。

金軍打到宋的京城,京城裡原有3萬守軍,此時已七零八落,逃走大半。

宋徽宗趙佶信奉道教,徽宗時期道教得到了空前發展,道觀遍佈全國各地,知名道長的地位甚至可以和宰相相提並論,趙佶曾自封為『教主道君皇帝』。

趙佶的兒子趙桓急得束手無策之時,也想起讓神仙下凡來幫忙。一個大騙子名叫郭京,吹噓他會『六甲法術』,只要召集七千七百七十九個『神兵』,就可以活捉金將,打敗金兵。

趙桓相信了,把郭京當成救命稻草,讓他找來一些地痞無賴,充當神兵。

但是,好像神仙也不喜歡趙佶、趙桓父子,這些神兵與金兵一交鋒便垮下來。

大宋王朝的京城被金兵攻破。

宋欽宗趙桓痛哭了一場,親自帶領一些大臣,手捧降書走向金營。

第七章　因果地獄

投降的條件自然非常苛刻。

趙桓被放回籌集銀兩，不久金軍又嫌他辦事太慢，將他扣押起來，說是交足錢後再放人。

宋朝的24位大臣帶領金兵，用了20多天的時間，將國庫，皇家以及皇親國戚，官吏富商家裡徹底查抄，除了大量的金銀財寶外，珍貴的古玩文物等所有值錢的東西都被搶去，大宋京城被擄掠一空。

一個陰霾的日子，趙佶、趙桓父子連同後妃、宗室，百官數千人以及教坊樂工、技藝工匠、法駕、儀仗、冠服、禮器、天文儀器、珍寶玩物、皇家藏書、天下州府地圖，和滿載著的財物一起被押送北方。

據說，宋徽宗趙佶在聽到財寶等被擄掠時毫不在乎，等聽到皇家藏書也被搶去，才仰天長歎幾聲。至此他也沒明白他失敗的原因，相比起筆墨，國家更需要刀槍，需要一支強大的軍隊，更需要一位元氣吞山河的統帥，而不是一位藝術家。

北宋王朝就此宣告滅亡。」

海瑞對著台下的皇帝們，大聲說：「經陪審團合議，一致認為：趙桓犯有亡國罪，太上皇趙佶負有連帶罪責。」

台下鴉雀無聲。

作為戰俘的趙佶、趙桓兩位皇帝，可有罪受了。

頂著怒吼的北風，戰俘們裹緊衣衫、收縮脖頸，在皮鞭的抽打和呵斥聲中，艱難地向前邁進。趙佶、趙桓兩位皇帝連裹緊衣衫、收縮脖頸的權利也沒有，他們站在囚車裡，任憑北風的戲弄。

到了宿營地，一夥金兵走進俘虜中間，其中一個金兵一把將趙桓的愛妃王婉蓉拖起，並朝趙桓打個招呼：「我們首領借用一下。」王婉容驚呼救命，並掙扎倒在地上，另一個金兵抓起王婉

容的腰帶，像提一隻小羊那樣將王婉容提走了，同時還有幾個宮女也被這樣提走了。救命聲音從不遠處傳來，戰俘們死一樣寂靜。

到金國都城後，趙佶、趙桓和所有北宋戰俘被命令穿上喪服，然後去謁見金太祖的廟宇，意為向金帝祖先獻俘。

金太祖廟宇前，金國官員宣讀金國皇帝聖旨：宋徽宗趙佶被封為昏德公，宋欽宗趙桓被封為重昏侯。

後來他們被關押在五國城（今黑龍江省依蘭縣），他們父子的牢房是口枯井，金國讓他們坐井觀天。

囚禁期間，宋徽宗趙佶寫下了許多悔恨、哀怨、淒涼的詩句，如：

「徹夜西風撼破扉，蕭條孤館一燈微。

家山回首三千里，目斷山南無雁飛。」

在他的詩裡，難覓帝王之氣，至死他都沒明白皇帝應該盡什麼職責。

包拯宣佈：「趙佶、趙桓父子為亡國之君。」

地獄神又揚起那條神鞭，伴著一道藍光，一聲炸雷，趙佶、趙桓父子被送入東方地獄的同一個牢間。這是一口井，井裡有水，沒及腰部，他們不會被淹死，但是水裡有食人魚，他們的肉被食人魚咬下，但是很快又能長上，然後食人魚再去咬。趙佶受不了，他要兒子馱著，兒子受不了了，和老子換班，就這樣他們一直反復著。他們喊叫著，疼得死去活來，他們要永遠償還他們當皇帝時所負「亡國」的「國債」。

二、

下一個輪到誰了？當王朝馬漢把她押上來的時候，所有皇帝都感到驚訝，因為那是一個女人，他們大多數人還都未曾聽說過她。

第七章　因果地獄

　　被王朝、馬漢押上來的是南宋王朝的謝太后謝道清。

　　陪審團事先討論時，開玩笑說西門豹更瞭解女性，讓西門豹出面起訴謝道清。

　　謝道清被押上來時，一邊掙扎，一邊大喊：「南宋天下丟了，是你們這些大男人無能，怎麼能把責任推給我一個老太婆？」

　　包拯倒是客氣地說：「我說這位女士，你先聽聽陪審團宣讀的起訴書，你認為你沒罪，到時你還可以為自己辯護。」

　　謝道清不說話了。

　　照顧女士，包拯又讓人搬來一個板凳讓謝道清坐下。

　　西門豹宣讀起訴書：

　　「謝道清，女，1210 年生，享年 73 歲，垂簾聽政 2 年時間。謝道清 17 歲入宮，宋理宗趙昀時期被冊封為皇后，宋度宗趙　即位，尊其為皇太后，宋恭帝趙㬎即位，尊為太皇太后。當時宋恭宗趙㬎 4 歲，太皇太后謝道清垂簾聽政，太皇太后謝道清史稱謝太后。

　　1276 年，北方蒙古軍隊兵臨南宋京城臨安（杭州），謝道清派一個大臣帶著國璽和降書到元軍大營乞降，南宋王朝滅亡，謝道清犯有亡國罪。」

　　謝道清站起來大聲說：「我沒罪！當時的投降是沒辦法的事，我們已經無力抵抗。」

　　西門豹繼續宣讀起訴書：

　　「謝道清，浙江臨海人，祖父謝深甫曾經當過丞相，在宮廷鬥爭中，有擁立楊太后（宋寧宗皇后）的功勞，楊太后為了答謝謝深甫的擁立之功，在宋理宗即位後，太后命令要選謝氏女為皇后。

　　謝家只有謝道清沒有出嫁，而且謝道清長相也不出眾，即使嫁入皇家，也會被冷落，孤寂一生，所以謝家並不積極。此時正趕

上正月十五元宵節,謝道清的家鄉那些天還較寒冷,但是有幾隻喜鵲飛到謝家院子的樹上,嘰嘰喳喳叫個不停,大家認為這是吉祥徵兆,所以又都積極地準備送謝道清入宮。

在一切準備妥當,謝道清就要上路之時,大家突然發現謝道清渾身皮膚起泡,樣子嚇人,急忙請來大夫,大夫也搞不清是什麼病。謝道清本人感到奇癢難忍,不得已用手抓撓,家人也幫助擦洗。不久,謝道清臉上、身上原來黑暗的皮膚都脫落了,取而代之的竟然是瑩白如玉的皮膚,大家都驚奇,謝道清竟然從醜小鴨變成一個大美女。後來謝道清被送入宮中做了皇后。」

起訴書宣讀到這裡,西門豹看看謝道清,謝道清平靜多了。

謝道清生存的年代是個戰事不斷的紛亂年代。

北宋王朝滅亡之後,宋欽宗趙桓的弟弟趙構逃到商丘城,並繼位皇帝,稱宋高宗。宋高宗趙構迫於輿論壓力重新啟用李綱,李綱推薦抗金人士宗澤為開封知府,重建京城並領導抗金。

開封經過兩次大戰,城牆全部被破壞,百姓和兵士雜居,社會秩序混亂。宗澤一上任便下令,凡搶劫居民財物者一律按軍法嚴辦,並殺了幾個搶劫犯,社會秩序得以恢復。

宗澤又遊說各路義軍,並把他們組織起來,一時幾十萬大軍得以建立。宗澤寫信,請宋高宗趙構返還京城,領導抗金,並想法救出宋徽宗趙佶和宋欽宗趙桓。但是沒想到,宋高宗趙構擔心在商丘不安全,此時已悄悄跑到南方揚州。李綱因為反對南逃,又被趙構免職。

宗澤一時氣憤,背上突發毒瘡病倒。宗澤臨終前,背誦杜甫的詩作:「出師未捷身先死,長使英雄淚滿襟!」接著宗澤又用盡力氣呼喊:「過河殺敵!」才闔上眼睛。

宗澤去世後,朝廷派杜充接替宗澤職務。杜充一到開封就把宗澤的一切防務都作廢了。沒多久金軍又揮軍南下,包括首都在內

的中原地區又都落入金軍之手。

宋高宗趙構在揚州行宮吃喝玩樂，全無「戰時」觀念，金軍一路南下，勢如破竹。趙構聽說金兵打來，急忙帶了幾名親信太監騎上馬，一口氣跑到長江江邊，找到一隻小船，連夜渡江逃到南岸。為遮羞，後來趙構讓人編出了「泥馬渡康王」的故事，說是廟中的泥塑馬變成真馬馱他過江，意思是說他的逃跑，是蒼天的幫助。

金兵進入揚州，大肆燒殺擄掠，最後一把火將揚州燒成焦土。

趙構逃到臨安（杭州），見金兵追來，又逃到越州（紹興）、明州（寧波），後來又乘海船逃到溫州，後見金軍北撤，才又回到臨安。

此時北方又亂了，新崛起個蒙古，蒙古更厲害，前面說了這個蒙古向西一直打到歐洲東部和伊朗北部，後來蒙古把金國滅了。

金國在被蒙古滅亡前，曾派使者向宋求和，說：「當年遼打你們宋，我們金把遼滅了，後來是我們金和你們宋打，現在蒙古又要滅我們金，金被滅了，蒙古也不會放過你們宋，因此希望金宋和好，共同對付蒙古。」

宋沒有答應金的要求，而是和蒙古一起將金給滅了。

蒙古和宋聯合滅掉金以後，南宋王朝出兵，想趁機收復開封等地，蒙古以南宋破壞協議為藉口，舉兵向南宋撲來。

南宋王朝由抗金，又改為抵抗蒙古兵的侵犯。

蒙古兵所向披靡，一路浩浩蕩蕩直取鄂州（武昌），並把鄂州團團圍住。

報急文書一個接一個送達南宋朝廷，朝廷震動了，在位的宋理宗趙昀命令丞相賈似道率領各路人馬馳援鄂州。

賈似道何許人也？賈似道的姐姐是當今皇上的寵妃，賈似道因此「雞犬升天」當上丞相。

賈似道是個不學無術的浪蕩子，經常喜歡帶著一群歌女放歌西湖。有一天夜裡，宋理宗趙昀在宮裡登高遠眺，看到西湖上仍有船兒亮著燈，並且時有歌聲傳來，就對左右說：「一定是似道這小子。」

大凡喜歡玩樂的臣子，十有八九是誤國臣子。

賈似道掛帥出征了，走到半路，聽說前面有一隊蒙古兵，嚇得急忙叫喊：「怎麼辦？」後來聽說蒙古兵走了，才鬆了一口氣。

進攻鄂州的蒙古兵統帥叫忽必烈，是一位戰功赫赫的統帥，賈似道聽到這個名字就倒抽一口冷氣，不戰先怯。

怎麼辦？賈似道也膽大！他竟然瞞著朝廷，偷偷派個親信到蒙古軍營求和。說是只要蒙古退兵，宋朝願意稱臣進貢。

恰在此時忽必烈的妻子從北方讓人快馬送來密信，說是蒙古一些貴族正在準備讓忽必烈的弟弟做大汗，忽必烈接信後，要立即趕回北方爭奪汗位。

賈似道答應把長江以北的土地都割讓給蒙古，隔江而治，並且每年向蒙古進貢銀二十萬兩、絹二十萬匹。忽必烈得到賈似道的許諾，就借機撤兵回北方了。

賈似道回到臨安，把私自和蒙古訂立協定的事隱瞞下來，並且將一些「蒙古兵」俘虜展出，吹噓宋軍大捷，不但戰勝了鄂州的蒙古兵，還將長江一帶的敵人全部肅清了。

賈似道的彌天大謊蒙蔽了宋理宗，宋理宗不但獎賞了賈似道，還大赦天下，舉國同慶。

忽必烈回到北方，奪取了大汗帝位，並派使者郝經到南宋，要求履行協議。

忽必烈的使者郝經走到真州（江蘇儀征），派副使帶信到臨安給賈似道。賈似道一看郝經要來臨安，怕事情敗露，急忙派人到真州把郝經扣押起來。忽必烈得知蒙古使臣被扣，暴跳如雷，但

是蒙古內部又出了點問題，為了穩住內部，忽必烈只好把南宋的問題暫時擱置了起來。

賈似道靠欺騙過日子，居然做了十幾年的丞相。

宋理宗死了，太子趙禥登基，就是宋度宗。

宋度宗趙禥封賈似道為太師，拜魏國公，賈似道權勢日盛，更加無惡不作。

賈似道的愛妾李氏有次觀湖看到兩位青年男子風度翩翩，脫口贊道：「美哉，二少年！」賈似道聽了不悅，便把李氏頭顱砍下來，裝在盒子裡讓眾姬妾觀看。

賈似道看中一臣子的玉帶，後因此人已死，玉帶已殉葬，賈似道竟下令掘墓取玉帶。

賈似道戲弄皇帝，一會說他要告老還鄉，一會又散佈謠言，說是蒙古兵又要打過來了，嚇得皇帝苦苦挽留他，並在西湖邊給他蓋起一座豪華宮殿，朝廷事情都由他在自己家裡處理。

忽必烈穩定了內部，改國號為元後，立即著手處理南宋王朝事務。

元朝派大軍南下，宋軍節節敗退，元軍後來將南宋的襄陽包圍起來。

像上次那樣，賈似道又把前線的消息封鎖起來，不讓宋度宗知道。

有個官員向皇帝上奏章告急，奏章落在賈似道手裡，那位官員馬上就被免職了。

有一次皇帝見到賈似道，問他：「聽說襄陽已被蒙古兵圍困好幾年了，怎麼辦？」

賈似道故作驚訝地說：「蒙古兵早被我們打退，陛下從哪兒聽說這消息的？」當得知是一個宮女透漏的消息，立即找個藉口把那個宮女殺了。從那以後，誰也不敢再向皇帝說起蒙古兵的事

情。

前線告急，有個親信官員去找賈似道，看到賈似道正趴在地上，和幾個侍女在鬥蟋蟀，便輕輕拍拍賈似道的肩膀，說：「這也是軍國大事？」

賈似道站起身來說：「人生苦短，快活一天是一天。」對方聽後，將手中的奏章輕輕撕掉，兩人相視大笑。

襄陽被元軍攻破了，南宋朝野大為震驚，但是賈似道把責任推到襄陽守將身上，革職了事。

元世祖忽必烈見南宋腐敗成這個樣子，決定一鼓作氣消滅南宋。

這時宋度宗趙禥死了，賈似道擁立了一個四歲的兒童趙㬎為皇帝。

元軍攻下鄂州，順長江東下，直取臨安，賈似道統兵十三萬上前線迎敵。像上次一樣，賈似道無心打仗，悄悄地又派人到元軍大營求和。當然，蒙古人不會再相信賈似道了。元軍進攻，宋軍全線崩潰，賈似道逃到揚州。到了這個時候，大宋王朝的覆滅就很難挽回了，賈似道快活日子也到頭了。

賈似道被免職，他要回紹興老家為其母守孝，紹興地方官不給他開城門；他住在婺州，婺州人到處張貼佈告驅逐他。朝廷見賈似道像喪家之犬沒人收留，便派一個叫鄭虎臣的將軍帶人押送他到循州安置。一路上烈日炎炎，鄭虎臣故意掀開賈似道所坐轎子的轎蓋，讓賈似道暴曬，沿途多次逼催他自殺，到了漳州木棉庵，鄭虎臣便把他殺死在附近的廁所裡，為國為民除掉一大禍害。

元軍乘勝進軍，進逼臨安。

以上是西門豹介紹的謝道清生前的世道，介紹到這裡，西門豹看謝道清，謝道清很是平靜。

「謝道清雖然美麗並貴為皇后，但是浙江是個出美女的地方，

第七章　因果地獄

宋理宗趙昀身邊不乏美女，趙昀先是寵愛賈貴妃，賈貴妃死後，閻貴妃又獲趙昀寵愛。謝道清從來不計較趙昀喜歡誰，所以楊太后很器重她，趙昀雖然不愛她，對她卻也敬重，且禮遇有加。謝道清胸懷豁達，顧全大局，50年間後宮一直和睦穩定。

當蒙古兵第一次南侵，並把鄂州團團圍住時，宋理宗趙昀命令丞相賈似道率領各路人馬馳援鄂州。這時一些大臣趁機提出要將國都從臨安東遷，以避開敵人鋒芒。從北宋的藝術家皇帝宋徽宗開始，趙家皇帝就有逃跑的『光榮』傳統，因此宋理宗趙昀也有逃跑的打算。這時謝皇后挺身而出，力排眾議，說這是下等策略，若皇帝一走，後方的民心必然動亂，前線的將士也將軍心動搖，到時後果不堪設想。宋理宗趙昀權衡再三，最後還是聽從了謝皇后的意見，放棄了逃跑的打算，穩住了民心軍心。

宋理宗趙昀死後，趙昀的侄子宋度宗趙禥接位。

白髮人送黑髮人，宋度宗趙禥又死在謝太后的前面。

宋度宗趙禥死後，趙禥的兒子宋恭帝趙㬎接位，謝道清被尊為太皇太后。宋恭帝趙㬎才四歲，眾大臣奏請謝太皇太后垂簾聽政。

當時謝道清已經65歲，實屬高齡，雖然再三推辭，最後還是應眾大臣的奏請，毅然挑起風雨飄搖的南宋江山。

此時蒙古對南宋王朝第二次用兵。

天不同情南宋，看到南宋王朝不行了，連太陽都收斂了光芒。現代人稱為日食，那時的人們認為是凶兆，謝太后仰天長歎：『大宋氣數盡矣！』

如何是好？面對天下，謝太后也只能『死馬當作活馬醫』。

謝太后先是下令削『聖福』，就是皇室、朝廷帶頭節儉開支，以資軍需。

南宋的兵馬叫賈似道折騰得所剩無幾，那些在賈似道時期提拔的文官也多是貪生怕死之徒，一見形勢不妙便紛紛逃離。

丞相陳宜中棄官逃跑了，謝太后寫信給陳宜中的母親，讓她勸陳宜中以國事為重。後來陳宜中回來了，但是卻帶頭同一些大臣建議遷都，謝太后不同意，陳宜中便痛哭流涕，謝太后不得已同意了。

　　第二天啟行時，卻不見陳宜中前來，謝太后在怒氣中下令不遷都了，後來得知陳宜中又逃跑了。

　　臨安城內人心惶惶，南宋朝臣紛紛棄官逃跑，謝太后心寒不已，忍無可忍，她憤而起草一份詔書，張貼於朝堂，詔書曰：『我國家三百年，待士大夫不薄。吾與嗣君遭家多難，爾小大臣不能出一策以救時艱，內則畔官離次，外則委印棄城，避難偷生，尚何人為？亦何以見先帝於地下乎？』

　　這份詔書說得令人感慨，結局也只能是博取同情。

　　謝太后一面安撫文官，一面下『哀痛詔』，號召各路軍民起兵勤王。不過各地武將也都坐地觀望。

　　大廈將傾人自散，難為了老太太謝太后。

　　一個女人，她實在感到無力撐天，無奈之下，她派一個大臣帶著國璽和降書到元軍大營乞降。

　　1276年，元軍佔領臨安，兒皇帝宋恭宗趙㬎出宮投降，謝太後身臥病榻。」

　　西門豹的起訴書讀到這裡，故意停了下來，他想謝道清應該有話說，西門豹看看謝道清，謝道清仍無動於衷。

　　西門豹的起訴書最後說道：

　　「南宋向元帝國投降後，忽必烈為了收服南宋的民心並瓦解南宋殘餘勢力的鬥志，對謝太后和宋恭帝趙㬎都很優待。封宋恭帝趙㬎為瀛國公。謝太后有病，也允許她留在杭州養病。後來謝太后到了元朝的京師後，忽必烈封她為壽春郡夫人。七年後，謝道清默默地病死於『異國他鄉』，後歸葬於家鄉。」

　　西門豹的起訴書宣讀完畢，全場鴉雀無聲。

第七章　因果地獄

　　稍停，包拯開始宣判了，宣判前，包拯先乾咳了一聲，看來，老包的心情也很沉重，包拯宣判道：「宋恭帝趙㬎尚且年幼，不具有皇帝權力，也不負有皇帝責任，只是名義上的國家法定代表人，因此南宋王朝的亡國罪，由宋恭帝趙㬎的監護人，實際的國家法定代表人，垂簾聽政的謝太后謝道清承擔。」

　　包拯的話音不大，可是字字打在所有人的心裡，沒辦法呀，法人責任，無法推卸！

　　北宋被滅，南宋好像沒有從中找出教訓，步北宋後塵，南宋再次被滅。

　　謝道清慢慢站起來，說：「宋朝的天下本來就不是靠武力打下來的，開國皇帝趙匡胤是靠陰謀黃袍加身的，所以之後他們趙家的皇帝大多懦弱。是不是這個原因呢？我說不太准，不過南宋的亡國要由一個女人來承擔，他們趙家更沒面子。」

　　謝道清又說：「我不下地獄，誰下地獄？總不能叫四歲的趙㬎下吧。」

　　又過了一會，謝道清說：「唉，我去吧！」

　　地獄神舉起右手，手中出現那條鞭子，鞭梢閃爍著紫藍的螢光。地獄神將鞭子一揮，一道閃電，一聲炸雷，謝道清被凌空拋起，在南宋趙家皇帝們的頭頂上呼嘯著轉過一圈後，謝道清被拋到大海裡。

　　地獄神沒有憐憫之意，法不徇情啊！

　　為什麼東方地獄為謝道清訂做的牢房是大海，這裡面還有故事。

　　在南宋京城臨安危難之際，謝道清讓陸秀夫等舊臣攜幼主七歲皇子趙昰、三歲皇子趙昺出逃南方，企望趙氏一脈得以延續。

　　他們出逃到福建。當得知宋恭帝趙㬎被元兵擄往北方後，陸秀夫等在福州擁立趙昰為帝，組織流亡政府。蒙元大軍欲對宋室斬草除根，繼續派兵追殺。

陸秀夫、趙昰等人為躲避元兵的追逐，乘船經海路避入廣州灣。一天夜間，風大浪高，坐船顛覆，趙昰落入海中，後雖然被救起，但是已經喝了一肚子的海水，驚嚇得好幾天都講不出話來。因元軍追兵逼近，他又不得不浮海逃往岡州（今廣東省雷州灣），經此顛簸，趙昰去世。

　　趙昰死後，趙昺被陸秀夫等大臣再擁立為帝。

　　蒙古大軍緊追不捨，在廣東崖山，陸秀夫、趙昺的船隊被蒙古大軍包圍，陸秀夫知道這次難以脫身了，就仗劍驅使自己的妻子投海自盡。然後，換上朝服，禮拜趙昺，哭著說：「陛下，國事至今一敗塗地，陛下理應為國殉身。宋恭宗趙㬎被擄往北方，已經使國家遭受了極大的恥辱，今日陛下萬萬不能再重蹈覆轍了！」趙昺嚇得哭作一團，陸秀夫說完，將國璽繫在腰間，背起趙昺奮身躍入大海，以身殉國。其他船上的大臣，宮眷，將士聽到這個噩耗，頓時哭聲震天，數千人紛紛投海殉國。

　　南宋王朝被徹底埋葬在大海之下。

　　謝太后謝道清在大海裡被拋起落下，海水灌入她口中，又被她吐出，然後再被海水灌入。偌大一把年紀，她要永遠在東方地獄的海水中苦苦掙扎。

　　海岸邊跪著南宋的帝王：宋高宗趙構，宋孝宗趙昚，宋光宗趙惇，宋寧宗趙擴，宋理宗趙昀，宋度宗趙禥，宋恭宗趙㬎，宋端宗趙昰，宋幼主趙昺。面對大海，面對在海水中掙扎的謝道清，他們撕心裂肺地哭喊著、懺悔著。他們懺悔他們生前不該花天酒地，他們懺悔他們無能而又無心保衛國家，他們對不起這位下地獄的女人，他們知道這位女人是在為他們贖罪。

　　這一切不包括兒皇帝們，他們從小被圈在深宮大院，長者剝奪了他們兒時的歡愉，後來又整天過著擔驚受怕的日子，現在面對疼愛他們的太皇太后老奶奶在海水裡的受難，他們哭喊著，哭喊聲中更多表達的是他們內心的驚怕。

三、

審判繼續進行，包拯一拍驚堂木，大喝道：「王朝馬漢，把下一個亡國嫌疑之君押上來。」

王朝馬漢一陣吆喝：「威——武！」正準備執行命令，突然聽到有人大喊一聲：「我來也！」隨著聲音，一個身材魁梧的西北漢子走上台來，誰？李自成。

包拯一拍驚堂木，說道：「大膽李自成，你來作甚？」

李自成說：「包大人，不是你叫我來的麼？」

包拯說：「我正在審判亡國之君，與你何干？」

李自成說：「我就是大順亡國皇帝李自成。」

陪審團代表狄仁傑站起來說：「大法官，我們陪審團現在要起訴的就是他，既然原告被告都想到一塊了，就往下進行吧。」

包拯說：「好！李自成，敢作敢當，是條漢子！」包拯讓原告宣讀起訴書。

狄仁傑代表陪審團宣讀起訴書：

「李自成，1606年8月出生。出生地陝北米脂，享年不祥。」

李自成插話：「享年萬歲。」

包拯急忙說：「不經法官允許，被告不得插話。」

狄仁傑宣讀起訴書：

「李自成現為漢人，其祖先原為羌族中的一支，稱謂黨項，黨項人又以姓氏分為許多部落，拓跋部落勢力較強。拓跋氏曾有位首領叫拓跋思恭，在唐朝時期因鎮壓黃巢起義立有軍功，受封為定難軍節度使，夏國公，賜姓李。

李氏傳了七代，到李繼遷時自稱夏國王。

李繼遷有個孫子叫李元昊，李元昊挺有能耐，開土拓疆，於1038年稱帝，建立西夏國。西夏傳國將近200年，於1227年為蒙古所滅，西北地方的黨項人後來多被漢族同化。李自成先祖

以後由甘肅太安遷入陝北米脂縣,李自成是米脂縣的李繼遷寨人。」

狄仁傑繼續宣讀起訴書:

「李自成崇禎二年(1629年)起義,走向了推翻明王朝的道路。

崇禎十七年(1644年)3月18日,農民軍攻克北京外城。次日凌晨,崇禎帝在北京煤山自縊,明朝滅亡。4月21日,李自成親率部隊進攻山海關的吳三桂,吳三桂引清兵入關,李自成兵敗。4月29日,李自成在武英殿匆匆即皇帝位,深夜便焚燒宮殿與九門城樓,向西撤退。農民軍僅在北京駐紮41日。」

狄仁傑讀到這裡停了停,問李自成:「你這個皇帝是不是就當了一天啊?」

李自成答曰:「是啊,當了一天我也是皇帝啊。」

狄仁傑說:「還不到24小時,你可能是世界上最短命的皇帝了,不過既然當上皇帝,國家的事你就要負責啊。」狄仁傑加重語氣,大聲宣佈:「經陪審團合議,一致認為,李自成犯有亡國罪。」

李自成插話:「大明是我推翻的,大順是我建立的,我有資格對天下負責;大順丟了,大漢江山丟了,是我的責任,我承擔亡國罪責,願接受天、地和國人的一切懲罰。」

聽到李自成擲地有聲的話語,狄仁傑說:「古今中外搶功的大有人在,搶罪的還真不多。不過今天定了你的罪,也就等於承認了你的歷史地位,承認你曾經是中國的皇帝,合算,你做了一筆好買賣!」

李自成聽了哈哈大笑說:「夏國王至今近千年,千年等一回,我能放過這個登上中國歷史的機會嗎?」

包拯急了,大聲喝道:「往下進行吧!」

狄仁傑繼續宣讀起訴書:

「草莽出身的朱元璋創下了大明江山。大明王朝在歷經兩百多年的滄桑巨變後，傳到朱由檢繼位，人們稱朱由檢為崇禎皇帝。

朱由檢很想做個有為的君主，可是朱由檢英而不明，如何治國，他無良策，對大臣們殺罰輕率，滿朝文武，人心惶惶。這一切表明，大明氣數已盡，皇朝又到了新的輪換週期。」

狄仁傑的起訴書宣讀到這裡，李自成打斷狄仁傑，說：「別人的事你就不用囉嗦了，說我吧。」

狄仁傑繼續宣讀起訴書：

「此時在中國的大西北，一個叫李繼遷寨的小村莊，一孔窯洞裡傳來嬰兒的啼哭聲，一個年近 50 歲的窮苦老漢，老來得子，高興得直捋鬍鬚，但是他此時不可能知道，這個嬰兒長大後，將是個草莽英雄，而且還要改朝換代，推翻同是草莽英雄朱元璋創下的大明江山。

李自成成年以後，生得膀闊腰圓，身材高大，臂力過人，一雙眼睛深陷在高顴骨上面，精光四射，虎虎有神。大概也是祖上夏國王李繼遷的遺傳基因，李自成為人豪爽，性情剛強，敢作敢為，經常出頭為窮苦朋友打抱不平。因此，窮朋友中無論誰提到李自成，無不肅然起敬，李自成具備英雄氣質。

那個時候鬧饑荒，『民不聊生』就是李自成所生時代的態勢，李自成註定要成為那個時代的英雄。」

包拯有些不耐煩了，聽狄仁傑的起訴書宣讀到這裡，包拯說：「我說原告，你這是宣讀起訴書還是讀小說？」

狄仁傑不理包拯，繼續宣讀他的「起訴書」：

「當民不聊生的局面形成時，當權者若再催賦逼稅，那就意味著要在乾柴上面點火了。當時的明政權此時正在東北應付彪悍的滿族崛起，軍隊打仗需要軍糧軍餉，內地的賦稅還是要收，這就使農民的生活雪上加霜，促使他們革命造反。有大臣建議，對外議和，然後再解決國內問題，朱由檢不聽。

朱由檢皇帝對饑民造反採用了軍事剿滅方針，這就逼得沒飯吃的人們不再指望政府，而只能選擇造反來解決自己的吃飯問題。在大西北就有高迎祥、張獻忠、老回回、羅汝才、革里眼、左金王、改世王、射塌天、橫天王、混十萬、過天星、九條龍、順天王等多家起義部隊，光聽這些名字，你就知道，什麼叫光腳的不怕穿鞋的。」

狄仁傑講到這裡，包拯火了，一拍驚堂木，大喊一聲：「起訴方，言歸正傳吧！」

李自成也笑了，說：「老狄啊，快說我的罪狀吧，包大人還等著宣判呢。」

狄仁傑繼續宣讀他的起訴書：「李自成揭竿而起了！」

下面是狄仁傑起訴書中關於李自成的造反簡歷：

李自成造反旗幟一豎，聞風而至的饑民竟上千人，李自成掃了人群一眼，大喊一聲：「攻縣城，吃衙門！」

「吃衙門！」饑民們跟著大喊，饑民們不用動員。

李自成當夜率眾輕而易舉地攻破縣衙，打開糧倉，吃吧！

吃飽了，喝足了，饑民們高興。下一步呢，李自成又大喊一聲：「投義軍不沾泥去！」

「投義軍不沾泥去！」饑民們跟著大喊。

不沾泥是已經佔領了西安的義軍首領。李自成率領饑民大軍聲勢浩蕩地往西安投奔不沾泥去了。

走到半路，提前派去與不沾泥聯絡的弟兄回來了，身邊還跟了幾個不沾泥義軍弟兄，他們說，不沾泥與官軍打仗，被官軍打敗，不沾泥逃奔到關山嶺，意圖暫避一時，不料仍被官軍追上。不沾泥一見後有追兵，前無出路，竟手刃了另一個義軍首領雙翅虎，又綁縛了義軍首領紫金龍，獻給官軍，換了自己一條命。

李自成聽到這個消息，不敢相信。一個同來的現在肩上還帶著箭傷的不沾泥義軍兄弟悲忿地說：「這都是我親眼所見！不沾泥

降了官軍之後，帶我們一起要收編成官軍，我們幾個是中途悄悄跑出來的。」

如何是好？大家都看著李自成。李自成想了想說：「投奔我舅舅高迎祥吧，他也是義軍。」

都是為了混口飯吃，投奔誰都可以，大家沒什麼猶豫。

此時高迎祥正被官兵四面圍剿，正在發愁之際，忽聞外甥李自成率眾投奔而來，自然意外高興。他們倆原先從未謀面，但是李自成雖然滿身風塵，面容憔悴，但一雙精光四射的眸子，一股逼人的英武之氣，仍讓高迎祥一眼就認出。

李自成跪拜在義軍首領高迎祥的門下。

高迎祥將李自成扶起，說：「你來得正好，咱們舅甥二人同心協力，一定能把這朱姓天下弄個天翻地覆！哈哈！」高迎祥豪邁地大笑了起來。

李自成的加入，使高迎祥的義軍如虎添翼，官軍屢屢敗北。李自成作戰勇敢，手舞丈八鋼矛，銳不可當，他初歸高闖王時，人馬不到一千，才過一年多，便已發展到兩三萬之眾。

高迎祥大軍威震大西北，高迎祥被民眾稱為闖王，李自成為闖將。闖王帶領農民起義軍在陝西、山西、河南縱橫馳騁，軍威大振。

明王朝下急令，力剿義軍。明軍趁義軍盡集於豫北之時，追蹤而至，用重兵左右合圍，起義軍被迫退往黃河。

正逢初冬季節，義軍前有黃河阻擋，後有大軍堵截。由於怕義軍渡河逃走，明軍早早派人把黃河上下游的民船統統提往對岸。等到義軍趕來時，連一條船影兒都沒有了，十幾萬義軍危在旦夕。

明軍將帥已經覺得穩操勝券，打算草擬捷報上奏了。

面對黃河，闖王闖將等一班義軍首領一籌莫展。

突然一陣寒風從李自成面前刮過，李自成心裡一顫，衝天大

喊：「給饑民們條活路，蒼天幫忙吧！」

一個義軍首領看著李自成，調侃說：「咱們闖將和蒼天有緣，蒼天會幫助我們。」其他義軍首領也都起笑。

李自成說：「黃河將要封凍，我們可以踏冰過河。」

闖王高迎祥說：「自成，你這是急糊塗了吧？黃河這時候會封凍？」確實，當時才11月下旬，不是黃河封凍時節。

李自成說：「往年這時候，天也沒有這麼冷吧？但願蒼天有眼。」

兵陷絕地，天之助義，兩天後，黃河果然「速凍」，十幾萬大軍踏冰過河，絕處逢生。

黃河南岸的明軍猝不及防，義軍過河後接連攻陷澠池、伊陽、盧氏三縣，黃河南岸又烽火連天。

義軍的勝利引起了明王朝的驚恐，皇帝朱由檢決心剿滅反賊。在北京，大明皇帝高坐龍椅，下令特設五省總督一職，專門辦理討賊事宜。

擒賊先擒王，明軍總督要先滅闖王高迎祥。

明軍將西安做成「空城」，引誘闖王高迎祥進攻大都市西安，闖王高迎祥不知是計，獨自率領經過休整的義軍進攻西安。

明朝大軍在黑水峪設伏，闖王高迎祥被困。在黑水峪高迎祥率軍與明軍苦戰四天四夜之後，因天雨缺糧，義軍饑病交加，高迎祥自己又身染重病，不幸被明軍生擒，隨即被押往北京，英勇不屈而被肢解就義。

高闖王死後，他的部下公推闖將李自成繼承闖王之位。李自成在中軍大營召集全體將士，設壇告天，正式即闖王位。並率兵直取西安，李自成要為高闖王報仇。

李自成率領大軍，經湖北、四川向陝西撲來。當部隊走到一個叫車廂峽的地方，李自成抬頭望去，只見前面一條狹長通路透迤難行，兩面絕壁陡起，勢若刀削斧砍，峽中林草茂密，荊棘遍

佈。

　　李自成大叫一聲不好，立令部隊停止前進，但是已經晚了，立時前軍來報告，前面峽口有明軍堵截，緊接著後衛來人急報，有明軍尾隨，並將來路封死。此時又聽兩面山上號炮齊鳴，李自成知道自己已陷入明軍的包圍之中。如若此時明軍投火於山谷之中，再加箭矢壘石，起義軍必將全軍覆沒。

　　李自成悔恨自己為高闖王報仇心切，輕敵大意，竟不暇深思熟慮，便親臨絕地。此時真是上天無路，入地無門，就是蒼天也很難幫忙。

　　事在人為，他的部下給他出了一個主意——「詐降」。

　　血性漢子不得不低頭。

　　李自成先行拿出大量金銀珠寶賄賂敵軍將帥，然後讓人五花大綁，從峽谷中走出來。峽谷外明軍旌旗招展，鼓角喧天，一班將領披堅執銳，怒目而視。李自成從刀槍劍戟之中，低首而行，到了中軍大帳，李自成更是膝跪而行，李自成身後有人手捧兵符大印和全軍名冊。

　　明軍不損一人一馬，收服了李自成的六萬大軍，各種輜重、戰馬、糧草、兵器不可勝數，這回該明軍驕傲了。

　　明軍首領先是給李自成做了一番政治教育，說他是當今英豪，失身做賊，現在醒悟為時不晚，勉勵他以後要忠心報效朝廷，日後立功進爵，光宗耀祖，李自成自然唯唯諾諾。

　　明軍擔心義軍不好管束，也為感化李自成，決定讓李自成繼續領導原來的部隊，併發還武器，著令李自成去剿滅其他義軍，並給李自成的部隊配備50名安撫官。

　　李自成豈是久居人下之人，他的部隊一離開了明軍的包圍，李自成便下令反叛，並將那50名安撫官全部殺掉，重舉義軍旗號。

　　可憐的明軍統帥這才知道自己受了李自成的愚弄，打開樊籠放走蛟龍，只落得個革職查辦，後來又被惱怒的皇帝斬首，以警後

人。

　　李自成經過這樣一番挫折，深知用兵需要韜略，這也是在戰爭中學習戰爭。

　　不久李自成率兵打進了西安，消滅了陝西的明軍，也算是給高闖王報了仇。

　　在佔領了陝西、甘肅等地後，李自成率兵進攻洛陽。沿途所過的州縣、村鎮遭到焚燒、搶掠，李自成下令，凡阻擋大軍一日者，屠城三分之一；兩日者，屠城三分之二；三日者，屠城雞犬不留。兵威所至，百姓逃走一空。

　　住在洛陽城的是福王朱常洵，是當今崇禎皇帝的胞叔，是個庸庸碌碌之人，平時只知吃喝玩樂，與一班宮女淫亂作戲，當洛陽城被攻破時，福王換了一身破爛衣服，意欲混入亂民之中逃走，無奈他平時安享尊榮，吃出了一身好肉，因為他太胖，很快被義軍認出，並被押回福王府中。

　　此時福王府中，兵士湧入，宮娥亂跑，一片哭叫之聲。一群亂兵擁著一位美女哭哭啼啼走來，福王一看是自己的寵妃。這個寵妃生得冰肌玉膚，風致嫣然，那些兵士連拖帶扯架弄了出去。福王又氣又急，大喊道：「妃子，等一等，與我一起死吧！」那些亂兵聞言大笑，說：「朱胖子，你死儘管死，這個美人我們可捨不得她死。」

　　後來這個朱胖子被殺了，義軍又找來幾頭鹿，將朱胖子和那些鹿一起蒸煮，舉行了「福祿宴」。

　　在李自成攻打河南祁縣時，忽聞有一義軍前來投奔，領頭的是個讀書人，名叫李岩，公眾尊稱李公子。李自成在河南已聞其大名，聽說他來投奔，心中歡喜，立即列隊歡迎，待以上賓之禮，李岩再三辭謝，不敢上座，李自成說：「久聞李公子大名，今日公子加盟，實為天公加威，況先生是讀書賢士，我乃草莽之夫，豈敢輕慢！」

　　李自成設宴歡迎李岩，酒後二人促膝交談。李岩說：「得民

心者得天下,若是廣施恩惠於民,受到民眾的擁護,明朝廷必受孤立,那時天下就是您的了。」接著李岩向闖王提了許多重要的建議。比如,大軍所到之處,嚴禁濫殺無辜,凡能開門投降的,一律秋毫無犯。即使是明朝官吏,如果為政清廉,就依舊讓他留任。特別是「均田免糧」的建議幾乎與李自成心中原有的想法不謀而合,最後,李自成抓住李岩的手,用力搖了搖說:「有了你,我李自成才如虎添翼啊!就照你說的辦!」

不多時,河南到處傳唱著「殺牛羊,備酒漿,開了城門迎闖王,闖王來時不納糧」「金江山,銀江山,闖王來了不納捐!」李自成聽了心裡很是高興。

根據李岩的建議,李自成也對義軍進行了整頓,建立了嚴格的軍風軍紀。一日李自成帶兵巡查,發現一個軍官走進一戶百姓家裡,李自成立即派人將其捉出來,問起緣由,原來這一軍官見一個美麗女子,便尾隨其後進入家中,叫那女子縫補衣服,女子不肯,正在吵嚷之中,被李自成捉住。李自成問明原委,大怒,立即抽出佩劍將其就地正法。從此三軍肅然,沒人再敢擾民,大軍所到之處,秋毫無犯。

李自成的義軍在老百姓中威信日益增高,接著李自成的義軍所到之處,開倉賑濟饑民,散發浮財,並散發傳單,寫著「三年不征,一民不殺!」「剿兵安民!」一時「迎闖王,不納糧」的口號響徹中州大地。歷史記載:「遠近饑民荷鋤而往,應之者如流水,日夜不絕,一呼百萬,而其勢燎原不可撲。」

條件成熟了,李自成率大軍向北京進發。

兵臨寧武關,明朝大將周遇吉奉旨拒敵。

義軍前鋒黨守素挺搶來戰,周遇吉舉刀空中一晃,黨守素舉搶攔住,周遇吉迅速回刀向黨守素左肩斜劈下來,並大喊一聲:「逆賊!」黨守素連頭帶肩被砍下馬來。

大將李雙喜舉刀向前,意欲為黨守素報仇,戰不過十回合,李雙喜竟被周遇吉一刀砍中肩窩落馬。義軍見狀,全軍殺出,周遇

吉見寡不敵眾，便退回城內堅守。

李自成摔大隊人馬趕到，立時攻城，義軍人人奮勇，個個爭先，前赴後繼，頃刻寧武城外人喊馬嘶，弓矢之聲，炮火飛石之聲，短刀相接之聲，上下呼應，聲震山河。

周遇吉在城上督戰，見義軍大將谷可成上得城來，舉刀便劈，谷可成躲避不及，被劈下城來。

此時城門已被打開，李自成的大軍一擁而入，大將劉希堯急欲獻功，爭先來擒周遇吉，周遇吉舉手一刀，將劉希堯的兵器打落在地，劉希堯大驚，回身要走，周遇吉飛趕向前，攔腰一刀，將他砍為兩段。其他義軍將領見周遇吉勇猛異常，急忙調來弓箭手助戰，周遇吉身中數箭後被擒。

李自成入城後，派人前去勸降，周遇吉大罵不屈，無奈被亂箭射死。

周遇吉死後，他的夫人劉氏率家室登城樓自焚而死，幾位副守將也都殺了自己的妻子，力戰身死。

李自成下令對他們厚葬禮遇。

攻克寧武關，義軍損失巨大，後面還有兩關，加之北京城防堅固，李自成不能不有所擔心。李岩說：「寧武失陷，其他各關必然喪膽，京師指日可待。」

果不出所料，不幾日，大同總兵、宣府總兵便差人送來降表，說，義軍大兵一到，即可開城門投降。

李自成聞報大喜。

李自成的大軍漫天遍野的向北京城圍攏過來。

朱家天下此時已經風雨飄搖，京師危在旦夕，在京師裡，朱由檢皇帝的大臣十之七八已逃之夭夭，煌煌大殿，平時文武百官，熙熙攘攘，此時已顯得荒涼淒慘，餘下的幾個大臣也只會唏噓垂涕。面對現實景象，朱由檢反而慢慢沉下心來。

朱由檢也算是個硬漢子，他已經抱定寧死不受辱的決心，所以

第七章　因果地獄

此時的他反倒是冷靜下來。他一面指揮大臣督兵守城，一面下旨要鄰近各省兵馬入京勤王，並派人到江南催督糧餉，組織太監堅守內城。工作安排下去了，朱由檢坐在龍椅上，望著空蕩蕩的大殿，看著空蕩蕩的紫禁城，此時他感到自己很偉大：他感到他有指揮能力，有駕馭天下的能力，如果他是個將軍，他也能馳騁戰場。

朱由檢冷靜下來，經過反思，他明白了，一邊和滿族較勁，一邊和義軍搏擊，兩面作戰，他犯了戰略性的錯誤，然而這一切來得太晚了。

朱由檢的京兵多為紈絝之弟，將帥也多勳臣世爵，少經戰陣。而李自成的騎兵，向來行軍都是把死人的肚腹挖開代做馬槽餵慣了的。平日那些馬兩眼通紅，見了生人，騰空撲跳，猶如猛虎，京城裡的那些兵哪見過這種景象，所以被李自成的大軍一擊即潰。

朱由檢一人端坐在金鑾殿的龍椅上，宮牆外不時有人喊馬嘶聲隱隱傳入宮來，這時一班小太監跑近前來，說外城已破，賊兵已經殺進內城，請皇帝速速躲避。

朱由檢笑了笑，站起來，他向遠處的宮外望瞭望，然後轉身向紫禁城的後面走去。

座落在紫禁城的後面，是一座小山，名曰煤山，朱由檢站在山頂上，又向遠處望去，紫禁城盡收眼底，北京城盡收眼底，這些對他即將沒有任何意義了，遠處又傳來戰馬的嘶鳴，他知道，他該走了。

朱由檢將自己的屍體掛在了一棵樹上，自己飄上一朵雲彩，他要看看那位取代他的人。

李自成進得城來，聽說朱由檢自縊身亡，便要親自來看看。當他看到懸掛在樹上的朱由檢皇帝時，不知道為什麼，李自成絲毫沒有取而代之的喜悅，反而感到由衷的傷悲。

李自成轉身將紫禁城收到眼底，將北京城收到眼底，他有點不

知所措。

李自成走進金鑾殿,他感到金鑾殿太大了,太空曠了,他有些不自在,他落腳在乾清宮。

李自成坐在龍椅上心想:「當年李氏王朝賜我家祖宗李姓,大概就是要我今日得到天下吧。相隔近千年,我又建立了四海統一的李氏皇朝,比我祖先所建的西夏國要強大得多,簡直不可同日而語!如今我已經拿下了北京,不久將平定江南,統一海內,李繼遷傳到李元昊,又傳到我身上,這是天意啊!」

此時此刻,李自成想到他日後的勳業也應該同唐太宗媲美,他躊躇滿志。

李自成的義軍進城之初,京城秩序尚好,店鋪營業如常。但三天以後,面對繁華都市,他們漸漸控制不住自己了。昨日千般苦,今日得福祿,天經地義,他們顧不得什麼禮數,每日將各宮裡的那些宮娥秀女擄去行樂。對原來明朝的王公大臣,他們也開始進行勒索,中堂十萬兩白銀,部級七萬兩白銀,逐次遞減。義軍將領劉宗敏還製作了五千刑具夾棍,棍上有棱,鐵釘相連,拿不出錢來,便刑罰伺候。凡經過此刑的人,沒有不殘疾的,一時城中恐怖,人心惶惶。

義軍的將軍們還隨便入住在那些前臣的家裡,兵痞蠻將喧賓奪主,要原主人服侍他們。一些下級士卒有機會便去掠搶民財,一時整個北京城鬧得翻天覆地,不成體統。不幾日,大街上出現告示:「明朝天數未盡,人思效忠。」

腐敗是一個政權垮臺的先兆,金錢、女人又是腐敗的兩要素。

關鍵時刻,一個女人走進了歷史,她要顛覆剛建立的大順王朝。

義軍大將劉宗敏佔據的是明朝山海關總兵吳三桂的家,而此時,是否投降大順,統領三十萬明軍的吳三桂尚且在觀望之中。

吳三桂家中藏有一個美女,她叫陳圓圓,劉宗敏見陳圓圓美如鮮花,便將其占為己有。

第七章　因果地獄

這位陳圓圓非同一般美女，她是蘇州人士。朱由檢皇帝十五年，朱由檢寵愛的田貴妃死了，朱由檢十分傷心。田貴妃的哥哥、國舅田宏遇見狀，急忙趕往盛產美女的蘇州，千挑萬選，尋得美女陳圓圓，認作田貴妃的妹妹，獻給朱由檢皇帝。此時天下大亂，朱由檢沒心思尋歡作樂，田宏遇又將她送給了手握重兵的吳三桂。

劉宗敏佔有陳圓圓之事被李公子李岩得知，李岩急忙告知李自成，說是吳三桂手握重兵，尚未投降，因一女子而逼反吳三桂實在不值。並建議李自成懲罰劉宗敏，剎住義軍的腐敗趨勢。

李自成思索再三，回憶起創業的艱難，生死與共的情感，李自成沒有接受李岩的建議。李自成決定，在宮中另選十名美女，送與吳三桂，叫吳速速來降。

話說劉宗敏等一幫戰將，血裡來，刀叢中去，跟著李自成出生入死，現在得到天下了，他們就該享福了，否則為什麼造反呢，劉宗敏等人並不認為自己有錯。反而他們認為李岩一介書生，今得厚位，出入在李自成身邊，他們心裡就不平衡，聽說李岩到李自成處狀告自己，還要李自成懲罰自己，劉宗敏大怒，派士兵悄悄把李岩殺了。

再說吳三桂，他聽說自己的愛妾被義軍佔有了，一股怒火直衝腦門。吳三桂衝天大吼：「大丈夫可殺不可辱！」

吳三桂打著替崇禎皇帝報仇的旗號，對大順王朝舉起了討伐大旗。

李自成得知吳三桂造反，親率大軍撲向吳軍所在的山海關。

山海關戰場，吳三桂率領所部向李自成的軍隊衝擊，吳三桂大喊：「殺闖賊，為崇禎皇帝報仇！」

李自成冷冷地看著吳三桂，狠狠地說：「不識時務的東西，我要殺你個片甲不留。」

天上雲展雲舒，地上兩方大軍，旌旗招展，鼓聲震天，號角齊鳴，幾十萬人馬扭打在一起，人喊馬嘶，一時殺得飛沙走石，天

昏地暗。但是時間一長，吳軍漸漸不支。關鍵時刻，李自成的大順軍背後，突然一連三聲炮響，彪悍的滿族大軍殺來。李自成事先對滿族軍隊的到來毫不知情，彪悍的滿族軍隊打了個李自成措手不及，雖然大順軍隊拼命死戰，最終還是抵擋不住滿族大軍和吳軍的兩面夾擊，大順軍隊潰敗下來。原來吳三桂已經投降了滿族軍隊，滿族大軍在李自成大順軍背後的殺出，是吳三桂和滿族軍隊提前商量好的計畫。

李自成得知滿族出兵，大怒道：「我與滿族素無仇怨，何來無故侵犯！」

但事已如此，只能怨自己事前考慮不周。

俗話說，兵敗如山倒，李自成的大順軍退回北京。

滿族軍隊傾其族內八旗之兵，在吳三桂的有力配合之下，兵臨北京城下。

剛剛垮臺的明朝遺老遺少們趁機死灰復燃，加入到推翻大順王朝統治的行列之中。

李自成白天匆匆即皇帝位，深夜便扯旗向西安方向退去。

回到西安，李自成命人與滿族講和，他想做個西北天子，但是大清軍隊對李自成的大順軍隊不依不饒，緊跟著打到西安，李自成不得已，放棄西安再往南逃。

當李自成逃到一個叫九宮山的地方，身邊只剩十數騎人馬，不覺傷感。打下一個江山不容易，一個王朝說垮怎麼就垮得那麼快！李自成實在不明白。

逃難中的李自成一行在山澗小溪邊休息，被一夥山民村夫發現，李自成讓人賞給那些人一些金帛，請他們做些飯菜，再幫助他安置個歇息之處，那些人假意答應。那些山民村夫見李自成他們雖然衣著塵土，但是衣服是綢緞做成，又見他們出手闊綽，腰纏金銀，便認定這是個讓他們發財的機會。不一會他們招來數百名山民村夫，將李自成一行悄悄包圍，一聲吶喊，鋤鍬齊舉，向李自成他們打來。毫無防備的李自成部隊急忙起身應戰。此乃山

澗，馬匹無用，熟習地形的山民村夫在溪邊樹叢中騰挪自如，李自成他們處處被動。李自成大喊他們是大順軍，但是，深山老林的山民村夫才不管什麼軍，他們要錢過日子。山民村夫的喊殺聲聲震山谷，不一會，李自成等人便死在這些山民村夫的農具之下。

對於這一切，崇禎皇帝朱由檢的亡靈在天上看得真真切切，朱由檢放聲大笑，喊道：「起於山民村夫，亡於山民村夫！」

狄仁傑起訴書宣讀完了，法庭一片沉寂。

過了一會，包拯對李自成說：「你辯解吧。」

李自成說：「包大人，我不給自己辯解了，你看著斷案吧，不過我想對崇禎皇帝說幾句話。」

包拯衝著下面坐著的崇禎皇帝喊：「請朱由檢上臺。」

朱由檢走上台來。

李自成向朱由檢抱拳行禮，說：「我看你領導得不怎麼樣，所以造反，我當皇帝後才知道，皇帝不好當，這不，我又把天下弄丟了，我這個皇帝當得的還不如你，真的不該奪你的天下，真的對不起你。」

朱由檢說：「一個窮苦農民創立的政權，被另一個窮苦農民推翻，起於此，止於此，是輪回，是天意，談不上誰對不起誰。」

包拯大聲宣判：「李自成犯有亡國之罪！」

地獄神舉起那條鞭子，又是一道藍光，一聲炸雷。

對李自成的刑法是火烤。李自成被吊在一堆火焰的上方，並讓李自成的身體不停地圍著火焰旋轉。李自成渾身被烤得通紅，散發出光芒，身上的油滴進火裡，引起火焰騰然向上。待李自成被烤焦後，火焰熄滅，李自成的肉體逐漸恢復後，火焰再次點燃。李自成咬緊牙關，一聲不吭，到了東方地獄，李自成仍然是個硬漢子。

一個朱氏政權被李氏顛覆，也不過是一個李姓皇帝換下去一

個朱姓皇帝，相當於牌桌上換了一個莊家——李自成只是個造反者，而不是解決造反原因的社會變革者。

一個不好理解的問題是，為什麼我們的先人，沒有去考慮變革我們中國的社會形態呢？大概也正因為如此，面對天下紛亂的社會狀態，要不造反，要不逃避遁入空門，這也可能是佛教在中國大受歡迎的原因所在吧。

思緒別走太遠，還是回來看看李自成。

看著李自成受難，其他皇帝們都在發呆。

突然明太祖朱元璋大喊一聲：「『五德終始』要結束了！」同是草莽出身的他，不知怎的從他嘴裡蹦出這麼一句話來。

看著李自成被繞火焰轉烤，身體烤焦後再復原，其他皇帝們也逐漸明白了：一個朝代，不管時間長短，到頭來還是要被新的朝代取代，這叫周而復始，也就是「五德終始」。「五德終始」走進東方地獄，這是上天在暗示他們，皇權時代將要結束了，社會應該有著根本的變革。

八、懲治禍國之臣

地獄神帶領東方監獄長包拯和陪審團，開始在東方地獄懲治禍國之臣，但丁和閻羅王仍然列席陪同。

包拯將歷朝所有大臣們的亡靈集合起來。這些大臣們一看召集他們是包拯，又一看那些陪審團成員，倒抽了口冷氣，他們知道包拯的鐵面無私和那些陪審團成員的巨大能力，心中有鬼的大臣不免哆嗦起來。

包拯宣讀了一個名單，這是將要被起訴的其中包括賈似道在內的一大批禍國嫌疑大臣。

那些心中有鬼的大臣你看看我，我看看你，他們馬上明白自己的末日到來了。這些人也都有些能量，很會耍賴，需要時也膽大妄為。當他們明白了自己現在的處境時，反而漸漸有了勇氣。

第七章　因果地獄

不知誰喊了一句：「要殺要刮，你們就來吧，別假惺惺玩什麼法律。」接著這個人群就亂了起來，有大聲起哄的，有在地上打滾的，包拯見狀，猛拍驚堂木，但是毫無效果。

地獄神舉起右手將鞭子一揮，一道閃電，照那群人打下去，千萬條蛇撲向那群人，立時他們被咬得鬼哭狼嚎起來，誰鬧的越凶誰被咬的越厲害。過了一會，地獄神輕搖鞭梢，那些蛇不見了，那些人也不敢再胡鬧了。一條橫幅出現在他們面前，「任何人都不許以山河作交易」一行大字深深地印在他們的腦子裡。

一、

第一個被王朝馬漢押上審判台的禍國嫌疑之臣，是吳三桂。

吳三桂掙扎著大喊大叫，包拯大喝一聲：「虎頭大鍘預備！若再敢擾亂法庭，先鍘去十指。」

吳三桂不吭聲了。

徐有功代表陪審團宣讀起訴書：

「吳三桂的父親吳襄曾任錦州總兵，明軍大將祖大壽是吳三桂的舅舅，吳三桂出身豪門。吳三桂還曾拜御馬監太監高起潛為義父，吳三桂是個受大明朝廷關照的軍中高幹子弟。

吳三桂 20 歲任軍官『遊擊』，23 歲被提拔為前鋒右營參將，26 歲任副總兵，27 歲被任命為寧遠團練總兵，是明朝晚期著名的青年將領。」

徐有功起訴書宣讀到這裡看吳三桂，吳三桂傲氣十足。

徐有功繼續宣讀起訴書：

「當李自成的起義軍攻克寧武關，山西大同的明軍向李自成投降，京師震動。因為大同是北京西邊的門戶，大同陷落，北京危機。崇禎皇帝急令吳三桂率兵回師，保衛首都。當吳三桂率兵走到半路，便聽說京師陷落、崇禎皇帝朱由檢自縊的消息。

李自成佔領北京，建立起了大順政權，大順政權對吳三桂採取的是招降政策。李自成派遣使者到吳三桂處招降，給吳三桂帶去

四個月的軍糧和白銀四萬兩軍餉，轉達李自成的話，待再建功時必進爵封賞。這對於已缺餉一年多的吳軍來說確實是雪中送炭，吳三桂甚表感激，並流落出歸降之意。

朱由檢皇帝死了，明朝亡了，吳三桂和所有原來明朝的大臣一樣都在尋找出路，而投降大順則是順其自然。這並不違反禮教，改朝換代，自古亦然。既然明太祖朱元璋一個貧僧竟是真命天子，那麼曾做過驛卒的李自成又為什麼不能做皇帝呢？

但是，就在這關鍵時刻，吳三桂接到密信，說是吳三桂愛妾陳圓圓已被順軍大將劉宗敏霸佔。

吳三桂得到美女陳圓圓，滿心歡喜，原來納入山海關帥府居住，後來關外戰事緊張，吳三桂才不得已將陳圓圓送回北京家裡。吳三桂聽說自己的愛妾被大順軍霸佔，聞訊大怒，拔出佩劍，揮劍將面前案幾砍斷，擊鼓中軍升帳，集合部將，喝令斬殺了一名李自成派去的使者，並將另外一名使者割去雙耳，令其告知李自成，大丈夫可殺不可辱，吳三桂與大順勢不兩立。」

徐有功繼續宣讀起訴書：

「吳三桂考慮到大順軍隊的強大，感覺自己不是大順的對手，便決定以明朝臣子的身份向滿族軍隊求援，目的是『滅流寇』，條件是戰勝李自成後，明朝政府遷往南京，割讓包括北京在內的黃河以北大片領土給滿族。

此時滿族軍隊也明白了大漢天下出現的新態勢，滿族軍隊已不滿足於吳三桂『裂地以酬』的條件，而是想趁機入主中原。滿族軍隊統帥多爾袞利用吳三桂所處的危急局面，逼迫吳三桂放棄聯合滿族軍隊打擊李自成的政策，而向吳三桂提出需向滿族投降，滿族方可出兵相助的要求。出於這一目的，滿族軍隊在進入山海關前，便屯兵不前。此時，李自成的大軍已發動強大攻勢，山海關已危在旦夕，吳軍內部也出現了瓦解的跡象。情況萬分緊急，吳三桂已別無選擇，無奈吳三桂不得不親往清營，剃髮跪拜，使自己成為了眾多歸降的原明朝將領中的一個。

第七章 因果地獄

　　清朝建立起來後，吳三桂以大清將領的身份，和大清將領英親王阿濟格一起西征李自成。在李自成主力基本被消滅之後，又奉命和八旗將領李國翰一起率軍入川，掃蕩了另一股義軍張獻忠餘部。

　　崇禎皇帝自縊身亡，一些明朝舊臣在南京擁立明朝皇室後代，再建大明政權，史稱南明。南明朝廷表彰吳三桂借兵打敗李自成，並封吳三桂為薊遼王，期望吳三桂能匡扶大明基業。但是吳三桂在平定重慶、成都兩川重鎮後，又以大清平西大將軍之職，進軍雲南、貴州。後來桂王朱由榔領導的南明小朝廷經雲南敗入緬甸國，吳三桂率兵攻入緬甸，緬甸國王將桂王朱由榔交於清軍，桂王朱由榔與其子等被吳三桂處死於昆明。」

　　徐有功起訴書宣讀到這裡，看著吳三桂，提高嗓門，大聲說：「經陪審團合議，一致認為，吳三桂，禍害大順，大明，大漢天下，實屬禍國臣子。」

　　全場寂靜。

　　包拯問吳三桂：「被告，你可有什麼說的？」

　　吳三桂說：「有。」

　　包拯宣佈：「請被告辯護。」

　　吳三桂淡淡地說：「在坐的大多結過婚吧，我想請問大家，若你們的老婆被人家掠去，你們還願意歸順人家嗎？」

　　全場寂靜。

　　吳三桂繼續說：「義軍對原來明朝的王公大臣進行勒索，我父親原來是明朝的大臣之一，他們逼迫讓我父親交出銀兩，由於沒湊夠數，他們便對我父親動刑。」說到這裡，吳三桂稍作停頓，然後繼續問道：「在坐的可能沒媳婦，但是不可能沒有爹吧，如果你們也碰到我這種情況，你們也會歸順李自成嗎？」

　　吳三桂雖然是武將，但是口才不錯，全場人被他問得啞口無言。

吳三桂繼續說：「如果說我完全出於私心，才沒歸順李自成，也不對。草莽出身的明太祖朱元璋最痛恨貪官污吏，朱元璋將他親自審訊和判決的一些貪官污吏案例的記錄寫成《大誥》。可是同是草莽出身的李自成一進城便拷掠明官，四處抄家，士卒搶掠，臣將驕奢，如此腐敗，這樣的人能坐天下嗎？」

吳三桂語氣停頓了一下，換了一口氣繼續說：「更重要的是，李自成的目的不僅僅是改朝換代，他還要更換整個統治階級，讓他們那些饑民坐天下，所以他才不願意和原來明朝的統治階層合作。大順朝短短的歷史已經證明，饑民是掌管不好天下的。」

吳三桂繼續說：「徐有功代表陪審團宣讀的起訴書中說了，我是曾有過歸順李自成、充當新王朝的佐命功臣的幻想。但是，起義軍進京以後的革命措施使得我的這些幻想成了泡影，我不得不走向李自成的對立面，我不後悔我走過的路。」

吳三桂繼續說：「崇禎死了，大明完了，有人在南京建立個小明朝廷，成不了氣候。蒙古人打敗了宋朝，建立元朝，我們漢人不是接受了嗎？當年我們漢人接受了元朝，為什麼現在漢人不可以接受清朝？」

吳三桂突然大聲吼道：「李自成逃出北京時，殺了我吳家百餘口，現在在冥界我也饒不過李自成，我要報奪妻殺父之仇，我要為我吳家報仇！」

全場寂靜，包拯慢慢說：「對於吳三桂的遭遇，本法庭只能表示同情，但是吳三桂還是要接受嚴懲，」包拯沉痛地又說：「有一個問題需要我們整個民族反思，當年元世祖忽必烈曾問南宋降將，你們為何投降？他們說是奸臣賈似道當道，輕視人才，投降蒙古是因為蒙古尊重人才。面對如此冠冕堂皇的漢奸理論，忽必烈仍然難以理解地追問，就算賈似道對不起你們，南宋朝廷並沒有對不起你們，你們為什麼要背叛朝廷？」包拯緊接著大聲說：「不能以任何理由背叛國家，為了維護至高無上的國家利益，本法庭判決吳三桂為禍國之臣。」

包拯猛拍驚堂木，大喊：「虎頭大鍘顯威，賣國者碎屍萬段！」

王朝、馬漢將虎頭鍘抬到場中央，並要將吳三桂按倒在鍘刀下，吳三桂用手勢制止住他們，自己緩步走向虎頭鍘。走到虎頭鍘前，吳三桂又轉過身來，面對全場說：「必須解決昏君和奸臣問題，否則再有外族入侵我們國家的問題就沒法解決，誰也不願死在昏君奸臣手裡。」說完吳三桂躺下，將自己的脖子放入鍘刀口，然後閉上了眼睛。

一陣響聲過後，吳三桂變成了一堆血肉。

地獄神揮舞神鞭，吳三桂的血肉升到空中，一聲炸雷，那堆血肉變成陰氣散開，陰氣漸漸上升，飄向人間。

有人說，造成空氣污染的陰霾由塵埃組成，但是將塵埃結合在一起的是那種陰氣。這種陰氣隨塵埃進入現代人體，它在提醒人們：「不要再勾引外族，不許以山河作交易。」它還提醒人們，要儘快改變社會形態，解決昏君與奸臣問題。

二、

第二個被押上審判台的，是伯嚭。

當伯嚭被王朝馬漢提溜到審判臺上後，伯嚭已經軟癱了。

包拯掃了一眼伯嚭，對代表陪審團宣讀起訴書的黃霸說：「開始吧。」

黃霸沒有立即宣讀起訴書，而是離座走到伯嚭面前，黃霸蹲下來，拍拍伯嚭，說：「被告，你還有勇氣聽我宣讀起訴書嗎？」

伯嚭抬起頭來，看看黃霸，點點頭。

黃霸又問：「你能坐起來或者站起來聽我宣讀起訴書嗎？」

伯嚭慢慢坐了起來。

黃霸說：「你是名人，知道你事情的人很多，你能自己講講你自己做過的那些事嗎？」

伯嚭開口說話了：「你是說讓我自己說說我做過的那些壞

事？」

　　黃霸點點頭說：「如果你能將自己做過的那些事講清楚，我就不用宣讀起訴書了，這樣對你有好處。」

　　伯嚭抬起頭來看看四周，然後再看看威嚴坐在大案後面的包拯，包拯也衝他點點頭。

　　下面是伯嚭講的故事：

　　「我叫伯嚭，曾是春秋時期吳國的大臣。

　　我的祖父是楚國名臣伯州犁，父親叫郤宛，是楚王的左尹。父親為人耿直，深受百姓愛戴，因此受到了少傅費無忌的忌恨，費無忌向楚國的令尹（國相）進讒言，那時的楚令尹子常權力非常大，他下令殺了我父親，並且株連我家全族。幸虧我那時出門在外，躲過一劫。這時我想起，和我命運一樣的一個叫伍子胥的逃到吳國很受重用，於是我也逃到了吳國。原來我和伍子胥並不認識，但是同是天涯淪落人，伍子胥同情我，就收留了我，並把我推薦給吳王。可以說伍子胥是我的恩人。

　　一次在宴會中，吳王闔閭對我說：『寡人之國地處僻遠，東濱於大海之側。聽說你父親遭費無忌的讒言陷害，被楚國令尹暴怒擊殺。今天你不以寡人之國地處僻遠，投奔來此，將有什麼可以教導寡人的嗎？』

　　我說：『我不過是楚之一介亡虜，先人無罪，橫被暴誅，聽說大王您收留了伍子胥，所以我也不遠千里，歸命大王。大王您有什麼需要我效力的，萬死不辭！』我的回答給吳王留下了印象。

　　剛到吳國時，我對伍子胥不僅十分恭敬，而且為了報共同的仇恨，我還經常為他出謀劃策，幫他訓練吳國軍隊，配合得倒也默契。

　　後來，吳王闔閭應伍子胥的請求，重用孫武為大將，伍子胥和我為副將，舉兵攻楚。吳軍五戰五捷，攻入了楚國的都城郢都，吳國的聲威由此遠震諸國。

第七章 因果地獄

楚國危機，楚昭王倉皇逃奔隨地，並命楚臣申包胥到秦國求救。一開始，秦王不答應，申包胥就坐在秦王宮外大哭，哭了七天七夜，秦王被感動，決定派兵幫助楚國。

孫武、伍子胥看到秦楚聯合，對吳軍不利，便勸吳王退兵，可是我好大喜功，我向吳王說：『我軍自離開東吳，一路勢如破竹，銳不可當。如今一遇秦兵，就令班師，未免太膽怯了。臣願立軍令狀，領兵一萬，定能殺得秦兵片甲不留。』吳王被我說動，就答應了我的請求。我率軍衝入敵軍陣中，結果被一截為三，首尾難顧，正在危機之時，伍子胥領兵來救，將我從圍困之中解救出來。

按照軍法，我應當被斬，又是伍子胥在吳王面前講情，赦免了我的喪師之罪，伍子胥是我的再生父母。

後來發生了吳越戰爭，吳王闔閭被傷其大腳趾，傷憤死亡。他的兒子夫差繼立為王，任命我為太宰。

吳王夫差調遣全國的軍隊，以伍子胥為大將，我為副將，繼續進攻越國。吳軍為報先王之仇，士氣高昂。正好北風大作，吳軍順風強弓勁弩，箭如飛蝗，越兵迎風作戰，頗感吃力，不久越王勾踐被困會稽山，危在旦夕。

越王勾踐讓他的大臣文種做為他的代表，前來吳營求和。文種對吳王說：『倘能允許講和，勾踐請為您之下臣，妻子作您之下妾。』

吳王還沒說話，站在一旁的伍子胥先說了：『我們是為先王報仇來了，讓勾踐提頭來見。』吳王被提醒，臉色馬上冷落下來。

文種回到越營彙報，越王勾踐見求和不成，當即要下令，先殺自己的妻妾，然後焚毀王宮寶器，然後與吳軍決一死戰。

在這生死關頭，文種向勾踐獻計說：『見吳王時，我見立於一旁的吳國太宰伯嚭年輕瀟灑，不知是否貪財好色，時至如今，不妨試一試。』

別無他法，越王勾踐派人連夜準備，讓文種再去試試。

那天晚上，我已睡下，被衛士叫醒，說是越軍派人前來求和，我一擺手，說不見，衛士退去。過了一會，衛士又將我叫醒，說是對方攜重禮而來，並交給我一個禮單。我感到稀奇，說實話，在之前我從來沒有這方面的事情，那時是打楚國想報仇。我打開禮單一看，嚇了一跳，禮單上標明『美女八名，白璧二十雙，黃金千鎰』。我當時心動了，就讓衛士叫他們的頭頭來見我。我一見來者是文種，心中又是一驚，文種是越國頭號文臣，上次在吳王面前見過，我佩服他的膽量和口才，文種突然出現在我面前，我也有點緊張。文種進得帳來，立即下跪，說：『寡君勾踐，年幼無知，開罪吳王，如今願作吳臣，吳王不受，故遣文種前來拜見太宰，請太宰能在吳王面前美言。越國君臣和越國人民永不忘太宰恩德。』說完讓那八位美女進得帳來。

　　那八位美女來時，均是蒙面遮體，待打開包裝，個個鮮豔無比，我當時就有些激動，但是，我還是強烈控制自己，說：『你是不是買通了我的衛士？再說，越國即破，越國的財富還不就是吳國的嗎？你們別想來收買我。』

　　文種說：『越國戰敗，將會焚毀王宮寶器，君臣投奔楚國，吳國又能得到什麼呢？即使吳國得到越國的財富，大半也會收入王宮，太宰又能得到多少呢？』稍一停頓，文種壓低嗓音又說：『若能保住越王性命，越國的一切願聽太宰的調動。』

　　月朦朧，鳥朦朧，越女嬌豔，香氣襲人。在朦朧之中，我好像真的成了越國的主宰，在朦朧之中，越國大臣悄然離去。

　　一失足成千年狠，後來我才認識到，那個晚上我跌進了一個朦朧的陷阱，我犯了一個致命的錯誤。

　　第二天一早，文種再次拜見吳王夫差，說：『倘若吳王不肯放越王一條生路，勾踐將盡殺自己妻妾，並焚毀王宮寶器，然後率五千將卒與您拼命！』口氣之強硬，我也有些吃驚。

　　但是伍子胥態度更強硬，說：『先王之仇必報，休得多言。』

　　這時我對吳王說話了：『我聽說古代討伐敵國，也不過是迫使

敵國臣服而已，現在越國已經臣服，可以商量臣服的問題。』

吳王想享受敵國受降的威風和快樂，並沒有一定殺勾踐的決心，經我一提示，越王勾踐的性命保住了。

我開始在錯誤的道路上滑行。

當勾踐來到吳國王宮拜見吳王時，吳王問勾踐：『你難道不再記掛敗亡之仇了麼？』

勾踐說：『倘不是大王您寬宏大量，臣當初早就死無葬身之地了，又哪敢記掛什麼仇怨？』

侍立一旁的伍子胥，立即向吳王高聲進諫：『先王之仇不可不報，送上來的食物，豈可放過不吃，殺勾踐，為先王報仇！』

吳王宮霎時靜了下來，越王勾踐緊張得涔涔汗出。他似乎有意無意地，盯了我一眼。

現在勾踐命懸一線，又向自己發出了暗示，若我不去前救，勾踐當堂抖出我受賄之事，我也就完了。

那受賄之事，一步走錯，以後就身不由己了。

於是我走出來，說：『常言道，誅降殺俘，禍及三世！請大王三思！』

我怎麼和我的恩人伍子胥對著幹起來了呢？我當時心裡也不得勁。

吳王聽從了我的意見，勾踐的性命又保住了。

一天，吳王看勾踐君臣在自己面前服服帖帖，吳王高興，順便說了一句：『我倒真有些憐憫他們。』

我急忙說：『若大王哀憐這些窮孤之士，放越王歸國才好，大王您垂仁恩於越王，將譽滿天下，四海之內必將信服於您，越王也將報恩於您！』

因為我知道勾踐一日不返越國，就存在一日被殺之禍。倘若我不能保護勾踐君臣的安全，也就難於保證自己的貪贓之罪不被揭露。

後來，勾踐被放回國。

勾踐的命是保住了，我兌現了『合同』，勾踐出賣我的可能性不大了。但是我受賄的事情若是被伍子胥知道，那還是大麻煩。此時吳國正進攻齊國，伍子胥反對吳國進攻齊國，理由是要防備後面的越國。後來我聽說伍子胥出使齊國時竟把自己的兒子託付給齊國的鮑氏。我便向吳王進讒言，說伍子胥自己認為是先王的大臣，傲慢得不把現在的吳王放在眼裡，而且將自己的兒子託付給敵國之臣，請大王早日除去子胥，以防不測！其實伍子胥的托子於齊臣鮑牧，只是為了想保全子嗣，並沒有任何通敵圖謀。

後來吳王殺了伍子胥，我的受賄之事安全了，但是我的良心不安了，伍子胥是我的恩人，我進讒言殺了他，這和當年別人進讒言導致我爹被殺不一樣嗎？我怎麼墮落成我爹的反面人物哪？我心裡也很痛苦不能自拔。

吳王一直想當天下霸主，一次吳王前去中原參加爭霸大會，將國內的精銳部隊都帶去了，留守的都是老弱兵卒。

越王勾踐回國後臥薪嚐膽，勵精圖治，國家元氣已得到上升，並且已經訓練出一隻精銳部隊。當勾踐聽說吳國國內兵力空虛，趁機發動了對吳國的復仇進攻。

西元前478年，越王勾踐率師伐吳，吳王夫差見越國大兵壓境，十分恐懼。吳王派我前去議和，我託病不出，夫差便另派使者作罪臣狀去見越王，乞求和議。越王勾踐準備將夫差貶到甬東（越東都，甬江東），夫差自歎：『吾悔不用伍子胥之言，自令陷此。』於是自刎而死。臨死之際，吳王令手下將其雙眼用帛遮住，說：『我無面目見伍子胥也！』

勾踐的越國打敗了吳國，並且兼併了吳國。勾踐走向原來的吳王寶座，接受百官朝賀。我也去了，我是懷著一種複雜的心情走向吳宮的，我知道，這一切的一切，都是從那天夜裡開始的，是從『美女八名，白璧二十雙，黃金千鎰』開始的。

我站在百官之列，我聽到勾踐叫我的名字，我出列，只聽到勾

踐說：『你是吳王的近臣，你還是隨吳王去吧。』

我想到過，兔死狗烹，鳥盡弓藏，但是這一天真的來到時，我還是感到愕然，我被幾個士兵架出去了。

唉！月朦朧，鳥朦朧，簾卷海棠紅，一失足成千年恨哪。」

伯嚭從回憶狀態中慢慢醒來，抬頭對包拯說：「我想見見伍子胥可以嗎？」

伍子胥來了，伯嚭對伍子胥說：「我不是請您原諒的，我是請您執法的。」伯嚭扭頭看看虎頭鍘，又對伍子胥說：「請你將我碎屍萬段。」

伍子胥看看虎頭鍘，又看看伯嚭，說：「你這種人過去有，現在有，將來也會有，恐怕虎頭鍘解決不了你的這個問題，斬不盡殺不絕啊！」說完臉上露出一絲冷笑，轉身而去。

包拯說話了：「伯嚭能夠反省，並有悔過之意，經我和陪審團合議，並經地獄神批准，決定給伯嚭一次立功贖罪的機會。伯嚭將以靈魂的形態重回人間，幫助有可能犯他這種錯誤的人及早止步，幫助已經犯過他這種錯誤的人儘早悔過自新，具體做法，待和陪審團研究後另行通知。」

伯嚭有些不敢相信自己的耳朵，問：「不讓我進地獄了？」

包拯說：「暫時不讓你進地獄了，希望你能將功補過。」

事情結局使伯嚭有些茫然，他慢慢站起來，走向一邊。

九、包拯接班

審判完三個亡國之君和兩個禍國之臣後，地獄神對包拯、陪審團和整個審判工作很是滿意。地獄神決定將東方地獄的事情正式移交包拯和陪審團，地獄神將那條神鞭拿出鄭重地交給了包拯。

地獄神說：「這裡的工作剛剛開始，以後的工作還很多，現在我必須返還天庭，向天彙報，很快我還會回來，你們先按現在的思路進行下去，天若有新指示，我們再按新指示辦。」

這時閻羅王向地獄神拱手致意，說是自己也該回去了。但丁拍拍閻羅王的肩膀說：「我告了你的狀，你可不要記恨我啊？」

閻羅王急忙說：「陰曹地府不敢再受賄，再受賄，包拯就要拿我進東方地獄了。」

在場的地獄神、但丁、包拯和陪審團聽了都哈哈大笑。

但丁又說：「外族人說漢人多奸佞，這可不是個好的評價。」

包拯說：「忠君改為忠國，這個問題就可解決。」

但丁還說：「漢族人的忠誠度可不高，上下級、朋友之間，時有翻臉出賣的事情發生。」

閻羅王：「這由我解決，讓小鬼夜夜入其夢境，以示懲戒。」

包拯說：「我的虎頭鍘已鍘臣，可是還沒有鍘君。」

地獄神說：「那麼多的荒唐君王，你還怕沒機會。」

但丁笑著說：「東方人愛喝酒，是優點。」說著掏出酒葫蘆，要和大家痛飲，大家都很高興，沒有推辭。

東方地獄門口，一片歡聲笑語。

但丁又擺弄起了他的古琴，一邊彈奏，一邊又唱起了他的《神曲》：

我要把宇宙的底層來描寫，
這可不是輕而易舉的事情，
也不是用呼喚爸媽的舌頭能夠說清，
是天安排我來述說《神曲》的意境。
……
一個小孔洞，
一條蜿蜒曲折的小溪腐蝕而成，
我沿著這條幽暗的路徑，
朝著光明奮力攀登。
……
我看見美麗的東西顯現在蒼穹，

> 於是我走出這裡，重見滿天繁星。

但丁的古琴顫音有點過，不過作為一位西方人士，年齡又不小，彈到這個程度已經很不錯了，在場的人士都報以熱烈的掌聲。

《神曲》彈完了，但丁對著大夥說：「東方地獄已經開始工作了，天沒能讓我再寫一部東方的《神曲》。」但丁看似有些遺憾和委屈。

地獄神說：「你可以向天申請，將東方地獄的情況寫成報告文學，公佈於天下。」

大家在歡笑中都說地獄神的這個主意不錯。

但丁也認為這個主意好，如果天能批准這個申請，那就是天對西方警告在先，對東方是懲罰在後。

興奮中但丁舉起酒葫蘆，灌了一大口，不小心喝嗆了，又引來大家一陣哄笑。

十、鍾馗

地獄神返還天庭，向天述職，但丁和地獄神一同回去。

離開陰間，路過人間，夜晚時刻，地獄神發現時有亡靈飄忽在人間。地獄神馬上明白，這些大多是從陰間逃脫出的罪犯亡靈。這些罪犯亡靈會害怕被懲罰，所以逃掉，這些亡靈一旦逃回人間，就是鬼，鬼給人間會帶來不安寧。當然也有冤屈的靈魂，飄忽回天地之間，向人們述說他們心中的怨憤。

如何處理這些問題，但丁又給地獄神推薦一個人，說此人能解決這些問題，誰？鍾馗！

有這樣一個故事：

說是有一年唐明皇李隆基病了，御醫們想盡了各種辦法，就是不能治癒。李隆基在迷迷糊糊的昏睡中，夢見了一個小鬼，悄悄溜進屋裡，左瞧瞧，右瞧瞧，最後拿走了楊貴妃的紫香囊和自己

鍾愛的玉笛。小鬼正待溜走，突然外面又走進一個豹頭環眼、鐵面虬鬢、頭戴紗帽、身穿藍袍、足踏朝靴的豪傑壯士。小鬼見狀急忙竄上樑頭，那位壯士一個騰空而起，一把將那個小鬼抓住，奪過紫香囊和玉笛，並且一口將那位小鬼吞進肚裡。

李隆基嚇得急忙坐起來，問：「壯士尊姓大名？」

那位壯士，將紫香囊和玉笛放回案頭，向李隆基抱拳行禮，說：「我是終南山下阿福泉進士鍾馗，高祖武德年間，我參加狀元考試，並在考場上賦詩〈瀛州待宴〉五首，主考官閱後感歎我是奇才，並舉薦參加皇帝殿試，當我走上大殿，百官見我奇醜，不覺哄笑，我羞悔難當，感到無地自容，一時衝動，撞向大殿柱子身亡。高祖皇帝甚為惋惜，並下令以狀元規格將我殯葬於終南山福壽嶺。為報皇恩，今天我替皇上捉拿一小鬼，今後我將為大唐除盡鬼患。」

李隆基醒來後，病也痊癒了。李隆基下詔畫師將自己的夢境畫出，並將該畫命名為〈鍾馗賜福鎮宅圖〉，以後該畫流傳民間，鍾馗也因此大受歡迎。

聽完但丁講的故事，地獄神讓但丁將鍾馗找來。

鍾馗到來，鍾馗向地獄神行禮，地獄神說：「你一人要消除天下鬼患，甚是不易，你可以到包拯處，或閻羅王處調動兵馬，務必不使一個逃鬼逍遙法外。」

鍾馗表示一定辦到。

地獄神想了想又說：「那些冤魂，也就隨他們去了，冤屈化解了，他們也就安息了。」

鍾馗尊令。

鍾馗面向但丁，笑嘻嘻地說：「是不是應該有所表示？」

但丁哈哈大笑，說：「好好，咱們喝二兩！」說著從懷裡掏出酒葫蘆。

但丁和鍾馗都是才子，甚是合緣，平時也經常在一起對酒當

歌,現在得知但丁要和地獄神返還天庭,更有離別之愁。

但丁將酒葫蘆往鍾馗手裡一放,說:「都給你!」

鍾馗甚是開心,打開酒葫蘆蓋,呡了一口,咂吧一下嘴,說:「好酒!」

第八章 榮美天堂

一、天堂

天堂是個「充滿榮耀頌贊和喜樂的地方」。

天堂是個「完全聖潔,毫無罪惡之處,是永遠光輝燦爛的地方」。

天堂是個「沒有憂傷、痛苦、眼淚,也沒有死亡的地方」。

天堂是個「不朽壞,不衰殘,永遠存留在天上的基業」。

天堂是屬靈的,其榮美超過世界萬物,用世界物質的事無法形容,「那是好得無比的地方!」

天堂是每一個人都想去的地方。

美麗的詩神繆斯在天庭,望著東方大地,動情地朗誦她的新作:

立國人之初,
建民天人地,
無極混沌,生就煙波華夏。

鳥兒飛舞魂注東方,
蠶吐錦繡靚滿河山,
泰山挺起,挽起朝雲晚霞。

扯滿帆,載黃帝眾生靈,駛向光明,
栽滿山,舉白雲嵌藍天,謳歌家園。

借天火,得涅槃,
時光苑,天地鑒,用日月書寫大中華,
五湖四海為庭院,鋪陳霧靄,畫一株牡丹。

風雨數千年，洗滌儒釋玄，
走出空靈，告別夢幻，結束傳奇，
感謝天讓優秀靈魂升入那好得無比的地方，
人的理想，人的夢想，人的天堂。

二、天堂裡的討論會

這天，天堂裡，「世外桃源」茶座正在舉行一個討論會，他們討論的題目是「支撐中國君主社會的思想體系」，與會者都是重量級人物。

與會的西方著名人士有：
探索萬物本原的泰勒斯、阿那可西曼德、阿那可西米尼；
開始尋找現象背後規律性的畢達哥拉斯、赫拉克利特；
最早提出「存在」概念的巴門尼德；
擅詭辯的芝諾；
原子論者德謨克利特；
寧死愛真知的蘇格拉底；
信仰永恆真理概念的柏拉圖；
愛真理勝於愛老師的亞里斯多德；
……

與會的東方著名人士有：
道家之祖老子；
儒家創始人孔子；
兵家之祖孫子；
兼愛非攻的墨子；
性善論者孟子；
逍遙哲人莊子；

相對論者惠子；

性惡論者荀子；

法家韓非子；

……

　　泰勒斯、柏拉圖和亞里斯多德等人，是被天從西方地獄的第一層請入天堂的。

　　亞里斯多德正在發言。

　　亞里斯多德是最早論證地球是球形的人，也曾被稱為是歐洲「最博學的人」。亞里斯多德有一個習慣，就是喜歡邊散步邊討論問題，他的那套哲學也被人稱之為「散步哲學」

　　亞里斯多德在「世外桃源」茶座裡，一邊「散步」，一邊發言，這樣大家的眼光不得不跟著他的身體移來移去。

　　亞里斯多德說，支援同時代西方社會的思想，可用一個字概括，那就是「神」，西方人崇拜神，也可以說，是神統治了西方；而在東方，統治社會的是人，為了使「人」能夠統治社會，便產生了「儒家思想」，儒家思想是中國人的道德行為準則。儒家思想的核心是「忠、孝、仁、義」，「忠」是忠於皇帝，「孝」是服從父母，「仁義」是叫人做個良民。儒家思想的理念核心是讓全社會服從皇帝，儒家思想最終目的是建立和維護以皇帝為最高等級的社會秩序。

　　亞里斯多德有句名言，「遵照道德準則生活就是幸福的生活」，所以他喜歡從道德準則角度看問題。

　　孟子性情急躁，亞里斯多德剛發言完畢，孟子就起身發言。他不同意亞里斯多德的發言，他認為亞里斯多德所說的支撐中國君主社會的思想體系，是經過中國皇帝扭曲、篡改後的儒家思想，不是原版儒家思想。

　　孟子為儒家思想辯護，儒家思想產生時，還沒有皇帝，他不想

讓皇帝玷污他們的思想。

老子性情穩健，慢騰騰地說：「支撐社會的是思想體系，而支撐思想體系的則是自然環境。」在這裡，老子理智地將人類回歸於自然，將政治回歸於地緣，將天、人、地和諧統一在了一起。

坐在自己辦公室的天，聽到亞里斯多德、孟子和老子的發言，心裡高興：「啊，人類又進步了，能明白些事理了。」

天從椅子上站起來，踱步到窗前，打開窗簾，俯瞰著下面的大地。

物華天寶之地的中國，培育出了人蛆皇帝，皇帝將天下據為己有，「天下之大，莫非王土；率土之濱，莫非王臣」，然而普通中國人也認可這樣，天心想，東方的這種情況該結束了。天又想了想，決定還是將應該到天堂的靈魂，先接到天堂上來，其他的事情以後再說。

三、天庭會議

在天庭會議大廳，各路天神都到齊了，光亮一閃，天已端坐在他的寶座上。

這次會議先由地獄神彙報。

地獄神將東方地獄工作向天做了彙報，天說：「有種說法，叫好人不長壽，禍害遺千年，這是帝王時期的社會特點。」上帝的眼睛投向地獄神，嚴肅地說：「在人間作威作福的壞人，傷害過別人的人都要打入地獄，要十倍百倍的折磨他們，不可輕饒一人。」

地獄神起身答應道：「一定做到。」

天又將眼光投向天堂神說：「你如何打算？」

天堂神說：「根據您的『要愛護這大好山河』的約，凡是有過

熱愛山河行為的人死後，我都將他們的靈魂接入天堂，包括思想家、科學家、文學家、藝術家、公務員和忠厚的老百姓等。」

天說：「用我的車子把他們接來，不可怠慢一人。」

天堂神應諾。

四、天堂神的諮詢

雖說天堂神在天面前應答自如，但是出了天庭會議大廳，天堂神有些為難了。如此大的中國應該先接誰呢？天堂神踱著步，不自覺中路過「世外桃源」，天堂神猛一醒悟，為何不去諮詢一下那些老先生。

天堂神走進「世外桃源」茶座，首先對打斷大家的會議表示歉意，然後抱拳向東方的思想家們行禮，並說明來意。

老子先說話了：「我們先行上天，是要完成天安排的對人類思想史的總結。我看我們的黃帝先是創造了文字，奠定了國基，黃帝的後人屈原創建了中國的文學，文學也是思想的表述，是不是先請屈原先生來，這樣我們的討論會也能更豐富一些。」

首先起來贊同的是西方的哲學家們，柏拉圖說：「你們東方的哲學家們太嚴肅了，有個文學大師參加，我們的討論會一定會更熱鬧一些。」

大家鼓掌回應。

天堂神乘上太陽神駕馭著的天車，拉天車的天馬昂首長嘶，一道彩虹劃破天空，向東方駛去。

五、屈原

在向下界飛馳的路上，太陽神問天堂神，用天的坐車去接誰

來天國呢?天堂神說,去接屈原。在天國,太陽神也聽人說過屈原,這次天堂神更詳細地講述了屈原其人其事。

屈原的遠祖是顓頊,顓頊是黃帝的孫子。顓頊的父親是昌意,昌意是黃帝與嫘祖的次子,因顓頊有聖德,後來立為帝,顓頊、帝嚳是上古時期「三皇五帝」中的第二位和第三位帝王,前承黃帝,後啟堯舜,共同奠定了華夏根基。

黃帝發明了中國方塊字,奠定了中國文化的基礎。在屈原之前,中國文化主要是記錄數,然後發展到記錄事,傳承到了屈原,屈原將文化發展到了文學階段。在屈原筆下有男女情思、人神之戀,有狂怪之士,遠古傳說,還有天神鬼怪遊觀;在屈原的筆下,天、人、地色澤豔麗,情思馥鬱,氣勢奔放,記載著大千世界以及人們的內心世界的豐富多彩。

屈原是中國第一個文學大家。

天車來到了屈原的家鄉,中國戰國時期的楚國上空,天堂神讓太陽神將天車停在一片雲彩之上。天堂神對著下界開始朗誦一首詩,並讓太陽神注意觀察。

天堂神大聲朗誦道:

朕幼清以廉潔兮,身服義而未沫(生就秉性高潔啊,義氣當先)。

主此盛德兮,牽於俗而蕪穢(我信奉真善美啊,不屈蕪穢)。

上無所考此盛德兮,長離殃而愁苦(君王不瞭解我啊,我愁不盡)。

太陽神不理解,問天堂神,你這是朗誦的什麼呀?天堂神說,我現在朗誦的是屈原寫的一首詩,詩名叫〈招魂〉。

過去的人認為,人是由魂和軀體兩部分組成,人生病或死亡,靈魂就會離開軀體,這樣就需要別人說明將魂喊回來。這是很具

人情味的風俗,因此屈原寫了〈招魂〉一詩。

太陽神聽明白了,哈哈大笑說,你這用屈原的〈招魂〉來招屈原的魂,此法甚妙。天堂急忙向太陽神打手勢,悄悄說:「小點聲!」

天堂神繼續大聲朗誦屈原的〈招魂〉:

> ……
> 魂兮歸來!何遠為些(魂啊回來吧!跑那麼遠幹嘛)?
> 室家遂宗,食多方些(家族聚會,食物豐盛)。
> 稻粢穱麥,挐黃粱些(各種米面,特等黃粱)。
> ……
> 瑤漿蜜勺,實羽觴些(美酒蜂蜜,細細品嘗)。
> 挫糟凍飲,酎清涼些(冷飲酒釀,透體清涼)。
> 華酌既陳,有瓊漿些(華宴擺好,玉液瓊漿)。
> 歸反故室,敬而無妨些(返回故居吧,禮敬有加保證無妨)。
> ……

太陽神笑著小聲對天堂神說:「你這是誘引啊!有好吃的也給我留點。」

天堂神對太陽神打了個注意的手勢,太陽神觀察了一會,發現有一股清風在不遠處刮過,太陽神連忙向天堂神使個眼色,天堂神繼續朗誦〈招魂〉:

> ……
> 朱明承夜兮,時不可淹(夜走日來啊,時光荏苒)。
> 皋蘭被徑兮,斯路漸(草漫長徑啊,歸路難覓)。
> 湛湛江水兮,上有楓(清澈江水啊,楓葉撫岸)。
> 目極千里兮,傷心悲(縱目千里啊,春滿傷悲)。
> 魂兮歸來,哀江南(魂兮歸來,哀江南)!

天堂神將屈原的〈招魂〉朗誦完了，定睛一看，屈原站在離天車不遠的一片雲上。天堂神急忙下車，來到屈原身邊，並躬身施禮。屈原也躬身還禮，並問道：「來者何方賢士，怎在這裡朗誦我的詩篇？」

天堂神說：「我乃天堂之神，奉天旨意，請屈原先生上天享福。」

屈原答曰：「我不是享福之人，謝天美意。」說完，屈原又化作一陣清風遠去。

天堂神急忙跳上天車，讓太陽神駕車跟上。

屈原生活在春秋戰國時代的後期，那時秦國正在努力一統天下。

屈原曾擔任楚懷王熊槐的左徒，屈原勤政愛民，通曉治理國家的道理，熟悉外交應對辭令。熊槐很信任他，朝廷的一切政策、文告，皆出自屈原之手。而且屈原還明白，如若不被強大的秦國吃掉，而能使楚國更加強大起來，只能走聯合抗秦的道路，也就是合縱。

楚國的上官大夫靳尚和屈原的官位相等，他嫉妒屈原的才能。楚懷王熊槐命屈原制訂法令，屈原起草法令，靳尚見了就想強行修改，加入自己的意見，屈原不贊成，靳尚就到楚懷王熊槐面前說：「法令是您讓屈原制定的，大臣們都知道，可是屈原誇耀說，沒有他，這些事情誰也做不好，屈原也太不把大王您放在眼裡了。」

還有一些楚國的貴族，眼饞屈原的權力，也到楚懷王熊槐面前說屈原的壞話，挑撥的人多了，懷王熊槐漸漸對屈原不滿起來，並且逐步疏遠了屈原。

秦國得知抗秦的屈原被疏遠這一情況，立即意思到，這是個拆散齊楚聯盟、進而破壞合縱抗秦的機會。秦王立即派張儀到楚國

遊說，這就有了本書前面所說的「張儀戲詐楚國」的故事。

在張儀戲詐楚國的過程中，屈原識破了張儀詭計，堅持齊楚聯盟，反對上當受騙，可是楚懷王熊槐不聽。

當楚懷王熊槐受邀要訪問秦國時，屈原知道這是秦國的騙局，反對熊槐的出訪。屈原奔到熊槐的車隊前，悲聲說道：「大王啊！秦國如虎口，這危險冒不得！你要想想楚國的祖宗和百姓，不能只聽小人的話！」

楚懷王熊槐不但不聽屈原的勸阻，在奸佞臣子的讒言下，還將屈原貶職流放。

屈原第一次被流放到漢水上游。

當天堂神和太陽神駕天車來到漢水上游時，果然看到屈原佇立在青山綠水之間。此時的屈原在悲憤之中，屈原目視遠方，大聲朗誦他的著名詩篇〈離騷〉：

　　……
　　扈江離與辟芷兮（披江離芷草啊），
　　紉秋蘭以為佩（佩飾秋蘭身上）。
　　汨餘若將不及兮（光陰去似箭啊），
　　恐年歲之不吾與（歲月流逝心慌）。
　　……
　　不撫壯而棄穢兮（何不壯年棄穢政）？
　　何不改乎此度（何不壯年改法度）？
　　乘騏驥以馳騁兮（乘千里馬馳騁吧），
　　來吾道夫先路（我在前斬棘開路）！
　　……

天堂神和太陽神將天車停留在僻靜處，靜靜地聽屈原朗誦自己的〈離騷〉。

屈原繼續朗誦道：

跪敷衽以陳辭兮（推心置腹地講啊），
耿吾既得此中正（我已看清天下心裡亮堂）。
駟玉虬以桀鷖兮（鳳凰為車，白龍為馬啊），
溘埃風餘上征（離開塵世我飛到天上）。
……
吾令羲和弭節兮（我令太陽神慢行啊），
望崦嵫而勿迫（我求太陽神不要遠落山旁）。
路漫漫其修遠兮（前面的道路長啊），
吾將上下而求索（我將不屈不撓地追求我的理想）。
……

聽到這裡，太陽神聽到屈原呼喚自己的名字，有點得意，天堂神急忙打手勢，叫他安靜。

天堂神和和太陽神在靜靜地聽著，生怕有一點聲響而打斷這鏗鏘的聲音。

最後屈原把聲音放小了：

……
亂曰：「已矣哉（算了吧）」
國無人莫我知兮（國人不知我啊）。
又何懷乎故都（我又何必懷念故舊）。
既莫足與為美政兮（不能實現我的理想啊）。
吾將從彭咸之所居（我將自沉江底）。

屈原的〈離騷〉朗誦完了，天堂神走向前去，天堂神說：「逸響偉辭，卓絕一世啊。」

屈原看著天堂神，說：「你在阿諛奉承？」

天堂神說：「不，這是後代文學大師魯迅先生對您大作的評價。」

屈原轉過身來，又是一陣清風而走，天堂神、太陽神急忙駕天

車隨後。

屈原仍深浸在當年。

張儀戲詐楚國，楚懷王被活活氣死。

楚懷王死後，太子熊橫為楚襄王。

屈原對楚襄王熊橫說，楚懷王熊槐之死是因為楚國「其所謂忠者不忠，而所謂賢者不賢也」。楚襄王熊橫也不是什麼明君，在位期間，淫樂無度，他的身邊仍是一些奸佞之臣。屈原的看法沒有喚醒楚襄王熊橫，反而又惹惱了那些大臣，屈原被再次流放。

再後來，秦軍攻破楚國首都郢都，屈原覺得再也無力挽救楚國的滅亡了，原有的政治理想再也無法實現了，極端悲憤絕望，他來到了汨羅江，要以身殉國。

在汨羅江畔，屈原披散頭髮，臉色憔悴，身體乾瘦。屈原在水澤邊一邊走，一邊吟誦他的「絕命詩」〈懷沙〉。

　　滔滔孟夏兮，草木莽莽（初夏驕陽啊，草木莽莽）。
　　傷懷永哀兮，汨徂南土（我自悲傷啊，水流南方）。
　　眴兮杳杳，孔靜幽默（眼前茫茫啊，萬籟俱寂）。
　　鬱結紆軫兮，離慜而長鞠（心裡抑鬱啊，難能健康）。
　　……

屈原兩目發直，屈原最後說：

世溷濁莫吾知，人心不可謂兮（世濁無知己，飲酒半杯多）。

知死不可讓，原勿愛兮（此去不歸路，送身到黃泉）。

明告君子，吾將以為類兮（黃泉先君子，待我來相見）！

屈原的〈懷沙〉朗誦完畢，此時走來一個漁父，看屈原這個樣子便問：「你不是屈原大夫嗎？怎麼成這個樣子？」

屈原說：「我被他們流放了。」

漁父問：「為何？」

屈原說：「舉世混濁而我獨清，眾人皆醉而我獨醒。」

漁父說：「那你為什麼不能濁，不能醉呢？」

屈原說：「我聽說，剛洗過頭的一定要彈去帽上的灰沙，剛洗過澡的一定要抖掉衣上的塵土，誰能讓自己清白的身軀，蒙受外物的污染呢。我寧可投入長流的大江而葬身於江魚的腹中，也不能使自己高潔的品質，去蒙受世俗的塵垢。」

漁父聽後，哈哈大笑說：「錯！錯！錯！我看是舉世皆清而你獨濁，眾人皆醒而你獨醉。」

屈原不解，忙問：「為何？」

漁父說：「大江東去是人力阻止不住的，四季的更換是人力所不能更改的，楚國的滅亡也是必然，識時務者為俊傑。」漁夫說完哈哈笑著走了。

屈原沒有被漁夫的話打動，他堅定自己的信念。屈原心有不平，他要舉頭問蒼天。恰在此時，不遠處有人朗誦起屈原的作品〈天問〉：

　　曰遂古之初，誰傳道之（有誰知道遠古開頭）？
　　上下未形，何由考之（有誰知道天地產生）？
　　冥昭瞢暗，誰能極之（有誰知道如何渾沌）？
　　馮翼惟像，何以識之（有誰知道誰在浮動）？
　　明明闇闇，惟時何為（有誰知道光明出現）？
　　陰陽三合，何本何化（有誰知道本體演變）？
　　圜則九重，孰營度之（有誰知道設計天穹）？
　　……

屈原正在疑惑惆悵，天堂神、太陽神已駕車來到屈原面前。天堂神在屈原面前繼續朗誦他的作品〈天問〉：

　　……

　　薄暮雷電，歸何憂（傍晚時分雷鳴電閃，想要歸去有何憂

愁）？

厥嚴不奉，帝何求（國家莊嚴不復存在，對著上天有何祈求）？

……

天堂神朗誦完〈天問〉後，恭請屈原上車，屈原仍是拒絕。

屈原皺了皺眉頭說：「〈離騷〉裡的幾句話，你可能沒聽清，我再給你重複那幾句吧，希望你能明白我不願意離開楚國的心情。」

說完屈原朗誦道：

　　陟升皇之赫戲兮（日出東方光照四方啊），

　　忽臨睨夫舊鄉（回首留戀告別故鄉）。

　　僕夫悲余馬懷兮（僕人苦痛馬也悲傷啊），

　　蜷局顧而不行（一步三回難向前方）。

屈原說：「我第二次被流放到陵陽地方，覺得楚國一片黑暗，悶得氣也難喘，替我管家的姐姐女嬃便勸我出國走一走，換個地方休養一陣，可是我已看出，楚國已有被強秦入侵的危險，我不能帶著楚國和百姓一起走呀！但在女嬃的日夜勸說下，我還是決定出國走一走。走了幾天，到了楚國的邊境，我又躊躇起來。我的馬悲哀地嘶叫著，馬夫也回頭望著楚國歎氣。當時我想，我們是楚國人、楚國馬，死也要死在楚國的土地上！於是我決定再也不離開祖國。」

天堂神聽完屈原的訴說，說：「屈原先生忠貞愛國，可謂千古典範。可是您的〈天問〉，難道不想得到答案？」

屈原不解：「你朗誦我的〈天問〉，難道你知道答案？」

天堂神說：「不，您對天、對地、對自然、對社會、對歷史、對人生提出了173個問題，小神沒有能力回答您的那麼多問題，不過既然是天問，也只有天作答，在天堂，您的所有問題都能得

到答案。」

屈原問：「你還是想讓我離開楚國？」

天堂神說：「現在老子、孔子、墨子、莊子、孟子等人都在天堂，我想屈原先生與他們交流，定當有所收穫。」

天堂神說的這些人的名字，屈原崇敬已久，聽說他們去了天國，屈原開始有些動心，問：「你說的是真的？」

天堂神：「我是天的使者，不敢有半句虛言。」天堂神看屈原還在猶豫，天堂神接著說：「屈原先生提出了173個問題，我估計，您的問題還沒提完，您還有第174個問題。」

屈原急忙問：「我的173個問題，已經窮盡所有，你說我還有什麼問題呢？」

天堂神笑而不答。

屈原停了一會兒，思索了一下，說：「你是說，事關楚國的未來嗎？」。

天堂神說：「難道屈原先生不想知道嗎？」

屈原明白了，急忙問：「你是說，到了天堂，我還能找到解救楚國的辦法？」

天堂神又是笑而不答。

屈原說：「只要能夠救楚國，就是焚身碎骨一千次，我都願意。」屈原答應和天堂神一起上天，但是屈原又請求讓天車在楚國的上空繞行一周，天堂神答應。

在去天的路上，屈原看到楚國人們往汨羅江丟粽子，感歎過後，他搖搖頭，自言自語地說：「這樣能救楚國嗎？」

瞭望自己為之奮鬥一生的楚國大地，屈原淚眼朦朧，心裡默默地說：「祖國母親，我去尋找解救您的辦法去了。」

天馬昂首長嘶，一道彩虹，從原來的楚國上空，飛向天堂。

六、岳飛

岳飛是中國家喻戶曉的名字，和岳飛同名的是刺在岳飛背上的四個字：「精忠報國。」

有這樣一個故事，足可以說明岳飛在中國影響之巨大。

在一個村莊的夜裡，不時傳來幾聲狗叫和蟋蟀時有時無的低鳴。在幾間茅舍裡，一個母親面對著自己十幾歲的兒子滿面愁容。母親憔悴多了，兒子看得出來，可是攤上這樣的事情，兒子也是極其恐懼。

現在村裡正在流傳著一種說法，說是他們國家的軍隊在前線吃了敗仗，這個兒子的父親投降了敵人。

母親是讀過書的人，平時較少和村裡人說話，更談不上搬弄口舌。母親最不願意說話的人，是自己的婆婆，她一口咬定婆婆生下來的兒子不是個好兒子。國家戰事吃緊，村裡不少年輕人都上前線了，有的表現勇敢，殺敵立功，當了軍官，也有戰死的，烈屬光榮。現在傳來自己的丈夫投降了敵人，這讓她感到極其恥辱，也證明了自己沒看錯，婆婆生下的確實不是個好兒子。

她的兒子不像自己的父親，兒子從小在母親的教育下，是個硬朗的孩子。不過攤上這樣的事情，兒子也整天惶恐不安。因為，根據國家法令，父親投降了敵人，兒子就要被殺頭，妻子就要充作官奴。

兒子看著母親，真是一夜愁白頭啊，平時剛強的母親此時有些精神恍惚。男怕幹錯行，女怕嫁錯郎，怎麼攤上這麼個男人呢？這個男人的家原來也是個大家，到了公公婆婆這一代，已現破落狀態，到了自己男人這一代，就更不行了。

嫁到這個家後，母親雖然想重振旗鼓，恢復這個家族的榮耀，但是大廈將傾，獨木難支，家族到底還是破落下來。屋漏偏逢連夜雨，現在又來了這樣的事，母親經受不了這樣的打擊，馬上就要垮下來了。

兒子看著母親,母親痛苦的現狀反而使兒子堅強起來,「媽」,兒子輕輕地喚著媽媽,媽媽睜開眼睛看著兒子,兒子說:「天無絕人之路,咱們逃吧?」

停了一會,媽媽吐出一絲聲音:「這樣對得起國家嗎?」

兒子聽後心裡一顫,是呀,爸爸已經對不起國家了,我們不能再做對不起國家的事了。

此時萬籟俱寂,在昏暗的油燈下,母親看著兒子,兒子看著母親,四目相聚後,又不約而同地轉向一個方向——牆壁上貼著一張岳飛的畫像,岳飛騎著戰馬,手提長槍,威風凜凜。這是母親在村外岳飛廟裡,長老送給她的,她把它貼在家裡的牆上,用來對兒子進行教育。

對於岳飛精忠報國的故事,現在兒子都能倒背如流,就是這種精神教育,才使兒子擺脫了父親的不良影響,成長為一個剛強的小夥子。

現在母子倆同時在看這一張畫,似乎找到了一種共同點。母親衝兒子點點頭,兒子衝母親點點頭,他們想在了一起。

母子倆慢慢拉開房門,小心地走了出去。

離開酣睡的村莊,躲開大路小道,母子倆悄無聲息地來到岳飛廟前,他們不敢敲門,聲音會傳得很遠。兒子從地上拾起一個土塊,隔著廟牆扔向廟內。不一會聽到廟裡長老輕咳一聲,接著廟門就輕輕地打開了。母子倆閃進廟裡,長老關好廟門,把他們讓進屋裡。

長老說:「你們的事情我已經知道了,我估計你們會來,所以等候你們多時了。」

母子倆給長老跪下,請長老救他們一命。長老將他們扶起,說:「我倒是有一個辦法,但是不敢說一定能成功,到時就看運氣了。」

第二天,岳飛廟被官軍包圍了,廟外一片嘈雜,廟門被敲的鼓

響。長老打開廟門，官軍一擁而進，領頭軍官向長老大聲問道，是否有母子倆躲在這裡，長老說他們是在廟裡，不過他們正在舉行一個莊嚴的儀式，請不要打擾他們，他們舉行完儀式後，一切聽從長官發落。

官軍們在長老的帶領下，來到廟內大殿，大殿正方是威武的岳飛坐像，在岳飛坐像前，那位兒子跪在地上，母親正在往兒子背上刺字，官軍們圍過去一看，兒子背上的字是「精忠報國」，所有人都呆住了。

長老走到岳飛坐像一旁，敲起木魚，口中喃喃有詞：「岳元帥在天之靈，下界給您報告真情：天有長啊，地有短啊，樹有高啊，人有矮啊，長矛長啊，短劍短啊，打仗輸啊，打仗贏啊。」

突然長老停住念經，大聲喊道：「岳元帥在上，要想打勝仗，還不快快拜見岳元帥！」

進得岳飛廟大殿的官軍們，要麼圍觀「岳母刺字」，要麼左瞧右看，經長老一提醒，他們也覺得當兵的哪有見元帥不拜之禮，官軍們紛紛給岳飛元帥跪下。

待長老指揮官軍們給岳飛元帥行過大禮後，長老又說話了：「岳元帥的靈魂現在已經附體在這個孩子身上，讓這個孩子跟你們一起去作戰，你們將攻無不克，戰無不勝。」

官軍們站起來，一片歡呼，那個帶頭軍官向長老行了個軍禮，大聲說：「謝謝長老，我們永遠擁護岳元帥！」

那個兒子在士兵們的擁護下出了大殿，那位領頭軍官又回來，指著那位孩子的母親問長老：「如何是好，請長老吩咐。」

長老說「這是岳母附體，待打勝仗後，立即向岳母報告！」

那位領頭軍官什麼都明白，對他來說，制裁他們母子對他無益，利用這次機會提高士氣，能打勝仗這才是根本，而且大家都看得明白，誰又敢說這一切不是真的。

那位領頭軍官分別向長老、「岳母」行禮後離開。

見官軍走遠，母親再次給長老跪下，感謝長老的救命之恩。長老說：「你要謝就謝岳元帥，是他救了你娘倆。不久官軍必打勝仗，到時，你將光耀門庭，那時可叫你兒子給岳元帥重塑金身。」

母親回答：「到時，一定！一定！」

這個故事是個傳說，下面說說岳飛本人。

岳飛原籍河南相州湯陰縣岳家莊，父親岳和，是個員外郎，母親姚氏。岳飛出生時房屋上空有大鵬飛過，故其父給他起名岳飛。岳和 50 歲得子，分外高興，母親這時也已 40 多歲。

岳飛出生後不久，天降大雨，洪水氾濫，岳和將岳飛母子放入一口大缸，順水漂流，撿得性命，岳和和其他家人均遭不幸。

岳飛母子乘坐的大缸漂流到河北大名府內黃縣麒麟村，這個村莊也有一個員外郎，叫王明，夫人何氏，夫妻同為 50 歲。王員外見岳飛母子可憐，便收留了岳飛母子在麒麟村住下。

岳母每天給村裡人家縫縫補補做些針線活，糊口度日。岳飛稍大便上山打柴，一則自用，二則賣掉貼補家用。

一天岳飛上山打柴，見幾個同齡的孩子在玩耍，那幾個孩子見岳飛走近，便衝他喊道：「唉！那個沒爹的孩子，過來一起玩耍。」

岳飛感到屈辱，便繞道而行，那幾個孩子不依不饒，跟著後邊喊岳飛是沒爹的孩子，岳飛怒不可遏，揮拳打了那幾個孩子。由於岳飛生就膀寬腰圓，加之早已開始的體力勞動鍛煉，岳飛有把子力氣。

那幾個孩子挨了打，便跑到岳母處告了岳飛的狀。晚上岳飛回到家後，受到母親的斥責。岳飛滿含委屈，也說明了打人的原因。岳飛對母親說：「別人都有爹，我為什麼不能有個爹哪？」

母親滿含熱淚，將岳飛的身世講給了岳飛聽。關於岳飛的身世，岳飛已經聽母親講過，理解母親和自己現在的處境。但是由

第八章 榮美天堂

於沒爹受人欺侮，岳飛總感到萬般壓抑。

作為單身母親，岳飛的母親也深深懷念自己故去的丈夫，一天岳母朦朦朧朧地對岳飛說：「其實你也有爹。」

岳飛急忙問：「我爹在哪？」

岳母說：「皇帝就是你爹。」

岳飛洩了一口氣，說：「娘，你糊塗了，皇帝是皇帝，我爹是我爹。」

岳母說：「我家是小家，國家是大家，皇帝不就是大家的爹嗎？所以人們才要忠君愛國。」岳母不知怎地把家與國聯繫起來，把爹與皇帝聯繫起來。岳母也驚訝自己怎麼發明了這個理念，岳飛也朦朦朧朧地接受了這個理念，把爹與皇帝結合了起來。

岳母知書達理，雖然家窮，但是沒忘對岳飛的知識教育。岳母從王員外家借來一些書籍，買不起紙筆，岳飛就從河邊弄一些沙子鋪平為紙，折樹枝為筆。

人生的成功離不開自己的奮鬥，但是機遇也很重要，岳飛在成長的路上遇到一個貴人。

岳飛所遇貴人叫周侗。在北宋年代，有兩位人物赫赫有名，一是禁軍教頭林沖，二是「玉麒麟」盧俊義，周侗就是他們的師傅。周侗文韜武略，堪稱當世英傑，因不滿奸臣當道，不屑當官為政，便在鄉間隱居。

一日，周侗從陝西來到此處，探望老友王員外。王員外宴請周侗，並請附近村莊的張員外、湯員外作陪。席間王、張、湯三子王貴、張顯、湯懷出來拜見。三子走後，三個員外訴苦，說是三子頑皮，請了幾任老師都鎮不住，至今只知玩耍。周侗笑道，若將三子交與本人管理，不出三日，保管叫他們服服帖帖。三個員外急忙離席向周侗作揖，懇請周侗屈尊教育三個頑子。

開課之日，周侗要幾個學生讀書，王貴首先出來向老師發難，

說要先考考老師，看是否稱職，說著，一個鐵尺便向周侗打來。周侗轉身奪過鐵尺，並順手將王貴按在板凳上，舉尺痛打王貴的屁股，打得王貴直求饒，張顯、湯懷見狀嚇得坐在那裡不敢動彈。

王貴、張顯、湯懷雖然被打老實了，但是學業卻是很難長進。一日老師外出，叫他們每人寫一篇作文，這可就難壞了他們。張顯點子多，馬上想起岳飛，另兩位也同意，不一會岳飛被請來，他們讓岳飛替他們寫作文，自己跑出去玩了。

岳飛除了接受母親的教育外，還時常跑到這個教室外「偷聽」周侗的講課，時間一長，岳飛的文才遠非那三位富二代可以相比。

周侗回來，查看王貴、張顯、湯懷三人作文，個個文筆流暢，不覺詫異，但是轉念一想也就明白了。岳飛時常跑到這個教室外「偷聽」周侗的講課，還時常在地上寫寫畫畫，周侗已有察覺，有時待岳飛走後，周侗細看岳飛留在地上的筆跡，知道岳飛並非普通孩子，是個可造之才。

在周侗的威逼下，王貴、張顯、湯懷不得不承認是請岳飛代筆。周侗說，你們把岳飛喊來，今天我就不罰你們了。岳飛被喊來，周侗什麼也沒說，給岳飛安排桌椅，讓岳飛也來聽課，又經過幾日的考察，周侗確信，岳飛是可造就的棟樑之才。

周侗將岳母和王員外、張員外、湯員外請來，說是要將岳飛收為義子，並讓岳飛、王貴、張顯、湯懷結拜為兄弟。岳母聽後，喜出望外，王員外，張員外，湯員外聽後也很高興，他們立時答應，並選擇吉日舉行大禮。

接受岳飛為義子後，周侗窮其所有，將自己的文韜武略以及十八般武藝盡授岳飛。

岳飛生長在北宋末年的戰亂年代，北宋宋徽宗趙佶和宋欽宗趙桓父子被金國俘虜，並被押往北方，宋欽宗趙桓的弟弟趙構逃到商丘城，並繼位皇帝，稱宋高宗。大臣李綱推薦抗金人士宗澤為

開封知府，重建京城和領導抗金。

　　岳飛的第一次出道，就是回應宗澤號召，積極地參加了宗澤組織的抗金義軍。

　　一次岳飛帶領一百多騎兵，突遇大股金兵，大家都準備逃跑時，岳飛卻說：「敵人雖多，但是敵人並不知道我們的底細，我們可以突襲他們。」說完岳飛帶頭衝向敵人，並斬敵一個將領，兵士們受到鼓舞，也衝上去，這一仗，岳飛以少勝多，打出了英名。又經過一些戰鬥，宗澤誇獎岳飛智勇雙全，可媲美古代名將。

　　正當岳飛建功立業之時，朝廷出現了變故，宋高宗趙構擔心在商丘不安全，悄悄跑到南方揚州。李綱因為反對南逃，被趙構免職。宗澤受不了這個氣撒手人寰。不得已，岳飛返回家鄉。

　　岳母見岳飛回來，很是吃驚，詢問為何如此，岳飛把情況向母親說明，並說：「人們都議論，說是趙構當上了皇帝，並無心抗金，更不想將徽欽二帝接回，徽欽二帝回來，他這個皇帝就當不成了。」

　　岳母一聽急了，說：「你怎麼能這樣說皇帝呢？皇帝對他的父母是最孝的，對他的兄長是最仁的，皇帝是做人的楷模；皇后母儀天下，皇后是母親的楷模，是女人的楷模，如果皇后錯了，皇帝還可以糾正她，所以皇帝怎麼會錯呢？再說，皇帝是天子，皇帝是不會錯的。」

　　岳母怒氣不消，繼續說：「這不是我說的，也不是皇帝說的，是聖人說的。聖人說忠、孝，孝是對父母，忠是對皇帝，孝是對父母忠，忠是對皇帝孝。」

　　岳飛從小與母親相依為命，他相信母親的話。最後岳母提出要岳飛牢牢記住身上的刺字，要岳飛永記母親的教誨。岳母將中國的傳統哲理，凝聚成了四個字「精忠報國」，留在了岳飛背上，「精忠報國」以後也就成了中國人的公德。

　　最後岳母又反復叮嚀岳飛：「對皇帝要無限地信任，無限地忠

誠，無限地服從。」三個無限也成了以後中國官員的為官之道。

岳飛第二次出道時，趙構已在杭州建立起了南宋王朝。

前面說到，北宋被金國打敗，宋徽宗趙佶、宋欽宗趙桓父子連同後妃、宗室、官員數千人，被押往北方，這其中就有後來的南宋宰相秦檜。

金國一面對南宋進行軍事打擊，一面計謀在南宋朝廷裡面安插自己的代理人。

因為秦檜屬高官，自然倍受金國上層的關注。金人發現他當眾對金人冷淡，背後倒是經常能「委曲順從」。一次秦檜在宋人面前被一個金人凌辱，秦檜起而反抗，但是金人將其領入自己營中，秦檜態度隨之變得溫和，由此金人看出秦檜做人的「兩面性」。

秦檜作為戰俘，到了冰天凍地的北方後，饑寒交迫，作為原來高官的他，「意志」慢慢被消磨。在與金人的交談中，秦檜流露出「南人歸南、北人歸北、南北議和」的觀點，這正是金人求之不得的態度。

金國人士知道，金國擊敗北宋，俘獲了北宋的宋徽宗、宋欽宗兩位皇帝，金、宋兩國結仇已深，南宋人民絕不肯輕易屈服，於是金國制定了誘以和議、保住現有成果的政策。

在得到秦檜回到南朝後，一定盡力促進南宋朝廷與金國議和的保證後，秦檜和他的老婆被金國秘密放回南朝。

秦檜跑到南宋，在宋高宗趙構耳邊煽風點火，一是說要想天下無事，就得南人歸南，北人歸北；二是草擬了一份致金國的求和書。趙構滿心喜歡，說秦檜忠僕過人，是一佳士，得到他，自己高興得連覺都睡不著，不久秦檜便登上了宰相寶座。

執行秦檜的議和政策，就意味著放棄對失去國土的收回，放棄對宋徽宗趙佶、宋欽宗趙桓父子的解救，放棄對金國的報仇雪恥。

秦檜的議和政策一經傳出，立即引起全國轟動，並遭到抗金人士的竭力反對。此後不久，北方金國又派使節來，要求將南朝的北方人全部送還金國。這和秦檜的南人歸南、北人歸北的建議完全一致，大家開始懷疑秦檜是金人的內奸。

宋高宗趙構雖然非常贊同秦檜的議和意見，但是大臣們群起反對，迫使趙構不能接受秦檜的這條投降路線，不久秦檜本人也被驅逐出南宋朝廷。

秦檜忍受著暫時的挫折，宋高宗趙構屈從於抗金派一時的壓力。

過了幾年，當反對議和的風潮過後，趙構重新啟用秦檜。

秦檜對趙構說：「臣子們反對議和，不明大事，若陛下決心議和，請專與我商議。」

趙構說：「我只委你主持議和之事。」

秦檜說：「請陛下考慮三天，再做決斷。」

過了三天，趙構與秦檜商議，秦檜說：「事關重大，請陛下再考慮三天。」

又過三天，趙構與秦檜商議。當秦檜確定趙構確實堅定不移地要講和了，於是拿出早已草擬好的「向金求和書」，並且秦檜仍聲稱不許群臣干預。

趙構不顧群臣的反對和天下的輿論，決定與金講和。趙構裝病不出，秦檜出面，跪拜在金國使臣面前簽字畫押，簽訂了屈辱的和約。

宋、金兩國簽訂和約不到一年，金國朝廷發生政變，原來主張誘降講和的主政人物被推翻，新上臺的金兀術撕毀和約，揮軍向南宋殺來。

宋高宗趙構無奈，不得不自衛反擊，南宋軍民掀起抗戰高潮。時勢造英雄，此時 32 歲的岳飛已經從一個普通將領提升到了節度使。

岳飛戰敗金國元帥金兀術，是岳飛人生的輝煌。

金兀術率領金軍一路南進，勢如破竹，當金軍受到岳家軍的阻擊時，金兀術還十分囂張。

岳飛首先派自己的兒子岳雲打先鋒。岳雲一馬當先殺進敵營，訓練有素的岳家軍隨後跟進，一時把囂張的金軍打得接連後退。

金兀術敗了一陣，隨後調出他的王牌「鐵浮圖」進攻。鐵浮圖也叫拐子馬，是金兀術專門訓練的一支特種騎兵。這類騎兵人馬都披有厚厚的盔甲，中間的騎兵三個相連，戰陣兩邊左右包抄，這種戰術在戰場上屢見奇效。

岳飛對這種戰術已做了詳細研究，他也訓練出一支特種部隊，這支部隊帶著鉤鐮槍，專門擊殺拐子馬的馬腿，當拐子馬被擊倒，後面的士兵馬上湧上前去斬殺從馬上跌落下來的敵人。

金兀術「鐵浮圖」戰術被岳飛破解，金軍潰敗，金兵哀歎，撼山易，撼岳家軍難！

岳飛面對將要收拾的殘破山河，大筆一揮，一首〈滿江紅〉抒發出內心的激蕩：

怒髮衝冠，憑欄處，瀟瀟雨歇。抬望眼，仰天長嘯，壯懷激烈。三十功名塵與土，八千里路雲和月。莫等閒，白了少年頭，空悲切。

靖康恥，猶未雪，臣子恨，何時滅？駕長車，踏破賀蘭山缺。壯志饑餐胡虜肉，笑談渴飲匈奴血。待從頭，收拾舊山河，朝天闕。

這時黃河兩岸的人民響應岳家軍，紛紛向金軍出擊，岳家軍節節勝利，一直打到離東京（開封）只有四五十里的朱仙鎮。黃河北面的義軍聽說岳家軍打到朱仙鎮，歡欣鼓舞，渡過河來加入岳家軍，老百姓的豬啊羊啊也送往岳家軍，一時光復祖國首都在望。岳飛止不住內心的興奮，大聲對部下說：「大家奮力殺敵吧，等我們直搗黃龍府時，我們各路弟兄再痛痛快快地喝酒慶祝勝利！」

正當岳飛躊躇滿志要乘勝進軍時，突然傳來聖旨，說是要岳飛立即班師回朝。岳飛聽後哈哈大笑，對部下說，我們前進的速度可能太快了，皇上不瞭解我們已經取得的勝利，我回書一封，向皇帝報捷，皇帝一定會很高興。岳飛一面按原計劃做繼續進攻的準備，一面向皇帝回書說，托皇帝鴻福，金兵近日又被我軍打敗，金兵把糧草裝備全部丟棄，正在奔逃渡河。金兵士氣低落，萎靡不振，而我軍將士聽命效勞，士氣高昂。回書的最後，岳飛說，時不再來，機不可失，要求乘勝進軍。

但是，沒過幾天，朝廷傳來了金字牌，立令撤軍，岳飛愣住了，他不知道這是為什麼？沒等岳飛多想，立令撤軍的金字牌一道接一道傳到岳飛的軍營大帳。朝廷一天之內共傳來了十二道金字牌（木牌塗上朱漆，上寫金字，使者舉牌疾馳而過，車馬行人見之，都得讓路，金牌用來傳送最緊急的軍令詔令），命令緊催撤軍。岳飛不得不執行命令，岳飛憤慨惋惜地哭著說：「十年之功，廢於一旦！」

根據聖旨，岳飛離開軍隊，先行返京。走到半路，岳飛被朝廷派來的禁衛軍「捉住」，被押解回京。

在京城大理寺，大理寺正卿周三畏向岳飛宣讀聖旨：「岳飛功名顯赫，卻對國家不忠，在朱仙鎮停兵不前，還苛扣軍糧。」

岳飛大驚，說：「這是顛倒黑白，岳家軍幾十萬將士可作證。」

周三畏說：「聽說岳元帥背上有家母的刺字，能否讓我見識見識。」

岳飛脫掉上衣，「精忠報國」四字赫然在目。

周三畏明白了岳飛是個忠臣，是有人要害岳飛。周三畏不願做殺害忠臣的惡人，當天晚上便收拾了行囊，帶上家眷，把官印放在桌子上，悄悄離開京城返鄉而去。

後來岳飛還是以「莫須有」的罪名被殺害了。

原來金軍節節敗北，金軍統帥金兀術不得不動用「底線」秦

檜，要他制止岳飛。金國是秦檜的後臺，金國垮臺，他在南宋也就站不住腳了，於是便唆使趙構發令讓岳飛撤兵。

岳飛撤軍後，宋向金求和稱臣，金兀術提出「必殺飛，始可和」的條件。岳飛死後，南宋王朝將東至淮河，西至大散關（現在寶雞西南）以北的土地割讓給金，南宋每年向金國進貢銀25萬兩、絹25萬匹，歷史上稱之為「紹興議和」。

在冥界，岳飛找到秦檜，岳飛對於自己的死，要問個究竟。

秦檜說：「岳飛啊岳飛，軍隊是國家的，哪來的你岳家軍啊？一個武將，一個臣子，如此僭越，實乃是犯了大忌啊！」

岳飛一下就被說懵了，急忙說：「岳家軍是人民對我們的愛稱，我沒有別的意思啊。」

秦檜說：「岳飛啊，你統帥全國3/5的兵力，萬一你岳飛哪天晚上睡一覺醒來，被部下披上黃袍——他們宋朝的祖宗趙匡胤不就是這樣當上皇帝的嗎？那時你的岳家軍誰能抵擋得住啊，擁兵自重就是面臨死亡啊！」

岳飛語塞。

秦檜接著說：「別的就不用多說了，就這些你就說不清了。趙構曾親自對我說過，寧棄中原，也要殺飛。金人要你死，皇帝要你死，你能不死嗎？」

岳飛反應過來了，急忙說：「我去找皇帝說清楚，我是無限忠於皇帝的。」

秦檜說，不用找了，趙構因觸犯了「不以山河做交易」的天條而被打入了東方地獄。

岳飛問秦檜：「為什麼不把你也打入東方地獄？你不也是觸犯了『不以山河做交易』的天條嗎」

秦檜說：「還沒審到我頭上，到時我還要為自己辯解，我在金國生活多年，我知道金國的軍事實力，你岳飛的勝利，也只是局部的勝利，南宋未必是最後的贏家。再說趙構並不想抗戰，南宋

第八章 榮美天堂

比北方富足得多,趙構只是想過個富足安生的日子,只是面對金國軍事的強大,不以山河做交易,能過好日子嗎?我只是政策的執行者,而且我也不是貪官,我從不侵佔國家和別人的財物。」

秦檜激動起來,大聲說:「在西湖邊上造個廟,讓我跪在你岳飛跟前,還讓我老婆給你下跪,不對,這一切都是我執行他趙構的意思,趙構是主犯,應該跪的是他趙構。」

秦檜繼續說:「明擺著,趙構不想解救宋徽宗趙佶、宋欽宗趙桓,他們回來,趙構這個皇帝就當不上了。趙構不糊塗,他明白,向金國屈膝求和會遭到極大非議,有我秦檜在幕前替他張羅,趙構自己就無須出面,避免了投降的罵名。岳飛啊,你這樣的元帥,是我想殺就能殺的嗎,是他趙構的意思,可是當時我又不能說出口,我也只能說是『莫須有』啊,我秦檜也是在替趙構背黑鍋啊。」

此時不遠處走來一個人,邊走邊朗誦詩:

拂拭殘碑,勅飛字,依稀堪讀。慨當初,倚飛何重,後來何酷。果是功成身合死,可憐事去言難贖。最無辜,堪恨更堪憐,風波獄。

豈不念,中原蹙,豈不惜,徽欽辱。但徽欽,既返此身何屬?千古休誇南渡錯,當時自怕中原複。笑區區,一檜亦何能?逢其欲。

這是明代的畫家、書法家、文學家,號稱衡山居士的文征明,在朗誦自己寫的〈滿江紅〉。

秦檜聽後急忙對岳飛說:「聽聽,古人都明白了,為什麼現代人都不明白?我只是區區一檜啊。為什麼你們反臣子,不敢反皇帝呢?」說完秦檜急忙溜了。

不遠處走來一位老太太,一邊走一邊呼喚:「兒啊,你來了嗎?你在哪裡?」

岳飛一見,急忙撲向前去,跪倒在母親面前,一面喊著:「娘啊,我是飛兒,我來了。」

岳母撫摸著岳飛的頭說：「來了就好，不來就多受罪。」

岳飛說：「娘啊，我冤枉啊！」

岳母說：「我都聽說了。」

岳飛說：「娘啊，你從小就教育我忠君思想，可是我還是被皇帝殺了。」

岳母說：「是我教育了你忠君思想，可那都是聖人說的呀，是他們這樣祖祖輩輩教育我們的啊。」

岳飛說：「我們得找個地方說理去，不能這樣冤枉下去呀？」

岳母說：「是聖人說的，我們該找聖人評理去。」

一直在不遠處聽岳飛母子對話的天堂神，急忙走向前來，向岳飛母子行過禮，自我介紹後說：「聖人們現在都在天堂，請岳飛母子也去天堂，到時可與他們理論。」

天堂神的出現，使岳飛母子很驚訝，但是聽說可以到天堂與那些教育他們忠君的聖人理論，岳飛母子也就不猶豫了。

太陽神駕駛天車來到近前，攙扶岳母和岳飛上車後，一道金光，從冥界劃出，穿過人間，直飛天堂。

七、鐵三角

很多歷史事件都是由偶然的「小事」促成的，下面要說的這個偶然的小事，給中國歷史的臉譜上增添了難看的一筆。

這個偶然事件的製造者叫孫之獬，孫之獬曾是明朝末年翰林院的一名官員。因為孫之獬和魏忠賢有瓜葛，崇禎皇帝朱由檢執政後，孫之獬便被免職。

吳三桂引滿族軍隊入關，推翻了李自成剛剛建立的大順朝，並趁勢建立了大清王朝。為了安撫民心和統治的需要，大清提出了「滿漢一家」的國策。又因大清王朝剛剛建立，天下未定，也允許明朝的降臣上朝時仍穿明朝服飾，只是滿、漢大臣各站一班。

第八章 榮美天堂

孫之獬作為前朝的降臣，也被吸納進了朝廷。孫之獬為了討得新主子的歡心，一日上朝時，他突然「煥然一新」，穿上了滿族官吏的服裝，而且還改變了髮式，留起了滿族長辮。當他滿臉堆笑地走進滿族大臣的行列時，滿族大臣自覺高漢族官員一等，哪能容忍孫之獬的加入，特別是對他毫無掩飾的巴結討好更感噁心，便你推我拉地將他逐出班外。孫之獬自討沒趣，悻悻然走回明朝降臣一班，這一班子雖是降臣，但對於孫之獬的如此不顧臉面也感到難堪，所以也一個接一個緊挨著不讓他加入。不時便引起了滿堂哄笑，孫之獬狼狽不堪。

下朝回來，孫之獬一不做二不休寫了個奏摺，建議漢人一律穿滿服，留滿族的辮子，並且不留辮子的一律砍頭，這就是著名：「留頭不留髮，留髮不留頭」的來由。

剃頭留辮一事，較早是吳三桂前往清營，請求滿族軍隊出兵共同對付李自成，滿族將帥提出要吳三桂的軍隊剃髮，一則表示降服，二則是為了在戰場上便於辨認敵友。

中國有一個傳統觀念，叫做「身體髮膚受之父母，不可損傷」，所以剃髮對當時的漢人而言，心理上是難以承受的，剃髮不僅有違傳統，也是一種侮辱。所以就連吳三桂也曾當面勸阻過當時執政的多爾袞，不要強迫漢人剃頭留辮。所以在大清軍隊佔領南京後，曾發佈這樣一個公告：「剃頭一事，本朝相沿成俗。今大兵所到，剃武不剃文，剃兵不剃民，爾等毋得不道法度，自行剃之。前有無恥官先剃求見，本國已經唾罵。特示。」

但是此一時，彼一時，孫之獬事件之前，大清江山尚未鞏固，對於讓漢人剃頭從滿，清王朝不得不謹慎。孫之獬事件發生時，除了東南西南極少數地區外，滿清政府基本已控制了整個中國，初期的安撫階段已達到目的。滿族當家人多爾袞便順勢採納了孫之獬這一建議。用漢人之言，殺漢人之頭，不光可以從肉體上打垮漢人，還要從心理上徹底擊垮漢人，而且還要漢人承擔這一切責任，何樂而不為？多爾袞立即下令執行，而且定了時限。

沒過幾日，再看大清的朝廷上，明朝的服飾不見了，取而代之的是清一色的滿族服侍和遺笑歷史的「辮子」。

當朝的原明朝降臣，原來臉面上還有張遮羞布，說是因為滿族軍隊幫他們打敗了李自成，為覆亡的明朝報了仇，他們加入朝廷是與滿族合作。當他們被迫也「煥然一新」後，這張遮羞布也就沒有了，他們從心裡也不得不與原來的明朝劃清界限，踏踏實實地成了大清的一員。

然而，也不是所有漢人都願意接受這一侮辱，在江南小城嘉定，人們自發地組織起來，反抗外來侵略，抵制「剃頭令」，保護自己的傳統和尊嚴。

時限過去，剃頭之事無人執行，嘉定小城抗命。事情傳到清朝上層，原明朝降臣錢謙益，趙之龍等獻策說：「吳下民風柔弱，飛檄可定，無須用兵。」意思是說，那裡的人非常軟弱，派人傳達遞發令，嚇唬一下就行了，不需要派軍隊過去。

清朝派出縣官，飛馬上任，並於當天召集眾人剃頭，然而，來者只是衝著縣官哄笑，繼而向縣官拋擲土塊，當天清朝派出的縣官就被群眾轟走。

軟的不行，大清派出了軍隊。聽說軍隊將要到來，嘉定的群眾又集聚起來，他們共推侯峒曾、黃淳耀和黃淵耀兄弟主持反抗。

記住他們的英名：

侯峒曾，原明朝官員，南京淪陷後，不願做降臣，避難於老家嘉定。

黃淳耀，崇禎年間進士，與其弟黃淵耀均世居於嘉定城。

在侯峒曾和黃氏兄弟的指揮下，城中民眾不分男女老幼，紛紛投入了抗清行列。為鼓舞士氣，侯峒曾下令在嘉定城樓上懸掛一面「嘉定恢剿義師」的大旗。

群眾的事情，大家商量著辦。侯峒曾、黃淳耀將大家召集起來，決定「劃地分守」嘉定城。

由儒生張錫眉率眾守南門，秀水縣教師龔用圓為副職；

國子監太學生朱長祚守北門，鄉紳唐諮為副職；

黃淳耀兄弟守西門；

侯峒曾親自守東門，儒生龔孫炫為副職。

此外，由儒生馬元調（時年70歲）與唐昌全，夏雲蛟等負責後勤供給。

為了加固城防，侯峒曾又下令將城外各橋毀壞，通往東、北二門的街道，用石塊築壘，通往西、南二門的街道，用圓木亂石橫塞街道。

侯峒曾和黃淳耀商量，決定在嘉定城外組織本地鄉兵，配合嘉定城內組成縱深防禦。城外的鄉親一呼百應，很快幾萬人的部隊建立起來。

清軍兵馬在一個叫李成棟的率領下，向嘉定逼來，並於沿途就開始姦淫燒殺。

清兵和本地鄉兵，兩軍在嘉定城外擺開陣勢，開始廝殺。

鄉軍幾萬人，熙熙攘攘，聲勢浩大，隊形混亂；李成棟率領訓練有素的五千人馬，偃旗息鼓，像只獵犬，全身緊縮，只待發力。

一開戰，李成棟以騎兵向鄉軍衝擊，很快，鄉兵即四散奔走，自相踐踏，被打得落花流水，大敗而散。不過鄉軍也有收穫，一些小股清軍無法逃脫民眾的圍堵，多被殲擊，李成棟的弟弟也在鄉兵的一次伏擊中被殺死。

清軍清理完城外戰場，兵臨嘉定城下。

翌日破曉時分，李成棟下令攻城。在紅衣大炮的隆隆炮聲中，東、西城門，數段城牆被毀壞，城內民眾冒著炮火立即用木料和磚石土袋將缺口堵上。炮火一過，清兵架雲梯，像狼一樣撲上來，民眾棍棒刀槍齊舉將其擊潰。有一婦女，手持菜刀，躲在城垛下，當敵人爬上城來，她便立即站起，用刀砍其足踝，這個戰

術還挺管用,她消滅了好幾個敵人。

傍晚時分,天空濃雲翻滾,一時狂風驟起,暴雨如注,民眾不敢鬆怠,冒雨守城。大雨下了三天三夜,嘉定民眾在雨中堅守了三天三夜。第三天夜裡,守城民眾筋疲力盡,在夜幕和風雨的掩護下,李成棟命令清兵摸到城牆根,挖開一個洞,然後將火藥放進去。第二天,在紅衣大炮的轟擊下,城牆下的火藥被引爆,一時天崩地裂,大段城牆轟然塌下,清兵趁勢衝進城去。

李成棟下令屠城,清兵見人就殺,不管男女老幼。城內民眾見狀,紛紛投河而死。河面上漂了一層屍體;來不及投河的,匆匆懸樑、投井。來不及自殺的便被斬首、斷腰、剜腸、肢解,被砍還沒死的躺在地上疼得不停抽搐。

一些沒來得及自殺的青年女子,就被清軍當眾晝夜輪奸。如若女子反抗,便用長釘將該女子雙手定在門板上,然後再肆意姦淫。

一頓殺戮過後,李成棟屬下又四處劫掠財物,見還有活人,就喊「蠻子獻寶」,隨手一刀,也不砍死,被砍人拿出金銀,他們就歡躍而去。

當清兵湧進城後,侯峒曾正在東門城樓上,身邊的士卒對他說:「我們曾經受過您的厚恩,我們願意保護您出走。」

侯峒曾說:「與我們保衛的嘉定城共存亡,義也!」說完投水自盡。

侯峒曾的長子玄演、次子玄潔與清軍搏鬥,身中數十刀,死在戰場上。

嘉定城被攻陷時,黃淳耀、黃淵耀兄弟急避於城內一僧舍,黃淳耀問隨從:「侯峒曾現在情況如何?」當得知侯峒曾投河身亡後,說:「我與侯峒曾共事,他死了,我怎麼能獨生呢?」黃淳耀在牆上題詩一首:「讀書寡益,學道無成,進不得宜力王朝,退不得潔身遠引,耿耿不沒,此心而已。」落款「大明遺臣黃淳耀自裁於城西僧舍」。黃淵耀說:「兄長為王臣宜死,然弟亦不

第八章 榮美天堂

願為北虜之民也。」說完兄弟倆都懸樑自盡。

儒生張錫眉懸樑在南門城樓上，死前留字在牆：「我生不辰，與城存亡，死亦為義！」

教師龔用圓跳河自盡，兩個兒子和父親一同身亡。儒生馬元調、唐昌全、夏雲蛟、婁複聞，城破戰死。

一黃姓勇士，與清軍巷戰中手揮鐵棍，前後殺數十人，後被亂箭射死。

清軍在嘉定大屠殺持續了一天，李成棟方才下令「封刀」。最後，李成棟帶著搶掠的三百餘大船金銀財寶撤離嘉定。

嘉定被清軍屠城，但是事情並沒有結束。

李成棟的部隊走後，僥倖逃脫在外的倖存者陸續返回嘉定，看到城裡這樣的慘狀，他們怒不可遏，他們推舉一名叫朱瑛的義士，將大家組織起來，處死了清軍留下來的官吏。在嘉定城外，原來被打散的鄉兵也逐步集聚在名叫葛隆和外岡的兩個鎮子。他們一旦發現那些剃了髮的人，就將這些人當場處死，他們還意外地殲滅了李成棟的一支小分隊。

李成棟得知後，帶領部隊返回，他們首先將葛隆和外岡兩個鎮子的居民全部殺光，雞犬不留。趁著黑夜，李成棟率兵湧進嘉定城，將猝不及防的嘉定人殺個精光，他們將部分屍體堆積起來，然後放火焚屍。

經過兩次屠城，嘉定城內原住居民被滅絕了！

李成棟見狀，留下官員和駐守士兵後，得意地離開了。

20多天後，一個名叫吳之番的前明將軍，率領餘部，在嘉定城周圍民眾的擁護下，將城裡的清兵擊潰後，再次佔領了嘉定。

不久，李成棟整軍第三次回攻嘉定。吳之番的餘部和剛聚集起來的民眾，仍不是李成棟清軍的對手，吳之番力戰而死，手下數百兵卒和民眾悉數被殺。

經過李成棟清軍的第三次屠城，嘉定城內外，方圓幾十里杳無

人煙。

天上飛滿了烏鴉，河裡漂滿了屍體，雨在淅淅瀝瀝地下著。到現在，天一下雨，嘉定人還是說，天哭了。

史載：在清朝的三次屠城中，嘉定民眾死亡數萬人，無一人投降。

後評：嘉定—— 英雄之城！

這裡值得一提的是，為了改變漢人的髮型，而對嘉定實行三屠，殺人數萬的李成棟也是個漢人，他的部隊也不是滿族兵，而是歸降了清朝的「偽軍」。

李成棟原為李自成的農民軍，後轉投明軍，清軍南下時，又降清，嘉定三屠前，李成棟是大清的吳淞總兵。

還有一點要說明的是，並非是因為李成棟的弟弟被嘉定的鄉兵所殺，李成棟才血屠嘉定，在三屠嘉定之前的「揚州十日」，及屠昆山、屠江陰等，也都有他令人髮指的行徑。李成棟因為平定江南「戰功」卓著，後被清朝提拔為江南巡撫。

漢人殺自己的同胞，也能做到「三光（殺光、搶光、燒光）」，為的是向外族入侵者獻媚。

所謂「揚州十日」，是指清朝軍隊攻克江南名城揚州後，對揚州的十日屠殺。

清朝大軍在攻克南京後，又將揚州城包圍起來，命令其投降，投降的一個重要標誌是「剃頭」。

領導揚州抗清的叫史可法。清軍主帥多鐸先後五次送勸降書給史可法，勸其投降。史可法對勸降書看都不看，只是冷冷地對來使說：「明清誓不兩立，我們戰場上見。」

對於清軍的進攻，史可法做了充分的準備。他在揚州城牆上安放了一些在當時還十分先進的大炮，當清軍進入大炮射程以內，史可法命令開炮，清軍成片的被炮火殲滅。清軍通過大炮的火力網，衝到城牆根底下時，城牆上弓箭手們直射城下的那些進攻

者，清軍死傷無數。但是清軍太強大了，清軍主帥多鐸命令他的士兵不惜代價奪取揚州城西北角，每當一名清兵倒在箭下，另一個便衝了上來。屍體被堆得越來越高，一些清兵踏著屍體攻上城來。

史可法見城北門很難保住了，帶領部分人馬，穿過內城，直奔南門，他希望從那兒出去，然後從側翼進攻敵軍。但是史可法還沒到達南城時，得知清軍已經到達了城南門，史可法認識到，大勢已去，揚州將要失守，史可法命令自己的士兵殺死自己，士兵們不忍，於是史可法拔劍自刎。但史可法並沒有死，而是血流不止地躺在士兵的懷裡。此時清軍殺來，他們被人流席捲在械鬥之中。一個清軍將領認出了史可法，毫無抵抗能力的史可法被清軍捉住。

史可法被押往清軍主帥多鐸處。多鐸說：「我五次修書與你，要你投降，你不聽，現在你兵敗被俘，你也算是盡忠了，你可以投降了。」

史可法說：「兵敗被俘，我只求一死。」

多鐸說：「你為大清建功立業，同樣可以榮華富貴。」

史可法說：「我受先帝厚恩，以死報答。」

史可法至死不降，三天後被殺。

揚州總兵劉肇基、驍將馬應魁、炮隊專家陳於階，或是死於街上的戰鬥，或是自殺，史可法的十九名戰將、幕僚全部遇難。

揚州城陷落了，抵抗的明軍被全部殺害，清軍開始對揚州屠城。

清軍先是貼出告示，要藏起來的人出來自首，否則嚴懲不貸。當一些人走了出來，他們馬上就被分成五十或六十人一堆，並被用繩子捆起來。然後清軍就開始用長矛向他們猛刺，當場把他們殺死。

婦女們被用繩子套住脖頸，形成一串，被牽往一處，遭受成群

士兵的輪奸,她們的嬰幼兒被拋在地上,或被馬踏,或被人踩,孩子們聲嘶力竭的尖叫,伴隨著滿清兵的狂笑和受難人群的哀號飄蕩在揚州城上空。

為活命,一些人鑽到垃圾堆裡,身上佈滿了爛泥和髒物,但是清兵不時地用長矛猛刺垃圾堆,直到裡面的人像動物一樣蠕動起來,他們才開心地離開。

最後清兵開始縱火,大火蔓延開來,那些因為藏在屋子裡仍然活著的人們,當他們不願被大火燒死跑出門外,等待他們的就是殺戮。

幸虧天降大雨,揚州才未被夷為平地。

這場殺戮整整持續了十天。

這場戰事前,揚州周邊鄉村的老百姓大多聚集到揚州城內避難,連同他們,揚州被屠有八十萬人。

在長江三角洲,遭受屠城的還有嘉興、常熟、蘇州、海寧等。

生活在長江三角洲的老百姓一口吳儂軟語,「民風柔弱」,可是當他們受到侵略時,他們表現出了鋼鐵般的強硬。

長三角,鐵三角!

在反抗外來侵略的鬥爭中,有一少年被當地百姓傳誦。

他叫夏完淳,今上海松江人,因反抗清朝的統治而被殺害,死時 17 歲。

夏完淳天資聰穎,5 歲開始讀書,7 歲便能作文寫詩,9 歲寫出《代乳集》。夏完淳短暫的一生中,著有賦 12 篇,各體詩 337 首,詞 41 首,曲 4 首,文 12 篇,後人曾將其作品彙編為《夏節潛全集》14 卷和《玉樊堂集》,《內史集》,《南冠草》,《續倖存錄》等,夏完淳被稱為我國明朝晚期的少年奇才。

夏完淳出生在一個知識份子家庭,夏完淳的父親夏允彝是崇禎年代的進士,曾任福建長樂縣知縣。

夏完淳從小就受到父親的嚴格教育,四書五經、詩詞歌賦,是

父子倆談話的主題。而且在對孩子進行教育時，忠君愛國思想也漸漸注入到幼小的夏完淳的心靈中，那些為了國家民族不惜拋頭顱灑熱血的民族英雄，一直是夏完淳心中的榜樣；那些愛國的詩詞，如文天祥的〈正氣歌〉、岳飛的〈滿江紅〉等，一直激勵著夏完淳的成長。

夏完淳是偏房所生，但是正房盛氏視如己出，每天悉心教授夏完淳詩文和禮儀，促進了夏完淳的成長。嫡母盛氏對夏完淳的鍾愛，受到後代的傳誦，夏完淳在就義前寫的〈獄中上母書〉中曾提到，嫡母十五年如一日兢兢業業地教授自己，是千古難得的好母親。

夏完淳的伯父夏之旭，也以文才出眾而享譽江南。他對夏完淳影響也很大。夏完淳12歲時已有名氣，孩子嘛，不免喜形於色，夏之旭擔心他過於外露，常常教訓他說：「有客人在座，你不要這樣張狂！」伯父的嚴厲對夏完淳後來養成謙虛沉靜的做人態度也不無裨益。

夏完淳有一個姐姐和一個妹妹，姐姐夏淑吉是個女詩人，是正房盛氏所生，但是姐弟倆感情卻非常深厚，夏完淳經常在詩文中提到她，甚至認為她的文采足以比得上東漢時期的才女蔡文姬。

夏完淳的妹妹夏惠吉，和夏完淳同為一母所生。夏惠吉也很有才氣，和夏完淳的感情也很好。夏完淳曾有詩描述他們的兄妹情誼：「天涯風雨雁飛鳴，雨雪相依倍有情……論心此日歡方恰，惜別他時感又生。」

夏完淳的岳父錢彥林也是個望門才子，而且性格豪爽，被稱做錢長公。後來積極參加抗清衛國，被捕後堅貞不屈，和女婿夏完淳同一天為國捐軀。錢長公死後，妻子徐氏也投水自盡。

夏完淳的才氣和他堅貞的性格，與他書生正氣的生存環境不無關係。

當清軍的鐵蹄踏破江南寧靜的書院時，夏完淳的父親夏允彝堅決地舉起了抵抗的大旗。夏允彝曾到揚州拜訪過史可法，商議

抗清保國大計。夏允彝寫信給自己的學生前明朝江南副總兵吳志葵，讓其舉兵進攻蘇州，後來吳志葵舉兵失敗。清軍主將早聞夏允彝大名，表示只要夏允彝肯投降，一定封官進爵。但是夏允彝不願投降，明白無誤表達了自己不事二朝，不做貳臣的決心，捨生取義，最後選擇了自殺。

父親的死對夏完淳影響很大，他也更加堅定了以死報國的決心。

父親死後不久，夏完淳聽說太湖一帶出現了白頭軍，他們以白布裹頭，表示為明朝戴孝報仇。夏完淳立即變賣了家中財產，奔赴軍中，並充任白頭軍的參軍。

白頭軍在太湖上給清軍予以了沉重打擊，白頭軍最漂亮的一仗是「分湖大捷」，殺敵三千多，斬清中下級軍官二十多名，獲戰船五百餘艘，但是後來白頭軍還是被清軍打敗。

白頭軍首領吳易，進士出身，吳江人，能詩善文，又喜讀兵書。白頭軍失敗後，其父、其妻、其女均投湖自殺，以免被清軍俘虜受辱。吳易本人逃入湖中，仍舊堅持抗清鬥爭，後來被俘處死。

參軍夏完淳被俘後，被押往南京。此時代表大清主持江南剿滅明朝殘餘反抗勢力的是原明朝降將洪承疇，洪承疇聽說少年才子夏完淳被俘，便想勸降夏完淳，於是親自審問夏完淳。

夏完淳被押往大堂，挺立不跪，周圍衙役要強制，洪承疇擺擺手說：「免了。」洪承疇面對夏完淳，擺出一副溫厚長者的面孔說：「我看你小小年紀，未必有什麼大的見識，想必是被人矇騙，誤入軍中造反；如果你肯歸順大清，我可以給你官做。」

夏完淳已得到通知，是清朝大員洪承疇親自審問他，但他還是問洪承疇：「爾何人也？」

旁邊衙役急忙叱喝道：「此乃洪大人，不得無禮！」又有獄吏在其旁低聲告之：「不是告訴你了嗎，此乃洪亨九（洪承疇）先生，要想活命趕快行禮！」

第八章 榮美天堂

夏完淳輕蔑地哼一聲，說：「我朝洪亨九先生，是個豪傑人物，當年抗清已經英勇就義，我們的先皇帝（崇禎帝）聞之震悼，親自作詩褒念，滿朝官員為他痛哭哀悼，我仰慕洪亨九先生的忠烈，要效仿先烈英舉。」

獄吏們此時很是窘迫，洪承疇坐在上面也很是狼狽，一個衙役厲聲叱喝夏完淳：「上面審你的，正是洪大人！」

夏完淳大笑說：「不要騙我！上面坐的一定是冒牌貨，洪先生為國捐軀，天下誰人不知，誰人不曉，你們這些叛徒，鼠輩，竟敢托忠烈先生大名，穿虜服戴虜帽，冒允堂堂洪先生，不知羞恥爾！」

洪承疇被罵得面色大變，急忙擺擺手，讓獄吏們把夏完淳拉下去。

夏完淳在南京西市慷慨就義，同時被殺害的還有三十多名抗清義士。

當兇神惡煞般的劊子手，手提鬼頭大刀，面對這位面容姣好的美少年時，不禁動了惻隱之心，沒把頭全砍下來，給夏完淳留了個全屍。

夏完淳也是中國五千年歷史上年紀最輕的才子英烈。

夏完淳的妻子秦篆，同時受到父母和丈夫死亡的重大打擊，悲痛欲絕，本來她也想隨之而去，但是考慮到腹中胎兒，勉強活下去。幾個月後她生下一個男孩，只是這孩子似乎在母親體內感受了太多人間的苦難，出生後很快便也夭折了。秦篆走出家門，削髮為尼，獨守青燈古佛，孤獨地度過了一生。

夏完淳死後，他的屍體被朋友們運回松江，安葬在他父親夏允彝的墓旁。

每逢清明節，都有人給夏氏父子掃墓，縷縷青煙、朵朵黃花聊表生者對他們的崇敬。只是崇敬表達完之後，他們又去忠於新的王朝了。

八、任逍遙

太陽神駕著天車又要出發了，這次天堂神邀請了許多仙女來幫忙，因為這次需要接到天堂的人太多太多了，仙女們分列在太陽神駕著的天車兩旁，天車就像長出了一對美麗的翅膀。

天堂神和太陽神駕著天車在天空劃出一道彩虹，通過人間來到冥界。

天堂神告訴鐵三角的英靈們，他來接他們去天堂，那裡也是魚米之鄉。

天車可小可大，鐵三角的英靈們在仙女們的幫助下，都登上了天派來的天車。

天堂神和太陽神駕著天車在鐵三角上空兜了一圈，英靈們默默地向他們曾經保衛的大地告別。

天堂神和太陽神將屈原接到天堂，天堂神攙扶屈原下車，對屈原說：「這就是天堂，請您任逍遙，我還要到下界接別人來天堂。」

屈原急忙說：「我不是來做客的，您答應我的事一定要辦到。」

天堂神笑著說：「請您放心，一定會有人幫助您，我也會很快回到您的身邊。」

天堂神接屈原上天，感覺屈原有著詩人特有的倔強，他擔心將屈原直接送入「世外桃源」茶座討論會，效果不一定好，所以另外安排人士與他見面，希望能有個過渡。

天堂神走了，屈原瞭望四周，這裡青山綠水，祥雲繚繞，泉水叮咚，溪流縱橫，百鳥爭鳴，百花競放，真乃世外桃源，屈原不覺大聲喊道：「美哉，天堂！」

屈原返老還童一般，在天堂裡一邊跑跳，一邊喊叫，一吐在人間的心中悶氣。行進間，屈原看到有一團紫色霧氣從東方飄移

過來，朦朧中，有一老者騎著一頭青牛緩緩從霧中走出。細看老者，白髮如雪，其眉垂鬢，其耳垂肩，其須垂膝，紅顏素袍，簡樸潔淨，兩眼炯炯有神。

屈原急忙迎上前去，向來者深深一揖，說道：「老子先生可好，晚輩屈原有禮了。」

來者正是老子。

老子從牛背上下來，問道：「你就是楚國的詩人屈原，那個〈離騷〉、〈天問〉的作者？」

屈原說：「正是晚輩，晚輩拜讀過您的《道德經》，今日在天堂見到您，令晚輩興奮之至。晚輩還有一些問題，想請教先生。」屈原將自己如何來到天堂的前前後後後向老子述說一遍。並說，天堂神說您在天堂，因為想請教您，所以我才下決心來到了天堂。

老子與屈原席地而坐，青牛在一旁悠閒地吃著青草。飛來兩隻鳥兒，口銜兩隻水杯，杯中盛滿山澗泉水，放入二人手中，然後飛上鄰近樹頭，並翅而臥，相互打理羽毛。

屈原見狀，又是感慨，說：「人間相互攻訐，不及天堂鳥兒。」

老子哈哈大笑，說：「在人間你問了那麼多的問題，剛到天堂，是不是又要提問題了，比如天堂鳥兒？」

屈原一愣，稍一遲疑，屈原馬上拱手向老子說：「學生此行是前來請教先生，請老子先生解疑答惑。」

老子沒有正面回答屈原，而是說：「你不是天問嗎？其實你不是在『天問』，你實則是在『問天』，但是你又感到天尊不可問，故曰『天問』。」

屈原說：「是的，面對天下，我激憤，我狂傲，我說『舉世混濁而我獨清，眾人皆醉而我獨醒』，但是我尊重『天』。」

老子又是哈哈大笑，說：「你咄咄向大自然發問，你也咄咄向

人世間發問,只是你在詩作題目上給『天』留了點面子,但是天卻蘊藏著你所有問題的答案。」

屈原問:「所有問題的答案?」

老子:「是!」

屈原說:「有些問題,我不過是心情不好,明知故問發洩憤懣而已。」

老子說:「天地萬象之理,存亡興廢之端,賢凶善惡之報,神奇鬼怪之說,上天所蘊藏的答案,遠遠多於你的提問,在天堂,我們這些人,要做的只是學習而已。」

屈原說:「在世時,我拜讀過您的大作《道德經》,不過學生愚笨,您的道理太玄了,至今我也不能說我讀懂了。我在天問中提的很多問題,比如曰遂古之初,誰傳道之?上下未形,何由考之?冥昭瞢闇,誰能極之?馮翼惟像,何以識之等,您在《道德經》中說的『道生一,一生二,二生三,三生萬物』『天下萬物生於有,有生於無』,已經給了我啟示,我正在認真研習。」

老子說:「提問題是認識真理的第一步,我年輕時也愛提問題。一次我問老師:『天為何物?』老師說:『天者,在上之清清者也。』我又問:『清清者又是何物?』老師又答:『清清者,太空是也。』我再問:『太空之上,又是何物?』老師再答:『太空之上,清之清者也。』我還問:『之上又是何物?』『窮盡之上又是何物?』老師不得不說:『先賢未傳,古籍未載,愚師不敢妄言』。」

屈原聽後不覺笑出聲來。

老子又說,有次我又問老師:「日月星辰,何人推而行之?山川江海,何人造而成之?」老師說:「皆神所為也。」我又問:「神何以可為也?」老師說:「神有變化之能,造物之功,故可為也。」我再問:「神之能何由而來?神之功何時而備?」老師又不得不說:「先賢未傳,古籍未載,愚師不敢妄言。」

這些問題,〈天問〉已有涉及,屈原聽後大笑,舉杯將水一飲

而盡,忽然又感歎,說:「好水!好水!甘露是也。」

老子也將杯中水一飲而盡。

兩隻小鳥飛來又幫他們打水。

屈原一改剛才在老子面前拘謹的態度,像小孩子般的要老子再給他講「道理」。

老子問:「在汨羅江畔,是否有個漁夫與你對話?」

屈原說:「有啊,他走時還唱道『滄浪之水清又清啊,可以用來洗我的帽纓;滄浪之水濁又濁啊,可以用來洗我的腳』。」

老子問屈原:「他說的對嗎?」

屈原不知該如何回答。

老子說:「這不是對與錯的問題,尋常人,非常人。『道可道,非常道』,非常人走『非常道』;『名可名,非常名』,你汨羅江一別,成就了你的千古『非常名』。」

「道可道,非常道;名可名,非常名。」這是《道德經》的開山之語,屈原對這句話不知念過多少遍,可是沒有想到老子對這句話這麼解釋,並且還和自己聯繫上了,這使屈原大感意外,同時也覺得《道德經》太深奧了,老子太神秘,怪不得連孔子對老子的思想也感到深不可測。

孔子去拜訪老子。孔子當時在魯國,老子當時是在周王室所在地洛陽,老子見孔子千里迢迢而來,非常高興,兩人進行了深入的交談。

孔子要告辭了,老子送孔子來到黃河岸邊,此時黃河河水浩浩蕩蕩,奔騰向東,孔子佇立岸邊,不免感歎:「逝者如斯夫,不舍晝夜!黃河之水奔騰不息,人之年華流逝不止,河水不知何處去,人生不知何處歸?」

老子說:「人生天地之間,乃與天地一體也。天地,自然之物也;人生,亦自然之物;人有幼、少、壯、老之變化,猶如天地有春、夏、秋、冬之交替,有何悲乎?」老子手指浩浩黃河,對

孔子又說：「感歎於水的流失不夠，還應該學習水之大德？」

孔子不解，問：「水有何德？」

老子說：「上善若水。水善利萬物而不爭，處眾人之所惡，此乃謙下之德，江海所以能為百谷王者，以其善下也；天下莫柔弱於水，而攻堅強者莫之能勝，此乃柔德，柔之勝剛，弱之勝強，由此可知，不言之教、無為之益也。」

孔子聽後，說道：「眾人處上，水獨處下；眾人處易，水獨處險；眾人處潔，水獨處穢。所處盡人之所惡，夫誰與之爭乎？此所以為上善也。」孔子再一琢磨，說：「先生此言，高屋建瓴，海納百川，包容天下。」

回到魯國，眾弟子問道：「先生拜訪老子，老子何樣？」

孔子說：「老子學識淵深而莫測，志趣高邈而難知，如蛇之隨時屈伸，如龍之應時變化。老子，真吾師也！」

老子高孔子一籌。

屈原回過神來，聽老子又說：「昔日你之生，由無至有，汨羅江你的死，由有歸無；無了肉體的你，有了非常名的你，又由無生至有。」

屈原也跟著念叨：「天下萬物生於有，有生於無。」屈原開始糊塗，這離我那 173 個問題好像又遠了，屈原趕緊說：「老子先生，是不是離題遠了？」

老子哈哈大笑說：「近是標，遠是本，追根溯源，才能使你徹底明白事理。」看屈原沒有完全明白，老子又說：「你的恍惚迷離的文句，可以成為鴻篇巨制，但是要探究事物根源，屈原要成為屈子。」

老子說完，身影一晃，已騎上他的那頭青牛。老子回首抱拳施禮告辭，慢騰騰地走了。一團紫氣飄移過來，老子瞬間不見了。

老子走了，屈原有些惆悵——屈原要成為屈子？屈原不明白。老子要他成為「屈子」是希望他不光是文學家，還應該成為

思想家、哲學家。不過老子任何時候都是樂呵呵的，不免讓屈原有些感觸：「老子整天樂呵呵的，一定是因為他對什麼事情都明白，我整天苦悶，可能是我不明白的事情太多了。」

屈原一邊在天堂裡溜達，一邊想著，並隨口又背出老子的《道德經》：「道可道，非常道。名可名，非常名。無名，天地之始，有名，萬物之母。故常無，欲以觀其妙，常有，欲以觀其徼。此兩者同出而異名，同謂之玄。玄之又玄，眾妙之門。」

屈原想從老子的《道德經》中找出自己所問問題的答案，可是他又感到老子的《道德經》不可思議。屈原自言自語說：「玄之又玄，眾妙之門。唉，老子先生啊，你把你的學問搞得那麼玄幹啥，一百個人有一百個人的解釋，你是否有意不讓世人看懂，或者你是故弄玄虛？」

屈原走走又坐下來，他現在滿腦子都在破解老子的「玄」。屈原想，玄可能是個密碼，老子設玄應該有所用途，對，老子好像是在躲著什麼。

躲著什麼呢？躲就是怕傷害，誰又能傷害老子呢？老子成書的時間較晚，只是在西行的路上才成書，成書之後老子就消失了。不，老子應該不是怕自己受傷害，因為老子晚年騎牛西行，應該能躲開傷害。應該是老子怕《道德經》受傷害，那誰又會傷害《道德經》呢？屈原苦苦思索著。突然屈原站起來，他似有所悟：老子將《道德經》故意寫的很隱諱，一則是免遭是非，二則是該明則明。

此時屈原好像想到了，不免在心裡一陣激動，屈原意識到：老子也可能會預感到以後的焚書坑儒和獨尊儒術。

屈原好像在做夢，又好像在夢中突然醒來，屈原似乎感到破解了「玄」，就能打開老子哲學思想的寶庫。正在屈原發呆發愣之時，突然聽到有人在呼喚自己：「屈原先生在想什麼？」

屈原迎聲望去，只見一個人站在不遠的雲端，說話間，只見那人足踏雲朵，飄飄悠悠的降落在屈原面前。屈原感到驚訝，脫口

說道:「灑脫啊!」

來人笑了笑,說:「觀看日升日落,逍遙於天地之間。」

屈原突然明白過來,站在自己面前的人是莊子,急忙向前施禮,說:「莊子先生可好?」

莊子還禮說:「歡迎楚國詩人屈原先生來到天堂。」

因為都是同時代的人,生前又相知,所以莊子和屈原一見如故。

莊子開玩笑說:「你的天問,怎麼問到天上來了?」

屈原說:「您是逍遙遊,我是夢逍遙,我是在夢中乘一蝴蝶來到天上的。」

有這樣一個故事,說莊子做夢,夢見自己變成了一隻蝴蝶,在鮮花叢中翩翩起舞,十分輕鬆愜意。莊子這時完全忘記了自己是莊子,過一會兒,莊子醒來了,對自己還是莊子感到十分驚奇疑惑。他認真的想了又想,不知道是自己做夢變成蝴蝶呢,還是蝴蝶做夢變成了自己?

莊子聽屈原開自己的玩笑,便也樂了,說你愛提問題,今天我也給你提個問題:「以前啊,北海有一條魚,叫做鯤,這條叫做鯤的魚特別大,身長幾千里。這條魚還能變成鳥,這種變成的鳥叫鵬,這種鳥自然也是很大,翼展幾千里。這只鳥啊,在大海翻騰時要飛往南海,南海就是天際。當鵬飛往南海時,水浪被激起三千里,霧氣像野馬奔騰,陸地飛沙走石,大樹隨風搖擺,此時大鵬盤旋直上九萬里。可是突然,那只大鳥跌落下來了,你說為什麼?」

屈原倒是謹慎,不作答,反問道:「你說呢?」

莊子曰:「有詩為證:大鵬一日同風起,扶搖直上九萬里。假令風歇時下來,只能簸卻滄溟水。」在這裡,莊子將一位著名詩人的一首詩中的最後一句的第一字「猶」改成為「只」,這句詩原來的解釋是,當風停時,跌落的鳥兒還能濺起滔天江海水,經

這一字之改，這句詩的解釋變成了當風停時，那只可憐的鳥兒，也只是能濺起點江海水。

屈原有些激動，大聲衝莊子說：「你是說，我由楚國大臣跌落入汨羅江是失去風勢。」

莊子淡然一笑，曰：「乘天地之正，而御六氣之辯，以遊無窮。」

屈原冷靜下來，細細品味，說：「你是說我乘的不是天地之正氣，沒有順應天地大道，你是說我沒有進入到逍遙的境界。」

莊子又曰：「至人無己，神人無功，聖人無名。」

屈原說：「你是要求我心中無物，無我，無功，無名。」又過了一會，屈原說：「我明白了，你的逍遙遊，追求的是與天地精神相往來，逍遙自在。」

此時一群仙鶴飛來，莊子邀屈原分別騎仙鶴遨遊。

天大無邊，天高無頂，和風暖陽，屈原一時忘卻自己，人鳥一體，天人合一，屈原似鳥兒翱翔，似雲彩漂浮，屈原一時忘掉一切煩惱——這大概就是極樂境界，屈原此時心曠神怡。作為遊魂，在人間，屈原也能踏雲穿霧，但是他心情沉重，現在大不相同。

面對無垠的太空，屈原不知怎地想起一句詩，「極目楚天舒」，進而又想起了自己的楚國。在屈原走神的一霎那，鳥兒突然傾覆，仙鶴不負不仙之人。屈原從極樂境界掉了下來。莊子輕伸挽手，這時莊子和屈原又回到原地。

屈原定了定神，向莊子深深一揖，說：「莊子先生，我還是忘不了祖國，我是個愛國者，我無福享受神仙般的日子。」

莊子問：「你喜歡小偷嗎？」

聽到莊子這樣問他，屈原有些生氣，說：「老師戲弄學生，哪有人喜歡小偷之理？」

莊子又問：「你喜歡大盜嗎？」

屈原明白過來了，知道莊子又要講「道理」，於是又向莊子深深一揖，說：「請老師明示。」

莊子說：「為了防範小偷，人們習慣將金銀細軟，裝在口袋裡，裝入箱子裡，放在櫃子裡，然後給口袋加扣子，給箱子、櫃子加鎖。可是當大盜來了，他們剝下你的衣服，提起你的箱子，扛起你的櫃子，走了。人們以前將金銀細軟的歸攏，也只是替大盜集聚財物。」

屈原不解，但是屈原知道，在比喻上「道」之後，下面就是「理」了。

莊子繼續說：「齊國是姜子牙的封地，可是後來統治齊國的是田氏家族。在齊國的齊桓公時代，陳國的公子完逃到了齊國，得到齊桓公的接納。為了能安全長期地客居齊國，從公子完開始，田氏家族就表現出了極有遠見的生存策略。首先公子完謝絕了齊桓公給他的高官，低調做人處事。後來齊國王庭腐敗，在以嚴刑峻法對待老百姓時，田氏家族卻是賑濟災民，大鬥出，小鬥進，奪取了民心。後來田成子殺死了齊簡公，成了齊國真正的掌權者，周王室也不得不冊封田氏為諸侯，田氏取代姜氏，名正言順地收取了齊國。」

莊子看屈原，屈原知道這個歷史故事，沒有感到稀奇。

莊子問屈原：「你不認為田氏是強盜嗎？」

屈原一怔，屈原原以為這就是政變，這事怎麼能和小偷大盜之類聯繫到一塊哪？

莊子接著說：「那些偷竊腰帶環鉤之類小東西的人受到刑戮和殺害，而竊奪了整個國家的人卻成為諸侯。」莊子苦笑一下，繼續說道：「田氏盜竊奪取的難道僅僅只是那樣一個齊國嗎？齊國的各種聖明的法規與制度不也一塊兒被田氏盜竊去了嗎？給齊國人制定仁義來規範人們的道德和行為，這些仁義不也一起被盜竊走了嗎？齊國，連同齊國的法規與制度是齊國文臣武將的心血，齊國那些文臣武將在這場遊戲中，不就是扮演了替大盜積聚財物

的角色嗎？」

對於這種解釋，屈原感到新鮮，但是好像又感到莊子的道理有些牽強，屈原不置可否。

莊子又問屈原：「齊國以前有個鄰居，叫魯國，後來魯國哪去了呢？不就是叫齊國給盜去了嗎？原來魯國那些將軍和士大夫們幹了些什麼事了呢？不也是扮演了替齊國大盜積聚財物的人嗎？」

屈原好像有點明白了，他聯想起了一句話「春秋無義戰！」屈原說話了：「您的意思，諸侯都是強盜？」

莊子反問道：「難道不是嗎？」稍停，見屈原不作聲，莊子繼續反問道：「在整個強盜運作中，諸侯身邊的那些所謂聰明人，所謂的賢人和聖人不都是幫兇嗎？」莊子有些激動，舉手向上，對屈原說：「你有『天問』。」然後又用手指指下面，說：「我來問問大地，算是『地問』。如果賢人們和聖人們都不去幫助諸侯，諸侯能聚斂起那麼多的財富嗎？賢人們和聖人們都不去幫助諸侯，天下還會有戰爭嗎？這一切難道不都是所謂的賢人們和聖人們的錯嗎？」

屈原也在莊子的批評之列。

莊子繼續說：「什麼樣的土壤，適合種什麼樣的莊稼，不同的河流裡游動著不同的魚兒，什麼樣的制度產生什麼樣的人，用仁義教化諸侯不做強盜，那是枉費心機。」

莊子有些激動，最後說：「聖人不死，大盜不止！」

屈原聽著這番言論，懵懵懂懂，他呆呆地站在那裡。

屈原從來沒想這麼深，或者說他都不可能往這方面想，他所想的是一個士大夫的標準做法——幫助國君強大國家。

莊子說完了，莊子感到自己激動得有些失禮，莊子不好意思地向屈原笑了笑，但是他還是狠狠地反問了一句話：「如果你的愛國能成功，中國還會統一嗎？」

莊子心裡哀歎，忠於道義，而不明大勢，屈原難免要成為歷史悲劇人物。

莊子抱拳行禮，然後駕雲而去。沒走多遠，莊子又從雲端丟下一句話：「天下之大，卻沒有一個政治家能看出，『合』為天下之大勢，可悲啊！」

屈原仍在懵懂，急忙對著天空問：「我應該如何是好？」

天空傳來一句話：「任逍遙！」

九、關於「忠」的理論

岳母在岳飛的攙扶下，來到正在「世外桃源」茶座舉行的討論會，一人迎上前來，問：「您老人家到這裡來是參加討論會的吧？」

岳母說：「我是來找人的。」

那人問：「您找誰？」

岳母說：「我找聖人。」

那人說：「我們這裡都是有思想的人，沒有什麼聖人。」

岳母說：「你在騙我，我現在什麼人都不敢信任了。」

那人又問：「您老有什麼事情嗎？」

岳母說：「聖人說要我們忠於皇帝，我們忠於皇帝了，可是皇帝卻把我兒殺了，我來找聖人理論理論。」

那人明白過來了，說：「您是來找孔老先生的吧？那您就請進吧，在這裡任何人都有理論權。」

岳母和岳飛走進討論會。

與會的人員都顯得很輕鬆，大家彬彬有禮。

一位身材高大的人迎上前來，有人介紹說，這就是孔子。

岳母上下打量一下孔子，說：「你就是孔聖人？」

孔子說：「我是孔子，因為我當過老師，也有人叫我孔夫子，

不過我不是什麼聖人。」孔子請岳母落座,並說:「你來的正好,我們正在討論相關的問題,也請你發言。」

岳母落座後,對大家說:「他說他不是聖人,可人間都叫他孔聖人。」

孔子說:「那是歷朝的皇帝們對我的封號,我可不喜歡那些封號。」

岳母對大家說:「那個『忠』字是他說的吧?他可把我們害苦了。皇帝說自己是天子,是什麼龍的化身,孔先生說要我們忠於皇帝,他和皇帝合夥坑害我們。」於是岳母將自己從小對岳飛的教育以及後來岳飛被殺的經過一五一十地傾訴出來,他要在天堂控訴孔子。

孔子說:「我是提倡做人要忠,但是那個忠,是指對朋友要忠,是說做人要講究誠信,就是在朝中做官,也是要忠於職守,沒有你說的那個忠君思想啊。」

岳母有些生氣了,衝著孔子說:「你不敢承認?」

此時西方的思想家們活躍起來,他們想順勢瞭解這個在東方影響最大的問題,於是有人站起來說:「你說孔子是極端忠君思想的提倡者,你有沒有證據?」

討論會氣氛有些活躍。

「有!」岳母坐直了身體,說:「君君臣臣,父父子子,就是孔子說的。」

「請問您對這話是怎樣理解的?」西方有人問。

「這還用問嗎?君是君,臣是臣,父是父,子是子,上下絕對服從的關係不能逾越。」岳母說。

一個叫顏淵的站起來說:「我是孔子的學生,孔子的這個話是我記錄下來的,這個問題讓我來回答吧。」見大家沒有反對,顏淵說:「孔老師是說過這八個字,這八個字在中國歷史上非常響亮。是孔老師帶我們周遊列國,來到齊國時說過的這個話。

當時齊國是齊景公當政。齊景公統治齊國 58 年，親政之初，齊景公虛心納諫，重用賢臣治理國家，從而使齊國在短短的幾年間由亂入治，人民生活得到了較大的改善，國家得以強盛。但是到了後來，齊景公採用賢臣、弄臣「兩用之」，即用賢臣治國安邦，又用弄臣來滿足自己的私欲。後來的齊景公生活奢侈、貪杯好色、好犬馬、大造宮室，甚至將國庫收入的 2/3 供自己享用，致使民不聊生、怨聲載道。孔子就是在這種背景下，見到齊景公說這個話的。

齊景公問政於孔子。孔子對曰：君君，臣臣，父父，子子。

這八個字，從字面上看，應是：君要行君道，臣要行臣道，父要行父道，子要行子道。結合當時背景，這八個字的意思是：國君做得應該像個國君的樣子，然後才有資格要求臣子做得像臣子的樣子；父親首先應盡到做父親的責任，然後才能有資格得到子女們將來的孝順。

孔子這話明顯的是在批評齊景公，批評他現在做得實在不像個國君的樣子。

顏淵說：「這八個字絕對沒有要臣子絕對服從國君，兒子絕對服從父親的意思。」

對於顏淵的解釋，岳母自然不滿意，岳母又問：「若沒有絕對要服從的意思，那麼孔子的『君令臣死，臣不得不死，父令子亡，子不得不亡』。又該如何解釋呢？」

會場沒人說話，一時冷場。

稍過一會，顏淵說：「沒聽說過孔老師說過這話，孔老師也不可能說這話，你是聽誰說的？」

「人人皆知！」岳母說。

一個叫子路的孔子學生這時站起來，說：「孔老師不可能說過這樣的話，有次我問老師，如何當好一個士時，老師說，要行其義，一旦自己所行之『義』和君主相衝突，那就要捨君取義。老師還鄭重地說『勿欺也，而犯之』，也就是說，告訴君大義所

第八章 榮美天堂

在,然後不惜冒犯他。老師還說過『大臣者,以道事君,不可則止』,意思是大臣對待君主,要建立在道理上,君主要是諫而不聽,那就停止和他的合作。」

一個叫曾參的孔子學生此時也站起來,說:「我認為孔老師也不可能說過那樣的話,因為我知道孔老師說過另外的話,就是『父有過,三諫而不聽,則號泣而隨之;君有過,三諫而不聽,則逃之』。」

會場出現一片笑聲。

岳母有些迷茫,急忙說:「我們從來接受的都是忠君思想,又都說是聖人孔先生的教導,現在又說不是孔先生說的,這到底是怎麼回事啊?」

孔子的學生孟子站起來說:「事情也不複雜,秦始皇統一了中國,也在思想領域實行了專制,也就是徹底推行了商鞅的毀掉一切非政府思想的『一教』理論。後來的皇帝為了維護自己的統治,更進一步接受了『廢黜百家,獨尊儒術』的建議,而『廢黜百家,獨尊儒術』最大的可用之處就是,將君君臣臣、父父子子扭曲為君為臣綱,父為子綱,夫為妻綱,要求為臣、為子、為妻的必須絕對服從於君、父、夫。後來有人又將這一理論拔高為『君令臣死,臣不得不死;父令子亡,子不得不亡』。還有什麼忠臣奸臣的說法都是為帝王服務的,這一切也都是帝王們玩的政治把戲。」

岳母說:「你們都是孔子的學生,你們袒護老師,我不服。」

此時孔子站了起來,說:「我還是先說說我得到的那些封號吧。中國歷史上不少皇帝確實給過我一些封號,有的還跑到我家裡,封我為『大成至聖』。我聽說有個叫吳承恩的寫了一本小說《西遊記》,他將裡面一個叫孫悟空的猴子封為『齊天大聖』,比給我的封號大多了。」

孔子的幾句話引起了滿堂大笑,剛才嚴肅的會場頓時活躍起來。

孔子又說：「我不但不提倡盲目地忠君，而且我自己也不是個忠君的人，否則我也不會拋棄魯定公而帶著學生們去周遊列國，而且侍奉過那麼多的君主。」

會場又是一片笑聲。

孔子繼續說：「『廢黜百家，獨尊儒術』是不對的。老子是我的老師，儒家也從其他各種思想中吸收了營養，沒有春秋時代的百家爭鳴也就沒有儒家，可恨的是後來的帝王廢黜了百家，扭曲了儒家，如果簡單地說『支撐中國君主社會的思想體系』是儒家，那是不對的。」

岳母似乎明白了這一切，她轉頭撫摸著岳飛，顫巍巍地說：「兒啊，是娘教育錯了你，是你娘害了你啊。」

岳飛也明白了眼前的一切，說：「娘，不是你害了我，是皇帝害了我們，是為皇帝服務的那些自稱大儒的人害了我們。」

「忠於君，死於君啊！」岳母嘟囔著，心中感慨。

「趙構！皇帝老兒，你該給我兒下跪！」岳母從會場出來，一邊走，一邊喊。

岳飛母子離開後，參加「世外桃源」思想討論會的人們疑問，不是說先請詩人屈原來參加討論會嗎？為什麼到現在不見屈原呢？正在大家疑惑時，突然外邊傳來吵鬧聲，說是屈原和人打起來了，大家一驚，急忙衝出會場，尋找屈原。

十、五十六個民族

天堂神和太陽神駕馭著天車，在穿過一陣迷霧後來到天堂上的原野，在仙女們的照應下，來自「鐵三角」的英靈們下了天車。

英靈們下車後，一片喧騰，「到家了！到家了！」展現在這些英靈們面前的又是一片江南景色。這是太陽神根據天的旨意特意按排的，極目遠望，稻田成網，河渠縱橫，一番江南魚米之鄉景象，英靈們自然有回到家鄉的感覺。

第八章 榮美天堂

　　周圍的環境使英靈們暫時忘記了痛苦的過去，他們開始回到原來的生活之中。他們搭台唱戲，他們潑墨作畫，他們衣著明朝鮮豔服飾，他們留著明朝髮式。

　　正在他們高興地計畫著過新日子時，突然一個「外鄉人」闖進了他們的「家鄉」。

　　屈原在經過老子、莊子的「開導」後，並沒完全「開竅」，他邊走邊思索，不知怎的迷迷糊糊地撞進了「鐵三角」的「地盤」。屈原聽到周圍都是吳儂軟語，一時警覺，急忙拔劍在手。周圍的人見突然闖進一個外鄉人，身穿奇怪的衣服，手拿兇器，便將其圍攏起來，屈原見狀，不覺大吼：「我知道你們是吳人，你們人多我也不怕你們。」

　　對方見狀，也有人大聲問道：「你是何人？為何來此行兇？」

　　屈原也大聲回道：「楚人屈原，寧死不屈！你們吳人侵我楚國國土，掘我楚平王之墓，且鞭屍三百，楚國後人豈可忘乎。」

　　「鐵三角」的人不少飽學之士，有人明白過來，「外鄉人」乃戰國晚期楚國詩人屈原是也。

　　此時岳飛陪著母親也來到此地，岳飛見有人持劍，出於保護母親的本能，隨手也拔出劍來護著母親。

　　「鐵三角」人多勢眾，不覺也將岳飛母子包圍其中，有人問道：「來者何人？」

　　岳飛大聲回答：「南宋元帥岳飛是也。」

　　圍觀的人群一時竊竊私語，不一會爆出哄堂大笑，這時只見一人從人群中走出，分別向屈原和岳飛母子抱拳行禮後，說道：「屈原大夫，岳飛元帥，岳母大人，我們是不願接受外族的入侵和被剃頭侮辱的明朝人士，早知你們在中國歷史上的英名，今日在天堂相會，甚是高興。」

　　屈原和岳飛母子還沒完全反應過來，但是見對方毫無敵意，也將寶劍入鞘。

這時上空飄來一片彩雲，雲頭落下，天堂神率眾仙女手捧鮮果美酒來到人群，天堂神見狀哈哈大笑，說：「怪我，怪我，還沒來得及給大家相互介紹，不過，能來到天堂的人，都是善良的人，都是好人，都是天的客人。大家一回生二回熟，兵器在天堂是永遠用不著了，武功也不需要用了，天堂人都是朋友。」

大家消除了誤解，並在相互明白了對方的身份後，更是相互崇敬。天堂神邀請大家共進美酒，品嘗仙果，大家也就不再拘束，天堂裡一片歡聲笑語。

屈原在歡笑一陣後，不覺又沉下心來，一人呆坐一旁，心事重重。天堂神走過來，問屈原：「你的問題可有答案？」

屈原苦笑一聲說：「答案是有了，不過，答案又成了新的問題。」

天堂神問：「怎麼回事呢？」

屈原說：「我問了他們那麼多問題，他們只回答了我一個字。」

天堂神又急忙問：「一個什麼字？」

屈原回答說：「一個『玄』字。」

此時大家早已圍攏過來，聽太陽神和屈原的對話，當聽到屈原的173個天問得到的只是一個「玄」字時，不禁笑起來。人群中，少年才子夏完淳擠上前來，說：「兩位大師可能在往一個道上引導你。」

屈原喃喃地說：「莊子說，諸侯們『君以國為家』時，愛國的意義是糊塗的。難道是我愛國愛錯了，我難道就不該熱愛我的楚國？」

岳飛說話了：「我的愚忠是被皇帝和那些獨尊儒術的人忽悠了，但是『還我河山』就不應該嗎？難道收復失土就不該嗎？」

夏完淳也說：「我們嘉定被人三屠，我們的鐵三角死了那麼多的人，難道我們就該讓人家剃頭侮辱？難道我們就該讓侵略者勝

利?」

大家都陷入了痛苦之中,周圍一片寂靜。

這時參加「世外桃源」茶座討論會的人們尋找屈原也來到這裡,天堂神給大家一一做了介紹,人群又是一片歡騰。

不知什麼時候,從下面飄來一陣歌聲:「五十六個民族五十六朵花,五十六個民族是一家——」

天堂人們被突然而來的歌聲所驚訝,他們相互發出詢問的目光:「哪來的那麼多的民族?」

歌聲使夏完淳父子首先明白過來了,那個強迫他們剃頭的民族勝利了,夏完淳含淚對父親夏允彝說:「我們失敗了!」

夏允彝哀歎一聲,說:「愛國,國破家亡。」

岳飛說:「忠君被君殺,大地不屬於忠臣。」

屈原心有不服,屈原說:「我們被請上了天堂,難道大地就該屬於侵略者和投降者。」

幾十萬鐵三角英靈齊聲說:「我們被大地拋棄了!」

天堂神見狀,手一揮,一大片雲彩傾瀉下去,歌聲被阻擋。

在場的所有人都把目光投向天堂神,天堂神說:「你們說的沒錯,但是那是以前的中國,天曾說過,以後的中國將不會再是那樣。」

到了天堂,屈原他們也沒明白,他們被歌頌是因為道義,而他們的失敗卻不知道為什麼。

十一、天音

天坐在他的寶座上,在聽完天堂神的彙報後,說:「黃帝的後裔已經成為了大國,他們如同天上的星、海邊的沙那樣多,我也給了他們物華天寶之地。我要求他們任何人都不許以山河作交易,並要他們人人平等,共同享受這物華天寶之地。對於他們的

失約，我懲罰了他們。上天堂的是那麼多的人，人類還是進步了。」

天又說：「皇帝，老百姓都要消失，社會只需要一種人，那就是公民。人長大後都要成為公民，只有人人都是公民，黃帝的後裔才能共同享受我賜予的這物華天寶之地，我與所有黃帝後裔立的約才能得到遵守。」

天吩咐天堂神，說：「天下開始改變了，你領他們觀摩一下吧。」

十二、空望天下

天堂神將來自中國的靈魂召集起來，說：「一個新的中國將要誕生，天讓我領你們觀摩。」眾魂歡呼雀躍，因為他們期盼新中國的大地是愛國者的大地。

當天幕被打開，眾靈魂憑欄下望，他們首先看到的是，在遼闊的大地上空，烏雲滾滾，電閃雷鳴，大雨如注，大地一片莽莽蒼蒼。

天堂神伸出手來，朝下面擺了擺，烏雲被撥開了，天空晴朗，大地景象盡收眼底。

如此居高臨下地俯瞰天下，眾靈魂心裡激動，屈原在天上仔細地在尋找他的楚國，岳飛母子看到西子湖畔的岳飛廟，不僅眼中溢出淚水；鐵三角的英烈們則是默默看著長江水流淌過他們的家鄉：地還是那個地，水還是那個水，換了人間。

激動一陣過後，他們開始仔細地欣賞中國，中國大地的太極圖案格外醒目光亮，太極鳥兒這時也飛來，衝著大地興奮地叫著。

突然有人大叫，快看中國的周圍，這時眾人也發現在中國的周圍有三股黑煙，從三個方向，向中國慢慢襲來。

一股是從海上，這是逆著鄭和的航線，向中國南方靠近。

一股是在北方，這是逆著當年蒙古騎兵進攻歐洲的路線，力壓

中國北方。朱棣皇帝設想的事情發生了，在遙遠的大地另一方，一群身材高大的白種人要到中國來了，和朱棣設想不同的是，這些人這時手拿的不再是超長的刀劍，而是槍炮。

還有一股是從大海的另一邊來的，大海的另一邊是什麼，沒人知道，但是他們相信，伴隨來者的也是槍炮。

天堂裡的中國人開始不安起來，大家都認為這是不祥之兆，中國正在被外來的勢力包圍，這一定是一次新的外族入侵，而且這比中國歷史上任何一次外族入侵的規模都要大。

屈原說：「他們比秦國的軍隊更多。」

打仗岳飛是內行，他焦慮地說：「我們當時對金國的作戰，只是面對北方，現在的中國要三線作戰，難哪！」

夏完淳撓撓頭皮，說：「滿清要我們留辮子，這些人來了不知又要換什麼髮式。」

看到大家情緒激動，天堂神手一揮，天幕閉合。眾人的情緒並沒有冷靜下來，不少人開始向天堂神詢問：「中國的前途如何？」

天堂神微笑著說：「天說了，中國會新生，但是要經過洗禮。」

(第一卷 完)

國家圖書館出版品預行編目資料

智人—從人之初到世界的末日・第一卷 / 王武侃
著. -- 初版. -- 臺北市：博客思出版事業網,
2025.08
　面；　公分. -- (現代文學 ; 85)
ISBN 978-626-7607-18-3(平裝)

857.7　　114007796

現代文學 85

智人—從人之初到世界的末日・第一卷

作　　　者：王武侃
總 編 輯：楊容容
主　　編：施羽松
美　　編：陳勁宏
校　　對：沈彥伶、古佳雯
封面設計：塗宇樵
出　　版：博客思出版事業網
地　　址：台北市中正區重慶南路 1 段 121 號 8 樓之 14
電　　話：(02) 2331-1675 或 (02) 2331-1691
傳　　真：(02) 2382-6225
E - MAIL：books5w@gmail.com 或 books5w@yahoo.com.tw
網路書店：http://www.bookstv.com.tw/
https://shopee.tw/books5w
博客來網路書店、博客思網路書店
三民書局、金石堂書店
經　　銷：聯合發行股份有限公司
電　　話：(02) 2917-8022　　傳真：(02) 2915-7212
劃撥戶名：蘭臺出版社　　　　帳號：18995335
香港代理：香港聯合零售有限公司
電　　話：(852) 2150-2100　　傳真：(852) 2356-0735
出版日期：2025 年 08 月 初版
定　　價：新臺幣 550 元整（平裝）

ISBN：　978-626-7607-18-3

版權所有・翻印必究